講談社

森語りの日々

森 博嗣

Thinking everyday
in the forest 3

MORI Hiroshi

contents

カバー＋本文デザイン
坂野公一
(welle design)

本文カット
コジマケン

2018年

7月
July　　　　　　　　　　　　　　　　　　005

8月
August　　　　　　　　　　　　　　　　　083

9月
September　　　　　　　　　　　　　　　163

10月
October　　　　　　　　　　　　　　　　243

11月
November　　　　　　　　　　　　　　　327

12月
December　　　　　　　　　　　　　　　407

7月
July

2018年7月1日日曜日
ブログを書くときの心構え

　朝は素晴らしく清々しく、一年で最も良い季節かも、と思いましたが、これを毎日思い続けることになるかもしれません。犬たちと近所を歩いていると、ときどき犬や人と出会います。知合いの場合は、挨拶をし、犬はお互いに匂いを嗅ぎ合います。

　今日は、まず草刈りをしました。昨日までとまた違うタイプの草刈り機を使いました。これは、20分くらいしかバッテリィがもたないので、途中で充電を挟み、2バッテリィ行いました。草の状態や、刈る場所の障害物などとの有無によって、使い分けています。いずれも電動で、バッテリィ式、刃はプラスティック製。違うのは、刃のタイプで、3種類。ちなみに、今日は、刃がナイロンコードのタイプで、線路の近くを刈りました。

　そのあと、燃やしものをしました。先日剪定した枝をすべて燃やしました。針葉樹はちりちりと花火のような音を立てて燃えます。あっという間になくなりました。

　昨日だったか、カードの明細を（後日税理士さんに送るために）プリントしようとしたら、カードのサイトに入れませんでした。Safariのセキュリティの問題で、ようは使っていたSafariのバージョンが古かったからです。でも、OSのバージョンを上げるのは面倒だから、新しい方のMacで見にいきました。新しいSafariなら問題なく入れました。ところが、新しいMacには、プリンタがつながっていないので、プリントできません。そこで、骨董品のOKI製プリンタのドライバを探しにいったら、もうサポートが終了していて、今のOSに対応したドライバがありませんでした。結局、ネットで軽く検索したところ、最新のドライバがそのまま使える情報を得て、それをインストールし、プリントができました。でも、20分くらいイライラしました。

　『月夜のサラサーテ』の手直しは50%まで進みました、今日は1時間半くらいでできました。明後日には脱稿できます。

　清涼院氏から、英語版『Down to Heaven』の1巻がpdfで届きまし

た。既にネイティヴの校閲も通ったものです。僕は、2日ほどかけ、ざっと読んで確認をします。6/28には、配信される予定（いつものとおり、AmazonのKindle版も出ます）。

　7月になりました。1年の半分が終わったことになります。昨日の分までが、また印刷書籍になるのでしょうか。まだ編集者からその話は出ていませんが、もし続けるなら、せめて3冊は出したい、シリーズものにしたい、と考えています。それ以上のことは望んでいません。

　3冊出ると、ネットの日記をそのまま印刷書籍にしたものが、30冊を超えることになります。そんなに沢山出しているのです。信じられませんね。小説だって、せいぜい100冊程度なのに……。まあ、ほとんど売れていませんから、稀少価値はあるかと思います（それしかないと思います）。でも、オークションや古書店で高く売れるわけでもありません。今は電子書籍がありますから、稀少本というものが、ほとんど存在しなくなったのです。

　本ブログを書き始めたのは、たしか7/7から（公開は7/11）でしたので、まだまる1年ではありませんし、これを書いているのは、6/26なので、11日さきです。それに、ブログはもう20年以上も毎日書いているのですから、特別な感慨のようなものは皆無。なによりも凄いのは、これらを全部読んでいる人が（少ないですが）いるということです。

　無料奉仕のつもりで始めましたが、予定変更で有料の書籍を作ることになり、最初の頃とだいぶ心構えも違ってきたか、というとそうでもありません。何一つストックせず、その場で思いついたことをつれづれに書いているだけ。自然体で臨んでいますし、これからも変わりはないことでしょう。

　毎日とりとめもない話におつき合いいただき、感謝いたします。今後も、気を引き締めて、文章が長くならないように注意したい所存です。

　そういえば、2年振りくらいで自分のシャツを自分で選んで買いました。半袖のアロハとTシャツ。珍しいこともあるものです。デートでもするつもりでしょうか（その発想が古い）。午後には、ウッドデッキにスバル氏のハンモックが出ていました。でも、その上にクッションが沢山並んでいて、単

なる天日干しだったようです。

 なんと、この3巻めが一番長くなってしまいました。アーメン。

2018年7月2日月曜日
質より量か、量より質か？

　朝の犬の散歩ですが、近所をぐるりと巡って、戻ってきたあとは、リードを放して、庭園内を一緒に10分ほど歩きます。犬は暑がりなので、クールダウンの効果も期待できます。普段は、庭園の隅の方へは犬は行かないし、どこが境界かもわからないでしょうから、ときどきその辺を歩いて、ここまではテリトリィだと教えるわけです。

　また、道を歩いているときに、他人の敷地内へのアプローチに入ろうとしたり、畑などに踏み込んだりしないように、歩いても良い場所とそうでない場所を教えます。だいたいは飼い主が歩く場所が、安全なエリアだ、と思うみたいですが、初めての土地では、そういったことも判断ができません。人間でも間違えますからね。

　朝は、霧雨が少し降りましたが、その後晴れました。風が少し吹いていますが、広い場所に出ないと感じられません。水やりはしなくて良く、雑草抜きをしただけ。時間ができたので、1人でホームセンタへ行きました。

　いつものとおり、材木を10本ほど買い、コンクリートの基礎ブロックや、スバル氏から頼まれた培養土も買いました。このほか、防腐塗料、エンジンオイル、各種金具などを購入。この金具というのは、非常に沢山の種類がありますが、素人向けの、たとえば壁飾りをするためのブラケットなどのインテリア用品は高いのですが、建築のプロが工事で使う規格品は、はるかに安く売られているのです。10倍くらいの差があります。ほとんど同じものですから、よく値段を見て買いましょう。同様に、園芸用品は高く、農業用品は安いようです。

　帰宅後は、数あるガラクタ箱の中を探して、これから作る機関車に使

えそうなものを幾つか見つけました。物理的に機能するものでは、こうはいきません。単なる飾りだから、なんでも利用ができるというわけで、全然関係のないものが、工夫次第で活用できることが面白いのです。たとえば、台所用品などは非常によく利用します。台所用品も、文房具やファンシィグッズに比べて、非常に安いので、たびたび工作用に買って、備蓄しています。

『月夜のサラサーテ』の手直しを、75%までしました。今日は1時間ちょっと。だんだん慣れてきます。書いたのが、つい最近だからでしょうか。明日終わって、発送できます。

「質より量だ」という話を、これまでに何回もしてきました。全体を客観的に捉えるためには、まずは量です。量というのは、本来客観的指標だからです。これに対して、質は主観的に判断されることが多いと思います。もし、質を客観的に論じるのであれば、誰が評価しても同じ結果になる判断の基準、あるいはその試験方法、集計方法を定める必要があります。

この逆の場合もあります。たとえば、小説を読む人に多いのですが、「こんなに薄くてすぐ読めてしまうだろうものに、この値段は高いから、買う気にならない」という評価。まるで、貧しかった時代の風習に引きずられている年代のようでもあります。こういう人は、量で自身の主観を判断しているわけですね。面白いかどうかが価値であるはずです。こういう場合は質を見るべきでしょう。自分一人の評価で良いので、基準も集計も必要ありません。

自分の判断したい方向が（無意識のうちに）既に決まっていて、それに合致するなら、量でも質でも良い、と考えている人が多数です。あるときは、量を問題にし、あるときは質を取ります。そして、その判断したい方向というのは、おおむね常識や周囲の人の声に支配されているのです。

量か質かの問題からは離れますが、自分の都合の良い情報だけを掬い取る、という方法は、非常に広く行われているところで、もしかしたら、どこかでオーソライズされているのか、と思えるほどです（明らかな皮

肉)。

　卑近な例では、ある書物から、ある一文を引用して、それを根拠に自身の論理を展開している場合に多いのですが、実はそれを否定するような内容も、同じ本に書かれていることがあります。そちらは取らないで、自分の都合の良いところだけ引っ張ってくる。そういった例を、よく見かけます。

　僕が、論述するときに他書の引用をしないのは、たかだか1人が言っていることであって、引用したからといって、近い意見の人がほかに1人いることがわかるだけだからです。その程度のことで、確かな論拠にはならない、と考えています。引用されているのが、統計などのデータか、あるいは再現が可能な科学的な結果なら、まだ話はわかります。「質より量」であるのなら、量の多さを問題にすべきです。引用したその1人が偉い人であり、「質」が違うとの考えなのかもしれませんが、意見というのは、誰が言ったかが問題ではなく、意見の論理性の高さが重要であり、それがすなわち「質」なのです。

 引用で箔がつくと思っている方が多い。箔って、薄いですよね。

2018年7月3日火曜日

「そこまで暑いか？」

　朝、犬が起こすので、ベッドサイドの時計を見たら、6時半でした。いつもよりも遅い起床時刻です。雨が降っているようで、外はそれほど明るくない。まず、犬を外に出してやり、トイレをさせたあと、室内に戻ってきて壁の時計を見たら、まだ4時だったのでびっくり。つまり、ベッドサイドの時計が止まっていたのです。いつからだろう？　昨日も時計を見て6時半だ、と思い飛び起きたら、5時半だったので、寝ぼけて時計を見間違えた、と解釈していたのですが、たぶん、それ以前から止まっていたのでしょう。電池ボックスを見てみたら、電池が外れかかっていました。なにかの衝撃で、電池ボックスから抜け出してしまった様子です。

4時はさすがに早いから、寝直しました。犬はだいぶ不満そう（つまり、すぐにも朝ご飯が欲しそう）でしたが、しばらく寝る振りをしていたら、すぐ脇でしかたなく寝ました。そのうち僕も眠ってしまい、起きたら本当に6時半。もう雨は上がっていて、窓の外は、今日も良い天気になりそうな明るさでした。

『月夜のサラサーテ』の手直しが終了し、編集者へメールで発送。12月刊予定の文庫書下ろしです。シリーズ7作めになりますが、べつにつながっているわけではありません。後ろから読んでもらってもかまいません。

　講談社文庫『φは壊れたね』が重版になると連絡がありました。第19刷になります。清涼院氏から届いた英語版『Down to Heaven』の1巻をざっと確認し、問題はないとリプライ。また、同書のあらすじなども届いたので、確認をしました。6/28に配信されます。

　清涼院氏と、漢字か平仮名か、という話題で少しメールを交換。英訳には無関係です。僕は、一時期「笑顔をつくる」というように「作る」ではなく、平仮名にしていました。これは、笑顔は工作するものではないから、みたいな意味合いです。「手をひく」なども、「引く」だと物理的な動作になってしまいそうで、そうではない比喩的な表現だから、と区別していたのですが、十数年まえから、それはやめて、どちらも漢字にしました。ただ、今でも、漢字か平仮名かで揺れているものは多く、作品内ではできるだけ統一していますが、本が違うと統一が取れていない場合があります。

　中国から、デジタル電圧計を取り寄せました。交流300Vまで測れるものです。送料込みで700円くらいでした。例によって、説明書などは一切ありません。試してみたところ、正常に動きます。デジタルのパーツは、滅多に不良品がありませんね。アナログのメータも安いので、目立ちませんけれど、アナログのメータは機械ですが、デジタルのメータは電子回路ですから、デジタルのメータはもっと安くできることでしょう。

　ガレージで、機関車の周辺に店を広げ、各種パーツをテープで仮止めして、どんな配置にしようかな、と考えていたら、家族と犬が出かける

「そこまで暑いか？」

というので、つき合うことにして、僕が車を運転し、20分ほどの街までみんなで行きました。繁華街というほどではありませんが、小さな店が並んでいるストリートです。思いのほか空いていて、歩きやすかったです。犬にも沢山出会いました。新しくできた店があったので、そこのテラス席でクレープを食べました。犬たちもカフェは大好きです（おこぼれにありつけるから）。

このシーズンになると、（老人に多いですが）Tシャツに半ズボンといったオープンなファッションが目につきます。だいたいサングラスをかけています。僕からすると、「そこまで暑いか？」と不思議に思えます。海岸じゃあるまいし、とも。僕は、長袖のシャツを着ています。ちょっと以前は、夏は肌を出して、なるべく日に当たるのが健康的である、と信じられていたのです。そういう年代だということでしょうか。

夕方は、草刈りをしつつ、枯枝を拾いました。木工の準備が整ったので、明日くらいから始めたいと思います。そのまえに線路を切らないといけません。現在、玄関から車庫のクルマへのアプローチに、線路が何本も通っていて、うち2本は、工事中の場所で、長い線路が（レンガの上にのせられて）地面から浮かせて置かれているのです。跨ぐのが面倒で、歩きにくいと苦情が出ています。所定の長さに切れば、人が歩く筋にかからないから楽になるのです。明日は、切りましょう。

それから、ゲストハウスの渡り廊下の屋根に、シートを被せるのも、是非明日やりましょう。気運は高まっているけれど踏ん切りがつかない作業が、けっこう多いみたいです。

 このゲストハウスの雨漏りは、修復に長い時間がかかりました。

2018年7月4日水曜日

アンティーク店の傾向

朝からガレージで工作。新しい機関車（34号機）を作っています。昨夜も夕食のあと、ずっとガレージにいました。金属を切って、穴をあけ

て、ボルトで固定して、という作業ですが、長さを測ったり、収まりを確認したり、ずいぶん頭を使います。常に、もっと良い方法はないか、と頭の中できょろきょろと見回しながら行います。昨夜は主に、ブレーキを取り付ける加工をしました（まだ半分くらい）。自転車のブレーキパッドを利用して、車輪にこれを擦り付ける機構を作っています。

　講談社文庫の編集者からは、『月夜のサラサーテ』の原稿受取りのメールが来ました。宅配便などの郵送に比べて、メールに添付して送るのは、安全性が高いから安心です。万が一のときにも、オリジナルを紛失することがありません。

　中央公論新社の編集者から、『イデアの影』文庫版の解説が届きました。今回珍しく小説家の方にお願いをして、早くもそれが届きました。発行は11月の予定です。

『森籠もりの日々』の電子版の見本がiPadで届きました。この確認をして、OKを出しました。今日の仕事はこれだけ。ブログ本は、久し振りですね。ブログだったものが、電子出版というのも、不思議な感じです。印刷書籍と同時発行は、僕のブログ本では初めてでしょう。

　先日蒔いた芝の芽が出始めています。3cmも伸びたら、半分くらいに短くカットします。こうすることで、また別の葉が伸び始めて、芝が密になるからです。今日は水やりもしたし、草刈りもしました。

　昨日書いた、線路を切る作業をするためにガレージの木製シャッタを開け、バンドソー（ループ状になっているノコギリ）でカットしました。簡単です。ターンテーブルの周囲に線路を並べ、どんな配置にすると美しいか、しばらく思案。

　ゲストハウスの渡り廊下の屋根にシートを被せる作業もしました。雨漏りを止めるためですが、どちらかというと、原因を特定することが目的です。屋根以外から水が回ってきている可能性もあるからです。先日買った高めのアルミ脚立から屋根に上がって、ガムテープでシートを張りました。シートは、6フィート×6フィートのものです。屋根の上はほとんどフラット（僅かに勾配はついています）です。この上面から漏れるとは思えないので、屋根から壁へ水が伝わり、サッシの上の辺りから入るのだと考えら

れます。そこも、応急措置でガムテープを貼ってみました。漏れが止まったら、しめたものです。位置が特定できれば、シリコン系コーキング材などで、改めて防水する予定です。

この頃、毎日のようにクルマで出かけて、賑やかな場所を歩いています。犬の散歩を兼ねて、ショッピングセンタとかに行って、テラス席でアイスとかクレープを食べてくる、という日が続いています。こうなるのは、夏になったからですね。どこも開放的になりました。

僕は、人が沢山いる場所が苦手なのですが、スバル氏は大好きです。彼女につき合って、たまに一緒に行きますけれど、できるかぎり空いている条件を狙います。スバル氏も僕に気を遣ってくれて、一緒のときは自分の買いものを我慢しているようです（自分のものは1人のときに買いたいのでしょう）。だから、長時間ではありません。1時間も人ごみにいることはありません。だいたいは、犬のものを買います。

それから、スバル氏は僕をアンティークの店によく連れていきます。そういうものに興味があると思われているようです。アンティークでも、見たいものは限られていて、たとえば、ドアノブとか、錠前とか、オイルランプとか、タイプライタなどの機械類です。どの店も、扱っているのはほとんど日用雑貨、美術品、食器、あるいはちょっとした家具のアンティークなので、僕が見たいものは5つあれば良い方です。

アンティーク店というのは、主人の嗜好もあり、また得意、専門があって、そういったものが多く集められるわけですが、専門のものは、比較的安い値がついています。だから、相場より高い値がついていたら、そのジャンルの専門ではない、ということがわかります。目利きができて高くつけることはなく、目利きができないから高めにするのです。

機械類を扱っているアンティーク店は、ガレージが併設されていて、オイルの匂いが漂っていることでしょう。自分の店で修理をして、良い状態にして売ります。多少でも機能すれば、値が跳ね上がるからです。

アンティークが好きな人は、絶対に引っかからないと思いますが、15年ほどまえから、家具や置物などで、アンティーク風に作ったものが大量に出回っています。東南アジアで製造されているのだと思います。最

初は、陳腐なものが多かったのですが、だんだんマニアック度を増し、デザインも良くなり、塗装もなかなかだし、汚したり、くすませたり、あるいは錆びさせたりする技術も上手になってきました。値段は数千円〜数万円です（最初の頃はこの倍以上しましたが、しだいに下がってきました）。その値段だったら買っても良い、と思えるレベルです。ただ、同じものが大量に存在するので、その認識は必要でしょう。オンリィワンが欲しかったら、避けた方が良いし、人のことは気にならないなら、気に入ったものを買っても良いかと。

 この似非アンティークですが、なにか手本のあるコピィですね。

2018年7月5日木曜日

7月はゲスト多数

　朝は犬に起こされます。明るくなると、もう起こしても良いと思うみたいで、これに対して、「時計を見ろ」とも言えません。しかたがないので、起きますけれど、そのあとしばらく、ぼんやりとしています。こういうときは、作家の仕事をするのに適しています。仕事関係のメールなども朝に処理することが多いかと。

　講談社から支払い明細が届きました。何でいくら著作権料がいただけたか、という数字が、ぎっしりと並んでいる書類の束です。TVドラマの再放映があったのでしょうか、著作権料で20万円ほどの入金が記されていました。また、別の明細ですが、だいぶまえから教科書に掲載されているエッセィがあって、これも毎年良い金額が振り込まれます。まるで、年金です。教科書は出荷が激減することがなく、安定しているようです。

　講談社経由でファンレターが届きました。封筒に入ったリアルのファンレターで、『すべてがFになる』を読んで書かれたものです。僕の作品は1作めだそうです。死体が出てくるシーンが恐くて、そこでネットで検索して、あらすじを確かめてから続きを読んだ、とありました。この頃はこの

ような読み方をされる人が多くなったみたいです。本格ミステリィが衰退するはずです（ただし、僕は、どんな読み方をされても良いと思っていますので、誤解のないように）。

「バーズ」の最新号も届きました。休刊になるので、その最後の号です。80年代から続いていた雑誌ですから30年以上の歴史があったようです。今後はウェブ雑誌に継続される、とありますが、それだったら「休刊」という表現はいかがなものでしょうか（もちろん、書籍関連の決まりや風習はあるかとは思いますが）。というか、「休刊」も、ただ休むのではなく、終わる場合に使われることがほとんどです（たぶん、雑誌登録の関係かと思いますが、そんな出版社側の事情は読者には無関係です）。僕は、この雑誌で新人漫画の審査員をしばらく務めていました。そういう縁がある雑誌でした。お世話になりました。

芝刈りをして、草刈りをして、水やりをして、犬を走らせ、雑草を抜き、吹付け塗装をして、ハンマで金属を叩いて変形させ、鉄のバーを幾つか手ノコで切りました。毎日がエクササイズです。

こういった作業の合間に、ホットコーヒーを飲みます。汗をかいていたり、喉が渇いているとき、夏でもホットコーヒーなのです。アイスコーヒーというものは飲みません。冷たい飲みものなら、シェイクが良いのですが、家にはありませんからね。

7月は、ゲストの予定が多く、その中には著名な（このブログを読んでいる人なら知っている、の意）方々もいらっしゃいます。天気が良ければ、庭園鉄道を楽しんでいただけます。というか、天気はだいたい良いのです。午前中の10時から午後の2時くらいに、雨が降っている日というのは、最後がいつだったか、と思い出せません。たぶん、ここ3カ月では一度もないと思いますし、今年あったかな、というくらい（雪ならありますね）。その代わり、夜とか朝方は、かなり雨の日が多いのです。

ゲストとお話をするのは、ゲストハウスの離れのオーディオルームです。例の雨漏りしている渡り廊下の先にあります。その入口では、漢方パンダの人形がお出迎えしますが、このパンダは、作家の高田崇史氏からいただいたものです。もう一つ同じ人形が部屋の中にもいて、こちら

は、身近な方から購入したものです。応接セットは、赤いカッシーナ。

オーディオルームは、2面がすべてガラス張りで、冬は麓の羊牧場が見えますが、夏は森林に囲まれて、なにも見えなくなってしまいます。この部屋は、40〜50畳の広さで、もともとは何のために作られた建築物なのか不明です。スピーカの配線が四隅に整っているのですが、その配線は普通の電線や端子で、オーディオファンだったとは思えません（僕は使っていません）。おそらく、室内にサラウンドで音楽を流し、瞑想にでも耽ったのではないか、と想像します。

オーディオルームのすぐ外を掠めるように、庭園鉄道の線路が通っています。けっこう崖っぷちです。この近くには、今後、駅を作る予定で、ゲストが外に出たら、すぐ電車に乗れるようにしたいと考えています。そのための線路も、既に買ってあるのです。

宿泊されるゲストもいらっしゃいます。ゲストハウスが整備されて、3年ほどになります。不足している設備はもうありません（ただし、クーラとか扇風機がありませんが）。

作家の仕事は、今日はしていません。もともと、7月、8月は夏休みなのです（これを書いているのは6/30ですが）。でも、『人間のように泣いたのか?』の再校ゲラを見るつもり。これは4日もあれば読めると思います。あとは、来年3月刊予定のエッセィをぼちぼち書くつもりです（2週間くらいでしょうか）。

 応接間になったオーディオルームは、意外と活用されています。

2018年7月6日金曜日
抽象的な文章を書いています

インドネシアの出版社からの入金のお知らせを、講談社からいただきました。よくわかりませんが、『すべてがFになる』単行本(1)〜(2)の2017年度分の版権料とありました。出版社だということは、ドラマの放映権ではなく、また2巻に分かれていることから、おそらく霜月かいり氏の漫画

のことだと思われます。

　こういった明細が届いたら、印刷書籍の印税だけは、エクセルの帳簿に記入していくのですが、それ以外の収入は、集計をしていません。こうなったのは、印税収入が他に比べて圧倒的に額が大きいからです。電子書籍も、最初の頃は微々たる額だったので集計しませんでした。そのうち引退するから、もう計算しなくて良い、と考えていたのです(15年以上まえの話)。

　印税以外では、ドラマ、アニメ、関連グッズなどの著作権使用料、教育関係(教科書、問題集、試験問題など)の著作権使用料、それから雑誌などに寄稿したときは原稿料があります。

　素晴らしい晴天で、朝は真横から日差しが森の中へ滑り込んだように照らして、神々しい雰囲気でした。犬の散歩は6時半頃(サマータイムです)から出かけますが、この時刻には、もう犬は朝ご飯を終わっているのです。早起きですね。つき合っている人間もそこそこ偉いと思います。

　水やりをして、犬の水遊びにつき合い、蟻退治をして、草刈りをしてから工作を始めました。

　昨夜は、工作室へすべてを持ち込んで作業をしていましたが、大きいもの、重いものが多く、足の踏み場もなくなり、今日はまず、すべて外に出しました。これ以上組み立てると持ち上がらなくなるので、今のうちに線路にのせて、そこで組み立てることにしました。そうすれば、少なくとも線路があるところなら移動が簡単です。屋外作業ですから、道具を取りに何度も工作室へアクセスします。

　作業は、ノコギリで切る、ドリルで穴をあける、吹付け塗装をする、といったものです。34号機として完成するのは、3日後くらいでしょうか。家にあって現役の4機のダイソンの整備もしました。

　作家の仕事はしていません。夏休みです。

　7/1にブログのことを書いたためか、メールが沢山来ました(念のために書きますが、現在はリプライは一切していません)。初めての方も半分ほどいらっしゃいました。長くブログを読んでいます、という内容です。日々の記録というのは、それなりに面白いものです(谷崎潤一郎の日記とか面白い)。た

だ、最近の僕のブログは抽象度が高くなっているので、何をしているのか、具体的にわからないと思います。そこが、じれったいと感じる人がいらっしゃると想像しますが、そういう書き方をしているので、じれったいのが正解です。

これは、小説でもいえるかもしれません。デビュー当時に比べると、具体的な細かいことを書かず、抽象的になったな、と自分でも感じます。というよりも、そういう小説の方が日本には少ないのではないか、と（あまり読まないからはっきりとしたことはいえませんが）思うのです。海外の小説を（翻訳されたもので）読んでいると、けっこう抽象的で、何を書いているのか、読み進まないとちっともわからない、というものが多いと感じています。それに比べたら、まだ僕の小説は簡単だろうと思いますけれど、そういった方向へ、ほんの僅かにシフトしているかも、と。

エッセィというのは普通、どこへ行った、何を食べた、こんなものを見て感動した、みたいなことを綴るわけですが、そうでなかったら、自分が主張したい意見、なにか悲惨な状況を改善したい、あるいは間違いを正したいという欲求などを書くわけです。こういったことは、賛同を得るためには、事例が具体的でなければなりません。一方、僕が書くものは、そういった要素がなく、ただ、考えたい人には、多少のきっかけかヒントになるかもしれない、というだけの価値です。

世の中に逆らって天の邪鬼で通してきましたけれど、実際に誰か個人を非難したことはなく、悪口を書いたこともありません。世間には、その種の捌け口としてネットを活用している人もいて、犯罪になるのに比べれば、悪い状況だとは思いませんけれど、そんなことで自身の時間とエネルギィを消耗しているのが、もったいないというか、贅沢な状況だなとは感じます。

たとえば僕の場合、これが仕事でなければ、絶対にブログなど書きません。仕事というのは、自身に利益があることはもちろんですが、仕事として成立しているのは、需要がある、つまり消費したい人たちがいるわけですから、いちおうは役に立っている、と見ても良いと思います（僕は、役に立てて嬉しいとは思わない人間ですが）。

アスリートや芸能人が、今は盛んに語る時代になりました。「ぺらぺらしゃべらないで、黙って役目を果たせよ」という非難をときどき目にしますが、こういった言葉というのは、発言者の自身に対する引け目であり、そのまま自分のことだ、と主張しているのと同じです。アスリートや芸能人は語ることも仕事ですが、非難する人はそれで稼げるわけでもなく、ただのぼやきでしかありません。その差が万事すべてです。

この種の素人のぼやきは僻み根性が読めて、僕はこれが楽しみ。

2018年7月7日土曜日

バーベキューとビアガーデン

　今朝も日の出とほぼ同時に犬が起こしたので、しかたなく庭に出してやりました。鳥が喧しいくらい鳴いていて、朝日は横から射し込み、幻想的な風景を見ることができました。樹の上の方だけ日が当たっているので、地面付近は暗いのに、森の上半分の緑は黄色く輝いていました。

　それから、また一寝入りして、スバル氏が起きてから、みんなで散歩に。ずっと木蔭の森の道を歩いてきました。Tシャツでは寒く、長袖の上着が必要です。でも、夏を感じさせる爽やかな空気が、今ここにいることの幸せを感じさせてくれます。

　庭仕事は、まず草刈り1バッテリィ。風向きが良かったので、燃やしもの。雑草抜きと水やり。水やりの半分は、犬の水遊びです。どうしてこんなに水遊びが好きになったのか理解に苦しみます。びしょ濡れになるまでやるので、あとでタオルで拭いてやるわけですが、それでもまだ濡れているので、しばらく「近くへ来るな」とみんなに言われる始末。

　犬たちは庭に出ると、まずはホースの先へ行き、水が出ていないかチェックします。人間が持たないと水が出ないことは知っているようで、人の顔を見ます。つまり、「こちらへ来て、これを持て」と言っているのだと思います。

コーヒーブレイクのあと、機関車の工作。昨夜も遅くまでガレージで作業をしていましたが、機関車を外に出して、その続きです。主に電気配線。終わったところで、発電機を始動し、各部の作動をチェックしました。大丈夫そうです。そこで、庭園内を1周だけ走ってきました。運転していると、エンジンの熱を僅かに感じます。冬は暖かいかもしれません。220ccのエンジンが目の前で回っているのですから当然です。エンジンは空冷ですから、冷却された分、空気が温まるわけです。

　アメリカの模型店から、中古の機関車が2台届きました。1台は、かなり手慣れた工作のスチームトラム。アルコールを燃料として走る機関車です。もう1台は、凸型の電気機関車で、ボディはプラ板です。いずれもモデラの自作品ですが、ほとんど新品で、ジャンクではありません。新古品として売られていました。特に、スチームトラムの方は、以前に買った模型と作り方が酷似していて、たぶん同じ作者によるものだと想像します。まえのは、古い感じだったから、作者は亡くなられたと思い込んでいましたが、今回は作ったばかりのようです。まさか、息子が跡を継いだとも思えません。そのうちに、また走らせて遊びましょう。

　跡を継ぐのが息子とは限らない。娘かもしれませんね。イギリスには、模型のボイラを作る名人の女性がいて、この世界ではカリスマです。女性のモデラは普通にいます。男性ばかりが目立つのは、（僕が行ったことのある国では）アメリカと日本でしょう。

　今日も作家の仕事はしていません。

　午後は、近くの公園へ犬たちを連れていき、そこで散歩をさせました。せせらぎに近づける小径もあって、涼しげな場所です。そのあと、スーパの前のベンチで、僕が犬たちと待っている間に、スバル氏が買いものをしました。長閑な夏の日です。

　このシーズンになると、ウッドデッキで朝食やランチを（僕ではなく、スバル氏が）食べることが多くなりますが、外で調理をするようなことはありません。バーベキューをやることがたまにありますが、それはゲストが来たときに限ります。炭を燃やして、雰囲気が良いというだけで、準備や後片づけが大変です。同様に、ピザ窯も、薪で焼くような設備を作っている

人もいますけれど、電気窯の方が簡単で美味しく焼けます。電気窯も温度管理をしているので、ほぼ同じです。炭焼きの方が美味しい、と一般に言われているのは、煤の香りがつくからだと思いますが、そのとおりなら、その煤の粉末が売り出されることでしょう。

日本人の場合、屋外で食事をするとなったら、必ずビールを飲みますが、やはり暑いからなのでしょうね。ウッドデッキで飲むとしたら、ホットティーかホットコーヒーが良いと思います。いずれも香りが大事なので、外の空気だとまた格別となります。そういえば、煙草を吸っていたときも、空気が美味しいところで吸う一本は美味かったですね（特に山の上）。

ビアガーデンに行ったことは、これまでの人生で4回だと思います。三重県の津市で2回、名古屋で2回ではないか、と思い出しますが、まだほかにあったのに、忘れてしまったかも。あ、札幌で1回入ったかな……。

ビアガーデンは、今の若い人には受けないでしょうね。もっとクーラが効いていて、凝った料理が出てきて、カクテルもいろいろ飲めるようなところにしか行かないのではないでしょうか。そうか、ビアガーデンがそういったふうに変化しているのかもしれませんね。

名古屋は、浩養園が有名で（でも、ワープロが変換しませんでした）、名工大の近くですが、ビール工場からパイプラインでビールが流れてくる、と聞きました（本当でしょうか）。今もあるのかどうかは知りません。僕が名古屋にいた最後の頃に、あそこにショッピングモールができたような記憶です。ちなみに、編集者とビアガーデンに行ったことは、一度もありません。

 編集者と一緒に酒を飲んだことが、そもそも一度もありません。

2018年7月8日日曜日

素直であること

毎日ぐっすり眠れています。大学に勤務していたときは、眠れない人

間でした。考えることがいっぱいあるし、明日は決まった時間に出ていかないといけないし、寝られなければ、睡眠時間が不足するわけですが、そういう状況も普通だと思っていました。これが、予定を自分ですべて決められるようになったことで一変。目が醒めたら起きれば良い、眠くなったら寝れば良い、今日できなければ明日にすれば良い、という過ごし方をしているので、枕に頭をつけたら、たちまち眠れて、朝まで一度も起きない、という眠り方になりました。そういえば、頭痛がなくなったし、肩凝りもありません。肩凝りは、作家になって分割睡眠をした頃になくなりました。食べたらすぐに寝る、というのが良かったようです。現在は、夕食の3時間後に寝ています。だいたいの時間は、犬に合わせているのです。

　今朝は5時に起きました。犬を外に出し、戻ってきたので、また1時間ほど寝直し、そのあと朝の散歩に出かけました。毎日毎日、綺麗な朝の風景。空は晴れ渡っています。

　昨夜、工作室では、機関車の電気回路を変更していました。作業はハンダづけ。これを取り付けたところで終わり。というのも、今作っている機関車は、エンジンで発電機を回すので、エンジンをかけないと試験ができません。排気ガスが出るので、外で試す必要があり、今日に持ち越しになったわけです。さっそくエンジンをかけて、正しく作動することを確かめました。庭を1周してきて、電気回路についてはOKだとわかりました。しかし、ブレーキにちょっとした不具合が見つかり、そこを直すことになりました。直すためには、すべてを分解しないといけないので、また2日ほどかかります。ついでに、不満があった部分を2箇所ほど直しましょう。

『人間のように泣いたのか？』の再校ゲラの確認を始めました。まずは、初校ゲラで修正した箇所の確認をしました。今日はここまで。明日から、1週間ほどかけて読んでいくつもりです。

　スバル氏が出かけたので、数時間ですが留守番。宅配便が届くから、母屋の近くにいないといけないので、庭園鉄道に乗ることもできず、草刈りも、やりたい場所ができませんでした。犬は、水遊びをした

がり、外に出ると、ホースのところへ走っていきます。今度、犬用のプールを買ってやろうかと思いました。

犬たちはそうやって、遊んでびたびたに濡れたあとは、ベッドでひっくり返って昼寝をしています。ベッドも濡れるから、また干さないといけません。世話のやける同居人たちです。こういったことができるのも、夏の間だけ。そうですね、2カ月か3カ月くらいでしょうか。

たびたび書いていますが、犬を見ていて一番感心するのは、根に持たないこと、あるいは諦(あきら)めが早いことです。人間は、とにかく執念深いから、ちょっと嫌なことがあったら、いつまでもぷんぷんしていますが、犬はそういったことがありません。水遊びがしたくてしかたがないのですが、駄目だと言われても、それを恨んだりすることがありません。次の楽しさへ、すっと視線が向かいます。この素直さは、人間も見習いたいものだと思います。

もちろん、執念深いからこそ成し遂げられることもありますし、諦めることができないのも、良い方向へ進めば、偉業達成となります。こういった思い込みの力は、もちろん高等な頭脳だからこそ可能なのであって、バッファがそもそも少ないことが動物の素直さにつながっているのかもしれません。

いけないのは、ネガティブな感情を強く持ち続けることですが、なにかのきっかけでそういった拘(こだわ)りが消えることがあります。そのときに、どうして消えたのか、とよく自分を分析すると、その後のセルフコントロールに活(い)かせるのではないかな、とも想像しますが、もちろん、そんな簡単なものではないよ、とおっしゃる方も大勢いることでしょう。デフォルトではそうならない場合も、努力をしてそうなるようにした方が、自分自身が楽になれるのではないか、というだけです。

特に、なにか言いたいことがあるわけではなく、書いてもしかたがないことかもしれませんが、つまりは、自分で自分を修正し続けるしか手がない、ということはいえるのでは。天使が手を差し伸べてくれるなんて奇跡は、起こりません。

> 執念深さが他者へ向かうと、ほとんど良いことはありませんね。

2018年7月9日月曜日
姓が変わる話

『イデアの影』文庫版の再校ゲラを発送したとの連絡が、中公の編集者からありました。大和書房からは、『MORI Magazine』文庫版の再校ゲラが到着。これらはいずれも文庫化の再校なので、初校の修正箇所の確認と、校閲の新たな指摘箇所だけに答えます。通して読まないので2日もあれば終わるかと。

『月夜のサラサーテ』のゲラなどのスケジュールが、講談社文庫の編集者からありました。この本の解説は、昨年に引き続き、吉本ばなな氏にお願いすることになっています。

『人間のように泣いたのか?』の再校ゲラを読み始めました。今日は10%まで。このペースでは、あと9日もかかりますから、もう少しペースを上げます。ところで、再校の段階の今になって異例だと思いますが、サブタイトルの英題を一部変更することにしました。編集者にそのメールを送りました。10月刊なので、まだ全然大丈夫でしょうけれど。

11月刊予定で進めている『森には森の風が吹く』のレイアウト案が届きました。『森博嗣のミステリィ工作室』『100人の森博嗣』に続く本ですが、最近のシリーズの「あとがき」や、雑誌などへの寄稿を掲載した本です。タイトルに「森」が付きますが、『森籠もりの日々』と混同しないように注意しましょう。レイアウトがだいたい決まったようなので、近々初校ゲラが来るのかもしれません。

毎日早起きしています(犬が起こすから)。夜に雨が降ったので、水やり免除。草刈りは、昨日3バッテリィもできたので今日はお休み。芝のサッチ取りを少ししました。それ以外は、特になにもせず。

ガレージで店を広げて、機関車の改造作業を始めました。2日で終わる予定のものです。昨日、発電機で走る機関車の動画をアップした

ら、イギリスとドイツからメールが幾つか届きました。珍しい機関車とも思えません。もしかして、ホンダの発電機が珍しかったのかも。

　今はどうなのか知りませんが、僕は小学校、中学校、高校で、クラスメートの名前が変わった、ということが何度もありました。これは、親が離婚とか結婚したという場合ではありません（その例は、当時は非常に少なかった）。祖父の姓を継いだとか、親戚の養子になったとか、そういった事例です。理由を詳しく聞いたことはないのですが、考えられるのは、資産相続でしょうか。孫へ直接相続させた方が税金で有利になるとか？

　それから、やはり家の跡継ぎといった概念が、現在よりは強固に認識されていて、「血筋が途絶える」などと表現した事態からの回避です。養子では血筋には関係がないだろう、とは思いますが、実際にそういうふうな話を聞きました。もしかしたら、戦争の影響で、跡取りが亡くなった家が多かったのかもしれません。僕は、戦後十数年して生まれているので、この当時、そういった補完が行われていたとも考えられます。それから、お墓の問題もあったかもしれません。墓守がいなくなる、みたいな危機でしょうか。

　僕自身は、どうだって良いと考えているので、他人事のように書いていますが、その文化内では切実な問題なのでしょう。近頃は特に、昔に比べて子供が少ないし、結婚しない人も多いし、かつてよりもはるかに血筋が途絶えやすいはずです。

　たとえば、森家ですが、父は7人兄弟の三男で、僕は従兄弟が40人くらいいます。でも、父の2人の兄は、1人は特攻隊で戦死、もう1人は、子供は4人ですが、男子は1人で、その方は30代で亡くなっているし、僕の兄も生まれてすぐ死んでいるので、直系の男子相続では、僕1人なのです。だから、昔の仕来りだと、僕の長男が森家の将来の当主になるわけですね。そういう僕は、森家の墓にお参りしたことはないし、どこにあるのかも知りません（注：ちゃんとした墓があって、従兄弟たちが守っているようです）。

　スバル氏の実家の家系も、女系で男子はほとんど亡くなっていて、スバル氏の父方の姓を継ぐ人はいません。頼まれたことはありませんが、

僕の息子が養子になるしかないですね（そうなっても、僕は全然かまいません）。僕もスバル氏も、姓がありふれているから、べつに途絶えても良いでしょう。僕の妹は、大変珍しい姓になりましたが、旦那（だんな）は一人息子だし、娘しかいないから、姓を継ぐには、養子をもらうなど、なにか手を考えなければいけません（たぶん、必要性を感じていないと思います）。

　中国のように、夫婦別姓にすれば良いのに。子供は、両親のどちらかの姓を、自由に選択すれば良いと思います。もちろん、結婚して夫婦で同じ姓にしたい場合は、そうすれば良いでしょう。同じ姓でなければならない、という理由がなにかあるのでしょうか？　1度めの離婚で姓を戻さないと、2度めの離婚をしたときに、最初のもともとの姓に戻れない、みたいな話を聞いたこともあります。そういう不自由があるだけで、同じ姓にするこれといったメリットもないように思えますが、どうして法律が変わらないのでしょう？

 戸籍の名を普段の生活で使わなければならない理由が不明です。

2018年7月10日火曜日

買いものは家でします

『人間のように泣いたのか?』の再校ゲラを40%まで読みました。今日の仕事はこれだけ。

　犬と庭仕事はいつもどおり（こう書いてしまうと、毎日すべてがいつもどおりなので、日記になりませんが）。一方、工作は毎日やることが異なるので、書くことはいくらでもあるのですが、でも、書いても理解してもらえないと思います。

　つい最近、靴下の履き方のコツを掴（つか）んだというか、そうか、こうすれば良いのか、という気づきがありました。靴下は、立ったままで一本足で履くことになりますが、足を靴下の中に通すときに、指が引っかかるわけですね。でも、指を少し反（そ）らして、入りやすくすることで、だいぶ楽になることがわかったのです。「今頃、それか?」という声が上がるかもし

れませんけれど……。

　今は着ませんが、冬は毎日、外に出るときにダウンジャケットやジャンパを着なければいけません。このとき、ジッパというかチャックというか、あれを下から上へ引き上げるときに、ジッパの金具に、布が食い込んで、噛んでしまうことがあります。なりやすい服は、必ずといって良いほど噛みます。安い服を買っているからしかたがないのかもしれませんけれど、なにか改善できたら良いですね。ジッパ自体に、これを防ぐ機構が取り入れられそうです。

　朝から眠い。早起き続きが祟ったのかな。ゲラを少し根を詰めて見すぎたかもしれません。この頃は、滅多に昼寝をしなくなりました。睡眠は充分だろう、と思っているからです。大学に勤めていた頃とは、雲泥の差でよく寝られます。まず、気候が違いますね。夏でも、羽毛布団や毛布を被って寝られるほど涼しいし、冬は、床暖房のおかげで、布団がいらないほど暖かいし。スバル氏と犬たちは、毎日昼寝を何度もされている様子です。

　十数年まえに比べて、今の生活のどこが変わったか、と考えたとき、第一に思い浮かぶのは、ネット販売です。それまでは、ものを買うため、欲しいものを探すために出かけていましたが、今はほとんどなにもかも、ネットで買うことができて、しかも一番欲しいもの、ズバリ探していたものが手に入ります。たまたま、店にあったもので妥協することがなくなりました。

　それから、ネットで買う場合には、ついでになにかを買っておく、ということがありません。欲しいもの単品だけを注文すれば届きます。店に足を運んだ場合には、せっかくここまで来たのだから、と余計なものまで買ってしまうのが普通でしたが、それがありません。非常に合理的です。

　一方で、ネット通販では品物が届くまでに時間がかかります。また送料も必要です。それでも、出かけていって、交通費と時間を使うことに比べれば、どちらが得なのか判断ができない、という気がします。僕の場合、欲しいものはすぐ近くの店にはないもの、何軒も探さなければなら

ないものが多かったので、費用面でも通販の方が得です。時間の得は、もう比べものになりません。体力も消耗するし、出かけることが本当に一日仕事だったわけですから、これだけでも良い時代になったな、と感じます。

　通販の中には、翌日、翌々日にすぐ届くものもあれば、1週間ほど待たないといけないものもありますが、これらは、おおむねどれくらいかを把握しておき、必要なものを早めに割り出して発注する習慣を持てば、ほとんど問題ではなくなります。むしろ、物事の進め方が計画的になって、良い効果をもたらすのではないかとさえ思います。

　僕がネットで買いものをするのは、たいてい夜、寝るまえの時間です。明日や明後日にすることを考えるから、必然的に必要な品々がイメージできます。もう少しさきを見越して、来週は、来月は、と考えて、それに必要な資材も注文します。時間に余裕があれば、新しい品、面白そうな品を探して回ります。ちょっとしたものを見つけたことで、新たなプロジェクトが始まる場合もあります。

　ネット通販は、最初は僕だけでしたが、スバル氏も最近はよく注文しているようです。結局、生鮮食料品だけを買いにいけば良い、ということになり、3日に1度スーパへ行けば充分な生活になります。都会に住んでいる必要もなく、言葉が通じる場所に住んでいる必要もありません。

　自分にとって「店」の機能を持つプラットフォームが「1軒」あれば充分です。すべてをそこを通して買います。これからの商売は、すべて製造業（サービス業も含む）になるのかな、とも思います。パンを作る人は必要ですが、パンを売る店はいらない、という意味です。髪を切る人は必要ですが、髪を切る店はいらなくなるでしょう。

商売で黒字を出す店の割合も、どんどん**減少していく**はずです。

2018年7月11日水曜日
ブログを本にすること

　この2日ほど、夜に大雨が降りましたが、ゲストハウスの渡り廊下では、雨漏りがありませんでした。屋根に張ったシートが効いたようです。たぶん止まるだろう、と予想はしていました。次は、シートを一部だけ外して、一番疑わしい、壁のサッシの境目のところに、シリコンシール材を塗ろうと考えています。

　『人間のように泣いたのか?』の再校ゲラを70%まで読みました。明日読み終わります。今日の作家仕事はこれだけ。明後日は、『MORI Magazine』文庫版の再校ゲラを確認しましょう。その次は、『イデアの影』文庫版の再校ゲラ。

　『森には森の風が吹く』のレイアウト案が修正されて届き、OKを出しました。こちらも、近々初校ゲラが来そうな雰囲気です。古い寄稿エッセィなどには、1つずつコメントを書く予定ですが、それも初校ゲラを読みながら（思い出しながら）にするつもり。11月の発行予定なので、まだ余裕があります。

　『森籠もりの日々』の見本が早くも10冊届きました。どうなんでしょう、この本は印刷書籍か電子書籍か、どちらで持つべきでしょうね。もともと無料公開のブログだったわけですから、電子書籍を買うのは、なんか損した気になりませんか（いえ、そう促しているわけではありませんが）、主観的な意見ですけれど……。

　書く側の僕としては、奉仕のつもりで始めたのに、こうして出版されることになってしまい、きっちり賃金がいただけることになったため、勝手な都合で休んだりできないし、著しい問題発言もできないかも、という緩い拘束を受けることになりました。しかし、むしろその方が書きやすいかもしれません。このあたりは、職業的な習慣によります。

　たとえば、「このテーマで書いて下さい」といった依頼を受ければ、簡単に書き始められますが、「なんでも良いですから書いて下さい」と頼まれると、何を書くか考えなければなりません。逆にいうと、なにを書いて

も良い場面で何を書くか、という点が最も注目すべき対象であり、そこにこそ作家性が表れます。

振り返って、どうしてブログを印刷書籍にしようなんて考えたのか、思い出してみたのですが、当時(20年まえ)は、まだ大勢の方がネットにアクセスできない時代だったのです。また、たとえアクセスできても、手許にメディアという物体を置いておきたい、触って確かめたい、という気持ちを多くの方がお持ちでした。僕自身は、本に対してそういった感情を持っていなかったので、全然理解はできませんでしたが、でも、仕事ですから、需要があるならば供給した方が得策だろう、と判断したのです。

この判断をしたのは、日記を始めて数カ月経った頃で、1996年のことです。その後は、印刷書籍になることを意識して日記を書きました。これは、庭園鉄道関係のウェブサイトも同じで、いずれは出版物になるだろう、と想定して発表していました。

結果は、出版社が考えていたよりも上々の売行きでした。その証拠に、日記本もブログ本も、いずれも第1巻は重版になりました。最初の日記本である『すべてがEになる』は累計3万部でした。最初の庭園鉄道本『ミニチュア庭園鉄道』は2万5000部でした。今では信じられない部数だといえます(最近休刊になった漫画雑誌と同じくらいの数ですね)。

しかし、急速に時代が変わります。ネットのコンテンツをそのまま出版する流れは広まり、多くの人が自分もやりたいと思うようになりました。そこでブログが登場し、コンピュータの知識がなくてもホームページが作れる環境が整ったのです。同時に、ネット上のコンテンツが最終形態であっても良い、との認識も広まりました。それまで正式なものは印刷物だったのに、あらゆるものがネットに比重を置くようになったからです。ブログが大流行した背景には、個人がまるで日本中に向けて本を書いているような感覚をもたらしたのだと思います。

その精神というか雰囲気は、もちろん今も残っているのですが、多少は現実的になり、日本中ではなくて、仲間内で、くらいに範囲が縮小されているようです。リアルへ向かって、SNSが伝達範囲縮小を促したか

らです。

　かつては無数に存在した掲示板も、今はツイッタに取って代わられました。現在でも、伝達範囲は縮小傾向にあるはずです。数年まえの範囲を意識している人が多いかと思いますが、そこまで伝わってはいません。どんどん世間は狭くなっているのです。

　もともとのウェブサイトは、ある程度は知識を整理して発表する場でしたが、ブログになったことで、日々の活動報告になってしまい、遅々として進まない途上のコンテンツも見せられることになったため、欲しい情報が得られない結果を招きます。検索しても不完全な知識しかヒットしません。日々の活動が知りたいのは、数人の親しい知合いだけであって、他人から受け取りたいのは有用な知識のはずです。

　ただ、エッセィだけは、なんでも書ける自由さが、ブログに向いているかもしれません。生き残れる人は少数でしょうけれど（注：もちろん、僕は生き残りたいとは思いません）。

 作家の仕事が死活問題にならなかったのが、僕の特徴でしょう。

2018年7月12日木曜日
買うかどうかで迷う

　犬が早起きなのですが、彼らは夜は9時頃からずっと寝ているので、当然です。朝の5時には起こされ、ここ数日眠くてしかたありません。そこで、昨日は10時に寝ました。今日は、だいぶ良い感じです。犬の生活習慣に合わせることにしましょう。

　『人間のように泣いたのか？』の再校ゲラを最後まで読みました。これでお終（しま）いです。発行は10月、あと3カ月半ほどさきの話です。Wシリーズ最終巻。

　『MORI Magazine』文庫版の再校ゲラを確認しました。初校のときの修正が直っているかどうかを見ただけです。この段階でもまだできていないページがあって、デザイン（レイアウト?）が遅れていますが、僕の仕事

はもうお終い。続けて、『イデアの影』文庫版の再校ゲラも確認しました。こちらは、初校の修正が非常に少なく、再校でも校閲の指摘は3箇所だけでした。こちらも確認終了。

　というわけで、今日は少し超過勤務でしたが、3つのゲラが一度に終わりました。清々しました（きよきよしたでもなく、すがすがしたでもありません）。

　イギリスの庭園鉄道関係では一番有名な模型店、Garden Railway Specialists（勝手に訳すと、「庭園鉄道専科」ですか）から、先日買ったガーラットという機関車の模型について、小さなリコールがあって、「メーカの指定では店に機関車を戻して、そこで修理をすることになっているが、どうしますか？」と知らせてきました。新品で買って、まだ走らせていませんが、燃焼効率がやや悪いそうで、そこを改善するための改良パーツができた、とのこと。「自分で取り換えるから、どこをどうするのか、写真で教えてほしい。パーツだけ送ってもらえば充分」と返事をしたら、早々にパーツが届きました。「たったこれだけ？」という内容で、小さな板きれ1枚と小さなネジが4つだけでした。写真は5枚ほどあって、取り換える様子が示されていました。そんなことで大きく変わるものかな、という感じの改造です。まだ、取り換えていません。

　中国からパーツが届きました。先月発注したものです（予告されていた到着日より2日早かったので、まずまず満足）。レトロな丸い電流計と、オートバイ用のヘッドライト。どちらも送料込みで800円くらいでした。安いなあ、凄いなあ、と喜びもひとしお。

　昨夜もかなり雨が降ったようですが、ゲストハウスの雨漏りはありませんでした。いよいよ、シーリングを考えないといけません。円筒形で先が尖った接着剤の容器を、金属製のガンに装填し、引き金を引いて先からシリコンを出すのです。ガンは持っているから、シリコンだけ買ってくる必要があります。以前は、ラジコン飛行機をよく作ったので、その際にこれを頻繁に使いました。胴体と主翼の隙間を埋めたり、燃料タンクの漏れを防ぐためなどです。最近は、小さい機関車ばかり作っているから久し振りになり、ガンは探さないといけません。

　イギリスでは、大きな模型機関車の中古品が数多く流通していて、

扱っている業者も多数あります。最近、280万円のシェイと200万円のハイスラが出てきたので、かなり迷いました。シェイもハイスラも、ギアードロコと呼ばれる特殊な形式の機関車です。シェイは、既にピンク色のものが在籍していますが、ハイスラはありません（小さいサイズのものなら多数ありますが、人が乗れるサイズではない、という意味）。1週間ほど、買おうか、買うまいか、と悩み続けています。そうこうしているうちに、誰か買ってくれたら諦めがつくのですが、まだ売れていません。ギアードロコは、アメリカでは人気がありますが、イギリスでは今一つなのです。

どちらも大きいので、僕のクルマでは運べません。そういった運搬の段取りをしなければならないのが、一番面倒な点です。その金額だったら、ピックアップのトラックが買えますね（トラックを買ったら、買う気になるという意味ではありませんが）。

その次に問題なのは、置いておく場所です。ガレージの線路の上になりますが、長さが2mくらいあるので、邪魔になります。ライブスチームという、石炭で走る機関車ですから、毎日気楽に運転ができるわけではありません。火を熾して走らせるまでに準備が必要だし、走り終わったあとも、灰の掃除など、整備が欠かせません。既に、そういうライブスチームを10台くらい持っているので、これ以上増やしたら、維持するのも億劫になるでしょう。

さらに、我が庭園鉄道は、カーブが急（半径5m）なので、これらの機関車が曲がれない可能性があります。そうなると、曲がれるように改造しないといけなくて、これまた面倒な作業になります。

なにもかも面倒ですね。そういった諸々の障害を考えて、今のところ躊躇しています。10年まえなら買っていたでしょうけれど、もう、さきは長くありませんからね。

昨日も、税理士さんから、生命保険に入ることを勧められました。1500万円までなら、非課税の対象になるそうですから、掛け金1500万円で加入して、遺族が1500万円を受け取れば、なにもしない場合にかかる相続税がその分だけゼロになるということです。700万円くらい得でしょうか（僕がではなく、遺族が）。

300万円の機関車を買っておいて、僕の亡きあとは、これをオークションで半額の150万円くらいで売れると思いますから、生命保険と非課税の比率は同程度といえます。というようなことを、一瞬考えましたが、なにがどうなるのかわかりません。

　僕の父が死んだときだって、郵便局や銀行の口座を解約するのに、大変な苦労をしました。いろいろ揃える書類があって、膨大な時間をかけました。郵便局や銀行はなにも助けてくれません。もちろん、死んだことを知っていても、むこうからは通知などはありません。窓口もないし、担当者も滅多にいません。そういうものなのです。だから、遺族となる受取人には、あらかじめ「面倒でも金が欲しいか？」と質しておく必要があるのです。冗談のように書きましたが、もちろん半分は本音。皆さんも覚悟しておきましょう。

 相続税が上がりましたから、皆さん覚悟しておくと良いかと。

２０１８年７月１３日金曜日
配達されるもの

「異常気象」という言葉が聞かれて久しいところ（30年くらい？）ですが、温暖化という主原因がだいたいわかってきたわけですから、もはや「異常」ではなく、これが「平常」だと思った方が良い状況といえます。温暖化を食い止めるために、世界中で議論が行われています。それなのに、アメリカはパリ協定を離脱し、日本も火力発電を推進しています。まったくの逆行。膨大な犠牲を出してなお、手を打たないつもりでしょうか。

　今朝はなんと、犬がいつもより2時間も寝坊をしました。朝方霧雨だったため、外が暗かったからでしょうか。暗いと、鳥が鳴かないので、寝過ごしたものと思われます。おかげで、8時間以上寝ることができ、朝はすっきり。気持ち良く散歩に出かける頃には、雨は上がり、爽やかな風が吹き抜けていました。

栗の樹が花を落とすので、芝生にそれが散乱していて、集めて片づけないといけません。今朝は、まずその作業。草刈りも2バッテリィしましたが、既に伸び方が弱まっているようにも感じます。草の思春期も終わり、もしかして、そろそろ夏も終わりでしょうか。

ゲラがなくなり、作家の仕事はゼロ。朝方の霧雨のおかげで、庭仕事も軽減。まずは、軽く工作をしてから、庭園鉄道を運行しました。この頃は、発電機機関車である34号機が、車庫の出口に近いところにいるので、最初にこれを出します。ちょこちょこと、いろいろなものを取り付けています（たとえば、ヘッドライトとクレーンが付きました）。エンジンをかけて、庭園内を1周しました。まだ霧が残っていて、遠くは見えません。雨のあとは、苔が開いているので、地面の緑が鮮やかですし、歩くと厚い絨毯のようにふかふかです。

ゲストハウスへ点検に行き、掃除機で、オーディオルームと通路を綺麗にしてきました。そちらへ行くと、モノレールかレーシングカーで必ず少し遊んでしまいます。まえは、一曲だけボブ・ディランを聴きましたが、最近はご無沙汰です。

お昼頃から、スライド丸ノコなどを外に出して、木工を始めました。まずは、幾つかの材料を切っただけ。現場が遠いので、これらを運んでから、コースレッドで組み立てます。そんな作業を少しずつ進めています。

お昼過ぎにスバル氏と犬たちで近所の散歩をしていたら、知合いの夫婦（犬も一緒）がこちらへなにか叫んでいます。近づいていくと、宅配便のトラックが家のまえに来ていた、と教えてくれました。そこで、家まで300mくらいを走り（犬1匹も）、なんとか間に合いました。宅配便の配達員は若い女性が多く、だいたい顔見知りです。普段は、犬は玄関の近くで見ていても、「待て」と指示されて出られないのですが、今日は配達員に撫でてもらえました。願いが叶ったのか、尻尾を振って大喜びでした（犬というのは、たいてい若い女性が好きです。反対に中年の男性を警戒します。ただし、10歳以下の子供は性別問わず、恐れます）。

毎日沢山の荷物が届いて、欲しいものを買いにいく必要がなくて便利

なのですが、唯一の不満は、すぐ食べられるピザが買えないことです。もちろん、出前の寿司とかラーメンとかもありません。家まで配達してくれる食事、というものが一切ないのです。田舎ですから、しかたがありませんね。寿司やラーメンは残念だと思いませんけれど、ピザは美味しかった記憶があるし、今でも、食べに出かけていくことが1年に2、3回あります。ピザは出来立てほど美味しいですからね（なんでもそうですが）。

　子供の頃は、寿司は出前か店に行くしか食べられないものでした。スーパなどに売っていなかったのです。翌日は、あの丸い桶（というのかな?）を、家まで回収しにきてくれました。お客さんが来たら寿司を取る、という習慣がありましたね。そのうち、ラーメンやうどんも出前ができるようになって、父が好きなので何度か食べました。店で食べても、出前を取っても、値段は同じでした（配達料といった概念が、当時の日本にはなかったのかも）。

　うちの近くにはありませんでしたが、うな丼（うな重）なども、出前で食べるもの、と思っている人が多かったようです。大人になってからも、学会の委員会（会議です）などがあったときに、食事で出前を取ることが慣例でした。これは委員会費から支出されていました。食事がただで食べられるから出席する、という人も多かったのではないか、と想像します。

　そのうちに、そういったことに公費を使うのはいかがなものか、という意見が出始めて、だんだんなくなってきました。各自が好きなものを食べにいく（あるいは持参する）方が良いだろう、ということです。

　出前というのは、基本的に都会のシステムです。配達距離が短いことが前提だからです。同じようなものに、牛乳配達とか、酒や醬油の配達などが、かつてはありました。今でも、ヤクルトは配達なのでしょうか。

 新聞が家に配達されるのは、ある意味凄いシステムといえます。

2018年7月14日土曜日

メガネの物理トリック

　今日も、作家の仕事はしていません。次に書くエッセィ本は、テーマは何だったっけ、と思い出せないほどです（これは僕の特徴ですが、少し作業から離れるだけですっかり忘れてしまいます）。Wシリーズのあとは、どうしようかな、とも考えていません。書くのは秋です。秋には秋の風が吹きましょう。

　日本語には、基本的に「未来形」というものがありません。「ます」や「です」は、未然形で「ましょ」「でしょ」と活用して、助動詞の「う」を伴い、「ましょう」「でしょう」となって、未来や意志や予測を表します。動詞には「ましょう」がついて、「走りましょう」となり、名詞には「でしょう」がついて、「駄目でしょう」となります。

　しかし、未来の事象というだけで、（英語のように律儀に）これらを使うことはまずありません。「明日は雨でしょう」と言うのは天気予報くらいで、普通の会話では、「明日は雨です」と言う人がほとんどです。せいぜい、「雨みたい」とか「雨のようです」とぼかす程度です。

　動詞と名詞で使い分けるので、「明日は雨が降りましょう」「明日は雨でしょう」が正しい文法だと思います。「明日は晴れましょう」「明日は晴れでしょう」もOKです（どちらも前者が動詞で後者は名詞）。でも、「明日は雨が降るでしょう」「明日は晴れるでしょう」は変だと僕は感じます（「晴れることでしょう」ならOK）。でも、今は広くこれが使われているように観察できます（僕もときどき使いますが、くだけた言い方に聞こえます）。

　意志を表す、と書きましたが、上司から「これをやってくれ」と依頼されたとき、部下は「はい、やりましょう」と言いますか？　たぶん、「はい、やります」だと思います。もちろん、両方正しいのですが、「やりましょう」と言うと、なんか上司も含めて、みんなで一緒にやりましょう、みたいに聞こえますね。当然ながら、「はい、やることでしょう」と言うと、どことなく他人事のように響きます。天気予報の影響でしょうか。

　「私は、きっとやることでしょう」も、客観的な視点からの観察に聞こえ

ます。「私は、きっとやりましょう」も、なんかしっくりきません。「きっと」は意志ではなく、確率が高いという意味なので、意志でコントロールできるのか、という違和感があるのでしょうか。日本語は難しい。

さて、朝から草刈りをして、線路工事をして、機関車の工作（塗装など）をして、犬と芝生で遊び、午前中があっという間に終わりました。昨夜は、工作室でラジコン関係の配線をしていて、中国製の安価なパーツの使い方がわからないので、ネットで調べつつ、格闘していましたが、ちっとも上手くいきません。最後は自分の配線ミスだと気づいて、温かい気持ちになり、満足して寝られました。

メガネをかけている人のほとんどは近視だと思いますが、この場合、レンズは凹レンズです。虫眼鏡のレンズは凸レンズ。凹レンズは、近くのものを見ると小さく縮小し、凸レンズは逆に大きく見せます。ですから、凹レンズのメガネをかけると、目が小さくなる。このため、メガネを外したとたんに美人になったりする（少女漫画の王道的）シチュエーションになるわけです。大袈裟にいえば、物理トリックです。叙述トリックといえるかも。

僕は今、老眼鏡をかけています。これは凸レンズなので、誰かが僕の顔を見たら、目がいつもよりも大きくなっているわけですね。だから、少女漫画にこれを導入すれば、近視のため普段は凹レンズのメガネをかけている少女が、ある日、間違えてお祖父さんの老眼鏡をかけて学校へ来てしまったら、目許ぱっちりの美少女になれる、というストーリィが展開できます（そのかわり、学校へ無事に到着できるかが怪しい。途中で生徒会長とぶつかったりすることでしょう）。

僕の書斎は天窓があるので（上階のない全室に天窓があります）、メガネのシルエットをテーブルに映してみましょう。くっきりとメガネの輪郭が映ります。次に、メガネを少しずつ高い位置に上げてみましょう。テーブルから離すほど、ややシルエットはぼんやりとしてきますが、天気が良くて、空気が綺麗な場所ならば、1mくらい離しても、シルエットは鮮明なはずです。

ところが、どうしたことか、少し持ち上げると、メガネのシルエットはフ

レームが太くなるのです（フレームのないメガネなのですが）。もっと上げてみましょう。すると、フレームが太くなっているのではなく、レンズの部分が小さくなっていることがわかります。僕のメガネは、老眼鏡の度数1.0ですが、度が強いものなら、ほんの少しテーブルから離しただけで変化が大きく現れるはずです。最終的には、鉄人28号の目のように（古いですね）小さく瞳が光るようなシルエットになります。凸レンズですから、光を一点に集めて、火を点けることも可能ですが、老眼鏡くらいの大きさと度数では、やや不足かもしれません。ミステリィのトリックに使えそうですね（どうやって火を点けたのかわからない状況で、犯人が老眼鏡をかけているわけです）。

 ミステリィに登場する「物理」とは、「簡単な物理」のこと。

2018年7月15日日曜日

もったいない死に方

　講談社文庫編集部から『そして二人だけになった』のカバーのイラスト案が、4つ届いたので、2つを選び、あとは鈴木成一氏にお任せ、と返事をしました。この本は、新潮社から移籍し、9月に発行予定。作家の仕事は、今日はこれだけ。

　昨夜は、けっこう大雨で、今朝は濃霧でした。夜に雨が降りやすいのは、高地だからです。昼間は麓が雨でも晴れていますが、夜は麓が晴れていても、暖かい湿った空気が上がってくるため、夕方から夜にかけて雨になります。今日は、ゲストがあったので、庭園鉄道を運行。ゲストハウスで数時間お話をしました。

　鉄道模型というのは、線路に電気を流して、機関車を走らせるものがほとんどです。こうなったのは、昔は小さな電池がなかったからです。また、電池で走らせると、機関車のスイッチを入れたら走りっぱなしになって、手で無理に止めるしか方法がありません。線路に電気を流す方法だと、手許でスイッチを切れば、いつでも機関車を停車させられます。こうして、コントローラを使って鉄道模型の運転を楽しむようになっ

たのです。

　この方式の一番の欠点は、線路上に2台以上の機関車を置くと、同時に全部動きだしてしまうことでした。それぞれ別々にコントロールしたいという欲求が高まり、線路を区間に分けて、その区間の機関車だけに電気を送るようにしました。また、もう一つの欠点は接触不良です。線路が汚れていたり、異物があったりすると、車輪から電気が取れずに止まってしまったり、動きがぎくしゃくしてしまいます。庭園鉄道など屋外で鉄道模型を楽しむ人には、（屋外は異物が多く）大きな問題でした。

　最近では、電池が小さくなったこと、またラジコンの機器が安価になったこと、などの技術的進歩があり、機関車に電池とラジコンの受信機を積んで、無線で走らせる例が増えてきました。もう、線路を掃除する必要もないし、ブロックに分けて、複雑な配線をする必要もなくなるわけです。

　僕の庭園鉄道は、線路の幅（ゲージ）が5インチ（約13cm）です。機関車の幅が60cmもあって内部に乗り込める大型もあります。電気機関車はバッテリィを積んでいますし、コントローラも機関車にあって、後続車に乗って操作をします。ラジコンにする必要はありませんが、自分は離れたところから眺めたい、という場合はラジコンにもできます（カメラを積み、映像も電波で送れば、室内にいながらにして庭園内のパトロールが可能です）。

　庭園鉄道でも、小さいサイズの機関車が沢山あります。線路の幅（ゲージ）は32mmか45mmです。こちらは人が乗れないので、エンドレスのコースを走りっぱなしにするか、あるいはラジコンを積むしかありません。線路に電気を流して走らせることは、僕はしていません。

　機械の壊れ方には、いろいろなパターンがあります。僕が経験できるのは、不具合があったときに自分で修理が可能な機械だけですが、たいていは消耗するパーツが決まっていて、そこを取り換える時期だったとか、あるいは、不適切な使用で、あるパーツが壊れてしまったとか、が多いパターンです。機械自体の寿命だと思われるような故障というのは、ほとんどありません。

　たとえばエンジンなどは、ピストンが摩耗するから、だんだんスカスカ

になってきて、パワーが出なくなりますが、そこまで使い込んだことはありません。1つのエンジンを10年以上使わないと、そうはなりません。クルマのエンジンも、何十万キロも走らないと寿命にならないと聞いたことがあります。

故障、不具合というのは、一般的にある機能を果たせなくなるわけですが、しだいに衰えていき、最後に全然動かなくなる、といった例は非常に稀で、ほとんどの場合は、急に動かなくなります。これは、機械というものが、自己判断能力を持っていないからです（高級な機械には、この自己判断が一部備わっていて、故障が小さいうちに察知しますが、その多くは消耗品の取換え時期を知らせるレベルのものです）。

人間の病気は、自己診断機能によるか、あるいは健康診断などで発覚します。老人になるほど、だんだん衰えてはいきますが、線形的に死に近づくというようには見えません。多くの場合、死ぬ間際（大まかに1ヵ月くらいの間としましょうか）までは、普段どおりに生活をしていて、だいたいの機能を果たしているようです。もちろん、簡単に傾向を平均化するわけにはいきませんけれど、おおむね「死というものは突然訪れる」といっても過言ではないはず。

また、部位を見ても、全体が平均的に劣化していくというより、ある一箇所の不具合によって機能停止、つまり死に至ります。だからこそ、「昨日まで歩いていた」「ちゃんと話もできた」となるわけです。

機械の場合も、せっかくこの消耗部品を取り換えたばかりだったのに、動かなくなってしまった、という事象がむしろ普通です。全体を見れば、まだまだ使えるパーツが大部分なのです。そういう「もったいない状態」で死を迎える。死とはそういうものだと観察できます。「もったいない死」こそがデフォルトだと。

 もったいなくて、あっさりと死ぬのが、一番の幸せでしょう。

2018年7月16日月曜日

趣味のシミュレーション

　今日も作家の仕事はしていません。

　スバル氏が美容院へ出かけたので、犬たちと留守番です。天気は薄曇り。昨夜も雨だったので、庭仕事もありません。栗の花が溜まっていたので、それを燃やしただけ。

　ここ数日工作室で修繕していた機関車たちを走らせることにしました。一番細い32mmゲージの線路が、つなぎ目で折れていたので、それを修理してから走らせました。この修理は、ハンダを溶かす必要があります。ハンダごてを使うために、延長コード約20mをつないでやろうとしましたがややパワー不足だったので、ハンディのガスバーナを使いました。線路が復旧したあと、機関車を順番に走らせて遊びました。ただレールをぐるりと回ってくるだけですが、それが楽しいわけです。

　鉄道模型をラジコン化したのですが、自動車のようにステアリングがあるわけでもなく、線路の上を前か後ろへ走ることしかできません。つまり、1チャンネルです。ラジコンカーは2チャンネル、ラジコン飛行機は4チャンネルです。それだけ、操作をする舵が多いということ。

　鉄道模型なんて、ただ動輪を回すだけではないか、と子供のときの僕は考えていました。ところが、実際に作ってみると、単に線路の上を走らせるだけのことが、なかなか満足にできないのです。上手な人が作った機関車は滑らかに走りますが、初心者の機関車は途中で止まってしまったり、一定速度で走れません。けっこう奥の深いものだな、ということがしだいにわかってきました。

　頭で考えていることと現実の現象は違う、ということを学ぶには、ものを作ってみるのが一番手っ取り早いのかもしれません。動くものである必要はありません。頭に思い描いた形になるかどうか、ということも、やってみないとわからない。

　形だけならば、彫刻と同じです。動くものになると、形が変化します。複雑な機能を果たすためには、どこにどんな力が働くか、どこが抵

抗になるか、どこが壊れやすいか、それをどう防ぐのか、という理想と現実の間の攻防が続きます。

こういったことは、模型に限ったことではもちろんなく、仕事もそうですし、自分の人生設計にも及ぶことです。もう少し社会的なものになれば、どれくらいの雨が降ったら、川はどうなるのか、と予測するのも、同じことといえます。大きくなるほど、実験が難しくなる、という問題があって、助けとなるものは「計算」だけです。

計算のミスや、計算方法の整合性の問題というものは、今ではほとんど起こりません。ただ、計算には用いる値、つまり数字が必要で、その数字をどう設定するのか、が一番の考えどころになります。沢山の数字を扱うほど、それらの設定によって、結果のばらつきは大きくなり、実現象と乖離することになります。

かつて、僕の研究の中心は数値解析でした。コンピュータによる計算です。インプットする数字さえあれば、現象の予測ができる。その計算方法を開発するわけです。運動方程式などの物理法則を基本にしているわけですが、コンピュータによるシミュレーションは、式ではなくプログラムですから、細かいオプションを設定できます。これらは、実験結果によって最適化されますから、実験結果に合致することは当然です。ただ、未知のものを予測できるのか、という点がしっかりと確認されているとは思えません。実現象には、外乱的な要素が数多く混入し、それらの影響で大きく結果が左右されることもあり、何をもって予測が当たったかという判断も、どれくらいの精度だったかという評価も、難しくなります。

だったら、そんな方法を開発するだけ無駄ではないか、という意見もあります。でも、こういったシミュレーション方法を試すうちに、新たな考え方が生まれるし、（理屈がないまま）しだいに予測精度も上がってきます。入力に用いる値を求める方法も確立してくるのです。ですから、トータルで技術が進むことを意識しなければならない、ということです。

プログラムは、理論ではありません。数式ではない、ということ。数式は、その式を公開すれば、誰もが計算できますが、プログラムは、そのプログラムのソースを公開しないかぎり、同じプログラムを使う以外の計

算ができません。

　それを表す言葉としては「数値解析的 (numerical)」という言葉があって、理論 (theoretical) と実験 (experimental) の中間的な立場になります。現在は、ほとんどの理屈は、数値解析的になりつつあります。たとえば、自動車のエンジン制御もプログラムになっているから、エンジンが「今は、燃費のテスト中だな」と勝手に判断してモードを変えたりできます。そのテストには合格しても、実際の燃費はそれほどでもない、という「不正」になるわけですが、これが不正なのかどうかも、既に紙一重といえるでしょう。テストにだけ良い数字を出すようにプログラムしなくても、エンジンがなんらかの学習をして、自身の立場を有利にすることだって今後はありえます。

　日本の天気予報は当てられるが、同じ予測システムにヨーロッパの天気予報をやらせたら当たらない。その場合、その予想方法に欠陥がある、とは一概にいえません。予想方法自体が学習するからです。最初は同じシステムだったのに、予測をしているうちに、どこかのスペシャリストになるわけです。

　ところで、沢山の人が言ったり書いたりしている「シュミレーション」は誤り。正しくは「シミュレーション」です。これを書くのは5回めくらいかな。

「趣味」も「シミュレーション」も普通のものになりました。

2018年7月17日火曜日

ストーリィ重視の人たち

　今日も作家の仕事はゼロ。『森には森の風が吹く』のレイアウト案がメールで届き、確認をしただけ。編集者から、『森籠もりの日々』の初版部数の連絡がありましたが、僕が予想していた数字の3倍以上でした。太っ腹ですね、講談社。こんな部数が売れるとしたら、まだまだ行けるかも（誰がどこへ?）。ブログの執筆を1日1万円以上で引き受けている

計算になります。もっとも、『MORI LOG ACADEMY』のときは、1日1万5000円の原稿料で、さらに本の印税が3カ月に1度、数百万円もらえたので、バブルでしたね（望遠）。

　昨夜も雨がずいぶん降りました。今朝は曇っていましたが、だんだん晴れてきて、気温が急上昇。最高で23℃になりました。Tシャツでも寒くありません。

　小さい機関車を出して走らせました。動画も撮りました。いずれもバッテリィで走る電動機なので、静かです。でも、こういうときに限って、上空をジェット機が飛んでいったようで、僅かですが雑音が入ってしまいました。それから、畑のどこかで草刈りをしているエンジン音とか。風があまりなく、鳥の声が疎らに聞こえる程度だったのですが……。でも、こんな場合も撮り直したりはしません。

　ワンちゃんシャンプーの日だったので、僕1人だけで1匹を洗いました。別の犬は長女とスバル氏が洗いました。風呂場でシャワーを使って洗いますが、犬は大人しくしているので、とても簡単です。終わったあとは、タオルで拭いてやりますが、そんな程度ではほとんど変化はなく、ドライヤをかけたり、外を走ったりして乾かします。半日は濡れているのが、触るとわかります（見た目ではわかりません）。

　犬が見た目で乾いたので、みんなでクルマで出かけて、ショッピングモールへ行こうとしました。家の近くで散歩させるよりは、汚れないからです。ペットショップで購入したいものもあるし、フィッシュ&チップスのランチも食べたいし、と思っていたのですが、なんと雨が降りだしました。日中に雨が降るのは、非常に珍しい（今年になって、3日めくらい）。ということで、明日に延期。

　他者と会話をしたり、文章のやりとりなどをして、何が役に立つのか、といえば、意見であったり、考え方であったり、その人の思考から発した情報だ、と僕は思います。一方、その人の経験したことは、物語（ストーリィ）として面白いのかもしれませんけれど、よほど特別なものでないかぎり、役には立ちません。境遇が異なるため、他者には適用できないからです（ただし、誰にも応用が可能な、特異な体験というものが稀にあります。

これが、「よほど特別なもの」に当たります)。

　その人の体験談と同じく、その人が想像した架空のストーリィ(たとえば夢の話)も役には立ちません。「役に立たない」が人によって定義が違いますが、単純な楽しさだって、役に立っているわけですから、楽しくもない、と受け取ってもらってもけっこうです。

　個人体験や夢や想像のストーリィを聞かされても、はいそうですか、としか応えようがなく、自分に活かすことはできません(楽しく感じる人は良いでしょうが)し、議論にもなりません。このようなものを、「内容がない」と言う人もいて、教訓などが盛り込まれていないエンタテインメント小説は、ほぼ例外なく「内容がない」ことになります(僕はそうは思いませんが)。

　ただし、もの凄く親しい人、たとえば恋人や家族であれば、その人の体験談を聞きたい場合があると思います。それは、その人に好意や興味があって、その人がその場面でどうしたのか、と想像するだけで有益だ(あるいは楽しい)からです。しかし、顔も見たことがない人だったら、その人の体験談を聞かされても、これを活かすことはちょっと難しいと思います。

　シリーズものが、だんだん面白くなるのも、読み手にとってキャラクタが知合い以上の存在になるからです。シリーズが変わると、もう知らない人たちになってしまい、その人の体験談を聞かされてもなあ、ということになってしまいます。物語というのは、「誰が」が非常に重要なファクタとなるわけです。

　これに対して、意見や考え方は、誰が語ったかということとは基本的に無関係であって、だからこそ、そういったコンテンツが広く伝達され、コンテンツ自体に汎用性があると認められるものが多いのです。誰にでも、それを自身に応用して活かすことが可能だ、という情報なのです。

　ところが、こうした意見や考え方に対しても、語った人に執着してしまうのが、ストーリィを求めるタイプの人たちの傾向であって、あるときは意見が違うだけで人を非難し、人格否定までしてしまう、というエスカレートにつながります。

　エッセィの感想を書いている人で、本からの引用を多用するのも、ス

トーリィ型の人ですね。意見を要約できず、自分が読んだ体験談を写実的に書いてしまうからです。

ストーリィ型とエッセイ型の人間がいる、ということですが、このように安易に命名するほど、明確に分かれているわけではありません。文系と理系よりも、さらにぼんやりとした傾向だと観察できます。

 小説がマイナなことからわかるように、ストーリィ派は少数。

2018年7月18日水曜日
Macの話をしましょうか

8月刊予定の『MORI Magazine』の本文扉などがpdfで届いたので確認。このまえのゲラに間に合わなかった分です。既に再校も確認を終えていますが、文庫化でつけ加えた「あとがき」が校閲を通っていなかったので、ここだけ後日また見ることになります。また、カバー案も4つ届いたので選びました。

中公文庫『イデアの影』の再校で、未確認だった箇所があり、メールをやり取り。カバーは、単行本と同じく、鈴木成一氏にお願いしてあります。

講談社文庫の編集部からは、『そして二人だけになった』の再校ゲラが届きました。これは、修正の確認と、校閲の指摘に答えるだけの作業で、2日もあれば終わるはず。

今日は、8時頃に庭をイタチが走っていくのを見ました。リスよりも大きくて、ややのろまです。図鑑を調べたら、stoatかweaselかpolecatか、どれなのかわかりません。大きさは頭から尻尾まで30cmくらいでしょうか。フェレットにも似ています。お腹（なか）が白いかどうかはわかりませんでした。1色でオレンジ色っぽい感じ。テンというのかもしれません。リスは毎日見ますが、イタチは初めてです。近所の人がよく見ると話しているのは聞いていました。リスがもう少し悠長にのびのび走ったら、イタチごっこをしているところかも。

リスが一番小さくて、次がイタチで、次が狐ですね。同じ茶色でも色が違います。狐よりもほんの少し、うちの犬は大きいと思います。色も違うし。

　午前中は、草刈りを2バッテリィ。主に線路周辺を刈りました。工作室では、小さい蒸気機関車の整備とエアテスト。木工については、次のステージに進み、今日は寸法出しをしました。

　予定どおり、午後はみんなでショッピングモールへ出かけていき、クレープを食べてきました。犬たちも満足げでした。

　Macの話を久し振りにしましょうか。といっても、もうほとんどワープロとブラウザしか使わないライト・ユーザになってしまったので、あれこれコメントしても、重要なものとはいえません。それから、僕はWinマシンを使わないので、比較もできません。

　今、小説やエッセィやブログを書いているのは、Mac Airですが、6年ほどまえの型です。Airが出た頃に買ったもっと古い（10年ほどまえ）のもありますが、そちらはゲストハウスに出かけていったときに使っていて、現役ではありますが、ほとんど遊んでいます。さらに、3年ほどまえに買ったAirがあって、これはデスクでサブ機として使っています。ブラウジングはこちらですることの方が多いのです。メインで使っているのは、6年まえのと、3年まえの2台ということになります。いずれも、システムは最初入っていたまま、Safariもそのままです。

　ネットへのアップやメールの返信は、古い（6年まえの）方を使いますが、メールはどちらでも読みます。添付のファイルを開くときに、新しい（3年まえの）方が良い場合があります。Safariも新しい方がセキュリティ対策ができているので、そういったサイトを利用するときは、そちらを使います。

　YouTubeを見るのは主に新しい方ですが、動画を編集してアップするのは古い方でやっていました。このまえ、あまりに（動画編集アプリの）QuickTimeが鈍いし、エラーが多いので、新しい方のMacでやってみたら、10倍以上処理が速いことがわかりました。もっとですね。20〜30倍速いかもしれません。特に動画の書込みがあっという間です。エラー

も出ません。早く試せば良かった、と思いましたし、最新型のMacが急に欲しくなりました。

新しい方で、1つだけ不満なのは、Yahoo!のサイトで検索をするときに入力補助をするのですが、これが非常に鬱陶しいこと。間違い頻発で困っています。つまり、補助機能を切りたいのですが、Safariの情報が示されていなくて、やり方がわかりません。Safariの履歴を消すだけで良いのかな……。気合いを入れてキー入力を素早くすれば問題ないのですが、ちょっと引っかかって、ぎこちない入力をしてしまうと、その隙を突かれて、「これでしょう？」とばかりに奇妙な変換をしてきて台無しになります。まあ、それくらいですね、不満は。

Airは、蓋を閉じてあって、モニタはシネマディスプレイを使っています。ですから、Airの上に文庫や新書や手紙やカタログやKindleなどが積まれていて、それらを温めている状態です。ハングアップはほとんどありませんが、3カ月に1度くらいリスタートが必要なときがあって、その場合には、まず机の上を片づけないと、Airの蓋が開けられません。夜はスリープさせるだけで、電源を落とすこともありません。

ずっと、大きなトラブルはありません。モニタの片方が中古で買ったもののため、ときどき沈黙してしまいますが、電源を何度か入れ直しているうちに復帰します。その後半年ほどは問題なく働くので、これくらいのことでは、ちょっと交換する気になれません。

マウスは、Appleの純正品は使い勝手は良いのですが、スクロールボールが細かい埃のためにスリップします。これの掃除が大変なので、Amazonのマウスに替えました。使い勝手は悪いのですが、堅実に働きますし、なによりも安い。

 15年くらい使っている現役のMacもあります。壊れませんね。

2018年7月19日木曜日

表記の統一は自然か？

　今朝はまず芝刈りをしました。芝生を往復すると、ストライプ模様になります。芝を刈るだけでなく、同時にゴミ（落葉や枯枝）も吸い取るので、ずいぶん綺麗になります。重宝している芝刈り機ですが、既に耐用年数を過ぎていて、バッテリィが弱っているし、何度か修理をしたあとや、割れたプラスティックカバーを木ネジで留めてあったりして、見るからにオンボロです。でも、これに替わるような芝刈り機の製品が見つからず（同じ型は絶版）、しかたなく使い続けているのです。

　草刈りも2バッテリィ行いました。苔が地面を覆った区域が以前より広域になってきたので、苔に傷をつけにくい、ナイロンワイヤの草刈り機を使う機会が増えました。この機種を増強した方が良いかもしれません。でも、今年はなんとか乗り切れると思います。

　既に、葉が散り始めている場所もあって、これから秋にかけて落葉の季節になります。エンジンブロアは昨年新しい強力なものを買ったばかり。今年は焼却炉を2機は増設しようと考えています。今は6機で2箇所ですが、8機で3箇所にしたい、と目論んでいます。ただ、良い設置場所がありません。せっかく綺麗な苔が生えている場所には設置しにくいからです。

　秋の話をしていますが、まだ薔薇の花は少し残っていますし、アナベルもまだまだこれからでしょう。秋でもまだ咲いていると思います。最初は白い花ですが、やがて緑になり、最後はピンクに変色し、冬にはドライフラワになります。

　庭園内には、赤くなるメープルは2本しかなくて、それ以外はすべてオレンジ色になります。ほかの広葉樹は綺麗な黄色になりますが、あっという間に葉を落とすので、綺麗だな、と眺められる期間は1週間もありません。落葉掃除は10月から始めて、運が良ければ11月末には終わります。これは、雨と風に大きく左右されます。

　午後から、ゲストが4人いらっしゃって、ゲストハウスに宿泊されていく

ことになりました。素晴らしい晴天で、庭園鉄道も多数の列車が運行しました。

『人間のように泣いたのか?』の再校ゲラが編集者に届き、一箇所だけ疑問点について問合わせがありました。今日の作家の仕事はこれだけです。1分くらいでしょうか。ようやく、『MORI Magazine 2』の見本が届きました。これは、イラストを眺めるために開封し、ぱらぱらと捲りました。

　小説でもエッセィでも同じですし、もちろん論文でも同様なのですが、文章の表記を統一しなければなりません。もし不統一であれば、なんらかの理由が必要となります。たとえば、漢字で書いたり平仮名で書いたりといった「ばらつき」があってはいけない、ということです。

　僕の場合、あるときは漢字で、別のときは平仮名、という表記を沢山していて、主に意味によって使い分けていることを、既にここでも書きました。そういった表記以外にも、単位であるとか、名前の呼び方とか、言葉選びであるとか、できるだけ統一した方が良い、ということになっています。あるときは「犬」と書き、別のときは「ワンちゃん」と書く場合、その使い分けに、理由が必要なのです。その理由が伝わる必要は特になく、書き手が自覚していれば充分でしょう。

　今日、編集者からあった疑問は、あるものを数える単位が不統一だが、統一しなくても良いか、というものでした。地の文だったら統一すべきところですが、その箇所は台詞の中だったので、しゃべっているキャラクタによって、不統一があるのは自然です。また、同じキャラクタがしゃべっている台詞でも、相手によって、場面によって、違う言い方をすると思います。さらには、しゃべっているのはコンピュータではなく人間ですから、当然言葉選びに「揺らぎ」があり、統一されていない方がその人らしい。一種の個性である、ともいえるのではないか、と思います。今回の場合は、校閲が（統一を）指摘してきた箇所で、わざわざ「ママ（そのままで修正しない、の意）」としたのです。人間の揺らぎを表現するためでした。

　もっとも、まえにも書いたと思いますが、表記の統一にとことん拘ってい

るわけでもなく、どちらかというと、（僕も人間ですから）気分次第で揺らいだままでも良いのではないか、という気持ちがあります。小説であれば余計に不統一であっても良いだろう、と感じます。エッセィは、語り手が作家自身なので、ある程度統一されている方が信頼性が高くなります（でも、歳を取るに従って変化するでしょう）。

　論文の表記は、基本的に厳密に規定し、可能なかぎり統一します。不統一であってはならないし、不統一であれば、その場で理由を述べる必要があります。英語の片仮名表記の最後の長音なども、実社会では不統一ですが、論文ではそうはいきません。なんらかの指針が必要となり、学会によっては規定しているところもあります。森博嗣が採用しているような規定は、必要に迫られて生まれたものです。

「森博嗣は片仮名の長音を取る」との発言が今でもあります。

2018年7月20日金曜日

読書は知識を得るためのものではない

　昨日から宿泊されているゲストは4人とも女性で、スバル氏の誕生日記念のケーキを持ってきてくれたので、僕も一緒にいただきました。夜のゲストハウスでは、彼女たちがローストビーフをピザ窯で作り、ご馳走になりました。そのほか、パン（パニーニ？）も焼き立てをいただきました。さらに、今日のランチは、タコスでしたが、タコスの皮も練って作られた自家製（ゲストハウス製？）でした。ご馳走さまでした。
『MORI Magazine 2』の見本がちょうど届いたので、ゲストの皆さんにもご覧いただきました。イラストが相変わらず良い。星占いも好評でした。

　このところ天気も素晴らしく、気温も高い爽やかな日が続いています。庭園鉄道で森の中を一巡りしてくると、とても気持ちが良いシーズンといえます。直射日光は（空気がクリアな分）強烈ですが、庭園内はどこも木蔭です。

　ゲストが庭園鉄道に乗られました（いずれもご自身で運転）。僕も、エンジ

ン発電機の機関車を運転してメインラインを2周（約1km）しました。絶好調で、エンジン音も軽やかです。ブレーキも直したあとは、ちょうど良い利き加減で、走行に関してはもう修正するところがありません。あとは、アンペアメータを取り付けたら完成としましょう。

　走っていて、線路の傾きが少し気になる箇所が幾つかありました。覚えておいて、次の機会に直します。今月も来月も、鉄道がお目当てのゲストがいらっしゃるので、整備しておかなければなりません。

　今日は、スバル氏が鉢植えを移動するというので、それを手伝いました。日光が当たる位置に置きたいわけです。鉢を置く場所の地面の苔をほかの場所へ移植してから、移動しました。苔はそれくらい貴重なので、大事にしています。苔の移植は、まるで絨毯のように土と一緒に剝がして、新しい場所に置くだけです。苔には根がないのです。岩や石の表面にも苔はつきます。移したあとは、乾燥しないようにしばらく注意をしているくらいです。どちらかというと、冬の方が移植は簡単です（少ない経験からの判断）。

「知ること」は、すべて知識だ、といえるのなら、本を読むのは知識を得るためですが、方法やヒントを得るためであった場合、それも「知識」といえるのでしょうか？　たとえば、数学の本に書かれていることは、知識ですか？　その本を読んで、「なるほど」と思った場合、それは知識を得たからでしょうか。「知識」という言葉が、人によって使われ方に幅があるように感じます。

「知恵」という言葉もあって、これは明らかに知識とは異なるものです。知識は、外部から頭に入ってくる（インプットされる）もの、言葉で伝達が可能なもの、いわば「データ」です。一方、知恵というのは、「知恵がつく」と表現されるとおり、人間の成長の過程で育つもののようですが、その全貌でも一部でも、言葉で簡単にアウトプットはできません。「教養」というものも、これとほぼ同じといえます。ところで、ただ生きているだけで、知恵は育つものでしょうか？

　知恵が育つのは、外部から取り入れた知識や自分の経験などを素材として、頭の中になんらかの構造が構築されるからです。その構造を知

恵と呼んでいるのです。構造が確固たるものになれば、問題に対処したり、新たな発想を生んだりできるようになります。

　知恵の構造を構築するには、何をすれば良いのか。それは、「考える」ことをする以外にありません。頭の中の構造の「作り方」や「設計図」という「知識」が、外部からは得られるわけではないからです。それらしいヒント程度ならば沢山ありますが、時と場合によってさまざますぎて、そのまま取り込むことは不可能です。また、知識が多ければ、構造が早く構築されるわけでもありません。その人の生き方や知識に合ったスタイルで、その人の役に立つ構造が作られます。このあたりは、ニューラルネットワーク的なものを想像して下さい。

　本を読むと、その本を書いた人の頭の構造が垣間見えることがあります。それが、自分の構造を作る模範になったり、あるいは反面教師になったり、といった影響を与えてくれます。そして、この刺激を受けることが、僕が本を読む目的です。

　知識を得るために本を読んでいるのではない、ということは（僕の場合は）確かです。僕が固有名詞を頭に入れないのも、その理由からです。知識を得るだけならば、ネットの検索でも間に合います。本から得られるものは、自分の頭の中の構造への刺激あるいは影響であり、本を読んで考えることができれば、それが得られたもの、といっても良いと思われます。

「この本は、読んでも得られるものがない」と非難する人がときどきいますが、それは、その人が考えていないからであって、本に不備があるわけではありません。そんな話をすれば、小説とはすべて「得られるものがない」フィクションです。どんな本も、読めばなにか考えることができ、得るものがないなんてことは、まずありません。

　考えない人は、一生得るものがない人生を送ることでしょう。

2018年7月21日土曜日

市場経済の飽和について

　このところ、夕方から雨が降るようになりました。それだけ空気が暖かいということでしょう。逆に朝は晴れていて、比較的冷えます。窓を開けて寝ると、風邪を引くかもしれません。この時期に風邪を引くとやっかいですからね。もっとも、もう10年以上、僕は風邪を引いていません。そういう無理な生活をしていないからでしょう。

　日の出がだいぶ遅くなってきたこともあり、犬が起こしにくる時間もじわじわと遅くなり、それだけゆっくり寝ていられます。今日は、午前中は犬の水遊びにつき合い、庭仕事はしていません（薬で蟻の巣退治をしたくらい）。線路の補修工事をしようかな、と考えていましたが、また今度にしましょう。

　講談社文庫の『そして二人だけになった』の再校ゲラを確認しました。1時間半ほどかかりました。修正箇所と指摘箇所を見ていくだけの作業ですが、なにしろ500ページ以上あるから一苦労です。ルビの振り方が、新潮社仕様になっていて、それをほぼ引きずったままにすることにしました。普段よりも数倍ルビが多くなっています。

　オークションで落札した模型が届きました。プロペラで走る機関車が2機、普通のレールバスが1機。どれも中途半端な状態で、直したり、続きの工作をしなければならない「仕掛け品」ですが、その分安いわけです。この種の買いものが増えてきました。つまり、製品ではない、一般向けの商品ではない、というようなもの。この世に1つしかないものともいえます。ネットがない時代には、入手は難しく、かなりの幸運でもないかぎり、存在すらわからなかったものです。

　模型店や骨董店などでの買いものは、まずは顔馴染みにならなければならないし、顔を知ってもらうだけではなく、金払いが良い客だと認識してもらうことが、それ以上に大事です。そうなったうえで、自分が探している方向性のようなものをときどき曖昧に伝えていく（最初からけっして言わない）。初期は、さほど好きでもないものでも、買う必要があります。買え

ば買うほど、以降の出物の紹介が増えます。店側は、買ってくれそうな客から優先して情報を流すのです。現金主義というか合理的というか、ままならない世の中です。

　若い頃に「どうやって買うのだろう」と疑問に思っていた品々が、今は自然と自分のところへ回ってきます。オークションに出るよりもさきに情報が来ます。ですから、ネットオークションに出てくる品は、名だたる上客がみんな見向きもしなかったものだ、と言うことができるのです。

　たとえば、海産物などもそうですね。良いものは、高級料亭へすべて流れてしまいますから、庶民が買える市場に出てくるのは、何段階かのふるいを通過したもの、つまりは売れ残り品なのです。僕は、食べるものは売れ残り品で充分だと思っている人間なので、この状況に不満はありません。

　市場経済とは、こういうものなのでしょう。簡単にまとめると、「欲しい思いの順に品が届く社会」だということ。逆に、品が不足している社会では、特権階級というものができて、専制的な体制になりやすい。ですから、指導者として君臨したい人は、大衆が欲しいものをすべて与えてしまわないように工夫しています。

　商品は、かつては生活に必要なものでしたが、社会が豊かになれば、生活に不自由しない人が増えて、商品の多くは、エンタテインメント的なものへ移行します。僕が生きてきた時代は、まさにそんな日本でした。次々に漫画が出版され、TVも映画もゲームも面白いものを競って作り、海外の真似をして、音楽・芸能業界が成長しました。かつては、欲しいものが手に入らないから、逆に憧れ、競って買い求めました。でも今は、そういった品々が出回りすぎて、余っている時代です。

　品物が余ってくると、次なる価値を付加しようと動きます。まずは安価なもの、次は逆にブランド品とかプレミア品の高いもの、そこも充ち足りてくると、カスタマイズや個別サービスが付く、といった方向へ行きます。そうした中で、全体的には多種多様化していく。今は、それがほぼ満遍なく行き渡ったところ、といえます。

　さて、「この次に来るのは何か？」とみんなが考えています。でも、

「この次に来るもの」つまり「流行」に目を向けていることが既に古い頭であり、市場経済がもう頭打ちになっていることに気づくべき、といえると思います。どうなるのかはわかりませんが、少なくとも道理的に過去のような「当たる」商品は出ないし、「儲かる」商売も少なくなる一方です。成功者の成功の度合いも小さくなり、広く平均化されていきます。

　そんな時代の大きな流れに、若者ほど敏感に反応していて、出世なんかしたくない、社長になりたくない、あくせく働きたくない、ずっとバイトで充分、という価値観が浸透してきました（ここがもう年寄りには理解できない方向性でしょう）。少なくとも、若者を観察していれば、時代の動きがわかります（逆に、老人は過去を見すぎています）。

　でも、働かないと食いっ逸れるのではないか、という（これまた過去の）価値観も未だ残っているので、ある程度の割合の人が悩むことになります。ここにつけ込んでいるのが、今のビジネス書かな、と思います（あまり読んでいないので想像）。

　若いときに一所懸命働いてとか、家族を作ってとか、いろいろ老人たちが言うと思いますが、とにかく社会を見れば、時代が変化しているのは瞭然であり、そういった古い価値観に惑わされないように、というのが僕の基本的な意見です。

 未来さえ見ていれば、若者と同じ眼力を老人も持てるはずです。

2018年7月22日日曜日

今は、昔よりも暑い

　昨夜も雨でした。朝は霧が出ていて、けっこう冷え込みました。夜は、毛布と掛け布団をしっかりと被って寝ています。夏ですが、夜に寝苦しいといったことは全然ありません。日が昇ると、気温がぐんぐん上昇します。午前中は、スバル氏と犬と出かけて、近くの小川（秘境っぽいところ）へ行きました。犬が水遊びをする場所です。魚釣りをしている人がいたので、少し下流へ歩いてから、浅瀬で犬に水の中を歩かせまし

た。そのあとは、パン屋に寄って帰ってきました。

『MORI Magazine 2』が世間に出回ったようで、感想のメールが届き始めています。感謝。相談や質問で採用されなかった方は恨まないように。どうせ採用されても、ろくな回答ではありませんから。あと、誤植が沢山ありますが、雑誌ならでは、ということでご容赦下さい。

『森籠もりの日々』は、それより数日早く出回ったみたいで、買って読んでいる、とのメールをいただいています。感想はありませんよね、毎日読んできたものですから。意外だったのは、Amazonで印刷書籍の方が売れていることです。やはり、ブログ本は印刷書籍で、という指向になるのでしょうか。

　集英社文庫『ゾラ・一撃・さようなら』が重版になると連絡がありました。第3刷。まえの重版は2011年のことなので、7年振りです。

　工作室では、古い機関車の修理。庭園鉄道関連では、線路の補修。庭仕事は、水やりと草刈りとサッチ取り、などに勤しみました。

　午後から、またみんなで出かけていき、クルマで30分ほどの街のカフェに入りました。デザートを食べよう、という話になったからです。もちろん、テラス席で犬も一緒に。アイスクリームっぽいものを食べました。

　ニュースを見ていると、「熱中症」が毎年この時期話題に上ります。この熱中症なるものは、いつ頃から言いだしたのか、調べていませんが、15年くらいでしょうか。もっとまえからあった言葉だろうとは思いますが、少なくとも一般には使っていませんでした。僕が子供の頃は、「日射病」は言いました。炎天下で運動場に整列させられることが頻繁にありましたが、クラスで1人か2人は倒れて、保健室へ運ばれていきました。それを熱中症とは言わなかったのです。

　それから、かつては日光消毒みたいな流れで、日に当たった方が健康的である、とみんなが考えていましたから、子供はできるだけ太陽に当てて、真っ黒に日焼けさせるのが常識だったのです。家の中にばかりいると病気になる、と信じられていました。不思議ですね、ほんの数十年まえのことなのに。

　そもそも、僕が子供の頃は、今よりはずいぶん涼しかったように思いま

すね。やはり、温暖化の影響なのでしょう。このさき、世界はどうなっていくのでしょう。きっと、人間は少しずつ（北半球だったら）北へ移動するのではないかな、と思います。赤道近くは住めたものではない、となるように思います。そうなると、南極に大陸がある南半球は、今よりも栄えるというか、地球がひっくり返ったような勢力図になったりするのかな、と想像します。

　クルマも、サンルーフというのが一時期流行して、屋根の上の窓から顔を出している子供をよく見かけました。あれは、道交法で禁止されたのかな。森家のクルマでは、スバル氏が買った中古のホンダのシティ（初代の四角いやつ）に、天窓がありましたが、雨が漏ったりして困った代物でした。ちなみに、僕もシティを買ったことがあって、これは新婚旅行のドライブに行ったクルマです。スバル氏のシティは、最後はボンネットから煙を吐いて故障し、廃車になりました。

　スバル氏が一番気に入っていたミニクーパは、タイヤがバーストしましたが、彼女のクルマは、僕のクルマよりも劇的な最後を遂げるか、数々の試練を乗り越えているような気がします。2人とも、交通事故でクルマを駄目にしたことはありません。

　名古屋にいた頃は、夏の暑さが半端ではないので、家にクーラがない人は、休みの日に扇風機を目の前に置くか、喫茶店に涼みにいくか、それともクルマでドライブに出かけるか、だったのです。クルマにはもちろんクーラがありません。でも、窓を開けて走れば、まあまあ涼しかったのです。特に、三角窓というのがサイドウィンドウの前にあって、これが外の空気を中に取り入れるための装置でした。今のクルマにはこれがありません。そこにドアミラーが付いています（昔のクルマのミラーは、ボンネットにあった）。

　あの名古屋の暑い夏の思い出は懐かしいですね。当時食べたかき氷の冷たかったこと。今は、いつでも食べられるし、食べてもさほど涼しくはならないことでしょう。体感とは、相対的なものですから。

 中学生のときに家にクーラが付き、感激した記憶があります。

2018年7月23日月曜日

嚙みつく犬、嚙みつかない犬

　スバル氏が街へ出かけるので、わりと早い時間にクルマで（片道1時間ほどの距離の）駅まで送りました。犬たちの相手が僕に集中することになり、また、宅配便が来るのを気にしなければならず、いつもよりも庭仕事ができません。犬は庭に出してやっても、放っておくわけにはいかず、遊んでやらないと駄目ですし、そうでなくても見ていないといけません。宅配便は、毎日来ますが、何時と決まっていないのがネック。インターフォンがポケベルになっているやつを買えば良いのですが、調べたところ、せいぜい100mしか届く距離が保証されていないので、これでは性能不足。

　犬のプールはネットで注文しました。1000円くらいの一番安いやつ。それで、遊ぶかどうか様子を見ます。なにしろ、本人たちは歯切れの良い返答をしません。もし遊ばなかったら、模型の船でも浮かべて、僕が遊びましょう。でも、自分で遊ぶのなら、もっと大きいプールが欲しいですね。2つまえの家の庭には、流れるプールがあったのですが、結局一度も使わず、ガレージを建てるときに撤去してしまいました。水を溜めると虫が湧くから、始末が悪いのです。大量の水って、簡単に捨てられませんし。

　線路の傾きを直す工事を、昨日に引き続き行いました。土を一輪車で運ぶ作業が一番大変です。1回で30kgくらい運び、これを3回やりました。もうだいぶ慣れましたね。いつもやっていることです。一輪車に慣れてしまうと、二輪車は使いづらい。スバル氏は、二輪車を愛用していて、後ろに引いて移動しています。このほか、草刈りを2バッテリィだけしました。

　工作室では、2機の模型を修理中。2機ともプロペラカーです。つまり、動輪を回して走るのではなく、プロペラで空気を後ろへ送り、その推力で走るもの。実機では、ドイツのツェッペリンが有名ですが、それ以外ではジェットエンジンの試作機くらいしか例がありません。クルマより

は、鉄道の方が向いています。クルマで、プロペラで前進するものって、ありませんよね。ボートでは、湿地帯で活躍する小型のものがあります（スクリューに藻が絡まるような場所だから、利用価値が生じる）。あとは、ホバークラフトが一応この系列でしょうか。

　以前に、プロペラカーは自作していて、かなり走らせています。肝心なのは、ブレーキの性能です。ブレーキさえ適切にかけられれば、問題ありません。僕が乗り込んで走るジェットエンジン機関車（30号機）も、ブレーキにかなり性能の良いものを使っています（8輪に均等に制動できる仕組み）。

　作家の仕事はしていません。毎日が夏休みです。

　夏になって活動的になったのか、近所の人と顔を合わせる機会が増えました。朝の散歩でも、誰かに会います。草原の真ん中で一人で体操をしている女性がいました。犬たちは怪しんで、近づくほど鼻息が荒くなります。何度も、吠えないように言い聞かせて通り過ぎました。犬は、主人が話をしている相手ならば吠えません。散歩をしているコースは自分のテリトリィだと思っているから、侵入者を恐れているのです。

　散歩で出会った犬が可愛いときは、まずは連れている人に話しかけることが大事で、そこで笑って会話ができれば、犬は安心します。犬が子供を恐れるのは、子供はそういった手順を踏まず、いきなり大声を上げ、犬に近づき手を出すからです。先日も、近所の人が孫を連れて庭園へ訪ねてきました。犬はその孫を知りません。5歳くらいの子でしたが、大きな声で、お祖父さんとお祖母さんに、「これ何?」「これ触っていい?」と尋ねますが、その声でうちの犬たちは吠えます。会話をしている声ではなく、奇声を発していると受け止めるわけです。また、自分の主人に向かって話していないことも、味方と見なしにくい点なのです。子供って、他人である大人に話しかけませんからね。

　自分の家に犬がいる子供は、そういったことを教育されている場合が多く、さきにきちんと飼い主に挨拶をして、犬を触って良いか、犬の名前は何か、あるいは性別や年齢などを尋ねます。犬は、見かけでは年齢がわかりません（よほど若いか年寄りならわかりますが）。年齢によって、性

格がずいぶん違います。たとえば、1歳以下であれば、おおむねフレンドリィで、攻撃してくるようなことはありません。老犬は大人しく見えますが、突然嚙みつくこともあります。雄と雌でも性格がだいぶ違っていて、雌の方が平均的に大人しい。それから、一般に小型犬には手を出さない方がよろしいと思います。小型犬は、だいたい猟犬なので（テリアやプードルがそうです）、歯が鋭く、嚙みつかれると怪我をすることになると思います。大型犬は比較的猟犬が少なく、また、大型で嚙みつくような犬（主に闘犬）は、人がいるところへは連れてこない、という理由からです。もちろん、犬種が同じでも、性格はまちまちです。どちらにしても、知らない犬には、安易に手を出さないことがよろしいでしょう。

 飼い主に「触っても良い?」と尋ねるのが一番安全でしょう。

2018年7月24日火曜日

庭園鉄道とか剣玉とか

　スバル氏がいないので、朝の犬の散歩は長女と一緒に。犬たちは、スバル氏がいないことには特に影響を受けていません。犬が家の中にいるうちに芝生に水やり（犬が出ているときは、大喜びして走り回るため、できない）。そのあと、庭園鉄道を運行しつつ、工作をしました。工作室外での木工と、工作室内での細かい加工など。全然ばらばらに、3つくらいのものが進行中です。

　デッキのハンモックでしばらくゆったりしていたら、犬たちもデッキで横たわって昼寝を始めました。寝ている隙に水やりをしたくなりましたが、敏感に察知するので、到底無理です。熊手を使って、芝のサッチ取りをするだけでも、周囲を走り回るので、邪魔です。遊んでもらっている、と勘違いしているのです。こういうときは、叱っても叱っても、応援されていると受け取るらしく、やめません。

　今日も、アイスクリームを食べました。やはり、デッキでそよ風に当たりながら食べるのがけっこうだと思います。そういえば、ゲストハウスにはか

き氷を作る道具（氷かき機?）がありますから、かき氷を作ることもできますが、そこまで暑くはありませんし、わざわざ出かけていって作るのも億劫です。

昨日、線路の傾きを直した地点を、実際に走ってみて、効果のほどを確かめました。劇的に改善されていました。ときには、やり過ぎて、かえって悪い状態になることもあります。特に、局所的に上げたり下げたりしすぎると、線路が捩じれるため、長い車両が脱線しやすくなるのです。

今日は、先日ゲストがいらっしゃったときに撮影した動画を公開しておきますが、カーブできいきいとスリップ音が鳴っている列車があるのがわかると思います。これは、鉄道の車輪と車軸がリジッド（固定されている状態）で、左右の車輪が同じ回転をするために起こります。どういう条件でこの音が発生しやすいのかというと、2軸車（車輪が4つある車両）で、ホィールベースが長いものになります。つまり、車両が長くても、4軸車になると、前後の台車が別々になり、ホィールベースが短くなるので、鳴りにくくなります。鳴っているのは、機関車や人が乗っている車両ではなく、引っ張られて、後ろからついてくる貨車など、軽い車両です。重いとスリップしても、音が鳴りにくいようです。

動画の最後には、先日作った発電機機関車が少しだけ出てきます。この機関車が34号機ですから、既にそれだけの台数の動力車があるということ（非動力車は数に入っていません）。よくもこんなに作ったものです。ただし、6号機だけが今はありません。6号機を分解して出た部品で29号機を作ったからです。

夏はゲストに機関車を運転してもらう機会が増えるので、バッテリィがいつもの倍以上消費します。慣れない方が運転するためです。不必要に電圧を上げてしまう、ということです。脱線などがあったときに、すぐにOFFにしないと、大電流が流れ、その1回でバッテリィが駄目になります（3000円くらいの安いものですが、重いから捨てるのが大変）。こうしてみると、人間がコントロールすることで、いかにエネルギィが無駄遣いされているかがわかります。クルマも、すべてAIが運転するようになったら、燃費も耐久性も、飛躍的に向上することでしょう。

犬のプールが届きました。直径が1.5mあります。水を入れたら、なかなか動かせないし、そのまま放置すると、下の地面の苔に影響が出そうなので、設置場所を慎重に選びました。ベンチが置かれている、舗装した場所があるので、そこに設置することになると思います。まだ水は入れていません。明日試しましょう。

　夕方に、スバル氏が帰ってきたので、みんなで一緒に迎えにいきました。犬たちは大喜びです。たぶん、スバル氏が一番沢山おやつを持っている人だと認識しているからでしょう。そのあと、マックに寄って、ハンバーガを食べました。これが今日の夕食となりました。久し振りで美味しかった。

　ところで、僕はヨーヨーが得意なのですが、もう何年もやっていません。剣玉も得意ですが、家に剣玉がありません。何年もやらないと、やはり下手になっていることもありえます。剣玉というのは、物理法則（運動方程式）を理解している人なら、誰だってコツが摑めると思います。たとえば、糸を引っ張って、玉を上に持ち上げる動作から始まるのですが、それがもう誤解です。引っ張れば、玉が暴れるので、刺すのも乗せるのも難しくなります。そうではなく、玉はその位置のまま（つまり自由落下させ）、小槌の方を玉の下へ素早く持っていけば、穴に先を刺すことが比較的簡単にできます。もう少し詳しく説明すると、玉は上方へ等速度運動させ、重力で落ちかけるタイミングで刺すのがベストです。小槌に乗せるときも、玉はそのまま、小槌を移動させる、というイメージでやれば難しくありません。できるだけ玉を運動させないことが要点なのです。

　僕の年代は、子供のときに遊ぶものが少なかった、ということ。

2018年7月25日水曜日

プールサイドでコーン

　だいわ文庫『MORI Magazine』のカバーがpdfで届き、確認をしました。昨年の単行本とイラストは同じです。本の内容では、「文庫化の

あとがき」が加わっています。1年後に文庫化というのは、まあまあけっこうなシステムかな、と感じます（単行本と同時に文庫化は不可能ですからね）。文庫書下ろしがベストかもしれませんが、少し大きめの本が好きな方も割合いらっしゃるようです。

　そろそろ執筆でもしようかな、とときどき（1日に2～3回）思います。そのたびに、「えっと、何の本だったっけ」と思い出し、テーマを頭の奥から呼び出し、1分ほど考えます。そのあとは、また別のことを始めてしまい、すっかり忘却の彼方へ消え去るのです。この忘却の速さというのは、ワープ航法するときのエンタープライズの加速に似ています。すっと立ち去って、そのあと静寂が訪れる感じ。

　今朝も早起きですが、まあまあ許せる時間。犬を外に出し、戻ってきたら、クッションの上でひっくり返るので、腹を撫でてやります。一種の儀式ですね。スバル氏が起きてきて、散歩をしたあと、庭で燃やしものをしました。風向きが良かったからです。すると、近所の夫婦が犬を2匹連れて庭園内に入ってきたので、うちの犬たちも外に出してやり、みんなで大喜び＆大騒ぎの会となりました。

　そのあと、買ったばかりのプールに水を入れました。水を入れるときは、犬たちは興味津々で、鼻を突っ込んだり、水を飲んだりしていましたが、8cmくらいの深さになり、ホースの先が水没して音を立てなくなったところで、興味を失った様子でした。プールの中に入れてやったら、すぐに飛び出してきます。水が冷たかったのかもしれません。そういうわけで、最初から「わーい、嬉しいな」「プール買ってくれてありがとう」と遊んだりはしませんでした。もう少し様子を見ましょう。

　お昼頃には、スバル氏と長女が出かけていき、またも僕が犬と留守番となりました。おまけに、宅配便を待たなければなりません。庭に出ても遠くへ行けないし、草刈りなど音を立てる作業は（来客に気づけないから）できません。しかたがないので、このブログを書いたり、読書をしたりしていました。

　スバル氏が帰ってきて、穫れ立ての玉蜀黍をプールサイドで食べました。スバル氏は、ベンチに座り、プールの中に足を入れていました（足

湯のつもりらしいのですが、冷たすぎるとおっしゃっていました)。犬たちも、玉蜀黍をいただきましたが、プールには見向きもしませんでした。反対側へ回るために、プールを迂回(うかい)しなければならず、一所懸命走っていました。

　草刈りも2バッテリィ。サッチ取りもしました。一部芝が剥げていたところがあったので、種を蒔いて補修。今日は、そよ風が吹き、とても涼しいので、Tシャツでは少し肌寒いくらいです。もちろん、庭園鉄道も運行。毎日走ることで、線路の状態が良好に保(たも)てるのです。

　草を刈っているときは、生えてきた草、伸びてきた草を排除しよう、という気持ちしかありません。ほかごとを考えていることはまずない。たとえば、エッセィのネタを思いついたりすることもありません。単純に目の前の作業に没頭しています。しかし、10分もその状態ではいられません。ときどきなにかを考えます。一瞬ですが思いつくことがある。でも、ほとんどの場合は、それを覚えておこうと考えるほど重要な思いつきではなく、すぐに忘れてしまいます。

　一番よく思いつくのは、次にやるべきこと。つまり、なにかの作業です。そろそろ肥料を撒(ま)こうとか、今度ホームセンタへ行ったらあれを買ってこようとか、そういうことです。

　人間の日常というのは、このように、自分の少しさきの可能性をたまに思い浮かべ、そのたびに選択しているのですが、どういうわけか、それよりも未来のこと、ずっとさきのことは考えません。何故(なぜ)なら、それくらい未来には、自分が生きているかどうかわからないし、真剣に考えようとしても、必ず自分の死を連想するからです(特に年寄りほど顕著)。多くの人が、未来を見つめようとしないのは、死を避ける本能が原因ではないでしょうか。死を考えたくないから、さきざきの不安を持ち出したくないから、なんとなく、今のことだけに集中しているのです。ですから、物事に集中するのは、自分の未来からの「逃避行動」なのではないか、と思います。

「没頭」という言葉が、それを示しています。頭を没する行為。

2018年7月26日木曜日

カフェでランチ

　今朝はだいぶ冷え込んで、スバル氏と散歩をしたとき、「もう夏も終わったね」という話になりました。これを書いているのは土曜日なので、メールもあまり来ないし、静かな週末になりそうです。

　散歩のあとは、まずは塗装。木材にステイン（防腐塗料）を塗る作業。それから水やりをしました。犬たちが室内でお昼寝中の時間を狙った作業。1匹が、窓などから外を覗いて水やりに気づくと、すぐに仲間に連絡して吠えます。そして、デッキの前のガラス戸を手や鼻で押して、「開けろ、開けろ」と騒ぐのです。まるで、借金取りのようにです（知りませんけれど）。

　庭園鉄道を1周して、線路の確認をしたあと、久し振りにジェットエンジンの始動をしました。これは30号機の機関車に装備されています。燃料は灯油。セルモータのための電池を充電し、コントローラ用の電池を交換したあと、エンジンをかけてみたら、一発で回り始めました。15万回転／分がフルスロットル。アイドリングでも5万回転／分です。近所迷惑になるので、長くは回していられません。燃料タンクは3リットルありますが、フルスロットルだと5分間ほどで消費します。

　エンジンが好調だったので、気を良くして書斎に戻ってきたら、珍しく電話が鳴っています。僕はiPhoneは常にマナーモード（しかもバッグの中）なのですが、書斎にいると、デスク上のMacが反応して、大きな音を立てます。出てみたら、スバル氏から。「わ、通じた」と向こうも驚いていました。スバル氏は長女と犬1匹を連れて、買いものに出かけていたところです。すると、帰り道の途中で新しいカフェを見つけたので、こちらでランチを一緒に食べましょう、というお誘いでした。

　家から距離で1kmくらいのところ。道順はスバル氏が電話で教えてくれました。もっとも、僕がいちいち「交差点から何メートル？」「道のどちら側？」「その道は真っ直ぐ？」などと具体的な質問をしたからイメージできたもので、彼女の抽象的な説明だけでは、さっぱりわかりませんでし

た。すぐに戸締まりをして、犬を連れてクルマで出かけました。

　無事に到着し、そこでランチを食べました。野菜や茸がのったトーストと、サラダと、スープのセットでした。1000円くらいでボリュームがあって、お値打ちだと思いましたが、僕には多すぎます。飲みものもすべて自家製で、ちょっと個性的な味。犬用の飲みものも出してくれました。

　今日は、少し曇っていて、気温があまり上がりません。そのかわり湿度があるように感じましたが、それでも湿度計は40%です。庭園内では、茸を何種類か見かけます。大きいのは、傘の直径が30cmくらいの巨大なもの。形もさまざまで、色も赤やピンクのものがあります。たぶん毒茸だと思われますが、犬はそういったものに鼻を近づけません。わかっているのか、それとも、無臭で無関心なのかはわかりません。

　そうそう、今日は久し振りに蛇を見ました。生きている蛇です。長さは1mくらい。何を食べて生きているのでしょう。虫かな。たしか、昨日くらいが土用の丑の日だったのではないでしょうか（7/20と8/1だと編集部から指摘がありました）。日本人って、ウナギが好きですよね。蛇で思い出しました。絶滅しそうなのに、国民がこぞって食べるなんて、実に不思議な光景です。

　名古屋の夏に比べると、こちらは気温も湿度もぐんと低い（おおむね、10℃は低い）のですが、環境として一番違っているのは、虫が少ないこと。蚊はいませんし、ゴキブリもいません。一番見かけるのは蛾でしょうか。蠅はいますが、小さいように思います。名古屋にいるときは、夏の間は、庭園鉄道はお休みしていましたが、その主原因は蚊でした。皮膚に吹き付けるプロテクト剤なども試しましたが、ほとんど効きませんでしたね。

　温暖化しているから、これから虫の害がどんどん増えてくるはずです。「異常気象」の一言で片づけているようですが、二酸化炭素の排出量低減へ、どうして気運が高まらないのでしょうか？　火力発電ゼロを言いだす人がいないのは何故でしょう？（僕は、20年まえから言い続けていますが、諦めずに何度も書きましょう）

　午後は、草刈りを2バッテリィしながら、枯枝を集めました。もう、葉

が散り始めている樹もあります。草も勢いがなくなってきました。日が短くなってきますし、太陽も低くなるので、だんだん涼しくなってくることでしょう。

　工作室では、今日もプロペラカーの修理。それから、ガレージの片づけを少しだけ実施。足の踏み場がなくなりつつあり、作業に支障が出てきたためです。近々、またゲストがありますが、もう「ありのままを見ていただこう」と諦観(ていかん)したくもなります。

 カブトムシは沢山います。スタイルが違うものが数種類います。

2018年7月27日金曜日

「停電中」はおかしくない？

　森の中に住んでいると、風の通り道があることに気づく機会が多いと思います。森林は、空気の流れに対して（特に夏は）抵抗が大きく、風はできるだけ抵抗の小さい、いわゆる「抜け道」を通っていきます。たとえば、人間が作った道は、樹がないわけですから、方向や傾斜によっては、抜け道としてうってつけです。庭園のすぐ横にある坂道がその風の通り道で、そこへ行くと、いつも坂を上ってくる風に出会えます。また、霧が発生したときも、その坂道を霧が上がってきて、やがて森林内に霧が充満するのです。

　風の通り道の特徴は、いつも同じ方向へ流れていること。風向きが変わったときは、その道を通らないわけです。風が反対向きになっても、抜け道に逆方向の風が吹くわけではない、ということです。

　今日も、朝から爽やかな風が吹き抜ける好天。朝の気温は18℃くらいですが、すぐに気温が上昇しました。庭仕事をしたくなる気候です。まず、芝のサッチ取りをしました。昨日の夕方に、芝生に農薬を撒いたので、今日は犬をそこで遊ばせられません（農薬は、地中の蛾の幼虫を退治するもので、犬には無害ですけれど、念のためです）。このサッチ取りが、庭仕事の中では重労働の部類で、レーキ（熊手のような道具）で引っ搔(ひっか)くわけで

すが、すぐに疲れてしまいます。サッチ取りをする電動の芝刈り機もあるにはあるのですが、何度もやらないと効果がなく、むしろ面倒です。

そのあと肥料を撒いて、水やりをしました。スバル氏も、少し離れたところで水やりをしていたようです。水やりのホースは、庭にある3つの水道から（長いものは50m以上）ホースを伸ばしていて、途中で分岐をして数本に増えます。同じ蛇口から（これを森家では「同系列」と称します）のホースを使っていると、同時に水を出した場合に水圧が下がりますから、離れたところで作業をしていても、相手の存在が感じられる一瞬となります。

僕が水をやるのは芝で、スバル氏はそれ以外（主に自分が植えた花など）。水のやり方一つとっても意見が合わないので、それぞれ分担を決めてお互いに干渉しないことにしています。平和維持の条件といえます。

昨日ランチを食べたカフェで、スバル氏はマフィンを買っていたので、それを今日は食べました。ブルーベリィとピーチが入ったマフィンでした。とても美味しくて、カフェで食べたものより美味しいので、こんなことなら、店で食べずに、買ってきた方が良いだろう、という話をしました。

スバル氏は、プールで犬を遊ばせるプロジェクトに果敢に挑んでいて、ボールを浮かべたり、水鉄砲で水を飛ばしたりしています。犬たちは、まあまあつき合い程度に絡んでいるだけのように見えます。

2週間ほどまえに書きましたが、大きい機関車の中古品を、1台だけ購入することにしました。クルマが新車で買えるくらいの値段です。ちょっと高いなと思っていたのですが、2割くらい値引きすると言ってきたので、それならば、と買うことに。運び方は、現在また別のところに相談中です。いつ頃運べるかもまだ決まっていません。それほど大型ではないので、大人が4人いれば楽勝で持ち上げられるとは思います。

今、「相談中」というように「中」を付けました。だいぶまえのTVで「考え中」が流行ったことがありました。あちらこちらで「変な日本語だ」と指摘されているところでもあります。動作が途中であることを示しますから、「売出し中」とか「勉強中」などがよく聞かれる使用法といえます。ただ、その動作を行っている最中なのか、行ってはみたが、まだ

完結していない状態を示すのか、どちらのかわかりません。「それは、まだ勉強中なんですよ」と言った場合には、「勉強の途中」であることを示しているだけで、現在勉強しているとは限りません。昔は、これを「勉強の段階」とか「勉強の途上」などと言ったはずです。

　よく問題になるのは、「故障中」とか「運休中」のような使用法。現在は普通に使われ、抵抗を感じる人も少なくなってきましたが、かつては明らかな誤用だと指摘されていました。「故障」や「運休」は、動作ではなく、状態を示す言葉なので、「中」をつけて「進行形である」ことを示す必要がありません。単に「故障」「運休」とすれば済むわけです。おそらく、「現在、復旧作業中」という気持ちが込められている「中」なのでしょう。しかし、「不通中」とか「行止り中」とかがおかしいのと同じ違和感は消えません。

　では、「停電中」はどうでしょうか？　停電は動作なのか、という問題になります。「停車中」ならOKですね。「停電する」という動詞は、電気が停まった変化を示していて、その後の状態は単に「停電」なのではないか、とも思えます。電気が来ている状況は、「通電中」で良いと思いますが。

　生きていることを示す「生存」も、「生存中」は幾らか変な気がします。生きている最中じゃないか、とおっしゃるかもしれませんが、「生きている」はすなわち、生きている最中のことです。「死亡中」が変なのと同じだと思います。死ぬは動作ですが、死ぬ動作を維持することはできません。死んだら、動作ではなく「状態」になるわけです。これは、「睡眠中」はOKでも、「起床中」が変なのと同じ。「停電中」には「死亡中」に似た抵抗感がある、というわけです。

　そんなどうでも良いことを一日中考えているわけではありません。でも、そう思われてもしかたがない作家ですから、皆さんが森博嗣を誤解中なのでは？

森博嗣は、森に籠もり中の引退中の作家中で今は好き勝手中。

2018年7月28日土曜日

人間だけが心配をする

　7月は、エッセィを書き始める予定です。ですから、今は「書き始めるまえ中」です（昨日の話題を無理に引きずって）。
「引きずる」という言葉は、「故意に長引かせる」「捨て切れず今もなお持ち続ける」と辞書にありましたが、それは比喩的な表現の場合で、実際の動作としては、引っ張っているものが地面を擦っている状態を示します。引っ張っているものが、地面に触れない場合、たとえば、池に浮かんでいるボートは引きずれないし、ヘリウムが入った風船も引きずれません。では、機関車が貨車を牽引する場合は「引きずっている」のかというと、これも車輪が回っているので、「擦る」ではない気もします。車輪が固くて気持ち良く回らないときは、引きずることになるかも。同じように、恋人と腕を組んで歩いているときは、「引きずる」とは言いませんが、万引犯を捕まえて交番へ連れていくときは「引きずっていった」と言います。ちゃんと歩いていても、抵抗の意志があるように表現している、といえます。
　どうでも良いことを書きましたが、だいたい、ブログの大半はどうでも良いこと、文章の大半はどうでも良いことです。いわゆる「非本質」であることはまちがいないといえます。まさに、日常を引きずって書いているのです。
　ゲストがいらっしゃるので、庭園鉄道の線路を朝から見回りました。といって、歩いて回ったのではなく、機関車をゆっくり運転して1周しただけです。普段だったら、小さい枝を乗り越えて（多くの場合、車輪で枝を切断して）、ちょっとした衝撃があっても、気にしませんが、ゲストがあるときは、いちいちバックして、その衝撃の原因を取り除きます。お客様には、乗り心地の良いところを楽しんでもらいたいからです。サービスなのか、意地なのか、よくわかりませんけれど。
　工作室では、ここ数日、プロペラカー2台の修理をしています。この2台は、まったく別の経路で僕のところへ回ってきました。偶然、2台とも

プロペラカーだったというだけです。どちらもラジコンで、高性能のブラシレスモータが装備されているので、それ相応のバッテリィを使おうと、ネットで注文しました。これらは、ラジコン飛行機用のモータやバッテリィです。鉄道ではパーツが軽量である必要はありません（むしろ、ウェイトを積むくらいです）が、模型を作った人の意思を受け継ごう、というわけです。

　大学生の頃からラジコンを楽しんできましたが、エンジン関係で一番驚いたのは、4サイクルが発売になったこと。モータでは、ブラシレスの登場ですか。電池では、ニッカドが衝撃的でしたが、今はリポバッテリィになってしまいました。もっとも、全部を含めて一番驚いたのは、ラジコンヘリコプタが飛んだ、というニュースでした。実機よりも小さいわけですから、それだけ動きが敏感で、ラジコンでコントロールすることは人間には不可能だ、と言われていたものだったからです。

　ゲストのお相手をしている間に、スバル氏と長女が犬の散歩に行ってくれました。そのため、僕は（ゲストが帰られたあと）、ゆっくりと芝生の水やりができました。ここしばらく、これができず、まさに「夢の水やり」でした。好きなところへ思う存分水を撒くことができて、爽やかな気持ちになりました。

　相変わらず、犬たちはプールに入ろうとしません。スバル氏も諦めたようです。犬は庭園鉄道には乗ってくれますが、これも、「お願いだから乗せて下さい」と擦り寄ってくるのではなく、摑まえて乗せてやると、言うことをきいて飛び降りない、というだけの話。ですから、摑まえてプール内に下ろせば、同じかもしれません。まるで虐待しているようなふうに取られそうです。

　日本の猛暑のニュースが多いのですが、ペットの熱中症も話題になっています。クルマに乗せておくと、大変なことになるのでしょう（森家では、たいてい僕と犬たちがクルマで長時間待たされます）。人間の子供が中にいる場合は、見つけた人はガラスを割って助けてくれますが、ペットだったらどうなるのか、見つけた人によって判断が違うはずです。

　子供の場合はともかく、人間というのは、動物の中で唯一、自分の死が想像できる頭脳を持っています。危険を死と結びつけることができ

ます。本能的に恐がる、避けるという以上に、自分の未来を「心配」することができる点が、異なっています。

　もっとも、その優秀な人間でも、「理屈ではわかっていても」といった姿勢の場合がほとんどで、危険な状態のぎりぎりになるまで、あるいはそうなってしまって初めて、自分の置かれている状況が死に近いものだ、と認識します。いくら、人から警告されても、自分はそうはならない、自分だけは大丈夫、という感覚を持つようです。これも、死という概念を知っているからこそ、それを考えないようにする思考が働き、目を背けるような回避行動を取るためではないか、と想像されます。

　つまり動物だったら、ちょっとした予兆、異状、不自然さ、未体験な事象に出会えば、さっと逃げ出すところでも、人間は逃げないのです。大丈夫だという理屈（あるいは信仰）を持っているからでもあり、「これまでの経験では大丈夫だった」という自信の蓄積もあります。動物も、かなり高齢になると、そんなおっとりとした性格になりますが、人間でいうと、30歳以上が動物の高齢に当たるように観察されます。人類は年寄りばかりになっているのです（動物も、最近のペットは高齢化していますが）。

　心配は誰にもできますが、どう対処するかで、差が出ますよね。

2018年7月29日日曜日

プロペラカーとモータとエンジン

　朝は冷え込みます。長袖のジャケットを着て、散歩に出かけていました。4つくらいルートがあって、高原に出るコース、羊の牧場へ向かうコース、森の中へ分け入るコース、人やクルマがたまに通るコース、です。それ以外にももちろん道はありますが、この時期の朝は野生動物が出るかもしれないので歩きません。

　庭仕事はまず草刈り。1バッテリィだけ。もうあまり伸びないからです。また、緑がやや掠れた色になり、苔もところどころ茶色っぽくなりました。落葉も始まっています。そんななか、オレンジ色のリリィがいくつか咲

きました。僕は雑草だと思っていたら、スバル氏が、どこかからもらってきて植えたもののようです。

昨日、近所の犬が遊びにきて、プールに飛び込んで大喜びではしゃいだそうです。うちの犬たちは、それを冷静に見つめていたとか。今日もスバル氏が、水鉄砲を撃ったり、柄杓で水を飛ばして挑発しましたが、犬たちは「なにか面白いのですか?」という顔で見ていました。

しかし、僕が芝生に水を撒き始めた途端、スイッチが入ってジャンプの連続です。怪我をするといけないので、あまり続けられませんし、たちまち濡れ鼠になるので、家に入れるときにタオルで拭くのも大変です。タオルを手にしただけで、近づいてこないので、まずは捕まえるのが一苦労。

12月刊予定の講談社文庫『月夜のサラサーテ』の解説が届きました。前巻に引き続き、吉本ばなな氏に書いていただきました。さすがに、凄い文章だな、と感じました。

NHK出版新書『読書の価値』が重版で第4刷になる、との連絡がありました。なんとかこれくらいは売れるでしょう、という部数に到達したので、ホッとしました。

まだ執筆を始めていません。そろそろ目次くらい書こうかな、という意識の高まりはありますが、腰が重いですね。遊んでばかりいるから遊び癖がついたのかもしれません（適当なことを書きました。遊び癖は、人間のほとんと、動物のほとんとが生来持っている特性でしょう）。

午後は、プロペラカー2機の試運転をして、まあまあ満足できる結果だったので動画を撮りました。この程度のコースでは、フルパワーは出せません。スロットルは30%程度までです。プロペラが空気を切る音は、飛行機を連想させて楽しいものです。空気を摑んでいるときは音が変わります。プロペラで走る機関車は、いうなればトップギアしかない自動車みたいなもので、トルクはありませんが、加速が乗ってくるとますます速くなります。

ところで、モータという機械は、停止しているときに最も電気抵抗が小さくなります。つまり、発車しようとする瞬間に一番沢山電流が流れま

す。また、事故があったりして、タイヤがロックされ回らない状態のときに、アクセルを吹かすとショートに近い電流が流れ、モータは過熱し、バッテリィもお釈迦になることがあります。飛行機は、空中に浮いているかぎり、そういったことがありませんが、クルマや機関車は、なにかにぶつかったら、動けなくなるわけです。

　先日書いた、ゲストが庭園鉄道を運転するとバッテリィが消耗するのも、この例です。実物の電気自動車は、そういった事故の場合、人間がアクセルを踏み続けても、電気をカットするようになっているはずです（簡単にいえば、ヒューズが飛びます）。このあたりが、エンジンとの大きな相違点といえます。エンジンは、停止しているときには、自分で回ろうとしません（だからセルモータがある）。

　僕は庭仕事で、いろいろエンジンで動く機具を使っているのですが、エンジンの草刈り機は、モータの草刈り機よりも安全です。チェーンソーも、エンジンのものの方がモータよりもずっと安全でしょう。エンジンは、操作を間違ったとき、停止しているところから急に回り始めないからです。しかも、モータは回り始めのトルクが最大である、という特徴を持っているから危険なのです。電動機具は、安全装置が装備されていますから、滅多に事故は起きませんが、うっかり者の僕は、怪我をしないように敬遠しているというわけです。

　夕方から犬たちを川で遊ばせるためにクルマで出かけました。森の中にあるので、ほとんど日が射し込まない暗い場所です。涼しすぎるくらい。少し上流で子供たちが大勢遊んでいるらしく、歓声が聞こえました。テントを張ってキャンプをしている人もいました。うちの犬たちは浅瀬を歩き、川の真ん中付近にある石の上に乗ったりしました。長女もサンダルを脱いで、犬と一緒に遊んでいました。

　ホースから出る水と、川の水が、同じものだと気づかないはず。

2018年7月30日月曜日

お金持ちはトータルの収支を計算する

　今朝も冷え込んで、サンルームのガラス（の外側）が濡れていました。昨夜は雨は降らなかったようなので、露だと思われます。そんなに湿度が高いはずもなく、つまり寒暖差が激しかったということでしょう。朝は、ジャケットを着て散歩に出かけました。途中で、ノーリードのボルゾイ、サルーキ、アフガン、そしてトイプードルの4匹連れに会いました。連れていたのは、白人の女性とアジア系（ベトナム人っぽい）の女性の2人で、どちらも若い。でもミセスっぽい。どこの人なのかわかりません。うちの犬たちは大人しくしていましたが、トイプードルだけが、こちらについてきてしまい、白人の奥様（らしき人）が呼んでも群れに戻らないので、追いかけてきて、連れていきました。だからリードを付けなさい、と言いたかったのですが、言いませんでした。

　散歩のあとは、自分の庭を軽く見回ることにしています。狐が歩く道を、犬たちが気にしています。臭いがするのでしょうか。犬を歩かせると、ここが自由な領域ではないと狐に伝わるかも、と思っているのです。最近は、大きい野生動物には出会わなくなりました。犬を飼うことには、こういった理由もあるのです。

　庭園内のラズベリィが豊作らしく、スバル氏が収穫しています。グースベリィも（このまえは食べないと書きましたが）出来が良いらしく、収穫しているそうです。ジャムにして食べているようですが、僕は食べていません。僕は、ジャムなら葡萄（グリーンではなくパープルの）が好きです。一番よく食べるジャムかもしれません。

　Amazonで毎日1つか2つは買いものをしています。よく買うものをすすめてくるわけですが、僕が見るAmazonでは、ピアノ線、ウォームギア、電子基板、工具などで満たされています。皆さんが見ているAmazonとは大違いだと思います。僕にとっては、Amazonは秋葉原の店みたいなものです。

　作家の仕事は、相変わらずなにもしていません。7月になって、ほとん

としていませんね。ゲラを読んだくらい？　庭仕事も6月よりは減っているし、庭園鉄道も、大したことはしていません。ゲストのための準備をしている程度でしょうか。まだまだ夏休みは続きます。

　お金持ちというのは、少額の買いもので節約をして、大きな買いものでは出し惜しみしない、という理解をお持ちの方が多いようです。でも、僕が知っているかぎり、これは逆だろう、と思います。お金持ちの友達が身近に何人かいて、その本人や家族の行動を観察したり、話を聞いてる範囲では、少額の買いものには無頓着で、欲しいものはずばずばと買います。迷うようなことがありません。こちらの店ではいくらなのに、あちらの店ではいくら、というような比較もあまりしません。それよりは、買いもののために消費される時間とか、同じく消費される自分の体力などを勘案して、トータルで値段を判断をしていることが多く、時間が節約できる、疲れないように、といった方面に惜しみなく出費します。そういったことに出し惜しみするのは、これからお金持ちになろう、という方なのかもしれません。既にお金持ちの方は、資産が減らないことが第一であり、支出と収入のバランスを見ている感じがします。

　一方で、比較的お金に縁のない人たちは、細かいことに気を遣っていて、日頃の数百円とか数十円といった金額でも、安いものを求めようとします。安いものが買えると、それ自体が嬉しいようです。労力をかけて安く買えるのなら、そちらの方が得だ、と考えるわけですが、そのとき自分の労働の値段を考慮していません。そして、少し金額の張る買いものになると、「ここぞというときには、出し惜しみしない方が良い」とばかりに、あっさり大金を出費してしまう傾向があります。日頃の細かい節約は、それで一気に消し飛んでしまい、むしろトータルでは赤字になる。だから、お金が貯まらない、という道理です。

　あまり良い例を思いつきませんが、たとえば、結婚式だとか、葬式だとか、そういったイベントになると、出し惜しみしなかったり、旅行に行ったら、「日頃我慢をしているから」とばかりに、ぱっと使ってしまったり、健康のためのものなら、子供の教育のためなら、好きな人との時間のためなら、といろいろ理由をつけて、ちょっと値が張るものをあっさりと買っ

てしまうのです。

　お金持ちは、金額が大きくなるほど、それに応じて買うものを吟味します。高級品ばかり並べる店でも、ちょっと気に入らなければ、今日はやめておこう、という冷静な判断ができます。そういう店で、そこにあるものから選んでしまうのはもったいない、と考える余裕があるからです。話を聞くと、そんな場合に「我慢をした」とは認識せず、その金額を「得した」と思うようです。買わないことで、それだけの金額を儲けた、と考えるのです。

　数十円、数百円の節約をどれだけすれば、数十万円、数百万円の節約になるのか、という計算ができるかできないか、という違いかもしれません（簡単な計算で、答は1万回です）。プラスティックのストローが何百万本で、海に捨てられるプラスティックゴミの量が何パーセント低減できるのか（しかも、ストローが全部海に投棄されると仮定して）、という計算をした人は、お金持ちになれる可能性があります（否、可能性は誰にでもありますね）。

 金持ちが良い、貧乏が悪い、というわけでは全然ありません。

2018年7月31日火曜日

バッテリィの充電システム

　今日は、午前中に宅配便が15個くらい届きました。そのうち、僕が買ったものは5つです。あとは何か知りません。持ってきた運送屋は3社です。それらの配送品をすべて自分で買いにいったことを考えると、重かったでしょうから、本当に助かるなあ、と思います。

　宅配便のトラックが庭園内の私道に入って近づいてくると、その音を察知して犬が吠えます。でも、ドアを開けても外へ出ていくことはありません。僕が応対するときは奥で大人しく待機していますが、スバル氏のときは飛び出したりしました。いけないことだと教えるのに、スバル氏が1度だけ本気で叱りました。本気で叱れば、たった1回で犬はわかるのです。「駄目ですよう」と優しく言ったり、「こらこら」くらいの感じでは、応

援されていると勘違いします。叱るときには、やはり本当に怒ってみせないと駄目なのです。人間でも同じだと思います。

よく、子供の躾（しつけ）で相談を受けることがありますけれど、言葉が通じる年齢になったら、悪いことをしたら、1食抜くなどの罰を与える、というのが良いでしょう。それをするのは親として辛いことです。叱るのだって辛いことです。でも、ショックが大きいほど、きっと少ない回数で学習します。『MORI Magazine 2』に書きましたね、これ。

今朝は気温が15℃でした。寒いですね。でも、たちまち日が射して、暖かくなりました。芝刈りをして、水やりを存分にすることができました。犬もそのあと水遊びを存分にしました。犬用プールは既に撤去されています。ウッドデッキに干してありました。もちろん、まだしばらくは夏だと思いますから、遊ぶ機会もあることでしょう。

庭園内には、（遠くの山が見える）風光明媚（ふうこうめいび）な木蔭にハンモックが吊る（つ）してあります。大きな樹の間にロープを張ってあるだけで、固定はされていません（幹にぐるりと渡してあるだけで、釘（ぎ）などを打って固定していない）。雨が降りそうなときは、ぶら下がっている部分だけ（フックを外して）片づけることもありますが、濡れても良い素材なので、基本的に夏は出しっ放しです。

これとは別に、今年からウッドデッキにもハンモックが設置されました。こちらは日中に1時間半ほど日が当たります。暑いときは前者、涼しすぎるときは後者を利用しよう、という考えのようです（利用者であるスバル氏が）。犬1匹を抱き込んでハンモックに乗っていることもあり、とても犬が嫌いな人には見えません。

僕も、今日はウッドデッキのハンモックでしばらく横になっていました。庭にいる犬を呼んだら、きょろきょろとしてこちらを見つけられません。ハンモックにいるのは、スバル氏だと思い込んでいるからです。

今日は、新しい充電方法のために、配線作業をしました。庭園鉄道のためです。自分一人で運行しているときには、その日に乗った機関車のバッテリィを充電するだけです。充電は数時間かかるので、たいていは次の日まで、充電器をつなぎっぱなしです。インテリジェントにできていて、バッテリィが満杯になれば、自動的に電圧をかけない仕組みになっ

ているので、過熱したりせず安全です。

　ラジコン飛行機に使うバッテリィになると、充電時の過熱で発火する可能性もあって、機体に搭載した状態では充電ができません。必ずバッテリィを降ろし、火が出ても延焼しない場所で充電します。その目的で、不燃性の充電袋が売られているくらいです。機関車に使うバッテリィは、この種の危険はまずありません。むしろ、配線が弛（ゆる）んでショートすることの方が恐く、機関車からバッテリィを降ろさない方が良いでしょう。

　オープンディなどで、ゲストが多数いらっしゃるときには、多くの車両が運行します。ゲストに乗っていただくのは、すべて電気機関車ですから、それぞれにバッテリィが1基か2基搭載されています。次の日も運行するためには、その数のバッテリィを充電しなければなりません。バッテリィ1基につき充電器も1機必要となります（現在10機ほどの充電器を所有しています）。ただ、夕方から夜まで、夜から明朝までの2回できるので、切り換えれば倍の数が充電できます。

　こういった状況は、普段はありません。オープンディのときだけです。充電時にミスがないよう、また手間がかからないように、ソケットなどを工夫して、これまでにもシステムを進化させてきました。新しい機関車は、充電ソケットを備えていて、手軽に確実に充電ができます。一方、古い機関車は、バッテリィの端子を取り外し、そこにクリップを噛ませる旧来の方式で充電します。この手間が大変なので、今回幾つかを改良しました。

　昔は電池のプラスとマイナスをつなぐだけで充電ができましたけれど、ラジコン用の高級バッテリィでは、内部でバランスを取りながら充電しなければならず、専用の充電器と専用の配線が必要です。特に、急速充電をするときは、センサで発熱を測りながら充電する必要があります。こうしてみると、クルマのタンクにガソリンを入れるときよりも、電気自動車のバッテリィを充電するときの方が危険度が高い、と認識しておいてまちがいなさそうです。

 電気自動車の危険性については、ほとんど語られていませんね。

8月
August

2018年8月1日水曜日
樋口真嗣氏を乗せて走る

　10月刊予定のWシリーズ最終作『人間のように泣いたのか?』のカバーの英文に使う引用の候補が編集者から届いたので選択しました。

　これを書いているのは7/27ですが、来年3月発行予定のエッセィを書き始めることにしました。今日は3000文字を書いて、完成度は3%です。7月中に1万文字を目指しましょう。ゆったりと進めて、2週間ほどで書き上げるつもりです。脱稿はお盆まえですか（お盆がいつなのか、正確に把握していないし、特にお盆だからといって、することはないのですが）。

　朝が寒くなってきたこともあって、毛の長い犬たちは元気いっぱいです。寒いのが好きなのです。おまけに、芝生で水遊びがしたくて、外に出るごとに、ホースの先へまっしぐら。そこで、お座りをして動かないこともあります。「座り込み」というやつですね。

　芝生のサッチ取りをしました。そのサッチと、ここ数日で溜まった枯枝を燃やしました。今日は、草刈りをしていません。庭園鉄道関係では、機関車に充電コネクタを取り付ける作業をガレージで行いました。機関車が多いので、なかなか進みませんが、優先順位を決めて、ゲストがいらっしゃったときに出動する可能性が高いものから始めています。

　ホームセンタへしばらく行っていません。そろそろ、木材がなくなるので、買い足しにいかないといけません。細かいものだと、電気配線の端子とか、コースレッドも欲しい。ネットでは、大量で重いものと、少量の細かいものが、けっこう買いづらいのです。そのうち、もう少し手軽に取り扱えるようになるのかな、と思いますけれど。

　そういえば、最近財布を使っていません。財布を持って外出することが滅多にないし、そもそも現金を持っていません（ホームセンタへ行くときは、スバル氏から紙幣をもらい、帰ってきて、彼女にお釣りを返却します）。使わなくなりましたね。スバル氏は財布を複数持っているようです。どの財布にも、沢山お金が入っていることでしょう。

　カードも、お店で使ったのは数年まえが最後です。カードはネット

ショッピングのためにあるだけですから、物体としてのカードは不要なのです。どうして、カードという物体があるのか不明ですね。銀行のキャッシュカードも同様です。

クレジットカードは3つ持っていて、用途別に使い分けています。経費で落とせるものと、そうでないものでも、分けています。クレジットカードとキャッシュカード以外には、カードを持っていません。そういうものを作らない人間です。ポイントも完全に無視しています。

のんた君ぬいぐるみですが、これまで、クリエータでは、吉本ばなな氏と清涼院流水氏の2人にプレゼントしました。それ以外は、スバル氏（クリエータかな？）をはじめとした家族に5匹、友人に2匹がもらわれていっただけで、9匹しか減っていませんでしたが、先日、樋口真嗣氏とお会いしたので、差し上げました。記念すべき10匹めで、これ以後は、まったく予定がありませんし、僕が人に会うような事態は滅多に訪れないでしょうから、当分の間減らないと思います。

樋口氏は、わざわざ庭園鉄道に乗りにいらっしゃいました。お会いするのは久し振りで、3回めです。のんた君と交換というわけではありませんが、ゴジラのフィギュアをいただきました。背びれが凝ったペイントで、口の開き方とかリアルです（何をもってリアルか不明ですが）。数時間お話をしましたが、サンダーバードとかゲッターロボとか、愉快で興味深い話題でした。驚いたのは、鉄道に詳しいこと、それから駅弁マニアだということ。デパートの駅弁フェアに狙いを定めて行く話をされていました。

ホビィルームの窓際に飾ってあった60年くらいまえの古い送信機に目をつけられて、トグルスイッチが好きだとおっしゃっていました。僕は、丸いメータとパイロットランプが好きです。スイッチもシーメンスキィがよろしいですね。レトロなメカは、飾る価値があります。

最初に樋口氏にお会いしたのは、2007年の8月でした。ちょうど、東京で鉄道模型フェアが開催されていて、そこに僕も出展していました。高層ビルのレストランで、眼下に花火を眺めながらお食事をご一緒しました。そのときも、デジカメで夜景を撮る方法とか、映画の爆発シーンの撮り方についてお聞きしました。また、2回めは『スカイ・クロラ』の

映画の試写会のあとの打上げのコンパで、お会いしたと思います。2008年のことですから、もう10年振りだったわけですね。

樋口氏は、僕の『四季』シリーズやGシリーズの文庫版のカバーデザインで、ずっとお世話になっている方でもあります。カバーだけではありません。トビラとかオビとかもそうですし、フォントも独自のものを使われていますね。エヴァンゲリオンの文字デザインを思い出される方も多いことでしょう。以後、あちらこちらで真似っぽいものが増えました。

樋口氏は大きい方なので、庭園鉄道の整備を入念にしてお待ちしていました。これまで乗られた方で一番体重が重いかもしれません（でも、2人で乗るよりは軽い）。木造橋も持ち堪えましたし、上り勾配でスリップもせず、順調に走ることができました。僕が運転して、客車に乗ってもらいましたが、最後は樋口氏に運転もしてもらいました。緊張されたようですが、恙なく走りました。

 出版業界も厳しいが、映画業界も厳しい、という話をしました。

2018年8月2日木曜日
失敗から学ぶことは何か？

昨日に引き続き、エッセィを執筆。今日は5000文字書いたので、完成度は8%になりました。順調です。これ以上速くならないように気をつけて進めましょう。爪を切ると速くなりがちなので、切らずにおきましょう（小説の執筆では、イメージを速く打ちたいので、執筆まえに爪を切ります）。

『MORI Magazine 2』で、質問や相談が採用された方からお礼のメールをいただいていますが、お礼を申し上げたいのはこちらの方です（お礼はあとがきで書きましたっけ）。本に自分の名前や文章が載る、ということは、かつてはなかなか珍しい機会だったと思いますけれど、今はそうでもありません。そういったチャンスは爆発的に増えました。誰もがいつでも、自分を公開することができる時代です。一方で、毎回「あんなことを書いて恥ずかしい」と後悔される方も少数ですが、いらっしゃいま

す。書いて送ったものは、掲載される可能性があると、理解されていたかと思いますが……。

ツイッタとファンの方からの指摘で、糸井重里氏が僕の本の話をウェブサイトに書かれたのを知りました（感謝）。糸井氏とは、ときどき細い糸（関係）で引っ張り合うことがあります。実は、一度もお会いしたことはなく、電話で話をしたことが1度あるだけです（番組中の取材かなにかでした）。彼の番組のスタッフが、大学へ来られて、学生たちにインタビューして回ったこともありました。懐かしいですね。

朝は寒くて、ファンヒータを足許でつけました。でも、すぐに暖かくなり、散歩に出かけたときは、もうぽかぽかとした空気でした。

スバル氏が午前中に買いものに出かけていったので、犬たちと留守番。宅配便待ちでした。昨夜雨が降ったので、水やりは免除。サッチ取りと燃やしものは昨日したばかり。草刈りは、今日もしていません。まだ伸びるとは思いますが、3日に1回くらいで大丈夫かも。1バッテリィで、だいたい庭園内の4分の1くらいを刈って回るので、つまり、1箇所について言えば、12日間に1回で済んでいる計算になります。

8月は、ゲストが多数いらっしゃるので、信号機の点検を進めています。ずっと寒暖差や風雨に晒されているので、劣化しているものもあり、部品を取り換える必要がある箇所も見つかります。取り換えるときに、ネジが錆びて回らないと面倒なので、できるだけステンレス製のネジやナットを使用しているのですが、うっかり鉄のネジが混ざっていることがあります。新しいときには、見た目でわからないのがいけません。ステンレスをもっと青くしてもらえると、問題が解決すると思います（青でなくても良いですが、それ以外だと、ほかの金属と間違えそうです）。

人は失敗をして学びます。思い違いをしていたり、配慮が足りなかったり、予想を超えた条件に見舞われたりして、重大な損失を被りますが、二度と同じことが起きないように、と対策を立てることになります。個人レベルであれば、経験した本人ですから、その対策の意味もわかっているし、重要性も認識しています。これが、組織的な対策、当事者ではない人に指示する対策になると、伝わるものは単なる言葉だけで、

精神は伝達されません。だから、その分厳重になるし、余裕を見て(安全率を確保して)対処をすることになります。

　ところが、そうなると、それに従う人たちは「なにもここまでしなくても」という気持ちになるでしょうし、「規則だからしかたがない」という姿勢で従うだけになります。たとえば、交通ルールの「一時停止」は、本来は停止をして左右の確認を充分にすることが目的であって、停止ラインで停まるかどうかは問題ではなかったはずですが、規則として伝わり、同時に、取り締まることができる条件となると、このような形式にならざるをえないわけです。

　断熱材は燃えやすいから、近くで溶接や切断などで火を使うときは気をつけろ、とわかっている人は、全体を見ている監督者であって、個々の作業をしている人たちは、自分の作業しか知りません。「安全のために、人員を配置して備える」と規定されていても、配置された人が、自分は何をするためにそこにいるのか認識が不充分でしょう。火が出たら消す役目だったとしても、実際に火が出たら、逃げ出すことになりますし、その人にはそれが第一優先です。起こる事態を各自が予測していたか、どこまで責任を持ってやるのか、などは規則には書かれていませんし、書かれていなければ、つまり指示ができませんし、本来の意味が共有されていないことになります。

　こうして、何度も人災が発生します。そのつど、二度と起こらないように規制が改定され、より厳しいルールになっていくので、どんどん生産性は落ち、費用がかかります。規制する側は、厳しくしておけば責任を免れるし、現場のリーダも、規制さえしてもらえば、それに従うことで責任を免れます。

　結局、みんなが自分の責任ではないという状況にすることが、規制の本質であり、事実上の責任者が不在となることで、人災が減少しつつもゼロにはできないという構図があります。「失敗から学ぶ」とは、「自分が責任を問われない方策を学ぶ」という意味なのです。政府の責任にしたり、過去の行政の責任にしたり、そうでなければ、自然の責任にしたりしているだけで、自分の判断で自分の身を守る、という方向へは

案外進みにくい、と見受けられます。

自分の命と立場だけは、とりあえず守れる、ということですね。

2018年8月3日金曜日
未来の予測と可能性

　エッセィを今日も5000文字執筆して、完成度は13%になりました。書くほど加速することが多いのですが、今はそれを抑えています。書いている最中に一番頭が回って、そのテーマに対して考えるため、書く途中で書くよりも沢山のことを思いつくから、どうしても速くなってしまいます。書いていない時間には、なにも思いつきません。これは工作も同じで、工作しているときに、工作したいものを思いつきます。片づけものをしていると、整理するものを思いつきます。なにかを買えば、さらに買いたいものを思いつきます。ですから、1つのことに集中していると、1つのテーマでどんどん思考が拡大、拡散してしまいます。まとめることができません。複数のことをすれば、いろいろ違うテーマで思いついて、同時に適度に忘れていくから、これが僕の場合、良い感じなのです。

　僕は、もの凄い忘れん坊ですが、忘れなかったら、なにもできなくなってしまうでしょう。忘れることを自分で努めているようにも感じます。忘れることって、けっこう意図的に実行するのが難しいものです。忘れたいと思うほど、忘れられませんからね。しかし、別のことをすると、途端にまえのことを忘れられるのです。1つのものごとに集中しない、拘らない理由というのが、こんなところにあると考えています。

　今朝は、犬が起こさなかったので、少し寝坊して、起きたのは6時でした。犬が寝坊した理由は、曇っていたからだと思います。まず犬のご飯を用意して、それを食べさせているうちに、自分のホットミルクティーを作って、飲みながらネットを巡回します。主に世界のオークションの情報です。そのあと、世界の主立ったニュースを見ます。そうこうしているうちにスバル氏が起きてきて、犬たちを連れて散歩に出かけます。15分く

らいでしょうか。

　帰ってきたら、僕は庭仕事。スバル氏は食事をしてから洗濯などの家事をするみたいです。この間、犬たちは昼寝です。宅配便のトラックに吠えるくらいしか仕事はありません。今日の僕の庭仕事は、枯枝集めとサッチ取り。そのあと、草刈りを1バッテリィ。

　バッテリィといえば、庭園鉄道のバッテリィ充電端子の改良を進めています。これに用いるコネクタ端子は、リード線と接続するときに「圧着」という方法を用います。ただ、専用のペンチで潰すだけなのです。この方法を、僕は20年くらいまえに初めて知りました。その種の接合はハンダづけするのが普通だと理解していたのですが、ハンダづけは耐久性に欠けるため、今はほとんど使われないのです。たしかに、圧着は非常に確実で信頼性が高いことを実感しています。庭園鉄道の動力関係の配線はすべてこれによっています。

　Wシリーズに少しだけ関連する話題ですが（と書くと、目が覚める人がいるかもしれませんが）、未来の文明というか技術レベルをどの程度に見積もるのか、ということで、小説を書く場合の設定が異なってくるはずです。ここ数十年は、IT関連の急速な発展があって、その速度は対数的（指数関数的）に増加すると言われています。それを推進する立場の人たちは、従来の線形的な未来予測では、まったく予見が追いつかないほど技術は急速に発展する、と主張しています。しかし、対数的な発展が続くという見方もまた、明らかに線形的です。いつまでも続くはずはありません。どこかで頭打ちになり、そうはならないにしても、ほぼ停滞に近いのろのろの発展になると思います。

　ものの発展は、長い目で観察すると、連続した曲線ではなく、階段のように、ときどき飛躍的にジャンプするような軌跡となります。おそらく生物の進化や、地形の変動などもそうだったと思います。変化は、緩やかに連続的に起こるのではなく、突発的に段階的に繰り返されるものです。進化論で出てくる「突然変異」という言葉がありますが、変異とはそもそもすべてが突然だということです。

　僕は、今世紀のうちに、テクノロジィは頭打ちになると考えている人間

ですから、ある意味で、発展の速度を楽観視しているかもしれませんし、結果を悲観視しているともいえます。約200年後の未来は、100年後とテクノロジィの基本的なレベルでは大差がない、という舞台を小説で設定しました（文章中にもそう説明されているはずです）。頭打ちではあっても、その間に、ディテールは洗練され、効率化され、最適化されることでしょう。そういった発展はもちろん続きます。ただ、革新的な技術が登場することはごく少ない、といった意味です。

　もちろん、テクノロジィ以外では、なにか飛躍的な発展があるかもしれませんし、IT以外のテクノロジィで、伸びしろがあるものが予想外の発展を遂げる可能性もあります。そのあたりは、突発的なものであるだけに、予測はそもそも困難だと思います。10年まえになれば、だいたいわかるし、5年まえなら、正確に予測ができるかと思いますけれど。

　ところで、この「可能性があります」という言葉ですが、文系の方にはこれが「そうなる可能性が高い」あるいは「期待値が高い」というイメージで伝わるそうです。全然違います。「可能性があります」とは、「可能性がゼロではない」と同じ意味で、「絶対に起こらないわけではない」というだけのことで、全然期待できないものであっても、「可能性はあります」と胸を張って僕たちは言います。ほとんど起こりえないと考えていても、「確率がゼロだ」と言い切るだけの根拠が手許になければ、「可能性はある」と言わざるをえない、という場合も多々あります。「可能性がない」よりも「可能性がある」の方が科学的に正しいからです。

　実現する可能性が半分以上見込めるときは、「少しくらい期待しても良いかもしれない」と言うかも。確率が80%以上になると、「可能性が高い」と言っても良いと思います。台風の予報円が、たしか確率70%だったのではないでしょうか。

 たとえば機械技術は現在頭打ちです。電子技術もそろそろかな。

2018年8月4日土曜日

シンギュラリティの意味

　エッセィを今日は6000文字執筆して、完成度は19%になりました。このペースで進むと、あと14日で書き終わるので、8/12に脱稿となります。その後、手直しに1週間かけて、8月中旬に出版社に送ることになるはず。今月の仕事は、これくらいです。

　次は、10月と11月に小説を2編書こうと考えています。来年出る書下ろしの小説はこの2作だけです。これくらいのペースだと楽だから、長続きしそうな気がしますが、きっとそうはいかないことでしょう。

　朝から庭仕事。枯枝集めと草刈り。近所の人が犬連れで遊びにきました。そこへまた犬連れの人が来て、いつの間にか、庭園内に10匹以上のワンちゃんが走り回る結果に。うちの犬たちも大喜びでしたが、みんなが帰っていったあと、ぐったり疲れて昼寝をしていました。緊張したのかもしれませんね。

　庭仕事をして、玄関の方へ回ると犬たちがまた外に出ていました。スバル氏が犬を呼んでも、玄関から入ろうとしません。僕がいるからです。そこで、僕もそちらから一緒に入ろうとしたら、スバル氏に「靴が汚いから駄目」と止められました。工作室から出るときに履く、庭仕事用のスニーカだったからです。しかし、犬の足よりはましではないか、と思いました。もちろん、犬が一緒に入ったところで、僕はドアを閉め、入りませんでした。

　庭仕事をしているときに面白いことを思いつきました。これはブログに書けるな、とそのときは思いましたけれど、書くときには、「これは確実に炎上するネタだな」と思いました。いつも10くらい思いつくうち、9個は炎上必至なので書けません。僕の個人ブログなら（炎上は気にならないので）書けますが、出版社のブログだし、書籍にもなるものなので、迷惑がかかります。しかたがないので、一番面白くないことを書いているのです。

　最近、読者から質問を受けるなかで、頻繁に出てくるタームの一つが「シンギュラリティ」です。何故か、世間では、最後に長音をつけてい

ませんね。森博嗣みたい。不統一なのが気になります。

　この言葉は、僕はほとんど使ったことがありません。何故なら、日本語に「特異点」という用語があって、これが使い勝手が良いからです。力学でも登場するし、ブラックホールなどの説明でも出てくる言葉です。数学でも、たとえば変曲点などが似た言葉といえます。

　技術的な特異点として、このシンギュラリティが最近広まっているわけですが、多くの人が「人間よりもコンピュータ（AI）が賢くなる時点」と言ったり書いたりしていて、どうもぴんと来ません。何故なら、「賢い」の定義が不特定だし、平均的に考えたら、人間よりコンピュータの方が、だいぶ以前から賢いのでは？　将棋も囲碁も、人間は勝てなくなっているじゃないですか。

　計算能力も記憶能力も、何十年もまえからコンピュータにはかないません。また、100年以上まえから、フィジカルな能力で、機械は人間を上回っています。コンピュータも機械です。勝ち目はないのは当然で、勝ち目があったら、そんな機械は役に立たないのです。現在でも、沢山の仕事を人間の代わりに機械がしています。

　では何が特異点なのか、というと、それは、コンピュータが自分自身を設計する能力を持つ、ということです。それは、CADとかCAMのような、人間の補助ではなく、コンピュータが自分の発想で新しい機械をデザインし、新たな時代を切り開いていく、ということ。そうなると、機械が機械を生み出すことになり、自身の能力で進化することになりますから、もはや「生命」に近いものになるわけです。しかも、これまでの生命のような穏やかな進化では当然なくて、飛躍的な進化を遂げる可能性がある、と想像できます。人間が考えることで、これまでの文明は発展してきましたが、その速度よりも速い発展が、その特異点から始まるのではないか、ということなのです。

　ですから、AIが賢くなって人間の仕事を奪うとか、そういったレベルでは全然なくて、たぶん、人間自体もAIを取り込んだ新しい生命体に進化せざるをえなくなるはずです。

こういう未来や科学の話題を「寂しい」と言う人が必ずいます。

2018年8月5日日曜日
AIに天才の発想ができるのか

　エッセィを今日も6000文字書いて、完成度は25%になりました。4分の1です。小説の場合は、書くほど発想がいらなくなり（発想がなくても書けるようになり）、労働的な作業になって、つい速度が上がりますが、エッセィの場合は、発想が常に必要ですし、書くほど発想を消費するので、同じテーマでは続けにくくなってきます。だから、あまり執筆速度が上がらず、結果的に小説よりも書くのに時間がかかるというわけです。

　かつては、エッセィに比べて、圧倒的に小説が売れました。特にシリーズものは生産性も高く、需要もある程度見込めるので、ビジネス的に見ても有利でした。ほとんどのエンタテインメントが、シリーズの物語形式になっている理由がそこにあります。しかし、最近はその種のコンテンツが蓄積され、シェアし合う結果となり、1作の売行きは減少してきました。逆に、エッセィのような読み物は、ネットでも沢山あるものの、時代性があり、それぞれに個性も出やすく、どれも同じような設定の物語よりも格段にバラエティに富んでいて、個人の嗜好にさえ合致すれば、そこそこの数が売れるようになってきた、といえるかもしれません。

　デビュー当時は、「エッセィはこんなに売れないものか」と驚きましたが、今はそうでもない、ということです。書く側からすると、依然として小説の方が生産性が高いことはまちがいありませんけれど、エッセィの執筆は、書いているうちに自分が気づく、考えることができる、得られるものがある、という意味で、まあまあ面白い活動だと感じています。

　今日は、午前中に燃やしものをしました。集めていた枯枝を煙と灰にしました。スバル氏は、サンルームや窓のガラスを（外から）掃除していました。そのあと、ワンちゃんシャンプーとなりました。水遊びが好きなだけあって、シャワーをさほど嫌がりません。ものの5分で終わります。大変

なのは、バスルームから出たあと。

　午後から、ちょっと遠くへドライブ。ラジコン飛行機の仲間との約束で、ある場所へ。それほど遠くはありませんが、初めての場所でした。高原の傾斜地で、グライダを飛ばすスポットです。この時期の風が、斜面にちょうどマッチしているわけで、つまりこの時期しか飛ばすことができません。

　風が傾斜を駆け上がってくるので、それに向かってグライダを投げると、自分の目の前で浮いている状態になります。もちろん、左右に行けるし、上がったり、下ったりもできます。いつまでも浮かせていられます。動力はないので、燃料もバッテリィも消費しません（無線とサーボの電気は消費します）。長い人は2時間くらい飛ばすそうですが、僕はせいぜい15分もしたら下ろすことにしています。緊張していないと、操縦ミスをすることになり、機体を壊してしまうからです。

　人が乗るハンググライダも、少し離れた下方の緩やかなスロープで飛んでいました。初心者の指導をしているのか、あまり長くは飛んでいませんでした。

　昨日のシンギュラリティの話の続きですが、ディープラーニングでAIが賢くなったとしても、人間の天才の発想はできないだろう、という意見もあります。というのも、歴史を変えた哲学者、物理学者、数学者は、いずれも若くして発見、発明をしているわけで、彼らには人類の叡智を集結するほど勉強する時間はなかったし、そこまですべてを知っていたわけではありません。閃きは、そういった知識から生まれるのではない、ともいえます。むしろ、常識を知らなかったことが発想を導いた可能性だってあるわけです。

　しかし、コンピュータの場合、知らない状態にすることは非常に簡単なのです。AIは自らの意思で、ある範囲の知識を一時的に忘れることができます。頭を白紙にできるわけですから、ある意味で若返ることが可能です。そういった手法が有効だと判断すれば、真似ることができるのです。

　また、人間の場合は、大勢がいて、それぞれ違った環境で知識を

積み上げます。そんな中からごく少数の天才が、ときどき出現して、人類社会の発展につながる発想をしてきました。だったら、AIも人間くらい多数が別々の環境で育たないと駄目なのでしょうか。

これも、AIには簡単な「設定」です。AIは1機でも人間何千人分、何万人分の人格を持つことが可能ですから、それぞれ違った環境で育ち、そのうちの誰かが思いつく、というプロセスを再現することができます。全然難しいことではありません。

シンギュラリティがいつ起こるのか、という問題はナンセンスで、もうとっくに起こっているジャンルもあれば、しばらく覆らないエリアも残るはずです。すべてが一時に起こるわけでもなく、その判定も困難です。

AIが賢くなると、人間はますます馬鹿になるのか、と嘆く人もいらっしゃるかもしれませんが、既にだいぶ馬鹿になっています。狩猟をしていた頃よりも、野生動物を捕まえる知恵も技も持っていませんし、ジャングルで何日も生きる術も体力もありません。運動能力は低下しているし、環境の変化に弱くなっています。生水を飲んだらお腹を壊すし、冷暖房がないと生きられなくなっています。とにかく、生に対して脆くなっていることは事実。現在は、機械が人間に寄り添っているから、生きていけるのです。その機械が、AIになるということです。どちらかというと、早く賢くなってもらいたいものだ、と思いますが……。

 既に、大勢の人たちがスマホという臓器を躰に入れていますね。

2018年8月6日月曜日

4チャンネルの思い出

講談社タイガから10月刊予定の『人間のように泣いたのか?』ですが、カバーの英文の案が来たので選びました。中公文庫から11月刊予定の『イデアの影』では、カバーやオビの文言が編集者から届き、確認をしました。

エッセィは、今日は7000文字書いて、完成度は32%になりました。ほ

ぼ3分の1ですね。

　ここで算数の問題です。「昨日は4分の1の進捗だったものが、今日は3分の1になりました。さて、1日に進むのは全体の何分の1?」

　こういった問題は、小数が好きな日本人は即座に答えられませんが、長さや重さで分数に親しんでいる西洋では、即答できる人が多いはずです。

　支払い明細の束が届きました。印税の振込みのお知らせです。今でも、教育関係の著作利用が沢山あります。手続きを外部委託したので、僕は印鑑を捺したり、書類を返送する作業から解放されて、振り込まれた金額を見るだけになりました。楽をさせてもらっています。TVドラマの印税もまた振り込まれていました。ありがたいことです。

　朝は曇っていて、霧が立ち込めていました。このため、気温が高くて、寒くありませんでした。けっこう遠くまで散歩に出かけることができました。

　庭仕事をしていたら、建築屋の社長が久し振りに訪ねてきて、なにか不具合はないか、ときかれたので、大屋根の天窓が1つ開かない、と言うと、連れてきた若者を屋根に登らせ、天窓の修理をしてくれました。ちょっと噛んでいたようで、開くようになりました。ゲストハウスの雨漏りも見てもらい、どこをシールすれば良いか教えてもらいました。昨日シリコンシーリング材を買ってきたところです。グッドタイミング。

　コニファが枯れたのも社長に見てもらったら、今年の冬は寒かったから、根が凍ってしまったせいだろう、とのこと。雪がほとんど降りませんでしたが、気温は低めだったのです。雪が積もっていれば、根は凍らないようです。コニファは、植え替えるかどうかは、まだ決めていません。若い樹だから枯れたのではなく、数年経った大きなコニファも、この冬は沢山枯れたそうです。

　熊手で落葉を掃除して、それを集めて袋に入れています。今日は燃やしものはしていません。

　午後から、またラジコン関係の仲間と落ち合って、グライダを飛ばす場所へ行きました。今日も風はだいたい同じです。ちょっと雲が多く、風

が弱いので、飛行には向かない感じでした。風が弱いときは、スロープ用のグライダはどうしようもありません。このあたりは、ヨットと同じ。グライダには、スロープソアラとサーマルソアラがあって、一見してわかるほど形が違います。前者は斜面で、後者は平地で飛ばします。サーマルというのは上昇気流のことで、季節は関係ありませんが、日差しが強い日に発生し、やはり、上手く飛ばすと、何時間も飛行を続けることができます。

　僕のラジコン歴は、どこかで書いたかと思いますが、大学生になりバイトで稼いだ資金でラジコンカーを買ったのが最初です。ラジコンカーは送受信機（プロポといいます）が2チャンネルです（ステアリングとアクセルを操作します）。このプロポを使って、飛行機は飛ばせません。飛行機は、最低3チャンネル、普通は4チャンネルが必要だからです。でも、グライダだったら2チャンネルでもコントロールができます（エレベータとラダー、つまり上下と左右）。エンジンがないからです。

　それで、ラジコンカーのプロポを使って、グライダを飛ばして遊ぶことにしました。近所の造成地が日曜日は工事がお休みだったので、そこで飛ばしていました。ラジコンのヨットも作って、池で走らせて遊びました。もちろん、ラジコンカーも新しいものを作って、走らせました。つまり、同じ送信機と受信機をすべてに流用していたわけです。当時、2チャンネルのプロポは2万円くらいだったと思います。一方4チャンネルになると10万円くらいしました。高かったのです。現在は、前者は2000円くらい、後者でも数千円になっているはずです（しかも性能は格段に進化しています）。

　あるとき、エンジンレーシングカーの競技が行われるというので、参加してみることにしました。そのコースでは一度も走らせたことがありません。いつも、公園の駐車場で、人がいないときに練習していました。

　レースに出たら、みんな速いのなんの。全然スピードが違います。そこでみんなが使っているエンジンを見たら、ノーマルのものではなく、新しいタイプのエンジンでした。そのレースは結果は散々でしたが、帰る途中でラジコン店に寄って、エンジンを注文しました。1万5000円くらい

だったと思います。このエンジンは、シニューレ式掃気と呼ばれる排気を行うもので、わかりやすく言えば、4バルブみたいなレーシングエンジンです。最高で3万回転／分くらい回るので、タイヤを浮かして空回しすると、遠心力でタイヤがバーストしてしまうほど恐ろしいものです。

このエンジンを慣らし、練習をしたのち、次のレースに挑んだのですが、それでもさすがに皆さん速い。特に1位になった人はダントツでした。その人は、のちに世界チャンピオンになりました。僕は、結局3位になりました。決勝レースで、僕の前を走っている2台がクラッシュしたおかげです。

そして、この3位の賞品が、4チャンネルプロポだったのです。これで、あっさりラジコンカーを卒業して、その後は飛行機にのめり込むことになりました。

キット自体は、レーシングカーは飛行機5機分くらい高価です。

2018年8月7日火曜日
火星って大接近してました？

講談社文庫『そして二人だけになった』のオビのキャッチなどの案が届き、意見を出しました。同書の契約書が届いたのでサイン。それから、『女王の百年密室』と『迷宮百年の睡魔』の電子版は、カバー写真の関係で時間がかかったようですが、iPadの見本が数日中に届くとのこと。実際に配信されるのは、8月下旬くらいの見通しです。

絵本『猫の建築家』の中国（大陸）版のカバーデザインが届き、OKを出しました。10月発行予定だそうです。この絵本は、日本語と英語が併記されているので、今回は中国語と英語の併記になるのかな、と思っていたら、「本文テキストのバイリンガル記載不可」という出版基準があるそうで、英語はなしとなったようです。ちょっと不可解な基準ですが、口出しするようなことでもないかな、と思いました。

とある雑誌から、工作関係の執筆を依頼され、スケジュール的にどう

かな、と思案中です。普通の依頼ならお断りしているところですが、工作だったら、ちょっとやっても良いかな、と思った次第。でも、なかなか難しいのも確か。

幻冬舎から『ジャイロモノレール』の再校ゲラが届きました。明日から読みたいと思います。この本は、9月刊予定です。

執筆中のエッセィですが、今日は8000文字書いて、完成度は40％になりました。明日からはゲラがあるので、6000文字ずつにして、あと10日で書き上げましょう。

午前中は庭仕事。主に掃除です。既に1割くらい葉が散っているので、これらを集めて、燃やしています。昨日の夕方には、今年初めて、エンジンブロアをかけました。まだ、本格的な落葉シーズンではありませんが、この時期でもけっこう葉は落ちるものなのです。

お昼頃に、ゴミ処理場へ粗大ごみなどを出しにいきました。スバル氏と犬が一緒です。片道10分くらいのドライブでした。秘境のような場所にあって、森の中をくねくねと走る面白い道です。

庭園鉄道は普通に運行。自分一人で4周ほどしました。信号機の点検は、まだ3分の1くらいの進捗です。

午後も庭掃除に精を出し、風向きが変わったので燃やしものもできました。気温は24℃くらいですが、少し汗をかきました。ちょっと汗ばむくらいのコンディションが一番体調が良いような気がします。だいたい毎年、夏になると体重が軽くなって、動きやすくなります。熊と同じですね。

外で仕事をして、ときどき書斎に戻って、冷めたコーヒーを飲みつつ、コンピュータのモニタを見ると、メールが来ていたりします。それにリプライして、また外に出ていって一仕事、というような一日です。

夕方はだいぶ涼しくなるので、犬の散歩に出かけます。都会では、地面が熱せられるので、ワンちゃんには地獄のような環境ですが、森の中の道は、そういうことはありません。ひんやりとしています。樹の葉が太陽光を吸収しているからです。

昨日だったか、火星の大接近の日でした。もの凄く大きく見えると期待していた子供たちは、がっかりだったことでしょう。肉眼で見れば、単な

る点。赤いと教えられるから、赤く見える、というレベルです。大きな望遠鏡で見たって、ぼんやりとしか見えません。月のように近くはないのです。火星にしては少しだけ接近した、ようするに、火星のくせに、という程度だったかと。

　ところで、「大接近」の「大」はちょっと違和感がありますね。たぶん、英語を訳したままなのか、と想像しますが、日本語として、「大規模」みたいに「大きい」から「大」を冠するというわけでもない。「接近」が大きいという感覚はずれています。「最接近」では駄目だったのでしょうか。「最も」ではなく、周期として「大いに」の副詞的な意味なのかな。もっとも、「大富豪」は、べつに大きくはないですか。

　大接近がOKなら、大雨（これも大きくはないか）とかの警報も、ここぞというときは「大警報」にすればわかりやすいかもしれませんね。もの凄く謝りたかったら「大謝罪」すれば良いし、ついでに「大謹慎」したらいかがでしょうか。それ以前に、めちゃくちゃ偉い理事長や会長は、「大理事」「大会長」と呼んだらよろしいのでは。

 ベストセラ作家は、大作家でしょうか。大作を書きそうですが。

2018年8月8日水曜日

ちょっとってどれくらい？

『森籠もりの日々』の感想を少数いただいています。中には、この本で初めて森博嗣を知った、という方がいらっしゃって、「え、本当に?」と驚きました。どうして買ったのでしょう？　装丁？　それともタイトル？

　11月刊予定の『森には森の風が吹く』のゲラが届きました。かなり多数の小説のあとがきが、今回の書下ろし部分。そのほかは、雑誌などへ寄稿した（テーマばらばらの）文章が集められていますが、これも1つずつコメントを書く予定（この作業は今月にします）。このシリーズは、本書が3冊めですが、これが最後になります。

　『ジャイロモノレール』の再校ゲラを、初校の修正と照らし合わせて確

認しました。この作業に2時間もかかってしまい、今日の仕事はこれだけにしました。明日から、ゲラを通して読みますが、3日で読めると思います。

そろそろ、来年2019年の出版予定をフィックスしようと考えていて、出版社とメールで相談をしつつあります。それ以前からほぼ決まってはいるのですが、予定のままでOKか、という最終確認です。来年は今のところ12冊の刊行が予定されています。多少数字が増減するかもしれません。何というのか、いつまでも仕事がありますね。

朝、デッキでスバル氏に散髪してもらいました。犬たちが足許をうろうろしているので、気になって、つい下を向いてしまいますから、後ろは短くなったかも。そのあと、芝生のサッチ取りをして、集めたサッチを燃やしました。

朝は霧雨でしたが、10時過ぎから晴れて、気温がぐんぐん上がりました。あっという間にドライになります。庭園内には、大小さまざまな茸が生えています。どうしてこんなに乾燥しているのに、苔や茸が生えるのかな、と不思議に思いますが、夜は気温が下がるから湿度が高いのです。苔の絨毯を突き破って茸が頭を出します。でも、茸はすぐに枯れる（というよりも溶ける感じ）ので、また苔が穴を修復するようです。

枯枝も日々燃やしていますが、太い枝は折れないので、長くてドラム缶に放り込むことができません。太いものは直径が10cmほどもあります。そういう太い枝は、その辺に放っておくと、朽ちて脆くなるし、乾燥するし、折れやすくなって、ようやく燃やすことができます。早めに燃やしたいときは、電動ノコで切断します。

「ちょっと出かけてきます」とスバル氏が言うので、「何時くらいに帰ってくる?」と尋ねるのですが、彼女は首を捻って、「いや、それはわからない」と言います。「5分なのか、1時間なのか、もっとなのか、というだいたいの時間」とさらに尋ねると、「そんなにかからないつもり、すぐに戻れると思う」と言うのですが、相変わらず、僕には具体的な時間が想像できません。

留守番をすると、宅配便を受け取らないといけなくて、母屋から離れ

られないし、iPadで音楽を聴くこともできないから、執筆もできません。だから、やれることにそれだけの時間を使うことを考えるのです。何時間くらいかは、知りたいわけですね。

　こういうことって、多いのです。数字を決めて、その時間ぴったり誤差5分以内で、という状況を要求しているのではなくて、「ちょっと」とか「すぐ」とかのスケールが知りたいわけです。また、「つもり」というのが、どのくらいの覚悟かも情報が欲しい。

　僕だったら、「遅くとも2時までには戻れると思う」くらいは言います。だいたいそう言っておいて、2時間は早く帰ってきますね。「遅くとも」というのは、想定しないトラブルがあった場合でも、という意味ですから。「つもり」というのは、人によってさまざまなのです。時間を決定する主導権が誰にあるのか、という事情も伝わりません。自分は早く戻るつもりでも、会う相手によって左右される、状況によって違ってくる、というケースは多いので、どれくらいを想定すれば良いのか知りたいし、また、そういった条件で左右されても、自分の意志で早く戻る「つもり」なのか、という点も教えてほしいわけです。

　そんな説明をいろいろするのは面倒なので、「何時くらい？」と尋ねているのです。「だいたい1時間くらいかかる」程度の答で充分なのですが、そうではなく、「なるべく早く戻ります」みたいな気持ちばかり説明したがる人が多く、そんなことは聞いていません、とこちらは思ったりします。

　「いつまでに仕上がりますか？」と質問したときにも、多くの店は、「できるかぎり早く仕上げたいところですが、なにぶん、この頃ちょっと注文が重なっておりまして……」という話を始めるのです。「だから、だいたいいつ？」と問い直さないと、まったく知りたいことに答えてくれません。気持ちとか、事情を聞きたいわけではないのです。

　それから、スバル氏なんかがそうですが、「何時くらいに戻るの？」ときかれるだけで、「早く戻ってこい」という意味に取るのです。そういうのを、「思い過ごし」といいます。ただ、何時かな、というだけの疑問なのです。こちらの事情がある場合は、それをそのとおり言いますから。

クルマを運転しているときにも、スバル氏がよく「そこ右に曲がって」と言うので、僕は、「そこって、どこですか?」ときき直します。

「そこ」はスバル氏より40mくらい遠くを僕はイメージします。

2018年8月9日木曜日
独楽(こま)のお話

幻冬舎新書『ジャイロモノレール』の再校ゲラは、30%まで読みました。執筆中のエッセィは、6000文字を書いて、完成度は46%になりました。今日は、出版契約書3通に捺印(なついん)。そのほか、少しさきの販売企画などで、編集者から相談がありました。

今朝は、かなり冷え込んで、上着がないと寒いほどでした。スバル氏が、昨日こちらの方角から草刈りのエンジン音が聞こえた、という方へ、犬の散歩で出かけていきましたが、草刈りの跡は発見できず。

庭仕事は、まず芝刈りをして、水やりをしてから、草刈りを2バッテリィ。そのあとは、庭園鉄道の信号機の点検作業を進めました。この点検は、まだ半分くらいの進捗です。地道なのです。

この途中で、スバル氏がフローズンヨーグルトを作ってくれたので、デッキでいただきました。ストロベリィ味でなかなか美味。これが今日のランチでした。

なんだかんだと作業があり、次から次へと思いつくことや、ちょっとしたミスがあったり、そのフォローをしたりで、あっという間に時間が過ぎてしまいます。1日にできることは、本当に少し。若いときの僕だったら、苛(いら)ついて、残業してでも片づけようとしたと思いますが、今は、どんどん明日へ回します。それでも、そのうち全部片づいてしまうので、コンスタントに物事を進めることの凄さが、ようやくわかってきました。職人さんの仕事は全部こんな感じ。

人間の仕事というのは、ほとんどがマラソンタイプで、短距離走タイプの仕事って、考えてみても思いつきません。瞬間スピードを気にする必

要はなく、大事なことは、毎日必ず進められるか、という点なのです。

　大きい機関車を購入したのですが、これを運搬するため、いろいろ業者に当たり、相談をしているところです。持ってきてもらうのは簡単ですが、どうやって降ろすのか、降ろしたあとどうやって箱から出して、線路にのせるのか、ということを検討しています。どこかで荷解きするなら、そこへ線路を敷くのが最も簡単ですが、高低差があると、それなりの工夫が必要になります。仮設の線路をどう組むか、という問題です。しばらく考えるつもりです。

　『ジャイロモノレール』のゲラを読んでいるので、これにちなんで、今日は独楽の話を書きましょう。そもそも、この「独楽」という漢字が凄いですね。独りで楽しむと書いて「コマ」なのです。

　子供の頃には、ベーゴマという軸のない独楽があって、糸を巻き付けて、これを投げて回しました。こういうものは、ちょっと年長の近所の子供が、熱心に指導してくれるもので、だいたいの子供が（当時は男の子だけだったようですが）回せるようになりました。ただ、上手下手はあって、独楽を思ったところへ投げて、そこで回せるようになるには、けっこう技術的な鍛錬が必要です。自分の手の上にのせて回すのは、大したことではありません。手は自由に動きますからね。上手な子は、かなり精確に投げることができ、たとえば瓶の王冠を裏返して地面に置き、そこへ目がけて投げて、独楽を王冠の中で回すことができました。神業っぽいですが、これくらいは普通の子供にできたのです。

　最近もベーゴマを応用したおもちゃがあるし、遊んでいる子供はいると思います。ベーゴマは、喧嘩独楽といって、複数で対戦し、相手の独楽を弾き飛ばして遊ぶのですが、ぶつかった独楽が弾かれるのは、同じ方向へ回っているからなのです。僕は独楽を投げるときは左手でも投げられましたが、そうするとみんなと逆回転になるため、ぶつかって接する場所が同じ方向へ動くため、さほど喧嘩になりません。台風も同じ方向へ回っているから、ぶつかると喧嘩をして、お互いに勢力が弱くなりますね。

　歯車というのは、隣り合って嚙み合っているものは逆回転になる、とい

うことです。ですから、同じ回転方向にしたかったら、伝動が偶数回行われるようにしなければなりません。1回の伝動で同じ方向へ回転させたいときは、一方の歯車の歯を内側にして、もう一方の歯車が内部で回るようにすれば可能です。

　地球独楽というおもちゃがあります。これは名古屋のタイガー商会が作っていました。今でも手に入ると思いますが、かなり高級品になってしまいました（以前は小学生がお小遣いで買える値段でした）。これも、糸を巻き付けて回します。地球独楽は、普通の独楽がフレームの中で回る機構で、そのフレームを手で持つことができます。回っている独楽を持つというのは、普通はできません。手にのせることしかできませんから、回っているものを傾けることもできません。地球独楽はこれができるので、独楽の不思議な挙動（ジャイロ効果）を観察できます。来月出る『ジャイロモノレール』という本に、それを書きました。

　皆さんは、独楽が何故倒れないのか説明できますか？　僕は説明がきちんとできる人に会ったことがないし、その説明をきちんと書いているものを読んだこともありません。だから、この本では少し詳しく、それを書きました。回っている独楽が倒れない理屈を、初めて正しく理解した人は、110年くらいまえのイギリス人の技師でした。

 多くの人は「回っているから倒れない」と理解しているのでは？

2018年8月10日金曜日

女性を特別視する古さ

『迷宮百年の睡魔』電子版の見本が、iPadで講談社文庫編集部から届き、確認をしました。前巻の『女王の百年密室』は、もう少しあとになるようです。昨年1月と2月に印刷書籍が発行されているので、1年半ほど過ぎていますが、これは、新潮社の電子書籍契約が今年の7月9日までだったためでした。新潮社版は、電書が既に絶版となっていますので1カ月ほどのブランクとなりました。電書ファンの方にはご迷惑をお

かけしています。今しばらくお待ち下さい。

『ジャイロモノレール』の再校ゲラは70%まで読みました。明日終わる予定。エッセィは、9000文字書いて、完成度は55%になりました。ちょっと書きすぎた感じ。

　庭仕事はせず、朝から庭園鉄道の信号機の点検をしました。ここ数日少しずつ進めてきて、残り半分くらいでしたが、一気に片づけてしまおう、と考えました。1つずつ、センサのカバーを外して、掃除をしたり、作動確認をしていきます。いちおう全部点検が終わったあと、全体のシステムを稼働させ、実際に列車を走らせて回り、最終確認を行いました。

　これがけっこう大変なのです。スタッフは1人しかいませんからね。線路は1周で約500mありますが、信号機は14機で、信号機1機が受け持つ区間は平均約40mほどあります。その区間に入る位置に信号機とセンサがあって、列車が区間に入ると赤信号となります。そのまま走って次の区間に入ると、前の信号を青に戻し、入った区間の信号を赤にします。つまり、40mの区間に列車が1台だけ入ることができるようにして、衝突を防ぐ仕組みです。

　このシステムが正しく作動しているか確認するためには、ある区間に列車を入れたら、その場の信号が切り替わり、同時に1つ前の信号が切り替わったことも見にいかないといけませんから、そのつど、40mを往復する必要があります。算数の問題ではありませんが、合計すると、全線の3倍の距離歩くことになり（列車に乗っていたら2倍ですが）、約1.5kmのウォーキング・エクササイズとなります。鉄道はバックが不得意ですから、歩いた方が良いのです。体重が1kgは軽くなることでしょう。

　でも、それをしました。お昼はスバル氏が作ったフルーチェを食べました。なんと凄いオチでしょうか。

　どこかの大学で、女性だというだけでテストの点数を低減していた、というニュースが流れていて、今頃そんな話が出てきたのか、と驚きました。これに近いことは、昔は沢山ありました。僕が大学にいた頃でも、たとえば、とある学科（名誉のために書いておきますが、建築学科ではありませ

ん）では、夏休みに高校生が見学に来て、そのグループ分けをする際に、各グループに女子が均等に分かれるようにしていました。僕は、「どうしてそんなことをするのですか?」と尋ねました。すると、「昔からそうだ」という返事です。無作為に分ければ良いものを、女子を特別扱いするのは、不思議なルールだな、と当時でさえ思いましたから、今だったら、ありえない話になっているはずです。

　女性がいる場では、「花があって明るくなる」みたいな発言を、年配の方は普通にされていました。親しい人には、「そういうのは、言わない方が良いですよ」と進言しましたが、「だって、本当にそうなんだから」と笑われるだけでした。それが、まだ20年も経たない最近のことです。大学は、普通の企業よりは、こういった意識は進んでいるはずですから、一般の会社は大変なんだろうな、と想像したものですが、はたして今はどうなのでしょうか。

　大学を辞めたのは、12年ほどまえのことですが、その当時、僕がいた学科の教授と助教授（今の准教授）は、全員が男性でした。建築学科というのは、工学部のほかの学科よりも学生の女性比率が高いのですが、それでも先生には1人もいませんでした。助手（今の助教）に、1人か2人いた程度でした。

　女性を積極的に採用しなさい、というお達しは上からあるようですが、どうやってそれを実現するのか、という具体的な方策が難しい。そもそも、女性を採用しろという通達自体が、性別に拘っているわけで、矛盾を孕んでいるともいえます。

　いろいろ問題はあるし、未だ課題は残っているわけですが、今ほど男女が平等だった社会は過去に存在しません。今は、公平な方向へ持っていこうとしている過渡期だということで、女性を優遇する措置は、軌道修正するためのバイアスだと解釈するのがよろしいと思います。それなのに、逆のバイアスをかけているところがまだ残っていて、明るみに出てくるなんて、「今頃?」なのか「今さら?」なのか、とにかく、古さに呆れるしかありません。

　おそらく、以前から若い人は指摘してきたことでしょう。それが、長老

クラスの方たちが聞き入れなかったわけです。かつては、もう少し早く世代が替わっていたのに、今は皆さん長生きされますから、古い仕来りを引きずる傾向はあるのかもしれません。

　問題は、「良い」ことをしていると当事者たちが考えていた点。

2018年8月11日土曜日
胡桃割り人形
くるみ

『ジャイロモノレール』の再校ゲラは終わりました。エッセィは、今日は8000文字書いて、完成度は63％になりました。ゲラが1つ片づいたので、明日から『森には森の風が吹く』のコメントを執筆します。2日もあれば、終わるはず。

　今朝は、犬が1時間も寝坊をしたため、スバル氏に起こされました。犬は、昨日大はしゃぎして走り回っていたので、疲れが出た模様。朝の散歩に出かけ、帰ってきてから、ご飯をやりました（普段と順序が逆）。睡眠が1時間長く取れたので、すっきりしています。そろそろサマータイムも終わりかな。

　犬の日常は、できるだけ不規則にした方が良い、と聞きます。つまり、決まった時間に散歩や食事をしない。時間を決めない方が良いとか。決めると、その時間に要求するようになって、主従関係がわかりにくくなるためだそうです。飼い主の身勝手さをわからせろ、という意味でしょう。

　僕は元からそうしていますが、スバル氏などを見ていると、犬を優先し、きっちり支配されている様子です。母親と子供も、大人の都合ではなく、子供優先になりがちです。大人優先、飼い主優先にした方が、聞き分けの良い子供やペットになる、といわれています。僕が言っているのではありませんよ。

　庭仕事は、枯枝と枯葉を集めて燃やしもの。今夜けっこうな雨が降るとの予報が出ていたので、濡れないうちに全部燃やしました。

夏になって、半袖で庭仕事をしているため、腕に生傷が絶えません。小枝を袋に入れる作業で、枝を折りながら収めるのですが、そのときに引っ掻いてしまうようです。その場では気づかず、あとで腕を見ると傷だらけなのです。手は、軍手をしているので、さほど傷がありません。軍手は、もう少し長く、靴下くらいあったらよろしいのではないでしょうか。

　ところで、靴下は、どうして「靴の下」なのでしょう？　靴の「内」ならわかります。まあ、下着だって、内着ですよね。下なのかな……。上ではないけれど……。人間の皮膚から、離れるほど「上」なんですね。上着とか。

　スバル氏が出かけていったので、犬たちと留守番です。近所の子供らしき3人が庭に入ってきていたので、どこから来たのか、と尋ねたのですが、要領を得ません。言葉が通じないのかもしれません。犬が吠えたら、黙って帰っていってしまいました。子供が遊べるような小さな家（キッズハウス）などが幾つか庭園内にあります。ただ、鉄道や鉄道施設は、子供には危険なのですすめられません。

　ファン倶楽部で、のんた君ぬいぐるみの購入希望者の抽選結果が発表されていました。高い買いものなのに、予想外の多数の方から応募があった、と聞きました。僕がこのブログとか、欠伸軽便のブログとかで、のんた君を登場させて、煽ったのがいけなかったのかもしれません。抽選に外れた方は、申し訳ありません。バッジとか、あるいは講談社文庫に挟まれている栞で、のんた君を偲んで下さい。

　庭園内の一箇所に、胡桃の実が沢山落ちています。最初は胡桃だと知らなかったのですが、近所の人が教えてくれました。だからといって、拾ったり食べたりしたことはありません。そのまま腐っていくだけです。野生動物か虫が食べているかもしれません。

　胡桃といえば、胡桃割り人形ですが、うちにはありません。ときどき見かけますね。だいたい兵士か王様の格好をしていますが、王様が歯で胡桃を嚙み割るのはいかがか、と思いますね。ライオンとかワニとかにすれば良かったのに。

しかも、胡桃を口にくわえるときに、著しく顎が下まで開き、文字とおり顎が外れたような情けない顔になります。ギャグ漫画などでよく見かけるやつです。「ガチョーン」とか言っていそうな顔。

　まえにも書きましたが、胡桃割り人形は、ペンチのような力制御ではなく、万力のような変位制御で加圧します。ペンチだと、中の胡桃を潰してしまうのですが、万力なら殻が割れても中身を潰しません。森家では、万力で割っています。実際に顎の力で割る動物がいるのでしょうか？　これは毬栗でも思いました。あの毬を動物はどうやって回避するのだろう、と不思議に思っています。

　植物が実や種を落とすのは、動物に食べてもらって、遠くへ運ばれることが目的ですが、そのあたりを栗や胡桃はどう考えているのでしょうか。

　チャイコフスキーの組曲にもあります。バレエでしたっけ？　ストーリィはさっぱり覚えていませんが。なんとなく、不思議の国のアリスみたいな、そんなイメージでした（いい加減!）。

　中学校のときの音楽の先生が「シオサバ」という渾名で、たぶん塩沢先生だったのだと思いますが、この人が胡桃割り人形のレコードをかけてくれました。わりとクラシックをよく聴かせてくれて、歌えとか、合唱しろとか言わない面白い先生でした。長髪ですがてっぺんが禿げているので、それ関連の渾名が付かないよう、自ら「シオサバ」と積極的に名乗り、ト音記号の代わりに、オリジナルのトサバ記号を書いていましたっけ。

音楽の授業は中学1年生のときだけだったように覚えています。

２０１８年８月１２日日曜日

中学時代の先生たち

『森には森の風が吹く』のゲラを流し読みしながら、コメントを書き始めました。本文は直していません。僕はゲラを読むときは、必ず校閲が指摘をしたもので読みます（つまり、ゲラが出て最初に自分は直さない）。校閲

の指摘に答えると、それ以外も書き直す箇所が出てくるから、二度手間にならないようにするためです。今は、記事の内容を思い出し、それぞれに短いコメントを書く作業。今日で、半分ほど書きました。明日終わると思います。それを編集部へ送って、改めて初校ゲラにしてもらい、校閲を通したあとに本文を読む予定です。

　執筆中のエッセィは、6000文字を書いて、完成度70％となりました。少し早めになりそうなので、あと、3〜4日で終わります。予定どおりです。

　講談社の編集部から、『森籠もりの日々』の続巻の打診があり、次巻は来年2月頃でどうか、という調整をしました。そうなると、その次も出ることになりそうで、3巻めは来年8月頃でしょうか。本ブログを、少なくとも今年いっぱいは続けなければなりません。3冊揃えば、いちおうシリーズといえますか。本のタイトルについては、『森籠もりの日々2』とはせず、タイトルを少し変えたものにしたいと思います。たとえば、『森沢山の美味』とか『森上がりの秘技』とかですか（本気にしないように）。

　夜に雨が降ったので、水やりはなし。庭仕事は、主に庭掃除です。落葉を集めて、袋に入れて、焼却炉まで運ぶ作業。ただし、風向きが悪いので、燃やしものはしていません。

　庭園鉄道は、普段どおりに運行。線路の上に落葉や枯枝がのっていますが、一度通れば、それらが排除されます（切断されたり、跳ね飛ばされたりする）。8月は、ゲストのピークなので、しばらくは工事ができません。秋になったら、あちらこちら線路周辺で直したいところがあります。

　大きい機関車が、もうすぐ届きそうです。どうやって搬入するか、まだ方法を打ち合わせていません。木枠に入ってくるでしょうから、クレーンでどこか地面に降ろしてもらい、その場で荷解きします。そこから仮設の線路を敷いて移動させ、なんとかガレージまで持ってくる、という方針ですが、一日では無理ですから、雨風を防ぐにはどうするかな、と考えています。蒸気機関車は濡れても大丈夫ですけれど。

　また、小さい機関車も買ったものが溜まっていて、走らせる暇がありません。書斎の床に並んでいます。だいたい、小さい機関車で遊ぶのは

寒くなってから、というのが例年のパターンです。やはり、落葉掃除が終わった頃でしょうか。楽しみは後回しにする貧乏性が原因ですね。

　昨日、「トサバ記号」と書いたのですが、どうもしっくりきません。「サバンナ記号」だったかもしれません。その記号は今も描くことができますが、名称は忘れてしまいました。シオサバ先生は、お元気でしょうか？　僕が中学生のときですから、先生との年齢差は最低でも30年くらいだと想像しますけれど。

　同じく中学のときに、物理を教えてもらったA先生は、渾名は「ステレン」でした。どうしてかというと、先生になるまえは、ステンレス関連の企業に勤めていたからです（先輩から聞いた話）。でも、だったら「ステレス」なのに、どうして「ステレン」になったのかは不明。A先生自身は、最初の授業のときに、「私の渾名は、A貴族大先生だから、そう呼ぶように」とおっしゃいました。さらに、「ステレン呼ばわりした奴は殴るから覚悟しておけ」とも。

　数学は、代数と幾何に授業が分かれていましたが、どちらの先生も高齢で、特に幾何のK先生は、もういつ死んでもおかしくない感じでした。職員室から教室へ来られるのに（歩くのが遅く）時間がかかりますし、声が小さいので、ほとんど聞き取れませんでした。代数のW先生は、剣道七段で二刀流ですが、60代後半か70代だったと思います。そのW先生が、幾何のK先生に教えてもらった、と発言されて、「いったい、K先生はいくつなんだ？」と話題になりました。卒業後も、「K先生はまだご存命？」というのがOB間（といっても、同じ学園で高校生になっただけですが）の挨拶代わりになったくらいです。亡くなった話は聞いていません。代わりに、別の幾何の先生で、「ビヤ樽」という渾名の先生が亡くなった知らせがあり、「何で死んだの？」と尋ねたら、「雷に打たれたらしい」とのことでした。男子校の生徒はかように不謹慎な物言いをしていたのです。ちなみに、理数系の先生方は、例外なく東大出身でした（もちろん、僕が知っている範囲の話ですし、噂が元ですから、本当かどうかはわかりません）。

　一方、文系の先生は、たいていどこかのお寺の住職だったりしま

す。そういう学校でした。「現国」の「ヤクザ」という渾名の先生が、その呼び名のとおり大変に暴力的で、毎授業誰かが殴られて、みんなから恐れられていましたが、不満が出るようなことはなかったと思います。つまり、殴られる奴には殴られる理由があった、という公平さのためだったのでしょう。今では、どんな理由があっても暴力は悪いことですが、当時はそうではなかったのです。半世紀まえの話ですからね、時代劇みたいなものです。

　時代劇でなくても、正義の味方は、みんなだいたい暴力で問題を解決しますよね。名が体を表すといえば、映画の「ランボー」でしょうか。

 1対1になったら、銃ではなく殴り合いで決着をつけるのです。

2018年8月13日月曜日

頭の健康のために

『森には森の風が吹く』のコメントの残り半分を書きました。簡単に見直して、編集者へ送りました。執筆中のエッセィは、7000文字を書いて、完成度77％になりました。こちらはあと2日で終わりそうです。その後、手直しに数日かける予定。ここ数日、作家の仕事を1時間以上していて、オーバワークですが、早めに済ませて、すっきりとした気持ちで遊びたい一心です。

　工作関係の執筆依頼ですが、その後も編集者とやり取りをして、可能性がないわけでもないかな、という程度です。書くなら連載になるのかも。早くても来年の話ですが。

　大和書房の8月の新刊の見本が届きました。昨年出した『MORI Magazine』の文庫版です。だいたい、そのまま少し小さくなっています。違いは、「文庫化のあとがき」が追加されたくらい。

　来年の出版スケジュールを各社と確認しています。小説の新作は、これまでで最低の2作だけ。夢のような数字です。担当編集者は、これをノベルス1作とタイガ1作と理解していたようですが、そんな話もしたよう

な気もしますけれど、今は2作ともタイガのつもりです。これらの執筆は今秋になります。つまり、新しいシリーズの1作めと2作めになります。編集者は、2作とも新シリーズをイメージしていたらしく、それはちょっと混乱を招きかねないな、と思っています（混乱を招く方が宣伝にはなりますが）。

　一方、エッセィの新作書下ろしは、5作です。新書が2作、単行本が2作、文庫が1作ですね。今書いているのは、2作めで、あと3作は未着手。

　各社から支払い明細が届いています。重版の売上げもありますが、ほとんどは電子書籍のものです。こんなに沢山の出版社から、と驚くほどです。今では、ほとんどおつき合いがなく、担当者の名前も忘れてしまいました。このほかでは、やはり教育関係の著作利用が相変わらず多く（というか、継続されているため累積して額が増加しています）、不思議な思いがしています（なにも森博嗣から引用しなくても、という気持ち）。

　昨夜も雨が降ったので、水やり免除。庭仕事は掃除だけ。燃やしものを少しだけしました。庭園鉄道は普段とおりに運行。

　模型店から荷物が届きました。またもジャンク品を3つほど購入してしまいました。機関車の台車だけとか、組み立て途中のものとか、よく意味のわからない造形の自作品とかです。一方、大きい機関車は、運送方法で業者と打合わせをしました。まだいつになるのか決まっていません。

　教育関係の著作利用は、そのほとんどが入試問題ですが、教科書、問題集、模擬試験などもあり、これらの見本が送られてきます。書斎の机の下に段ボール箱を置いていて、それらを封筒ごと入れてストックしています。つまり、開封して見るようなことは滅多にありません。でも、30回に1回くらい、なんとなく開けて中を見る、ということがあります。

　たとえば、先日来たのは、Yゼミナールの高2現代文問題集でしたが、『科学的とはどういう意味か』からの引用が6ページほど掲載され、そのあとに設問が並んでいました。文中のそれぞれの箇所に対して、「何故筆者は『非難するつもりはない』」のか」「何故筆者は問題だと考えるのか」「何故筆者は、科学は民主主義と類似しているというの

か」「何故『正しいとは限らない』のか」といった設問に、70〜90字以内で答えよ、というわけです。さらに、「筆者は、科学と非科学の境界はどこにあると考えているか」を150字で答えさせる設問が続きます。

難しいですね。たとえば、非難するつもりがないのは、生理的に非難したくないからだし、問題だと考えているのは、人情的に心配だからだし、正しいと限らないのは、立証が面倒だからですが、それを書いたら10字にしかなりませんね。困りました。

ただ、こういったことを問われて、それに答えようと頭を使うことが、頭の健康のために良いとは感じます。躰を動かすことが、躰の健康に良いのと同じ理屈です。ところが、今の子供たちの多くは、考えないで「探そう」としますね。国語の問題の場合も、理由などは本文中にあることが多く、どこを引用すれば良いのか、と探すのです。これは、考えているのではなく、ただ目を動かしてパターン認識しているだけです。考えるとは、自分の言葉で答えることですし、それをしないと頭が運動しませんから、思考力が鈍ってくるし、頭の肥満になる気がします（立証できませんので、「気がします」と書くわけです）。

最近は、僕は文章を書くことに少しだけ慣れてきて、そんなに嫌な思いをしないでも、すらすらと書けるようになりました。でも、国語のテストを思い出すと、途端に暗雲垂れ籠めた気分にならないでもありません。稲妻が走るように、アイデアがぱっと閃くなら良いけれど、だいたい国語の問題というのは、突飛な発想は求められていなくて、ただ「出題者の意図」をあれこれ想像するという空気読みというか、非生産的な思考の壺に押し込まれるみたいな圧力を感じます。非生産的と書いたのは、「そんなこと考えたって、しかたないじゃん」という気持ちからです。

 考えてもしかたがないことを考えるのも、ときには**必要**かも。

2018年8月14日火曜日

写経もスマホでするの？

　執筆中のエッセィは、8000文字を書いて、完成度は85％になりました。つまり、現在の文字数は8万5000文字なのですが、9万2000文字くらいで終わりそうなので、明日にも書き上がります。予定どおりでした。
　講談社文庫の編集部から、12月刊予定の『月夜のサラサーテ』の初校ゲラが届きました。9/20くらいまでに見てほしいとのことです。8月下旬に読みたいと思います。今年もまた、栞のイラストを描かないといけませんね（そのために、サインペンとケント紙を探さないと）。
　年内に出る本は、このゲラが最後になりました。今後は、来年の本です。秋には、小説を2作執筆する予定ですし、来年後半のエッセィ本なども書くことになるかもしれません。
　エッセィ関係の本、特に新書を15冊ほど出してみてわかったことですが、一般向けの本の方が部数が出る、でも小説読者向けの本の方が反響が大きい。たとえば、ネットの感想サイトなどの数字は、後者が多く、沢山の人が感想をアップしています。でも、それが売れている数字と一致しない。読んだ本をきちんとネットで報告するような人の方が、むしろ少ない。そもそも、本を読む人の中で、小説の読者は少ない、といったことがわかります。
　だいたい、「僕は小説を滅多に読まない」と書くと、「森博嗣は本を読まない」とネットで書かれます。「本＝小説」と認識している少数の方がたしかにいる、ということです。そういえば、僕が子供の頃には、学校の先生が「漫画は本ではありません。その証拠に図書館にないでしょう」とおっしゃっていましたね。その時代や人によって、「本」も意味が違うのですね。僕の場合、読んでいる本の大部分は雑誌です。雑誌は本ではない？　でも本屋で売っているでしょう？
　今朝は濃霧で、10時近くまでは、景色はほとんどなにも見えませんでした。庭園内も半分は見通せません。でも、犬の散歩はいつもどおり。今日は、ワンちゃんサロンの日（犬が美容院へ行くわけですね）だったので、

その送り迎えをしました。

　庭仕事では、エンジンブロアを背負って、落葉掃除。軽く燃やしものもできました。

　この頃のツイッタで、読んだ本の気に入った一文があるページをまるごと写真に撮ってアップしている人が増えてきました。これは、著作権侵害に当たる違法行為ですが、僕自身は、それほど目くじらを立てることでもない、と考えています。個人のツイッタなんて、見ている人はほんの僅かですし。

　そうではなくて、以前だったら、一文くらいの量だったら、キーボードで打っていた、ということです。もちろん、見て打ち直した文章は、（僕の観測では）40%は誤植が含まれていて、酷い間違いのままアップされるものもあるから、それに比べたら、写真を撮られた方がましかな、と思い、「目くじらを立てない」ことにしました。

　この、なんでもすぐに写真を撮ってしまい、それをすぐアップするというのは、何なんでしょうか。まるで、ドライブレコーダというか監視カメラというか、そういう端末に市民全員がなっている社会のようにも見えます。その人がどう思ったかは発信されず、ただ、「これヤバい」くらいの感じで軽くアップして、処理をする感じ。

　平安時代か室町時代か知りませんが、念仏を唱えるだけで成仏できる、という仏教が誕生しました。非常に日本的な思想というか、庶民にアピールしたことも容易に想像できます。「修行しなくて良いの?」「善行を重ねなくても良いの?」と訝しむよりも、圧倒的な安易さに大勢が飛びついたことでしょう。

　たとえば、写経という修行があります。お経をそのまま写すのです。もちろん、毛筆で一字ずつ丁寧に心を込めて写すことで、自らの気持ちが清らかになる効果があるのでしょう。お経をスマホで撮ってインスタにアップしたら、現代の写経になりますが、ご利益があるでしょうか。はたして、極楽浄土へ行けるのでしょうか。

　既に、大勢がいろいろな写真を撮って、できるだけ多くの人と共有したいと考えている、その心理が、一種の宗教的なものに見えます。平和

で楽しい社会を作り出す、という宗教ですね。よろしいんじゃないでしょうか。

災害時にも、個人が撮影した動画や写真などで情報が共有されます。マスコミもそれらを取り上げ、募金を呼びかけ、ボランティアを集め、みんなで黙禱し、大勢で励まし合っています。一体感のようなものを演出しようとしています。これも、一種の宗教的な行為かな、と感じます。悪くはありません。自由ですし、けっこうなことだと思います。

だけど、実際に堤防は誰が補強するのか、今後の安全対策はどう進めるのか、その予算はどこから来るのか、といったベーシックな問題は、ツイッタやインスタでは語られない領域のようです。安易な発信をせず、黙々とその問題解決のために働いている人たちがいることを、僕は想像せずにはいられません。

ところで、災害や事件があった現場での取材映像に、レポータを映す必要はまったくなくて、カメラの後ろで話せば良くないですか。どうして、視聴者の視界を遮って立つのでしょうか？　暴風雨の中に立つレポータの意味もわかりません。現に、カメラマンは映っていません。そのうち、カメラを自撮り棒に取り付けて、カメラマンも一緒に映ったりするのでしょうか？

 結局は「自分を見てほしい」という欲求が根源にありそうです。

２０１８年８月１５日水曜日

日本のエネルギィ問題

エッセィは書き終わりました。9万2000文字でした。手直しをしたら、10万文字になると思います。読み直して、わかりやすく修正するだけで文字が増えます。その手直しは、明日か明後日から。

講談社文庫『そして二人だけになった』のカバーラフとトビラや目次のデザインが届き、OKを出しました。アニメ『F』の契約継続願いが来たので、承諾しました。

午前中は、風向きが良かったので、エンジンブロアをかけました。重い（約10kgの）エンジンを背負って、枯葉の掃き掃除です（吹き飛ばすわけですが）。2時間くらいやっていて、終わったら肩が痛くなっていました。でも、庭は綺麗になりました。ほかには、水やりをして、枯枝を拾ったくらい。

書斎で使っているアーロンチェアですが、座面のネットが傷んできて、このまえスポンジだけ取り替えたあとも1日に1本くらい、プチッと音がして、ネットの繊維が切れます。座り心地が悪くなってきたので、座面の交換パーツを取り寄せました。2万円くらいでした。経費で落とせるはずです。

これを取り替えるために、六角レンチとかスパナが必要でした。Ω（オメガ）リングを外すペンチも使い、20分ほどで交換できました。座ってみると、微笑（ほほえ）みたくなるほど座り心地が良い。早く替えれば良かったですね。これなら、作家の仕事もばんばん進み、新シリーズもどんどん書き上げ、読者が嬉（うれ）しい悲鳴を上げることになるような気がしますが、気がしただけです、きっと。

椅子（いす）の修理を終えたら、スバル氏がフローズンヨーグルトを持ってきてくれました。デッキでこれをランチ代わりにいただきました。爽（さわ）やかです。

最近のスバル氏は、昼過ぎから夕方までゲストハウスへ行きます。アトリエでなにか暗躍しているのでしょうか。犬たちも連れていくので、僕はのんびり母屋で工作をしたり、庭仕事をしたりできるというわけです。

大きい（5インチゲージの）機関車を搬入する段取りがつき、明日いよいよ運ばれてくることになりました。あとは、トラックから降ろして、線路の上に無事にのせられるかどうかです。とても楽しみです。少なくとも、新しいクルマが来るときよりも楽しみなので、コストパフォーマンスは良いと思いました。

わりと方々で、火力発電に反対だ、と書いているので、「やっぱり、温室効果ガスによる温暖化は本当なのですね?」といった質問をたまに受けるのですが、専門ではないし、専門家でも断定はなかなか難しいと思います。原因として、それが最も有力だとは思いますけれど、あまり

関係がない、という可能性もあります。二酸化炭素を実際に減らしてみたらわかりますけれど、そんな実験もできません。

僕が反対しているのは、それよりも大気汚染の方ですね。技術的に解決できる問題だといわれていますが、実際問題として、非常に沢山の人々が亡くなっているので、なんとか早めに対処した方が良いと考えます。日本は特に、まずは火力発電の比率を下げることが先決でしょう。

水力発電は、もう少し効率が上げられる、という話も聞きますが、追加工事をするにしても、その工事で、またも自然破壊を進める危険が大きい。でも、利用できるものは利用した方が良いのは確か。現在あるダムを改良することで、多少は比率が上げられるかも。

太陽光発電も、地道にですが伸びてくるでしょうから、一翼を担うようになるし、そうなってもらわないと困ります。

問題は原発ですが、新しい発電所を作るのは、コストがかかるので、難しくなりました。今あるものを使うのは、使わないことに比べたら、格段に良い選択だと思います。このまま止めてしまったら、無駄が多いし、火力発電が増えるだけで、大問題となります。

ですから、どう転んでも、多種の発電方法でしばらく凌ぐしかありません。日本は、電気を輸入することが難しいので、ドイツのように原発ゼロにはできないと思います（ドイツも、長くは続かないと僕は思っていますが）。

こんなことを、素人がつらつらと考えても、なんの影響もありません。反対運動をしているわけでもなく、考えているだけです。逆に、沢山の人たちが、反対とか賛成の運動をしていることを、不思議に思います。どうしてそんなに確信できるのだろう、という意味で。

地震が来たら、また原発が事故を起こし、故郷を追われる人たちが出る、と心配されているのだと想像します。たしかに、その危険はゼロではありません。けれど、よほど大きい地震の話です。それより小さい地震が100倍以上多く（日常的に各地で）発生して、その小さな地震でも、ブロック塀が倒れて、子供を死なせてしまうのです。こちらの方がよほど情けない、簡単に備えることができたはずなのに、と思います。

日本の建築物は地震淘汰されて、平均的に強くなってきました。

2018年8月16日木曜日
動画の昨今

　講談社文庫編集部から、iPadで『女王の百年密室』の見本が送られてきました。チェックをしてOKを出しました。今月末には、(たぶん)『迷宮百年の睡魔』とともに配信される予定です。今日の作家仕事はこれだけ。椅子が良くなって仕事ができると書いておいて、いきなりリラックスしています。明日から、エッセィの手直しをしましょう。

　昨日の夕方、森の中のカフェへ行きました。クルマで10分くらいのところです。長女がネットで見つけた新しい店で、彼女は自転車で行って、1人で入って確かめてきたのです。デッキがあって、そこは犬もOKです。スコーンとカフェオレをいただきました。ほかにもう1組ワンちゃん連れの客が来ていて、ビーグルに似た変わった犬でした。人間の赤ちゃんもベビィカーに乗っていましたが、足しか見えませんでした。人間の大人はお母さんだけ（イタリア系）で、うちの犬たちに、優しく話しかけてくれました。

　昨夜は、ガレージで電気配線作業をしました。機関車の充電設備の充実を図る工事です。ガレージの中は、外界と気温がずれていて、夜は暖かいし、昼は涼しいのです。天井が高いから、大量の空気が籠もっているためもしれません。

　これを書いている今日は土曜日です。昨夜から夜通し雨が降り続き、朝も少し小雨が残っていました。そのあと、霧が立ち込めました。ネットで見ても、昨夜から今日はずっと晴マークです。山の天気は全然違うのです。

　そんななか、朝の7時過ぎに、機関車が届きました。運んできてくれた人は、朝が早すぎるから気を利かせて、インターフォンを鳴らさず、わざわざメールを送ってくれました。そのメールに5分ほどして気づき、外へ

出ていったら、ガレージの前にバンが駐車されていました。

　大きな木枠に入った機関車を、2人でバンから降ろしました。予想外に軽く、70kgくらいでした。線路の上で箱を解体して、無事に機関車を線路にのせることができました。作業は30分くらいで完了。この機関車の詳しいことは、欠伸軽便のブログをご覧下さい。今年一番の買いものになりました。

　その後、スバル氏が買いものに出かけたので、留守番をしました。留守番のときは、たいてい犬たちと遊んでいます。犬は「るすばん」という言葉を知っていて、これを聞くと、「出ていけない」とわかって玄関から離れます。意気消沈している（ように見える）ので、励ましてやりたくなり、庭に出してボールやフリスビィや水で遊ぶことになります。

　YouTubeで細々と庭園鉄道（と犬）の動画をアップしてきましたが、今日、視聴回数が200万回を突破していました。大した数ではありませんけれど、個人的には感慨があります。内容的にマイナなものばかりですからね。そもそも動画チャンネルを開設したのは、9年まえの夏です。当時は、YouTube自体が得体の知れないサイトで、無料っていっているけれど、いつまでもつだろう、と思われていました。これほどメジャになるとは誰も思わなかったことでしょう。

　動画をネットにアップするという行為も、まだ広く普及していませんでした。メモリィが大きくなるから、無理があるだろう、と考えられていました。それ以前は、もっと小さいデータでしか動画がアップできなかったのです。いったい、YouTubeのサーバはどこにあって、そんな膨大なメモリィをどうやって維持し、しかも採算が取れる見込みがあるのか、とみんなが不思議に思っていたことでしょう。

　10年まえというと、まだビデオカメラで動画を撮っている人がほとんどでした。撮ったものは、テープやディスクに保存しました（というよりも、撮影しながら記録した）。友人が子供の動画を撮るためにビデオカメラを買うことになり、将来を考え、どんな記録フォーマットが良いだろうと僕に相談にきました。テープかミニディスクか、という話でした。まさか、どちらもなくなるとは思ってもみなかったことでしょう。そのうち、動画をデジカメで撮

るようになり、ついには携帯電話で動画を撮るようになってしまいました。「シャッタ・チャンス」という言葉がありますが、今ではほぼ意味がありません。カメラは常時撮影していて、人間がシャッタを押す必要もなくなるでしょう。静止画は、動画から切り取ったものでしかなくなるし、シャッタというのは、その切り取る作業のことになります。

このまえの本にも書きましたが、何故写真は停まっている絵なのか、というと、それは印刷に適していたからですが、今後は出版物が印刷されなくなるわけで、もう写真が停まっている理由がなくなります。

本のカバーも動くのが当たり前になり、ポスタも看板も名刺も動くようになります。動くものが標準になれば、図表も変わってきます。たとえば、2次元の図が3次元になるし、表も立体になります。グラフは動くし、設計図も動くものになるはずです。

 すべては、処理と記憶と通信能力の向上に起因した現象です。

2018年8月17日金曜日
五平餅とカラープリンタ

新作エッセィは、手直しを始めました。今日は完成度10%まで進みました。

最近は、夜は雨が続いています。ただ、昼間は晴れているので、気温が上がります。珍しく、少し湿度が高いようにも感じます。

今朝は、芝の手入れ（雑草取りとスパイク）をしてから、庭園鉄道を運行。小さい機関車で、アルコールで走るものを試験走行させたあと、大きい機関車で庭園内を1周だけしました。夜に雨が降ると、枯枝が落ちるため、障害物が多いのですが、気にせずに走りました。

今日のランチは、五平餅でした。誰かからいただいたキットみたいなセットです。それを焼いて、味噌を付けて食べました。五平餅は、名古屋にいるときは、香嵐渓の方へ行くと食べることができました。田舎で食べるもの、という印象です。どういえば良いのかわかりませんが、平

たい餅（ご飯を潰したみたいなの）に胡桃味噌を塗って焼いたものです。五平さんが開発したのかどうかは知りません。

　その後は、中津川へ高速道路で向かう途中の、恵那峡サービスエリアで食べることが多かったと思いますが、1年にせいぜい1回ですね。中津川には友人がいましたし、また涼しいので川へ遊びにいくことがありました。名古屋からちょうど良いドライブエリアなのです。

　ですから、木曾路というか、岐阜というか、あのあたりの名物だと思います。質素な食べものですね。たぶん、昔は囲炉裏の周りに立てて焼いたのではないでしょうか（勝手な想像）。みたらし団子よりもずっとマイナですが、みたらし団子よりは美味しいと思います。みたらし団子でも、名古屋のものは美味しくて、東京や大阪のものは、甘すぎていけません。団子が3つですしね（名古屋は5つです）。そうそう、名古屋には、田楽がありますね。四角い豆腐に味噌をつけて焼いたやつ。菜飯といっしょに食べたりします。鈴の屋でしたっけ。

　庭園鉄道の記念切符を毎年この時期に作っています。今年もPhotoshopでちょちょいのちょいで作りました。そのPhotoshopは、僕の一番古いPowerBook G4で動いていますが、このマシンが死んだら、できなくなります。家にあるパソコンでは、長女が使っているMacにしか入っていません。スバル氏も使うのをやめてしまったようです。ですから、記念切符がいつまで発行されるか、将来の見通しは大変暗いものだ、とご承知置き下さいませ（誰に対しての発言?）。

　スバル氏が持っていたエプソンのカラープリンタは、今は僕の書斎にあります。これはスキャナにもなります。一昨年の秋頃、「ジャイロモノレール研究所」というページを作ったときに、図面をスキャンするために借りたのですが、そのままになっています。カラープリンタとしては、紙送りに不具合があって打率3割くらいの仕事しかできません。昨年の記念切符は、これを使って騙し騙し印刷しました。

　スバル氏は、昨年新しいカラープリンタを購入して、それで犬の写真などをプリントして、あちらこちらに貼っています。その数たるや尋常ではありません。そんなに使っているのだから、さぞやプリンタを使いこなして

いるだろう、と思い、今年は楽勝でカラー印刷できると踏んでいたのです。

ところが依頼してみたら、まだパソコンと接続していない、という驚愕の返答。つまり、これまではスマホの写真を印刷するためだけに使っていたのです。長女が手伝って、パソコンと新しいカラープリンタを接続する作業をしていたのですが、なかなか上手くいかないようでした。無線LAN経由の接続をしようとしていたのです。

痺れを切らして、見にいくと、まだ接続に成功していません。それなら、USBでつなげば、とアドバイスしたところ、ケーブルがない、といいます。今どきのプリンタは、ケーブルが付属していないそうです（別売らしい）。それくらい、パソコンユーザが少数派になってしまった、ということでしょうか。

しかたなく、書斎のプリンタから外してケーブルを持っていき、つなげてみましたが、プリントを実行しようとすると、インクがない、と3回も警告が出ました。1度に全部言ってくれれば良いのに、3回に分けて言うのです。インクカートリッジを入れても、なかなか認識せず、苦労しました。どうも、こちらがせっかちで早く入れてしまうみたいで、プリンタが「今入れて欲しいな」と思ったときには、既に入れたあとだったのです。プリンタとしては、「まだ古い方が残っている」「え、まだ交換してないじゃん」みたいに勘違いするのです。このあたり、ソフトが馬鹿すぎる、と思いましたが、辛抱して自分も馬鹿になったつもりで、言われたとおりに交換しました。

最後のエラーは、写真用紙か普通紙か、指定したものと実際に入っている紙が違う、というもの。紙によって、インクの使い方が微妙に異なるので、比べてみると、やはりきちんと指定どおりの方が綺麗でした。「言わなきゃわからんのに」とスバル氏がおっしゃっていましたが、どちらの味方なのかわかりません。

10枚綴りのものを4枚刷るだけです。無事に終わりました。これでしばらくまた、パソコンとカラープリンタの関係は切れて、また来年となるのでしょう。しかし、来年はPhotoshopが死んでいるかもしれませんね（森博

嗣が死んでいる可能性もありますし）。

沢山の周辺機器がいつ死んでもおかしくない老体王国なのです。

２０１８年８月１８日土曜日
なんだか納得できないＰＫ

　新作エッセィの手直しは、30％まで進みました。あと、3〜4日の仕事になりそうです。

　これを書いている今日は、13日です。たぶん、日本中はお盆休みだと思います。でも、編集者とメールのやり取りをしました。毎年、だいたい編集者はこの時期に出勤しているようです。休みをずらしているのでしょう。僕は、大学に勤務している頃、お盆は休みませんでした。

　そういえば、このまえ写経をスマホでと書きましたが、担当編集者Ｍ氏は、スマホに写経アプリを入れていて、ときどきモニタで文字を書いているそうです。心が落ち着くのでしょうか。なんでも用意されている時代なのですね。

　朝から、ゲストハウスの周辺を熊手で掃き、枯枝や枯草を集めて、袋に入れて運び、焼却炉で全部燃やしました。すると、スバル氏がケルヒャー（高圧洗浄機）を使いたいと言ってきたので、延長コードやホースの準備をしました。

　ガレージのまえに、ガーデン用のテーブルや椅子を運び、これらの掃除です。ずっと外に出したままになっているので、汚れていますが、大勢のゲストがいらっしゃる日が近々あるので、綺麗にしました。

　高圧洗浄というのは、ただ水が勢い良く出ているだけですが、かなり汚れが取れます。一番劇的に取れるのは、ウッドデッキの（濡れているとき）ぬるっとした汚れです。デッキは数年に1度はオイルステンを塗り直さないといけませんが、プロに頼むと、まずは高圧洗浄します。それだけで色がずいぶん変わって、ぬるぬるは簡単に取れます。あと、洗車にも使えます。僕も、これまで3回ほどこれで洗車しました。シャンプーを使うこ

ともありますが、水だけでも綺麗になります。ケルヒャーの1万円くらいの製品ですが、もう充分に元は取れたと思います。

スバル氏はその後、玄関に立っている鋳物製(いもの)のポストを洗いたいと言いだし、ケルヒャーを移動させ、そちらで掃除をしていました。玄関の横のウッドデッキやベンチも綺麗になったそうです。足が汚れたから、洗浄しようと当ててみたら、圧力が強すぎて痛かった、とおっしゃっていました。普通の人は真似をしないで下さい。

常々、サッカーで同点のときに行われるPKが、どうも合点(がてん)がいきません。これで決着をつけるのは、あまりにも不合理ではないか、と思うのです。ほとんど、じゃんけんで決めているような気がするのです。ただ、僕はサッカーファンではないし、詳しくはないので、どういった経緯でこうなったのか、もちろん知らないし、ほかに方法がなくてやむをえない対処なのかな、とは想像します（調べたりはしていません）。単なる個人の（しかも、読み物提供が目的の）もの言いです。議論を欲しているのでもありませんので、ご注意下さい。

いきなりPKではなくて、ゴールデンゴール方式（かつて、サドンデスといったような……）の延長戦をしているのも見たことがあります。場合によって違うのでしょうね。そういえば、ネットニュースを見ていたら、高校野球が延長戦を短くするために、タイブレークという制度を導入したことを知りました。ノーアウト1、2塁から始めるそうです。点が入る確率を上げた、ということですね。なるほど、と思いました。こちらは、PKよりはだいぶ納得ができると思います。

サッカーもこの形式でいくなら、PKのかわりに、たとえば、ゴールを2倍に大きくする、というのはいかがでしょうか。そういう可動式のゴールを作るために予算が必要かもしれません。

PKに持ち込まず、もう少し手前からスタートするのもありかと。たとえば、攻める方はフルメンバで、守る方は5人くらいにして、ゴールキーパがボールを握ったら、攻守交替となります。逆のチームが、今度は優勢な条件で攻撃するのです。ちょっと時間がかかるかもしれませんが、数分で決着するのでは?

だいたいどのスポーツも、同点で終わりそうなときには、偶然性のある決着を避けるように、「デュース」みたいなシステムがあって、決着をむしろつけにくく工夫しています。それに比べるとPKというのは、偶然で決まってしまう傾向が強すぎて、どうも力の差ではない、という印象を見ている人に与える気がするのです。いかがでしょうか？

　いっそのこと、同点で終わったら、審判が協議をして、どちらが優勢だったかで、判定勝ちを決めてはどうでしょうか。審判だと不正がありうるので、シュート数とか、ファウル数とかから計算しても良いかもしれません。

　ただし、PKというのは、日頃あまり目立たないゴールキーパにとっては、晴れの舞台なのかもしれませんね（よく知りませんが）。

　それから、全然関係ありませんが、PKから、ピケを思い出しました。昔はデモとかよくありましたから、この言葉を頻繁に耳にしましたが、今はもう誰も知らないのでは？

　というわけで、柄にもなくスポーツについて書いてしまいました。森博嗣はなにも知らないのだな、教えてやろう、というメールを送らないように。なにも知らないままでけっこうですので……。

 無知を恥ずかしく思っていません。知らなくても書けるのです。

２０１８年８月１９日日曜日

磁気の話

　新作エッセィの手直しは、50％まで進捗。明後日くらいに終われそうな気配。

　今朝は、朝の4時頃に犬が起こしにきましたが、起きずに寝ていたら、すぐ横で犬も寝直していました。昨日夕方から夜中ずっと雨で、6時頃に起きたあとやみました。その後は晴天となり、ぐんぐん気温が上昇。24℃くらいまで上がり、湿度も50％以下になりました。朝は、たぶん17℃くらいで、比較的暖かかったため、最高気温も高めになったよう

です。落葉が始まっているのに、夏らしい天気に戻りました。

　草が少し湿っているうちから草刈りを始め、今日は2バッテリィ。近所のワンちゃんが遊びにきたので、一緒に近くまで（2度めの）散歩に出かけました。そのあと、週末のゲストに備えて、スバル氏とバーベキュー場の設営をしました。20人以上いらっしゃるので、テーブルとか椅子を並べました。

　ゲストがいらっしゃることもあって、庭園鉄道も入念に整備をしています。先日は信号機の点検をしましたが、今日は、ポイントの可動部の掃除をしました。雨が降ると、隙間に砂が入って、だんだん動きが渋くなってくるので、筆を使って細かい砂を掻き出します。

　お昼頃、スバル氏が買いものに出かけたので、また犬たちと留守番。こういうときは、執筆など、作家の仕事をするのが適しています。ただ、宅配便が来る可能性があるので、iPadで音楽が聴けません。その作業に厭きたら、読書です。読むのは日本語のノンフィクション。しかし、作家の仕事と読書はどちらも目が疲れます。工作や庭仕事は、目が疲れません（そのかわり、目以外の躰中が疲れるし、小さい傷も負います）。

　今日も、茸を沢山見つけました。茶色、白、クリーム、赤などさまざまです。久し振りに、リスが走り回っていました。リスは、漢字だと栗の鼠と書きますね。栗を食べるのでしょうか。向日葵の種を食べるような気もします。庭園内には向日葵はありませんけれど、栗ならあります。

　先日、知合いの人が、「モータ」というものを知らないとおっしゃったので、驚きました。言葉は聞いたことはあっても、モータが何をするためのものかわからなかったそうです。小学校の理科で、習いませんか？

　モータ以前に、電磁石というものを理科で習うと思います（習わないのかな?)。コードに電気が流れると、磁気が生じます。この磁気を集めるために、コードをコイル状に巻いて、電磁石を作ります。電磁石は、電気を流している間は磁石になり、鉄などを引きつけます。これはつまり、電気を「力」に変換しているわけで、この電磁石を応用して、力を取り出しやすくした機械が、モータと呼ばれているものです。

　モータは回転するものがほとんどですが、回転しないものもあります。

たとえば、リニアモータは回転しません。電磁石も回転しません。

電磁石を使った簡単な機械に、駅で電車が発車するときに鳴るベルがあります。あれは、電磁石で電流のONとOFFを繰り返し、鐘を連続的に叩く仕組みになっています。ブザーも同じです。ただ、最近は電磁石を使わず、電子的に音を出すベルやブザーが一般的となりました。それでも、音を出力するスピーカが、電磁石で動いているので、結局は同じことです。

磁気と電気は、密接に関係している現象です。磁気で、身近に馴染みがあるものに、磁石（永久磁石）があります。最近は、「マグネット」と言った方が通じるでしょうか。実は、地球も大きな磁石です。

電気にプラスとマイナスがあるように、磁石にはN極とS極があります。棒磁石では、N極の方が赤く塗られています。地球の北極は、何極でしょう？

答は、S極です。反対の南極がN極です。そもそも、Nはnorthで、Sはsouthだったのではないか、と思われたでしょうが、そのとおり。でも、方位磁石のN極は、北極のS極に引かれているのです。電気も、マイナスからプラスへ電子が流れているので、最初の目論みから外れてしまいましたが、これと似ている？

ところで、地球の磁気は、どんな仕組みで発生しているのでしょうか？ちょっと物理に詳しい人だと、地球が自転しているからだ、とおっしゃいます。たしかに、電磁石の極性を決める「右ネジの法則」というのがあって、電流が右回りのスパイラルで進むと、進行方向がN極になります。でも、さきほど北極はS極だと書きました。変ですね。

地球の磁気の発生原因は、まだよくわかっていません。地球の内部で発生していることは確かですが、電気が流れて発生しているのか、永久磁石的な物質が存在するのか、どちらでしょうか。ただ、これまでに、N極とS極の反転が何度か起こったことが、古い地層の岩石などからわかっているのです。

眠くなりましたね？　これくらいにしておきましょう。

地球内部の状況は、最近になって少しだけわかってきたところ。

2018年8月20日月曜日
午後ほど天気は不安定

　新作エッセィの手直しは、75%まで進みました。明日で終わります。この本は新書ではないそう（つまり単行本）ですが、新書によくある小見出しをつけた方が読みやすいと感じる人が多いかと思います。小見出しは、編集部でつけてもらうときと、自分でつけるときと、半々です。今回は、暇だし、自分でつけようかな、と考えています。この作業にあと1日かかるかも。

　朝から、素晴らしい晴天。でも、夜はやっぱり雨でした。朝の犬の散歩は、高原まで足を伸ばし、沢山のワンちゃんに会いました。午前中は、涼しかったので、ウィンドブレーカを着て、草刈りを2バッテリィ、芝刈りを1バッテリィ。午後も、草刈りを1バッテリィとハッスルしました。スバル氏は、ゲストハウスの掃除をしているようです。週末にゲストが大勢宿泊される予定だからです。

　庭園鉄道の線路の整備を、今日も行いました。自分一人で走るのなら許容できても、多数のゲストが運転をされる場合には、少しの不備でも事故につながりかねないから、入念にチェックします。いつも、入念にしていますが、それでも小さなトラブルは絶えません。ときには脱線もあります。僕が運転している場合は、すぐに気づく異状も、ゲストの方にはわかりません。そのため、トラブルが大きくなってから発覚することがあります。

　しかし、一方で、このように一般公開する日を設けることで、整備もできるし、技術的な向上もあります。こんな機会でもないとやりませんからね。大変ですが、これがなければ、怠けてしまい、そのうち鉄道を持続できなくなるかもしれません。だいたい、庭園鉄道というのは、どこでもオープンデイというものを実施しているようです。自分のためにも必要だか

らでしょう。

　もっとも、人から褒められたい、という気持ちは僕にはほとんどありません。褒めてもらいたいのは、あくまでも自分からです。これは、いろいろなところで書いていることですが、「どうしても理解できない」という反応も少なくありません。現代は、ネットで大勢と結ばれている（と錯覚できる）社会ですから、たしかに他者から褒められることが、個人の行動のモチベーションになっているといえるのかも。

　でも、僕から見ると、モチベーションは、やはり自分の中から、自分の力で湧き上がってくるものであり、褒められてやる気になるのも、人から褒められた自分をイメージして、自身で作り出している元気だと考えられます。他者から元気をもらったり、力をもらったりすることは、現象的にありえない、つまり錯覚、あるいは解釈なのです。

　世界的に異常気象が報告されています。日本のニュースでは、もう10年以上になるかと思いますが、「大気が不安定」という予報をしばしば発表するようになりました。天気予報を見ている人たちは、「それで、雨が降るの？　降らないの？　どちら？」とききたくなることでしょう。

　この「不安定」というのは、たぶん「予報が不安定」という意味です。天気を予想しているのではなく、予想することが難しい、その理由を述べているわけです。言い訳をさきにしているようなものです。安定した天気だったら、予測が簡単ですから（たぶん、素人でもできます）。
「ゲリラ豪雨」というのも、10年ほどまえから言われ始めました。それまでは、「にわか雨」と呼んでいたものです。誰でも、自分がいる場所で雨が降るか降らないか、という情報を得たいわけです。どこかの地域で、大気が不安定だとか、ゲリラ豪雨が発生しそうな条件だとか、そういった「全体の平均的な情報」が知りたいのではなく、「だから、結局、雨なの？　降らないの？」と問いたい。
「にわか雨」と言ってしまうと、降らなかったときに、「外れた」と評価されますが、「ゲリラ豪雨」と言っておけば、「別のところで降ったらしい」という印象を与えるので、天気予報に対する評価が、若干寛大になります。それを狙っているのでしょうね。「大気が不安定」もそれと同じ

です。

　天気予報は、確率をパーセンテージで示したり、時間ごとの予報を出したり、昔よりも精度の高いものになっているかと思います。特に、台風などの進路は、この頃、ほとんど的中しています。

　それでも、同時に思うのは、これだけ観測データが増加し、コンピュータのシミュレーション能力も向上し、AIも学習しているはずなのに、それでも、まだ当たらないものなのだな、ということ。

　ところで、先日は、「明日は、晴れるでしょう」という日本語が変だと(僕が感じると)書きました。最近、気づいたものでは、「午後ほど雨が降りやすくなるでしょう」という言い方。「なるでしょう」は「なりましょう」だ、というのは前回と同じですが、この「午後ほど」の「ほど」の使い方はいかがですか？　これって、正しい日本語ですか？　たぶん、「午後の方が」という意味だと思います。「山間ほど」なら、山間に近づくほど、という意味に取れますが、「午後」には近づけますか。午前10時よりも11時の方が降りやすいって意味ですか？　だったら、「午前中でも遅くなるほど」とか言いようがあります。まさか、「午後ほど雨が降りやすいものはない」という強調とも思えませんしね（あ、高度なギャグで申し訳ありません）。

　日本語についていろいろ書いていますが、単に仕事だからです。

2018年8月21日火曜日

家や庭の維持について

　新作エッセィの手直しが終わりました。あとは、小見出しを付けて、そのあと編集部へ発送したいと思います。これは、来週にするかも。とにかく、一仕事終わりました。次は、12月刊の『月夜のサラサーテ』の初校ゲラを見ることにしましょう（たぶん、これも来週くらいから）。

　『MORI Magazine 2』の誤植指摘のメールが多数届いています。既に15箇所くらい見つかっていて、編集者には伝えてあります。来年の文

庫化のときには直ることになります。今回、誤植がやや多めだったのは、たぶん、編集者が忙しかったからではないか、と思っていますが、でも、誤植を見つけるのは、校閲の仕事ですから、関係がないといえば、ないのかもしれません。一番の責任は僕にあるのですが、僕自身はもっともっと誤字いっぱい脱字まみれの執筆をしているので、なにも言い訳はいたしませんが、「これでも直っている方」くらいでしょうか（開き直り?）。

犬の散歩はいつものとおり。朝の最初の庭仕事は、燃やしもの。そのあと、草刈り1バッテリィ。続いて、室内でワンちゃんシャンプー。それから、スバル氏と一緒にホームセンタへ出かけました。かなり久し振りかもしれません（3週間振りくらいでしょう）。

週末に多数のゲストがいらっしゃいます。毎年バーベキューをすることになっていて、会場の設営は既に終了（欠伸軽便のブログ参照）。今日は、燃料や着火材やグリルを買ってきました。

帰宅して、また庭仕事。草刈り1バッテリィ。夜間の雨が多くなったおかげで、地面の緑は活き活きとしていますが、枯葉が多くなっていて、小さな枝ごと落ちています。拾っていたらきりがありません。ブロアをかけるほどは、散っていません。難しいところです。

ゲストハウスの渡り廊下の雨漏りは、まだ完全には止まっていません。壁際から入るのだろう、というのが建築屋さんの見立てです。シリコンシーリング材をそこに塗ろうと思っていますが、忙しくてなかなかできないでいます。今は、毎晩雨が降るので、もう少し天気が安定してからの方が良さそう。

母屋の2階の寝室は、先日直してもらったおかげで、天窓がリモコンで快適に開きます。天井がもの凄く高い（5mくらいある）ので、暖かい空気が上に溜まりやすいのですが、天窓を少し開けると、一気に空気が変わります。そういうふうに設計されているようです。

天窓は、母屋には10箇所くらいあります。1階の天窓は、頻繁に開け閉めしています。2mくらいの棒の先のフックを引っ掛けて、くるくると捻って回して開ける仕組みになっています。母屋の窓に、引戸はもちろ

ん1つもなく、また、手で押して開ける窓も1つもありません。すべて、ハンドルを何回も回して、ネジの棒が進んで開ける形式。ですから、開けたままにしておいても、外からはびくとも動きません。

　窓もドアも、すべて木枠です。金属のサッシはありません。このあたりは寒冷地仕様だからです。金属サッシでは、断熱にならないのです。窓ガラスはすべて、2重か3重です。

　母屋にもゲストハウスにも、サンルームがあります。何をもってサンルームと呼ぶのか知りませんが、つまり、壁も天井もガラス張りの部屋が、外に突き出ているわけです。サンルームは、僕は断熱的に不利だからと反対したのですが、スバル氏がどうしても欲しいとおっしゃったので、作ってもらいました（ゲストハウスのサンルームは、先住者が作ったもの）。やはり、サンルームへ近づくと、夏は暑く、冬は寒いのですが、思ったほどでもなく、快適に過ごしています。

　大変なのは、ガラスの掃除です。特に天井のガラスは、手が届かないから、内側も外側も、滅多に掃除ができません。高圧洗浄機を持って、屋根の上に出て、作業をしないといけません。煙突掃除は、業者をたまに（3年に1度くらい）呼んで、やってもらいますが、サンルームも頼んだ方が良いのではないか、と思います。

　屋根の上に落ちて引っかかった大きな枝なども、のったままでもべつにかまいませんけれど、ときどき取ってもらいます。これは、いつ落ちてくるかわからなくて恐いからです。

　大きな屋敷に住んでいる人に話を聞くと、どこもだいたいは、季節ごとに業者を呼んで、庭の掃除をしてもらっているらしく、うちのように自分で頑張っている人はいません。そういうものは、専門に任せるという文化なのでしょう。サッカー会場でファンがゴミを拾って綺麗にして帰る、という話を、「業者の仕事を奪っている」と発想する人たちがいるのが、やはり文化の違いとして頷けます。

　僕も、いつまでも健康でいられるはずもなく、そのうち庭仕事ができなくなると思います。そうなる以前に、「もうそろそろ、やらずにおきましょう」となる可能性が高く、つまり「厭きる」のではないかな、と想像します。

庭園鉄道さえ走れば良いので、線路のところだけ綺麗にしておくくらいならできるかも。今は、まだ一面が緑の庭園を見たい、という我が儘を通しているだけなのです。

 ガーデニングにこれほど打ち込むとは想像もしませんでしたね。

2018年8月22日水曜日
オープンディ初日

　新作エッセィの仕事は終わり、来週にも原稿を編集者へ発送しましょう。この本を出すのは、初めての出版社ではありませんが、もの凄く久し振りのところで、もちろん、編集者は初めての人です（会ったこともありません）。依頼を受けたのは3年まえだったかと。実は、同じ出版社から昨年また執筆依頼が来て、「あれ？　もう依頼されて、書く予定にしていますよ」と返事をしました。ところが、あとから来た依頼は新書編集部だったのです。そのときまで、僕は最初の依頼も新書だと勘違いしていたのです。このときにその誤解が判明しました。来年3月刊予定（依頼から4年）ですが、単行本です。

　早朝から晴天でした。この頃、夜間の雨が朝まで残る日が多かったところ、（昨夜も雨は降りましたが）今朝はからっと晴れました。でも、空気は冷たくて、もう本当に秋だな、と感じられます。日も短くなってきましたし。

　まず、1時間ほど枯枝を拾って集めました。だいたい30cm程度の長さで、葉が5枚ほどついているものが平均的なサイズです。たぶん、折れたか落ちたかしたのは、だいぶ以前で、繁った枝のどこかに引っかかっていたものが、夜に風向きが変わったりした機会に落ちてくるのです。

　午前中から、庭園鉄道の準備をしました。今日から、3日間オープンディが開催されます。庭園鉄道が目的のゲストが約20名いらっしゃいます。今年は、初めての方がいないので、皆さんもう慣れているし、説明をしなくて良いので気が楽です。

20名のうち、半分くらいがゲストハウスに宿泊されます。それ以外の方は、別のところに泊まられるか、1日で別のところへ移動される方たちです。

　初日の今日（金曜日）は、午後からの開催となっていて、お昼頃に10名ほどがいらっしゃいました。何時に集合、とは決まっていません。いついらっしゃって、いつ帰っても自由なのです。庭園内のどこを歩いても良いし、勝手になにか食べてもかまいません（そういう方はいらっしゃいませんけれど）。ルールはこれといってありませんが、ただ子供は入場できません。レンタカーでいらっしゃる方が多く、7〜8台が庭園内に駐車されています。

　犬たちも、ゲストが多いと嬉しいのか、なにかおこぼれに与ろうと考えているのか、いつもよりもきびきびとした動きを見せます。でも、走っている車両の邪魔はしませんし、どこか遠くへ行ってしまうこともありません。

　メインは庭園鉄道ですが、僕が運転するわけではなく、勝手に皆さんに乗り回してもらうので、僕はそれを眺めているだけ。ときどき小さなトラブル（たとえば、信号機の不具合など）が発生するので、その対処をします。昼間に雨が降ることは、滅多にありませんけれど、降りそうなときは、早めに列車を車庫に入れるなどの判断をする人にもなります。今日は雨は降りませんでしたが、途中でおやつタイムの休憩がありました。

　先日のニュースで、2歳の子供が行方不明になって、3日後にボランティアの人が発見した、というものがありました。この記事を幾つか見て、僕が一番感じたのは、どうして警察は見つけられなかったのだろう、ということです。皆さんもそう思われたことでしょう。

　おそらく、いなくなったその日が、最も子供を捜していた日だと思います。捜す方は可能性のある場所を歩き回り、動いているものに注目します。水の中とか繁った草の下ではなく、子供がいそうな場所を見て回ったことでしょう。この日は、警察も数が少なく、それほど遠くへは行っていないという頭で捜しますから、たまたま出会えなかったわけです。

　次の日からは、警察は動員を増やしますが、この場合、既に亡く

なっている可能性を念頭に捜すことになります。ですから、水のある場所で水中を捜したり、流れの下流まで見にいったり、藪(やぶ)の中でも棒で突いたりして確かめたはずです。その翌日になると、さらにこの傾向は強くなり、人数を増やして、子供の痕跡(こんせき)（靴や衣料品）を捜索したことでしょう。

つまり、ほとんどの人間は、「生きた子供」を捜していなかった、ということです。もちろん、そんなことは口にできませんけれど、しかし、こういった捜索では、それが常道だからです。警察の人たちも、なんらかの手掛かりを見つけたいし、もし遺体が見つかれば、それで仕事は完了するのですから、どうしても捜す目標としてそうイメージするはずです。

その点、子供の親族や近所の人、捜索を始めたばかりのボランティアの方々は、生きている子供を捜そうとしました。そうイメージしていれば、草むらを棒で突くようなことはなく、広範囲に歩き回り、自然とは違う色がないか、と見回ったはずです。このようなスキャンをすれば、落ちている靴などを捜している人の100倍もの面積を時間当たりで捜索できます。つまり、警官100人分に相当する発見確率がありました。だいたいこのように解釈できるのかな、と思いました。奇跡的なことですが、奇跡ではありません。見つかって本当に良かったですね。

 捜す対象をどうイメージするかが、捜索のポイントになります。

２０１８年８月２３日木曜日

宝くじに当たったら

今日は、作家の仕事はしていません。

朝は少し曇っていたおかげで、あまり冷え込みませんでした。昨夜は、ゲストハウスに宿泊された方たちと一緒に夕食をいただきました。犬たちも遊んでもらいました。今朝は、また9時から庭園鉄道が運行となりました。

今日からいらっしゃったゲストが加わり、20名以上になりました。賑(にぎ)や

かですが、庭園内に散ってしまうと、どこにいるのかわからなくなるときがあります。ただ、列車だけが4～5両、ときどき走っていきます。信号機も、この日のためにあるようなもので、昨日からフル稼働しています。昨日のオープンディ開始早々に、信号機の1つでちょっとしたトラブルがありましたが、すぐに解消しました。その後は大丈夫だったようです。

昨日も今日も、天候には恵まれました。非常に爽やかな秋風が庭園内を吹き抜けていきます。もちろん、朝は長袖の上着が必要です（スバル氏がダウンジャケットを大量に貸し出していました）。でも、お昼頃には暖かくなり、夏らしい日が射し込むので、写真を撮るにはもってこいでしょう。写真が見たい人は、欠伸軽便のブログでご覧下さい。

今年のオープンディの目玉は、34号機の発電機機関車です。ちょっと煩い(うるさ)のですが、インダストリアルな雰囲気が、ほかの機関車にはない魅力です。それから、先日来たばかりのハイスラという蒸気機関車も（まだ整備中で走らせてはいませんが）、お披露目となりました。

スバル氏は、一昨日からゲストハウスでカレーを作っているようでした（これを昨晩食べました）。2種類あって、どちらもちょっと変わった味でした。今日は、ゲストが調理をされるようです。スバル氏と連絡を取り合って、段取りをしていた様子。僕はただ食べるだけです。

お昼は、バーベキューをしました。ソーセージや肉のほか、魚もあり、鶏肉(とりにく)もありました。こちらが用意したもの以外にもゲストがわざわざ持ってこられた食材が沢山ありました。美味しくいただきました。

さて、話題は変わって、宝くじについて。ときどき揶揄(やゆ)するようなことを書いていますが、宝くじを買うのが楽しみだ、という知合いも沢山いて、宝くじが好きだという人たちを非難しているわけでもなく、けっこうなことだ、平和なことだ、と認識しています。

よく出てくる話題ですが、万が一宝くじに当たったら、どれくらい幸せになれるのでしょうか。一時は、もの凄く楽しい思いをするのは想像に難くありませんが、その楽しさがそのあとどれくらい続くのでしょうか。

いくらもらえるのか知りませんけれど、たとえば1億円とか2億円では、それほど人生は変わらないのではないかな、と思います（これは書いたこと

がありますね)。というのも、高い金額で買えるもの、たとえば、住まい、自動車などは、値段が高くなっていっても、それに比例して性能がアップしたり、楽しめるものにならないからです。3倍の値段を出しても、3倍の楽しみが得られません。高価なものほど、コストパフォーマンスが低下するのです。これは料理などでも同じ。10倍の値段の料理を食べても、10倍美味しいとは感じません（思える人は一部にいるとは思いますが）。

　一番良いスタイルは、1億円をもらっても、今と同じ生活を続けることです。そうすれば、けっこう楽しさが長く続くと思います（貯金額もしばらく減らないし）。でも、これができる人は、（宝くじを買うような人の中には）たぶんいらっしゃらないと思います。「何のために宝くじを買うのか」と逆に突っ込まれそう。

　僕は、1億円を当てても、生活を変えないタイプです。現に、小説で大儲けしましたが、ほとんどライフスタイルが変わっていません。土地と家を幾つか買って、何度か引っ越しただけですが、これは、もともとそのために小説を書いたので、最初から想定していたものです。日常は変わっていません。食べるものも同じ、着るものも同じ、遊ぶものも同じです。

　さらに影響が大きいのは人づき合いでしょう。宝くじが当たったことを、どうしても周囲に言ってしまうのでしょうね。これも、「何のために宝くじを買ったのか」と突っ込まれそうな部分。黙っていれば良いものを、自慢してしまうから、当然ながら、余計な出費となります。食事を奢らないといけないし、金を貸さないといけないし、いろいろなセールスが寄ってくるし、商売を始めないかと誘われたりもするでしょう。そういう話に乗ると、たぶん、あっという間に、1億や2億はなくなることでしょう。

　宝くじは、買う人が減少しているそうです。まあ、そうでしょうね。みんな義務教育で確率の勉強をしているし、堅実に生きる方が無難なことは、周囲を見ていたらわかりそうなものです。カジノを作ろうとしているみたいですが、どうなのでしょうか？

 最も簡単に大勢から金を巻き上げる方法、それがギャンブル。

2018年8月24日金曜日

仕事が大当たりしたら

　オープンディの3日め（最終日）です。昨夜は、ゲストハウスで大人数でお好み焼きをいただきました。それ以外にも、いろいろ食べるものがあって、「食べ甲斐(がい)」がありました。

　今日も朝から庭園鉄道が運行しました。ゲストハウスに宿泊された11人のゲストが機関車の運転を楽しまれました。

　同じ路線（1周520mのエンドレス）を同時に4〜5両の列車が走ると、なかなか壮観というか、森の中で「活気」が感じられます。14機の信号機が仕事をしています（信号を守っていれば、前の列車に追突したり、クロスポイントで衝突することはありません）。

　ゲストの方たちは、代わる代わる好きな機関車を運転するのですが、列に並んだりしているわけではなく、なんとなく呼びかけ合いつつ、近くにいる人が交替する、といった緩いルールのようでした。

　昨年のオープンディのときと、少し路線が変更されて、20mほど長くなっていますし、線路の位置が変わっているところもあります（多くの方が気づかないようでした）。このほか、ターンテーブルが新しく設置されたので、その近辺も皆さんが見学されていました。

　3日間連続で機関車を走らせる場合、バッテリィの充電を同時に複数台で行う必要があり、先日苦労して工作したコネクタを活用し、今年はずいぶん楽に作業をすることができました。反省点としては、やはり信号機の故障が多いこと。センサの方式を変える必要があるかな、と感じています。

　庭園鉄道は、これから、まだ駅や車庫などを作る予定があり、また、踏切(ふみきり)遮断機も作りたいな、と考えています。車両ももう少し作るつもりです。まだしばらくは発展の余地があることでしょう。

　昨日は、宝くじが当たったら、という話を書きましたが、今日は、仕事が当たったら、で書いてみたいと思います。

　宝くじよりも、仕事は何万倍も当たる確率が高いのですが、ただ、宝

くじは買うだけなのに、仕事はいろいろ苦労をしないといけないし、また当たってもそれほど大きな金額ではない、という差があります。ですから、かけるものに対する、得られるものの比、つまり期待値は、仕事の方が、まあせいぜい100倍くらい大きいかな、という程度かもしれません。でも、その差があるから、皆さん、宝くじにすべてをかけず、仕事をされているわけです。

　僕は、公務員のときに小説を書いて、宝くじよりも大金を当てましたけれど、これも、それなりに時間や労力を使っていますから、平均的な普通の仕事と比べると、100倍もおいしい職業だった、とはいえません。

　また、僕の場合、同じ志を持って頑張っている知合いが周囲に1人もいませんでしたので、仕事で大当たりしても、そういった仲間に食事を奢ったりすることもなく、パーティも一切なく、誰一人「おめでとう」と言ってくれた人はいませんでした。僕自身も特に「おめでたい」とも思わず、単に、出版社から振り込まれる大金に「へえ、こんなにもらって良いのかな」と思っていました。一番喜んだのは、スバル氏でしょう。

　大当たりして、何をしようか、とは考えませんでした。というのも、小説家という仕事は、事業を拡大することができません。人を沢山雇って、なにか分担して仕事量を増やすようなこともできません。もし、それができたとしても、たぶん僕はしなかったと思います。

　大当たりすることは想定していませんでしたが、小当たりは狙っていたし、想定していました。そして、小当たりしたら、何をするかは考えてありました（実際には、その逆で、それをするために、小説を書いたのです）。

　贅沢といえば、ポルシェを新車で買いました（最後の空冷エンジンの911）。その1台だけです。これも、国産の高級車の3〜4倍くらいの値段で、大した額ではありません（でも、小当たりくらいでは買えませんが）。子供のときから乗りたいクルマだったので、思い切って買いました。小説を書いて、2年めくらいだったでしょうか。生活費などは、小説が当たらなくても、公務員として稼ぐ分で充分だったので、まさに「浮いた金」だったわけです。そのポルシェで、ロングドライブに何度か出かけ、楽しい思いをしました。買って良かったと今でも思います。

それだけです。浮いた金は、想定した目的以外に使っていません。飲みにいったり、遊んだり、賭けたり、旅行にいったりもしていません。高い時計も貴金属も、ブランド品も何一つ買っていません。小説家デビュー後も、公務員として10年間勤務していましたから、遊ぶ時間もありませんでしたしね。

　そんなわけで、遊ぶために公務員を辞めましたが、予想外に作家として長期間安定した収入が続いています。一発当てたら、すぐに消えるような職種だと認識していたのですが、そうでもなかったみたいです。

 作家稼業が長続きしたことが僕にとっては一番の想定外でした。

2018年8月25日土曜日

分相応くじはいかがでしょう

『人間のように泣いたのか?』の念校（3校）が届きました。明日にも確認をします。今月は、あと『月夜のサラサーテ』の初校ゲラを読む仕事があります。こちらは、5日間くらいはかけるつもりです。

　ゲストが沢山いらっしゃって、沢山のお土産をいただきました。食べるものもあるし、おもちゃやアクセサリィなどもあります。お菓子が多いのですが、既に、近所へスバル氏がお裾分けにいきました。あとは、少しずつ消費しましょう。

　今朝は、まずは燃やしものをしました。バーベキューのゴミなども燃やしました。5分もかかりませんでした。枯枝も溜まっていたので、一緒に燃やしました。草刈りは、明日以降にしましょう。

　庭園鉄道関係では、ここ数日、沢山の機関車が出動したので、その充電作業に追われています。バッテリィがまた1機駄目になったので、新しいものを発注しておきました。バッテリィの寿命は3年といわれています。一番安いものを買っていますが、5年以上もつものもあります。3年は、たぶん最低ラインの寿命なのでしょう。使ったら、すぐに充電するのが良いようです。

線路の関係では、今年はトラブルがありませんでした。夜間の雨が続いていたので、少し心配していましたが、大雨がなかったおかげでしょう。信号機は、事前に点検したにもかかわらず、初日にトラブルがありました。これは雨のせいですが、機構的に弱いようです。すべてを別の仕組みに取り換えることも考えていますが、いつできるかはわかりません。

　オープンディは、皆さんに運転してもらうので、電気機関車が運行します。今年は、発電機を搭載した機関車がデビューし、またエンジン機関車を僕が運転し、皆さんを後ろに乗せて、2周ほど走りました。蒸気機関車は、事前と事後の整備に時間がかかるため、「見せるだけ」です。今年はジェットエンジン機関車のデモもありませんでした。

　バーベキューや夕食、それにおやつタイムなど、大勢で食事をする場面が何度かあり、ほとんどゲストハウスのリビングかデッキで行いました。

　日頃、ほとんど人と話をしない人間なので、大勢の方が来ると、つぎつぎ質問をされることもあり、その応対に忙しく、しゃべることで喉が嗄れます。こうしてみると、社会の大勢の人たちは、きっと毎日沢山のおしゃべりをしているのだろうな、と想像します。

　口に出さないで指先を使ったおしゃべりにも忙しいようです。大勢を相手にして、いつも返事を送っている。そのうえ、決まった時間に電車に乗らないといけないし、人に会ったり、どこかを予約したり、スケジュールも細かく決まっていて、本当に寝る暇もないというか、時間を有効に使われていますね。いつも1人で自分の思いついたことをしているだけの僕から見ると、よくも沢山のことが処理できるものだ、と感心します（皮肉ではありません）。

　考えてみると、僕は比較的狭い範囲を見ていれば良い職業に就いていました。突然電話がかかってきて、時間や労力を消耗するような仕事をしたことがありません。だいたい、電話は出ないで済むものでした。

　問題に直面するような経験もありませんし、今しなければならない仕事もありませんでした。問題は、ずっと未来にあるので「直面」といえるほどはっきりと認識できないものだったし、仕事も〆切はぼんやりとしか設定

されていないので、自分で勝手に予定を組むことができました。

　問題も仕事もそうですが、直面するほど接近すると、大きく見えすぎるし、一部しか見えないので、的確な処理ができにくいことが往々にしてあります。遠くにある問題や仕事は、離れている分、客観的な観察ができるし、時間的な余裕もあるので、本質的な思考もできるし、処理がより的確になりやすい、と僕は思います。

　卑近な例ですが、人との会話でも、面と向かって話をしたりすると、言葉が足りない、言い間違い、聞き間違い、感情的な誤認、など不具合が生じやすいのですが、メールなどで、しかもゆっくりとしたインターバルで往復させると、お互いに言葉が選べるし、考える余裕もあって、有意義な議論になるのではないかな、と思います。

　ところで、宝くじや仕事が当たって大金を得たときの話を、昨日と一昨日書きましたけれど、現在の収入で生活費を払っている人なら、あと2割くらい給料がアップすれば、「余裕」が生じて、物事を少し離れて見られるようになると思います。ぎりぎりだと、問題が近くなるからです。ということは、宝くじも当たりは何億円という定額ではなく、当たったら、その人の給料をその後2割増し、3割増しにします、という賞金制度にするのがよろしいと思います。働いているうちはずっともらえるのです。これだったら家族も喜ぶし、人生も狂わないと思います。「分相応くじ」という名前で売り出したらいかがでしょう？

 高給取りほど賞金が多くなり、代理応募の不正がありそうです。

2018年8月26日日曜日

科学少年の日々

『人間のように泣いたのか？』の念校を確認し、修正点を3つだけメールで送りました。この本はこれで終了。講談社タイガより10月刊予定。続いて、『月夜のサラサーテ』の初校ゲラを読み始めました。今日は10％の進捗。こちらは、講談社文庫で12月刊予定。『笑わない数学者』

が重版になるとの連絡がありました。第54刷になります。講談社文庫編集部からは、9月刊予定の『そして二人だけになった』のオンデマンド見本を発送したとの連絡も。

　先日書き上げて出版社に送ったエッセィ本は、来年3月にPHPから発行となるもので、「拘らない」ことがテーマのロングエッセィです。もう告知をしても良いと確認を取りましたので、発表しておきます。

　だいぶまえから、とある雑誌の編集者とやり取りをしていますが、庭園鉄道関係の連載を持つことになるかもしれません。まだ、最終決定は出ていません。時期も、早くても、来年の春か夏からです。決まったら、告知をします。

　秋は、小説を2作執筆する予定です。何を書くか、どんな設定で書くか、なにも考えておりませんが、9月〜12月で2作を書き上げる所存。この2冊が来年の書下ろし小説のすべてで、今のところ、来年の6月と10月の発行を予定しています。

　朝は、爽やかな晴天でした。犬の散歩も、高原を巡ってきました。誰にも会いませんでした。散歩から帰ってきたら、ブラシをかけてやることにしています。この時期は、植物の種が毛に付きやすいからです。朝ご飯は、散歩のまえに終わっているので、散歩のあとはお昼寝です（僕がではなく犬が）。

　午前中は、スバル氏と犬たちとスーパへ買いものに出かけました。そのあと、パン屋に寄って、サンドイッチを買って帰りました。これがランチ。

　午後は、ガレージで機関車の整備をしました。チェーンが緩んでいるものがあったので、ボルトを締め直したり、バッテリィの電圧をチェックしたりしました。

　5日ほどまえから、夜間の雨がなくなり、乾燥しているように感じました。今日は、雨が降る予報だったのですが、抜けるような晴天でしたので、気象予報士の人は目から鱗が落ちたことでしょう（誤用です）。水やりを午後からすることになりました。オープンディの疲れなのか、ずっと眠いのですが……。

小学生の頃には、「子供の科学」や「模型とラジオ」などの雑誌を愛読していました。新しい号が出るのが待てないので、図書館や知合いの家にあったバックナンバを遡(さかのぼ)って読みました。そのときに感じたのは、古いものほど内容が濃いことでした。刊行初期（戦前のものも）は、少年だけでなく、もう少し歳上(としうえ)の青年にも向けて書かれていたのでしょうか。

　夏休みには、工作関係の別冊が発売になります。ラジコン飛行機、モータボート、レーシングカー、鉄道模型などの動く模型から始まって、ラジオ、トランシーバ、アンプ、各種センサなどの電子工作まで掲載されていて、その中の1つでも作れたら良いのにな、と夢を見ましたが、実際には材料や工具やパーツを購入するにはお小遣いが足りませんでしたし、そういったものを、家の近くでは買うことすらできませんでした。

　小学生向けに、ラジコン飛行機やトランシーバの製作記事があって、実際にそれを作っている子供がいた、ということは、今では信じられないことでしょう。近頃では、「こんなもの子供にわかるわけがない」「危険な工作が必要なのでやめてもらいたい」といったクレームが返ってくることは必至です。

　それでも、買えない悔(くや)しさが原動力となったのか、電子工学や航空力学の勉強をするようになります。子供の好奇心というのは、そういうもので、自分ができないから諦(あきら)めることはしません。むしろ、あまりに簡単にできてしまうと、厭きてしまう、という場合が多いと思います。大人がすすめたり、連れていかれたイベントでは、逆効果なのです。

　鉄道模型は、飛行機やラジオなどに比べれば、金のかからないジャンルだと認識していました。モータが、500円くらい、台車や車輪が500円くらい。つまり、1000円を最初に（たとえばお年玉で）出すことができれば、あとは、ボディを紙で作って、何両でも作ることができるからです。ボディを乗せ替えるだけなので、安上がりです。飛行機や船では、こうはいきません。

　飛行機も、エンジンさえ（3000円くらいで）買えば、あとは木と紙で機体が作れますが、なにしろ飛ばすとなると、無線が必要です。その昔には、フリーフライトという遊び方があって、飛行機を飛ばしたら、ひたす

ら走って追いかけたそうですが、僕が子供の頃には、既にそんな草原みたいな空き地がありませんでした。1分くらいで燃料が切れるようにしておくのでしょうけれど、それでも軽く1kmは飛ぶでしょう。

そこで、ワイヤを主翼の端から延ばし、自分の周りを飛ぶUコンという遊びが流行しました。野球のダイヤモンドくらいの広さがあれば、1人は遊べます。でも、他の子供が円内に入ることができず、しかも非常に危険でした。これは、たちまち廃れてしまい、全員がラジコンへシフトしたと思います。

そのラジコンも、年々飛ばす場所が消えていき、人が住む街の近くでは無理になりました。ヨーロッパでは、公共の公園で飛ばせるところがありますが、日本は大きな川の河川敷くらいでしょうか（もちろん、許可が必要）。僕の場合、大学3年生だったでしょうか、初めてラジコン飛行機を飛ばしました。今でも鮮明に覚えています。そのときの飛行機も、大事に保管しています。

翼長1.5m、重さ1.5kg程度の全自作の小型飛行機が最初でした。

2018年8月27日月曜日
4次元立方体

『人間のように泣いたのか？』のカバーラフがpdfで届き、一発OKを出しました。イラストも文句なしの良い出来です。講談社文庫の編集部から、『そして二人だけになった』のオンデマンド見本が届き、これに挟まれる栞のデザインも届いたので、インクの色を決めました。オンデマンド見本は、ゲラ校了のあとの最終チェックのために、カバーも含め、製本した試作品のことです（こんなチェックは普通はしません。たぶん、森博嗣だけ）。

『月夜のサラサーテ』の初校ゲラは、すらすらと読み進め、進捗は50％になりました。今回も、僕はPagesで2ページぴったりに収まるように書いているのですが、これを編集部へWord書類に変換して送っているた

め、フォーマットがずれて、出来上がってくるゲラは、ページオーバとなっている箇所が多々出てしまいます。行の文字数に対して、文字の詰め方が違うということですね。なんとかならないものでしょうか（初校で、文字を前行へ送る指示をして、揃えていますが）。

お待たせしていた『女王の百年密室』と『迷宮百年の睡魔』の電子版は、24日に配信開始との連絡がありました。ですから、（本日分が公開時には）もう出ているはずです。

朝から晴天。高原は、秋の空。今日は、草刈りを2バッテリィ。芝刈りもしようと思ったのですが、バッテリィが芝刈り機に入ったままで、充電を忘れていました。なので、明日回し。犬たちを家に閉じ込めて、水やりを思う存分しました。

お昼頃には留守番になったので、機関車の点検。先日やってきたハイスラをあちらこちら確認し、どのバルブ（開閉弁）が、何をするためのものかを調べました。機関車によって、全然違い、自動車の運転席のように統一されていないので、確かめずにいきなり走らせることは無謀です。

今後、オイルや水を実際に入れて、それぞれ正常に送られるかを確かめてから、火を入れることになります（石炭を入れて、着火することを、火を入れるといいます）。

庭園鉄道も運行。オープンディのときにバッテリィが1つ駄目になったので、取り寄せて交換し、元気に復旧しました。この秋には、何をどんな順番で作っていこうか、と考えながら走りました。でも、秋はほとんど落葉掃除に明け暮れることでしょう。

先日久し振りに、4次元立方体について質問を受けました。4次元は、頭の中であっても、具体的にイメージして考えることはなかなか困難です。3次元の人たち（皆さんがそうです）には、予想もできないプラス1軸が加わるわけで、それはどの方向でもなく、見えないし、確かめることもできません。

ただ、3次元の立体を、2次元に投影したり、あるいは、展開図を2次元に描いたりすることはできますから、4次元の形状を、3次元に投影

したり、展開形を3次元で作ったりすることは可能です。そこから類推することになります。このように、今の位置から下（次元が低い方）を見下ろして、その関係から、見えない上（次元が高い方）を想像することが、人間の頭脳が得意とするところです。

たとえば、過去に遡って、昨日から今日はこんなふうだったから、今日から明日はきっとこうなるはず、と考えられます。天気予報などがまさにそれです（かなり当たっています）。経済動向も同じように予測できますが、こちらは全然当たらないみたいです（よく知りませんが、天気よりも、きっと影響要因が複雑なのでしょう）。

大事なことは、そこに法則性を見出すこと。昨日から今日への変化の理由を考えることです。

多くの方は、なにか誤解をしたり、失敗をしてしまったりしたとき、「私って、おっちょこちょいなんですよね」で片づけて、気持ちを切り換えます。でも、おっちょこちょいなのは理由ではなく、傾向の名称にすぎません。どういうときに誤解して、どういうときに失敗するのか、という原因を記憶し、のちのちこれらを抽象化すれば、対策が立てられ、以後は誤解や失敗を避けることができます。

この点が実に大事なので、僕は、人がミスをしたとき、原因を探るために「どうして、ここでこれをしようと思ったの?」と尋ねるのですが、多くの場合、言われた人は自分が責められていると感じて、謝るだけで終わってしまいます。過去の失敗をきちんと分析することは、責任の所在どうこうではなく、未来の失敗を防止するために必要なのですが。

4次元立方体は、以前に建造したガレージの骨組みがそうでした（4次元立方体の3次元投影体だった）。この話をすると、「ガレージでなにか不思議な体験をされたことはありますか?」ときかれますが、「きちんと説明しているつもりなのですが、そういう頓珍漢な質問を受けることが不思議です」とお答しています。こういう場合、「不徳の致すところです」でも良いと思いますけれど、「不思議の致すところです」と謝罪しましょうか。

「**不徳**」については、『月夜のサラサーテ』に書きましたので。

2018年8月28日火曜日
AIがミスをしたら誰の責任？

『月夜のサラサーテ』の初校ゲラを読み、進捗は90%になりました。明日で終わります。これで、今年の発行物は、お終いです。もちろん、書下ろしなので、再校も通読しなければいけませんが、あとはもう間違い探しの作業ですので、僕がいてもいなくても同じ。つまり今僕が倒れても、今年の本は全部予定とおり出ることになります。

けっこう、「今死んでも」と言う方ですが、普通の人はあまり言わないようですね。自分が死ぬ可能性くらい、いつも念頭になければならない、と僕は思っていますが、たぶん多くの方は、そういう言葉を発すること自体が「不吉」だと考えるのでしょう。僕は、その「不吉」の意味がわからないので、これ以上の議論は無意味かも。

先日も書きましたけれど、「あの世」というものも、まったく考えられません。多くの方が信じているようですが、僕には理解不能です。そうなると、死んだ人に祈ったり、霊前に報告したり、というのも意味がわかりません。ただ、それをする人が多いことは知っているし、そういう方たちを非難するつもりもありません。「ああ、信じていらっしゃるのだな」と思うだけです。

さて、今日も晴天です。このところ夜間の雨がなくなり、非常に乾燥しています。日が短くなって、気温も下がってきましたので、湿度の数字としては、それほど変化がありません。既に、葉の色が変わっている樹も幾つか見られます。野鳥が少し増えたようにも感じられます。

午前中は、犬もいっしょに近所へ買いものがてらのドライブ。パン屋でサンドイッチを買って、これがランチ。午後からは、庭仕事と庭園鉄道の運行。それから、木工作を少しだけ。

このほか、秋に向けて、またラジコン飛行機のエンジンの整備をしました。エンジンの不具合というのは、地上の乗り物では、ただ停まるだけの話ですが、空を飛ぶものの場合は、それで大破する可能性があるので（操縦はできるので、滑空して不時着させますが、運が悪い場合は墜落もありま

す)、いつも整備万全でなければなりません。実物の飛行機なども、整備士が大変だろうな、と想像しますが、それでも、事故の確率を幾らか下げるのがせいぜいで、ゼロにすることはできません。不思議なのは、「飛行機ゼロ」を訴える市民運動がない点です。いえ、運動しろという意味ではなく、誰も声を上げないのは何故なのでしょう。沢山の人が亡くなっているし、いつ空から落ちてきて、一般人が巻添えになるかもしれないのに。どうして、オスプレイだけ目の敵にするのか、今一つ理解できないでいます。

　ある著名な医師で、本を沢山出されている方から、若い看護師との対談の冊子をいただいたので、少しだけですが読みました。そこで、AIが看護や介護の仕事に進出することに対して、若い看護師が語っているのは、「AIに看護されたい人がいるでしょうか？」というものでした。つまり、看護は温かい人間の手で行われるべきもので、機械に任せられるものではない、という主張です。それに対して、医師は、温かい手も柔らかい手も、技術的に再現できるはずだ、とフォローしていました。AIは、あくまでも力仕事とか夜間勤務など、補助的に採用されるだけだろう、というのが看護師の意見です（もちろん、たまたま選ばれた一人の個人的な発言です）。

　これを読んでいて僕は、逆の感想を抱きました。看護でも介護でも、人間よりは機械にやってもらいたい、と僕は思います。相手が機械の方が受ける側の気が楽だ、と思います。人間のように気を遣わなくても良い、ということ。それから、機械の方が信頼できます。人間はミスをするし、そのときどきでやる気にムラがあるはずです。気分が悪いときだってあるでしょう。機械には、そういうことがありません。知識不足もないし、うっかり忘れることもありません。

　おそらく、人間の方が良い、と思う人が初期には多いだろうと思いますが、実績を重ねることで、たちまち逆転することでしょう。この看護師さんが、人間に面倒を見てもらいたいと思うのが普通だ、と信じ切っている点が、1つの不安材料ではないでしょうか。多数派というのは、こういう思い込みを持っているものです。

なにかトラブルがあったときに、誰が責任を取るのか、という問題も指摘されていました。これに対して、医師は、自動車の運転と同じで、今は操作した人間であり、全自動になったときには、病院や医療組織、あるいはロボットのメーカなどでの折半になるだろう、と答えられていました。

　医療というのは、こういった責任問題が際立っている業界で、皆さん心配をされているのでしょう。なにかというと、訴訟に発展したりします。取り返しがつかない問題を扱うからです。なんらかの保険によってサポートするしかありません。

　このあたりは、まったくAIに限った問題ではない。というか、「責任は誰に？」と発想すること自体、AIを人格化している証拠です。滑って転んだときに、靴のメーカを訴えるか、道路管理者を訴えるか、靴を売った店を訴えるか、というのと変わりはなく、ケースバイケースでしょう。単純に決めておけるものではない、ということです。

 AIを嫌う人ほど、AIを人間同様の存在と認識していますね。

2018年8月29日水曜日

最近の読書について

『月夜のサラサーテ』の初校ゲラを読み終わりました。続いて、来月刊予定の『ジャイロモノレール』の念校が届いたので、これを確認します。今回は通読はせず、再校時の修正箇所の確認と、新たに校閲が指摘してきた疑問に答えるだけですので、2日ほどで終わると思います。作業は明日以降。

　何度か抽象的に書いてきましたが、ある雑誌で連載を始めることになりました。主に、庭園鉄道の話題なのですが、簡単な工作の紹介を絡めて、毎月の掲載となります。始まるのは、来年の春（3月か4月頃）。現在、編集者とメールで細かい打合わせをしているところです。なにしろ、編集者やカメラマンがこちらへは来られませんので、すべて僕が書

いて、撮影もしなければなりません。図が必要な場合もあると思いますが、それらをどうしましょう、といった相談をしています。でも、ジャイロモノレールの記事を「鉄道模型趣味」に載せるときに買った新しい一眼レフがあるので、写真は大丈夫でしょう。

　最初の原稿は、11月くらいに送るスケジュールですので、にわかに慌ただしくなりますが、幸い、来年は発行物が少なく、その点では良いタイミングだったかと思います。

　今日は、みんなでドライブと食事に出かけました。1時間ほどの距離のところです。ちょっとした観光スポットですが、川で遊べる場所があり、犬たちも少しだけ水に入りました。ランチはインド料理でした。屋外のテーブルでいただきました。

　今日は庭仕事をしていません。歩いたところに枯枝が落ちている場合は拾って焼却炉へ持っていきますが、その程度のことだけ。庭園鉄道は、動力車は1台だけ運行。あとは、ペダルカーで1周回ったのみ。サイクリングをした気分です。線路に異状がないか確認はしました。

　オープンディも終わって、庭園鉄道の夏が終わりました。秋は、ちょっとした沿線の工事と、信号機のセンサの実験などを予定しています。また、先日購入した大きい機関車に、近々火を入れたいと思っています。

　毎日、4時間くらいは読書をしていると思います。そのうち、半分くらいは雑誌を読んでいます。雑誌のほとんどは、文章が英語のものですから、どちらかというと、写真を見ている時間の方が多いかもしれません。写真をかなりじっくりと見ます。そのうえで、もし不明な点があったら、文章を読みます。でも、文章を読んでも、不明な点は解消されないことがほとんどです。

　雑誌以外では、日本語のノンフィクションを読みます。各社から贈呈されてくる本です（新書が多い）。いただいた本は、ほぼすべて読んでいます。最後まで読めないものは、20冊に1冊くらいでしょうか。これは、あまりにもつまらないか、既に知っていることだからか、本自体がなにかの宣伝か、のいずれかです。ジャンルはばらばらで、同じジャンルのものを続けて読もうと思うことはありません。

ちなみに、今年はまだ小説を1冊も読んでいません。このまま読まない年になりそうです。

稀にですが、気になって本を購入することがあって、今ではほぼ例外なく電子書籍です。電子書籍になっていない本を買うことは1年に1、2回あるかないか。なにかほかの本を読んでいて、その本への言及があって、読みたくなる場合ですが、このようなリンクはさほど多くはありません。むしろ、ニュースなどの記事から、読みたくなる場合の方が多いかと。

若い頃には、読む本には、ボールペンで線を引いたり、あるいはページの端を折ったりしていましたが、今はしません。そうしていたのは、未来に再読したときのことを想定していたわけですが、そういう未来はない（そんなに長生きしない）ということ。

面白いもの、素晴らしいもの、を見つけても、それを引用することはありませんし、利用しようと思うこともありません。現在は自分はプロの物書きなのですから、むしろその逆で、良いものを見つけたら、もうそれは書けないな、と思うだけです。

それから、若いときほど、ジャンルに対する好き嫌いがあったと思います。この方面のことをもっと知りたい、と思ったものです。今はそれがありません。逆に、全方向OKです。どこにでも、自分が知らないことがあるし、驚くような内容があります。本を読む価値とは、未知を見つけることであり、自分の不知を知ることだろう、と思います。

本を再読しないのと同様に、映画も同じものを何度も見ません。漫画も再読はありません。やはり、未知を求めているのかな、と感じます。

 何度も同じ本を読む人が多いことに、非常に驚いている僕です。

2018年8月30日木曜日

ハンモックの安全性

『人間のように泣いたのか?』のカバーやオビのあらすじやキャッチコピィ

などの案が届き、選択してOKを出しました。この本、来月でも発行できると思いますが、残念ながら（残念なのは僕ではありませんけれど）、講談社タイガより10月刊で、まだ約2カ月さき。

　講談社文庫『そして二人だけになった』に挟まれる栞の色校正ゲラが届き、OKを出しました。先日オンデマンド見本が届いていましたが、久し振りに分厚い文庫です。
『ジャイロモノレール』の念校（3校）を、再校とつき合わせて確認しました。3校でも校閲が細かい指摘を多数してきているので、これに答える赤も入れました。ほぼ校了。これは来月刊。

　犬が起こしにくる時刻が遅くなってきて、今日は6時半でした。一番早かった頃は5時だったので、1時間半も沢山寝られます。それで、今日はいきなり朝の散歩に出かけ、帰ってきてから朝ご飯をやりました。べつに、不満を言うようなこともなく、これからはこのペースになりそうです。

　庭では、芝生の掃除をして、枯枝を集めて、雑草を抜きました。もう草刈りは、1週間に1回以下で良いだろうと思います。工作室では、機関車のエアテストをしましたし、信号機のセンサの実験も行いました。パーツの性能がどんどんアップしているので、新しいものを取り寄せて、試してみたくなります。

　そういえば、雑誌の連載が実現しそうな気配なので、何を書こうかと、あれこれ題材とか工作対象とかに思いを巡らせています。普通のエッセィあるいは小説だと、書くまえの想像は皆無なのですが、題材が工作関係なので、何を作ろうか、読者のレベルに合わせたもので何があるか、と考えてしまいます。できれば、長く連載が続くと良いな、と思っています。

　このブログに、ときどき理系の話題が取り上げられるのは、実際に読者の方から、その種の質問が来たから、ということが多いのです。でも、たいていの場合、それについては既に本に書いたり、ブログで答えたりしているのですが、まあ、全部を読めとも言えませんから、もう一度説明しましょうか、ということになります。

　これは、授業やゼミでも同じで、「わからない」と言ってくる学生がい

て、その人のために説明しますが、わかっている人たちには、「またその話か」となるのです。しかし、大勢を相手にする情報伝達というのは、多かれ少なかれ、こうなる運命にあって、これを避けるためには、レベルによってクラス分けするしかありません。そうなると、テストをしないといけなくなりますね。これを作家で実施しようとすると、ファン倶楽部になるのかな（暴言）。

　数年まえですが、吉本ばななさんのご自宅へ伺ったとき、リビングにハンモックが吊るしてありました。ハンモックが部屋を斜めに横断しているのです。ご子息が使っている、とのご説明でした。僕は、そのハンモックのロープが、壁に打たれた木ネジのフックに結ばれていることに不安を抱きました。でも、ご子息は軽量なのだろう、万が一落ちたとしても、ソファか絨毯の上か、と思い、軽い忠言に留めました。

　ハンモックのロープにかかる張力はどれくらいか。それは、ハンモックがどれほど垂れ下がるかによります。ぴんと張って、あまり垂れ下がらないときと、その逆で下にぐんと下がっている場合では、どちらが張力が大きいと思いますか？

　答は前者。垂れ下がるほど、乗っている人の体重の半分（両側にロープがあるため2分されます）に近づきますが、ロープを張るほど、大きくなり、水平（垂れ下がらない場合）になると無限大まで増加します（つまり、水平になることは不可能）。

　たとえば、垂れ下がっているロープが中央で曲がる角度が120度のとき、張力はだいたい体重と等しくなり、それより垂れ下がっていない場合は、体重以上の張力となります。ですから、60キロの人が乗っていれば、両側のロープは体重以上の力で固定具を引っ張ることになり、壁にねじ込んだ木ネジくらいでは、抜ける可能性があります（それよりも、ボードが剝がされるか割れるでしょう）。

　特に、そっと乗るわけではなく、変動する荷重なので、2倍くらいの荷重が一瞬かかる可能性もあります。揺すったりすれば、木ネジを引っ張る力が方向を変えるので、ますます危険です。

　屋外であっても、安易に構造物にロープをつなぐと、その構造物が壊

れる可能性があります。たとえば、ベランダの庇を支えている柱などは、そういった横方向の力を想定していないので危険です。

庭園内でハンモックを吊るすときには、両方の樹は、いずれも直径30cm以上あるものを選びます。20cmでも折れることはありませんが、余裕が欲しいからです（樹の皮が傷みますしね）。

乗っている人間は、最悪地面に落ちるだけなので、高くなければ大した惨事にはなりませんが、構造物を壊した場合は、けっこう事故になりそうです。気をつけましょう。

 生活に関連深い構造力学を一般の学校で教えないのは変てすね。

２０１８年８月３１日金曜日

スチームアップとスチームパンク

ゲラがすべて終わって、今は差し迫った仕事がありません。今日は、契約書に捺印しただけ。こういうときに、ぼんやりと小説の構想を練ったり、エッセィのネタ探しをしたりするのがよろしいのかもしれませんが、今まで一度もしたことがありません。とにかく、ストックをしない、というのが僕の方法です。工作のストックではむちゃを沢山しているのに、対照的です。

今朝は、風がなく、爽やかな空気の晴天で、スバル氏と犬たちと一緒に高原を巡る散歩に出かけました。寒くもないし、もちろん暑くもありません。ちょうど良い気候です。野鳥がまた入れ替わったみたいで、鳴き声が別のものになっていることに気づきました。日本だと、ミンミンゼミがヒグラシになったようなものでしょうか。

先日購入して、その後整備をしていた機関車に、初めて水を入れました。ボイラに2リットルくらい。給水用のタンクに1リットルくらい入りました。機関車の運転に使う水は、僕はすべて蒸留水を使っていて、これは電気炉であらかじめ作っておきます。普通の水道水を使うと、塩素分が白く固まって、弁が作動しなくなるトラブルが発生するからです。

給水ポンプが正常に作動することを確かめたあと、いよいよ火室(かしつ)に火を入れます。最初は、灯油に浸した木片を入れて火を着け、その上に石炭をのせます。電動ファンを回して、煙突から空気を強制的に吸い出し、火室の火を煽ります。これで、30分くらい待っていると、ボイラに蒸気が溜まり、圧力が上がってくるのです。

　圧力が上がったら、その一部を使って、火を煽るブロアを作動させ、電動ファンを外します。ボイラの圧力さえあれば、あとは自力（つまり機関車の力）で、ポンプも動かせるし、発電もするし、火も煽るし、走ることもできるわけです。そのかわり、火が弱まり、圧力が下がると、外部電源や人力のポンプなどの助けが必要になります。

　今日は、ボイラの点検、各バルブの確認、圧力計や給油機の作動確認が目的だったので、本格的な運転をせず、低い圧力で、軽くエンジンを回した程度。機関庫から離れず、行ったり来たりの往復運転に留めました。

　この機関車は、中古品ですが、売られる直前に再塗装をしたらしく、つまり一度分解して色を塗り直したわけですから、各部のネジの緩みなどを確認する必要がありました。案の定、締めが弱く、蒸気が方々から漏れました。これらは、締めて漏れを止めましたが、熱くて触れないところもあり、一度火を落としてから、直すことになります。

　30分ほど準備をして、30分ほど運転と試験をして、その後冷えてから、10分ほど整備をしました。修理が必要なパーツも見つかり、後日再度、本格的な試運転をするつもりです。とりあえず、今日は大変楽しめました。

　昼頃に、スバル氏とスーパへ買いものに出かけました。スバル氏のクルマを久し振りに運転しました。新車で買ってもう2年くらいになるので、だいぶ感触が変わってきました。ガタというかアソビというか、小さな軋(きし)み音などもしています。今のところ故障の類はありません。スバル氏が雪道でスタックしたとき以外、トラブルはありません。長女も、このクルマを使っています。

　スバル氏のクルマも、僕のクルマもガソリンエンジンです。ディーゼル

を買おうかな、と当時考えたのですが、今一つ、性能的に信じられなかったことが、躊躇した原因です。その後、フォルクスワーゲンの偽装問題があったりして、世間のディーゼル熱は一気に冷めた気がします。電気自動車へシフトして、エンジン技術の疑惑をうやむやのままにしようとしているみたいに見えます。このままだと、「やっぱり嘘だったわけね」になってしまいそう。

ところで、「スチームパンク」というジャンルが、(たぶん)SFにあります。どちらかというと、ファッション的な意味合いで使われるタームですが、アニメだと、『天空の城ラピュタ』なんかがそうだと言われています。でも、あのアニメに登場するメカは、たいてい実在する古いもののデフォルメですからね。僕的には、少し違うかな、と。それよりは、『王立宇宙軍 オネアミスの翼』の方が近いのではないか、とも思いますが。僕がどう思うかは、どうだって良いことです。

ファッション的には、『エイリアン』なんかが、デザイン的に近いのですが、一般的には、「サイバーパンク」と呼ばれていますね。そもそも、「スチームパンク」という言葉が、「サイバーパンク」から派生したものらしく、かなり最近(30年くらいまえ?)なので、今ここで挙げた作品は、全部あとから、あれがそうだった、と思ったものです。また、「レトロ・フューチャ」という言葉もあって、けっこう被っている気がします。『スター・ウォーズ』なんか、レトロですよね。

日本には、「スチームパンク」が流行る土壌がなかったのではないか、とも感じます。なにしろ、そういったインダストリアルなメカが日本に入ってきたときには、まったくの「田舎」でしたし、文明開化しても、日本の大部分は田舎のまま。そして、敗戦でリセットされました。次は、あっという間に、エレクトロニクス時代、IT時代にシフトしてしまって、大衆に「スチームパンク」の文化が根付く間がなかった、ということかと。

8月ももう終わり、今年もあと1/3となりました。そろそろ冬に備えて、いろいろ準備をしなければなりません。

 蒸気機関車が面白い第一の理由は、すべてがローテクだから。

9月
September

2018年9月1日土曜日

理系の顕微鏡

　作家の仕事は、秘書氏がHPを更新するために必要な情報を、編集者に問い合わせたことと、来年9月刊予定の新書の件で、編集者と打合わせメールを交わしたことくらい。ほかにはなにもしていません。1週間後くらいに、『森には森の風が吹く』の初校ゲラが来る予定ですから、それまで、仕事をしないかもしれません。

　そろそろ、皆さんも夏休みが終わった頃ではないでしょうか。社会人は関係なくても、子供がいる方は関係がありますし、孫のいる人も関係があるので、けっこう広い世代に夏休みは影響します。

　もうさほど混まないし、涼しくなってきますから、行楽のシーズンですね。今日は、スバル氏が出かけるので、早朝からクルマで駅まで送りました。犬たちは留守番。帰ってきてから、散歩に連れていきました。

　書斎でコーヒーを飲むとき、たまにお菓子を食べたりするのですが、このとき箱を開けたり、袋を開封したりする音を聞きつけて、家のどこかから犬たちが走ってきます。できるだけ音を立てないように、こちらも細心の注意を払っているつもりですが、犬の聴力はそれを上回るようです。開封まではハサミなどを使って秘密裏に行うことができても、そこからビスケットを抜き取る音が察知されたり、口の中で嚙んだ音を聞きつけられたりします。いかんともしがたいようです。

　一方で、コーヒーメーカが大きな音を立てますが、これには犬は無関心です。冷蔵庫を開けても、姿を現したりはしません。飲みものはもらえる可能性がないからです。お菓子も、9割くらいはもらえない（甘いとか塩分があるとかの）タイプなので、寄ってきても無駄なのです。「これは駄目」と言ってやると帰っていきますが、残りの1割の可能性に賭けているかのよう。おそらく、スバル氏のところでは、もう少し確率が高いのではないか、とも考察しています。

　庭仕事では、枯枝が溜まってきたので、燃やしものをしました。芝刈りで出る破片（草の切れ端）も一緒に燃やしました。庭園鉄道も、普段と

おり運行。今は、白いアナベルと赤い薔薇と青いスミレ（?）が咲いています。

　2000円くらいで買えるハンディの顕微鏡をポケットに入れて庭に出ると、植物や動物などを観察したくなります。普段は興味がないものでも、それを持っているだけで、「覗いてやろう」という気持ちになるのは、不思議なことです。同じく、双眼鏡を持っていれば、遠くを見たくなり、なにか見て面白いものはないか、と探します。

　つまり、見ることができる能力というか、見える範囲というか、そういうものに興味の対象が支配されている、ということです。

　見ることと同じく、知ることも、やはり知る能力、知ることができる範囲があって、普段はその中でしか好奇心が湧かないのです。たとえば、数学や物理が苦手だと思っている人は、その範囲のものに自然に興味を示さないようになります。たまたま、そういった理系の顕微鏡を持っているときだけ、異様に覗こうとするのですが、それは単に「見える」ことを楽しむだけで、なにかを調べたり、といったレベルではありません。

　さて、「理系の顕微鏡」とは何か、というと、たとえば、フェルマーの法則が解かれたというニュースであったり、超美形で12歳のフランス人天才数学少年が登場したり、といったストーリィです。この場合、後者は今ふと思いついて書いたフィクションですが、そういったものに遭遇するだけで、世の中の人は、安い顕微鏡を買ったときのように、一時期だけ好奇心を特定の分野に向けることになるようです。ゲームとか漫画とかドラマとかのエンタテインメントであっても、そこに好みのストーリィがあれば、これまで見向きもしなかったジャンルを覗きたくなります。

　それで、覗いたらどうなるのか、というと、固有名詞を幾つか頭に入れて、知識を得た気分になって満足するか、あるいは、「この好奇心を中学生の頃に持ちたかった」みたいに呟いて終わるかします。後者は、今の自分の頭ではもう遅い、成長は止まってしまったから、今から順序立てて教えてもらっても、とても覚えられないだろう、と諦めます。

　結局、このようにしてまた平均的な一般大衆に戻り、次のストーリィに反応する「待機の人」になります。人によって、戻る周期が短いか長

いかの差はありますけれど、誰もが、今の私は「ブーム」であって、本来の私ではない、と思っていることでは共通していて、けっして、本来の私が他分野に足を踏み入れることはありません。

　でも、客観的に見て、誰でも最初から、本来の私の第一歩と仰々しく未開の地へ踏み出したわけではなく、たまたまなにも考えず、興味のあるものに目を向け、ほかのものも同時に眺めながら、いろいろやってみるうちに、どれかが自分にフィットし、だんだん深いところまで踏み込むことになったのです。本気を出す人も、出さない人も、いろいろいて、最初からすべてに本気で臨む人もいれば、ついに最後までどれも本気ではない、と思っている人もいます。そういった本人の気持ちは、実はどうだって良くて、その人間が何をなしたか、が他者に影響します。

　他者への影響が大事だとか、そこにこそ価値がある、といっているわけではありません。大事なことは、自身に価値があるものです。ただ、自身に価値のあるものの多くは、他者に影響を与え、他者にも価値を認められるようです。

 自分自身を制限しているのは自分で築いた思い込みの規定です。

2018年9月2日日曜日

電気自動車って普及するのかな？

『ジャイロモノレール』のサブタイトルやオビなどで、編集者とメールをやり取りしました。とあるウェブサイト（？）から、エッセィの依頼がありましたが、辞退しました。仕事を増やさない方針継続中です。

　久し振りに夜に雨が降ったので、朝はひんやりとした湿った空気でした。でも、散歩に出かける時刻には、道は乾いていて、日差しも暖かく感じられました。草原ではそよ風で草がウェーブしていて、こういうのは草波というのかな、と思いました。

　広い場所では、飛行機を飛ばしたくなります。そうそう、ラジコン飛行機を操縦すると、風や空気を感じることができるのです。ある種の

AR（人工現実）なのかも。さらに、それを飛ばすことをイメージするだけで、風が感じられるのも脳内現実というか、面白い作用です。

スバル氏がいないので、犬たちはおこぼれが少なく、僕を頼りにして寄ってきます。そこで撫でてやったり、膝に乗せたりしますが、じっと顔を見つめて、なにかを訴える目つき。もちろん、おやつが欲しいのですが。

庭仕事は、枯枝拾い、雑草抜き程度で、1時間くらい。庭園鉄道は、今日は小さい機関車を走らせました。大きい機関車はパーツの修理のみ。

庭園内には、風で回る、いわゆる風車が3つあって、このうち発電しているものは1つだけ。その3つ以外にも、風力風向計が1つ設置されています。オークションでまた風力風向計のジャンク品を入手したので、もうすぐまた1つ設置することになります。設置場所は、ウッドデッキの近くになると思います。やはり、室内から見える場所でないと意味がありません。

詳しい記事は読んでいませんが、日本では、先日の台風で風力発電の鉄塔が倒れたようですね。風車は、強風時にはプロペラのピッチを上げて、風が素通りするようにします。つまり、風でブレードが回らない（発電しない）ような設定になっているはずです。ところが、この自動制御が、停電によって作動しないと、強風でブレードが回ってしまい、抵抗が大きくなります。それでも、おそらく設計想定内の風力だったはずですから、基礎工事に問題があった、と見るべきかな、くらいの想像を勝手にしました。基礎部の崩壊のクローズアップ写真を見れば、判断ができると思います。

僕が住んでいるところは、1年に5〜6回は停電があります。2カ月に1度くらいの頻度です。こうしてみると、日本（特に都会）は、電力供給が安定していますね。日本の人たちは、電気に頼りっぱなしの生活になっていて、これが切れることを、「一大事」と捉えて、なす術がない事態になってしまうようです。同様の現象は、都市部の鉄道運休でもいえます。電車が止まったくらいで、大混乱になる社会なのです。

今は、自動車があるので、まだ移動が可能だし、自動車の電源でラジオを聴いたり、スマホの充電ができます。自動車のバッテリィは、エンジンをかければまた充電します。つまり、そもそもハイブリッドなのです。これが、電気自動車ばかりの社会になったら、大停電（広い範囲で停電がなかなか復旧しない事故）の最初の1日で、自動車の大部分がハングアップしそうな気がしますね。

　灯油やガソリンを、水道のようなパイプラインで各家庭に送り届けるシステムは実用化していません。工事が大変だし、災害時のリスクがあるからでしょう。ガスも都市部でしか供給されていません。それに比べて、電気はどんな田舎（いなか）でも山奥でも届いています。送るための設備が安価だということです。

　電気自動車は、家庭で充電ができます。ガソリンに比べて電気はとても安く、この価格差は大きいといえます。ただ、充電に時間がかかることがネック。夜間に充電して、昼間に乗ることになるわけですが、緊急時の対応は一般には難しい。

　また、安くて家庭で充電できることが、逆に「充電スタンド」普及の障害となります。ガソリンや灯油は、運搬する人や、小売りするスタンドに儲け（もう）があるから、現在のように各地に沢山展開することができたわけです。電気を小売りにした場合、もっと価格を高くしないかぎり、スタンドの経営が成り立ちません。そうなると、供給は公的な施設だけになり、充電時間が長いこともあって、不便極まりない結果になると思います。充電時間が長いことは、地価の高い場所では、大きなマイナス要因になります。

　電気自動車は、何十年もまえから実用化しているのに、まったく普及していません。ガソリン車よりも電気自動車の方が歴史は古いくらい、昔から存在している技術なのです。この数十年で、バッテリィもモータも発展しましたけれど、劇的な進歩ではありません。

　ではハイブリッドなのか、というと、うーん、どうなのでしょう、と考えてしまいます。効率が良い分は、重量が重くなる分で相殺されている、というのが現状で、パーツの耐久性などが、僕が心配している点です。

プリウスが出る以前に、トヨタの技術研究所の人と話したとき、僕はやはりバッテリィの寿命がネックだと言いました。その当時から、今も技術的にはまったく変わりがありません。あと……、燃料電池（水素）とかもね……、うーん、どうなのでしょう。

政治的にプッシュされ、マスコミも「未来のクルマはかくあるべし」と盛んに煽っていますが、うーん、どうなのでしょう……。この意見、もう10年以上書き続けていて、今も変わらないというのが、ちょっと、うーん……。

 非電化のローカル線で、もっとバッテリィ車が普及しないとね。

２０１８年９月３日月曜日

承認欲求と人気商売

『ジャイロモノレール』のオビなどの文言で、案が送られてきたので、意見を出しました。9月は、この本が楽しみです。

さくらももこ氏の訃報のニュース。3200万部以上、と記事にありました（森博嗣の2倍ですか……）。著名な作者が亡くなったときに、著作がどれくらい売れるのか、というデータがどこかにないかな、とときどき思います。なにかの受賞で部数がどれくらい伸びたか、ならばわりと数字を示した記事があるのですが、これも特定の作品についてのみで、著書すべてではありません。そういう数字は誰も把握していない、ということなのでしょう。

朝は霧が立ち込めていましたが、爽やかな秋晴れとなりました。昨日の夕方に、芝に肥料を撒いたところ、都合良く夜に雨が降ったみたいで、今朝はまず芝刈りをしました。芝刈り機が相当老朽化していて、新しいのも買ったのですが、どうも使いにくい。古い方が使い慣れているから、そちらを使ってしまいます。壊れたら、しかたなく新しい方を使うだろう、と思いますが。

リスが2匹で競走するように走っていました。喧嘩をしているのか、遊

んでいるのか、わかりません。あまりにも速すぎるので、表情まではわかりません。その後、テンは見なくなりました。猫がときどき庭を歩いていますが、どこかの飼い猫なのかもしれません。

　ガレージで大きい機関車の修理。蒸気機関車の灰箱（火室の下にある、灰を溜めておくところ）のハッチに不具合があったので、適当に直しました。自分で作ったものではないので、こうしてあれこれ直しているうちに、いろいろ発見があるし、だんだん自分のものになってくる感覚が面白いものです。

　夕方は、犬たちを乗せて、スバル氏を迎えにいきました。スバル氏を見て大喜びしました。これで、おやつやおこぼれに再びありつける、といったところでしょうか。

　Amazonで、ギアボックスなどを物色していたら、協育歯車工業の製品が沢山出ているのを発見しました。日本で歯車を買おうと思ったらこちらの製品ですが、かつては1つ注文して、店に取りにいかないといけませんでしたし、郵送してもらうと1週間以上待ったものです。今は、ここで買うことはありませんが、でも良い時代になりましたね。

「承認欲求」という言葉を、あちらこちらで耳にするようになったのは、まだ最近のことです。ネットが普及して、大勢が自分を見てもらいたい、話を聞いてもらいたい、となっている様子から、この言葉が一般にも使われるようになったのだと思います。

　自分を認めてもらいたい、集団の中で自分の立場を確保したい、というような欲求だと理解しています。「承認」とは認めることですが、「許可をする」という意味から、「正しいと評価する」まで、範囲は広く、また、何を承認して欲しいのかによっても違いがあります。

　たとえば、僕はこうしてブログなんかを書いているわけですが、この目的は、僕の主張を承認して欲しいからではありません。それだったら、もう少し丁寧でわかりやすく書くでしょうし、裏付けなり、論理的な説明なりをしていると思います。そうではなくて、僕の場合は、これがビジネスであり、軽い広報活動の一環だからです。

　ビジネスとは、基本的に、求められているものを差し出して、対価を

得る行為です。したがって、求められているものを把握し、それを生産したら、「皆さんが求めているものがここにありますよ」と宣伝する必要があります。この場合、「大勢に売れたら良いな」という欲求はあるかもしれませんが、それは自身の承認を欲しているのではなく、利益を欲しているだけです。その証拠として、「大勢に承認される」ことが目的なら、商品の値段をどんどん下げれば良く、無料で配布すれば欲求は満たされるはずですが、実際そんなことをする人は、（ビジネスでは）いないわけです。

　ネットで取り沙汰されている承認欲求は、自身の承認をただ得たいというもので、YouTubeなどで稼ぐことが目的のものは含まれません。多くの場合、求められるものを出力するよりも、自身を出力します。自分の周囲の出来事や、自分が好きなものを出力し、自分自身が承認されることが目的です。多くは対価はなく、その期待もなく、ただちょっと「良い気分」が得られる、ということでしょう（僕自身はここが理解できません）。

　大勢から嫌がられるものでも、反応があれば満足できる人もいます。これも、承認の一種であり、つまり自身の存在を認めてもらったという解釈なのです。また、認めてもらったからには、なんらかの利益を出したい、という発展もあり、ビジネス寄りの考えの人もいます。幅がある、ということです。

　常々書いているように、僕には承認欲求なるものがほぼありません。大勢から褒められるよりも、うちの犬が、呼んだら走り寄ってくれる方が嬉しいのです。あしからず。

 子供のときには承認欲求がありましたが、薄れていったようです。

２０１８年９月４日火曜日

答を出すために考えるのではない

　今日も、作家の仕事はゼロ。講談社経由で、支払い明細や予備校の問題集（著作利用の見本）やファンレターなどが届きました。電子書籍

の売上げは好調です。

　庭仕事はせず、蒸気機関車のスチームアップ。石炭を燃やして、圧力を上げ、安全弁のチェックや、蒸気漏れのチェックをしました。まだ方々から蒸気が漏れます。これがもし、原発だったら一大事ですが、蒸気機関車では、少しくらいは蒸気や水が漏れるものです。次はどこを締め直せば良いかがわかりました。一旦火を落とし、冷えたあとシーリングをやり直します。

　スバル氏が近所の友達の家へ行くというので、機関車の試験を中断し、屋内作業をしました。案の定、宅配便が2つも来ました（荷物は4つですが）。毎日毎日、届きものが多い家です。

　宅配便はもう来ないだろう（昼休みだし）と思い、機関車の灰の掃除をしました。煙突掃除と同じで、チム・チム・チェリーと歌いたくなります（エンタテインメントで嘘を書きました）。この間、犬たちは庭を走り回っていて、そちらもときどき見張っていないといけません。

　すると、家の中で掃除機をかける音がします。長女が起きたのか、と思ったら、スバル氏が帰ってきていて、僕が犬の散歩に出かけたと思ったみたいで、「犬がいない間に掃除機をかけたかった」とおっしゃいました。

　午後は、みんなでドライブに出かけ、遊歩道で犬たちを歩かせました。この遊歩道は、川沿いですが、サイクリングを楽しむ人が多く、つまり、起伏があまりないということです。ジョギングをしている人は比較的少なく、そういう人たちは、もう少しアップダウンがある山道を好むのが最近のトレンドかもしれません（単なる想像ですが、FBIのクラリスがやっていたようなエクササイズ）。

　また、遊歩道がある森のさらに奥に、保存鉄道があって、5kmほどの距離を往復しているようです。観光スポットではあるのですが、僕はさほど興味がなく、見にいったことがありません。機関車はディーゼルで、客車はオープン。夏だけ動いているようです。

　中国製の磁石を通販で取り寄せました。もの凄く安かったのです（400円くらい）。それで、どういうふうに送ってくるのか、と興味を抱いてい

たら、鉄の大きなケースのほぼ中央に、小さな磁石を発泡材で固定させて送ってきました。磁石は2cm足らずのサイズですが、箱は10cm以上あります。周囲のものを引きつけないように、という対処です。あと、磁石は2つ入っていて、ぴったり引っ付いていました（引き離すのが大変でした）。磁力線をできるだけ出さないようにしているわけです。2つ入りなんて、得をした気分です。それにしても、厳重な梱包で1つサービスなのに、送料無料（海外空輸）なのは、どういうこと？

　明日から、また飛行機を飛ばしにいくので、夕方には荷物を積み込む準備をしました。忙しいことです。

　ブログでいろいろ問題発言をしているかもしれませんが、僕の特徴として、「言い切らない」点が挙げられるかと思います。つまり、「絶対にそれは間違っている」とか「こうすべきだ」「これがおすすめです」など断言的なことを、あまり書かないのです。まあ、実際のおしゃべりでもこのとおりだと思います。多少、誇張して、オーバに表現することはありますが、それは半分ギャグのつもりです。

「考えなさい」とは何度も書いていますが、考えるのは、答を出すためではありません。「答を出す」という表現が、もうずれている感じがします。答を出すのは「計算」であって、「考える」つまり「思考」ではない、というのが僕の定義です。

　考えることで、答が見えてくることはあります。それは答を「出した」のではなく、答が「出た」だけのことです。この他動詞と自動詞の違いがわかってもらえるでしょうか？（こんな疑問形も多いですね、僕の場合）

　考えることは、判断することではない、決めることではない、というふうに取ってもらってもけっこうです。疑問を持ったり、可能性を考えたり、想像したり、創作したり、発想したり、というのが思考の目的で、いずれも、なにかの白黒を決めるわけでもなく、答を求めるのでもない。

　ただ、考えて、理解を深めていくことで、自然に道理が現れ、答が出ることはあります。でも、その答は僕が出したのではないし、作ったのでもありません。答は、以前からあったけれど、僕には見えなかっただけです。それが見えるようになる。つまり答は「出る」ものです。

まあ、何というか、僕の場合、こんなふうかも、っていう程度ですけれど……。

「考える」という行為は、人によってだいぶ違っているようです。

2018年9月5日水曜日
センサをいろいろ試してみた

　まだまだ作家の仕事はゼロ。楽しい毎日です。明日くらいから、ぼちぼちなにか考えましょうか。たとえば、新連載の構想とか、新シリーズを何にするかとか。そうそう、ちょっとお世話になっている方から、原稿依頼があり、お引き受けすることにしました。

　朝は、東の空が真っ赤でした。適度に雲があるから赤くなるのかな、と思います。晴天です。気温は20℃はありませんが、風がなく、寒くは感じません。朝の散歩はいつものとおり。

　今日は、ラジコン飛行機を飛ばすために、1時間ほど離れた模型専用飛行場へ行きました。持っていったのは、翼長2mくらいのエンジン機と、翼長1.3mの電動機。どちらも2回ずつ飛ばしました。楽しい時間でした。特に、飛行場には、ほかに誰もいませんでしたから、楽しさ独り占めです。明日くらいから、皆さんいらっしゃるのではないか、と思います（これを書いているのは金曜日）。1時間半くらいで撤収し、帰ってきたのは、お昼まえです。今日は、午後は留守番をすることになっているのです。

　昨日、芝刈り機の古い方がついに壊れました。まだ分解して調べていませんが、モータがロックしてしまいました。どうしてそんなことになったか不明。しかたがないので、新しい方で刈りました。今日は、その芝生の雑草取り。それから、枯葉をスイーパで集めました。

　午後は、ガレージで大きい機関車の修理作業。手がオイルまみれになります（でも、楽しさ独り占めです）。ようやく、この機関車の素性がわかってきたというか、どういう使われ方をしていたのか理解しました。肝心の

部位は健全で、大規模な分解の必要はなく、細かい配管をすべてチェックしていくことにしました。

中古品を売るまえに、再塗装をし、真鍮(しんちゅう)も磨(みが)いて綺麗(きれい)にしてあったので、新品のようにぴかぴかでした。でも、もう20年以上動かしていない。ずっと飾ってあったのでしょう。たぶん、作った人が年老いて、もう運転できなくなったので、最後に綺麗にしたのだと思います（完璧(かんぺき)主義のモデラによくある傾向）。その後、その人が亡くなられて業者が引き取り、ボイラのテストを行って証明書を更新したうえで売りに出されたのです。ボイラは再来年まで大丈夫だという保証付きでした。

エンジンにコンプレッサで圧縮空気を送ってやると、軽快に動輪が回ることも確認できました。つまり、ボイラもエンジンも健全なのです。石炭を燃やし蒸気で運転すると、今一つ力強く走らなかったのは、ボイラとエンジンをつなぐ配管が詰まっているかららしい、と結論できます。現に、完全に詰まっているパイプを1つ発見しました。オイルが固着しているようですが、10年くらいではこうはなりません。このため、エンジンにオイルが届いていませんでした。最悪の場合、配管をすべて作り直すことになりますが、これは、まあまあ気楽で楽しい作業といえます。

昨日届いた磁石で、磁気センサの作動実験をしたら、今までの磁石（メモを留めるのに使うマグネット）の3倍の距離でも作動しました。非常に強力だとわかりました。これは使えそうです。

庭園鉄道の信号機は、線路上を列車が通過することを感知するセンサで作動するシステムです。そのセンサをどうするか、これまで試行錯誤を繰り返してきました。

最初は、赤外線センサを用いました。これは、太陽光やその反射光を拾うと誤動作します。その次に、超音波センサを装備したこともありました。通過する列車が超音波を跳ね返すのを感知するものです。これは、列車以外のもの（たとえば、線路近くを人や動物が通ったり、落葉が舞ったりした場合）に反応してしまう欠点がありました。

イギリスの庭園鉄道で最も多く採用されているのは、左右2本のレールを、車輪が電気的につなぐことで、スイッチの代わりをする方法で

す。これも検討しましたが、線路を部分的に絶縁する必要があります。僕の庭園鉄道は、地面に直接線路が置いてあり、左右のレールは金属製の枕木に溶接されています。絶縁部を設けると、その接続部の強度が心配でした。強度があって電気を通さない材料が限られているからです。

　そこで、次に考えたのは、車輪が通過するときにスイッチを押すようなメカニズムです。一番シンプルな機構といえます。これをすべての信号機に装備し、最初はほかのセンサと併用していましたが、しばらくする間に、このスイッチだけで完全な運用ができるようになりました。

　ところが、このスイッチは、3年ほどで壊れてしまうのです。いちおう防水防塵タイプなのですが、まずゴムのパッキングがすぐにぼろぼろになり、そこから水や細かい砂が入って、作動が渋くなります。対策としては、定期的にスイッチを取り替えるしかありません。

　そこで、次は磁石で作動するスイッチ（磁気センサ）を線路に設置し、車両に磁石を付けておく方法を試すことにしました。この実験を現在行っているところです。磁気センサはメカニカルな部分は露出していないので、水や砂の影響を受けません。磁石は、機関車か、人が乗るトレーラの下部につけておきます。考えられるトラブルは、磁石がなにかの金属を拾ってしまうことくらいでしょう。

　実は、この方法は、日本の庭園鉄道の草分け、大名鉄道（小平市）で20年くらいまえに用いられていました。この鉄道は（オーナの引退＆引越時に）廃線となり、そこで活躍した機関車や車両のほとんどは、僕がもらい受け、今もガレージに並んでいるのです。

 こういった技術的な文章は、多くの読者に読み飛ばされましょう。

2018年9月6日木曜日

機械考古学みたいな

編集者からメールがいろいろ来たので、それに答える仕事のみ。

『ジャイロモノレール』のオビのpdfも確認しました。今日も、作家の作業はほぼなし。考えてもいません。のんびりと工作などに勤しんでいます。

　朝は小雨で霧がかかっていたので、連続で飛行場へ出かけるのはやめて、一日ガレージに籠もることにしました（といっても、30分くらいで別のところへ行きますが）。修理中の機関車があるためです。

　もともとは日本の平岡幸三氏が設計したモデルで、その作り方を雑誌に連載し、のちに1冊の本として出版されました（氏は、このほか数冊本を出版されていますが、いずれも1台の製作を1冊で説明する本です）。その本はアメリカで出版されました。モデルとなった実機もアメリカの機関車です。でも、僕が買ったのは、イギリスの中古車業者からでした。このクラスの機関車は、「1インチスケール」と呼ばれていて、1フィートを1インチに縮小します（つまり12分の1）。アメリカでは、これが4.75インチゲージになり、イギリスや日本では5インチゲージです。線路の幅が微妙に違うため、互換性がありません。買った機関車は、もちろん5インチゲージでした。

　全部を調べたわけではありませんが、幾つかのパーツは、イギリスの規格のネジピッチでした。でも違うものもあります。アメリカ規格だと思います。となると、作った人はアメリカ人で、イギリス製のパーツを取り寄せて製作したことになります。アメリカでも、5インチゲージで走らせている人は少数いるので、その線路に合わせて作られたものでしょう。これが、中古品で売り出されたときに、アメリカではゲージがメジャではないから、イギリスへ引き取られた、と考えられます。

　平岡氏の本が出たのは1985年頃で、この機関車もほぼそれくらいに製作されたものと思われます。作られて、30年くらいになるわけです。10年ほどは走っていたけれど、製作者が引退して、中古で売りに出された。引き取ったイギリスの業者は、（イギリスでは珍しいタイプなので）しばらくは自分のコレクションとして飾っていたのですが、20年ほどして、やはり引退間近で売りに出そうと考え、ボイラのチェックをして安全証明書を更新し、すべてを分解して塗装をやり直しました。こうすることで高く売れるからです。

　僕が買ったときは、ぴかぴかの新品のようでした。最初は、250万円

くらいの値がついていました。魅力はあるけれど、少し高いな、と感じました。それがサマーセールになって、100万円近く値引きになったので、その値段なら買っても良いかな、と思い購入したものです。業者はそれでも儲けが出ているはずです。アメリカからイギリスへの運搬は、当時は今よりも倍以上高かったはずですし、再塗装代で30万円はかかっていると思われるので、それらを引いた値段より、さらに安く引き取ったものでしょう（詳しい写真などは、欠伸軽便のブログを参照）。

　人間が作ったものをじっくりと観察することが好きです。たとえば、ネジの1本からも、いろいろ読み取れることがあります。同じネジが何本か使われているうち、1本だけ違う。どうしてか、と考えます。たとえば、ネジを締めすぎて、ネジ山をなめてしまい、しかたなく少し大きい穴を開けて、大きめのネジで締め直したとか。あるいは、違う場所へ移動し、オーナが替わったときに修理をして、規格違いのネジを使ったとか。ネジの頭についた傷や僅かな変形から、1度締めただけではなく、緩めた痕跡があるとか。

　塗装がされたあとに、過熱があったか、年月が流れたか。運転でついた傷か、搬送でついた傷かも、違いがわかります。また、応急措置がされていれば、どこかへ運んで運転したため、工具が揃った場所ではなかったこともわかります。

　人によっては、いつ作った、いつ点検した、と記録をどこかに残すので、そういったときにしか見えない場所に、文字や記号が記されている場合もあります。

　言葉で記録したものは、言葉になっている時点で、真実から離れます。記録者は、良いことだけを言葉にし、誇らしげに語る傾向があるからです。しかし、言葉にならない傷などの履歴は、それ自体が真実であり、そこから想像できる事象は、あるときは文字の記録以上に信頼性があるものといえます。この点が面白いところです。

　文字で記録が残せるようになったのは、人類史でもたかだか数千年まえくらいのことで、たとえば日本であれば、古事記よりも古いものは残っていません。残そうにも文字がなかったのです（言葉がなかったわけではあり

ません)。おそらく、かつては、未来に向かって記録を残すことの価値が見出されていなかったのでしょう。死んだらそれで終わりだということが理解されていなかったのです(死者も生者に語る機会があると信じられていたと思います)。

　工場で大量に作られた機械にはない、人間の痕跡が、手作りのものには残っています。作り手がもういなくても、その人がなした仕事が、しばらくは残っている、ということが「文化」と呼ばれるものの本質かと。

　残念ながら、僕は文化として残したいという欲望を持ちませんが。

2018年9月7日金曜日
森博嗣マニュアル

　10月刊の『人間のように泣いたのか?』で、Wシリーズが完結するので、シリーズの宣伝を巻末に載せることになったらしく、その文言が編集者から届き、確認をしました。作家の仕事はこれだけ。

　天気が良いので、飛行場へ出かけていきました。途中のドライブも楽しいものです。ほぼ一本道ですが、田舎の道路なので日曜日のわりに混んではいません。ただ、遅いクルマがいると、抜くことができないので、しばらくとろとろと走ります。急いでいるわけでもないのですが、良い天気、良い風が変わってしまわないように、という気持ち。

　さすがに飛行場は混んでいて、3時間ほどいましたが、3回しか飛ばせませんでした。わりと風がありましたが、無事故だったので、大満足。家族連れで来ている人は2組くらい。15人以上いましたが、ほぼ老年の人たちです。飛行機は20機くらいありましたが、珍しいもの(ジェット機とか、大型スケール機)はなし。基本的に、飛んでいる飛行機がいるときは、滑走路を開けておくのがマナーです。いつ不時着するかもしれないから。慣れている人とか、気の知れた人の場合は、一緒に飛ばすこともあります。

　というわけで、帰ってきたら3時近い時刻になっていました。急いで犬

の散歩に出かけます。今日は長女と2人です。犬たちが競うように走るので、なかなかついていけません。高台に上がったところで一休み。犬は、ここでおやつをもらいます。おやつは、だいたい生の野菜を小さく切って、持ってきているのです。レタスとかセロリなどが大好きです。

そのあとは、昨夜からの続きで、ガレージで機関車の修理。一箇所致命的なパーツを発見しました。蒸気漏れがあった箇所ですが、ネジが折れかけていたのです。そのためきちんと締め付けられなくなって、圧力がかかったときに隙間が開くというわけです。そのパーツは、穴のあいたボルトのような形のものですが、穴があいているうえ、ネジを切ってあるので、断面が薄くなる箇所があり、そこが弱点となります。手で曲げたら、簡単にちぎれました。

平岡氏が書かれた本を調べて、当該パーツを当たってみたら、平岡氏の設計とは違いました。やはり、このような欠陥パーツを平岡氏が設計するはずがありません。製作者が、用いる他のパーツに合わせて、自分なりにアレンジしたのでしょう。工業製品ではありえないことですが（でも、最近JRの新幹線で台車の破損が問題になりましたね）、個人だと作って使えたら、それでOKとなります。最初はOKでも、そのネジを緩めたり締めたりしているうちに、疲労破壊してしまうのです。

こういった問題は、金属を使った工作では滅多に起きません。材料の強度がそもそも高いので持ち堪えてしまうからです。プラスチックなどでアマチュアが作ったものは、その点よく壊れます。たとえば、板にネジの穴をあけた場合に、その穴に沿って割れます。「断面欠損」と呼ばれている弱点になるからです。

来年3月刊予定のPHPの本ですが、原稿を送ったきりになっていたので、今後のゲラの進め方についてメールを書いておきました。初めての編集者には、「森博嗣マニュアル」みたいなものを送れば良いのですが、残念ながらそういう気の利いたものを用意していません。僕がまだ40歳だったら、作ったと思います。

たとえば、カタカナや漢字表記は、絶対に校閲が直してきますから、そのつど「ママ」と答えないといけません。僕は、行の一番上に「一

（長音）」が来ないように禁則処理してもらうのですが、（その指示がしてあっても）ゲラではこれができていないものが半分くらいあります。そのつど、前の行の最後の文字を次行へ送る、という指示をします。

　本の装丁については、ラフ案の段階から意見を出します。出来上がったものをいきなり出してもらうと、「気に入りません」と言ったときの編集者のダメージが大きいので、それよりも前の段階で摺り合わせてほしいと思います。この種のことでは、「〆切が迫っている」というような理由を優先しません。つまり、気に入らない場合はやり直します。本の発行が遅れることを、僕は気にしません。迷惑がかかるのは読者ですが。

　だいたい、充分に早く原稿を送り、そういったトラブル（僕はトラブルだとは思いませんが、そう思う人もいることでしょう）があっても発行のスケジュールが守れるようにしているつもりです。ただ、出版社は、ぎりぎりで本を作ることに慣れ親しんでいるので、〆切が迫らないと仕事を始めなかったりします。

　ゲラを読むのに3週間くらいかけるとか、ゲラを送るのに（転送があるため）1週間を見込むとか、そういった事情も最初に話しておくことにしています。

　偶然にもトントン拍子で事が運んで、2カ月もまえにすべてが校了してしまう、ということが普通にあります。でも、そういうときでも、早く出すことはありません。予定どおりに進めます。

　すべての本ではありませんが、ゲラも装丁もすべて確認が終わったあと、1冊だけオンデマンド本を作ってもらい、これで最終チェックをすることもありますし、また、電子書籍もiPadで送ってもらい、確認をすることにしています。これらは、すべてミスを少なくするための対策です。

　そこまでしていても、ミスはゼロにはなりません。余裕の進行だったので助かった、ということがこれまでに20回はあったと思います。

　一番良いのは、1年まえに100冊くらい作って、コアなファンの方に読み回してもらい、その結果、意見や指摘を考慮して修正し、正式な発行物を作る、というようなシステムだと思います。僕が今30歳だったら、それをしようとしたことでしょう。

世間一般の方法とは、一言でいえば、「余裕のないやり方」です。

2018年9月8日土曜日
新シリーズについて考えた

　現在は、毎日が航空月間(毎日なのに月間?)で、天気が良ければ飛行場へ、という姿勢です。今日も出かけることになりました。ただ、平日なので、たぶん混んでいない、すぐに戻ってこよう、という比較的消極的な姿勢でした。案の定、また僕1人だけ。飛ばしたのは先尾翼機で、2回のフライト。1回めはエンストして不時着しましたが、滑走路に降りたので、不時着とはいわないのかもしれません。空冷エンジンが、後ろ向きに据え付けられているから、どうしてもオーバヒートになりやすく、このため、混合比を濃いめに設定するから、被って止まりやすいのです(この場合、「被って」がわかる人はごく少数でしょう。エンジンのプラグが燃料を被る、という意味ですが、説明してもわかる人は少数でしょう)。

　午前中に帰宅できました。夜は機関車、朝は飛行機、午後は雑事、といったところ。夜から始まっているのはどうして?

　さて、作家の仕事をしていないので、暇すぎて、編集者に「あれはどうなった?」みたいなメールを書きました。3月くらいに、「来週にも○○をお送りします」と言ったきりになっている人へ送りました。たぶん、部署が変わったか、退社したのでしょう。異動が激しい業界なのです。

　執筆を依頼されて、それを書き上げたときには、依頼した編集者本人が他社にいる、という場合は珍しくありません。そういうときは、その人のために書いたのに、と思ってしまいますが、普通は同じ会社の人に引き継ぎがされていますから、依頼した人とはそれっきりになり、新しい人と本を出すことになり、なんだかなぁ、と感じるわけです。

　逆に、依頼した人が他社へ移って、「こちらで本を出したい」と言ってきたことも数回あります。その場合は、前社と新社の両方で合意されているか、を問うことになります。多くの場合は、前社が出したいと言っ

てくるので、「困りましたね。そちらで調整して下さい」と言うことにしています。前社が引き下がっても、新社では、印税などの条件が合わないためにご破算になることもあります。

今日も、新書の執筆依頼が1件ありました。なかなか面白いテーマなので、書けないこともない（書いたら面白いかも）な、と思いました。明確な返事はまだしていません。出るとしたら、2020年になります。もう新書はやめようって、このまえ誰か書きませんでしたっけ……。

今月は、小説を執筆するつもりです。今月中に書いて、来月に手直しをしようと思います。それで、昨日風呂に入っているときに考えました。風呂に入っている時間は5分もありません。しかも毎日頭を洗いますから、湯船に浸かっているのは2分くらいではないかと思います。これを「烏の行水」というそうですが、それでエッセィをこのまえ書きました。烏でなくても、行水は、本来そんなに長くないから、わざわざ「烏の」と限定する理由がわかりにくいと。

それで、だいたい書くものは決めました。頭の中で場所が設定され、キャラクタが設定された、ということです。そうなると、数々のシーンが走馬灯のように頭を巡ります。この「走馬灯」というのも、さほど凄い装置ではなく、高回転でもありません。わざわざ「走馬灯のごとく」と形容するほどの意味が薄弱ではないか、と感じます。走馬灯って、ゆっくりと、同じものがぐるぐる巡っているだけですが、人間の頭で走馬灯のように思い浮かぶシーンは、もっと切換えが早く、しかも多数で、どんどん違う場面が想像され、矛盾するものもあったりして、最後には発散する感じです。どちらかというと、「百科事典をぱらぱらと捲るように」とか「都市近郊で林立する建物を車窓から眺めたかのごとく」とかにした方がよろしいのではないか。今とき「走馬灯」はないだろう、と。せめて、パワーポイントのスライドショーのごとく、くらいでは？

今回の新シリーズは、1年に2回のペースとなります。来年は、たぶん6月と10月。再来年は、Gシリーズの第12話が来る可能性があるので、それを合わせて3作になります。たぶん、ですよ。その次の年は、3作書けないこともなくて、2、2、3、3と書けば、4年で10作完結となります

ね。誰が10冊と決めた?と思いますが、まあ、このあたりが潮時でしょうか。

　そういうわけで、もう書けると思いますが、タイトルがまだ決まっていないので、これを絞るのに2週間くらいかけたいと思います。その間に11月刊『森には森の風が吹く』のゲラが来るので、これらを走馬灯のように見ましょう。

　走馬灯を実際に見た体験がある人は、だいぶ減ったことでしょう。

2018年9月9日日曜日
凶器としてのスパナ

　昨日メールを書いた編集者から、3カ月まえにメールを送った、との返事があって、こちらには届いていませんでした。ときどきこのようなサーバのトラブルがないわけではありません。むこうは、森博嗣が怒ってしまった、と勘違いして、そのままになっていたようです。

　なんだか、知らない人から「もの凄く怒りっぽい人物」と捉えられている節がありまして、どうしてそうなったのか知りませんけれど（思い当たることがなきにしもあらずですが）、まあ、悪い方向への誤解ではない（つまり安全側といえる）ので、そのままにしておこうと思います（と何度も書いていますが、こういうのが皮肉に受け取られ、ますます難しい人物だと思わせたりするのかな）。

　その編集者から執筆依頼されている本は、来年の末頃に出せるかもしれません。まだまだ、小説外の本で執筆依頼がぼちぼち来ているのが現状です。小説作品については、「森博嗣はもう書かないだろう」と諦めたのではないでしょうか。大変けっこうなことだと思います。

　今日は、ノコギリが先に付いた4mくらいの棒で、庭園内の樹の枝を切りました。屋根や庇（ひさし）に当たっている枝とか、アンテナの邪魔になっている枝などです。あまり関係ないような気もします。これらの枝は、乾燥してからさらに短く切って燃やすつもりです。それから、草刈りを久し振りに2バッテリィしました。もうそろそろ草刈りも終わりかな、と思います。

壊れた芝刈り機は、まだ分解していません。モータ内でなにか嚙んでしまったのか、と想像しています。もういい加減に古いオンボロなので、買い直した方が良いでしょう。今は新しい1台があるので、こちらを使っています。

　そろそろ冬の準備をしておかないといけません。まず、除雪車の整備。エンジン駆動の除雪車は、現在3台あります。エンジンをかけて、各部にオイルなどを差しておくメンテナンス作業です。たいてい、なにか問題が見つかって、半日がかりの仕事になります。

　それから、落葉掃除に備えて、ブロアの点検と、焼却炉の整備があります。焼却炉は、今年もドラム缶を1つか2つ増やそうと考えています。あとは、熊手を増やした方が良いかなと。現在、庭園内に何本あるのか把握していませんが、たぶん6本か7本でしょう。方々に置いてあるのに、ときどき1つも見つからないことがあります。これは、スコップも同じ。スコップは5本くらいだと思いますけれど、しょっちゅう捜し回るはめになります。ようするに、置き場所が決まっていない、現場で作業をしてそのままになりやすい道具なのです。

　熊手は、英語ではrakeですが、日本でレーキといっているのは、耕運機に取り付けて、地面の土を引っ搔くような金具のことで、どちらかというと、日本の鍬に似ています。芝生のサッチ取りや、干し草を扱うときに使うrakeは、細い爪が何本か広がっていて、隙間がとても開いています。熊手のように落葉を集めるのには向いていません（爪の隙間は狭められるものもありますが、全体の幅が狭くなり非効率）。プラスティック製の安物を使っています。

　工具でお馴染みのスパナの話。これは、ボルトやナットを締めたり緩めたりするための道具です。

　ところで、スパナというのは、一般の方は「スパナー」と伸ばすのでしょうか。そう発音している日本人に会ったことがありません。たぶん、この道具を使う人は技術関係の人だからでしょう。アメリカ人は、これを「レンチ」といいます。日本では人によっては、コ形に先が開いているものをスパナといい、円形で閉じているものをレンチと区別する人もいます

が、実際にはそんな統一された定義はないと思います。

　ボルトやナットのサイズにより、沢山のスパナやレンチを持っていないと仕事になりませんが、コ形の口を開いたり閉じたり調整できる、モンキィスパナというものもあります（モンキィレンチ、あるいは単にモンキィともいいます）。これは、正式にはアジャスタブルスパナといいます。

　さて、日本のミステリィにはあまり登場しないかもしれませんが、海外では、人の頭を殴る道具として、スパナがかなりメジャです（実際の事件は知りませんが、映画やTVドラマなどで登場するシーンが多い）。重量級のスパナやモンキィには殺傷能力があると思いますけれど、そんなに大きなボルトを締める機会は、普通の家庭では考えられず、鉄工所とかあるいは重機の整備工場などでしょうか。普通自動車くらいでは、そこまで大きいボルトがありませんし、あったとしても、それ専用の工具になります。対人の凶器として、軽量のスパナでは、バールやゴルフクラブのような威力がありません（ゴルフクラブも、重心位置がずれていて、実際には殴りにくいと思いますが）。

　それでも、これらがよく殺人シーンで登場するのは、やはり一般の方が見て、「あ、それ知っている」感があるからでしょう。「バールのようなもの」で有名なバールだと、出てきたときに、「何を持っているの?」という方向に気を取られてしまうし、「そんな都合の良いものがどこにあったの?」と突っ込まれるからでしょう。その点、スパナは、まあまあどこにでも「ありそう」なのです。

　実際は、大きなスパナは珍しい存在だし、買ったら高い（1万円以上する）し、そもそも、大は小を兼ねるから、と大きめのものを買うこともありえません（大きいと、狭いところで使えないから、かえって不便）。

　スパナやレンチは、ボルトやナットのサイズに合わせて、何本も取り揃えておく必要があり、それをするのはプロか、セミプロのアマチュアです。セットで数千円で売っているものは安物で、使うとたちまち駄目になります。一流の品は、1本が1000円では買えません。とても高くつく工具なのです。スパナを1本持っている人がいたら、必ず20本は持っているはずです（ゴキブリか）。

僕は100本は持っています。開口スパナも、メガネレンチも、それぞれそれくらいありますし、モンキィも30本くらいはあると思います。その中で一番大きくて重いモンキィは、長さが35cmくらいですが、これでも、一撃で相手を倒すには充分とは思えません。

　人を殴り殺したことがないので、単なる想像にすぎませんけれど。

２０１８年９月１０日月曜日
「影響」には別の方向もある

　今日くらいから、いよいよ仕事を始めよう、と考えていましたが、あと2日ほどあとにしたいと思います。『森には森の風が吹く』の初校ゲラが届きました。これはすぐに見たいので、明日から。

　そうそう、仕事をしました。『そして二人だけになった』電子版の見本がiPadで届いていました。これを確認しました。また、講談社の「森博嗣ONLINE」というウェブサイトが更新されるので、そのテストページを確認しました。文庫版の見本もそろそろ送ってくる頃です。編集部からは、発行部数の連絡が来ていますが、けっこうな数でした。19年まえの作品なのに、今年書いたエッセィと同じくらいの部数で、大変ありがたいことです（皮肉ではありません）。

　支払い明細書が届いていて、教育関係でまた沢山の著作利用があったようです。それから、『黒猫の三角』のTVドラマの著作権料が数万円振り込まれていました。まだ、どこかで誰かが見ているのでしょうか。

　今日も、飛行機の日です。今日持っていったのは、ステアマンという名の複葉機で、ちょっとしたスケール機。飛行場で組み立てるのに30分くらいかかりました。クルマに載せるときに主翼を外しますが、複葉機は支柱とか張線とかがあって面倒ですし、慎重にやらないと捩じれてしまうので、飛行に差し支えます。今日は、これを1回だけ飛ばして、それで満足しました。片づけるときは15分くらいでした。まあまあよく飛びました

が、風が横から吹いていたので、着陸がやや斜めになりました。これは、飛行機が低速だからです。機体が風上を向きたがるので、斜めに進みながら滑走路に降りてきます。滑走路を斜めに走るわけではありません。ベクトルがわかる人は、風と飛行機の速度のベクトルを考えてみて下さい。

　こういった力学は、けっこう現実で役に立つもので、たとえばビリヤードなどは、完全に力学の世界です。物理と算数（数学とはいえない）で、計算して狙ったら、たいてい当たります。ただ、ビリヤードが現実かどうか、という問題は残ります。

　またも、午前中に帰宅。ワンちゃんシャンプーの日だったので、急いで帰ってきたのですが、長女とスバル氏が洗ったあとで、デッキでドライヤをかけて乾かしていました。デッキは、日当りが良く、その時間帯は日が直接当たりますが、ちょうど良い気温。からっとして、爽やかでした。このあと、公園まで行き、散歩をさせました。

　ネットで小説家を目指している方の呟きやブログをたまに見かけるのですが、そこで共通している傾向というか、僕が気になった点は、好きな作家に寄っていく人が多いことです。皆さん、これが自然だ、と認識されているようです。

「影響を受けた作家」というのも、頻繁に話題になっています。この頃では、リスペクトとか、インスパイアされたとか、オマージュだとか、いろいろ表現されるところですが、いずれも「寄っていく」方向なのです。これは、好きなものだから取り入れたい、という素直な欲求だとは思いますが、少なくとも僕はそうではありません。

　影響を受けるとは、真似をする、という意味ではないはずです。これは「真似」という言葉のイメージが悪すぎるかもしれませんが、それが言いたいことではなく、影響を受けた場合、それに「近いものになる」という点が普通だ、という考えが単純すぎると感じるのです。

　しばしば書いているところですが、僕は素晴らしい作品に出会った場合、明らかにそれから影響を受けますが、その影響は、その作品から遠ざかることで発現します。そちらへは寄っていかない、という姿勢にな

ります。これは、僕が天の邪鬼だからかもしれませんが、ビジネスの戦略として、より成功確率が高い選択だということはいえるでしょう。

逆に、今一つだな、と感じる作品へは、寄っていくチャンスがあります。自分ならもっと上手くできるし、こうすればもっと良い商品が作れる、と考えることも可能です。

影響を受けたからといって、それに同調する必要は全然なく、反発する方向性もある、ということを頭に入れておくだけで、だいぶ可能性というか視野が広がるのではないでしょうか。少なくとも、一方向だけを見ているのは不利です。

人は、好きなものだけで作られているわけではありません。その人を形成するには、その人が嫌いなものもあるのです。許せない、これだけは嫌だ、どうしても相容れない、というものに反発することで、その人の個性が確立します。好きなものに引き寄せられるばかりでは、近づいていき、最後は引っついてしまうことになります。反発力というのは、吸引力と同等の力だし、どこにも引っつかず、自分だけのポジションを安定して保つこともできます。寄っていくだけでは、その人のパワーではなく、もとからあったもの（似せた対象）の引力だ、とみんなに認識されるだけに終わるかもしれません。反発力は、人を寄せつけない力となって、その人だけの世界を作る可能性が高いと思います。

 つまり、好きか嫌いかは、どうでも良い、ということなのです。

2018年9月11日火曜日

自分にしかできない役割とは

『森には森の風が吹く』の初校ゲラを読み始めました。今日は、35％を読みました。明後日には、最後まで読めると思います。今回が初校ですが、コメントを書くために1度は見ているので、速く読めるのです。

幻冬舎新書の『ジャイロモノレール』の4校（念校）が届き、3校で修正した箇所をチェックしました。これで校了です。いよいよ今月下旬に

発行となります。

　これまで、研究関係では、コンピュータや数値計算関連の本を3冊、建築材料の本を1冊出したことがあります（学会の委員会が発行したもので、その一部の執筆に携わった本はさらにありますが）。研究者としては、論文は評価されますが、こうした著作はそれほど重要視されません。たとえば、博士号を申請するときの資格としても、あくまでも論文であって、著作はカウントされません。ようするに、本というのは勝手に書けるものであり、他の専門家による審査が行われないまま刊行されるので、その信憑性が保証されていないもの、と見なされるのです。

　それでも、今回上梓することになった『ジャイロモノレール』は、同分野で世界唯一のものだと思います。半世紀まえには1冊あったようですが、今は手に入りませんし、現物を確認できていません。作家になってから始めた研究で、初めて本になる、ということは、一つの節目かなとも感じます。ちなみに、論文にならない理由は、僕が発明したり、開発したものではないからです。研究とは、あくまでも世界最初の知見でなければなりません。

　というわけで、この本は、専門家に向けて書かれたものではありません（そもそも専門家が現在はいません）。数式を一切使わず、一般教養として概説したものになっています。小学校高学年以上ならば、理解ができるレベルです。

　今日は、早くからスバル氏とドライブに出かけました。犬も一緒です。クルマで1時間半ほど山道を走り、観光スポットへ向かいました。途中で犬たちを散歩させるために停車していますから、走りづめではありません。その観光地は、けっこう賑わっていましたが、公営の有料駐車場は空いていました。みんなは、どこに駐めているのだろう、と不思議に思いましたが、田舎町なので、どこにでも駐車できるのかもしれません。

　クレープを食べて、スバル氏が土産物を買っている間、犬たちと広場のベンチに座って待っていました。帰りは別の道で帰ってきて、自宅の近くのレストランに入り、テラス席でイタリアンのランチをいただきました。日が当たって、寒くはありませんでした。海老がのったピザを食べま

した。なかなかの美味。あとは、ポテトのチップス。

　帰りの道では、高原の牧草地帯を走ったので、こんな場所で飛行機を飛ばしたいものだ、と思いました。エンジンだと、羊や牛がびっくりしますが、モータかグライダだったら、飛ばせるのではないか、と想像。

　昨日の話題に少し関連するかもしれません。これは一般的な傾向ではなく、僕の傾向だと捉えてもらってかまいません（いつもそうですが）。

　人々が社会に対して、なんらかの役割を持っていることが、子供の頃とても印象的でした。つまり、大勢の人間がいて、誰もが多かれ少なかれ他者の役に立つ活動をしている、という事実です。もちろん、例外的な人もいくらかいますが、ほとんどの人は、汗を流して働き、他人の役に立とうとします。そのこと自体が、非常にインパクトのある光景に見えました。

　子供は、大人になったら自分は何をする人間になるのか、と想像します。なにか人の役に立ちたい、と考えるものです。それは、周囲の大人たちが皆そうしているから、それが大人というものだ、と自然に認識するからでしょう。僕の場合は、そういった大人への憧れというよりは、それをしないと大人になれない、すなわち生きていけない、といういわば強迫観念のようなものだった、とぼんやりと記憶しています。

　いろいろな職業の人を観察し、社会にはどんな仕事が存在するのかを知ることになりますが、ここで思ったことは、あの人みたいな仕事をしたい、といった憧れではなく、自分にできる仕事は何だろう、という問いかけだったと思います。つまり、自分もみんなの役に立ちたい、ではなくて、自分の役目は何だろう、という疑問でした。

　しだいにそれが、自分にしかできない役目は何だろう、とシフトしていきました。大勢がしている仕事ではなく、今誰もやっていない仕事は何だろう、とも考えました。そんな仕事ならば、自分以外に同業者はいないのですから、競争する必要もありません。

　大勢の人が求める仕事は、既に誰かがやっているし、同業者も大勢います。だから、少数の人が求めるもので、その仕事をする人がいないものはないか、と考えました。その仕事が存在していなければ、必要を

感じることもないかもしれませんが、もしそんな仕事を始めたら、少数の人が喜んで、お客さんになってくれるかもしれません。そういう仕事が理想的だな、と想像したものです。

　もちろん、なかなかそんな仕事は見つからないでしょう。でも、同じ職種の中でも、まだやられていない部分なり傾向なりがあるはずです。今の日本は人口が減っているので、昔はあったけれど今はない、という職業もあると思います。

　多くの場合、人がやらない仕事は、やらない理由があります。みんなが憧れるような仕事ではないかもしれません。また、その作業は簡単ではありません。簡単だったら、誰も人に頼まないから仕事にならないし、簡単だけど面倒なだけなら仕事になりますが、既に大勢がその仕事をしているはずです。

　社会の中で、こうしたバランスはとても大事なことのように思います。自分が好きなもの、自分がなりたいもの、と自分のことばかり考えるのではなく、社会におけるバランス感覚を身につけることが、生きていくうえで有利な要因となります。

何がしたいか、ではなく、何が求められているか、を考えます。

２０１８年９月１２日水曜日

Ｖサインかピースサインか

『森には森の風が吹く』の初校ゲラを70%まで読みました。明日で終わります。これで、またゲラがない状態となるので、そろそろ小説の執筆でも始めましょうか。それとも、雑誌連載の記事でも書いておこうか、あるいは依頼されている本への寄稿を書くか、いずれにしてもアウトプットをすることになりそうです。

『森には森の風が吹く』には、10年もまえの文章が幾つも収録されていて、ゲラを読んでいると、こんなことを書いたんだ、と思ったり、また同じことを書いているな、と思ったりします。それぞれの文章が、もともとは独

立して存在していたため必然的に、書いたのがどんな人間かを書かないといけないわけで、重複しているのはしかたがないところですけれど、たとえば「天の邪鬼」というタームなんかが何度も何度も出てきます。僕は天の邪鬼だから、こう何度も出てくると、もう天の邪鬼なんかやめてやろうか、と思いますね。

　天の邪鬼の反対というのは、「素直」だと思いますけれど、僕自身は実は自分をもの凄く素直な人間だと自覚していて、実際にも、「素直」という言葉を、「自分の思ったとおりにストレートに自然に」といった意味で使っているのですが、天の邪鬼であることが、僕には素直な状態だから、一般の方にはここが受け入れられない部分かもしれません。大勢に従うことは、僕は「素直」だとは感じないのです。

　また、「天の邪鬼」というのは、往々にして頑(かたく)なイメージを抱かせますが、常に多数派に対して反対する（現在の日本の野党のような）姿勢では（僕の場合は）ありません。ただ、自分の思うとおりにしていると、たまたま少数派になっていたというだけで、多数だから、少数だから、という点に拘(こだわ)っているつもりも全然ありません。その意味で、「拘る」ことがない状況も「素直」だと考えています。

　そういう話をすると、「自分の考えに拘っているじゃないか」と言葉だけの反論をいただくことになりますけれど、「考え」というのは、「変数」であって「定数」ではないのです。「拘る」とは、変化しないものに固執することであり、決められたもの、つまり定数ならば拘れる。変数には拘れません。だから、自分の考えには拘れません。考えることは、すなわち「拘らない」ことと同じだからです。

　庭を歩くくらいはしましたが、庭仕事はしていません。青い花が幾つか咲いています。僕が子供の頃、青い花というのは珍しい存在だったように思います。紫っぽいか、水色ならありましたけれど。たとえば、青い薔薇というのは、今もないのでは？

　昨日のピザがもたれたのか、体調が少し悪かったので、午前中は読書でのんびりとしていました。お昼頃には、体調も戻ったので、家族と犬の全員でショッピングセンタへ出かけました。スバル氏と長女は、買

いものがあるので店に入ります。僕は、その前の通路でベンチに座り、犬と一緒に待っている時間がほとんどでした。でも、その間にカフェラテを飲んだりしました(体調ももう大丈夫)。犬連れの人はとても多く、沢山のワンちゃんに会いました。ときどき、こういった賑やかなところへ犬を連れていかないと、犬が人間に慣れないのです。恐がらないようにすることが大事かと。

　夜な夜なガレージで機関車をいじっているのですが、今回、初めてのV型エンジンで、たとえば、2つのピストンが1つのクランクを共有しているとか、これまで気づかなかった点が多く、とても興味深い経験をしています。僕は、大型バイクに乗ったことがなく、V型エンジンも外側からしか見たことがありませんでした。模型飛行機でも、何故かV型だけは使ったことがなく、内部の構造を詳細にイメージしたことがなかったのです。

　Vといえば、ピースサイン。写真を撮られるときに、自然に指を2本立てる人が多いようです。このサインは、もともとはVサイン、つまり勝利のヴィクトリィの意味で、第二次世界大戦が終わったときに連合軍の兵士や群衆がしたのが最初だと聞いたことがありますが、真偽のほどはわかりません。その後、しばらくしたら、いつの間にかこれが、平和を示すサインになり、ピースサインと呼ばれるようになりました。

　戦争に勝つことで平和が訪れるので、同じ意味だといえばそうかもしれませんが、それは勝った方の言い分です。ベトナム戦争のあと、「ピース」と叫ぶ人が増えたし、また、ピースマーク、ピースバッジも大流行しました。あの戦争で、アメリカはベトナムに勝利したとは、とてもいえません。だから、ヴィクトリィではなく、ピースを喜ぶようにシフトしていったのかな、と勝手に考えています(由来を知らないので、間違っていたらすみません)。

　とにかく、僕が中学生くらいから、急に「平和」という言葉が、万国共通の願いに昇華して、まるで挨拶のように、あるときは呪文のように、叫ばれ、呟かれるようになった、と感じました。たとえば、広島には、原爆が投下された場所の近くに博物館がありますが、その名称は、広

島原爆資料館ではなく、広島平和記念資料館となっています。

　おそらく、平和を勝ち取ることが、本当のヴィクトリィだ、という理屈なのでしょう。そうかもしれません。でも実際には、平和は、勝ち取るものではなく、譲り合う結果生まれるものであり、相手を尊重する精神が基本ではないのかな、とも感じます。頑なに「反対」と叫ぶことでは、きっと勝ち取れないものだ、とも思います。

「平和を勝ち取る」というと、誰かから奪い取ることになる？

2018年9月13日木曜日

自然を見るか、人を見るか

　夏の間、犬たちにつき合って1階のリビングに布団を敷いて寝ていたのですが、寒くなってきたので、2階のベッドに移動しました。犬のベッドも2階へ移動。寝る場所が変わっても、犬は気にならないようでした。僕は、久し振りに暖かいベッドでぐっすりと眠ることができました（昨日までもぐっすり眠っていたので、大差はないのですが）。

　こういうのは個人差があるから参考にならないと思いますけれど、僕は風呂に入り、頭を洗ったあと、少し着込んで、書斎で本を読みます。この間、扇風機の微風に当たって、髪を乾かします。着込むのは躰が寒くならないため。1時間くらいこうして過ごしたあと、寝ることにしています。少し躰が冷えた方が、寝つきが良いことは確かです。また、毛布や掛け布団を被って寝られるくらいの室温が一番安眠ができると思います（病院がそうなっていますね）。一般に、クーラをつける必要がある場合には、朝までずっとつけておく方が良く、タイマで途中で切れる設定にするのは健康にも熟睡にも不適切だといわれています。

　そんなことは、どうでも良いといえば良くて、なによりも生活にストレスがないことが、安眠の条件でしょう。僕の場合は、通勤がなくなってから、これが実現しました。仕事をしている間は、ある程度のストレスはしかたがない、といえます（それが仕事だといってしまえば、そのとおり）。また、熟

睡や安眠にどれほど価値があるのか、健康に何の価値があるのか、という問題は別にあるとは思います。

　小学生のときに、顕微鏡を買ってもらって、いろいろ見ました。植物を見るのが面白かったことを覚えています。あの顕微鏡はどこへ行ったのかな。たぶん、実家を取り壊すときに藻屑と消えたのでしょう（不適切な表現）。

　よく、理系は機械にしか興味を示さない、文系は人間に興味を示す、というようなことをおっしゃる人がいます。職場ではそういう人が理系と見なされるのでしょう。宇宙を見る仕事は身近にありませんから。

　でも、理系が興味を示す対象は、宇宙から細胞まで、いわゆる自然であり、機械も物体である以上、自然なのです。これに対して、文系が興味を示す対象は、物体ではなく、文化と呼ばれるもので、人が発した言葉であり、つまりは記号、言い換えればデータです。

　自然は、基本的には単純な法則に支配されているので、それを計算することで予測ができ、ここに数学が役に立つ場面が生まれますが、原理はいずれもアナログです。一方、言葉やデータは、人が作ったものなので、デジタルです。法則性がなく、統計処理しかできません。

　文系は人の感性を重んじますし、そこに価値を見つける場合が多いと思います。理系は、重んじること、価値を見つける（人間の）行為自体に懐疑的です。何故なら、その記号は所詮人間が作ったものでしかない、との諦めが認識の前提となっているからです。突き詰めていくと、文系が人という儚い存在に目を向けるのに対して、理系は儚さを嫌って、不変を求める傾向にあるのかもしれません（この分析自体が文系的ですが）。

　顕微鏡があれば、レンズの先にあるものが理系の対象ですが、レンズを覗く目が文系の対象となります。エジソンの伝記を読んで、文系の人はエジソンを知りますが、レコードや電球の仕組みを理解して、理系はエジソンを知るのです。両方とも、それで自分は「知った」と思い込むことでは共通しています。話が食違いがちなのは、この認識、つまり自覚の非客観性に起因します。

ときどき、文系と理系の話をこうして書いたりするのですが、「それは違う」と文系の方からご意見をいただきます。何故か、理系からはありません。「文系を馬鹿にしている」との反論もいただきます。そういうつもりは全然ないし、僕は自分を、どちらかというと文系だと認識しているのです（と何度か書いています）。

　大学に大勢の理系の人がいて、その人たちを観察して、ああ、ちょっと違うな、と感じたものです。それに対して、文系の人は、けっこう考えていることがわかるのです。ただ、両方のギャップはたしかに感じられたので、お互いに少し歩み寄った方が自身の利となるのでは、と思っていました。このような文章を書くのは、それが理由です。

　文章を書いたときに、文章の内容を見るのが理系であり、文章を書いた人間を見るのが文系です。「馬鹿にしている」というのは、おそらく自分が非難されたと思われるから出た言葉でしょう。文章を書いた人間が敵か味方か、という分析をするのです。その文章が自分にとって役立つかどうかではない、という点が、利を見過ごし、もったいないと僕が感じるところです。誰かを非難しているのではなく、観察される傾向を述べているだけです。

　『森には森の風が吹く』の初校ゲラは終わりました。これで、またゲラがなくなってしまいました。ゲラがあるうちは、仕事があって気楽なのですが、なくなると、いよいよ書かないといけないな、と思うわけで、やや面倒なことです。それでも、数日まえにシリーズを続ける展望を少し書いただけで、沢山の方からメールをいただきましたから、そんなに期待されているのか、というくらいにはモチベーションも霞のように自覚しました。

　夜に雨が降り、朝は濃霧でした。そのため、飛行場へ行くことを断念し、ガレージで機関車の修理をしました。手はオイルの臭いが取れません。ちょっと厭きてきたので、ほかの工作を始めるかもしれません。

　一人の頭に、文系と理系が混ざっています。その割合の問題。

2018年9月14日金曜日

切符にハサミを入れる？

　夜間に雨が降りましたが、朝にはやみました。最近は、起床は6時です。だいぶゆっくりできるようになりました。こうしてみると、今までがサマータイムだったようです。昨日と同じく濃霧でしたが、10時頃から晴れ上がってきました。気温は (10時頃で) 18℃くらいです。寒くもないし、暑くもない、ちょうど良い気候。

　コーヒーを淹れて、まだ少し濡れているデッキへ出て、外の空気を楽しみながらコーヒーを飲みます。犬たちは、水遊びがしたくて、外に出るとホースの先へ走っていきますが、雨上がりなので、水やりなんかするはずがない、ということには考え及ばない様子。

　作家の仕事はしていません。『森には森の風が吹く』の中に、産経新聞に連載した庭園鉄道の記事があるのですが、そこで使われた写真が編集部にはないので、これをメールで送りました。その作業だけ。3分くらいですね。あとは、新シリーズのタイトルを3分くらい考えて、辞書を1回引きましたか。

　清涼院流水氏から、昨年開催されたファン向けのイベントを本（電子書籍）にまとめた、との連絡がありました。彼のサイト「The BBB」で無料配布されています。メフィスト賞作家が何人か登場しているとのこと。

　小説ファン向けのイベントというのは、きっと今でもどこかでやっているのでしょう。僕は遠く離れてしまい、噂さえ聞かなくなりました。たとえば、SF大会で講演、というか座談会みたいなことをしたこともありますし、何百人も集めて講演会を開催したことも数度あります。今は昔となりました。

　今日は、日曜日なので出かけず。スバル氏もずっと家にいたようです。ゲストハウスへ久し振りに行きました。軽く掃除機をかけてきたくらい。9月もゲストが3組くらいあります。

　外で機関車をいじっていたら、スバル氏が近くへ来たので、ちょうど手に持っていたモンキィスパナを持ち上げ、「この工具の名前を知って

いる?」と尋ねたら、彼女はかなり考えたあと「ニッパ?」と答えました。まだまだ、僕も社会の認識が甘いなと反省しています。

　そうそう、ペンチ、ニッパ、ラジオペンチ、プライヤ、ヤットコなどの名称は、聞いたことがある人は多いはず。写真を見せられたら、そうそうと思うものですが、いざとなったときに名称が出てこないし、また人によって微妙に違うタイプのものを連想している場合もありそう。少なくとも、プライヤは挟んで摑（つか）むものですが、ニッパは切るものですから、機能からしてだいぶ違います。

　もしかして、皆さんは「ニッパー」とか「プライヤー」と書くのかもしれません。でも、発音するときは伸ばさないのでは？　たとえば、「予備」のことを「スペアー」というのに、「スペアリブ」は、「スペアーリブ」って書きませんね。同じspareなのに、どうしてでしょう。

　まえにも書きましたけれど、ヤットコのような道具が、本来「ハサミ」と呼ばれるべきものです。挟むことが機能だからです。なのに、ものを切る機能の道具を「ハサミ」と名づけてしまったことを、一度真剣に議論をして、日本中で一斉に変更した方がよろしい問題かと思いますが、まあ、そんなことは無理でしょうから、冗談にしておきましょう。

　今では、もうほとんど見かけなくなった、切符を切るハサミ。ご存じでしょうか？　鉄道に乗るときには、かつては、切符売り場でまず切符を買いました。小さい窓の向こうに駅員さんがいて、その窓には声が通る小さな穴が沢山開いていました。手を入れることができるのは、窓の下の小さな開口部だけで、そこで、お金を渡し、切符を受け取ります。ほとんどの場合、切符は硬い厚紙でできていました（「硬券」といいます）。

　これを持って改札口へ行くと、入口側を向いて、やはり駅員さんが立っていて、彼に切符を渡すと、専用のハサミで切符の端に切込（きりこ）みを入れてくれます。この切込みが、改札口を通ったという印になるのです。切込みの入った切符を持って列車（電車だったり、ディーゼルカーだったり、汽車だったりします）に乗り、目的地で降りたら、改札を出るときに、さきほどの切込みの入った切符を手渡すわけです。

　切符に切込みを入れるハサミは、切符専用の道具で、ぱちんと一度

挟むだけで所定の形が切り落とされます。駅によって、この切込みの形が違います。不正な乗車がないようにしているわけです。

このほか、乗車中に車掌さんが回ってきて、切符を確かめる場合もあります。このときは、スタンプを押したりします。その列車に乗っていたことを証明するものです。こういう話は、古いミステリィなどを読むと、トリックとして出てくることがあるはず。いわゆる「アリバイトリック」に、鉄道トリックは常套(じょうとう)だったのです。

鉄道に限らず、かつてはバスも同じように切符がありました。バスにも車掌さんが乗っていたのです。今では、鉄道の切符を売る駅員さんも改札で切符を切る駅員さんもいなくなりました。車掌さんもたぶん人数が減っていることでしょう。それどころか、切符がなくなりつつあります。そのうち、改札口がなくなるはずですし、運転士さんもいなくなることでしょう(そして、最後には乗客がいなくなる?)。

このように切込みを入れるから「切符」というのです、というのは間違い。切符は、券(わりふ)のことで、料金を払った証拠を示す「手形」の意味です。紙を切って手渡したから、こう呼ばれるようになったのでしょう。

切符に切込みを入れることを「ハサミを入れる」といいました。大盤振る舞いする人のことを「キップが良い」といいますが、全然違う言葉で、これは「気風」のことです。それから、「切手」も、「切符」とほぼ同じものでしたが、今では郵便に使うものだけに限定されているように観察されます(収入印紙は、もう切手とはいいませんね?)。

 切符が世の中から消えたあと、次は葉書が消えることでしょう。

2018年9月15日土曜日

森の天気、山の天気

また夜に雨が降りました。庭園内は、大小各種の茸(きのこ)が生(お)えています。これが美味しく食べられたら、家庭菜園みたいになりますが、そん

な度胸はありません。犬も見向きもしません。鳥がときどきつついているのを見かけます。大きいものは、見つけたら抜いて、焼却しています。そうしないと、どろどろになって始末が悪いからです。

　ゲストの方からいただいた朝顔の種を蒔いたところ、青い花が咲きました。子供の頃の夏休みの課題が思い出されます。今日は4輪咲いていました。この朝顔は、蕾のときはピンクです。ですから、毎日時間によって色が違います。そのすぐ近くで、小さなトマトがなっていて、毎日4つくらい穫れます。これは、主に犬たちが食べていますが、先日は人間の食卓にも上がりました。大きさは、ウズラ卵くらい。今は、収穫の秋なのですね。

　プラスチックの熊手で、落葉などを掃き集めて、焼却炉へ運んでいます。まだ量が少ないので、手箕（わからない人は検索）で運べる程度。落ちているのは、枯葉のほかには、樹の実、茸の欠片などです。

　ついに、新しい芝刈り機を買う決心をしました。今年は既に1台買っているのですが、それが現在の主力で、先日壊れた方が気に入っていた「以前の主力」でした。これはドイツのボッシュ製で、大変気に入っていたので、同じものを買おうと思ったら、既に絶版のようです。後継機も出ていない。しかたなく、日本製を発注しました。という経緯が、実は今回で2回めです。芝刈り機には、ロータ式とリール式があって、一長一短あります。両方持っているのがベストかな、と感じます。まえのときは、ロータ式がまだ健在だったので、新しい方はリール式にしました。今回は、ロータ式を買うことに……。

　昨日、工作中に不注意で右手の親指の先に小さな傷を負ってしまい、絆創膏を貼りました。これでは、執筆はできないかな、と思ったら、親指というのは、キーボードをほとんど押さないのですね。変換のためのスペースキィは、左手の親指が押していました。だから、10本の指の中で最も使わないのは右手の親指です。ときどきスペースを押すことがありますが、左でもできるので、どうしても必要というわけでもありません。控えの指なのですね。

　こういうことって、気づかないものですね。ブラインドタッチの練習をし

たのは30年以上まえだから、そのときには、どの指がどのキィを押すかを気にしていたと思いますけれど、その後は完全に無意識の行為になっているわけです。

　新シリーズですが、タイトルが決まったので、登場人物表を作り、引用文献（先週くらいに文庫本を購入）から文章を写し、目次に各章のタイトルを書きました。明日から本文を書き始めましょう。例によって、初日は1000文字が目標。その後、毎日6000文字くらい書いて、20日で書き上げる予定です。シリーズ第1話なので、時間をかけ、じっくりと、の意味です。たいてい、この予定よりも早く書いてしまうので、自重して進めましょう。

　昼間に雨が降ることは、夏期では滅多にありませんが、春や秋は、霧雨(きりさめ)のような天気が多くなります。昼間も夜みたいな環境になるのでしょう。ただ、樹の葉が繁っているので、雨が下まで落ちてきません。晴れていても、雨が降っていても、庭に出ていて気づかないことが多く、いわば、天然のドームの中にいるようなものです。登山をしているときに、天気の急変に気づくのが遅れるのも、周囲（特に空）が見えないためだと思います。

　庭園の森は、慣れ親しんでいるので、どこを見れば天気がわかるか、どうなれば雨が降るか、ということがわかっています。遠くのあの森が霞(かす)んだら、5分以内に雨になるとか、この方向から風が吹いたら夕立が来るとか。それが、初めて訪れた場所では、そんな目印や目安がないし、方角さえわからないことも多いわけです。

　いちおうワンゲル部だったし、何度か山に登ったことがあります（ただ、ロッククライミングはしたことがありません）。たとえば、登ったときに歩いた道が、帰るときには川になっていた、という経験もあります。今雨が降っていなくても、少しまえに降った雨で、湧き水が出ることもあります。一番、困るのは霧です。これは、天気が良くなるときに発生しやすいので、期待の反対でダメージが大きいものです。山の霧は濃いのです。

　今は、いろいろな計測器があるし、電話も通じるし、自分の現在位置もわかるので、基本的なことでは安全になりましたが、その分、油断

をして山に入る人が増えているから、事故も後を断たないのでしょう。

　海も山も、毎年沢山の人が亡くなる場所です。やはり、都会から離れ、自然の中へ踏み入るほど、危険は多くなります。それがデフォルトであって、逆に都会というものが、人工的に安全が確保された装置になっている、ということです。ただ、この安全は、誰かに任せた状況を利用しているだけです。「なんとかしてもらわないといけない」「何故手を打てなかったのか」と自分以外の責任を捜すのではなく、各自が自分の身を守ることが原則です。災害が起こったとき以外にも、ときどき（できれば必要に応じて）思い出す必要があります。

 国や公共機関に依存した人生が、最近のトレンドのようです。

2018年9月16日日曜日

ガラスの仮面に関する一考察

　講談社文庫から、電子書籍の「百年シリーズ合本版」を企画しても良いか、との問合わせがあり、承諾しました。来月の後半の配信になるとのことです。

　9/5に書きましたが、ある方が出す本の解説を依頼されました。僕の本の解説を書いてもらったこともある方です。そのため、これまでにその方が出された本が10冊くらい届きました。今回出る本も、昨日pdfを送っていただきました。ゆっくりとこれらを読んで、今月中にも執筆する予定です（〆切は10月末だとか）。解説を引き受けるのは、清涼院流水氏の『コズミック・ゼロ』以来かな（自作原作の漫画は別で）。

　ここ数日、ジャンクの電車を直しています。日本型の電車で、横浜の人が作ったものをもらい受けました。これが、プラスティックで作られているのですが、非常に軽量で繊細な構造なのです。どこを持てば良いのかわからないくらい。力の入れ方でたちまち壊れそうなほどです（現に2箇所ほど壊して、すぐに直しました）。線路にのせて走らせるための強度は持っていますが、あまりに合理的（最適）に作られているので、余裕がない

感じがします。逆にいうと、僕が作るものは、ちょっと頑丈すぎるのかな、と反省しました。

　親指の絆創膏はもう外しました。今はなんともありません。怪我をしたり、工作がちっとも上手くできなかったり、思いどおりにいかないときは往々にしてあるものです。そういうときに、僕はますますのめり込む傾向を持っていて、失敗するほど熱中して、どんどんそれに集中してしまいます。この頃、少し対象から離れて、できることなら一度忘れてしまった方が良い、ということを学びました。もちろん、忘れることはできませんから、次の日とかにまた始めるわけですが、一度離れた分、冷静になっているし、回り道をする余裕もできます。じっくりと最初からやり直そうとか、あの部品が届くまで待とうとか、そんなふうに考えられるようになります。

　プロというのは、沢山の仕事を抱えているから、1つのことにのめり込むわけにはいきません。常に引いて、冷静に見ているはずです。いわばそういうプロの冷めた目が大事なんだな、と感じます。その意味で、僕は小説に関しては、最初から冷めているので、これが幸いしたともいえるかも。のめり込まないことが良かった、ということ。

　なんでもそうですが、好きなことに対しては、つい没頭し、取り憑かれ、視野が狭くなりがちです。判断が性急にもなるでしょう。カッとなってしまう頭を、誰かが冷ました方が良いのです。野球だったら、キャッチャがマウンドへ行ったりしますよね。頭の中のことだったら、自分自身で冷やすしかありません。

　『ガラスの仮面』という有名な漫画があります。残念ながら、僕は読んだことがないのですが、絵は知っているし、もちろん題名や作者名も知っています。もうずいぶん以前の作品だと思っていましたが、数年まえにも本が出ているし、まだ続いているようです。ちょっとネットで検索したら、累計5000万部とありました（いちいち、自分の何倍か、と計算してしまいます）。

　この作品の内容について書くつもりはなくて、このタイトルについて、ちょっと書こうと思います。「ガラスの仮面」というのは、何を意味してい

るのでしょうか?

　たとえば、「ガラスの心臓」といったときには、「ガラス=壊れやすい」というイメージを抱かせます。ガラスは、割れやすい材料として一般には認識されています。でも、もっと壊れやすいものはいくらでもあって、たとえば、豆腐とか、煎餅とか、てんむすとか、トランプで作ったブリッジとか……。実は、ガラスは相当強い材料です。たとえば、ガラスで心臓の形をそのまま作ったら（もし、ガラスの塊だったら）手でいくら握ったり曲げたりしても壊せないはずです。コンクリートに叩きつけたら、欠けるかもしれませんが。

　それから、ガラスが建築やクルマの窓に使われるのは、ガラスが傷がつきにくい材料だからです。プラスティックで透明のものは沢山ありますが、どれもすぐに傷がつきます。ガラスは非常に硬いので、たとえばナイフでガラスに傷をつけることはできません。鋼鉄よりもガラスの方が硬いからです。

　ところで、ダイヤモンドは物質の中で一番硬い、といわれていて、なにを使ってもダイヤモンドに傷をつけることはできません。でも、金槌でダイヤを叩いたら割れます。「硬い」ことと「強度が高い」ことは別の性質なのです。ちなみに、ガラスを切る道具には、ダイヤモンドの刃が仕込まれています。ダイヤモンドを削るグラインダには、何が仕込まれているのでしょう?

「ガラスの仮面」というのは、傷つきやすい仮面ではなく、割れやすい仮面ということになりますね。たぶん、ちょっとした衝撃で、粉々に砕けて仮面が消えて、素顔が見えてしまう、という意味がタイトルに含まれているのでしょう。

　もう一つ、僕が一番疑問に思ったのは、「ガラスの仮面」というものが、仮面としての用を成さないのではないか、という点です。仮面は、被ることで顔を隠し、誰なのかわからなくする機能を持っていますが、透明のガラスでは、その機能が果たせないのではないでしょうか?

　でも、ガラスの厚さ分布や、カット面の使い方で、反射や屈折を利用して、誰の顔かわからないようにはできると思います。メガネで目の大

きさが変わるように。つまり、透明ではあるけれど、そのままではない、という意味にもなりそうです。もちろん、磨りガラスにすれば、仮面として機能しますね。ただ、磨りガラスにしてしまうと、わざわざガラスで仮面を作る意味がありません。

こうして考えると、どんどん深みに嵌ります。それくらい見事なタイトルだ、ということは確かです。

 漫画のタイトルは、小説より見事な言葉選びのものが多いかと。

2018年9月17日月曜日
犬から性差を少し考えた

中公文庫『イデアの影』のカバーデザインが届きました。鈴木成一氏によるものです。OKを出しました。講談社からは、Wシリーズの電子書籍合本について相談がありました。10冊全部のものと、5冊ずつ2巻にまとめたものが企画されています。

新作ですが、昨日は時間がなく、書けませんでした。今日、最初の1000文字を書きました。スタートしたので、とりあえずほっとしています。これを書いている今日は9/12なので、たぶん、今月下旬には書き上がっていることでしょう。

朝から霧雨で、10時頃まで暗い天候でした。午前中に晴れていないのは珍しいことです。スバル氏が定期検診のために病院へ行ったので、犬たちと留守番。彼女がいない間に、家の中のネットワークの組替えをしました。Appleの無線ルータの新しいのを1つ買ったので、これを彼女の寝室に設置することにしました。

LEDのハンディライトを持って、人の部屋で壁際のコンセントやイーサのコネクタを捜したので、犬たちが怪しんで、僕のすぐ後ろから見張っていました。工作室にベースのルータがあるので、そちらと部屋の配線をいろいろ確かめてから、つなぎました。スバル氏の部屋は、これまでネット環境がやや悪く、ブラウジングに時間がかかることがある、とのこ

とだったので、それを改善するためです。たぶん、今回の組替えで環境が改善されるはず。

　そのあと、ホビィルームで、新しい芝刈り機を組み立てました。このときも犬たちが近くで、一つ一つの部品に鼻をつけて、何をしているのかを確かめます。手伝っているつもりかもしれません。

　ガレージで修理中の大きい機関車は、シーリングが硬化するのを待っている状態で、今日は手をつけていません。工作室では、日本型の電車の修理が一段落し、また別の機関車を直しています。どこかのマニアが作った炭坑の機関車で、ジャンクで買ったもの。調べてみたら、モータのブラシが劣化してまともに回転しないので、動力装置をすべて作り直すことになり、それまであった動輪を旋盤で削り直したり、穴をあけ直したりして、手間のかかる作業になってしまいましたが、タミヤのギアボックスを使って、適当に復活させるつもりですが。

　お昼頃に、ゲストがいらっしゃいました。2時間ほど話をしました。ちょっとした知合いですが、半分はビジネスの話かもしれません。いったい何がビジネスなのか、この頃はわかりにくくなっていますけれど。

　そのあと、建築屋さんが来て、屋根を見てもらいました。枯枝がのったままになっているとか、天窓の点検などをしてもらいました。森の中の生活では、住宅の維持が大変です。ある人の話では、森には樹を腐らせる菌が多いから、木材は都会よりも早く劣化する、とのこと。これは、科学的なデータがあるのかないのか知りません。それを体感したこともありません。ただ、金属は都会よりも森の中の方が錆びにくいのは確かに体験できます。これは海から遠いせいなのか、空気中の塩分が樹木の葉で浄化されるからなのか、どちらかの理由だと想像します。

　ウッドデッキも、そろそろステインを塗り直さないといけない時期かもしれません。煙突掃除はまだ大丈夫でしょう。母屋はほとんど薪ストーブを使っていません。ゲストハウスの方が薪の消費は多いくらいです。薪ストーブは、煙突掃除をしていないと火事になったりします。煙突に水平部があると危険が高いといわれていますね。

　いつも犬の話を書いていますが、僕は犬派ということではなく、猫も大

好きです。でも、犬も猫も、なんでも好きなわけではありません。可愛いのもいるし、それほどでもないのもいます。一般に、犬を飼っていると話すと、犬の種類を尋ねられますが、猫を飼っていると話しても、種類はきかれないことが多いようです。猫は、だいたい大きさが決まっているし、毛が長いか短いかくらいの違いが一番大きな差です。それに比べて、犬は同じ動物として認識できないほどサイズも形も違います。

犬に比べると、人間はだいたい同じ大きさだし、顔や躰の形もそれほど違いがありません。髪の毛や肌の色が違うといっても、犬や猫ほど差が目立ちません（それでも、犬は色で犬種が分かれていません）。

多くのスポーツが男女に分かれて競われていますが、ざっと見た感じ、男女の差よりも、たとえば躰の大きさの差の方が顕著だし、その競技に対する有利さも、男女差より影響するように思います。どうして、性別で区別して行うのでしょうね。分けるなら、体重とかの方がわかりやすいのでは、と感じますが（こういう発言をすると、なにも知らない奴だ、という批判が殺到するのですよね）。

たしか、乗馬は男女の区別なく競われるスポーツだったかと思います。射撃なんかもそうでしょうか（違うのかな）。乗馬は、世界チャンピオンが女性だったことがあったと記憶しています。今後は、デジタルのゲームなどがスポーツに含まれてくるはずですから、性別なんかに無関係になっていくことでしょう。

このまえの全米オープンテニスでは、男は下品でも許されるのに、女は許されないのか、みたいな主張があって、男女はともかく、その主張自体がとても下品でした。それなら、男女ではなく、下品と上品に分けて試合をしたらいかがでしょう？　そちらの方が男女よりも差が顕著です。罵り合いの試合が見たい人もきっといるでしょうから、需要があるのでは？

現在いるのかいないのか知りませんが、性別を明かさないようなタレントが出てくるのも時間の問題で、そういう人が活躍したら、紅白歌合戦などはどうするのか、俳優と呼ぶのか女優と呼ぶのか、といろいろ問題が出てくることになるはずです。そうして考えると、そもそも戸籍や住民票

などに、性別が書かれているのがおかしい、といえますね。少なくとも、明かさないでも生きていける社会にすべきでは？　輸血のときには血液型の方が性別よりも大事です。男女の血は融通ができるのです。

　大事なことは、男女がデジタルの記号になっていることが問題だ、という点です。性別はアナログに捉え、男っぽい人から女っぽい人まで連続して分布していて、これまでの社会では、2つの山が顕著になるように人を教育する「操作」が行われてきました。だから、中間の人が少なかった、少ないように見えただけのことです。デブかヤセか、どちらかに決めなさい、と言われていたようなものです。

　犬も、だいたい顔や躰の形、あるいは仕草(しぐさ)などで性別がわかりますが、それでも、見間違えることは多いし、メスなのにやんちゃな子もいるし、オスなのに大人しい子もいます。性差に比べて、年齢差の方が著(いちじる)しいのは、人間と同じです。

　性差別は、僕が生きてきた60年の間に著しく減ったと思います。

2018年9月18日火曜日

「焦点」は「短くしよう」

　昨夜は、結局執筆ができませんでした。というのも、ネットのLANが2階で使えなくなってしまい、元に戻せば復旧するけれど、それでは新しいルータを導入した意味がない。原因は何か……、と探求に2時間以上かけてしまいました。結論からいうと、今のルータがインテリジェントすぎて、各部屋に通じているケーブルを間違えて接続しても、勝手に近くのルータと無線で関係を結んでしまい、あたかもつながっているかのような表示をするため、こちら（人間）はそのケーブルが正しいと判断してしまい、この部屋のケーブルはこれ、と目印まで付けていたのに、その時点でも間違っていた、ということでした。この説明で、わかりますか？

　無線でつながっていると、電波状況によって通信速度がやや遅いのと、別の場所へ持っていくとつながらない、というデメリットがあります。パ

ソコンとは無線で良いのですが、ルータどうしはケーブルで通信して欲しい、という人間の気持ちを伝える方法がないのです。

　ルータが少ない場合には、自動的につながる機能は便利なのですが、ルータが家に数台になったら、新しいのを加えるときは、ひとまずほかのルータはすべて電源を落とした方が良い、ということを学びました。

　それでも、昔はネットをつなぐのに、プロトコルとか形式とか、本当にいろいろ設定があって、超大変でしたが、そういう点では夢のように便利になっているのです。製品を買ってきたら、電源を入れて、適当にケーブルをつなぐだけで使えるようにはなる（それが最適の経路かどうかはわかりませんが）。今はマニュアルなんか読む必要がなくなりました。

　さて、新しい芝刈り機を使ってみました。非常に良好です。日本のマキタ製です。壊れたボッシュ製とデザインが似ているので、これを選びました。性能はやや上で、値段はバッテリィも含めて半額くらいです。やっぱり、ボッシュ製は少し高かったから、競争に負けて撤退したのでしょうか。

　草刈り機とか、ブロアとかも、この頃は個人で購入して使っている人が増えたように思います。チェーンソーなんかも、以前はプロしか持っていない道具でしたが、今はDIYが趣味の人はたいてい持っています。草刈り機だって、かつては会社や組織の所有品でした。今は、個人が、工業、林業、農業に進出しているイメージでしょうか。家庭菜園でも、耕運機を持っている方が増えていて、そういった個人向けの商品が市場に出回っています。工具もとにかく安くなりました。

　昔の耕運機といえば、リアカーを引いていたものですが、あの頃に比べると、ちゃんと人が乗るキャビンがあって、大きくなりましたね。除雪機なんかも、かつては日本にほとんど存在しませんでしたが、今は方々で活躍していることでしょう。温暖化すると、冬の雪も増えるから、これからまだまだ需要があるかと。

　さて、このブログは、半年ごとに本になるのですが、第2巻の編集スケジュールについて編集部から連絡がありました。第1巻『森籠もりの日々』よりも、第2巻は分厚くなるそうです。最近も文章量が増えている

気がします。ちょっと、気を引き締めて、減らしたいと思います（と書くのも何度かめ）。

といって、これだけで終わってしまったら、がっかりする方も多いことでしょう。「活字中毒」という症状を訴える方がいるくらいで、文字を読まずにはいられない。文字は多ければ多い方が良い。そんな感じらしいのです。ときには「値段の割に文字が少ない」と文句を言ったりします。文字が少ない方が「読みやすい」から、この頃では好まれる傾向のはずですが、そうでもない方もいらっしゃるのです。かつて、京極夏彦氏がデビューした頃には、あのレンガのような分厚さのノベルスが人気を博したのです。そういう時代がありました。

森博嗣の場合は、日記本を除けば、薄い本が多いはず。小説では、『有限と微小のパン』が分厚いのですが、それでもWシリーズ2冊分くらいではないでしょうか。え？　3冊分？　『四季』が1冊になっていたら、最高の分厚さになっていたはずです（単行本が限定出版されましたが）。

幻冬舎から出ていた初期の日記本が相当分厚かったはずですが、印刷書籍は絶版で、今は電子書籍だけになっているはずです。電子書籍だったら、分厚くても関係ないですからね。

逆に薄いのは、『的を射る言葉』くらいかな。あれは文字数も少なくて、僕個人としては、よろしいなあ、と感じている本です。あれくらいの薄さの文庫本って、魅力を感じますね。若いときに読んだ文庫って、100ページくらいしかない薄い本が多かったので、なんとなく懐かしい。

ネットで、「インク不要のプリンタ」という広告が出ていたので、「お、新しい技術か」と思ってクリックしたら、感熱紙を使うサーマルプリンタでした。残念。それで思いつきましたが、「インクを使わないデジカメ」というCMは、面白いのでは？

レッツ・ショーテンでした。

 気づかない人が多いかも。「焦点」と「shoten」をかけました。

2018年9月19日水曜日
「家庭鉄道」と呼ぼうかな

　新作は、5000文字を書いて、合計6000文字で、完成度は5％です。ここまで書けば、もう峠を越えた感があって、あとは大して考えることもなく、気楽に労働するだけです（躰は疲労しますけれど）。

　来年1月刊予定の新書の初校ゲラが、近々届くと幻冬舎から連絡がありました。ゲラは、そろそろ来年刊の仕事になります。講談社からは、来年2月刊予定のブログ本（タイトルは『森遊びの日々』になりそう）の初校ゲラが来月に届けられると連絡が来ています。

　9月は、知合いの本に解説を書く予定で、これは3日間（つまり、3時間ですが）くらいはかけたいので、新作の執筆は、ゲラのことも考えると、来月にずれ込むことになりそう。もともと、9、10月で1作書こうとぼんやりと決めていたので、予定外ではありません。そのあと、また11月と12月で続編を1作書きます。調子が良ければ、さらに1冊、来年後半発行の新書を書こうかな、などと目論んでいます。たぶん、来年にずれ込むとは思いますが。

　日の出が遅くなってきたことと、夜間の雨が朝方まで続き、霧雨が上がっても、濃霧が立ち込める日が連続していて、以前に比べて（寒いから）午前中に屋外で活動しにくくなりました。ただし、模型飛行場はここよりも標高が低く、向かう途中で晴れてくることが多いようです。一方、庭園鉄道はどうしてもお昼頃の開業になり、やや停滞ぎみです。

　家の用事（庭仕事とか、なにかの修理とか）があるし、午後も犬の散歩やショッピングで出かける機会が多く、けっこう忙しい日々です。ゲストハウスの渡り廊下の屋根も、まだシーリングをしていません。風向計も取り付けていないし。課題が山積みです。

　昨日、久し振りに新しい動画をアップしました。これは、最近直した小さい機関車や電車の模型を走らせたところですが、そのうちの1つは動きが悪く、ぎくしゃくしていました。これを今日直しました。ちょっとしたことで、こうなってしまいます。原因がわかったので、もう大丈夫。

大きい機関車も、今日は1時間ほど時間を取って、石炭を燃やし、蒸気圧を上げてみました。漏れている箇所には、シーリング材を塗込み、アルミのテープを巻いて処置を施したのですが、やはり実際に熱と圧力がかかると、まったく駄目で、見事に蒸気が漏れました。このパーツを作り直すしかない、と踏ん切りがつきました。

　それでも、少し運転をして遊んでいると、途中で逆転機レバーが壊れて、前後進の切換えができなくなりました。ドライバを使って、なんとかレバーを動かし、その場は凌ぎましたが、いろいろ問題が出てくるものです。

　毎日、あれこれ考えて対処し、それを試してみて、やっぱり駄目だから、また新しい対処を考える、という試行錯誤の日々というのは、実にエキサイティングです。いずれは問題が解決し、思いどおりになります。そこで終わってしまうのですが、また新たな目標を必ず思いつき、エンドレスなのです。

　昨日書いた文章で、工業や農業が家庭内の趣味に取り入れられている、と書きましたが、庭園鉄道というのは、まさにこれで、「家庭鉄道」という名称を使った方が、広く理解を得られやすいかもしれません。この場合、走らせて遊ぶのではなく、家の役に立つ交通としての意味合いが増えるはずです。重いものを運んだりするわけですね。

　でも、家庭菜園だって、日曜大工だって、収穫物や工作品を得ることが主目的というわけではありません。そこへ向かう工夫や苦労が面白いのですから、その意味では、家庭鉄道も、遊びの要素が含まれてもなんの問題もない、といえます。

　というか、鉄道を人々が利用する目的には、そもそも「観光」という遊びが含まれているし、乗って楽しむことでは、機能を果たしていると考えるべきかな、とも思いました。

　もっとも、「家庭鉄道」というと、家族みんなで楽しまないといけないみたいな雰囲気になりますね。そこは、ちょっと違うかな。家庭菜園だって、個人の趣味として成立するものなのに、何故か「家庭」を冠しているのですね。シンプルに、「個人」を使えば良いように感じます。個

人鉄道となると、限りなく「私鉄」に近づきますが。

　雑誌で、庭園鉄道の連載を始めるので、こういったことに考えを巡らしているわけです。現代の遊びの多くは、電子空間に取り込まれつつありますが、家庭菜園、日曜大工とともに、庭園鉄道は、土臭いフィジカルでローテクな方向性であり、現代人のゆとりのバランスカウンタとしても、存在価値が認められるのではないでしょうか。

　そういう表向きの宣伝文句は、実は僕自身には無縁です。面白いからやっているだけです。毎日やりたいことをしている、という単純な生き方をしています。

 歳を取るほど生活はシンプルになりますから、ご心配無用です。

―――――――――――――――――――――――
2018年9月20日木曜日
メーカのブランド

　新作は、4000文字を書いて、合計1万文字、完成度は8%に。幻冬舎から新書の初校ゲラが届いたので、これを読み始めました。今日は15%まで。この本は、僕としては初めて『○○力』というタイトルになるかもしれません。先日、SB新書で出した『集中力はいらない』が、原題は『アンチ集中力』だったのですが、編集部が「アンチ」というマイナス指向を嫌い、採用されませんでした。僕が（作家になって以降）書いた唯一の建築関係の本は、『アンチ・ハウス』なのですけれど。

　アンチといえば、カウンタを連想します（数をかぞえるの意味ではなく、反撃の意味の方）。ボクシングのカウンタパンチや、釣合いを取るために反対方向に力をかけるカウンタウェイトとかの「カウンタ」です。これが、つまり僕としては、「アンチ」の主たるイメージなのです。

　力学には、「反力」という言葉が出てきて、構造物などの力の釣合いには、欠かせない用語です。ものが静止（あるいは等速度運動）状態にあるときには、必ず力が釣り合っているわけですから、たとえば、地上に人が立っているときならば、地面がその人の体重分の力で人を押

し上げているのです。ロープの片側を壁に固定し、もう片方を引っ張ると、ロープがピンと張ります。このとき、ロープは、人と壁によって引っ張られています。

豪速球を受けるキャッチャは、後方へ押されそうになりますが、地面に踏ん張っているので、ボールの力を最終的に受けるのは地面です。でも、そのときよりも強い力で、実はピッチャも投球の瞬間に後方へ押されそうになっていて、そのピッチャを押し留めているのも地面です。キャッチャの場合よりも力が強いのは、ボールがホームへ届く途中で空気抵抗を受けて、空気がボールを進行方向と逆に押し、運動量が減衰しているからです。

何が書きたかったかというと、「アンチ」という言葉は、けしてマイナスイメージではない、ということ。「マイナス」という言葉だって、全然マイナスイメージではありません（電子はマイナスからプラスへ流れているのです）。「アンチ・ロック・ブレーキ」は、タイヤをロックさせないブレーキのことで、従来のブレーキよりも高性能で安全な装備です。

だから、「アンチ集中力」というのは、意識を「集中」にロックしないことによって、より思考力を高める、というようなイメージを、僕は持ちます。でも、大勢の人が持つイメージを意識して、本のタイトルは決められているので、僕としては、強くは主張しないことにしています。小説作品では、タイトルは作者の自由だと思いますけれど、新書などのノンフィクションは、書かれているものと、受け取るものの中間的なイメージを想起するものが好ましいといえます。

今日は草刈りを久し振りにしました。1バッテリィだけ。まだ、落葉は多くはありません。ただ、どこを見ても落ちているくらいにはなっています。葉が色づき始めている樹もちらほら。白かったアナベルもピンクに染まってきました。

以前に伐採した枝が乾燥したようなので、燃やしました。ついでに、芝刈りで出た粉（まるで抹茶のような）も燃やしました。新しい芝刈り機は調子が良く、マキタというメーカを調べたら、なんと愛知県に本社があるのですね。これまで、工具などでも、積極的に選んで買ったことが

ありませんでしたが、この好印象で以後は優先するかもしれません。

　だけど、メーカの中には沢山の人たちが働いているわけで、どこかの部署に天才的なデザイナや、素晴らしい技術者がいたとしても、いつまでもその人がいるとは限らないし、違う製品はまた別の人たちが開発するわけだから、こういった大きなメーカのブランドというのは、あまり当てにしない方が良いのかもしれません。

　たとえば、講談社の本を数冊読んで面白かった場合、講談社のファンになるのか、というとそんなことはないはずですよね？（そうでもないのかな）Appleとかポルシェくらい作っているものの種類が少なければ、ある程度はブランドが作りやすいでしょうけれど、ソニーくらいになると、もう多すぎるし、もっと沢山の分野で製品を出すメーカは、なかなか一概に評価できないのではないでしょうか。

　たとえ個人であっても、方向性が統一されているかといえば、微妙なところです。たとえば森博嗣も、ミステリィが好きな人から、ミステリィ以外が良いという人、小説以外のものしか読まないという人など、それぞれですし、またそのジャンルの中でも、時代によって変化するし、むしろ変化しなければ厭きられてしまいます。森博嗣ならなんでもOKという人は、ブランドを信じているのだと思いますけれど、実際、僕自身でさえ、そういう意識は今はありません。デビューした頃には、それを築こうと気を遣っていましたけれど、ここ10年ほどは、もっと自然体で臨んでいます。

 もうほとんどビジネスをしている意識が薄れてきたと思います。

２０１８年９月２１日金曜日

デザインとアート

　新作は、5000文字を書いて、完成度12％に。幻冬舎新書の初校ゲラは30％まで読みました。執筆とゲラ読みに今日かけた時間はほぼ同じです。以上のことから、両者の作業が完結する日を予測しなさい（でき

ません)。

　昨夜は、午前2時半頃に犬が僕を起こしました。しゃっくりをしていたので、背中を撫でてやり、トイレに行きたいのかもしれない、と思って、僕は着替えをして、犬を外に出してやりました。一緒について出ないと、自分だけでは出ていかないのです。寒いから、着替えをしたわけです。戻ってきたら、自分のベッドに入らず、僕のベッドに乗って寝ようとしていましたが、僕は着替えて、ベッドに入りました。そのうち、犬は床に下り、おすわりをして鼻を鳴らすので、どうしたのか、ときくと、またトイレに行きたいと言うのです（言ったわけではないものの、そういう意思伝達がありました）。

　そこで、また着替えをして、犬を外に出してやると、今度は大きい方をしました。たぶんそうだろう、と予想してトイレットペーパを持ってついていったので、落ちてくるところに紙を敷いて、受け止めることができました。おりこうだと褒められ、本人も気を良くしたのか、寝室に戻ると、自分のベッドに入りました。そういうことがあったので、朝は少し寝坊してしまいました。なんという平和な光景でしょう。

　庭園鉄道を午前中から運行。久し振りに2列車を運転しました。気候は爽やかで、乗っていて気持ちが良いのですが、ゲストハウスの近くへ行くと、ガラス張りの渡り廊下の異変を発見しました。なにか落ちているのです。

　近くへ見にいくと、天井の石膏ボードが落下していました。落ちている板は60cmくらいの大きさで大したことはありませんが、落ちた理由は、雨漏です。水が天井に溜まって、ボードが湿って割れ落ちたのです。水の量は多くはなくても、染み込んで弱くなっていたのでしょう。

　スバル氏とこれの片づけをしました。20分くらいかかったでしょうか。余計な仕事です。屋根の修理に加えて、天井の修理もしなければなりません。自分でできないこともありませんけれど、面倒なので建築屋さんに相談してみようと思い、メールを書きましたが、今日は日曜日でした。

　庭掃除も簡単にしました。枯枝拾いと、落葉掃除。午後は、草刈りもできました。犬たちは元気で走り回っています。なんの手伝いもしませ

ん。お昼は、スバル氏が作ったピラフでした。
「デザイン」という言葉について、久し振りに書きましょう。日本語にすると「設計」という意味です。

多くの日本人は、デザインをアートと混同しています。つまり、ファッションとか、カラーコーディネートとか、装飾、意匠といったようなアート寄りのイメージに捉えているようです。でも、それは間違いです。人生設計は、人生デザインのことですし、構造物の寸法や材料を決めるために行う計算が、すなわちデザインです。したがって、デザインとは、条件を数値化し、過去のデータと照らし合わせて、未来への対処をする行為であり、多くの場合、生産されるものの未来のあり方を予測することとほぼ等しい、と思います。

デザインとアートは、まるで正反対で、人間の思想や生き方の両極にあるといえます。デザインは少なからず理系的な処理であり、アートは文系的な処理ともいえます。デザインは技であり、アートは芸です。統計的であれ、理由があって選択されるもの、計算で導かれるものがデザイン。一方、アートにおいて選択を司るのは個人の感性です。

たとえば、クルマのボディであれば、機能性から決まるもの、空気力学から決まるもの、大衆が好む色や形などのデータから決まるものがデザインであり、個人の好みや、なんとなく新しいもの、なんとなく面白いもの、を選ぶのがアートです。

その意味で、日本の多くのデザイナというのは、実はアーティストの仕事をしているし、アーティストのほとんどは、もしプロであれば、デザイナ的な考慮をしないと仕事にならないことでしょう。

僕自身は、工学を専攻していましたし、あらゆるものに対してデザイン的なアプローチをします。小説の執筆に対してもそうでした。だから、好きでもないものを創ることができたのです。作家は仕事であり、作品は商品だ、と考えています。多くの既存の作家が、アーティストと自覚されていることも知っていますが、それはそれで必要な仕事であると考えています。また、当然のことですが、自分の中にも、アート的な欲求がないわけではありません。優先しない、というだけです。

受け手から見たときには、デザインとアートに区別はありません。デザイン的に解釈して価値を見る人もいるし、アート的に感じるものを大事にする人もいます。ほとんどの人は両者を分けて評価しません。好きか嫌いかの判断があれば充分だからです。つまり、受け手には、総合的な評価でもって取るか取らないか、買うか買わないか、の選択しかないためです。

　どちらの歴史が古いかといえば、アートの方がさきです。デザインは、つい最近になって生まれた概念あるいは手法です。ざっと数百年の歴史しかないともいえます（個人的に優れた技術者はいましたが、伝達できるほど体系化されなかったため）。

 建築家はデザイナです。機能を作り出すことをデザインという。

2018年9月22日土曜日

不具合が起こったときの対処

　新作は、5000文字書いて、合計2万文字に、完成度は17%になりました。幻冬舎新書の来年1月刊は、初校ゲラを50%まで読みました。どちらも順調です。NASA風にいうと、「copacetic」でしょうか。この単語は、僕の持っている英和辞典には載っていませんでしたが、英英辞典にはありました。僕の年代の人なら、「すべてが順調、ヒューストンどうぞ」という同時通訳が耳に残っていることでしょう。

　朝は濃霧でしたが、10時頃には晴天になりました。まず、ガレージへ出かけていき、大きい機関車の逆転機レバーを直しました。先日の運転で動かなくなったのですが、原因は1つのパーツが曲がってしまったことでした。あまり力を加えないで使わないといけないようです。こういった力加減が、自分で作ったものでない場合は、最初はわからないのです。

　スバル氏が美容院へ行ったので、午前中は犬たちの相手をしました。芝生を走らせたり、おやつをあげたりです。ゲストハウスの渡り廊

下の惨状を写真に撮って、建築屋さんにメールを送ったら、近々修理にきてくれることになりました。そんなに一大事でもなく、急ぎませんよ、とは言ってあります。このブログを読んで、心配した方からメールをいただきましたが、たぶん、「屋根」と「天井」を混同されているのでしょう。屋根が落ちたのではなく、天井が落ちただけです。屋根はまだありますから、普段の使用に支障はありません。天井が落ちて、雨漏りの場所が特定できるので、むしろ良かったと思っているくらい。

　庭園鉄道は、平常運行。茸が沢山生えています。夜間の雨で、線路が少し沈んだところがあるようなので、また補修をしなければなりません。

　秋の大イベントは、落葉掃除です。まだ少しさきの話ですが、今年は例年よりも秋が早いみたいなので、そろそろ準備をしておかないといけません。機械類の整備と、道具が揃っているかの確認などです。落葉を運ぶ大きな袋は、ぼろぼろになったら最後は燃やしてしまうので、1年で2つくらいは消耗しています。10個は欲しいところですが、さて、今いくつあるのか。少なくとも、現在その数はありませんね。そんな段取りをしています。

　ものごとが思ったとおりに運ばない、上手くいかない、といった場合には、何が原因かを突き止めて、そこを修正するわけですが、これが簡単に解決しないことも往々にしてあります。

　そういったとき、よくあるパターンというのは、原因が複数あって、そのため何が悪いのかを突き止めにくくなっている場合でしょう。不具合というのは、プログラムであれば、ON/OFFのようにデジタルですが、通常はアナログですから、100%の性能のところが60%とか30%とかしか発揮できていない状態です。お互いに影響し合うものもあり、場合によってこのパーセンテージが常に変化します。いつも同じような程度で不具合が発現するのではない、という場合がほとんどなのです。

　解決方法でスタンダードなのは、できるだけ区分できるものを明確に分け、観察箇所を絞ること。その部分だけの機能を調べることです。区分は簡単ではありません。たとえば電子回路だったら、昔は可能でし

たが、今はもの凄く小さなチップの中に収まっているし、部分的に機能させることは困難です。機械であれば、途中を分解し、どの段階までが正常か、どこで不具合が起こるのか、と、少しずつ的を絞り、場所を特定していきます。

こうして、ちょっとした不具合が見つかるのですが、「これだけでは、ああはならない」というほど小さな不具合だったりします。そこを直しても、全体が回復するとは思えないほど、小さな不具合でしかない。これは主原因ではないな、という諦めムードになります。

ところが、そういった小さな不具合を幾つか直すことで、だんだん、主原因を特定しやすくなるのです。よくある例として、小さな不具合を数箇所修正することで、ラスボスのような原因が現れます。

逆に、これが主原因だ、と運良く最初に見つけて、そこを直しても、さほど改善されない場合もあります。これは、小さな複数の不具合が取り除かれていないためで、上記とは順番が逆になっているパターンといえます。

結局のところ、分析して、修正して、そして試行してみる、という繰返しの作業となって、そのたびに、分解し、組み立てて、実際に動かしてみるわけですから、とても面倒です。それでも、解決したときには、生き物を蘇生させたような嬉しさを味わうことができる、と思います。

たとえ正常に機能するようになっても、それで解決したわけではありません。単に対処をしただけです。次に同じ不具合が起こらないようにすることが、本当の問題解決であり、そのためには、現状を構成するものの一部を、最初からデザインし直す必要があります。まえにも書きましたが、災害や事件で「解決」と呼ばれているものの多くは、単なる「対処」でしかありません。本当に問題が解決しているなら、同じ災害や事件は再び起こらないはずです。

 修復の醍醐味は、機械もおもちゃもプログラムも似ています。

2018年9月23日日曜日

出勤する人たちの共有空間

　昨夜も、午前1時頃に犬が起こしましたが、寝不足ということはありません。体調は良く、朝から草刈りをしました。
　建築屋の顔馴染みの職人さんが1人で来てくれて、ゲストハウスの天井と屋根の防水処理をしてくれました。ボードは貼り直すだけで簡単ですが、防水処理が、効くかどうかを確かめないと、また湿って落ちてきます。ですから、防水だけして、しばらく様子を見ることになりました。どこから水が入るかは、わからないのです。自分で直そうとシーリング材を買ってありました。ここに塗るつもりだった、と屋根の上の職人さんに話したら、「そこは関係ないと思う」とのことです。人によって見立てが違うわけです。
　これまで、僕は何度も雨漏りを経験していますが、どの例でも、原因を突き止めることはできませんでした。それくらい難しいものなのです。現代においても、建築技術は雨漏りを完全に克服できていません。新しいうちは漏りませんが、材料が劣化するとともにリスクが上がります。比較的雨漏りがないのは、注文住宅ではない、一般的なプレハブ住宅です。
　庭園鉄道では、大きい機関車のスチームアップをしました。結果的に、修理した箇所はすべて蒸気漏れが止まりましたが、エンジンの下部から漏れるので、あとはここを止めれば完全になるものと気を良くしました。ただ、そこをシーリングするには、エンジンを一旦機関車から降ろさないといけません。そのために、大掛かりなオーバホールが必要となります。ガレージ内に場所を作って、機関車を分解する作業を始める段取りをしました。半月くらいはかかるのではないか、と予想。でも、楽しい時間になりそうです。
　新作は6000文字書いて、合計2万6000文字になりました。完成度は、22％です。新書の初校ゲラは、65％まで読みました。あと2日で読み終わりそうな感じ。執筆とゲラ校正では、頭の使う場所が違う（イメー

ジです)ので、両方をバランス良くすると、疲れにくいし、厭きないから健康的な気がします(たぶん、気のせい)。かといって、同時にはできません。10分くらいで切り換えるのが良好です。

　芝生のサッチ取りもしました。これが庭仕事の中で一番重労働かもしれません。サッチ取りをする芝刈り機もありますが、刃を替えたりするのが面倒です。でも、新しいロータ式芝刈り機が良い感じなので、リール式の方をサッチ取り専用に使う手はあるな、と思案中。

　庭園内に苔が広がってきたので、この頃は草刈り機にナイロンワイヤ式のものを使う機会が増えてきました。以前は、ボッシュのプラスチック1枚刃を愛用していたのですが、折れやすいのと、苔に傷を付けるのが欠点です。どんなものにも、一長一短があって、万能のものはありません(あったら、多種が存在できない)。

　お昼過ぎに、スバル氏と長女が買いものに出かけたので、また犬たちと留守番になりました。こういうときは、作家の仕事をするのが一番ですが、何故か手につきません。まず、芝生でボールを投げて、犬を走らせ、デッキでブラッシングをしてやりました。夜に雨が降っているので、水やりはないから、犬たちはやや不満げです。「ボールじゃなくて、水でやってよ」と言っているようです。

　昨日、あるところに送金しようとしたら、相手の銀行が祝日でお休みでした。僕のカレンダには、日本の祝祭日は表示されていないので、こういったことでもないかぎりわかりません。

　そもそも、銀行が土日に休んだり、午後3時で受け付けなくなる、というのが不便で、利用者のことを考えていない、というべきでしょう。サービス精神皆無としか思えません。僕は、ネット銀行をメインに利用していますが、そこは24時間、365日利用できます。ですから、物理的にできないはずはないのです。人間が処理しているわけではありませんから。

　一方で、宅配便とか接客業とか、人間が行う仕事は、きっちりと休みの日を決めるとか、そうでなければ、交替制にするとかすれば良いわけで、だんだん、超過勤務ができない世の中になってきているので、利用する側も割り切る必要があります。電子書籍は、いつでもどこでも買え

ますが、印刷書籍は平日の日中にしか買えない、といったことはありえるわけです。名古屋の栄にあった丸善という書店がそうでした。大学に勤めているとき、勤務時間外にここへ専門書を買いにいくことは不可能でした。

そのうち、出勤する必要がなくなるから（今でも「本質的には」そうですが、「実際に」の意味で）、そうなると「都会」のあり方もずいぶん様変わりするはずです。都会とは「出勤する人たちの共有空間」だからです。逆にいうと、都会が成立してもらわないと困る商売が多くて、出勤しないシステムを先延ばしにしよう、とやっきになることでしょう。

 交通関係、不動産関係などが、出勤しない社会では困りますね。

2018年9月24日月曜日

パーフェクトワールド

新作を6000文字書いて、合計3万2000文字になり、完成度は27%です。わりと抵抗なく書けるのは、半分続きみたいなシリーズだからでしょう（あ、ときどきしましたか?）。講談社文庫の編集部から、『すべてがFになる』『詩的私的ジャック』『今はもうない』『夢・出逢い・魔性』が重版になるとの連絡がありました。それぞれ、第71刷、52刷、45刷、23刷となります。また、Amazonのサイトで百年シリーズのKindle版が印刷書籍と一緒に表示されない不具合も解消されたようです。

幻冬舎新書の初校ゲラは、80%まで読みました。ゲラは明日で終わる予定。同じ幻冬舎新書『ジャイロモノレール』が完成したと、編集者から連絡があったので、贈呈先を指定しました。いつもの本は、友人数名以外、贈呈していませんので、破格の扱いといえます。まだ、僕のところへ見本は届いていませんけれど、きっと封を開けて、中をぱらぱらと読むことでしょう。思い入れのある本です（普段はないのか!）。

今日は霧がなく、朝から晴れ渡りました。朝の気温は10℃くらいです。フリースのシャツの上にウィンドブレーカを着て散歩に出かけました。

今の時期は、牧草がとても綺麗です。冬に備えて夏頃から作っているようです。うちから600mくらいの森の中で、住宅を建てる工事をしていて、もう何カ月も続いていますが、冬に間に合うのか、と心配。いきなり冬から住むのかな、という心配も重なります。

　今日は、まず枯枝を燃やして、そのあと草刈りをしました。もう草刈りも最後かもしれません。落葉も熊手で軽く集めて、一緒に燃やしました。庭園鉄道は、午後からのゲストに備えて、線路のチェックをしながら走行。異状はありません。スバル氏は、ゲストハウスの掃除をしていました。

　ガレージでは、大きい機関車のオーバホールを始めていて、パーツを1つずつ分解しています。これがことのほか面白い。こういった作業は大好きなのです。今回は、平岡幸三氏が設計した機関車のため、ほぼすべてのパーツの図面が書籍に掲載されているので、困るようなことはありませんが、当然ながら設計どおりに作られているとは限らないのも事実。その理由を推理したりするのも、また楽しいものです。

　ネットで見ていると、犬が走っているところの写真で、両手を前に伸ばし、後ろ脚は後ろに伸ばした姿勢で空中に浮いている瞬間のショットが流行っているみたいです。まるで飛んでいるように見えます。ペガサスとかウルトラマンと同じ姿勢ですからね。このような写真を撮ろうと、犬を走らせて数回チャレンジしてみましたが、これが難しい。なにしろ、カメラを構えると、うちの犬は賢いので走りません。ボールを投げたりして注意を引くのですが、レンズを向けると、止まってしまいます。写真を撮るときはじっとしていないといけない、と思っているのです。ペットの写真とか、専門に撮るカメラマンがいますが、きっと技があるのでしょう。うちの犬の場合、ゲストがいらっしゃって、飼い主以外の人が撮ると例外的に上手くいったりします。

　このまえの台風のとき、関西国際空港が高潮で海水に浸かりました。そうか、関西空港は浮いているわけではないのですね。海に空港を作るときには、埋め立てる方法と、メガフロートで浮かせる方法があって、いつも両方の案が出て議論になるのです。そういうのをこれまで噂に聞

いていました。埋め立てると環境破壊だし、浮かせると金がかかります。

　大学にいたとき、隣の講座の教授が、浮き構造の専門家で、メガフロートのメリットをいつも語られていました。実験室には、30mくらいの水槽があって、波を作って送るアクチュエータがありました。そこで模型の実験をされていましたね（模型の大きさは1m程度でしたが）。

　メリットがあっても、お金がかかるというデメリットで実現しないものは沢山あります。世の中、結局は経済で動いていて、いくらかかるのかという話になって、最後は決着するようです。昔の道路や鉄道は、トンネルを作るよりも、土地を買う方が安かったけれど、今はトンネルを掘った方が安い、という判断で、潜る経路が増えていますね。

　かつては自動化するための設備投資が高かったのに、今は人件費の方が高いから自動化が進みました。技術的な発展があっても、すぐに社会が変わるわけではない、ということです。

　橋がずれるほどの大事故だったのに、予想外にたちまち直してしまえそうなのにも驚きました。大型のクレーンとか、今はそういった建設機械が充実しているのですね。こういったところは、日本もさすがに余裕のある国になったのかな、と思える部分です。事故や災害はある程度は避けられませんが、問題はリカバのし方で、そこに日頃の技術開発や備えの蓄積が効いてきます。

　ヨーロッパの名所へ観光に行くとわかりますが、どこでもたいてい修復工事をしている最中です。絵はがきやネットで見られるような完全な光景はまず滅多に見られません。パーフェクトなままでは維持できないのです。常に直し続けている姿勢が平常であり、いわば「完成形」というものだ、との認識がこれからは必要でしょう。

 みんなが歳を取れば、**不具合を抱えた人ばかりになる道理**です。

2018年9月25日火曜日
蕎麦とうどんの話

　幻冬舎新書の初校ゲラを読み終わりました。これで、今日からゲラなし人生となります。講談社タイガの新作は、6000文字書いて、合計3万8000文字になり、完成度は32%です。第1章が終わって、第2章に入りました。

　ガレージで、大きい機関車のオーバホールをしていますが、ボイラを取り外し、台車も外して、フレームに残っているエンジンが剝き出しになりました。ここまでは簡単で楽しい作業ですが、これからエンジンの分解になり、けっこう大変かもしれません。

　LEDのハンディライトで手許を照らして作業をしています。作業中は手はオイルや煤で汚れているので、ライトのスイッチを入れたり切ったりできません。声で反応してくれたら良いのに、と思います。「ここを照らして」という言葉で指示をしたとき、「ここ」を認識してくれたら凄い技術だと思いますが。

　ネジを外すごとに、どこのネジだったかを書いて、付箋を貼って整理をしつつ、分解作業を進めています。エンジンのシーリングをすることが最終目的です。つまり、シリンダヘッドなどで、高圧蒸気が漏れないよう、部品の合わせ目にシリコン樹脂など（僕が使っているのはバスコークですが）を塗って、気密性を保つようにします。自動車のエンジンなどでは、この部分にガスケットと呼ばれる薄い紙（のような繊維質の材料）が挟まれています。かつては、パッキングとも呼びました。台所のタッパや保存用ガラス瓶などの蓋の周囲にゴムがついているものがありますが、あれと同じです。Oリングもシーリング材の一種です。

　実は、ガスケットとパッキングは、用語としては使い分けられています。静止部（スタティック・シーリング）ならガスケット、運動部（ダイナミック・シーリング）ならパッキングなのですが、一般にはこの区別は、日本ではあまり普及していません。

　蒸気エンジンというのは、自動車などのガソリンエンジンと違って、シ

リンダの上だけでなく、下にも圧力室があります。つまり、ピストンの押しと引きの両方で、蒸気圧を利用しているのです（ガソリンエンジンは押しだけ）。押しの場合は、気密性を保つのが（スタティックなので）簡単ですが、引きでは、ピストンから伸びるコンロッドへの棒が、シリンダヘッドの穴を通るので、ここ（ダイナミック・シーリング部）で漏れやすいのです。この説明でわかりますか？

　朝から、また草刈りをしました。昨日の続きです。地面は苔に覆われているので、その苔から伸びた雑草だけをカットします。苔には傷を付けたくないので、ナイロンワイヤの草刈り機を使っています。今日も、青い朝顔が咲いていました。6輪くらいです。アナベルはすっかりピンク。今朝の気温は9℃でした。寒いですね。

　昨日、うっかり外で吹付け塗装をしてしまい、塗料が垂れて、上手くいきませんでした。気温が15℃以下では、材料が冷たすぎて駄目なのです。そろそろ屋外では、こういった作業ができなくなります（ガレージ内でします）。

　昨日から、若いゲスト2人がいらっしゃっています（若いといっても30代ですが）。ゲストハウスに宿泊されていて、昨夜は、すき焼きを食べました。すき焼きなんて、何年振りでしょうか。電気鍋を使ったのですが、それを見るのも久し振りでした。スバル氏が、一昨日隣町の肉屋まで牛肉を買いにいったのです。それも、先週から予約してあった肉だそうです。2枚ほど食べて、もう充分（お腹がいっぱいの意）だと思いましたけれど。

　今日は、その2人とスバル氏と僕の4人で、これまたクルマで30分くらいの蕎麦屋まで出かけていきました。犬たちは長女と留守番です。その蕎麦屋ですが、半分イタリアンでした。蕎麦をトマトソースの汁で食べるのです。全然、懐かしいとは思いませんでしたが、まあまあ美味しくて、これもありかな、と思いました。

　蕎麦は、名古屋にいるときは、安江という名の店へよく行きました。石川橋から南へ500mくらいだったかな。そこが本店です。割子蕎麦とか美味しかった記憶です（現在はそのメニューはないそうです）。名古屋は、

どちらかというと、うどん屋の方が多く、やはりその点では西日本かもしれません。東京は蕎麦屋ばかりですからね。関東の人の蕎麦好きは特別だと思います。そんなに美味いか、と不思議に思っていましたが、安江は美味しくて、若い頃にびっくりしました。

きしめんというのが、名古屋の名物だそうですが、名物かな、と疑問に思うくらい普及していないと思います。そもそも、さほど美味くありません。安いというだけなのかも。山梨県(やまなしけん)だったか、富士山の方へ行ったときに、ほうとう（漢字が出ませんでした、辞書にはありますが、2字とも食へんです）という鍋物をいただいて、きしめんよりもっと幅の広いうどんが入っていました。

なんというのか、うどん、きしめん、ほうとうなどは、断面形状が違うだけで、材料が同じなのではないでしょうか。たとえばパスタについては、材料が同じだったら、形状が違っても、日本人は別の呼び方はしませんよね。だから、全部「うどん」に統一していただきたいものですが、え？　材料が違う？　それとも製法が違うのかな？　謎(なぞ)はこのままにしておきます。知りたいわけではないので、メールはいりません。

　うどんは、3年に1回も食べません。もしかして嫌いなのかも。

2018年9月26日水曜日

立体図における直角の記号

新作は、8000文字書いて、合計4万6000文字になり、完成度は38％です。このペースでいけば、9月中に書き上がるかもしれません（これを書いているのは9/21なので）。体調が良かったので、依頼された解説文を少し書き始めてみました。まだ、1000文字くらいですが、書き始めるだけで、気が楽になります。体調が良い理由は、以下のとおり。

僕の部屋で寝ている犬のために、3000円もするクッションを買ってやり、昨日それを与えたら、自分のものだと瞬時に理解したようで、昼頃から、その上で遊び、夜はそこで仰向けにひっくり返って寝ていました。

今朝は起きたら7時で、犬も寝坊したようです。おかげで、僕は睡眠時間が8時間半で、熟睡できました。このように、ちょっとした変化が予期せぬところに影響することを、クッション効果と呼ぼうと思います（バタフライ効果が一般的）。

　朝は、霧が立ち込め、とても寒かったので、庭園鉄道は遅めの開業にして、ガレージで機関車の分解作業を始めました。いよいよエンジンをフレームから降ろすことになり、頭の中で思い描いた知恵の輪のような手順で、イメージどおり外すことができ、ほっとしました。エンジン単体で整備をして、エアで試験をするために、エンジンに取り付けるエアパイプの口を作らないといけません。このように、分解や点検をするため、1回きり使用するジグが必要となることは、珍しくありません。

　お昼頃に、スバル氏に誘われてスーパへ行きました。久し振りかもしれません。スーパでは、見慣れない野菜などを指差して、「これは何？」とスバル氏に尋ねることが多いのですが、たいていの場合、「知らん」と素っ気ない返事。どうせ教えても覚えないから、と言われたこともあります。そのとおりなのですが、少なくともスバル氏が名称を知っている野菜だ、ということは覚えます。それさえ覚えれば、どうしてもその名前が必要なとき（たとえば、ゲストと食事をしていて、その名を尋ねられた場合とか）に、スバル氏にきいて答えることができます。こういうのは、僕の場合、「知っている」と同義なのです。

　これはあいつにきけば良い、これはあの本に載っている、これはネットですぐ見つかる、ということを把握していれば、名称とか、簡単な文章とか、静止画や動画なども、自分の頭や記録メディアにわざわざ入れる必要はありません。

　昨夜のうち雨が相当降ったようなので、ゲストハウスの渡り廊下を見にいきました。まったく漏れていませんでした。先日の職人さんが、屋根にシリコン材で補修をした効果でしょうか。まだ予断を許しませんが、だったら良いな、と思います。職人さんが使っていたシリコン材は、僕がホームセンタで買ったのと同じものでした。でも、どこに塗れば良いかが、ノウハウの本質ですし、具体的に文章化しにくいところです。まさに

そこが、玄人と素人の差になります。材料だけ同じものを持っていても駄目なのです（僕は試すまえでしたが）。

幻冬舎新書の新刊『ジャイロモノレール』の見本が10冊届きました。珍しく開封して、中を流し読みしています。特に、自分で書いた図を眺めています。この本を作るときに、図の修正で、編集部への指摘が上手くいかないものがありました。それは、x、y、z軸を示す立体図です。この場合、3つの軸は互いに直角の関係にありますが、絵として見ると（絵は2次元ですから）、3つの軸は、互いに（だいたい）120°くらいで交わっているわけです。ここまでは、よろしいですか？

そこで、x軸とy軸が互いに直角であることを示す印を図に加えたい場合にどうするか。直角であることを示す印は、皆さんも、中学校で習ったと思いますが、2辺が交わる角の部分に、小さい正方形ができるように、書き入れます。既に2辺はあるから、残りの2辺を書き加え、ここが直角ですよ、と示します。

ところが、立体図ですから、x軸とy軸は、絵の中では120°で交わっています。ここに、あと2辺を書き足しても、正方形にはなりません。新しい2辺が無理に直角になるように描くと、120°と90°を含む歪な四角形になってしまい、正方形でも菱形でもありません。残りの2角は、75°になるわけです。

本来、正方形が書きたいのですが、立体を示す図ですから、正方形は菱形に見えるはずです（120°、60°、120°、60°の菱形が正しい表記です）。僕は、ゲラの段階で、そのように図に書き入れたのですが、これが理解してもらえず、「直角の記号なんだから90°だろう」と考えて、前者の歪な形のまま戻ってきたので、再度、大きな図も加えて説明し、菱形にするようにと指示をしなければなりませんでした。

文系の方の多くは、以上の説明がわからなかったと思います。理系の方の多くは、何を当たり前のことをくどくど書いているのか、と思われたでしょう。

さて、では、ちょっと飛躍しましょう。3次元の立方体を2次元に投影した図が、このような菱形の集合体になるのですから、次元を1つ上げ

て展開すると、4次元立方体を3次元に投影した形は、いずれの面も菱形の平行六面体が集合した立体になります。

 読めるし言葉も知っているのに意味が通じないことがあります。

2018年9月27日木曜日
クルマ人生を振り返る

　新作は、1万文字を書いて、合計5万6000文字になり、完成度は47％になりました。ちょっと書きすぎたかもしれません。ほかには作家の仕事をしていません。

　夜間に雨が降ったので、ゲストハウスの渡り廊下を見にいったら、床に敷いたシートが濡れていて、水が漏れたようです。量は少ないものの、屋根のシーリングは完全ではないということです。おそらく、屋根ではなく、隣接する母屋の壁（外部は板張り）の内側を伝って水が入るのではないか、と思われます。とにかく、雨漏りというのは、止めるのが難しいものです。建築屋さんには、メールを書いておきました。

　朝から晴れ上がって、庭園鉄道日和です。でも、少し寒い。日が射したら、外で塗装でもしようと思っていましたが、断念。でも、メインラインを1周してくると、庭仕事もしたくなってきます。枯枝を拾ったり、落葉を集めたりしました。

　ガレージでは、機関車のエンジンを取り出し、エンジン部の分解に作業が移りました。細かいピンを抜いて、パーツを外していきます。ときどき写真を撮り、また、部品の整理をしつつ、ゆっくりと進めます。手を動かすときの10倍くらいの時間は、眺めて考えています。どのパーツをどの順で外すか、といったイメージを思い描きます。このイメージが頭に残り、逆に組み立てるときに効いてきます。

　一昨日、ガスケットとパッキングの話を書きました。今回の分解の目的は、エンジンのシリンダのシーリングを確実にすることです。できれば、給排気のタイミングについても、調整をしたいと思います。蒸気エンジ

ンは、このタイミングをロッドの長さで調節するのですが、中を見ないと調節できず、しかし密封しないと試しに動かせない、というジレンマはあります。

「ジレンマ」という用語は、相反する2つの条件で板挟みになる状態のことですが、ネットで観察していると、単に落ち込んでいたり、あるいは仕事などが上手くいかなくて迷っているときに使われていて、少しずれていると感じます。それは単なる「スランプ」ではないかと思います。どちらも、「陥る」ので、聞き流してしまいますが、意味はだいぶ異なります（「煮詰まっている」ほどの誤用ではありませんが）。

そうそう、「板挟み」も、両側から攻められる、の意味に使われていますね。それでは単なる「挟み撃ち」でしょう。

今日はクルマの話を書きましょう。僕はドライブが好きで、若い頃からクルマとともに生きてきました。好みなのは、小さくて軽いクルマです。適度に運動性があった方が面白いのですが、もう歳を取ったので、むちゃな運転からは卒業しました。

古い型ばかりになってしまいますが、ミニクーパなどは大好きです。これはスバル氏が持っていたことがあります。彼女は、チンクエチェントも乗っていました。僕は、ポルシェ911を買ったので、それ以上は要求しませんでした。

乗りたいと思って乗れなかったものとしては、シトロエン2CVとか、同じくDSとかですが、なかなか良い状態のものに出会えませんでした。また、もっと古いところではメッサーシュミットの3輪なんか欲しいなと思いました。これは、レプリカみたいなものが光岡自動車から（4輪ですが）出たので、そのキットを購入して、学生たちと一緒に組み立てたのち、公道を走らせたことがありましたね。

ポルシェ911は、空冷エンジンに憧れがあったので購入しましたが、僕が買った993型が最後の空冷搭載車になり、その後は水冷エンジンになってしまいました。水冷では、あのフォルムは工学的に矛盾しているのです。同様に、フォルクスワーゲンのビートルも空冷だから、あのフォルムでした。

一番距離を走ったのは、ホンダのシビックRS、一番長く乗ったのは、ホンダのビートでした。いずれも、傑作車だったと思います。ビートは似たものが、最近出たようですが、エンジンを1リッタにしていたら、買ったかもしれません。今世紀になって登場したクルマで、欲しいと思ったものは2、3台しかありません。特に、日本車には皆無。

　クルマは、今後はもっとプライベートなデザインになっていくことでしょう。つまり、量産されるのは、走り装置だけになって、ボディやインテリアは、個別の注文生産か、カスタマイズによる多様化へ向かうしかない。そうではない安価なコミュータ的大衆車は、自動化され、共有化され、個人のものである必要がなくなることでしょう。

 ほぼ一生ドライブが楽しめたのですから、幸せな時代でした。

2018年9月28日金曜日
満身感情にお気をつけて

　新作は、1万文字を書いて、合計6万6000文字になり、完成度は55％になりました。このペースでいくと、6日後に書き上がります。これを書いている今日は9/23なので、9/29に完成することになり、ちょっと前倒し気味かもしれません。

　依頼されている解説文は、暇を見て、書き足し、3000文字ほどになりました。5000文字前後と頼まれているので、あとは推敲したり、文章をわかりやすくしていくと、増えてちょうど良くなると思います。これも今月中には脱稿できるでしょう。

　今日は日曜日です。朝の散歩に出かけるときは、霧が出ていました。その後、晴れてきましたが、気温が低く、風もあり、ちょっと寒すぎるので、庭園鉄道は運休としました。屋外では、風向計の補修と塗装をしているのですが、これのサンディングに30分ほどかけました。ガレージでは、相変わらず、機関車のエンジンの分解をしていて、毎日一番の楽しみとなっています。まだ、組み立てる方向へは進んでいません。シーリ

ング方法や、ちょっとした材料（ネジ、割りピン、ガスケットなど）を買い集めないといけません。いずれも、ネットで発注しています。

　最近、新しい読者10人くらいから続けてメールをいただきました。新しいというのは、最近読み始めた、と書かれていたからです。今はメールには一切リプライしていませんが、ちゃんと読んでおります（もちろん、迷惑メールに近いものは自動選別してゴミ箱行きとなりますが、カウントだけはしています）。その中の1通は、森博嗣が「死ぬかもしれない」と書いたことに驚かれ、なにか病気を隠されているのですか、と書いてこられました。

　いえいえ、ずっとまえから、死ぬとか、雲隠れするとか、言いたいことを書いている人なのですよ。気になさらないように。というよりも、普通の人って、そういう話をしないのですね。誰だって、いつ死んでもおかしくないはずなのに……。

　ところで、ここからは一般論ですが、多くの人にありがちな傾向として、自分がこうだと最初に思った印象に引きずられ、一旦（たとえば「森博嗣は死ぬ」と）思い込むと、いくらそうではない情報や、否定する内容（健康だ、体調が良い、など）に触れても、逆に怪しみ、自分のイメージどおりの言葉には、強く反応するようになることがあります。結果的に、その人その人で、同一の文章から逆のことを読み取る、ということです。

　ようするに、文章というのは誤解しかされないもの、と考えてもよろしいかと。これは、嘆いているのではありません。そういう傾向があって、面白いものだな、と楽しんでおります。これは皮肉ではありません。でも、きっと念を押すほど、皮肉だろうと勘繰られてしまうことでしょう。そうなんです、どうしようもないのです。

　第一印象に引きずられるというのは、「囚（とら）われている」からです。インプリントともいいますね。その最初の印象も、自分で作り上げたものです。客観的な観察結果ではありません。そして多くは、「こうあってほしい」という自身の願望で作られています。人は、自分の願望でものを見ているのです。

　自分のイメージと異なったものに出合うと、なにか隠されている、意図があって反対に装っているのだ、と捉え、それほど逆に言いたがるの

は、よほどのことだろう、かえって怪しい、私が思ったとおりだ、という方向へ考えます。もちろん、イメージに沿ったものに出合うと、だからいったじゃないの、もう絶対にまちがいない、と確信します。疑いもしません。

　観察したものも、それが目の前にあるときには、じっくり見ていません。ただ、あとから思い出して、あれはそうだったのではないか、と思い出すのです。だからこそ、観察が自分の願望で歪められます。それで、実際に見た、聞いた、と思い込んでしまうのです。

　最初に見たときに、実は見ていない、聞いたときにも、聞いていない。どうしてかというと、自分が関心のあるもの、自分のそのときの思いにすっかり覆われているからです。そのシールドが邪魔で、見逃してしまい、聞き逃してしまうのです。

　たとえば、写真を撮るときには、写真の手前にある撮りたい対象に目が行っているから、バックに何が写るかまで目が行きません。写真に慣れた人は、必ずフレームに入るものすべてを見ますが、普通の人は、あとで写真になったときに、はじめて、こんなものがあったんだ、と気づきます。そこで思い出し、それも自分が見たものとして記憶修正しますが、実は、自分の目では見ていないから、距離も大きさも把握していません。これと同じことが、考えることでも起こっています。人はそれくらい、不自由なものです。

　不自由になっている原因は、自分が好きなものに囚われているからです。逆に、嫌いなものにも囚われます。無意識に避け、近づきません。ろくろく見ずに避けるので、本当にそれかどうかもわかりません。

　結局、ものをきちんと見るためには、好きとか嫌いとかの感情を一旦OFFにする必要があります。それができるかどうかは、自分の感情というものを把握（自覚）しているかどうかによります。多くの場合、感情は本人そのものというくらい支配的になっていて、とてもそれを切ることができない「一大勢力」になるようです。こういうのを満身感情といいます（僕しかいっていませんが）。

> 好き嫌いでものごとを判断する人は、感情を意識すらしません。

2018年9月29日土曜日
お前だって日本人じゃないか

　新作は、今日も1万文字を書いてしまい、合計7万6000文字で、完成度は63％になりました。あと5日で書き上がると思います。作家の仕事はこれだけ。1時間40分ほどでしたが、それを4回に分けて、10時頃、3時頃、6時頃、8時頃に25分ずつ書きました。几帳面な人ですね。

　朝から日差しが強く、気温がわりと上がりましたので、吹付け塗装を屋外で行いました。といっても、マスキングしている時間の方が長く、吹き付けるのは一瞬です。これも、乾燥させて、3回に分けて行います。分散させる方が良いのです。

　それから、昨年作った機関車の点検をしました。これも屋外でやりました。分解してメンテナンスができるように、ユニット化してあります。それぞれが20kg以下になるようにデザインしてあって、簡単にばらばらになります。ギアの音が少し変だと感じていたので、バックラッシュ（ギア間隔）を確認しました。嚙みすぎていたようです。そうなったのは、ギアの軸がずれたためで、これは走行中に石に当たった衝撃だと想像できます。これを戻して、ボルトを締めておきました。また、チェーンも緩んでいましたが、こちらは車輪の軸受が木部に固定されているため、木材は少しずつ変形するから、どうしてもこうなります。作ってしばらくは頻繁に点検して、ボルトなどを締め直さないといけません。その点、金属はほぼメンテナンスフリーといえますが、高いのと重いのと加工が大変なのと錆びるのが欠点。

　オーバホールしている機関車のエンジンは、蒸気漏れが酷い箇所をおおかた特定できました。そこをきちんとシールしたら蘇るのではないか、と期待されます。今まではほとんど分解作業でしたが、今日くらいから、少しずつ組立て作業に移行します。楽しすぎて時間を忘れます

が、できるだけ1時間以上はやらないようにしています。ときどき離れて、冷静になり、頭を働かせた方が良いのです。

今日は草刈りを1バッテリィだけ。芝刈りもしようと思いましたが、それほど伸びていないので、サッチ取りだけ軽くしました。けっこう花が方々で咲いています。細かい花が沢山、というのが綺麗です。

お昼頃に、久し振りにドイツ人が遊びにきて、分解している機関車を見せたりしました。話題は、アメリカと中国の貿易戦争で、僕は聞いていただけで、あまり発言できませんでした。トランプ大統領がどうして当選できたのか、それは「オバマの政治が悪すぎたからだ」という点では意見が一致しましたが。オバマ大統領は、今の韓国の大統領と似ていますね（顔ではなくて）。ドイツ人は知りませんでしたけれど。

ときどき、日本人はこんな傾向があるとか、最近の老人はここがいけないとか、はっきりとは書かないまでも、揶揄したりしているから、「そういうお前だって日本人だし、老人じゃないか」と腹を立てる方もいらっしゃることでしょう。ええ、そうなんです。でも、自分がそうだったら、書けないのですか？

だいたい、日本人にありがちな議論の戦法というのは、相手が言った意見に対して、相手の過去の発言や行動との矛盾を突く、というものです。過去に関連したことで、異なる内容を語っていたのではないかとか、過去に自身で反対のことをしていたじゃないか、と攻撃するのです。

この論法は、人間は一生意見を変えてはいけない、ずっと同じポリシィで行動しなければならない、また、自身が所属するグループを批判してはいけない、というルールに従っているわけですね。「日本人だったら、日本の悪口は言うな」「一度決めたら、間違いに気づいても、そのまま突き通すのが信念ある人間の態度だ」みたいな感じでしょうか。まあ、けっこうなことだとは思いますが、そういう方は、どうやって成長するのかな、という一抹の疑問を抱きます。

自分のいけないところを改める、意見や思想、あるいは方針を変更する柔軟性を持つことは、僕は大切だと思います。また、悪い点に気

づいたり、いけない傾向を観察した場合には、自分がどうであれ、その欠点や観察事項を述べることは大切です。そういう情報は、集団にとって有益だからです。

　客観的な観察、客観的な理屈の構築には、自分自身を棚に上げる能力が必要でしょう。また、過去の経緯さえ一旦棚に上げて考える必要があるでしょう。道理とは、つまり思想的なものだからです。

　たとえば、憲法のようなものだといっても良いでしょう。憲法を制定したときに、「今までさんざん戦争してきたくせに、そんな偉そうなこと言うな」と非難されたでしょうか？　人の意見ではなく、人の人格を攻撃するのは、つまりはこういうもの言いになっている、ということです。

　今の日本人は、過去の日本人と矛盾しています（どこの国も同じでしょう）。ときどき、隣国などから指摘されるのは、ここです。昔のことじゃないか、と日本人は思うでしょう。でも、たとえば、北朝鮮が友好的に出てきたとき、「このまえまでミサイル撃っていたじゃないか」と突っぱねるのも、また同じ姿勢なのです。良い悪いは書きませんが。

　もっとも、北朝鮮については、『MORI Magazine 2』に書いたとおり、今年の秋頃が怪しい、と今も思っています。外れることを祈りましょう（祈っても無意味ですが）。

 この北に対する懸念は、現在でもほぼ同じ程度に抱いています。

2018年9月30日日曜日

反省とはどういうものか？

　先週、ゲストと一緒に行った蕎麦屋へ、犬たちもみんな連れていきました。このまえ入ったときに、犬もOKだと聞いてきたからです。今日の方が天気が良くて、テラスから眺められる風景も綺麗でした。この店には、小さいけれど典型的なイングリッシュガーデンがあって、そこもじっくりと見てきました。庭でも食べられるようにベンチが作ってありました。どうして蕎麦に拘っているのかはわかりません。店主はまだ若い人です。奥

様と二人で店をやっているようでした。客は、それほど多そうではなく、ネットだけの宣伝では「蕎麦」はアピールしないようですね。家畜の餌だとの認識が一般的だからです。今日は、ケーキをいただいてきました。蕎麦粉を使ったケーキだったようですが、よくわかりませんでした。

帰ってきて、芝刈りをしました。新しい芝刈り機で2回めです。気持ちの良い働きっぷりでした。今日も、青い朝顔が7輪咲いていました。ピンクになったアナベルですが、同じ樹なのに、1つだけ白いままのものがあります。残りの10輪以上はピンクです。なにが影響しているのかわかりませんが、一番高いところにある花です。

芝生や苔の絨毯に、ときどき小さい土の山ができていて、中央に穴が開いています。高さ2、3センチの火山のような形。これは、地中にいた蛾の幼虫が出てきた跡です。そろそろ寒くなってきたので、もうありませんけれど、夏はよく見かけます。特に、家の側とか、光がある場所に多いようです。そういう場所に蛾が集まっているからでしょう。

この時期は、樹をつつく小さな鳥がいて、ときどきコツコツと音がします。あれも、虫を食べようとしているのですね。自然には、いろいろな音が常にします。静かだな、と思えるのは、もっと寒くなってからです。

自然というのは変化が大きく、夏と冬では世界が一変します。毎日の朝夕でもずいぶん差があります。都会でマンション暮らしの方には、まったく体験できない振れ幅だと思います。都会を見れば、人間はあらゆる変化を嫌っているのだな、ということが理解できます。

新作は、1万文字を書いて、8万8000文字になりました。完成度は73%です。あと4日で終わりますから、次の土曜日で脱稿です。ほかには、作家の仕事はしていません。

昨日の話の続きかもしれません。日本人が特に要求するのは、「謝罪」ですね。まえにも書きましたが、日本人が「謝罪を求める」といったときには、それは「補償」ではなくて「反省」なのです。気持ちを変えて、善人になれ、と無理をいっているのです。それが可能ならば、みんな善人になることでしょう。

ところが、「反省しているのか?」と先生に叱られた場合、黙っている

と、反省していることは認めてもらえません。「反省しています」と言うだけでも信じてもらえませんが、涙を流したり、土下座をしたり、そういう態度を見せないと伝わらないのです。当たり前の話ですが、気持ちは外部からは見えません。それなのに、他人の気持ちに干渉しようとするのが、日本の文化なのです。

よく裁判などでも、反省していることを理由に、刑が酌量されることがあります。どうやって反省していることを測ったのか、非常に不思議です。でも、再び罪を犯したりすると、「反省していなかった」と受け止められ、今度は許してもらえません。だから、態度だけではなく、その人が本当に反省できる人かどうかも評価対象になっているようです。曖昧かつ面倒な基準ですね。

反省とは何でしょうか？　はっきりとわかりません。「謝罪」とは違います。謝罪は、相手に謝ること、反省は、本来は自身を振り返って改めようと思うことでしょうか。ただ思うだけで反省なのか、行為を改めて初めて反省になるのか、そのあたりが不確定です。

叱られたときに、反省したように振る舞わなかったため許してもらえなかった、と反省して、次からは、反省したように振る舞うわけです。となると、反省とは、演技を学ぶこと、相手を納得させるコツを摑むこと、といえるのでしょうか。

僕が日頃から不思議に思っているのは、お酒を飲んで失敗をした人たちが、反省の弁を述べるわりに、またお酒を飲むことです。反省するなら、飲まない決意をしてはいかがでしょうか？　素面だったら反省できても、飲んだら元の木阿弥では、意味がありません。何度も書いているのですが、飲酒運転を一度した人は、運転免許ではなく、飲酒免許を取り上げた方が効果があると思います。飲酒は、年齢制限も法律化されているのに、免許制がないのは、どうしてなのかな？　年齢よりも相応しい資格があるのでは？

 飲酒の危険については、何度も書いています。書きすぎかも。

10月
October

2018年10月1日月曜日

雨漏りは普通です

　新作は、1万2000文字書いてしまい、合計で10万文字に達しました。完成度は、83%です。この数字からすると、あと2日で終わりそうですが、100%で終了とはなりません。もともと12万文字を目標として、パーセンテージの分母としていましたが、1万文字くらいオーバする可能性が高いと思われます。まだストーリィがどうなるのかわからないので、はらはらどきどきと予断を許しません（これを書いているのは9/26です）。

　来年の出版計画で、いくつかの出版社に確認のメールを出しました。依頼された解説の文章は、少し推敲したら、4500文字になりましたので、ほぼこれで完成とします。もちろん、あと数回推敲してから送ります。

　建築屋の職人さんが、屋根専門の業者を連れてきてくれました。日本でいうと板金屋さんでしょうか。気がついたら、ゲストハウスの渡り廊下の屋根の上に2人がいました。外壁の板を剝がし、どこまで水の跡があるか確かめたようです。どこから水が入るのか、原因はわかりませんが、考えうるところに処置を施して、またしばらく様子を見ることになりそうです。

　それで思い出しましたが、『アンチ・ハウス』に出てきたガレージでも、雨漏りがありました。母屋とのつなぎ目の樋から水がオーバフローしたためでした。これはすぐに対策を講じましたが、それ以外でも軽微な雨漏りがありました。建ててもらった建築屋では、これが止められなかったので、建築業だった父の知合いの板金屋さんに見てもらったのです。たしか当時80代でした。屋根に上がって、しばらく調べていましたが、結局、屋根ではなく母屋の板張りの壁に、1メートルほどのトタンを貼りました。漏れているところから、ずいぶん離れています。でも、それでぴたりと雨漏りが止まりました。壁の板の継ぎ目から水が入っていたのです。その建物は、当時築30年でしたから、板が瘦せたか、割れが生じていたのでしょう。内側に防水シートがあるので、内部に水は入り

ませんが、そこを伝って、ガレージの屋根の防水シートの内側に水が流れていたのです。

　雨漏りを防ぐには、外壁をプラスティックかセラミックにすれば効果がありますが、いかにも安っぽい外見になってしまいます。ですから、新旧の材料を上手に使って、お金をかけて作るか、あるいは頻繁に補修をするか、のいずれかになると思います。

　プレハブ住宅で雨漏りが少ないのは、設計が決まっていて、量産化のまえに試験をして最適化されているためです。ところが、建築の多くは、個別にデザインされ、工事の途中でも細かいところで変更があります。ほとんど唯一の形態のものを、ぶっつけ本番で作っているわけで、試験もしていないし、最適化もされていない、ということです。ですから、その後の環境で、しばらく暴露実験をしている最中、と思うのが正しい認識でしょう。

　自動車でも、雨漏りはあります。特に、ソフトトップのオープンカーなどが漏りやすい。自動車の場合、そもそも水が漏って困るのは、中に乗っている人間です。エンジンルームは、水が入っても大したことはありません。困るところだけシールすれば良いのです。

　フェラーリなどのスーパーカーは、雨の日は乗らないものです。エンジンに水が当たると良くない、と聞きました。僕がポルシェで、行きつけのスタンドにガソリンを入れにいったとき、「このクルマは雨の日に乗っても良いのですか?」と言われました。ほかのスタンドでも数回言われたので、たぶん、常識的に雨の日には乗らないクルマに含まれていたということです。空冷エンジンがリアにあって、雨に当たるとたしかに急冷されるので、その熱変形が良くない、ということかもしれませんが、もしそうなら、マニュアルに書いてあることかと。

　ビートは、幌がレザーでした。雨は漏りませんでしたが、同じビートに乗っている人たちの多くは、雨が漏ると話していました。窓ガラスの内側を水が伝うくらいのことを「漏る」と言うかどうかにもよります。このクルマも、本来は雨の日に乗るものではない、が正解だったかもしれません。

　スポーツカーによくあるガルウィングは、雨の日にドアを開けたら、大

量の水がシート側へ流れてくるのではないでしょうか。そもそもどうしてガルウィングになったのかというと、車高が低いため、屋根の一部まで開口しないと、大きい人は乗りにくいからです。車高が低いクルマは、浸水した道路には弱いことでしょう。

　日本のように雨の多い国は、サイドウィンドの上に、プラスティックの庇が取り付けられていて、雨が降っても、窓が少し開けられるようになっていますね。また、屋根の上には、ドア側へ水が流れないように、水止めのラインが出ています。これは、鉄道などでも同じで、屋根の上の水をドアや窓以外へ流す工夫がされています。日本の建築だと、雨樋は常識ですよね。あれがないと雨の日に玄関から入れません。

　僕の今の家は、雨樋がありません。まえの家も、そのまえの家もありませんでした。雨樋があると、そこに落葉が溜まってしまうからです。雪が凍って滑り落ちてきたときに、樋を壊してしまいますしね。出入りは、屋根の勾配方向の横になるのです。

これを建築用語で「妻入」といいます。日本では少数派の型式。

２０１８年１０月２日火曜日
「やる気」は集団のもの

　新作を、1万文字書いて、合計11万文字となり、完成度は92%です。あと2日で、たぶん、107%くらいで終わるのではないか、と予想しています。いったい、物語はどこへ向かうのかな、と思いながら書いています。

　各出版社と、来年や再来年の出版予定について、メールをやり取りしました。2020年に出す文庫などについても、確認を取りました。さきの話で恐縮しますが、予定しておいていけないことではありません。決められるものは、決めた方が安全側ですし、上手くいくと思います。

　一般に、「やる気」のような錯覚で場を盛り上げて、一気に事を運ぼうとするのは、大勢で作業している場合です。これは、人間の相互関

係が短期的なものであるためで、長期間にわたって関係を維持しにくいことがわかっているからです。だからこそ逆説的に、盛り上げて、集中して臨むしかない。たとえば、スポーツなどがそうで、特に複数でプレイするものは、勝つためには短期的にチームを鼓舞します。そういうノウハウにならざるをえません。

　しかし、自分一人で作業をする場合には、これは当てはまりません。複数の場合に関係が長期間持続しない理由は、それぞれに生活があり、人生があり、別々に生きている日常があるためですが、個人はいつも（一緒で）一人なのですから、関係というものもなく、維持する必要もありません。となると、個人においては「やる気」も無関係だし、盛り上げる必要もないし、集中する必要もない、ということになります。

　本を書く作業は、現代では珍しく個人作業なのです。だから、盛り上げて一気に書こうとしないで、さきざきまで予定を組んで、だんだん自分の中で意識を高め、考えをまとめていけば、それで充分です。ただ、僕の場合、書くという物理的作業（キーボードを打つ指の運動）は、頭と肉体の関係の維持もありますので、仄かに集団的となり、仄かに「やる気」が必要になるわけで、それで、2週間ほどで一気に書き上げることにしています。これよりゆっくり書いていると、書いた内容を忘れてしまうかもしれず、効率が低下する可能性があります。

　補足しておきますが、執筆中に、僕は既に書いた文章を読み直すことはありません。つまり、忘れてはいない、という（オンメモリィ）状態のまま書き上げます。でも、修正をしたり、ゲラ校正をするときには、忘れていた方が有利なのです。そこでは、少し時間をあけることにしています。

　朝から、庭園鉄道を運行。しっかりと着込んで暖かい状態で庭園内を走ってきました。風景は綺麗です。まだ、落葉はそんなに目立ちませんが、確実に色は変わってきています。

　機関車は、これ以上は分解しないというポイントに達し、これからは組み立てる方向になります。消耗品で必要なものを発注し、一部はその部品を待っている状態。作り直さないといけない部分も、少数ですがあるので、おいおい旋盤を回して作ることになるでしょう。

今でも、10冊くらいの雑誌（月刊誌か隔月刊誌）を定期購読していますが、普通は1年分の料金を先払いすることになります。2年分や3年分という選択肢もあって、金額的に少しお得に設定されているのですが、僕としては、自分の嗜好がそれほど続くか、という懸念があるし、自分の命があるかという疑問もあって、これまで選びませんでした。

　日本の雑誌だと、雑誌が休刊にならないか、出版社が存続できるか、などのリスクが大きいといえましょう。だから、日本の雑誌は、毎月ネットでクリックしています。ネットの方が教えてくれるので、忘れる心配はありません。もっとも、現在日本の雑誌で定期購読しているのは2誌だけです。その2誌には、執筆したこともありますので、わかりますね？

　今回、アメリカの雑誌「LIVE STEAM」には3年分を払うことにしました。3年くらいは生きられるでしょう。また、この雑誌は、創刊号からすべて持っていますが、潰れる可能性はかなり低いと思われるからです。イギリスの雑誌で一番愛読しているのは「GARDEN RAIL」ですが、こちらはちょっと危ないので、3年分先払いには躊躇します。面白い雑誌ですけれどね。アメリカの雑誌では、ほかに2誌、イギリスでも2誌を定期購読しています。

　そろそろ、2誌か3誌は、やめようと考えていて、これは既に持っているものを再読するだけで楽しくて、時間が潰せるようになったからです。ようするに、再読しても新鮮なくらい、記憶が劣化してきたということでしょう。

 毎日必ず雑誌を読みます。1日に5冊くらいは読んでいるかな。

2018年10月3日水曜日

「言葉さえ発すれば」症候群

　9月に発行した講談社文庫『そして二人だけになった』ですが、早くも重版になると連絡がありました。20年近くまえの作品ですが、まだ売れるのですね。感謝。

新シリーズ1作めを書いていますが、今日も1万文字進んで、合計12万文字。完成度は100％となりました。でも、まだ最終章が最後まで書けていませんし、エピローグも残っているので、もう1日書かないと終わりません（予定どおりですが）。あと1時間ちょっと時間がかかりますね。こういうときに、「キリが良いから」と一気に仕事を片づけないのが、森博嗣根性というものです（注：もしかして「根性」ではない？）。そうか、この次に新書を書くとしたら、『根性はいらない』かな（『根性の別れ』がよろしいかと）。

　昨日は、「やる気はいらない」と書いたし、今日は「根性はいらない」ですから、本当に嫌になってしまう人もいると思います。はい、嫌になって、元気をなくして、意気消沈、最低の状態で仕事をすること、それが基本的な姿勢というか、その状態でできる仕事こそ、その人の性能です。これさえ見極めれば、仕事をコンスタントに続けることができると思います。機械などの仕様でも同じです。一番好条件で一瞬発揮できるものではなく、最悪条件で長く維持できるものが、「性能」という指標です。

　若いときには、研究に没頭していたわけですが、そのときでさえ、目の前の仕事が嫌で、「これさえ終わればバラ色の人生が待っている」とよく思ったものです。目の前にあるだけで、それくらいつまらないものに、そのときは見えてしまうのです。どうしてかというと、自分が目指しているものが、そのむこうにあって、すぐ目の前のものが邪魔して見えにくくしているから、どうしても障害だと感じてしまう。だけど、冷静になって考えてみると、その障害を乗り越えることもまた、目指していることの一部だったりするわけですね。

　これは、障害物競走を思い浮かべると、たしかに邪魔なものだし、あれさえなかったら楽に進めるのに、といえますが、たとえば歯車を思い浮かべて下さい。歯車の一つ一つの歯は、山あり谷ありで、障害以外のなにものでもない。でも、それが噛み合っているから力が伝わり、役目を果たします。また、平坦に見える地面も、細かい凸凹があるから滑らずに歩いたり走ったりできるのです。つまり、障害があるから、踏ん張ることができる。その障害を乗り越えるから、スリップしても、そこで止

まって大事には至らない。そういうメカニズムで、一歩一歩進んでいくことが、一つの方法だ、ということ。

そんな障害はいらない、自分は飛んでいくのだ、という人もいると思います。それはそれで素晴らしい前進方法だと思いますが、逆風が吹いたときに、一気に押し戻される危険があるかもしれません。人それぞれの道です。それぞれが考えましょう。

今日は、まあ普通の日でした。犬と遊んだし、庭仕事もしたし、工作も進めたし、本も読みました。普通の日が続くことで、出来上がってくる特別なものがある、という点が人生の醍醐味ではないでしょうか。

ところで、最近の若い人を観察して、少し気になるのは、自分は理解してもらえる、気持ちは通じる、というとても素直な姿勢です。素晴らしい家庭で育ったのかもしれませんし、その感覚が社会に広がれば、素晴らしい世の中になることでしょう。

気持ちというか、考えというか、個人の中にあるものは、言葉にしないと通じませんが、しかし、言葉にしたものが、全部通じることは、まずありません。僕の感覚では、そうですね1割くらいは、それとなく、なんとなく通じるか、通じた気になれるかな、という程度。それが、今の若者は、もっと他人を信じていて、8割も9割もわかってもらえるはずだ、という感覚を持っているように見受けられます。

それはそれで大変良い状態で、僕みたいな根性の悪い人が沢山いたら、社会は回っていかないのかもしれません。

だけど、人間関係でちょっとした行き違いがあったときに、反応に差が出るかもしれない、と思います。「わかってもらえない。あいつはどうかしている」と頭に来るか、「まあ、わかってもらえないのが、普通だってことか」と溜息をつくか。

マスコミは、気持ちは通じる、正しいものはわかってもらえる、というキャンペーンをしている状態なので、そういう人たちが多いように見えるかもしれませんが、実際にはそうでもない、と僕は思います。周囲に合わせているだけ、という人がかなりいて、「みんなはどうだっていいけれど、自分のために合わせているだけ」と思っている人が多いことでしょう。

特に、都会に集まる人は、理想を重視する傾向があって、きちんと話し合えば気持ちは通じる、と考えている人が多いと思います。そういう理屈で、都会という装置ができているからです。理想とは、すなわち人工であり、人間が考えた秩序のことです。
　田舎(いなか)へ行くほど、理想よりも自然が占める割合が増え、「思ったとおりにいくものか」とか「話し合ったって、天気は変わらないぞ」といった諦(あきら)めが支配的になる。そんなふうに見えます。
　言葉しか通じるものはありませんが、言葉は人によって違います。同じ言葉でもイメージしているものは違うので、伝わっても、当然ながら捉(とら)え方も異なります。そのバラツキを許容し、お互いがいかに補えるか、という点が、実はコミュニケーションの核心なのですが、ついつい、言葉だけ発して安心してしまうのが、現代人の一つの病(やまい)かと。僕が連想するのは、つながれた飼い犬が夜中に遠吠(とおぼ)えしているような哀愁です。真のコミュニケーションの成立には、自身の自由の獲得が先決でしょう。

 他者ではなく、自分に期待すること、それが秘訣みたいです。

2018年10月4日木曜日

人間は不確定なもの

　新シリーズの第1作を書き終わりました。約12万8000文字になりました。来月、手直し(1度だけ通して読みながら、文章を修正)をして、たぶん多少長くなり、13万文字は超えると思います。かつては、手直しをすると、10〜20％は長くなりましたが、この頃は最初から(技術的に)まともに書けるようになったためか、それほど変化がない場合が多くなりました。
　ある雑誌への寄稿をメールで依頼されましたが、〆切(しめきり)が来月だったため、この理由でご辞退しました。
　来春から連載を始めることになっている雑誌の編集部から、その後の進め方について問合わせがあり、文章をさきに書いて、写真はできるだけ季節に合わせて、ぎりぎりに撮りましょう、とお答えしました。

ある方の本の解説ですが、毎日1回推敲しているうちに、5000文字を超えました。読めば必ず直したくなるので、キリがありませんが、明日(9/30)にも見切りをつけて、発送する予定。

　というわけで、執筆も終わり、ゲラもない状態になりました。いわゆる、フリーライタです（違うと思いますが）。10月は、『森には森の風が吹く』の再校ゲラが来ますし、ほかにも、幾つかゲラが届きそうな気配ですが、初校はないように思いますから、かなり気楽です（注：初校は内容を見ますが、再校は文章を見るだけだから）。来月後半に、シリーズ1作めの手直しに10日くらいかける予定です。11月には、同シリーズ2作めを執筆するので、場合によっては、そちらを優先し、あとで1作めの手直しをした方が良いかもしれません。デビュー当時はそうしていたわけですが、今は、そこまでしなくても、大丈夫かな。つまり、最初から多少は広い視野で書けていると思います。

　庭仕事は、落葉や木の実を熊手(くまで)で集めたのと、枯枝を拾って集めたのと、芝生の雑草を抜いたこと、くらいです。今は一番楽な時期ですね。もうすぐ忙しくなり、庭で毎日3時間くらいは労働する人になります。

　お昼過ぎには、家族と犬全員で出かけて、遊歩道を散歩してきました。途中に広大なドッグランがありますが、いつも閑散としています。今日は1匹だけミックスの子がいて、うちの犬たちとフレンドリィな感じで遊びました。ドッグランは、犬を走らせる場所ですが、明らかに自分の庭の方がよく走ります。知らない場所では、リラックスできないのが普通。それから、ドッグランではおやつをあげてはいけないルールなのですが、犬たちはそのルールを理解していないので、ドッグランはつまらない場所だ、と考えていることでしょう。

　自然に近い環境で生きていると、すべてのものは変化するし、特定できないし、どうなるのか決めつけられない、と嫌というほど思い知ることになります。これは、工学においても同じで、たとえばコンクリートのような人工的なものでさえ、いったいどんな理屈で固まるのか、何故(なぜ)強度が発現するのか、どういうメカニズムで欠陥が発生するのか、ということは、根源的にはわかりません。コンクリートの研究者がやっている実験は、

すべて統計と同じです。化学式ではこうです、としかいえない。その化学式だけではなく、さまざまな条件が複雑に絡み合って結果が現れている、ということが予想できるだけなのです。

人間は、これらの複雑性に起因するバラツキを、理想化し、モデル化し、統計処理して、だいたいこの範囲に収まると決めて考えます。そうしないと手に負えないからです。ところが、このような努力によって築かれた文明社会では、多くの人たちが、すべてがはっきりと確定できるものであり、きちんと調べて、きちんと処理をしていれば、絶対に完璧なものが出来上がるはずだ、と信じています。信じているというより、取り憑かれているのかも。まるで神を崇める宗教のようでもあります。

たとえば人間社会には、約束とか契約というものがあります。そのときに決めたら、その後は変化しないものとして扱われますが、結局どちらかが状況が変わり、気持ちが変わり、履行できなくなる。そうすると、「とんでもない人だ」「信じられない最低の人間」とバッシングされるわけですが、あたかも人間を機械のように見ている気がしてなりません。本来、人間とは不確定なものだし、不安定なものだし、いつ死んでもおかしくないものだし、いい加減で優柔不断なものなのでは？

それを、なんとか機械のようにしよう、という秩序を、みんなで話し合って決めてきたわけです。そうしないと、すぐに喧嘩になるし、すぐに戦争になるからです。

現代に生きている人は、自分が自然の一部だということを忘れているかもしれません。ときどき、それを思い出して、周囲の変化を温かく見守るべきなのではないでしょうか。なにしろ自然だからこそ、成長できるのですから。

 変化を嫌う人は、成長を止めた人であって、つまり老人ですね。

2018年10月5日金曜日

少子化と意識のデジタル化

　依頼されていた解説文は、もう一度読み直してから発送しました。これでお終い。9月は仕事をいっぱいしましたね。ゲラもないし、ちょっと1週間くらいのんびりしましょうか。

　犬の散歩を兼ねて、スバル氏と犬たちで、近所の家まで遊びにいきました。そこにも1匹犬がいて、うちの犬たちと大の親友です。毎日会うのを楽しみにしています。そこの家族も散歩に出て、大所帯で森の中を歩いてきました。建築中の家も見てきました。今日は日曜日だったので、工事はお休みでしたが。

　庭仕事は、草刈りと芝生の雑草取り。枯枝も溜まりましたが、燃やしものは、風向きのためできませんでした。新しい風向計を設置する場所を決めて、取り付ける準備をしました。一番大きな風車が、発電してLEDを灯すようになっていて、このライトで夜でも風の有無が遠くからわかります。ところが、昨夜は風が吹いていてもそのライトが灯っていないのを見つけ、今日点検しました。何年も屋外にあるので、ハンダづけが取れてしまったのです。耐久性不足。10分ほどで修理を完了しました。

　ガレージで分解した機関車のエンジンを、工作室で再組立てしています。コンプレッサで空気を送って、気密試験をしたり、ピストンの動きを確かめつつ、シーリングをし直しました。密封する部分は、ガスケットを新しく作り直して、組立てます。一度ばらばらになったものが、また組み上がってくるのが面白い。でも、そのつど試験をして、不具合があったら、また分解して、元に戻してからやり直します。一進一退というと、少し意味が違うのですが、3歩進んで2歩下がる感じです。

　この試験を確実に行うためのジグを、旋盤を回して作りました。この作業に1時間くらいかかりました。旋盤などの工作機械は、ときどき動かした方が良いのです。

　機械というのは、分解したり組立てたり、動かしたり修理をしたり、を繰り返していると、自然に機能や設計が理解できるようになってきます。

頭の中に機械全体が展開するようなイメージです。何か不具合があったとき、この展開図が頭にあると、機械の中に気持ちだけ入っていって、内部を調べることができ、すぐに原因がわかるようになります。隅々まで目が入って覗けるような能力が身につくわけです。いうなれば、「人間内視鏡」みたいなもの。このあたりが、機械いじりの面白いところ。

少子化の問題については、以前から「べつに、少子化すれば良いのでは?」「人口は減った方が良い」と書いています。僕の個人的な意見です。また、「高齢化」については、今だけの問題で、ここ数十年をなんとか凌げば、(みんな死にますから)正常な分布に戻ります。凌げるだけの蓄積(社会の貯金)を、好景気のときに作っておけば、なにも心配することはなかったのですが、さてできているかな、という程度の心配です。

子供が生まれることを「生産性」と言った人がいるそうですが、昔はたしかにそうだったかもしれません。子供は働き手だったからです。貧しさから逃れるために、子供を作ったともいえます。子供たちが、いずれは親の面倒を見てくれるのだから、多い方が良いだろう、という理屈でした。でも今は逆に、子供にお金がかかる(かける)ようになりました。子供がいると家計を圧迫しますし、どちらかというと「非生産的」です。そういう言葉を使っていうなら、ですよ。

それはそれとして、現代人の多くは、都市に集まって、個人で生きるようになりました。都会は「1人」に最適な環境です。コンビニがどこにでもあって、1人分の食べものがすぐ得られます。ワンルームに住み、持ち物を減らせば、生きやすいようにデザインされているのが、都会という装置です。このスタイルは、すべてをアナログからデジタルにシフトさせ、最後には人間自身を、デジタル化することで、さらに究極のものとなるはずです。

たとえば、SNSがそうです。リアル社会で暮らすよりも、バーチャル社会の方が、安心安全で生きやすい。そう感じる人が増えていると思います。同時に、家族ではなく、個人へ移行したように、個人の中でも、より「個」なるものへシフトしています。クルマもいらない、家もいらない、

そのうち服もいらなくなるでしょう。人間がデジタル化すれば、そういったリアルの無駄が省けるからです。リアルの世界へ出かけるから、服がいる。そのために材料とエネルギィが消費される。こんな無駄はありません。ストローよりもずっと環境破壊です。

たとえば、田舎に住んで自給自足している場合は、同じ天候の日はないし、同じ料理は二度と食べられません。でも、都会に住んでいれば、毎日だいたい同じ日で、同じものが食べられる。これが、アナログからデジタルへのシフトです。同様に人間の生き方、人生の選択が、知らず知らず、今はデジタルになっているのです。

人か人でないかが、0と1で区別できるからデジタルです。SNSに生きる人にとって、幼い子供はまだ人間ではない。子供は人間としてアナログです。その子供が大きくなるまで待たなければならない。どんな人間になるのかわからない。そんな不確定なものは、商品だったら福袋くらいしかありません。デジタルな人たちは、安心安全なものしか買いません。クレームもいえないし、返品もできないものは、欲しいとは思わないでしょう。

少子化の原因は、そういった人間の認識のシフトにあります。託児所も子供手当もなかった時代の方が、沢山の子供が産まれていたのです。働く環境の整備不足が問題の本質ではない、ということ。

 少子化を望む人が多かったからこそ、現在の状況になったかと。

2018年10月6日土曜日

「衣」と「住」の将来

今日は、作家の仕事はしていません、というか、ありません。昨日送った解説は、あちらの編集者に届いたようで、確認のメールをいただきました。

朝から晴天で、散歩で高原を1周してきました。そのあと、僕が担当の犬のシャンプーをしました。バスルームでシャワーを使って洗います。

自分の頭を洗うのの15倍以上時間がかかります。僕の頭ほどではありませんが、比較的じっとしているので難しくはありません。問題は、洗ったあとです。最初はバスタオル3枚くらいで拭きますが、その程度では、まだびたびたの状態です。あとは、自然乾燥(庭を走り回る)に任せるか、あるいはドライヤをかけてやりますが、基本的にその日のうちに、完全には乾きません。毛が長い犬は、これが大変です。

　昨夜は、組立て中のV型スチームエンジンに、吹付け用コンプレッサの空気を入れて回転させるテストをしました。蒸気エンジンは、普通のエンジンと違って、逆転ができます。普通のガソリンやディーゼルやジェットなどのエンジンでは、反対方向に回せるものはありません。では、どうやって逆回転ができるのか、というのを動画で示そうと撮影しました(欠伸軽便のブログかYouTubeのチャンネルをご覧下さい)。

　今日は、直列2気筒のスチームエンジンを、やはりエアで回した動画を撮りました。このエンジンは、4月に亡くなられた佐藤隆一氏から、昨年に譲り受けたものです。新書『ジャイロモノレール』にも、彼のことを書きましたが、時計職人としてもモデラとしても天才的技術者でした。「熱が出るのも、音が出るのも、それだけ無駄があるからです」とおっしゃっていました。彼が作るものは、本当に静かに動きます。ご本人も大変寡黙で静かな方でした。

　庭仕事は、芝生の落葉を熊手で集めたくらい。燃やしものは、今日も風向きが悪くしていません。明日はできそうです。

　午後は、犬たちも一緒にショッピングセンタへ出かけていきました。とにかく、犬がクルマに乗りたがるので、どうしても、どこかへ行こうか、ということになるのです。犬任せの家だからです。

　昨日は、今が個人の時代であり、人間がデジタル化している話を書きましたが、出かけていかない生活になると、服がいらない、とも書きました。これは、同時に部屋の中が既に個人に含まれている状況ともいえます。ファッションというのは、他者に対する見栄えだったのですが、それはネット上でデジタル化され、他者との関わりにも自分の部屋は用いられなくなることでしょう。もはや自分の内側といえます。部屋の壁が、皮膚

です。

　これが、すなわち過去に流行った「籠もり」であり、そういう意味では、引き籠もりは時代を先取りしていたといえるでしょう。今は、部屋にいろいろ置かなくても全部デジタルですから、これが可能です。今後は、最低限の生存に必要なリアルだけが残る、いわゆる断捨離状態になっていきます。

　僕は、建築学科で1年生に向けて授業をするときに、「衣食住」の話をしました。衣食住は、人間の生活に必要な3要素だったのです。でも、これらのうち、「衣」と「住」は違いが明確ではありません。どちらも同じようなものです。「両者の違いは何ですか?」という課題を出したこともあります。

　「躰と一緒に移動できるものが衣で、動かせないものが住です」と答える学生には、「では、トレーラハウスは衣ですか?」と問いました。

　かつて、若者がクルマに熱中した時代がありましたが、あのときは、クルマも「衣」か「住」だったと思います。今は、この2つが、既にデジタル化されつつあって、近い将来には、今のカプセルホテルのようなマンションに住む個人が、都会では増えてくるのではないか、と予想できます。断捨離をすれば、そこへ行き着く。スペースなんかいらないのです。都会は、効率化を求めた形態ですから、必ずこの方向へ進化するでしょう。ただ、そうなるまえに、一部の人間が自然に回帰するかもしれません。

　犯罪者を逮捕して刑務所に入れていますが、もし刑務所でスマホが使えたら、現代人は特に支障を感じない生活を既にしています。逆にいうと、未来の刑務所とは、ただネットへのアクセスができない環境であり、パスワードを剥奪するだけで良い、ということになるのかも。

 ネットの遮断は「地獄」らしいので監獄に大いに相応しいかも。

2018年10月7日日曜日

人間の夢、犬の思考

　作家の仕事は、『集中力はいらない』韓国版のカバーの確認をしただけ。3分くらいでしょうか。『森には森の風が吹く』の再校は10/7に届くとのこと（これを書いているのは、10/2）。あと5日ほどは、呑気に遊んで暮らせるのですね。毎日、だいたい呑気に遊んで暮らしていますが。

　今朝は冷え込みました。そろそろ霜が降りるかもしれません。床暖房をつけた方が良いか、とスバル氏と相談しました。もちろん、室内は20℃くらいはあるので、そんなに寒いというわけではありません。これから冬にかけて、床暖房はつけっ放しになりますが、そうなるとむしろ暖かくて快適になります。床暖房以外の暖房はほぼ不要で、ファンヒータとか薪ストーブは滅多に使いません（停電のときには薪ストーブが頼り）。

　庭では、熊手で集めた枯葉を燃やしました。ずいぶん溜まっていましたが、あっという間になくなりました。そのあと、風向計を取り付ける台を作って、これに防腐塗料を塗り、夕方に風向計を設置しました。デッキから2.5mくらい高い位置なので、脚立に乗って作業をしました。

　庭園鉄道は普通に運行。枯葉を踏んで走りました。先日点検した機関車は音も良くなって、快調でした。毎日乗っているし、作った本人だから、ちょっとした異状な音でも、気になって原因を突き止めます。これが、ゲストが運転している場合には、そうはいきませんから、トラブルが大きくなってから不具合が顕在化します。世の中の人災というのは、このパターンなのかもしれません。昔は、その機械をよくわかっている人が近くにいたから、面倒が見られたわけですが、今はほとんどの使用者は素人で、理屈もわからず使う時代になった、ということ。

　スイスで、山越えのバスに乗ると、ガードレールもない山道を走ることになります。大きな観光バスが、細い道で対向車とぎりぎりにすれ違い、岩壁に擦りそうなくらいで抜けていきます。一つ間違ったら真っ逆さま、という崖っぷちから、車体が飛び出すほど張り出してカーブを走ります。乗客はみんな拍手を送ります。日本だったら、ガードレールがない

道路自体滅多にありませんよね。

　運転手に「凄いですね」と話すと、「高い技術を買われている」と応えます。バスの運転手という職業に誇りを持っているのです。ガードレール設置に投資するよりも、運転手の給料を2倍にした方が安全だ、という考えのようです。かつての日本が、こんなふうだったように記憶しています。いずれが良い悪いという話ではありません。上手く回っているときは上手くいくでしょうが、問題は、上手くいかなくなったときの対処です。

　イギリスの鉄道は、しょっちゅう工事で運休、不通になります。ある区間はバスに代替運行、ということが頻繁。日本の鉄道は滅多に運休がありません。でも、そのうちこうなってくるのかな、と思っていました。そろそろなりそうな気配ですね。

　午後から、家族と犬みんなでショッピングセンタへ行きました。またです。長女が、ドッグフードを買いたかったようです。ネットで買えないものらしいのです。僕が担当している犬は、2種類のドッグフードをブレンドして与えています。担当者によって方針が違うのです。犬たちも、それを理解していて、誰かが食べるのに自分はそれが食べられない、という状況でも怒ったりしません。自分は自分のものをもらう、という感じ。ちゃんとわきまえているのです。

　犬を観察していると、本当に大人しいというか賢いというか穏やかというか、それに比べて人間の子供は、主張が激しいし我が儘だし、すぐ拗ねたり癇癪を起こしたりしますね。とにかく性格が悪すぎる、という印象。大人になると、だんだんカバーされてきますけれど。

　人間と犬の思考のどこが違うか。一番の違いは、相手がどう考えるか、という想像をするかしないか、だといわれています。たとえば、犬は自分が隠したものでも、その隠し場所の近くへ人が行くと、警戒して吠えたりします。つまり、人間は知らないのだから、放っておけば大丈夫とは考えません。自分が知っているものは、みんなが知っているものなのです。人間の子供は5歳くらいになると、相手の考えを読むようになるそうです。だから、犬は人間の5歳くらいの知能が限度らしい。

うちの犬は、小さいときに溝から猫が出てきて驚いたことがあって、その後、その場所へ行くと、いつも中を覗くようになりました。犬にしてみれば、「かつて」の溝と「今」の溝は同じものです。つまり、時間の概念がない。「昔」も全部「今」なのです。ちなみに「未来」もありません。仔犬のときのことをよく覚えているのは、忘れないというより、過去という概念がないためです。

それから、「ここ」と「そこ」がわかるのに、「あそこ」はわかりませんね。これは、「私」と「あなた」がわかっても、「彼」がわからないのと同じです。人間でも、「昔」とか「彼」がわからない人って、ときどきいますね。

「こっちへ来い」はできても、「あっちへ行け」はできません。

２０１８年１０月８日月曜日

『ジャイロモノレール』重版！

庭仕事は、枯葉と枯枝集めをして燃やしもの。一輪車の上に大きな袋を載せて、枝や葉を拾って集めてきて、それが5杯くらいかな。燃やすとなると、10分でなくなります。エネルギィというのは、こんな感じなのですね。石炭を昔のように人間の手で掘っていたら、今はたぶん元が取れないでしょう。

幻冬舎新書『ジャイロモノレール』が、発行後6日めで重版が決まりました。編集者S氏から「想像より売れておりまして」と連絡がありました。ただし、括弧書きで「（バカ売れ、ではありませんが）」との但し書きあり。第2刷となりました。義理で出してもらった本ですが、借りにはならなかったようで、ほっとしました。Amazonなどでは、電子書籍の方がずっと売れています。発行部数が少ないので、全国書店には行き渡りませんので、捜してもない場合はネットで……。

この本に出てくる、井上昭雄氏と佐藤隆一氏に、（当然ながら）贈呈しました。ただ、ご両人とも数カ月まえに逝去されていて、間に合わな

かったことは残念でした(佐藤氏は、1月に「3月に引っ越します」とメールを下さったのですが、贈呈した本は住所不明で戻ってきてしまったそうです)。一方、ライブスチームで有名な平岡幸三氏からは、ご丁寧な感想メールをいただきました。部数が10倍になるよりも嬉しく思いました。

なお、幻冬舎新書では、来年1月に新刊が出ます。タイトルは未定ですが、たぶん『悲観力』になるのではないか、と楽観しております。『ジャイロモノレール』の何倍も売れると良いですね(主にS氏へのメッセージ)。

イギリスの模型店から、中古の機関車が2台届きました。どちらも小さい機関車です(注:この場合の「小さい」は、45mmや32mmゲージのことで、Nゲージの10倍くらい大きいのですが、人間を引いて走るほど「大きい」機関車ではない、の意味)。箱を開けて、眺めているだけで、1時間ほど過ごしてしまいました。こういう時間はインプットとはいえません。眺めながら、いろいろ考えているのです。

大きい機関車のエンジンを修理していましたが、だいたい完了したので、これから車体の組立てになります。まず、フレームにエンジンを搭載するのですが、これが知恵の輪のような難問なのです。エンジンを降ろすときも苦労しましたが、載せるのも大変。15分ほど、重いエンジンを向きを変え、入れたり出したり、とチャレンジしたので、手が痛くなってしまいました。でも、なんとか収まりました。どうして上手くいったのかわかりません。もう一度やったら、同じようにまた苦労することでしょう。このように、一度上手くいった場合でも、上手くいった原因が把握されていないことは多く、ノウハウとして人に伝達できないし、自分の経験値も僅かにしか上がらない、という状況はままあることです。

書くことがないので、時事ネタを。

新しい文科大臣が、教育勅語について「普遍性を持っている部分がある」と発言したことがニュースになっていました。「あ〜あ」と思いました。せめて、「普遍性のない部分が多い」と言えば良かったのに。論理的に同じ意味なのですが、人に伝わると大違いなのです。「アレンジすれば使える」と言わず、「そのままでは、使えない」と言えば良かっ

たのに。

　詳しいことを知らずに書いていますが、結局、人に伝わるものって、内容ではなく、言葉の勢いというか、言葉の影みたいなもので、このあたりは、言葉を使うのが仕事の人は、わきまえていないといけないと思いました。「間違ったことは言っていない」は通じないのです、残念ながら。

　教育勅語というのは、僕の世代でももちろん全然知りません。僕の両親は知っていたはずですが、そんな話をしたことは一度もなく、「教育勅語」という言葉も聞いたことはありません。ただ、僕が中学で、「天皇は推古天皇が初代といわれている」と習った話をしたら、両親はびっくりしていましたね。それよりもまえの天皇を全部暗唱できるのが、当時の教育だったからです。

　僕が中学のときには、仏教系の学校だったので、弁当を食べるまえに「食作法(じきさほう)」という一文を、みんなで唱えました。「本当に生きんがために今この食をいただきます。与えられた天地の恵みを感謝致します」というものでした（今でも覚えています）。ほぼ全員が早弁をしていましたから、手を合わせて食作法を合唱するときには、もう食べたあとでしたけれど。

　この食作法の文章のキモは、「本当に」にありますね。これがないと、文章の力が半減しますし、教育としての価値も半分以上消えてしまうわけです。ですから、文章の文字数からすると、大部分は一般的なのですが、一部が特別です。でも、文章というのは本来そういうもので、ある一つの単語、一つの言い回しによって、全体の方向性や、主題や、あるときはコンテンツそのものが決定するのです。

　ということは、部分的に良いことが書かれている文章でも、ほんの一部で台無しになることもあるし、またその逆もあります。ですから、文章も言葉も一部を取り出して評価をすることはできません。それは意味のないことだといえます。

　つまり大事なことは、その言葉の「姿勢」であって、それが「精神」と呼ばれるものに当たるのだと思います。だから、部分的に良いからといってアレンジして使おうというのは、その「姿勢」がもう間違ってい

て、それをいうなら、現代のあるべき姿勢をまず述べて、それから文章を新たに考えるのが、まともな手順といえましょう。

　国会議員が幼稚なテーマで議論するのを、規制してもらいたい。

2018年10月9日火曜日
このメーカのものなら買う

　昨日の『ジャイロモノレール』の重版の知らせがよほど嬉しかったのか、いつも否定しつづけている「やる気」を出して、元気良く工作室で作業に取り組み、「やり甲斐のある工作」を続けた結果、修理中の機関車のエンジンをフレームに取り付け、屋外では吹付け塗装をしつつ、各種リンケージをつなぎ、手を真っ黒にして長時間頑張りました。ファイト一発！（所詮、ファイトなんてものは、たった一発で終わります）

　スバル氏は、自分の部屋に床暖房を入れたそうで、今朝は寝覚め爽やかだったと語っていらっしゃいました。僕はまだ入れていません（部屋ごとに調節可）。少し寒くなったためか、朝になると犬が起こしにきて、ベッドに乗り、布団の上でひっくり返って甘えます。これが可愛いので、もう少し寒いままの方が良いかも、と両天秤（注：板挟みともいう）。

　今日は風が強くて寒いので、庭仕事はお休み。庭園鉄道は朝方1周しただけ。こういうのは、計画運休ではなく、「気まぐれ運休」といいます。乗客は誰一人文句をいいません。

　東京は、沢山の鉄道が乗り入れていて、駅も多いし、便利なのですが、これが成立しているのは、人間が多いからです。今後、東京の人口も減っていきます。そうした場合に、現在の規模では維持ができなくなることでしょう。もちろん、自動化、無人化するし、運賃は上がるし、本数は減っていきます。そうなるまえに、乗る人が激減するはず。会社に集まる必要がありませんから（会社が東京に集まる理由もありません）。

　地方では、乗り物に人が乗る代わりに、荷物が載るようになります。人が買いものにいかず、荷物が自宅へ届くわけですから、バスも鉄道

も、荷物を運ぶようになるわけです（バスではなくトラックになる）。

　浄水場や下水処理場も、各家庭に（あるいは各集落に）設置され、そのうち発電所も各家庭の所有になるのかも。そういった方向へ進まないと、人口密度が低い地域ではインフラが成り立たなくなります。まさに分散系です。

　ところで、そんな未来にあって、いったい国とか地方公共団体は何をするのでしょうか。安全保障くらいしか、残されていないかも。それとも、国や公共団体自体が有名無実と化して、たんなる協会になってしまうのでしょうか。

　誤解しないでもらいたいのですが、僕がこういう話をするとき、僕がそうなってほしいと思っているわけでは全然ありません。個人的にどうなってほしいか、という希望は特にありません。希望したって、意味がないと思っています。

「このメーカのものなら、なんでも買う」という贔屓のメーカがあるというのは、一つの幸せといえます。かつて、日本の鉄道模型界に乗工社というメーカがあって、そこのキットは全部買いました。のちに、杉山模型というメーカの贔屓になりました。先日、ドイツの友人が、この2つのメーカの製品をネットオークションで買い漁っている、とメールに書いてきたので、「全部持っているよ」とリプライしたら、びっくりしていました。

　イギリスだと、Archangel（アーチ・エンジェル、でも発音はエイチャンゲル）という過去のメーカがそれで、出物があったら無条件に買っています。また、Peter Angus氏が作った機関車も、どんなに高くても買います。方々にそう言ってあっても、なかなか出てきません。つい最近、Archangelの機関車を一度に2機落札してご機嫌です（注：イギリス人マニアはほとんど持っているから、さほど高い値がつかない）。Angusのモデルは、少数だし高いのです。10年ほどまえ、Angusの機関車を初めて見たとき、「見事だけれど高すぎる」と思って買わなかったのですが、その1台が今でも悔やまれます（その後、同じ品が出てきません）。

　それに比べると、小説とか漫画は、大量に商品が出回るので、入手ができないという事態に滅多になりません（昔はありました。古書が値上がりした

り)。この作家のものならなんでも買います、ということも多いかと思いますが、そういう贔屓作家が何人もいる、という方が多いはず。これも、ある意味幸せでしょう。

今だと、ライブのチケットが取れない、が近いのかな。ふとそんなふうに考えましたが、僕が買っているライブスチームの機関車は、世界的にメジャな一流メーカでも100台も作りません。さきほどのAngusのモデルは、同じものは、多いものでも5台くらいではないかと想像します。

杉山模型の杉山さんとは、何度かお話をしましたが、100台くらい作っているとおっしゃっていました。1年にその100台を1回だけ作る商売です。それで生計が成り立つわけです。

コクヨの専務だった原信太郎(はらのぶたろう)氏は、僕とほぼ同じサイズの模型（1番ゲージ）の収集家で、95歳でなくなられたあと、そのコレクションは横浜の原鉄道模型博物館に収められています。複数の模型職人を抱(かか)えて、ご自分のために模型を作らせていたそうです。1台が1000万円クラスの芸術品が多数ありました。こういった場合は、1年に1台作れば商売になるわけです。ようするに、作り手の賃金÷商品数。計算は簡単ですね。

1台だけオリジナルを作るのも、スペアを入れて2台作るのも、手間はそれほど変わらないのですが、このスペアは値段がつかず、サービスとして納めるのが普通だとか（万が一壊れたときに、スペアから部品を取って修理ができるので）。

僕が持っている機関車では、それほど高価なものはありません。

2018年10月10日水曜日

片づかない理由

講談社から、『森には森の風が吹く』の再校ゲラ、『月夜のサラサーテ』の再校ゲラが同時に届きました。前者は11月刊、後者は12月刊の予定です。また、今月発売予定の『人間のように泣いたのか?』の電

子版見本がiPadで届き、この確認をしました。一気に仕事が書斎のデスクの上に積み上がりました。

さらに、支払い明細書が各社から（講談社経由で）届きました。教育関係の著作利用も、相変わらず（リストを眺めるだけですが）多いようです。著作利用では、ドラマやアニメの放映料がときどき振り込まれます。今日はグッズの販売で生じた印税が振り込まれていました。金額は1円です（いつも1円なので、誰かが買ったんだ、と思いを馳せます）。

昨年まで、教育利用の申請を全部自分で処理していたので、この関係の手紙だけで、あっという間に段ボール箱がいっぱいになりました。現在、この処理は外部委託していて、僕のところへはリストが届くだけです（ときどき、教材を送ってくるところもあって、それは転送されてきます）。

手紙の封筒だけでも、毎日数センチは積み上がるわけですから、全部それらを保存していたら、大変な量になります。大学で仕事をしていたとき、学内外の委員会などから届く資料だけでも、積み上げたらたちまち天井に届きそうな勢いでした（天井に届くまえに、山を新しくしますけれど）。

整理のノウハウ本などに、未処理、ペンディング、処理済みと3つに書類を分けなさい、とあったので、それを試したこともありますが、研究者の場合、ほとんどはペンディングに含まれます。未処理はそれほど溜まりません。処理済みは普通すぐゴミ箱かファイルボックスに入れるから溜まりません。机の上に（机は2つあって、ほかにテーブルが4つもありましたが）堆積する書類は、全部ペンディングなのです。僕は一応、学内と学外とか、研究と教育くらいの大別はして山を作っていました。全部1つの山に積む方が、時系列がしっかり残るから良い、と主張する人もいました。

綺麗に片づいたオフィスというのは、つまりはルーチンワークしかしていない業務であって、創造的な仕事をしていないとか、任されたものを処理しているだけの部署だから片づけられるのです。たとえば、絵を描くときのパレットを見ればわかります。最初は色がきちんと分かれていても、創作が進むほど、ぐちゃぐちゃになります。芸術家の仕事場は、同じものを作る工場のようには片づきません。出版社でも、編集者の机は見る

も無惨な散らかりようです。

　そういうわけで、今日は「散らかす」ことの言い訳を書いてみましょう。
「断捨離」とかいって、ものを綺麗に片づけて喜んでいる人が最近多いみたいですが、そういう人の人生は、きっと単調で、毎日が同じことの繰返しなのでしょう、と余計な心配をしてしまいます。もちろん、綺麗好きな人と、散らかっていても許容できる人と、人それぞれだと思います。そんなのは当たり前で、自分の部屋くらい好きにしたら良い。他人に対してとやかく言うのは野暮です。

　ただ、現代の都会人は、持ち物を減らすことが美徳だ、という洗脳を受けているように見受けられます。ものが少ないことに、何のメリットがあるのでしょうか？　単に広い場所の家賃が高いだけなのでは？

　お金も物も、沢山持っていることで可能性が広がります。持っていないよりは持っていた方が良い。お金だったら多い方が良いし、物だったら価値があるものほど良い。これも当たり前の話。持っているから、それを使ってみようか、という可能性が生じます。持っていなければ、まずそれを手に入れるプロセスが必要なので、可能性はその分遠くなる、というだけ。

　お金も物も、使ったり、捨てたりすれば、それだけ可能性が減るのです。「身軽になった」というのは、言葉だけの感覚で、死ぬつもりだったら、それもありかもしれませんが、僕は死ぬつもりでも、物は捨てません。遺族には、物を捨てる費用を遺（のこ）すだけで充分だと考えています。僕の両親も、沢山の物を遺して死にました。処分するのに300万円かかりましたが、その費用は遺産から出しました。

　お金は場所を取りませんが、物は収納スペースが必要です（お金も収容方法に工夫が必要）。実は、この「スペース」も「物」なのです。だから、整理をして場所をあけるのは、単に物を捨てて、自分にとって価値のある物を作っただけで、物が減ったわけではありません。

　僕は投資はしませんが、お金や物を遊ばせておくことができない人もいます。人に貸すことで儲（もう）かったりしますからね。価値のあるものは、

使い方によっては交換が可能です。

　結局、金でも物でも、価値を溜めることが大事でしょう。価値を持っていれば可能性が広がり、視野が広がります。価値を消費すれば可能性が消えて、視野も狭くなるようです。1000万円をポケットに持っていれば、何をしようか、と考えるだけで楽しくなりますが、これは可能性を持っているから、可能性を考えることができるためです。

　でも、実際その価値を自分の手に持っていなくても、夢を見られる人もいます。宝くじが当たったら何をしようか、と真剣に考えられる人は、断捨離して、価値を持っていなくても楽しい人生が送れるのかもしれません（ただし、宝くじを実際に買ったら、その分可能性を消費します）。僕には、その想像力がない、ということですね。

　研究者がみんな、もの凄く散らかった研究室にいるというわけではありません。僕の恩師は、大変な綺麗好きで、机の上には何一つ出ていませんでした。なにか質問にいくと、たちまちファイルケースから当該資料を出してくれました。こういう天才的な整理魔も世の中にはいます。模型人でも、稀にもの凄く片づいた工作室を持っている人がいます。ただ、いずれも極めて少数派だということは確か（といって、多数派だと自慢したいわけではありません）。

 整理・整頓について、新書を1冊書きましたのでよろしくです。

2018年10月11日木曜日

材料強度に基づく限界

　最近、起床は6時頃なのですが、まだ暗いことが多く、朝霧のためなのか、太陽が山に隠れているためか、それとも日の出自体が遅くなったのか、森の中なのでよくわかりません。雨が降っても気づかないことがある、という話をこのまえしたばかりですが、たとえば、あっという間に日が暮れたりします。山で遭難するのは、こういった感じなのでしょう。そもそも人間の目が、変化を和らげる自動調整機能付きだからこそ、変化を

見逃すわけです。

　今朝は、犬がベッドに乗って起こしにきましたが、そのうち自分も布団の上で寝てしまい、寝返りを打とうとしたときにベッドからお尻が落ちて、びっくりしたようです。そのあと、自分のケージの中にあるベッドでお座りして反省していました。

　フードを混ぜてお湯をかけて、1時間ほどふやかしてから与えているのですが、このふやかすときに必ず見にきます。スバル氏が近くにいる場合、腹話術をするので、犬がしゃべります。「ふやかすだけですよねぇ、わかっていますよぅ」とか言いながら、立ちあがってテーブルの上の皿に鼻を近づけます。もらえるのは1時間後なのです。

　2つゲラが届きましたが、『森には森の風が吹く』の方は、書影などの図が入っていないページがあるので、完全版が届いてから見ることにして、さきに『月夜のサラサーテ』を読みます。今日は、初校の修正が直っているかを、つき合わせて確認しました。明日から3日くらいで読めると思います。書下ろしなので、再校も通読します。

　新シリーズの1作めが書き上がったので、講談社の編集者がカバーデザインなどで打合わせをしたい、とのことで、こちらへ来ることになりました。来週の予定。講談社タイガの本ですから（文庫書下ろしなので）、カバーは一発勝負です（単行本だったら、のちに文庫化のときにカバーが変えられる）。どんな感じになるのでしょうか。たとえば、ミッキーマウスを使ったイラストなんかには絶対になりませんし、東海道五十三次の浮世絵風にもなりません（お茶漬けのおまけにありましたね）。

　最近、ちょっと筋肉痛なのですが、何をしたかなと考えました。機関車の修理で、無理な姿勢でボルトを締めたり緩めたりしているからかな、くらいしか思い当たりません。あとは、犬が元気すぎてリードを引くので、その衝撃かなとか、燃やしものをするときに、枝を折ってから火に投げ入れるのですが、それかなとか……。

　「バベルの塔」は、ほとんどの人が聞いたことくらいはあると思います。天に向かって高いビルを造ろうとした物語です。物には、圧縮されたときにどれくらいの力で潰れるか、という強度があって、たとえば普通

のコンクリートだと、1平方cm当たり300kgfくらいです。コンクリートの比重（密度）は、約2.3なので、1cmの高さで2.3gの自重がありますから、300000÷2.3＝約13万cm＝1300mの高さまで積み上げると、最下部で潰れます。コンクリートの塔の限界の高さです。

　ただし、それ以前に、細くて1300mもある棒を立てることはできません。途中で曲がってしまうからです。これを「座屈」といいます。座屈が起こる荷重も計算できます。ですから、座屈しないような構造的なデザインが必要になります。たとえば、横方向にたわまないように、立体的に支える骨組みなどです。

　もっと強いコンクリートも作れます。3倍くらいまでは簡単です。また、それ以前に、一様な太さである必要はなく、下ほど太い形状にすれば良いのです。このことは、昔の人も感覚的に理解していたようで、バベルの塔の絵は、ピサの斜塔のように真っ直ぐ（の筒状）ではなく、上ほど細くなる形状をしています。日本の五重塔も、上ほど小さくなっていますし、東京スカイツリーでも同様です。

　逆に、ロープを高いところから垂らす場合を考えてみましょう。このときも、長くなるとロープ自身の重さが支えられなくなります。たとえば、鉄のワイヤで考えると、強度は、引張強度が1平方cm当たり5tくらいとして、鉄の比重7.8で割ってみると、5000000÷7.8＝約64万cm＝6400mとなり、（ロープが一様の太さなら）この高さ以上には垂れ下げることができない計算になります。エベレストの高さよりも低いのです。

　静止衛星といって、地球の自転と同じ速度で地球を周回する人工衛星がありますが、その高さは3万6000kmです。鉄のワイヤが切れる高さは、6.4kmですから、その5000倍以上です。人工衛星から地上まで届くワイヤを垂らすことは、材料的に不可能といえます。また、この長いロープの重さを支えるためには、人工衛星はさらにずっと高い軌道を回る必要があります。高くなるほど、地球から離れる力が大きくなり、下部の重量と釣り合います。ロープの重さは、人工衛星よりもずっと重くなるはずですから、材料的に見て不可能です。

　もっとも、今後もっと強い材料や構造が見つかるかもしれません。圧

縮では座屈がありますが、引張では起こらないので、理論上は不可能ではありません。こうして、地上と静止衛星を結んだものを、「宇宙エレベータ」と呼びます（Wシリーズでは、否定的な意見を主人公が語っていましたが）。これが実現すると、一度作ってしまえば、あとは、大きなエネルギィを使わずに、衛星に物資を届けられることになります。大勢の方が、今も実現に向けて研究を進めているようです。

　もし実現するとしても、宇宙エレベータの下部は「地上」にはならないと思います。気象の変動があって、構造が簡単にできません。でも数万メートルくらいにすれば、可能かもしれません。そうなると、静止衛星である必要もなくなります。単に、高い軌道と低い軌道を結ぶエレベータとしての「宇宙エレベータ」なら、早期に実現しそうです。ただ、利用価値があるかどうか、という問題は残ります。

 利用価値の有無が、常に宇宙開発推進における最大の課題です。

２０１８年１０月１２日金曜日

言いたいことはありません

　今朝も犬がベッドの上に乗って起こしにきました。枕に頭を乗せて仰向けになり、人間みたいな格好で寝ようとするのです。吠えたりはしませんが、鼻息が高周波のように耳許で響くので、その音で起こされます。犬笛みたいな感じです。モスキート音というのでしょうか（モスキートは、もっと聞き取りやすい音で飛びますが）。

　気持ちの良い晴天の日曜日で、また草原へ散歩に出かけました。歩いている人がいて、途中で2組くらいと会いました。どちらも犬が一緒でした。

　午前中は、隣町のフリーマーケットを見てきました。買いたいと思うようなものは一つもなくて、そういうものがどこの家にも溢れ返っているのだな、と共感を得るためのイベントのようです。ピザが食べられるコーナがあったので、1切れだけ食べましたが、コーヒーが売っていなくて残念で

した。

　帰宅して、庭園鉄道を運行しました。爽やかな空気で、落葉は多いのですが、それらを踏みつつ、走行音も軽快でした。既に半分くらいの樹は、黄色くなりつつあります。葉が全部落ちている樹は1割くらいでしょうか。でも、来週には秋らしいカラフルな風景になると思われます。

　アナベルはピンクのまま（1つだけ白のまま）。青い朝顔もまだ相変わらず毎日咲きます。地面の苔は、さすがに緑から少しダークイエローっぽくなってきた感じ。

　11月刊予定の中公文庫『イデアの影』のオビのデザイン修正版が届き、OKを出しました。いつも思いますが、オビがないのが一番良いデザインだと思いますけれど、まあ出版社の方針ですし、しかたがないところでしょう。嫌だと思う人（たとえば僕）は、外せば良いだけですから。『月夜のサラサーテ』は、今日は50%まで読めました。速いと思います。直すところがないし、校閲の指摘も少ないからすらすらと進みます。明日で終わるかもしれません（これを書いている今日は10/7です）。この本は、きっと多くのファンが『月夜のミルフィーユ』と誤記することでしょう。

　毎日ブログを書いているから、森博嗣は「書きたいこと」がいっぱいあるのだ、と思われがちですが、それは全然違います。書きたいことは、ほとんどありません。僕は、普段は無口な人間ですが、言いたいことがない、というのが正直なところです。人前でなにかしゃべってほしい、と頼まれることもありますが、なにもしゃべりたいとは思っていないので、「困ったなあ」と感じます。だから、「何について聴きたいですか？」と尋ねて、相手が聴きたいと思っていることをしゃべる、という場合が多いかと。

　これは、大学や大学院の講義と同じです。僕が言いたいことを話しているわけではありません。学生が聴きたいと思っている内容を話しているのです。だけど、学生のほとんども、実は聴きたいとは思っていないわけで、そうなると、黙っていた方がお互いのためなのか、とよく考えました。

　小説を読む人の感想で、「作者が楽しんで書いている感じがよく出て

いる」と言われることがあるのですが、楽しんで書いたことは一度もないので、当たっていないことは事実。それどころか、そう言われる作品ほど「苦しんで書いている」ことが多いものです。愉快な話というのは、楽しんで思いつくものではありません。かなり苦しいと思います。たとえば、漫才のネタとか、脚本などは、作るのは苦しい作業だと想像します。

　普通、人は言いたいことが言えるような環境にはありません。言いたくないことを言わされることの方がはるかに多い。そうしないと生活に支障が出る場合がほとんどです。かつては、それが社会全体に浸透した共通の観念だったと思います。言いたいことがあれば、仲間内でそっとこぼすしかなく、それは「愚痴」と呼ばれました。この漢字が示すとおり、愚かで意味のない行為、との認識だったのです。

　今は、それがネットで言いたい放題になりました。それどころか、「言いたいことは、きちんと言おう」「言いたいことが言える社会にしよう」などと喧伝されています。

　少し考えればわかりそうなものですが、言いたいことを言っていたら、そのうち喧嘩になるし、それが大きくなったのが戦争です。つまり、平和とは逆の方向性を持っている、というのが本来の性質なのです。ただ、秩序を守るために言論の自由が制限されていましたから、その時代を振り返って、「黙っていてはいけない」といった気運が高まってきた、それが今だということ。

　だからといって、「言いたいこと」が市民権を得たかというと、微妙なところでしょう。そういった声が（漏れ聞こえて）届くようになったというだけで、よほどのことがないかぎり、不満が実際に解消されたり、問題が解決したりすることはありません。ときどき、そういう例が奇跡的にあってニュースになったりしても、あくまでも「奇跡的」だから取り上げられただけです。

　問題なのは、「言いたいことを言わなければならない」との強迫観念を持ったり、「誰にだって言いたいことはあるはずだ」と迫られたりすることです。僕のように、「言いたいこと」がない人もいるので、それを少しくらい考慮してもらいたいものだな、というのが僕の言いたいことです。

言いたいことを言ってしまうと、あとは黙るしかないでしょう。

2018年10月13日土曜日
言葉が表すものはアナログ

『月夜のサラサーテ』の再校ゲラを最後まで読みました。これでお終い。あとは、3校で修正箇所を確認し、校閲の最終疑問に答えるだけになりました。発行は2カ月さきですから余裕の進行。ただし、この本にはオリジナル栞が付くので、そのイラストを描かないといけません。これが大仕事です。今月中になんとかしましょう。

ところで、サラサーテというのは作曲家の名前で、ヴァイオリニストとして相当な名手だったそうです。有名ところでは、「ツィゴイネルワイゼン」があります。初心者には弾けない曲です。サラサーテのレコードを何枚か持っていますが、やはり真空管アンプでスピーカを鳴らして聴くのがけっこうかと。イヤフォンやヘッドフォンでは、その場所の反響というか共振が感じられないので、臨場感が今一つになります。

このところ、夜間に雨が降らなくなり、空気が乾燥してきました。でも、朝はあらゆるものが濡れています。それだけ寒暖差が激しいということ。犬たちは元気で、今日も近所の公園までクルマに乗せて出かけ、そこで散歩をしてきました。熱いコーヒーがますます美味しい季節になりましたね。そろそろ、薪ストーブを燃やす日が来るのではないでしょうか。

修理中の機関車は、ほぼ組立てが終わったのですが、これはいちおう組んだ、というだけで、これから各所を点検し、動かしてみて不具合を調整していきます。まだ数日はかかると思います。部品を新調しないといけないところもあり、これらもおいおい作って、修理や改良をしていくつもり。

昨日も、1時間くらい旋盤を回して、小さい部品を1つ作りました。その部品は、調整をするときに1度だけ使うためのものです。完成品に組み込まれるものではなく、組み立てに使う部品ですから、いわゆる「ジ

グ」の一種です。「道具ではないの?」と言う人もたまにいらっしゃいますが、道具は、別の作業にも使えますね。ある工程で1回しか使えない道具だったら、「ジグ」と呼べるかと。ちなみに、「治具」という当て字も使われます。同じものを作るときは、ジグは再利用できますから、「1回だけ」がジグの条件ではありません。

『ジャイロモノレール』を読まれた方が見るのだと思いますが、欠伸軽便のYouTubeチャンネルの視聴回数が増加しています（馬鹿売れというほどではありませんが）。

　昨日のフォローですが、「言いたいことがないのなら、どうして言うのか」「書きたいことがないなら、何故書くのか」という疑問をお持ちの方もいらっしゃることでしょう。つまり、その方にとっては、人間のすべての行動は「したい」からするもの、との解釈なのです。そういった解釈も否定はできません。つまり、ピストルを突きつけられ命じられたことをする場合でも、それをする瞬間は「しかたがないから、しよう」と思っているはずだから、「したい」に含まれるのではないか、という解釈です。

　お金がもらえるから仕事をするとき、お金がもらいたいから仕事をしたい、だから、仕事を「したい」という解釈もできます。昨日、僕が書いた「言いたいことはない」「書きたいことはない」というのは、自発的に欲したものではない、という程度のことで、「言ってほしいなら、言うけれど」とか「そんなに書いてほしいのなら、書こうかな」が、「言いたい」「書きたい」ではないという僕の個人的解釈です。

　そこで働く思考としては、「ピストルで撃たれるよりは言った方が良い」「お金をもらえなくて、将来万が一にも困った事態に陥るよりは、書いた方が良い」という比較が行われ、いちおうは自主的に選択しているわけです。「言わされた」「書かされた」という言葉を使うようなときでも、外部から力ずくで言わせたり書かせたりはできませんから、本人の脳と神経と筋肉が働いて、その動作をしているのであり、そういう意味では「言いたい」「書きたい」という言葉が間違いだともいえません。

　たとえば、国語の問題で、「この文章で作者が言いたいことは何でしょう?」という質問があるわけですが、僕は「いや、作者は言いたい

わけではない、ただ、仕事だから書いたのです」という立場ですが、問題を作った国語の先生は、「でも、言いたくないわけではないでしょう？　絶対に言いたくないことなら書かないでしょう？」という立場なのでしょう、きっと。

　どちらも、解釈が違うだけです。結局、「言いたい」という言葉一つ取っても、人によって意味がだいぶ違っていて、0か1かという判別はできないアナログな世界だということ。

　そういった解釈の違いがあるのに、「こんなこと書いたのは、よほど書きたかったのだな」と非難される場合もあるわけです。また、それを「非難」だと捉えるか「評価」だと捉えるかも解釈の違いになるでしょう。言葉はデジタルですが、その言葉が表しているものはアナログなのです。

　デジタルは変化しません。伝達しても劣化しません。でもアナログは、発した本人でさえ、どんな気持ちだったか忘れてしまうし、気持ちも時間とともに変わってきます。解釈のし方も当然同じままではない。ということは、同じ言葉であっても、ときどきは議論をして、話し合い、お互いに相手の気持ちなり考えなりを想像し合う必要がある、ということになります。

 この確認こそが真の意味でのコミュニケーションだと思います。

２０１８年１０月１４日日曜日

断捨離するならスマホから

　今日は、作家の仕事をしていません。『森には森の風が吹く』の修正再校待ちです。あと3日くらいかかるようなので、その間は遊んで暮らす所存です。

　そういえば、書いていませんでしたが、このまえ依頼されて寄稿した本は、12月上旬発行予定だそうです。本が出たら、改めてお知らせします（僕の本ではないので、事前に書くわけにいきません）。

朝は霧が立ち込めていて、散歩に出かけたときは、霧雨のような場所もありました。雲の中を歩いているようなものですから、50mくらいの範囲で、本当に局地的に地面が濡れていたりします。

　9時くらいに、屋根屋さんが3人来て、工事を始めました。母屋の天窓の修理と、ゲストハウスの渡り廊下の屋根の修理です。建築屋さんにお願いしておいたものです。屋根材を剥がし、防水シートを剥がして、どこから水が入ったかを特定し、シーリングをし直す工事です。たぶん、1日で終わると思います。

　燃やしものもできました。そのまえに芝生の落葉とサッチを集めておき、枯枝と一緒に燃やしました。あっという間です。落葉はだいぶ増えてきて、熊手で集めても、1時間もしたらまた沢山落ちています。まだ、はらはらと降るように散っている量ではなく、ときどき落ちてくるだけ。葉の色は黄色が多くなってきました。樹の高いところほど色が変わっています。オレンジ色もところどころに。庭園内の樹は、だいたい30mはあるので、もの凄く上空の話です。

　修理をしてきたエンジンを、機関車に戻して組み立て直しました。途中でいろいろ気づいた部分があって、直したり、改良したりしています。今日は、久し振りに石炭を燃やしてスチームアップしました。結果は上々で、悪かったところは、だいたい直っていました。ただ、それでも完璧とはいえず、あそこをこうしよう、と思いついた箇所が3つくらいあります。また、何日かかけて整備や修理をしたいと思います。こうして遊べているわけですから、既に元を取ったといえるほどでしょう。自動車の新車のように完璧な完成品を買ったら、1度遊んで厭きてしまいますが、不完全な中古品は安いのに多くの時間楽しめるのです。不思議な関係といえますね。

　「断捨離」について批判的な意見を、最近幾度か書いてきました。持ち物を減らすことで、豊かな精神空間が実現する、という理屈は、わからないでもありません。この種のことは新しくなく、たとえば禅の修行などを連想させます。そういった意味でなら、人によってはライフスタイルにフィットするかも、とは思います。ただ、どうして減らす「もの」として、物

体だけに拘るのか、という点が理解できません。あまりにも物体に執着している気がするのです。

　断捨離をするなら、まず一番最初に処分すべきものは、スマホでしょう（今日のようなタイトルが、炎上商法の基本です。誰かをかっとさせるのが常套手段ですから）。さらに、切るべきは人間関係です。これで、かなり豊かなライフスタイルが実現することでしょう。僕は、ものは捨てませんが、ここ10年ほどは、人間関係を可能なかぎり切り捨ててきました。スマホもほぼ使っていません（持ってはいますが、停電のときの備えのため）。もしかして、僕がしていることは断捨離なのかな、と思えるほどです。

　いずれにしても、そういった「手法」から入るのは、本末転倒ではないでしょうか。

　したいようにすることが第一で、そのために最適な方法を選択するのです。やりやすい方法や、人からすすめられた手法を選んで、それが自分のしたいことだ、と勘違いしているところが、本末転倒なのです。まず、したいことがないといけません。

「自由」というものが、つまりは、この「したいこと」から築くストラクチャなのです。「したくないこと」から逃れることが自由ではありません。多くの場合、「したくないこと」は「したいこと」とセットになっているので、自由のためには、「したくないこと」も「したいこと」のためにしなければならないでしょう。

「ものを処分しなければならない」と思うのは何故か、という点が重要なのです。「いらないものを捨てる」のは何故か、という点が明確でなければ意味がありません。そうしないと、「したいこと」がないのに、ただ「したくないこと」を捨てているだけの行為になります。いうなれば、空振りの練習をしているようなものです。

　もちろん、「したくないこと」を切っていくうちに、「したいこと」が見つかる場合もあります。これは、ものを片づけて、不要品を処分したら、新しいものが欲しくなった、というようなもので、断捨離を奨励している業界の思惑のとおりです。この手順でしか欲しいものが出てこない人間、すなわち本末転倒人が出来上がります。

でも、弱っているとき、悩んでいるときの突破口になる可能性はあります。やる気がないときは、まず自分の部屋を片づけよう、というアドバイスなどはこれです。片づけると、整理がついたり、なにか思いついて、やる気が出てくる、という効果があります。でも、これは病んでいる精神の治療的な手法、すなわち特効薬のようなものです。健康を維持するために薬を飲み続けることは、これまた本末転倒といえると思います。

 健康とは、薬やサプリや健康法を必要としない状態のことでは。

2018年10月15日月曜日
レシプロエンジンのお話

　今日も作家の仕事はゼロ。忘れていました。韓国版の『人間はいろいろな問題についてどう考えていけば良いのか』のカバーやその周辺のデザインが届き、確認をしました。このタイトルのままでは無理だろうと思っていましたが、『考えの歩幅』というタイトルになり、新潮新書の邦題はサブタイトルになったようです。この確認に4分くらいかかりました。

　朝からゲストハウスへ行き、掃除機をかけてきました。そのあと、庭掃除でエンジンブロアを使おうとしたら、エンジンがかかりません。古い方の小型のブロアです。たしか、数カ月まえに屋根の上の落葉や枯枝を除去してもらうとき、職人さんに貸しました。そのときは快調に回っていたのです。

　マーフィではなく森博嗣の法則の1つに、「エンジンはいつも快調にかかります、これから使おうというとき以外なら」というのがありますが、さすがです。さっそく、キャブレタを分解して掃除をして、15分ほどで復帰を果たしました。小型のものは、落葉掃除には向きませんが、軽く線路の付近だけ枯葉を吹き飛ばして、鉄道の運行を円滑に進めるのには適します。落葉掃除は、昨年導入した背負って使う大型のブロアを使います。

　エンジンは、小型のものほど不具合の発生率が高いようです。特に

キャブレタはすぐに詰まってしまいます。これから冬に向けて、除雪機などの点検をしておかないと、寒い朝に屋外で分解・修理をする羽目になります。近いうちにやりましょう。

　庭園鉄道は、今日は小さい機関車を走らせました。アメリカのオークションで買ったシェイ（わからない人は検索を）です。これを売った人も、誰かから買ったと話していました。最初は名のあるモデラが作ったらしく、雑誌などでも取り上げられたそうです。例によって、非常に繊細でディテールフルな造りなので、触っているうちにあちらこちら壊してしまい、そのつど修理をしています。あまりに細かいので、補強材を入れて頑丈（がんじょう）に改造したところもあります。走りっぷりは見事でした。

　庭園内の落葉率は15％くらいでしょうか。黄色、オレンジの葉が増えてきました。でも、トマトがまだなっています。朝顔も毎朝青い花を咲かせています。寒いだろうに、と思うのですが。

　スバル氏が自分の寝室のほか、キッチンとリビングにも床暖房を入れたので、室内がだいぶ暖かくなってきました。床暖房を入れていない書斎も、そのほかの部屋も22℃もありました（真冬はもっと暖かくなります）。

　長女担当の犬が美容院へ行きました。スバル氏と長女は、犬がシャンプーされている間、ショッピングにいったようです。僕はほかの犬と留守番でした。犬は、この「留守番」という言葉を理解していて、聞いただけで耳が下がってしまうほどショックを受けます。みんなと一緒に出かけたいのですね。

　エンジンの話を書きましょう。と始めるだけで、「あ、今日は面白くないやつだ」と引いてしまう方が多数だと想像します。講義のときも、雑談だと目を輝かせて聴いているのに、「さて、本題に戻りましょう」というだけで、溜息をつき、死んだ魚のような目になる学生が多いものです。

　僕はエンジンが大好きで、沢山の模型エンジンを持っています。たぶん、200くらいあると思います。ラジコン飛行機を飛ばしていたときも、ラジコンレーシングカーを走らせていたときも、エンジンが一番好きで、エンジンを回したいから飛行機やレーシングカーで遊んでいたようなものです。だから、エンジンだけ回すことも多くて、燃料の無駄遣いという

か、音を楽しむだけの不思議な行動、と知らない方には見られることでしょう。

　エンジンは、爆発とか膨張とかを小刻みに繰り返しているだけです。唯一例外的なのは、ジェットエンジンで、これは爆発しっ放しで、繰り返してはいません。繰り返すから、「レシプロ」なのです。reciprocateというのは、交換する、やり取りをする、往復運動する、などの意味の動詞です。エンジンは回転するものですが、実はシリンダは往復運動しているので、レシプロエンジンと呼ばれます。ロータリィエンジンがこの例外、もちろんジェットエンジンもレシプロではありません。

　電磁石のON/OFFを繰り返してクランクを回すエンジンもありました。これはレシプロモータと呼べるものです。今世界中で回っているモータは、ロータリィモータになります。

　人間の肉体にも、筋肉というエンジンがあります。これは、伸び縮みするわけですから、レシプロエンジンです。肉体には、回転運動をする部位はありません。ロボットがモータで動いているなら、回転運動を再び手や脚のレシプロ動作に変換するギアなどの機構が必要です。

　実は、乗り物も回転運動をさせたいわけではなく、目的地へ向かって進ませたいだけなのに、レシプロエンジンで回転運動を作り、タイヤを回させて直進するのですから、無駄な変換をしていることになります。リニアモータカーが、この無駄を合理化した技術です。

　小さな虫が飛ぶときも、羽根を往復運動させています。プロペラのように回転させる羽根を持った虫はいません。魚にもスクリューはありません。人間が作ったものだけが、あまりにも沢山回転しているのです（今後減っていくはずですが）。

 自然には回転がない？　否、台風も地球も銀河も回っています。

2018年10月16日火曜日

人間ほど忙しい動物はいない？

　今日も作家の仕事はゼロ。でも、講談社から『森には森の風が吹く』の再校ゲラが届きましたので、集中的にこれを見ていく予定です。明日は、編集者M氏が打合わせのため来訪予定です。
　清涼院(せいりょういん)流水(りゅうすい)氏からメールがあって、The BBBの（『The Sky Crawlers』英語版や短編集などの）売上げ報告があり、同時に印税の振込みもありました（感謝）。今月末には、『Down to Heaven』英語電子版の第2巻が配信になる予定です。また、毎年恒例になりましたが、メールインタビューも受けることになっています。
　朝早くから屋根屋さんがトラック2台でやってきて、ゲストハウスの渡り廊下の屋根を修理してくれました。どうでしょう、これで雨漏りが止まるでしょうか。止まればしめたものです。内装の天井などをやり直すことになっていますが、また雨が降るのを待って、様子を見てからになります。名古屋にいたときの名人は短気だったのか、ホースで放水して確かめていましたけれど、こちらではそういったことはしないみたいです。みんな気が長いのです。
　庭仕事は、落葉を掃き集めて袋に入れ、焼却炉まで運ぶ作業。いよいよ本格化しそうです。落葉率は20%くらいかな、と思っています。紅葉率（実際には黄色が多いので黄葉ですが）は、50%くらいでしょうか。3日後には、すっかり色が変わるような気配です。色が変わったら、もう1週間もしないうちに、ざんざん雪が降るように散ります。
　熊手で落葉を取り除くと、その下はまだ綺麗な緑です。苔も緑だし、芝生も緑です。芝は、雪が降る頃にも緑のままです。日本の芝生は秋には枯れますが、こちらの芝は一年中枯れません。ただ、2月と3月頃には、さすがに黄色っぽい色になっていますし、まったく伸びなくなります。
　ほとんど遊んで暮らしているように見える僕ですが、作家の仕事（これは平均1時間以内）以外に、沢山の仕事を抱えています。時間的に多いのは庭仕事です。このほか、掃除の担当をしている場所が幾つかあり

ますので、毎日ではありませんが、気をつけるようにしています。また、なにかを直したりする、いわゆる営繕的な役割もあります。家具や電化製品の不具合を直しますし、直せないときは、どうすれば良いのかを調べたり、部品や新品の購入などの手配をします。

　これらのほかにも、毎日一定時間拘束されるものがあります。たとえば、トイレとかお風呂とか食事とかですね。それから歯を磨いたり、血圧を測ったりする時間も、毎日数分あるわけです。着替えもしないといけないし、犬の世話もいろいろあります。クルマが必要なときに運転手として働く場合もあります。

　このようなノルマは、少ない方が良いのですが、年齢とともにだいたい増える方向にあるはず。というのも、社会的な枠組みの中で周囲から期待され、任され、なんとなくやらなければならない「仕事」が増えてくるからです。

　給料がもらえるものだけが「仕事」ではありません。家事などは立派な仕事です。さらに僕は、自分の歯を磨くことも仕事だと認識している人間です。少なくとも楽しみでやっているのではなく、面倒でしたくないことだけれど、やらないともっと面倒なことになりそうだ、というものです。広い意味では、トイレとか食事も、仕事かもしれません。やらないと死んでしまいますからね。

　これらは、生きていくために必要なもので、何故生きていくことが必要かというと、自分がしたい「楽しみ」があるためです。本当は、その楽しみだけに集中したいのですが、生きていないとできないのでしかたがありません。

　もっとも、犬を見ていると少し状況が違います。犬たちは、食事をもの凄く楽しみにしています。食べることが彼らの趣味のようです。生き物は、これが普通なのでしょう。むしろ人間は、食べるのを惜しんでまで、やりたいことがあるのです。食べたいものを我慢して、欲しい服を買う、ということもあるはず。犬は、絶対にそういった価値観を持っていないように見受けられます。このあたりが「人間らしさ」かもしれません。

　うちの犬たちのご飯は1日に2回ですが、ものの10秒で終わります。

あっという間に食べてしまうのです。トイレだって、人間よりも短時間だと思います。身だしなみを整える時間もないし、毎日風呂に入るわけでもないし、家の仕事はしていませんから、見るからに暇そうです。おもちゃで遊んでいる時間もありますけれど、ほとんどは昼寝をしているようです。犬を見ていると、人間がいかに忙しく働き、忙しく遊んでいるかが際立ちます。少なくとも、犬は時間を惜しむこともありません。

　これは、犬たちがペットだからでしょうか？　否、野生の動物であっても、そんなに忙しそうに毎日のノルマがあるようには見えません。蟻などはずっと働いているように見えますけれど、あれは仕事でしょうか？

　ただ、人間も歳を取ってリタイヤすると、犬たちのようになります。ただTVをぼうっと見て過ごす時間が増えてくるようですし、新しくなにかを始めることも滅多にない生活になります。忙しさから解放され、のんびりゆったり生きているように見えますが、ある意味で「人間離れしている」イメージともいえます。

 年寄りがこのようにのんびりする行為は、死への準備でしょう。

―――――――――――――――――――――

２０１８年１０月１７日水曜日

カバーはセンスかキャッチか

　講談社の編集者M氏が遠くからいらっしゃるので、どうせなら手渡す方が良いと考え、昨日は『森には森の風が吹く』の再校ゲラを読みました。まず、初校の修正箇所が直っているか確認するのに1時間半かかりました。直っていない箇所が3つありました（だから確認しています）。それから、すべての文章を通して読み、表記の統一などで修正の赤を入れました。この作業に3時間ほどかかりました。ですから、4日分くらいの仕事をしたことになります。珍しいことですが、状況が異例ですし、自分の方針にも拘らないようにとの配慮から……。

　講談社文庫『月夜のサラサーテ』のカバーデザインに使用するイラストレータの候補者3人のサンプルが届きました。どれも素晴らしいと思っ

たので、鈴木成一氏にお任せします、と返答しました。

　PHPから来年3月刊予定の本のレイアウト案が届き、OKを出しました。これでゲラを作ることになります。来年2月刊予定の『森籠もりの日々』の続巻『森遊びの日々』の初校ゲラも、まもなく来るとのことです。今のところ、来年も、毎月1冊発行で、全12冊を予定しています。今日はこのほか、契約書にサインをしました。本が1冊出るごとに、契約書2通にサインが必要なのです。面倒くさいことですが。

　来春から始まる雑誌の連載ですが、編集部の許可が下りたので情報公開します。「子供の科学」で、庭園鉄道やこれに関する工作について書くことになりました。4月号（3/10発行）から始まる予定で進めてもらっています。ほとんどの読者が森博嗣を知らないはずなので、そういったスタンスで書かないといけません。同誌には、2007年の6月号に寄稿したことがありました（その記事は、11月刊予定『森には森の風が吹く』に収録されます）。ですから、11年振りになります。現在、僕が毎月購読している日本の雑誌2冊のうちの1冊が「子供の科学」です。

　朝は雨が降っていました。雨漏りはありませんでした。でも、大した雨ではなかったので、油断は禁物かと。

　今朝も犬がベッドに乗って、起こしにきました。昨日はベッドに乗り損ねて、後ろ脚は床についたままの格好で藻掻いていましたが、今日は乗れたようです。ひっくり返って甘えます。だいたい6時頃のことなので、まだ外は暗いのです。しかたがなく着替えてから、キッチンへ行き、湯を沸かして、フードにかけてふやかします。それを椅子の上に乗って見ています。食べられるのは1時間後なのですが……。

　編集者M氏とは、クルマで少し行ったところのフランス料理のレストランで待ち合わせ。スバル氏同伴で、3人でランチを食べてきました。主な話題は、新シリーズのカバーデザインについてです。書き上げたといっても、手直しをしていないので、まだM氏には作品を見せていません（たぶん、2週間後くらいになりそう）。

　新しいシリーズがどんなシリーズかも、M氏は知らないわけですから、まずその説明をして、カバーはこんな感じにしてはどうでしょう、と抽象的

な提案をしておきました。それに合わせて、デザイナや、必要ならイラストレータや写真家などを彼女が見繕ってくることになり、それらの候補から僕が選ぶことになります。第1作は、来年6月発行となります。

小説のカバーというのは、いったいどういった位置づけなのか。これは、人によってさまざまです。価値観も好みも違います。でも、大雑把な傾向として、センスの良い洒落たカバーデザインのものは、評判は良いし、装丁家の名を有名にしますが、だからといって本自体は売れるとはかぎりません。カバーのセンスが良いから売れる、という傾向は観察できません。

逆に、アニメやコミック的な表紙は、ちょっとどうかと思うことが多いし、また本を買う人も恥ずかしくて買いにくいなどとおっしゃるのですが、データ的に見れば売れているようです。ラノベの界隈を見れば一目瞭然ですが、そういったカバーにばかり集中しているのは、やはりそれで部数が伸びる効果があるからなのです。

自動車やバイクの雑誌に、ビキニの女性モデルが必ず登場するのでも、たぶんデータで実証されているのでしょう。つい買ってしまう人が多い、ということ。もちろん、「売れるなら、なんでも良いのか」という意見も当然あります。

僕が高校生くらいのときに楽しみにしていた「SEA & SKY」というラジコン飛行機と船の月刊誌があったのですが、これのカバーが、ラジコン飛行機を手に持った女性でした（ただし、水着ではありません）。非常に違和感を抱きましたね。竹内まりやが、模型飛行機を持っていたりしたのです。

その時代には、もちろんインターネットもないわけですから、好きなアイドルやスターの写真などは滅多に手に入りません。雑誌にカラー写真が出れば、競って買って、切り抜いたりしたのだと思います。当時は、カラーコピィはありませんし、カメラで接写もできませんから、手元に欲しかったらこうするしかなかったのです。レコードなどにも、ポスタが付いているものが多くありました。販売促進効果があったのでしょう。

でも、今は違います。ネットでいくらでも写真が見られますし、それら

を自分のスマホの待ち受けに自由に使えます。だから、この時代になっても、本や雑誌のカバーにそういった類の絵や写真があること自体が、非常に奇異な風習として認識されます。

　売りたい側が使うのは、データに基づいているので、理屈がありますが、大勢の方がそれに惹かれて買う現象が奇異だ、という意味です。

 かといって、買う人が悪い、というつもりは全然ありませんが。

2018年10月18日木曜日
個人の中に第三者委員会を

　昨日食べたフランス料理がとても美味しかった、今までで一番かも、とスバル氏と語り合いました。「まるで、東京のフランス料理のように美味しかった」との感想も。そうなのです、パリの5つ星のレストランに正装で入った体験もありますけれど、それよりもずっと東京の多数の有名レストランの方が美味しかったですね。味が繊細だと感じます。濃厚ではなく、さっぱりしているのも、日本のレストランの特徴。いずれにしても、滅多にこういった高級レストランへは行かないので、たまに良いものに当たるだけの、まったくの素人です。

　昨夜は、スバル氏が作ったので、久し振りにラーメンを食べました。ラーメンって、食べる機会がほぼありませんからね。たとえば、街中でラーメン店があっても、たぶん入らないでしょうし……（これまでの人生で2回ほどあるけれど）。

　秋も深まってきました。というより、だいぶまえから充分に寒いのです。そろそろ雪が降ってもおかしくありません（普通、雪が降って可笑しいと思うことはありませんが）。夜とか朝に、ときどき小雨がぱらつきますが、今のところ雨漏りはありません。もっとどっと降ってもらわないと、修繕工事の成果は判断できません。

　今日もゲストがいらっしゃるので、午前中は庭掃除をしたり、庭園鉄道の準備をしたりしました。落葉掃除は、まだ本格化していません。とき

ときブロアや熊手で集めているくらい（この場合、下の緑に日光を当ててあげたい気持ちが動機です）。樹に残っている葉は、大半が色が変わったかも。地面に落ちているのは20％くらいで、このうち半分は、既に燃えて煙と灰と化しました。

　作家の仕事はしていませんけれど、封筒の裏にボールペンでイラストを描きました。『月夜のサラサーテ』の栞に使うものです。絵柄が決まったので、ケント紙を捜して下描きをし、サインペンでペン入れをして完成させましょう。絵柄が決まれば、あとは労働です。

「子供の科学」の連載のことが頭にいつもあって、どんなふうにしようか、と考えています。そういえば、今月号が届いたので読みましたが、読者アンケートがあって、回答者の年齢とか、得意な科目などが集計されていました。小学校高学年が多いみたいですが、大人の読者はアンケートに応えたりしませんからね。あと、理科と算数が好きだという人が多いのは、この雑誌ならではといえます。

　僕が子供の頃に比べると、コンピュータ関係の記事が増えている点が目立ちます。逆に、工作の記事は、技術的に簡単なものになっています。バルサを削って飛行機を作る記事から、紙を切って作るクラフトへ、というようなシフトです。変わらないのは、生物や地学や天文などの話題でしょうか。今月号のトップ記事は、質量を発生させる粒子の発見についてでした。世紀の大発見がつい最近あったのですが、皆さんはご存じだったでしょうか？　日本ではニュースになりましたか？

　この頃のニュースを見ていると、どこかの組織でなんらかの不祥事が発覚し、これに対して謝罪するケースが多いようです。決まり文句としては、「調査をして報告する」というものですが、この調査で登場するのが、第三者委員会なるものです。普通の人には、よく意味がわからないと思いますが、どうして第三者（つまり無関係の人たち）が調査をするのかといえば、本人たちでは報告しても信じてもらえないからです。それくらい、信頼できない事態になっているのです。

　客観的な立場からの評価が難しいことを物語っている、ともいえます。結局、人間はみんな身内贔屓、自分ファーストなのです。自分た

ちに少しでも有利になるよう、という視点から調査報告をしてしまうから、信じてもらえない。もともと、不祥事が起こったのも、このような客観性の欠如に起因しているので、当然といえば当然です。

個人にもいえると思いますが、あらゆる判断を自分ファーストでするのが普通です。これに対するカウンタとして、「相手の身になって」という言葉を発することが多いのですが、これは、「相手を立てろ」「自分は我慢しろ」というような意味ではなく、「多くの視点から見て、公平な理屈で論じなさい」という意味なのです。もう少し簡単にいうと「感情的になるな」と同じ。

ところが、感情でものごとを判断している人たちは、自分が感情的だと自覚していません。たとえば、公共利益のために個人の不利益が生じるときなどに、「私は嫌だ」「私は困る」と主張するのは（個人的人権保持の理屈から）正当ですが、それに対して、公共が用意した代替価値が提示されるのが普通です。そのうえでも、「嫌だ」で押し通すとしたら、これは感情的だと認識されます。そうではなく、その価値の評価における「理屈」がなければ主張できません（主張だけならできますが、効果がないの意味）。

日頃から自分の中に第三者委員会を持っている人は、グループのリーダになる資質があります。そうではない人がトップに就くと、本当の第三者委員会を組織して、誰かが辞任しないといけなくなるようです。

 感情がやっかいなのは、自分の感情が見えなくなるためです。

２０１８年１０月１９日金曜日

友人の見舞いにはいきません

作家の仕事はなにもしていません。

昨夜は、ゲストハウスで、ゲストが作られた中華料理をご馳走になりました。中華料理なんて、滅多に食べられません。1年に1回くらい、講談社の編集者が隣町のレストランでご馳走してくれるのが、ほとんど唯

一です。そもそも中華料理の店というのが、おそらく半径20km以内に存在しないと思います。でも、餃子とか春巻きなどは、スバル氏がときどき作りますから、そういった家庭料理的な中華料理ならいただいています。

昨日は、庭園鉄道が久し振りに賑やかでした。落葉が沢山ありますが、事前にブロアで軽く吹き飛ばしておいたので、走行の障害にはなりません。落葉だけなら車輪が踏んでも（機関車であればスリップの原因になりますが）さほど影響はないといえます。問題は、落葉に隠れている枯枝で、これを踏むとがつんと衝撃がありますし、太い枝であれば脱線のリスクがあります。その意味で落葉を吹き飛ばすわけです。

8月のオープンディのとき、いらっしゃったゲストの方に、スバル氏がダウンジャケットを貸し出していましたが、今はもう10月ですから、スキーウェアくらいの重装備でないと、一日外で遊ぶには不足です。鉄道で1周（約520m）回ってくると躰が冷えます。庭園鉄道の場合、運転士も乗客も吹きっ曝しです。暖房車はありません（ホットカーシートを装備している人が、この趣味界隈ではいらっしゃいます）。

昨晩は、ゲストハウスでは薪ストーブを焚きました。また、母屋の僕の寝室も、ついに床暖房を入れました。僕の部屋で寝ることになっている犬は、朝になって見ると、フローリングの上で仰向けになって寝ていました。犬のために、クッションやカーペットが6つくらい敷いてあるのですが、それらを避けて寝ていました。床が暖かったからでしょうか。床暖房は0から6までの7段階の温度設定があって、昨夜はまだ0でした（0でも少し暖かい）。0がOFFではありません。ON/OFFは別にスイッチがあります。ボイラは地下室に1基ですが、設定スイッチが各部屋にそれぞれあるのです。温度設定が0だと、床に手を触れても温かいとは感じません。ただ、冷たくないというだけです。

今日は、ゲストを乗せて、近所のパン屋へ行きました。非常にわかりにくいところにあるため、地図を描いても案内ができません。早朝から開店している店で、10台ほど駐車できるスペースがあっても、いつも満車になるくらい人気があります。ただ、店の中は非常に狭くて6畳間くらいの広さしかないので、客が入り切れないことがあります。1人出てきたら1

人が入る、という自然の入場制限になるのです。

　ファンの方からメールを毎日いただきます。それらの中には、森博嗣に一度会いたい、会ってお話がしたい、報酬はいらないから秘書にしてほしい、弟子にしてほしい、書生にしてほしい、ハウスヘルパとして働きたい、などの要望を書かれてくる方がいらっしゃいます。また、数はそれほどありませんけれど、病気で長く生きられないから、生きているうちに……、と書かれてくるものもあります。さすがに、結婚してほしいという希望を書かれてくるものは最近はなくなりました。

　病気でなくても、人間は例外なく長くは生きられません。すべて生きているうちにするしかありません。誰もが個人的な願いを持っていて、それが実現したら良いな、と期待して生きていると思います。ですから、このような願望を相手に伝えることは、無駄ではありません。作家の中には、会ってくれる人、雇ってくれる人もいるのかもしれません。

　ただ、僕の場合は、僕個人の都合でお断りをしています。ファンのメールにすべて応えていた時期には、お断りのメールを差し上げましたが、今はそういったサービスも打切りになっているので、返事は一切出しません。どこかで書いたと思いますけれど、病気でもうあと数ヵ月の命だという人が、会ってほしいと言ってきた場合でも、会おうとは思いません。逆に、どうして会う理由があるのか、と不思議に思う人間です。

　たびたび書いていますが、僕は大の親友が亡くなった場合でも、その葬式には行きません。理由は簡単で、既にその親友がいないからです。もし、親友の奥様が亡くなったのなら、行くかもしれません。親友が来てほしいと思うような人かどうかによりますけれど。

　友人が病気になって死にかけている場合でも、会いたいとは思いません。その友人が会いにきてほしいと言ってくれば、行くでしょうけれど、そういうタイプの友人は僕にはいません。僕は、自分が病気で死にそうなときに、友人に来てほしいとは思わない人間です。むしろ強く、来てほしくないと思う人間です。ですから、相手のことを気遣って、そういう場合には見舞いにいきません。もっと元気で話ができるときに会った方が良いでしょう。

これは、親の死に目に会えない、という場合でも同じで、何度か書いているところです。死に目に会うことに、特段の価値を見出せません。そこまで弱る以前に親孝行をするべきだと考えます。

　話がずれましたが、一般常識的な心理、あるいは風習を理解はしているつもりですけれど、それに自分から合わせようとは思っていない、ということです。そういった常識的な判断で行動される方を非難も揶揄もしません。自分はそうではない、ということを書いているだけです。そういった類のファンメールを非難しているわけでもなく、迷惑だとも思っていませんが、ただ、森博嗣には効果がありませんよ、ということをときどきお知らせするようにしています。

 ストーカのようなメールも数多いのですが、一切読みません。

2018年10月20日土曜日

東京のお店で感じる世代差

　作家の仕事はなにもしていません。と書きましたけれど、このブログを書いています。これは作家の仕事ですね。毎日、15分か20分程度でしょうか。ここだけでなく、ファン倶楽部(クラブ)のブログもほぼ毎日書いていますし、庭園鉄道のブログもほぼ毎日更新しています。それらも、全部作家の仕事と認識しています。

　ファンの方のメールやその他の発信で、「小説を書かなくなってもブログだけは続けてほしい」とのご希望があるようですが、作家をやめるなら、たぶんブログがさきに終わります。作家でなければ、ブログを書きません。まあ、そんなに遠い未来の話ではないと思います。

　今朝は冷え込んで寒かった。でも、犬たちは元気に散歩に出かけました。クルマのタイヤ交換の予約をしました。もう秋というよりも冬に入った様子。母屋は床暖房がありますが、ゲストハウスは灯油のファンヒータと薪ストーブです。灯油はタンクに入れてもらいますが、薪は自分で運ばないといけません。一輪車に山盛りにして運んでも、冬なら2日分くらい

にしかならないのです。

　冬で一番面倒なのは、外を歩くときの靴です。外に出なければならない理由は、犬の散歩です。それ以外は、無理に出なくても良いし、庭園鉄道だったら鉄道に乗っているので、歩く必要がありません。アスファルトなどの舗装道路は、冬は凍結して滑りますから、スニーカではとても歩けません。スパイクが必要なのです（それでも滑ります）。そうなるのは2月頃の話で、1月くらいまではまだ普通です。気温は一日中マイナスになるので、あらゆるものが凍ります。

　でも、家の中はとても暖かく、どの部屋も25℃くらいありますから、炬燵に入ったりする必要はなく、とても活動的になります。たいてい、工作室かガレージにいて、ずっとなにかいじっていて、ときどき外に15分ほど出て鉄道で遊ぶ、というのが冬の活動です。

　ゲストハウスのシャワーが、微量な水漏れをしているようなので、水道屋さんに来てもらいました。昨夜、建築屋さんにメールをしたら、今日の午前中に来てもらえました。パイプを買ってきて、自分で直そうかな、と考えていましたが、プロに頼んだ方が楽ですし、その様子を見て、次から自分で直せるように学習しようと思いました。2年まえに、水道管が破裂した箇所の近くで、そのときにダメージがあったようです。

　その水道屋さんが、パイプの加工のしかたについて、道具をいろいろ見せてくれて、30分くらいレクチャを受けることができました。ただ、訛りが強い人だったので、半分も聞き取れませんでした。

　東京のお店に入ると、テーブルに料理を運んできたときに、「こちらがハンバーグになります」と店員が言います。ファミレスなどの安いお店で、バイトの店員さんなのだと思います。高級なレストランでは、食材とか料理法などについて簡単な説明をしてくれますが、そういったときには、「こちらが○○になります」とは言いません。せいぜい、「○○でございます」でしょう。

　この「なります」という言葉は、全然おかしくないし、間違っていませんが、それだけ聞くと、やや唐突に聞こえます。つまり、2つの料理があって、どちらが何なのかわからないときなどに、「この店では、この料

理を○○と呼んでいます」という意味で、「○○になります」と言うのです。

　それから、店員さんが使うそれ以外の言葉と、その「なります」のバランスが取れていないので、唐突なのです。「ハンバーグになります」とだけ聞くと、「もうすぐハンバーグに化ける」という意味に取れるので、「え、じゃあ、今は何なの？」と尋ねたくなりませんか？　つまり、写真でメニューがわかっているような店なら、言われなくても、見ただけで「ハンバーグ」だとわかるし、これから別のものに化けるとは思えないわけです。

　このまえ、「お愛想をお願いします」と店員に言ったら、にっこり微笑んで返された、という嘘のような話を聞きました（たぶん嘘だと思います。単に「お愛想」が通じなかったという意味かと）。まえにも似た例を書きましたが、「電話はどこですか？」と尋ねると、カウンタへ一度行き、戻ってきてから「落とし物は届いておりません」と言われた、という話も読んだことがあります。電話の所在を尋ねるような人は、すなわち自分のスマホを落とした人、と解釈されるということです。

　お年寄りは、日頃年配者とばかり接していますが、たまにレストランなどへ行くと、若い店員がいて、言葉が通じなくなっている、という例でした。

 店員が外国人というケースは、世界中で日常となりましたね。

2018年10月21日日曜日
飲み会の断り方慕情

　文庫『イデアの影』に合わせてPOPを作りたい、と中公の編集者から提案があり、文言のチェックをしました。来年1月刊の幻冬舎新書『悲観力（仮）』の再校ゲラが近々届くとの連絡がありました。タイトルは『悲観する力』になるかもしれない、とのこと。新潮社から、海外版の契約書について問合わせがありました。

先月書いた新作を、そろそろ手直ししようと思います。明日くらいから始めましょう。1日に10%ずつ進めて、（今日は10/16なので）今月中に脱稿できる予定です。

　先日書いた、ある方の本への寄稿のゲラがpdfで届きました。数日中にチェックをします。

　薄曇りの一日でした。高いところに雲が集まった結果のような感じ。午前中は、エンジンブロアを背負って、落葉掃きをしました。風がないので、どの方向へも吹き飛ばせます。ところどころに集めて、袋に入れてドラム缶焼却炉まで運びます。午後にこれを燃やしました。

　庭園鉄道は午前中に運行。石炭を燃やして機関車を運転しました。2時間くらいやっていたでしょうか。このうち、走っていた時間は30分もありません。準備をし、火を焚いてお湯が沸くまでに1時間近くかかりますし、終わったあとの灰掃除に30分ほどかかります。実機の蒸気機関車は、走る何時間もまえから、こういった準備をしていたはずです。走っているときも、石炭を入れる運転助手が重労働していました。運転士1人だけでは走れません。また、頻繁に水を補給しないといけませんし、沿線は煙害で大変でした。良いことは一つもなかったのです。あっという間に電気機関車やディーゼル機関車に代替わりしたのも頷けます。

　それに比べると、電気自動車が商品として登場し、これだけ盛んに宣伝しているのに、ちっとも普及しないのは、不思議なところです。つまり、ガソリンエンジンのクルマが、長い年月の間に洗練され、都市部でも使えるよう社会に溶け込んだためでしょう。50年まえのクルマは、もっと有毒ガスを大量に出して、近くへ来たら息を止めないといけないほどでしたから。特に、ディーゼルなどは、臭わなくなりましたね。

　エンジンも、今はスイッチだけでかかります。僕が子供のときには、よくエンストして、クランクを人間が手で回してエンジンをかけようとしている光景を見かけたものです。最近、クルマのボンネットを開けたことがないドライバが増えています。もしかしたら、半数くらいの人が、クルマはモータで動いていると思っているのではないでしょうか（つまり、エンジンとモータの違いがわからない）。だから、「電気自動車」の意味がリアルに伝

わっていないのかも。

　飲み会とかの誘いがあったときに、「行けたら、行きます」と答える人がいます。幹事としては、「感じ悪い」ものです。この言葉の意味は、「行きたい意志はあります」というだけです。幹事は、意志を集計しているのでもなく、アンケートを取って、飲み会の好感度を調査しているわけでもありませんから、そんな曖昧で見当外れの返答されてもな、とむっとすることでしょう。

　たとえば、「行けたら、行きます」と「行きたいけれど、行けないかもしれません」の差は、事実上ありません。僕が幹事をしたときの経験ではそうでした。「行けたら、行きます」の人はたいてい来ませんでしたし、「行きたいけれど、行けないかもしれません」の人は、ほぼ来ませんでした。結果は同じです。おそらく、誘いを受けた時点で、ほぼ行けないという確信があるのだと思います。ただ、人間関係への配慮なのか、行きたい気持ちだけでも知らせようとするのか、わかりにくい返事をしてしまうのです。

　事前に会費を集めるような場合には、このような返事にはなりません。払うか払わないか、でわかります。払ったけれど来ない人は僅かです。「行けたら、行きます」の人は、おおむね事前に払いません。やはり、本人は行けないことを知っているのです。

　出席できるかできないか、を尋ねているのに、行きたいか行きたくないかを答えるという「ずれ」が、何故起こるのかというと、「出席できない」を「出席したくない」と思われたくない心理が働くからです。参加しないと、参加できないのか、参加したくないか、わからないはずですが、どういうわけか、「したくない」と思われてしまうことを恐れているのです。たぶん、したくない本音が隠れているからでしょう。

　だけど、面と向かって、「行きたくありません」なんて言う人はいません。本音でそう考えていても、普通は言いません。ですから、「行きたくないのではない」ことをわざわざ示す必要はない、というのが客観的な判断でしょう。

　ドタキャンというのも、8割は最初から出られない場合だ、と判断してよ

ろしいでしょう。ドタキャンした方が、最初から断るよりも良いと思っている人がいて、困ったものだと思います。そんなに早くから断ったら、行きたくないと思われるかもしれない、ドタキャンだったら、突然の急な用事が入ったのだ、と思われるだろう、との希望的観測ですが、自分がどう思われているかを過剰に意識している結果でしかありません。ドタキャンは、非常に迷惑です。

　役職が上の人が幹事をするのが、一番効率が良いと思われます。

2018年10月22日月曜日

ドイツの模型が凄い

　ある本への寄稿のゲラを確認し、メールで返信しました。新シリーズ第1作の手直しを始めました。進捗度は10%です。順調。
『森には森の風が吹く』のカバーデザインのラフが届きました。コジマケン氏のイラストです。最近また、コジマケン氏のイラストと懇意ですね。オビのネームなども確認しました。この本、もう来月の発行なのです。

　秋晴れの晴天となりました。この頃、もう草は伸びないだろう、と庭園内の草刈りをサボっていましたが、犬たちが庭で遊んだあと帰ってくると、細かい種をいっぱいつけてくるので、これはいかんな、と奮起して、草刈りをしました。特に、種を付けている雑草がある辺りを重点的に2バッテリィ刈りました。

　そのあと、落葉を集めて燃やしました。まだ、新しいドラム缶は設置しただけで使っていません。数日中にデビューとなるでしょう。最初の1日めに、熱で外側のペンキが剥がれます。庭園内の落葉率は25%、焼却率は15%です。また、黄葉率は60%くらいでしょうか。黄葉については、数日後に一気に100%になりそうです。

　庭園鉄道は、レールバスが運行。これは編成が短いので、手軽に走らせることができます。このレールバスは、イギリス人のおじいさんから

譲り受けたものです（7.25インチゲージを5インチゲージに改軌しましたが）。日本では、レールバスは「単端」と呼ばれていました。もう絶滅していると思います。模型で、丸山式単端とか梅鉢式単端とかをHOスケールで作ったことがありました。懐かしい。

　工作室では、小さなスチームエンジンをコンプレッサで回して遊びました。ときどき、オイルを差しながら回しています。回すだけで楽しいものです。このように圧縮空気で運転ができるというのが、スチームエンジンの特徴。これが、普通の発動機（つまり通常のエンジン）では、排気ガスが出るから室内で運転はできませんし、空気で動かすこともできません。

　ドイツでは、室内でライブスチームを走らせるイベントが毎年行われています。日本だったら、ビッグサイトで開催されるJAM（国際鉄道模型コンベンション）が、まあまあ近いイベントですが、消防法のためか火気厳禁となり、ライブスチームはもってのほか、となります（屋外で小規模な展示があるのみ）。

　僕は、かつて（8年以上まえ）JAMに参加していたとき、電熱で湯を沸かすボイラでスチームエンジンを回しました。それ以外は、電動コンプレッサの圧縮空気で走らせていました。このJAMに参加しなくなったのは、撮影した写真や動画を無許可でネットにアップする人がいたためです。

　ドイツでは、室内でラジコン飛行機を飛ばすデモンストレーションが行われていて、一度見にいったことがありますが、もうびっくり仰天でした。モータで飛ぶもので超軽量な飛行機（昔のゴム動力機くらいのイメージ）ならば、日本でもありますが、そうではなく、実物の4分の1スケールの大型戦闘機（僕が見たのはガルウィングのコルセアでした）が、みんなが見ている前で、ゆっくりと飛ぶのです。

　このほか、ネットで捜したら、ジェットエンジンで飛ぶものも、室内でデモをしているのです。カルチャショックを受けました。とにかく、ドイツというのは、おもちゃでは世界の最先端を走り続けている国です。凄いですね。

　室内で飛行するためには、スピードが非常に遅くても浮くようなデザイ

ンになり、軽量化と強度の兼ね合いが、もの凄くシビアになります。ヘリコプタなら、パワーさえあれば飛びますが、飛行機はそうはいきません。前進速度で揚力を稼ぐからです。室内だと、おそらく時速20km以内で飛ぶ必要があり、浮くだけではなく、その速度で舵が敏感に利くようにしなければなりません。同じ機体は、風がある屋外では飛行不可能だと思います(たぶん、強度的に壊れてしまう)。

　ドイツではこのほか、建築用車両のラジコンがけっこう人気があって、パワーショベル、ブルドーザ、ダンプカーなどを複数人がコントロールして、建築現場遊びをしているデモなどがありました。

　鉄道模型も、もちろんドイツはお家芸というか、昔からトップランナです。世界中で愛されているモデルのメーカが幾つもあります。日本は一時おもちゃで世界第一になりかけたのですが、あっという間に斜陽産業となってしまいました。何がいけなかったのでしょうか？　たぶん、ゲーム機が売れすぎたから、子供向けに拘ったから、業界が混乱してしまったのでしょうね。今でもガンダムやプラレールやトミカに依存しているのが、やや寂しい感じがします。

 大人が模型で遊ぶことが、最近ようやく周知されたみたいです。

2018年10月23日火曜日

ブルーマで落葉掃除

　昨日ゲラを確認したと書いた、ある人の本ですが、ブログで情報公開しても良いですか、と尋ねたところ、編集の方から快諾を得ました。ここが初公開になるそうです。その本とは、糸井重里氏の『みっつめのボールのようなことば。』(ほぼ日の発行)で、12月上旬発売予定だそうです。そこに「解説」として寄稿させていただきました。大変光栄なご依頼だったので、二つ返事で引き受けた次第ですが、振り返ってみると、解説になっているかどうかは怪しいところです。

　新シリーズ第1作の手直しは、25%まで進捗。さくさくと進んでいま

す。どうしてでしょうか。小説というものに、だいぶ慣れてきましたね。12月刊に挟む予定のオリジナル栞のイラストはまだ描いていません。描いていないことを忘れないために、ここに書いておきます。

朝は、スバル氏と買いものに出かけました。パンとかミルクとかヨーグルトなどを買ってきました。犬たちは留守番でした。

模型店からまた機関車2台とその他諸々（もろもろ）が届きました。いずれも中古品かジャンクです。新品で買ったのは、ネジだけですね。自分で最初から作る場合は、当然メートル規格のネジを使いますが、イギリスやアメリカで製産されたものは、古いものはもちろん、新製品でもインチ規格ですから、それらを修理するためには、インチ規格のネジが必要です。しかも、精密モデルに使用されるネジは、ピッチが細かいため、普通のものとは違うのです。ネジだけでなく、ネジを切る工具も専用のものが必要になり、余分な出費となります（10年くらいまえに揃（そろ）えましたが）。

とはいえ、日本では絶対に手に入らないものがあります。もう目が回るほど買わせていただきました。適度に満足しています。

庭仕事は、落葉掃除だけ。落葉掃除だけ、といっても、これがすべてというか、この時期はほぼ落葉掃除しかしません。全部が落ち切ってから一気に掃除する方が合理的で、業者はたいていそうしますが、そんなに集中できるほどの瞬発的な労力がないので、落ちた分だけ少しずつ集める方がペース配分として適しているのです。毎日数時間やっても、1カ月以上はかかります。

工作室では、だいぶまえに買ったクラシックカーのモデルの修理をしています。ギアの嚙（かみ）合わせが悪くて動かないものをジャンクで買ったのですが、なんとか直せないか、と試行錯誤しているところ。

この頃、買ってから数年経過したものをいじったり、修理したりすることが増えてきました。また新製品も、購入してから走らせるまでに最低でも半年はかかります。つまり、しばらくは眺めているだけで、手をつけないのですね。どうしてでしょうか。読書をする人も、本を買って読まない人が多いようです。僕は、本ではそういうことはありません。買ったらすぐに読み始めます。本は、眺めるだけでは意味がありませんから。

庭で落葉を掃き集める道具にブルーマがあります。broomerです。2文字めのrがlになると、日本で「ブルマ」と呼ばれているものになります。あれは、どうして「ブルーマ」と言わないのでしょう。最後にも長音がない方が多いように思います。「スリッパ」も「スリッパー」と伸ばしている人は少ない（いない？）みたいですね。どういった方針なのでしょうか。何度も書いて問いかけていますが、誰も説明してくれません。

　さてブルーマですが、いわゆる箒(ほうき)のことです。でも、僕が庭で使っているのは、タイヤがついていて、塵取(ちりと)りに当たる袋も付属しています。押していくと、タイヤと一緒に羽根が回転し、地面に落ちているゴミ（主に落葉）を跳ね上げて、運が良ければ袋に収まります。上手くいく確率は3割くらいでしょうか。それでも、芝生の上を何度か往復するうちに、落葉は減ってきます。

　このように、2つタイヤが付いている道具は、わりと多いように思います。たとえば、荷物を運ぶ二輪車がそうですし、日本で流行っているショッピングカート（スーパにあるやつではなく）もそうです。グラウンドに白線を引くときに使うやつもあります（たぶん、あの石灰がいけないから、最近は使わなくなっていそうですが）。

　セグウェイも2輪です。世に出たときは「ジンジャ」と呼ばれました。いつの間にか名称が変わったのは、誰かが権利を買い取ったか、登録商標の問題だったのでしょうか。日本では、あれが走れるような平たいところは道路しかなくて、しかも道交法が厳しすぎて、ヘルメットや方向指示器が必要だとか文句を言われてしまうらしく、普及しませんでした。でも、考えてみたら、自転車よりは（周囲の対人での）危険度は低いのでは？

　芝刈り機にも、2輪のタイプがあって、押していくタイヤが、芝を刈るロータリィの刃を回します。つまり、人力芝刈り機です。押すときにちょっとした抵抗を感じるので、「やり甲斐のある芝刈り機」といえます。

　古くはリアカーが2輪でした。あれは押すものではなく、引くからリアカーだと理解しています。リニアモータカーと間違えないように。自転車などのリアに付けて、引いたりしました。もう見かけることは少ないと思いま

すが、僕が子供の頃には、どこにでもあって、いつでも見かけたものです。大人になったら欲しかったのですが、けっこう高価な代物でした。

2輪が縦列に並ぶと、自転車やバイクになります。bicycleは、2輪の意味です。でも、リアカーなどの同一軸2輪は、この呼び名ではないみたいですね。自転車で、縦に3輪を並べたものが出ても良さそうな気がします（サスペンションがないと機能しませんが）。

 僕が子供の頃にはオート三輪やミゼットが沢山（たくさん）走っていました。

２０１８年１０月２４日水曜日
Yahoo!が見られません

SBクリエイティブから連絡があり、3月に出た新書『集中力はいらない』のための新しいオビと書店パネルが届きました。糸井重里氏がSNSで本書を取り上げてくれたので、彼からいただいた言葉を掲げて再展開を図るとのことでした（感謝）。

糸井氏が僕の本について書かれたことは、ファンの方の呟（つぶや）きで知りました。だいぶまえのことですね。その後、偶然にも糸井氏の本の解説を頼まれました。べつにそのお礼で引き受けたわけではありません。以前にもお世話になっているし、頼まれたらできるかぎりのことをしたい、と思っていました。古くから僕の日記やブログを読まれている方はご存じのことと思います。

新シリーズ第1作の手直しは40％まで進みました。この調子で進めば、あと4日で終わります（具体的には、10/23で脱稿となるはず）。Wシリーズ最終作の発行が10/22ですから、奇（く）しくも、というほどでもないでしょうか。ちなみに、「奇しくも」をよく「きしくも」と言う方がわりといらっしゃいますが、「くしくも」です、はい。「奇し」という形容詞が今では使われないし、「奇しくも」以外の形では耳にしません。「苦しくも」と間違えて書いたら、「くるしくも」になります。

うちの子供たちが、子供のときに「ピンクい」という形容詞を使ってい

ました。「赤い」「青い」「黄色い」「茶色い」があるのに「紫い」「紫色い」や「緑い」「緑色い」はありません。あっても良さそうなものですから、「ピンくい」もなかなかそれらしいし、使い勝手が良さそうでした。

　今日は天気が良く、朝は2回も犬の散歩に出かけました（夕方にも行きますから計3回）。途中1度家に戻り、2つのコースを歩いた、という意味です。散歩の数え方は人それぞれでしょう。同様のことが、人生についてもいえて、普通は「人生は一度きり」などといいますが、実際には、寝たら意識を失うので、この睡眠中は人生とはいえないかもしれませんから、人生は毎日1回と数えて、3万回とか4万回ともいえると思います。

　1冊の本を最後まで読むことを、最近の若い人は「読破した」と言ったりしますので、1日の人生を「生破した」と毎晩雄叫びを上げてもよろしいのではないか、と思います。昼寝やうたた寝をしなかったら、それこそ「完全一日」とか、「パーフェクト・ディ」となります。「ノースリープ・ノーアンコンシャスネス」です。気合いを入れて生きましょう。

　そういえば、ちょっとまえから、執筆で使っているMacのSafariで、Yahoo!が見られなくなりました。セキュリティチェックの関係らしくバージョンが低いことが原因です。でも、Safariのバージョンを上げるには、システムのバージョンを上げないといけませんから、面倒ですし、リスクは避けたいのでやっていません。Yahoo!が見えなくなる以前に、ある銀行の預金口座が開けなくなりました。しかたがないので、新しい方のMacでチェックするようにしています。Yahoo!は見られなくても、あまり困りません。もう日本のオークションはしていないし。

　まだ6年ほどまえに買ったMacだし、特に不具合はないので、残念なところです（新しい方は3年まえの機種）。HDもないから、メカの故障はありませんけれど、こういったアプリのサポートが打ち切られる、という「劣化」はありうるわけです。あるいは、コンピュータメーカの戦略なのかもしれません。

　やはり、3年くらいで、新しいものに買い替える方が良い、ということでしょうか。なんか、車検になったら新車を買うという、バブルの頃の日本人を思い出しました。今はそういう時代でしょうか？　ちょっと違うような気

もします。

　日本のニュースを見ていると、ガソリンが値上がりしている、といつも出てきます。逆に、値下がりしているというニュースはありません。牛丼とかウナギや野菜とかの値上がりもよく話題になります。でも、「デフレ脱却」を謳っている政府がもう長く続いているので、ものの値段が上がることは、皆さんが望んでいた状況ではないのかな、と思ったりします。物価が高くなることをインフレというのです。デフレでなければインフレになります。

　ものの値段が上がると、高くならないうちに買おう、という人が増えるから、経済が活況を呈します（消費税が上がるまえも同じ現象が見られます）。その最たるものが土地でした。借金をしてでも土地を買おう、早く買わないと損をする、だからローンを組もう、借金しなければ損だ、という風潮、これがバブルだったのです。

　バブルの頃、僕はしがない公務員になったばかりで、薄給だし、子供も2人いて苦しい生活でした。バブルというのは、庶民にはなんの光明も見出せない時代だったように感じます。今も、株価が上がっているのに庶民には還元がない、という不満をマスコミが取り上げていますが、どの時代でも、庶民にはいつも還元がなく不満を募らせていたのです。ただ、確実に現在よりも不満が多かったはずだと思います。

　つまるところ、大勢の小さな不満を寄せ集めて、一部の人が大きな満足を得ている、というのが、資本主義というものの基本なのでしょう。

　民主主義が不満を分散させ、資本主義がそれらを集約するのか。

2018年10月25日木曜日
馬車の名残

　新シリーズの手直しは55％まで進捗。あと3日です。予定よりも少し早めなのも予定どおり。幻冬舎から、『悲観力』の再校ゲラが届きました。新作の手直しが終わったら、読みましょう。来年の1月刊予定のも

のです。

　今朝は犬が起こしにこなかったので、普段よりも30分長く寝ていました。朝は霧雨で冷たい空気の中を散歩に出かけましたが、その後は晴れてきました。

　夜のうちに雨がかなり降ったようなので、屋根を直してもらったところを見にいきましたが、どちらも雨漏りはしていませんでした。もしかして直ったのでしょうか。まだ判断はできませんね。一方、水道の漏れは止まりました。結局、パッキングが劣化していたようです。水道屋さんに見せてもらいましたが、パッキングは見ただけでは健全で、まったくわかりませんでした。まえの冬に室内が氷点下になってダメージを受けたらしい、というだけです。

　屋外の水道は、そろそろ「水抜き」をしないといけません。これは、地上近くにあるパイプ内の水を抜くことで、バルブを捻るだけです。水道管は地下60cm以上の深さに通っていて、そこなら地上が氷点下でも凍らないのです。逆に、地上から30cmくらいまでは、冬の間は土中の水分が凍ります。スコップで穴を掘れなくなります。

　こういった寒冷地は、過酷な環境のように思われるかもしれませんが、実は、ずっと凍っている方が安定した環境なのです。毎日プラスになったりマイナスになったりする地方（日本はほとんどこのタイプ）の方が、凍害が起こりやすい。一冬で何回も凍結と融解を繰り返すからです。うちの庭園内でも、日射が当たって、暖かくなる場所の方が被害が出ます。ずっと凍っているところは、植木鉢が壊れたりしません。

　それから、霜柱もありませんね。地面近くに水分がなくなるからです。庭園鉄道を趣味にしている人の中には、霜柱の対策に苦慮している方がいらっしゃいますが、これが出やすい土地と環境があるようです。酷いところは、20cmくらいの霜柱が立って、線路が曲がってしまうそうです。いけないいけない、こういう話は「子供の科学」で書かないと……。

　工作室では、数年まえにジャンクで買ったクラシックカーのモデルを直していますが、このギア部が固くて動かない状況でした。ギアは10枚く

らいあって、それくらい減速しているメカです。自動車ですが、ボイラで湯を沸かし、スチームエンジンを駆動して走るモデルです。ギアをすべて分解し、固くなっている原因を突き止めました。結局、全体の歪みが、動きが渋くなった理由でしたので、万力で挟んで、フレームを少しずつ矯正しました。その結果、なんとか動くようになりましたが、まだ組み立て直していません。

　そのモデルは、フロントにV型エンジンを搭載している有名なモーガンの三輪車（「モーガンの三輪車」で検索）に似せて作られたスチームカーです。後ろが1輪になっている三輪車というのは、駆動軸にデファレンシャルギアが不要となり、機構的にシンプルなのです。メッサーシュミットの三輪車も同じです。あれは格好が良いですね。いずれ手に入れたいと考えていましたが、今はもう完全に諦めました。当地では実用になりませんし、メンテナンスが体力的に自分だけではできないからです。

　前面にエンジンが剝き出しになっているのは、空冷エンジンに空気を当てて、冷却するためだったからでしょう。これは、飛行機でも同じで、どうしてエンジンが前にあって、前でプロペラを回しているのか、という理由の1つです。昔のエンジンは、オーバヒートしやすかったのです。

　それ以前に、馬車というものがあって、この場合はエンジンは馬です。今でも、エンジンのパワーを「馬力」という所以です。子供の頃に、これを聞いて、学校の先生に「人間は何馬力ですか？」と質問したことがあります。牛が何馬力かもききたかったのです。少なくとも百科事典には載っていませんでした。それから、鉄腕アトムが10万馬力だったのですが、そんな未来のロボットを、わざわざ馬と比較しなくても、とも思いました。

　人間に対しても、「彼は馬力がある」などと言ったりしますが、この場合は「馬」はほぼ無関係です。馬のように働くとか、まっしぐらに突き進むとかの意味は込められていません。単に、パワーのことです。力学的には、電力の「ワット」が同じものなので、「彼はワットがある」と言った方が現代的でしょう。

ところで、馬は馬車の前にいましたから、エンジンは前にあるものだ、という感覚が長く人間を支配しているのです。たとえば、蒸気機関車も、エンジンやボイラが前にあって、一番後ろが運転席です。前が見にくい位置ですが、鉄道は前が見えなくてもさほど関係がありません。障害物が見えたときには、ブレーキをかけても間に合わないからです（だから、イギリスの機関車にはヘッドライトがない、と書きましたね）。

　そういった過去の呪縛から、少しずつ解き放たれて、今の機関車は先頭に運転席があります。飛行機も、ジェット機になって、ようやく一番前で操縦するようになりました。

　自動車の形も、これからだんだん変化してくることでしょう。今はまだボンネットが前にありますし、人間は全員前を向いてシートに座ります。こういった基本的なところが、変わってくるはずです。バスも、出入り口がまた中央になるのでしょうし、終点から戻ってくるときは、バックしてくれば良いですね。方向転換するスペースが不要になります。

乗り物の中で唯一バックをしないのが、飛行機だと思います。

2018年10月26日金曜日
森博嗣は消費増税に賛成です

　新シリーズの手直しは70%まで進捗。明後日で終わります。本作は、固有名詞が入ったタイトルで、珍しいな、と思ったのですが、ついこのまえ『デボラ、眠っているのか？』とか『ペガサスの解は虚栄か？』がありました。あと、『トーマの心臓』もそうですし、『銀河不動産の超越』もです。『四季』だってそうか……、ありすぎました。もしかして、地名がタイトルに入っているものはない？

　今日も犬が寝坊してくれたおかげで、ゆっくりと起きることができました。だいたい、起きたらすぐに庭に出してやるのですが、そのときの寒さといったらありません（寒さがないから、暖かいの意味ではありません）。

　なにを書いても、たいてい誤解する人がいるものです。言葉というの

は、こちらの思ったとおりに伝わる確率は10%程度だと認識しています。誤解される確率も10%くらいです。残りの80%は、なにも伝わらないか、伝わっても言葉の記号的認識に留まって、意味に展開されない。あるいは、一瞬伝わっても、たちまち藻屑(もくず)と消えるかです。

　たとえば、森博嗣は本を読まない、とよく書かれるのですが、けっこう毎日読んでいます。最近だと、1日に3時間くらいは読書をしています。「本を読まない」と書いたことはないはず。書くとしたら、「本を読む趣味はない」あるいは「小説は読まない」だと思います。これはいずれも事実で、読書は趣味ではないし、小説は滅多に読みません。今年はまだ1冊も読んでいません。

　スバル氏と仲が良いなんて一度たりとも書いたことはありません。気が合わない、ということを再三書いていると思います。なのに、どうして皆さんが違う方向へ誤解したがるのか不思議です。まあ、土屋賢二(つちやけんじ)先生だって、たぶん愛妻家ではないかと僕は想像していますけれど、でも、なんの根拠も持ち合わせていません。

　午前中は、犬とボールで遊んだあと、機関車を走らせました。今日は、アルコールが燃料の小さい機関車です。アルコールはブタンガスよりも危険で、気をつけてやらないといけません。アメリカで買ったもので、誰かの自作品ですが、大変素晴らしい走りっぷりでした。工作室では、クラシックカーの修理がほぼ完了。でも、走らせる場所がありません。非力なので、平らなところでないと走りません。鉄道だったら線路を走らせれば良いのですが、自動車を走らせるようなグラウンドは庭園内にないのです。

　午後は、ほとんど落葉掃除に明け暮れました。それから、午後の犬の散歩は3kmほど山道を歩いてきました。良いエクササイズといえます。落葉は袋に入れて運ぶときが一番重労働ですが、犬と一緒に走るほどではありません。赤やオレンジの葉が増えて、カラフルな森になりました。

「森博嗣は消費税に賛成している、増税に賛成している、本当か？」と書かれている方が複数いらっしゃいました。本当です。税金を払うこ

とは、国民の義務だし、国民のため使われるものです。もちろん、少ない方が嬉しいし、税金がゼロなら万々歳(ばんばんざい)かもしれませんが、嬉しいとか万歳だ、といった感情は意見にはなりません。税を集めないと国は成り立ちませんから、光熱水費を払うのと同じです。増税のときに、税金の使い道を持ち出す人も多いと思いますが、それはまた別の議論です。

　税金にもいろいろありますが、大半は所得税です。所得に応じて税金を払う決まりです。所得とは、簡単にいえば、収入から支出を引いたものです。ということは、どんなに儲けても、必要経費として支出して、利潤（所得）を減らせば税金も減ります。会社や個人の商売だったら、従業員を研修と称して海外旅行に連れていったり、研修施設だと謳ってリゾート地に別荘を建てたりできます。そうすることで所得が減らせるのです。

　一方、会社から賃金を得ている多くの人たちは、会社からもらう給料が所得であり、仕事のために着る服とか化粧品とか靴とかバッグは経費として落とせないことがほとんどです。自動車で通勤していても、自動車代を全額経費にすることは難しいでしょう。たいていの場合、ウルトラ級に面倒な確定申告もしませんから、給料から一定割合で税金が引かれます。僕も作家になる以前はそうでした。

　不法な商売をしている人たち（たとえば泥棒）も、所得税は払いません。税務署に気づかれなければ、払わなくて良いのです。僕の知合いで、何十年も建築業をしている人がいて、事務所も構えているのですが、これまで一度も税金を払ったことがない、と豪語しています。貧乏な生活には見えませんけれど。

　ところが、消費税になると、金を使うと課税されます。庶民を苦しめる税だ、とおっしゃる方がいますが、金持ちほど金を使いますから、沢山の消費税を払うことになります。泥棒もヤクザも、コンビニで弁当を買えば税金を取られるのです。

　消費税が導入されたときに、僕は消費税は理にかなった税法だと書きました。最初は3％と低率でしたが、海外では20％の国もありますから、日本もせめて10％には上げてほしい、と思いました。今も、そう思っ

ています。20%くらいに上げても良いでしょうけれど、そこまで上げたら、物々交換などの抜け道を考える人が沢山出てくると思います。

　本当は、「所得」ではなく、「収入」に一定の率で課税するのが良いでしょう。消費税も、金を流通させたら取る「流通税」にした方が賢明です。収入や流通は、これまでは把握が難しかったのですが、電子化されて、決済がデジタルになれば簡単ですし、そうなって初めて公正な税制になるのではないか、と思っています。

　どちらにしても、10%というのは計算しやすい数字で、よろしいのではないでしょうか。必要だから上げると言いながら、ずるずると上げなかったり、上げた分の半分は国民に還元するとか、わけのわからないことを言ったりしないでほしいと思います（税金はもともと100%を国民に還元するものですからね）。

一律10%よりも贅沢品の消費税率を高くするのがよろしいかと。

2018年10月27日土曜日
人間は客観する葦である

　新シリーズ第1作の手直しを終わりました。少し余計に仕事をしましたが、編集者へ発送してお終い。これを書いているのは、10/22なので、予定よりも1週間くらい前倒しです。現在、新書『悲観力』のゲラが来ているので、これを明日から読みます。たぶん、3日くらいで終わるでしょう。そのあとは、『森には森の風が吹く』の念校（3校）になるかと。そうそう、栞のイラストがありましたね。これで、10月が終わって、いよいよ雑誌の新連載の文章を書きます。

　今月号の「鉄道模型趣味」が届き、幻冬舎新書『ジャイロモノレール』が紹介されていました。また、平岡幸三氏からメールがあって、読売新聞にこの本の書評が載っていることを教えてもらいました（感謝）。8年まえにも、ジャイロモノレールに関する記事を「鉄道模型趣味」に寄稿しましたし、その後もそれらの記事を（日本語版と英語版ともに）無料配

信していたのですが、書籍の形で書店に本が並んで初めて手に取る層が、国内ではまだ多いのだな、と実感しています。

　本ブログも、最初の予定から軌道修正し（というより、編集者の提案を受け入れて）印刷書籍を発行しています。昨年の半年分は『森籠もりの日々』として7月に出ましたが、その続巻は、来年2月刊の予定で『森遊びの日々』となります。もうすぐゲラが来るとの連絡が編集者からありました。1巻めよりも分厚くなっているそうです。恐ろしいことです。

　今朝は、一面の銀世界でした、というのは見間違いで、霜が降りただけでした。朝の気温は2℃。7時頃に犬の散歩に出かけましたが、そのときには霜は半分くらい消えていました。日差しがまだ暖かいのが救いです。森はとてもカラフルになってきて目を楽しませてくれます、とよく皆さんおっしゃいますが、目が楽しむとか、目の保養とか、どうもぴんと来ません。楽しむのも保養になるのも、どちらかといえば脳でしょうね。

　午前中は庭園鉄道を運行。ガソリンエンジンで走る34号機で走ってきました。ゲストハウスの近くを通ったら、デッキのライトが点いたままでした。家の中に入ってスイッチを捜しましたが、どれがそのライトのスイッチなのか、これも違うあれも違うと、5分以上ぱちぱちやりました。問題のライトは無事に消すことができましたけれど、代わりに別のライトが点いているのではないか、と心配でなりません。あと、家に戻ってきてから、ハーゲンダッツを持ってくれば良かったと後悔しました。夏以来ゲストハウスの冷蔵庫に1つ残っているのです。でも、そろそろ屋外の方が冷蔵庫より温度が低くなりますね。

　人間は、たいていのことを手を使ってします。ものを掴んだり、持ち歩いたり、押したり引いたりするときは、手でやります。一方、犬はなんでも口でやります。どちらも、食べたり、声を出したりするのは口ですが、力を加える操作をどこでするかが違います。

　そんなこと当たり前だ、とあまり深く考えない人が多いのかもしれませんが、手と口には大きな違いがあります。誰でも気づくのは、2つあるか1つしかないか、の違い。手は左右あって、両方が協力して動きますから、1つではできないことが、2つならできる、という場面が多いかと思い

ます。また、食べるときに、スプーンを手で使うのは人間ですが、犬は、口でスプーンを使うわけにいきません。これは1つだからというのとは別ですが。

　最も注目したいのは、手は目で見える、ということです。人間は、両方の手を見て、作業ができます。手と目が離れたところにあるからです。一方、口は見えません。人間だったら、自分の口は見えません（見にくいと思います）。犬は、鼻が突き出ていれば見えるかもしれませんが、口は鼻の下にあって、見えないのではないでしょうか。

　このことは、手で行うことは、口で行うことよりも、客観的な視点で観察できることを意味していて、もしかしたら思考力にも影響するかもしれませんが、おそらくは思考力があったから、目から離れた部位を使うようになった、と取る方が自然かもしれません。

　たとえば、目が手首の辺りについていたら、どうでしょうか。手で細かい作業をするときに便利かもしれませんが、手が動くと視点も動いてしまい、動きが激しいと、きちんと観察できないかもしれません。犬が口を使うときは、こんな感じになると思います。ただ、動くものを咀嚼に捕まえたりする場合には、視点が近い方が有利ともいえます。人間の場合、飛んできたボールを手でキャッチするのは、けっこう訓練が必要です。手と目が離れているからです。

　子供のときに、遊園地でクルマを運転するゲームがありました。ハンドルを握って、小さなクルマがくねくね曲がった道を進み、障害物を避けるようにコントロールします。今だと、ラジコンでレーシングカーを走らせる感覚と同じです。しかし、実際のクルマの運転では、人はクルマの中に乗り込みますから、視点がクルマと一緒に動きます。

　ラジコンカーがこちらへ向かって走ってくるときには、左右のハンドルが逆になります。でも、自分がクルマに乗っている場合には、そういったことはありません。いつも右は右です。ところが、狭い駐車スペースにクルマを入れるときには、クルマに乗っている視点では難しくなり、少し離れた上から見てコントロールした方が駐車しやすいといえます。そういった支援をするモニタも今ではあるようです。

操作対象と視点がどんな関係にあるか、手か口かが、客観と主観の違いに当たると考えると、人間は客観する動物だ、ということが、感覚的に理解できるのではないでしょうか。

 目だけが躰から離れて、鳥のように飛んだら面白いでしょうね。

―――

2018年10月28日日曜日
葦は考えない人間である

　来月発行予定の中公文庫『イデアの影』の装丁色校が届き、確認をしました。書店用POPもメールで届き、確認しました。講談社から来月発行予定の『森には森の風が吹く』の表紙と別丁扉のデザイン、カバーとオビのデザイン最終版がpdfで届き、OKを出しました。本文の念校は3日後に届く予定。

　講談社文庫『魔剣天翔(まけんてんしょう)』が重版になると連絡がありました。第20刷になります。講談社経由で、各社からの支払い明細書が届いていますが、やはり新書は電子出版が売れているようです。もともと電子出版の方が印税率が高く、いただける金額は多くなるので、そう感じる効果もあります。このほか、契約書が4通ほど届きました。サインはまた明日。『悲観力』の再校ゲラを、初校ゲラとつき合わせて、前回の修正箇所を確認しました。今日はこの作業だけです。こういう作業が一番苦手で、執筆などよりよほど疲労します。

　昨日「恐ろしいことです」と書きましたが、編集者M氏が、『森遊びの日々』が「やってもやってもゲラ作業が終わりません」と嘆きのメールを書いてきました。460頁(ページ)以上あるそうです。あなおそろしや。強者(つわもの)読者が読むのでしょう、きっと。

　クラシックカーのモデルを直している話を書きましたが、昨夜はガスバーナを取り付け、実際にスチームエンジンを駆動してみました。アルコールなどは危険なので室内ではできませんが、ガスは比較的安全です。エンジンは快調に回ったので、工作室の床で走らせてみました。

予想とおり鈍足で、秒速3cmくらいでした。ですから、ちょっと走ったら、また戻して、という具合に遊べるから、広い場所なんかいりませんでした。修理をしている最中が楽しかったので、元は取れました。
　先日書いたSafariのバージョンが古い話を、昨日スバル氏にしたら、「新しいMacを買いなさいよ」と簡単に言われてしまいました。買うのは簡単なのですが、新しいのが来たら、また設定とかが面倒なのです。でも、買うかもしれません。それから、このまえレゴが嫌いだと書きましたが、もしかしたらレゴを買うかもしれません。人間というのは、気が変わるものなのですね。
　昨日のタイトルでももじった「人間は考える葦である」というパスカル（うちの犬ではなく）の言葉ですが、これを初めて聞いた小学生のときには、納得がいきませんでした。もちろん、「どうして葦なんだ?」という疑問です。自然の中でも弱い存在だ、という意見らしいのですが、そういう比喩ならば、「考える葦のようなものである」とするべきでは、と思いましたね。今はそこまで思っていません。レトリックっていいますね。この「レトリック」も今一つ理解しておりませんが。
　パスカルの言葉は、「考えなかったら、人間は葦と同じだ」という意味ですから、「考えない人間は葦だ」といっても良いでしょう。でも、「葦は考えない人間である」となると、数学的に真とはいえません。正しくは、「葦は考えない人間かもしれない」くらいでしょうか。
　このまえちょっと悩んだのは、「自信をもっていけ」というときの「もって」は、「持って」か「以て」かどちらだろうということでした。たとえば、「誠意をもって」は「以て」ですから、「自信を以て、行け」でしょうか。でも、「自信をもってほしい」のときは「持って」ですね。意味が違います。「自信を持っていけ」というと、どこかへそっくり自信を運んでいくように聞こえます。もしかして、「自信を持っている」という言葉がそもそも変なのかなぁ……。
　養老孟司先生の本は、違う本を読んでも同じ話が出てくることが多いし、おっしゃっていることも首尾一貫しています。だから、人によっては「どの本を読んでも同じだ」と批判する場合もあるようですが、それはそ

の人がそう感じるほど、どの本も読んだからにすぎません（そう感じて腹が立つなら読まなければ良いし）。しかしどの本も、それを最初に読む人がいます。むしろ、そちらの方が多数なのです。たとえ内容が同じでも、似ていても、そこからの連想や発想が違うし、あるときはグレードアップした内容につながっているし、また、まったく同じであっても、言い回しが面白い。そう感じるから、ファンになり、読み続けることができるのです。「作家性」とは、そういうものなのだ、と感じました。そのことを、僕は養老先生から学習したのです。見回してみると、多くのファンに長く愛されるスターは、たいてい同じことを言い続け、やり続けているのですね（でも、スターに自分がなりたいというわけではありません）。

　老人は、たいてい同じ話を何度もして、「またその話か」と呆れられる存在なのですが、これは、その老人がいつも同じメンバに話をしているからです。本はそうではない、ということ。本は、発行されたらその一時期だけ売れますが、すぐに書店から消えていきます。たとえば、1万人くらいの読者であれば、1年で何割かが入れ替わりますから、数年したら、新しい読者の方が多数になるのです。

　小説の場合は、シリーズを追って読んでくれるファンが多いのですが、エッセィでは、そういった読まれ方はしません。エッセィを読む人は、そもそも多数の作家に触れたいと考えている場合が多いからです。いろいろな意見、いろいろな思考を知りたいと思っているので、多くの作家から少しずつ摘んで読む傾向があります。

　本というものが、どんどん新刊を出さないと売れない形態になってしまったのは、書店というシステムのためです。書店は、いつも新刊を最前列に並べる店だからです。その作家の代表作を前面に出す売り方ではない、ということ。こうなると、いつも新しいものを出さないと、書店から消えてしまうことになります。

　電子書籍は、そうではありません。なにが新刊か、という感覚が希薄です。作家の代表作をいつでも読めるし、たとえば「売れている順」で表示させることも簡単です。こうなってくると、作品をつぎつぎ出さなくても、質の高いものを少数作った方が得策かもしれません。電子書籍

が一般的となれば、新旧に関係なく、また量より質になる、という可能性が高いと思います。

 僕自身は、電子書籍対策をするまえに引退になることでしょう。

２０１８年１０月２９日月曜日

いいとこあるじゃんの方針

『悲観力』の再校ゲラを50％まで読みました。明日で終われそうです。多少オーバーワークで進めています。

続けて、『森には森の風が吹く』の念校が来ます。こちらは、もう発行が迫っていて、けっこうぎりぎりの進行となっています。複数のシリーズ（水柿君、百年、四季、スカイ・クロラ、ヴォイド・シェイパ、X、G、Z、Wシリーズ）やシリーズ外長編14作の「あとがき」を書きましたので、興味のある方はどうぞ……。

一方、このブログの書籍化の進行について編集者から提案がありました。つまり、半年まとめて校閲作業をすると大変なので、1カ月ごとにしてはどうか、という話です。それは、そうかもしれません。これは次からの仕事の進め方の話です。2巻めの『森遊びの日々』の初校は、校閲作業は終わり、まもなく到着の予定です。

今年は15冊も本が出るので、けっこう作家の仕事が忙しかったと思います（もう終わったつもり）。来年は減らせるので、多少は楽になるでしょう。今後どんどん楽になるように計画をしています。

今日も、犬の散歩に3回行きました。朝、昼、夕の3回です。1回が30分程度ですが、1時間半もこれにかけているので、作家よりも重要な仕事になっているわけです。

昨夜は、けっこう雨が強く降りました。朝になってゲストハウスへ見にいきましたが、渡り廊下は雨漏りしていません。天井の断熱材も乾いていました。もうOKなら、大工さんに天井パネルを貼り直してもらうことになります。ついでに、オーディオルームでアンプを30分ほど鳴らしてきました。

アンプもスピーカも、たまに鳴らさないといけないのです。機械はなんでもそうですね。それから、ハーゲンダッツのストロベリィは、忘れずに持ってきました（まだ食べていませんが）。

以前にも書きましたが、「可能性がある」という言葉を、皆さんは「確率が50%以上ある」という意味に受け取られているように思います。そうではありません。1%でも確率があれば、つまり確率0%でなければ、「可能性がある」と僕はいいます。理系の人はたいていそうだと思います。また、「かもしれない」は、「可能性がある」と同じ意味です。常に言い換えることができます。たとえば、「来年は毎日台風が来るかもしれない」は、胸を張っていえます。ときには、「来年は毎日台風が来るかもしれない、と確信しています」とつけ加えることができます。どうも、ときどき誤解を受けるので、たまに書いています。

人間というのは、本当にいろいろなタイプがいて、常識的に考えれば、ちょっとおかしい、という人はいくらでもいます。また同様に、どんな人でも、なにか使えるものを持っている、つまり役に立つ能力がある、ということも確かで、今まで僕が出会った中で、あの人はどうしようもない、と思ったことがありません。

僕は、人づき合いが悪いし、あまり親しくつき合うようなこともありませんけれど、仕事関係では、どんな人でも、一緒に仕事ができました。周囲から嫌われている人、みんなが避けている人、つまり常識から外れている人、オタクっぽい人、ネクラな人、勤勉にできない人、躰や精神が弱い人などでも、機会があればこちらから話しかけて、なにか仕事を一緒にしようと心掛けてきました。

そうして接していると、誰でも本当に有能な部分があって、言葉は不適切かもしれませんけれど、そこを利用できるのです。結果的に、「最初に避けなくて良かったな」といつも思いました。簡単に言うと、「いいとこあるじゃん」です。

これは、大学にいて、研究職に就いていたから、そういった話になるのかもしれません。ちょっと変な人が、普通の社会よりは多かったと思います。他人に挨拶もできない人が、ちゃんと給料をもらって仕事をしてい

ました。その人間の価値を見出せる人がいたからですし、挨拶なんかどうだって良い、という人物評価の確固とした基準があったからともいえます。

 たとえば、話もろくにできないし、にこりともしないけれど、コンピュータを扱わせたら一流だ、というのは、「使える人」なのです。挨拶もきちんとできて、にこにこと和やかな人に、僕がいた分野では価値がなかった、ということです。でも、そういう人は、たとえばお店に立ったら、一人前に働ける人だったでしょう。

 結局は、適材適所だ、ということです。また多くの場合、人間がこのようにさまざまなタイプになるのは、半分は遺伝だと僕は認識しています。持って生まれたものが大部分だ、ということです。家庭環境とか教育とかでは、最大限に効果を発揮しても、半分以下しか結果を出せないのです。既に大人になってしまった人ならなおさらで、今から教育しよう、根性を叩き直してやろう、と思っても期待できないということです。それよりは、本人が適した使い方をする方がよろしいのではないかと。

 ただ問題は、人間は機械ではなく、意志を持っていて、本人が感情を持ち、思考しているということ。えてして、本人の適性とは異なる期待、夢を持っているものです。それに気づいても、「君の希望は、君自身に向かない」とは、なかなか言えません。僕は「○○に向くと思うよ」くらいは言えますが、そうしろと指導することはしません。あくまでも本人の判断に委ねられる問題だからです。

 そういった変人と沢山つき合うことは、確かに少し疲れます。にこにこしてくれていたら楽なのになあ、と思うことは多かったし、ときには、かちんと来たり、いくらなんでもそれはないだろう、と思うこともありました。思ったときは、素直に指摘すれば良い。でも、その理由で排除はしない。すなわち、基本的には許容することが僕の方針でした。今になって振り返り、その方針で僕は多大な利益を得た、と思っています。

 これは、ある種の性善説かもしれません。僕の周辺だけかもね。

2018年10月30日火曜日

書きたくて書いているのではない

『悲観力』(書名は未定なので、仮のタイトル)の再校ゲラを読み終わりました。『森には森の風が吹く』の念校が届き、これを今日と明日で確認します。遅れていた目次の頁はpdfで届き、確認をしました。ところで、まだ文庫に挟む栞のイラストを描いていません。封筒にボールペンでラフスケッチしただけ。

これを書いているのは10/25なので、まだ10月が6日ほどあります。できれば、雑誌の新連載の文章も、今月中に書こうと考えています。それが一段落したら、怒濤の量的驚異『森遊びの日々』の初校ゲラに突入となることでしょう。

午前中は、大型ブロアを背負って、1時間ほど落葉掃除をしました。まだ、落葉率は30%くらいです。落葉を吹き飛ばすと、綺麗な緑の苔の地面が現れ、とても綺麗です。

そのあと、小さい機関車を2台走らせてから、大きい機関車を車庫から出して、メインラインを1周してきました。落葉は、ハラハラと降っています。視界の空中に常に30枚くらいは落葉があるような感じです。11時くらいから、日差しが明るくなり、気温が10℃以上に上がりました。

そこで、みんなでショッピングモールへ出かけることになりました。犬を連れていくので、(半分くらいの店は犬が入れないため)外の通路で待っている時間が長く、寒いから暖かいジャケットを着ていきました。すると、犬が入れる新しいカフェがオープンしていたので、さっそく入って、パンケーキやホットドッグをいただきました。なかなか美味しかったと思います。

帰宅後、午前中に集めた落葉を5つのドラム缶で燃やしました。焼却率は20%。

小説を書きたくて作家になったのではない、という発言を以前からしています。この「したい」という欲求表現が、人によって程度や定義が違うので、いろいろ誤解を招く結果となります。

たとえば、住宅を設計する建築家のことを想像してみて下さい。その人が図面を引いて、その人が考えたとおりに建物は出来上がります。でも、その家は建築家が「建てたかった家」でしょうか？　そういう場合もあるでしょうけれど、ほとんどの場合は、建てたかったのは、その家の持ち主（施主）です。その人が、自分が住みたい家を建築家に話して、建築家はその欲求が叶（かな）うようにデザインをするのです。

　たとえば、日用品を製造しているメーカは、その日用品（たとえばタオルとか包丁とか）を作りたかったのでしょうか。自分が作りたかったものを作っているのでしょうか？　そういう場合もあると思いますが、ほとんどは、こんなものを皆さんが欲しがるのではないか、と想像して作っていると思います。もっと端的にいえば、「売れるもの」を作っているのです。

　こういった製産行為の原則から、最も遠いところにあるのは芸術品でしょう。アートでは、多くの場合、作者が作りたいものを作ります。たまたま、それに同調した人が、その品を買ってくれるかもしれませんが、売れることは二の次と考えている人が多いのではないか、と思います。芸術品は1点しかありませんから、ただ1人の買い手を見つければ良い、という条件もあります。1人くらいなら、自分と同じ感性の人がいるかもしれない、と楽観できます。

　エンタテインメントというのは、芸術的な価値を持っているのは確かですが、少なくとも1点ではなく、多くの買い手に認められて成立するものです。その意味で、大量に生産される工業製品と同じ条件だといえます。

　建築も1点しか作られませんが、その建築を利用する多数のことを考えなければならない点では、多数の買い手がいる条件に類似しています。住宅であれば利用者が限定されるので、あらかじめ要求を聞くことで、それに沿ったデザインが可能です。ところが、公共施設になると、不特定多数の利用者の要求を想像して作るしかありませんから、工業製品やエンタテインメントと似た条件になります。

　仕事で作るわけですから、売れたら良いな、と願うことは自然です。また、作りたいとは、仕事がしたい、という要求と同じ意味で、利益を

上げたい、という希望から導かれるものです。

　そうではなく、純粋に「作りたい」「書きたい」という欲求を持っている人ももちろんいます。そういう人は、アーティストです。アーティストは、1点作れば良い。多くを売る必要がない。何故なら、金のためにやっているのではなく、自己満足が目的だからです。この場合にのみ、「したい」という言葉が正しい意味になる、と僕は考えます。

　僕はアーティストではありません。デビューのときから言っているように、職人として小説を書いているのです。これが、「書きたくて書いているのではない」という表現に展開された、というだけです。

「小説が書きたい」てスタートしたわけではありませんからね。

２０１８年１０月３１日水曜日
「ふじ3」問題とアクセント

　1カ月の日数が31日ある月は、途中までは奇数月で1、3、5、7月ですが、そのあとは8、10、12月と偶数月になっているわけで、9、11月にすれば規則正しくなったのに、それでは足りなくなってしまったように見受けられます。こんなことなら、2月を30日にして、1桁の奇数月である1、3、5、7、9月を31日にすれば、わかりやすかったのではないかな、と思います。

　僕は個人的に、1カ月を28日（つまり4週間）にして、1年を13カ月にすれば、最後に1日だけ余るから、大晦日という曜日のない休日にすれば良かったと思うのです。そうすると、同じ日付なら、毎月毎年必ず曜日が同じになるから、チェック機構が働かないという不具合は生じますが、一方で、同じ日が同じ曜日になって、同じカレンダがずっと使えるし、連休とかも毎年同じで、振替休日とか変な規則も不要で、計画もしやすいのではないかな、と想像します。こんなことを考えても、しかたがありませんが（蛇足ですが、1時間は100分に、1日は20時間にしてもらいたいですね）。

『森には森の風が吹く』の念校の確認を終わりました。結果は編集者にメールで知らせ、これでお終い。森博嗣の小説の読者に向けたファンブック的な本で、少部数しか出回りませんから、地方や小さい書店での入手は難しいかもしれません（そういうときはネット通販か電子書籍で）。昨日シリーズのあとがきが載っていると書きましたが、まだ最終巻が出ていないGシリーズについてもあとがきをフライングで書きました。今後、この類の本はもう出ないと思います。

　中公文庫『イデアの影』については、単行本の電子書籍が既に出ていますが、文庫発行に合わせて電子書籍も文庫版で出し直すことにしました。

　風が冷たい日でしたが、朝から着込んで落葉掃除をしました。袋に詰めて運び、ドラム缶で燃やしました。新しいドラム缶もついに火を入れました。あっという間に半分ほど（外側のペンキが剥がれ）真っ黒になりました。落葉率は35％くらいでしょうか。空がそれくらい見えやすくなったということです。

　イラストを描かないといけないので、ケント紙を捜しました。見つかったので、明日描きましょう。何を描くかって、毎年のんた君なのですけれど……。

　10月末には、清涼院氏の英訳による『Down to Heaven Episode 2, Episode 3』が配信になります。6月に出たものの続きの第2巻です。このような出版予定は、ホームページ「浮遊工作室」の「予定表」をご覧下さい。

　僕が幼稚園児（4歳）のときに、教室の黒板に「ふじ3」と書いたのですが、このことを先生が家庭訪問のときに、僕の母に話したのです。その話を、テーブルの下で聞いていました。当時、僕は「ふじさん」と書くこともできたし、また「山」という漢字を「さん」と読むことも知っていましたので、「ふじ山」とも書けたのですが、「さん」や「山」よりも「3」の方が書くのが楽だろう、だからクラスの友達に、こう書けば良い、と啓蒙しようとしていたのでした。その点を先生に指摘されて、ちょっとした問題になったということです。

当時の僕は、漢字というのは、平仮名よりも画数が少なくなければ、書く意味がないもの、と思っていました。つまり、画数が多いわりに読み方が短い漢字の存在価値を疑っていたのです。そういう文字が何故あるのか、わからなかったのです。

　自分の名前が漢字の画数が多くて、面倒なときは「宏(ひろし)」みたいな書きやすい字で書けば良いのだろう、とも想像していました。特に「嗣」の漢字は、小学校に上がっても、友達に字の意味を教えることができません。誰も書けない字だったのです。

　人の名を呼ぶときにも「さん」づけしますから、これも「3」にすれば良いと思っていました。また、当時アクセントに非常に興味を示していて、「お医者さん」と言うときと「歯医者さん」と言うときと、アクセントが違うのはどうしてか、と大人にきいたことがあります。「お医者さん」を「歯医者さん」の言い方で発音すると、「オイシャさん」という名前の人がいるように聞こえますから、歯医者に比べて「お医者」は、名前扱いされている、親しまれている、だから「お」がついているのだ、という理解をしていたのです。だって、「お歯医者さん」と言いませんからね。

　また、「牛さん」と言うときと、「山羊(やぎ)さん」と言うときもアクセントが違います。「牛さん」のアクセントで「山羊さん」と発音すると、「八木さん」になります。不思議ですね。逆に、「山羊さん」のアクセントで、「牛さん」と発音すると、「ウシさん」という名前の人がいるように聞こえます。

　小学生のときに、大阪(おおさか)から転校してきた子と仲良くなったのですが、その子が「先生」と言うと、最初の「せ」にアクセントがあるのです。僕たちはアクセントなしの「せんせい」でした。ところが、その友人は、「みんなが、先生と言うたびに、運動会の選手宣誓みたいに聞こえる」と言ったので、なるほどな、その誤解を回避するために、大阪ではあんなふうに発音しているのか、と思ったものです。

　僕の名前の「森」は、アクセントなしの「もり」ですが、関東や関西では「モ」にアクセントを置いて発音するようです。僕の言い方だと、「森の熊さん」が、森に棲(す)む熊か、僕が持っているぬいぐるみの熊か

わからなくなりますけれど……。

 アクセントに日本人は無頓着(むとんちゃく)。これが英会話が下手な原因かも。

11月
November

2018年11月1日木曜日

片づけないといけない状態

　来年2月刊予定の『森遊びの日々』の初校ゲラを読み始めました。毎日10日分、18分の1ずつ読んで、18日で片づけようと思います。1日ずつ短いコメントも書きます。

　栞のイラストの下描き（鉛筆で描きます）をしました。明日サインペンでペン入れします。

　幻冬舎新書『孤独の価値』が重版になると連絡がありました。第9刷になります。最近、けっこうこの類の本が出てきたのでは？

　清涼院氏から『Down to Heaven 2』がpdfで届きました。簡単なチェックをしますが、10月末配信となります（これを書いているのは10/27）。

　夜に雨が降りましたが、朝は晴れていて、比較的暖かい日になりました。犬の散歩も遠くまで行くことができました。森は、緑、赤、オレンジ、黄色とカラフルです。赤一色とかにならず、いろいろ混ざっている方が綺麗なのではないか、と感じます。特に空が青いと映えますね。

　見て綺麗だからといって、写真を撮りたくなることは、僕にはありません。写真だったら、いくらでも綺麗なものが、ポスタとかカレンダとかで存在しているわけです。もっと地面に落ちているものとか、光が当たって一瞬輝くものとか、なんでもないシーンの方が撮りたくなるかもしれません。

　今日も落葉掃除に専念。朝は葉が濡れているのですが、濡れていても燃えます。ただ、集めにくいというだけ。枯枝になると、濡れていても、なにも問題ありません。

　ちょっと風が吹くと、落葉が雨霰のように降ってきます。サンルームの屋根などは、あっという間に枯葉で覆われて、空が見えなくなりますが、風が吹けばまた飛んでいきます。

　ドラム缶で枯葉を燃やすときは、枯葉のうち乾いているものに火をつけます。ガスのジェットバーナが有効で、庭仕事をする作業着のポケットにいつも入っています。同じものが、機関車を走らせるときにも使えるの

で、便利。ただ、すぐにガスがなくなってしまうのが欠点。もう少しタンクが大きいものが欲しいところです。

　燃やすという行為は、単純に面白いものです。火遊びが成立する所以かな、とも思います。火は見ているだけで、元気になりますね。そういうお祭りが各地で行われているはずです。ただ、山火事とかが恐いから、それだけは注意が必要。日本はまだ湿気があるから、滅多に大きな山火事になりませんけれど、アメリカなどの山火事は凄いですよね。エラリィ・クイーンの小説にも出てきました。日本だと「嵐の山荘」ですが、アメリカでは「山火事の山荘」になるのです。

　書斎の床に本が積み上がっています。これは、出版社から届く自著の見本が8割くらい。あとは、贈呈で届く新刊です。自分の見本は開封さえしませんけれど、贈呈された本のうち小説以外はほとんど読みます。これらがどんどん溜まっていき、今は本棚に近づけなくなりました。棚にあるものを取りたいときは、どこか近くに手を伸ばし、そこに体重をかけて、もう一方の手を伸ばす感じで、アクロバットのようにしなければいけません。

　そろそろまた段ボール箱に詰めて、整理をするつもりですが、自著については、本棚に1冊だけ入れておくようにしているし、重版した場合は最新バージョンを1冊、やはり本棚に並べておく決まりになっています（誰がそれを決めたのでしょうか？）。

　この作業を始めると、3日はかかるので、ちっとも腰が上がりません。そういうことは正月くらいにした方が良さそうです。工作みたいに面白くないので、やる気も出ませんが、でも、そろそろしないと部屋が狭くて困ります。仕事のうちだと思うしかない、ということですね。

　工作室も、そろそろ片づけないといけません。こちらは、ちょっと楽しさがあります。買っていて忘れていたキットとかパーツが出てきたりするからです。片づくと工作スペースも広がって、新しいプロジェクトに取り組みやすくなります。冬は、工作の季節なので、早く片づけたいところです。

　とはいえ、今は落葉の掃除があって、1日に4〜5時間は消費しますし、進めている工作はいつもどおりだし、作家の仕事もいつもどおりコン

スタントにあるので、片づけといったスペシャルな業務は入れる余裕があ
りません。片づけをもっと分散して、毎日15分は片づける、というふうに
すれば良いのかもしれませんが、余計に散らかりそうな気がします。片
づけるときって、たいてい前半は散らかる方向ですからね。

　工作でも同じ傾向があって、最終的には1つの完成品になるのに、
作っている最中はいろいろなパーツが散らばって、広い場所を占有しま
す。完成品を分解してもそうなります。修理をするためには、一度ばら
ばらにしないといけませんからね。

　頭の中も、このとおりで、ものを作るときは、ばらばらの状態のものが
散らかっているのです。そうでないと、ものが作れないし、片づかな
い、ということですね。散らかっている状態とは、作業している状態とい
えると思います。

　人生に大切なものは、時間とお金と場所です。タイム、マネー、ス
ペース。この3つをいつも余裕をもって整えていたいものです。

 大切な順番は、時間、場所、お金だと思います。人によるかな？

2018年11月2日金曜日
情報伝達時のスリップ

『森遊びの日々』の初校ゲラを昨日はブログで15日分読み、つまり12
分の1進捗しました。ですから、昨日書いた18日で終わる計画を早くも
改め、12日で完了する進め方でいきたいと思います。今日は、また12
分の1進んだので、トータルで6分の1の進捗になりました。このように分
数で示すと、イギリス人はわかりやすいと言い、日本人はわかりにくいと
言いそうですね。

　栞のイラストにペン入れをしました。封筒に描いた下描きと、ケント紙
に鉛筆で描いた下描きでは、左右対称になっています。台詞をフキダ
シに書くので、順番的に読みやすいように絵の方を変更しました。ま
た、ペン入れするときには、全体に扁平になるように、フキダシを変形

させて描きました。このように、下描きしたものをそのままペン入れするわけではありません。下描きというのは、目安というか、試しに描くものなのです。

今朝は寒かったのですが、僕が担当している犬をシャンプーしました。バスルームでシャワーを使って行います。犬は躾が行き届いているためか、大人しくじっとしているので、作業はとても楽ですが、中腰になるので、けっこう疲れます。終わったあとは、バスタオルを数枚使って拭いてやり、通路に出すと、しばらく家の中を走り回っています。自分で乾かそうとしているようです。

約1時間後に、日が射して暖かくなったので、外でブラシをかけてやりました。毛が抜けること抜けること。これから冬毛になるのでしょうね。

工作室では、新しい信号システムのセンサを、実際に屋外で取り付ける準備をしました。まずは1箇所だけ実施して、しばらくセンサの反応などで様子を見るつもりです。最終的に、来年の夏までに新しいシステムで稼働するように進めていく方針。

以前に書きましたが、母親から初めて買ってもらったNゲージの鉄道模型が、ドイツのE03という機関車だったのですが（それ以前では、買ってくれたのは父でした）、これの大きいのが欲しいと思っていました。45mmゲージというのが、僕が外で走らせている「小さい機関車」になりますが、このスケールだと30万円くらいするので、躊躇していたのです。ところが、今年ドイツのメーカが10万円以下で発売しました。まえは1番ゲージでしたが、今回はGゲージです。いずれも45mmゲージなのですが、縮尺が前者は32分の1で後者は22.5分の1です。つまり、Gゲージの方が大きいのです。価格差の理由はボディが金属かプラスチックかの違い。実物を正確に縮尺しているのは前者ですが、僕はそういうのは気にならないので、この新製品を発注しました。楽しみです。

鉄道模型は、「ゲージ」と「スケール」がそれぞれ独立しています。「ゲージ」は線路の幅で、「スケール」は縮尺です。実物がさまざまなゲージの線路を走っているので、模型を同一の線路で走らせたい場合はスケールを変えるし、同じスケールで走らせたかったら、線路を変え

ないといけません。ミニカーだったら、同じスケールで集めて並べられますが、鉄道模型は、同じ線路で走らせたい人が多い、ということです。

　雪道などでタイヤがスリップすることがあります。また、ブレーキをかけたときに、タイヤが道路を擦って高い音が発するのを聞いたことがある人も多いはず。スリップとは、日本語でいうと「滑る」ことです。スキーやスケートが、スリップしています。タイヤや車輪がある乗り物は、正常に走っているときは、スリップしていません。タイヤと地面がスリップしていないことを「グリップしている」といいますが、そのかわりタイヤの軸が、軸受の部分でスリップしています（軸受がボールベアリングの場合は、グリップしていますが）。

　ものを滑らせると感覚としてわかりますが、動かないときより、滑り始めたあとの方が力が軽くなります（静摩擦が動摩擦より大きいため）。滑るまえのグリップ状態のときに伝達されていた力が、スリップすると伝わりません。つまり、グリップしていれば、クルマは前に進めますが、スリップすると、タイヤばかりが回って、前に進めなくなります。このとき、エンジンやモータの回転をいくら上げても無駄で、ますますスリップするばかりです。

　これを防ぐためには、一度タイヤの回転を落としたり、完全に止めて、グリップした状態でゆっくりと発進します。そうすると、スリップせずに前進することができます。雪道でスリップしたら、セカンドで発進しなさい、と昔は教えられましたが、今のクルマはオートマなので、「セカンドって何？」となります（オートマの方が雪道発進は有利ですが）。

　ブレーキのときも同じで、タイヤをロックしてスリップし始めると、そのままどんどんスリップします。本来一度ブレーキを緩め、タイヤを回転させて、地面とグリップさせてから、ブレーキを緩やかにかけた方が、早く停まることができます。この原理を応用したのが、アンチロックブレーキです。人間がブレーキをいっぱいに踏んでも、機械がブレーキを緩めてくれて、より早く停止できる仕組みです。

　人に話すときにも、このスリップ現象があります。「滑る話」というと、受けないギャグ、のように受け取られるかもしれませんが、なにかを説明している（情報を伝達している）ときに、一度スリップすると、話す方の回転

に聞く方がついていけなくなり、空回りしてしまいます。そういうときは、一度話を止めて、わからないところからゆっくりと始めなければなりません。相手がわからない顔をしているときに、力を入れて説明（力説）しても、ますますスリップが激しくなるばかりなのです。つい、「なんでわからないの？」と感情的になってしまうことが、逆効果だという点に気をつけましょう。

 長年大勢の人にものを教える仕事をしてきて得られた教訓です。

2018年11月3日土曜日

トレインは電車ではない再び

『森遊びの日々』の初校ゲラは、12分の1を読んで、トータルで4分の1になりました。分数に慣れると、けっこう便利なことが多いのです。パーセンテージでは、あとどれくらいか割り算をしないといけませんが、分数だと、今までの4倍か、と掛け算だけでたちまちわかります。栞イラストは、今日消しゴムをかけました。あと、ベタを塗ったりします。

「子供の科学」の連載の最初の400文字くらいを書きました。文字はあまり必要なく、写真や図が多くなります。全体の構成（テーマや内容）が一番大事です。たとえば、ゲージがどうだとか、細かいことを書きません。『ジャイロモノレール』でも、運動方程式が書けないから、力が、加速度×質量であることも書けませんでした。そういった説明が出てくるだけで、頭を抱える人が本当に多いのです。「子供の科学」の読者は、そんなことはないと思いますけれど……。つまり、普通の人は、「力」というものを、フィーリングと文字で認識しているのですね。

僕の庭園鉄道は、5インチゲージを採用しています。鉄道模型のゲージは、だいたい世界共通ですが、アメリカでは5インチゲージは、4.75（つまり4と3/4）インチゲージなので、（レール間の幅が6mmほど違うため）互換性はまったくありません。改造することも非常に困難です。

それなのに「世界共通」と書いて良いのか、ということになります

が、細かい話をしている場合でなければ、「共通だ」と書く方がわかりやすいでしょう。これが、「力」という言葉をフィーリングで使うのと同じ精神です。

　これを書くのは、何度めでしょうか……。日本人は、鉄道のことを「電車」と言いますが、これは首都圏の鉄道がほぼ電化されているからです。寝台特急のように、客車を電気機関車が牽引するものも含めて「電車」と呼んでいるようです。それでいくと、スイスの氷河特急も電車になります。

　蒸気機関車が牽引する列車を「汽車」と呼びますから、電気機関車が牽引する列車を「電車」と呼んでも間違いではないのかもしれません。でも、「電車」は先頭に電気機関車がいません。新幹線の先頭車両は電気機関車ではないのです。また、ディーゼル機関車が牽引する列車に対する名称もありません（「ディーゼル車」くらいでしょうか。クルマの名称になってしまいますが）。ただ、「電車」のように、客車に動力があるもののうち、ディーゼルエンジンで走る車両や列車は、「ディーゼルカー」と呼びます。同じく、客車に蒸気エンジンが付いているものは、「蒸気動車」と呼びます。

　電気機関車には客は乗れません。機関車は英語では「エンジン」であり、動力車のことです。客車にモータがついていたら（たとえば、路面電車がそうです）、「電気動車」と呼ぶと整合性が取れますが、「電車」と同じ単語を使います。たとえば、「トレイン」を日本語にしなさい、といわれたら、まず90％の人が「電車」と答えると思いますが、正しくは「列車」です。

　このまえ、日本のニュースで、韓国の鉄骨構造の建物で手抜き工事があった、という記事をネットで見ましたが、そのタイトルに「現場で端材をハンダづけ」とありました。これでびっくりして内容も読んだのですが、単に「溶接」を「ハンダづけ」と、日本語訳のときに間違えただけのようでした。文系の人にとっては、「溶接」と「ハンダづけ」は同じものなのかもしれませんが、外壁のパネルを「セロハンテープで貼った」くらい頓珍漢な間違いといえます。

落葉掃除が本格化しています。落葉率は50％くらいで、つまり半分はまだ樹に残っています（注：このパーセンテージは気象庁ではなく、僕が独断で発表している数字です）。散った分の半分強は、集めて燃やしましたが、まだまだ、これからが本番といえることでしょう。

　寒さに躰も慣れてきたし、葉が落ちて日差しが届く場所が増えたこともあって、屋外で作業をするのに大きな抵抗がなくなりつつあります。今日も鉄道でぐるりと1周してきました。ときどき風が吹くと、雪のように落葉が降ってきます。地面は落葉で覆われて、焦茶色と黄色なのですが、これらが混ざって、だいたいオレンジ色に見えます。この「オレンジ色」というのは日本人の感覚らしく、イギリス人には、「ブラウン」か「ベージュ」と言わないと通じません（何度も書いていますが、何度も体験したので）。

　今度は赤いクルマに乗りたいな、と考えています。最初に買ったクルマが赤だったのですが、以来、赤いクルマを買っていないので、そろそろ良いかな、と。本当はオレンジ色のクルマが良いのですけれどね。ちなみに、黄色はこれまでに2回買いました。さすがに、ピンクはちょっと抵抗がありますね。庭園鉄道の機関車ならOKですけれど、ピンクのクルマでショッピングモールの駐車場へ行きたくないのは、なんとなく不安があるからですね。目立つとろくなことがない、という。つまり、僕が原色のクルマが良いと思うのは、あくまでも自分の好みであって、目立ちたいからではない、ということです。

　人と同じものは嫌なのですが、これも目立ちたいからではなく、自分が納得できない、という理由からです。みんながやっていることをするのも、自分が嫌なのです。できるだけ目立たないように、自分の欲求に応えるようにするには、みんながいないところにいるしかありません。それだったら、誰にも見せないでいられるから、なんでも自由に、自分の好きなことができます。ただ、クルマは社会へ出ていく道具だから、ちょっと例外的なファクタが影響するわけです。

　自分と同じものを他人に見つけると喜ぶ人がいますね。あれは、非常に人間的な感情だといえるのではないでしょうか。だって、犬は自分と同じ色の犬がいても喜びませんし、たぶん自分の色にも関心がないと思い

ます。僕は、人間的な要素に欠けているのかな。

 ジャンパも、赤かオレンジか黄色を買うことが多いようですね。

2018年11月4日日曜日
今はロスタイムです

『森遊びの日々』の初校ゲラは、12分の1を読み、トータルで3分の1になりました。さくさくと読めるのは、このブログを一度は多数の人に確認してもらっているからですね。この本には、毎日のコメントを書いていて、30文字ずつです。短いですが、30文字あれば、たいていのことが書けます。ツイッタもこれくらいで充分でしょう。

今日ゲラを読んでいたら、『森籠もりの日々』の電子版が出たら、じぶん書店に入れる、と書かれていました（3/15のこと）。すっかり忘れていましたが、じぶん書店「森博嗣堂浮遊書店」に入れておきました。森博嗣に寄付をしたい方は、どうぞ……。

いずれにしても、本ブログは文章が長すぎます。もっと簡潔に書くように心掛けて下さい、と森博嗣に通達いたしました。すると、「でも、今は印刷書籍になることが前提で書いているわけで、印税をいただく以上、少しでも読んだ方にご満足いただけるように、という気持ちから、ついつい長く書いてしまうのです」との社交辞令満載の言い訳がありました。文章が長いことよりも、大事なのは発想であり、着眼ではないでしょうか。「はい、おっしゃるとおりです」

「子供の科学」の連載は800文字書きました。だいたい、これくらいで1頁分だそうです（写真や図が入るから）。連載が始まる号では、最初だから6頁といわれているので、5000文字くらいは書かないといけませんね。〆切は11月中旬としています。

Wシリーズの最終巻についての感想メールを沢山いただいています。面白いのは、「これまでになかった終わり方だ」と書いてこられる方と、「いつもの森博嗣だ」と書いてこられる方がいることです。不思議です

ね。との作品も、「今回は派手な立ち回りがあった」という方と、「今回は静かな展開だった」という方がいらっしゃいます。いったいどちらなのか、作者もわかりません。とにかく、受け取る人によってさまざまだ、ということは確かみたいです。

　今朝は、まだ暗いうちに犬が起こしました。ベッドの上に乗って、鼻を鳴らすのです。しかたないので、着替えて外に出してやりました。でも、散歩にいったり、ご飯がもらえるのは2時間くらいあとなのです。

　というわけで、若干早く起きましたが、眠くもないし、体調は良いみたいです。晴れているので、庭園鉄道を運行し、写真を撮りました。雑誌の新連載のことがあるので、解像度の高い写真も数枚撮りました。一眼レフは使っていません。カバーになるわけでもないので、それほど気合いを入れることもないだろう、と思って……。

　落葉掃除は、こつこつと平常に行っています。燃やしものもしました。現在完全な形のドラム缶は5つで、不完全な形でも使えるものが3つありますから、いざとなったら8つ同時に燃やせるのですが、離れている場所に置いてあるので、実際には無理です。でも、燃やす能力が高いと、この作業は滞ることがありません。

　幻冬舎新書の『ジャイロモノレール』の読者ハガキ（正式名称は、愛読者カードでしたっけ？）が送られてきました。届いたものの多くは、著者（僕ですが）よりも年配の方で、なかには、万年筆で小さな文字を書かれてきた方も。たぶん、森博嗣なんて全然知らない方々でしょう。ありがたいご意見で、参考になりました。ここに感謝を書いても、たぶん届かないと思いますけれど（もしこれを読まれていたら、メールをいただければリプライします。愛読者カードのお名前でお送り下さい）。

　「鉄道模型趣味」を毎月購読していますが、この雑誌の編集長は90歳の方です（8年まえにお会いしたことがあります）。先月号だったかで体調を崩されて静養中とありました。

　今や、模型を作って遊んでいるのは、ほとんど老年なのでしょう。若い人が入門してくることもありますが、ほぼ例外なく、父や祖父の影響で、という方です（僕が知っている範囲が狭いので、全体像は違うかもしれません

が)。模型人口の裾野は、タイトスカートのように狭まるばかりです。嘆いているのではありません。小説人口は、もっと狭まっているように見えます。

　本当に、高齢の方が増えましたね。昔もいたのかもしれませんが、80代の方は、今ほど活動的ではなかったので、その存在が確認できなかったのかもしれません。

　僕自身も、若い頃に想定していた人生の長さを既に超過していて、今は「ロスタイム」だと思っているくらいです。まさか、こんなに長生きするとは考えもしませんでした。

　集落とか町内とか家族という集団が機能しづらい時代になりましたが、そのかわり、ネットはあるし、宅配便はあるし、老人が生きやすい環境が整っています。これからの老人たちは、パソコンもスマホも使えるでしょうから、なんの心配もいらないのではないか、と言ったら大袈裟でしょうか。でも、ネットというのは、本当に老人向けなのです。SNSは老人天国だと思います。どうして若い人がいるのかが、むしろ不思議なくらい。もしかして、若い人たちも、老人みたいに生きる時代になっているのでしょうか。自撮りとかインスタの流行を見ていると、年寄り臭いなあ、と感じませんか？

 おそらく大部分の老年が、サバを読んで参加しているはずです。

2018年11月5日月曜日
私利と私欲は結びつかない？

　来年2月刊予定の『森遊びの日々』の初校ゲラを読みつつ、毎日のコメントを書く作業を続けています。今日も12分の1を読み、完成度は、12分の5となりました。初めて分子が1ではない日となりましたね。この5/12という分数は、インチを使っている国では馴染みのある数で、頻繁に見かけるから、たぶん直感的にわかっているのだと思います。

　最近、イギリスで流行っている鉄道模型は、7/8インチスケールという

もので、これは、実物の1フィートを7/8インチに縮尺する、という意味なので、12÷7/8≒13.7、つまり約13.7分の1の縮尺です。12分の1はよくあるスケールですが、それよりもちょっと小さくするのですね。日本人には、奇妙に思える縮尺率といえます。

　栞のイラストは、消しゴムもかけ、ベタも塗り、仕上がりました。講談社へ発送します。この栞は、『月夜のサラサーテ』に挟まれます。今年の春頃に、プレゼント企画で盛り上がった（と一部が思っている）のんた君ぬいぐるみですが、その元となったイラストが、これまでの栞に描かれているのです。相棒のキツネは、講談社の編集者だったU山氏がモデルです（NHKのつね吉ではありません）。

「子供の科学」の新連載の文章を3000文字ほど書きました。これくらいの文字数でも、手直しをすると5000文字になるのではないか、と思いますので、ひとまず書き上げた、といえます。これを書いているのは、10/31なので、ほぼ予定どおりです。文章を推敲し、編集部に依頼するイラストの下描きをして、写真も揃えて発送するのは、2週間後くらい。雑誌に掲載されるのは来年の3月ですから、余裕の進行です。ゆったりとしたスケジュールで進めてもらうように、最初にお願いしてあります。遠くにいるし、直接会ったり手渡したりできないからです。ただ、写真は季節が正反対になってしまいますね（夏なのに冬とか）。南半球に住んでいることにしましょうか。写真だけは、直前に送った方が良いかも、と考えています。

『森には森の風が吹く』が次に出る本ですが、まもなく電子書籍の見本としてiPadが届くとの連絡がありました。電子書籍も同時発行の予定です。Amazonで12月刊と表示されていたようですが、間違いです。今は直っているはず。

　落葉率は50％で、庭に出て見上げると、空が半分見えてきた感じです。だいぶ明るくなりました。その分、地面は落葉の絨毯です。これをブロアで集めて、袋で運び、ドラム缶で燃やす作業を毎日しています。「国益を鑑みて」といった言葉があるので、「自益」もあるのかな、と思ったら、少なくともワープロは変換しませんでした。「私益」はあります

ね。「公益」の反対です。「私利」という言葉もよく使います。ようするに、自分の利益、個人的な利益のことです。人は普通は自分ファーストなので、この私利のために生きている人が多いことと想像します。自分を犠牲にして公益のために生きる人は、平和で豊かな社会になるほど割合として減ってくるようにも想像します。つまり、貧しさや抑制された社会では、どうせ自分の思いどおりに行かないのだから、という諦めもあり、せめて将来は少しでも社会が良くなるように、という方向へ個人の努力が向いたのではないでしょうか。

　昔のお侍さんは、主君のために命を捧げることが美徳とされていたわけですが、本当のところはわかりません。そういう美談が伝わっているだけかもしれないからです。日本は、建前の文化が長く続いていましたから。

　さて、何が自身の利益か、ということですが、欲求が叶うことがすなわち私利ではありません。たとえば、食欲に素直に従っていたら太ってしまって、健康を害する結果になります。明らかに「得」ではない。欲求の赴くまま行動していたら、犯罪になってしまう場合だってあります。つまり、私利とは、けっこう難しい判断が必要というか、理性的な思考によって得られるものだ、ということがわかります。

「あいつは私利私欲のために生きている」と揶揄することが多いわけですけれど、このように他者から非難されて、結果的に立場が危うくなれば、私利は得られないわけです。ここが人間社会の複雑なところで、利益とは周囲の他者を含めた相対的な関係から生じるものだ、ということ。これは、「国益」でもまったく同じで、国民の声を聞き、国民が喜ぶ政策が、すなわち国益とはいえません。

　考えなければならないのは、人間の欲求が利益を欲するものではない、という点です。動物はそうではありません。動物の欲求とは、自分の利益を得ることです。そもそも、利益とは欲しかったもののはずです。食べたいと思うのは、食べることが自分にとって有益だからであり、それが生存にとっても有利に働くからです。

　人間の場合、既に欲求と利益が乖離している点に、気づくことが

「理性」と呼ばれるものかもしれません。たとえば、他者に認められたい欲求は、そのような立場が生きるために有利だったからですが、その方向への行動が過剰だと、スタンドプレィと揶揄されて、逆に自身の立場を不利にします。

　自分の欲求、欲望、要求、つまり私欲を表に出さないことが私利につながる。がつがつしていない、奥床しい、これらが「上品」という評価を得て、結果的に利益となります。食べるのを我慢して体型維持ができる、なども一例でしょう。「上品とは、理性的なことである」のメカニズムといえます。

　これは、僕の希望とか意見ではありません。観察されたことを述べているだけです。昔は、私利と私欲はけっこう結びついていたのですが、最近はそうでもないようだな、と思える事象が増えてきたと感じます。

 人間社会は、その程度には複雑だ、と覚えておいて損はない。

2018年11月6日火曜日
表情って、どこの変化？

『森遊びの日々』のゲラは1/2まで読みました。快調です。あと6日で終わる予定です。コンスタントに進めましょう。「子供の科学」の連載の文章を手直ししています。まだ、全体の方針で決めかねている部分があって、大幅な書き直しもありえます。

『森籠もりの日々』で、コジマケン氏が僕の顔のアイコンを描いてくれたのですが、この本にコジマ氏の名前が記されていなかったそうです。編集部によるとアイコンではクレジットしないケースが多いとのことでした。次からは入れるようにします。

　もうすぐ発売の『森には森の風が吹く』ですが、このシリーズ（とまではいえない?）の『森博嗣のミステリィ工作室』と『100人の森博嗣』の2冊は、まだ電子版ができていないようです。編集部に問い合わせてみましたが、『100人の森博嗣』の方がさきになり、11/13には配信開始とな

りそうです。一方『森博嗣のミステリィ工作室』については、著作権者の手続きなどで遅れているようです（だいぶ以前の本ですから、連絡がつかない?）。もうしばらくお待ち下さい。

　この頃、電子書籍に対するお問合わせやご希望がわりと多く寄せられます。「Kindle版が出たら買う」といった呟きも多く聞かれます。小説では、シリーズ合本が売れているようです。これと同じことが印刷書籍でできたら、商売になるのでしょうけれど（10冊をビニルで包装して、新たな商品とするわけです）、でもこれをすると、開封してばらして売る人が出てくるのかな……。

　模型とか機械製品でも同じようなことがあって、セットや完成品で購入して、ばらばらにして個別で、あるいは部品を売ると儲かるものがありますね。つまり、まとまっているから割安の商品が多いわけです。クレヨンとか色鉛筆だってそうでしょうか。売れ残るものがあるから、上手くいかない場合があるとは思います。

　今日は、朝から燃やしもの。枯葉を7つのドラム缶で燃やしました。気温が低かったので、暖かくてちょうど良かったと思います。庭園鉄道も普段とおりに運行。恙なく平和な毎日ですね。

　スバル氏が、「犬が悲しそうな顔をする」とよく言うのですが、僕が見たところ、特に普段と変わらない顔に見えます。口を開けていると楽しそうに見えて、口を閉じると悲しそうに見えるのだろうと思いますが、暑かったら口を開けるし、緊張すれば口を閉じますから、口の開閉が感情と一対一に対応しているとはいえません。

　怒られると、耳が下がりますね。なんとなく「しおらしい」顔に見えます。耳が立っているときは、やはりなにかに警戒したり、集中しているときです。でも、嬉しいときも耳は下がります。口と耳と両方で判断すると、より正確になるでしょう。口が開いて、耳が下がると嬉しい、楽しい、口が閉じていて耳が下がっていると、困った顔かな。

　人間の場合も、目にはさほど表情は出ません。口を隠して目だけで、怒っているか笑っているか、判断できるでしょうか？　ただ、口は開けるか閉めるかだけではなく、形の変化が複雑で、いろいろな表情を作りま

す。鼻や耳は表情には寄与しません。目は開ける閉める、細める、くらいしかなく、むしろ動くのは眉毛でしょう。

　漫画の場合は、目の中に線が描かれていて、この傾きで怒ったり悲しんだりさせることができますが、これは瞼だと思います。瞼の傾斜は、実際には変えられないわけですが、漫画の顔を見た人が、そう感じるということは、眉毛の傾斜が、目の表情として捉えられている、ということだと解釈できます。

「目が笑っている」というときには、目よりも、目尻の変化かもしれません。目尻が下がるのは、むしろ口の形の変化で皮膚が引っ張られているからではないでしょうか。目だけで、怒ったり、笑ったりできますか？

　お芝居などでは、眉を器用に動かして表情を作っているように見えます。俳優はそういう訓練をするのでしょうか。もっとも、ドラマなどで見る俳優の演技というのは、現実よりはるかにオーバで、あんなに表情を変える人はちょっといないだろう、というふうに僕には見えます。同様に、台詞もしゃべり方もオーバです。アニメの声優も、現実離れしてオーバで、リアリティがありません。たとえば、焦っているのが声やしゃべり方に出てしまうような人は、現実には滅多にいません。子供だって、そんなに目に見えるほど狼狽しません。

 TVアニメは動きが少ない分、声優の声で補っていたのですね。

２０１８年１１月７日水曜日

物語を作る手順

『森遊びの日々』のゲラは、12分の7まで進みました。あと5日で終わります。『森には森の風が吹く』の電子版の見本がiPadで届いたので確認することができました。あと1週間ほどで発売になります。

　各出版社から電子版の印税支払い明細が届きました。あまり意識していませんでしたが、けっこう頻繁に報告されていますね。毎月のところもあるし、2カ月に1度のところもあるようです。既刊の電子書籍の印税

だけで、今の森家は充分に生活ができます。電子書籍が稼ぐようになりましたね。ありがたいことです。たぶん、出版社も同じ気持ちでしょう。一度発行してしまえば、重版する必要もないし、印刷代も運搬費も保管料も必要ありません。利益率も高いはずです。絶版にもならないし、読者にも都合が良いことばかりといえます。

清涼院氏の電子出版が、LuluのサーバのCR具合で難航しています。このようなトラブルがあると、電子出版は（短期間でしょうけれど）一時的に全滅する危険性があります。今回のトラブルは、新しい本がアップできない不具合のようでした。

朝から、落葉を燃やしました。まえの日の夕方に袋に入れておくと、朝露（あさつゆ）を免れるので、乾燥しきった葉がよく燃えます（煙が出にくい）。もう葉がない樹もちらほらあります。庭園鉄道も平常運行しました。

突然大工さんがやってきて、ゲストハウスの渡り廊下の天井の板を取り付けてくれました。あとは、内装屋さんがきて、クロスを張ってくれる段取りになっているようです（大工さんがそんな話をして帰ったとか、スバル氏談）。

既に朝は氷点下になっているので、屋外の水道はすべて水抜きし、ホースの先の噴射器も外してあります。そういう季節になりました。ゲストハウスも、ゲストが少ない期間は、家全体の水抜きをしようと思います。

工作室では、飛行機用の星型9気筒エンジンのメンテナンスをしています。少し年代ものなので、ばらしてベアリングなどの錆（さび）がないかを確認します。錆びていても回らないことはありませんけれど。

今の季節、ちょうど周辺の森が、Macの（僕が表示させている）デスクトップの絵のようになります。朝は霧が出るので、ますます同じです。ヴォイド・シェイパシリーズを連想させます。鈴木成一（すずきせいいち）氏が単行本のカバーデザインをされたのですが、彼の装丁を想定して、次はどんな風景のカバーが来るだろう、と物語をそれに寄せて書きました。たとえば、『スカル・ブレーカ』だったら、「次は紅葉だな」と想像して、紅葉が物語の中に出てくるように書いたのです。結果的に、鈴木氏はテーマを決められて、不自由だったかもしれません。日本の美しい風景として、ほかにも考えたのは、一面の菜の花とか、渓流のせせらぎとか、

雪山とか、岸壁と白波とかですね。

　こういった風景を、ストーリィよりもさきに考えます。まず、季節とか気候とか、その周辺の地理とか、街並とか、道や地図などを考えて、それから、次は建物の内部の配置をイメージします。そういった舞台装置を、広い範囲から狭い範囲に絞って、頭の中で決めていきます。広い範囲が決まらないと、狭い範囲が決定できないからです。たとえば、家の配置図を、方角を決めずに描くことはできません。外部条件や環境を決めないと、物語の中で矛盾が生じてしまいます。

　それらが決まったら、次に人物を決めていきます。登場人物として、どんな人たちがいるのか、お互いの関係はどうなのか、といったことをイメージします。この時点では、まだどんなストーリィか考えていませんが、ストーリィを決めてから、登場人物を造形すると、その物語のためにいるような、都合の良い人間しか出ない、コスプレをした人たちのお芝居になってしまいます。本当の個性というものの厚みが、出ないのです。最初に人がいて、その人が、どこへ行き、どんな場面に出会うか。最初に個性があって、その個性が、立場や役柄でどのように隠されるか、という順番で考えるのが正しいと感じています。

　ただし、シリーズものになると、2巻めからは、キャラクタがさきに決まっていて、あとから舞台を考えることになるので、この順番が前後します。このあたりは、少々やりにくい感じもしますが、既にキャラクタが1巻めで固まっているので、読む人には違和感はないところでしょう。

　物語を最初に決めてから、キャラを立てていくと、なんとも個性のない人間になりがちですし、また、あとから場所を設定すると、まるでハリボテの舞台で演技をしているような芝居がかった、平坦なシーンになりがちです。

　たとえば、こんな会話をさせたい、とさきに決めて書くと、つまらない会話シーンになります。台詞をただ言っているだけのような不自然さも残ります。そうではなく、片方がなにか言ったら、その場でその相手の人になって考えてしゃべらせる、というように、キャラにアドリブをさせると、自然でスムーズな会話になってリアリティが出るように感じます。自然な会話

かそうでない作られた会話かは、読めばわかるものです。

　もっとも、探偵ポアロのように、もともと芝居がかったキャラクタも（稀に）いますから、必ずそうでなければならないというルール的な拘束ではありません。大事なことは、人それぞれ違うという点をいつも念頭に置くことではないでしょうか。そうでないと、文化祭の演劇のように、全員が高校生にしか見えないお芝居になります。

 登場人物全体に深みが出れば自然に「リアル」に見えてきます。

2018年11月8日木曜日

試行錯誤はいかがでしょうか

『森遊びの日々』のゲラは3分の2まで読みました。あと4日かな。ところで、今書いているこのブログは、第3巻に収録されることになりますが、『森語りの日々』『森騙しの日々』『森祟りの日々』かな。いろいろ考えてしまいますが、『森の熊さんの生活』くらいが意外性があって適当かもしれません。適当ですか？

「子供の科学」の構成を考えつつ、文章を書いています。そろそろイラストのラフ（編集部がイラストを描いてくれるそうですが、その元となるポンチ絵）を描こうと思います。

　朝から晴天。散歩に出たときには、霜は消えていました。午前中は、エンジンブロアを1時間ほどかけて、落葉を寄せました。まだ落葉率は55％くらいで、焼却率は30％です。庭園内は夏の倍は明るくなっています。週末なので、燃やしものは自粛しました。ハイキングをしている人とか、バーベキューをするために外に出ている人がいるかもしれませんから。

　アメリカの模型店から荷物が届き、中古の機関車が1台。先日書いた7/8インチスケールの蒸気機関車です。厳重な梱包のおかげで無傷で届きました。中古品ですが、まえのオーナの手紙が入っていて、事細かく使い方の指示があり、また新しいパーツも付属していて、お好み

に合わせて取り付けて下さい、みたいな感じでした。イギリスの機関車は、派手な塗装のものが多いのですが、アメリカではシックで、わざと汚れた感じに仕上げるウェザリングが施されているものが一般的です。実物の機関車も、アメリカのものは汚れているし、イギリスのものはぴかぴかが多いと思います。

　ネットで靴を買いました。冬に備えて、暖かくて滑りにくいものを選びました。それでも、道が凍っているときは、スパイクを付けないと歩けません。冬の憂鬱はこれだけです。あとは、楽しい屋内ぽかぽか生活の日々となります。

　靴屋さんで靴を自分で買ったことは一度もありません。買ってもらったことがあるだけ。これは、洋服もそうですね。一人で洋服の店に入るようなことがそもそもありません。

　子供のときは母親と、結婚後はスバル氏と店に入り、だいたい最初に見たものを「これにする」と指差す感じです。せいぜい2つか3つしか見ません。その中から選ぶだけ。どれでも良い、という考えが常にあったように思います。ネットでは、もう少し落ち着いて見られるので、もう少し多くの中から選びます。それでも、滅多にありませんね。服を自分で買うのは1年に1回くらいです。靴と帽子は2回くらい買うかも。

「試行錯誤」という言葉というか、行為が好きかもしれません。英語では、トライアル・アンド・エラーです。目的を達成したいけれど、何が正解なのか、どうすれば成功するのかわからないのが普通です。そういったときに、とりあえずなにかやってみて、これは駄目、こちらも駄目と、エラーを積み重ねることで、しだいに「当たり」に近づいていく方法です。

　この場合、エラーは最初から想定内ですから、期待をして駄目だった、という感覚ではありません。「あ、ここは違うのね」くらいの感じで、エラーが出るたびに、正解が絞られてくる、どんどん成功の確率が高まってくる、という高揚感を抱けると思います。

　この作業において大事なことは、エラーの再現性です。つまり、そのエラーが確実なものである、ということが確認できるように進めます。それ

を怠ると、全部試してもエラーばかりだった、結局エラーだと思っていた道筋が正解で、最初に試したときには、別の要因でエラーが出ているだけだった、ということが往々にしてあります。

簡単に試せるならば、エラーを何度も繰り返し、常に駄目であることをしっかりと確認します。それが次のステップに進むための足掛かりになるのですから、確固たる足許(あしもと)の信頼性が重要なのです。

研究で実験をしているときも、学生や院生たちは、結果が失敗だとがっかりして、「何度試しても駄目でした」と報告に来るのですが、僕は内心とても嬉しく感じました。失敗したことは、一つの成果だ、という感覚を持っているからです。むしろ、最初に上手くいってしまう方が嬉しくありません。それでは、どんな条件のときに成功するのかわからないからです。

ただ、道理が知りたいときと、結果さえ良ければ満足できるときで、エラーの価値は違ってきます。後者であれば、一発で成功すれば、「ラッキィ」で終わるわけです。そういう人生もあることでしょう。駄目なときは、「アンラッキィ」と言って諦めるわけです。道理を知ろうとしない人は、確率が高い対象ではなんとかなりますが、確率が低い事象に対して、解決できない、成功できない、という人生になるかと。

 この世には事実上「運」というものはない、と考えてよろしい。

2018年11月9日金曜日

僕はブロガだった?

『森遊びの日々』のゲラは4分の3まで読みました。「子供の科学」の連載初回のポンチ絵を描きました。写真も整理をしたので、数日中に編集部へ発送できる状態。あとは、毎月の連載なので、それを半年分くらい前倒しで考えておこう、と思っています。

日の出の位置がだいぶ南へ移動して、今はあんなところから太陽が出るのか、と驚きます。日の出のときは、森の高いところだけを赤く染め

ます（これが「染赤」ですね）。

　日曜日ですが、午前中にホームセンタへ行く用事があり、スバル氏と犬たちと出かけました。僕の買いものではありません。僕が犬と付近を散歩している間に、スバル氏が買いものを済ませました。そのあと、ドライブしてマックへ行き、ポテトやハンバーガを買って帰りました。久し振りに食べたバーガでしたが、何バーガかわかりませんでした。スバル氏も、店員にすすめられるまま注文したらしく、何を買わされたのか不明なままです。年寄りは嫌ですね。

　工作室では、昨日届いた機関車に新しいパーツを取り付ける工作。鋳物製品をヤスリで削って、整形する手作業でした。何が好きといえば、ヤスリがけ作業が一番好きです。

　このあと、庭園鉄道も運行。今は、落葉で線路がほとんど見えなくなっていますが、異物さえなければ、普通に走れます。ただ、落葉を踏んでいるな、という感覚はあります。ゲストハウスで、いろいろな点検をしました。冬に向けての備えです。

　今年は、木の実（団栗）が非常に少ないように感じます。リスにとっては受難かも。葉は大いに繁っていたので、落葉自体は多いと思います。

　ブログについて書きましょう。僕は22年間、ほぼずっと休みなくブログを書いてきました。最初から、仕事の一環で書きました。つまり、作家としての広報として効果があるだろう、と予測したので始めたことです。それが1年もしないうちに、これ自体が執筆活動になり、出版できるのではないか、と考えが変わりました。日々書いている日記ですが、昔から日記を出版する作家は大勢いました。エッセィとして、なんらかのテーマで書くよりも、日常の生活を綴り、毎日の思いつきを書く方が、沢山の発想を拾える可能性がある、と考えたのです。

　実際、これを実行してきました。最初に幻冬舎から、日記のシリーズが5冊出ました（かなり画期的な出版だったと思います）。その後、メディアファクトリーから『浮遊研究室』のシリーズが5冊、『MORI LOG ACADEMY』のシリーズが13冊と続きました。中央公論新社と講談社から出た庭園鉄道のレポートの5冊も、ブログ本と呼べるものだと思いま

す。今年の7月に出た『森籠もりの日々』が29冊め、今ゲラを読んでいる『森遊びの日々』が、ちょうど30冊めになります。

このほかにも、クリームシリーズ、100の講義シリーズは、文章量といい、書いている日常性といい、拾っている細かい発想といい、ブログ本と大差はありません。とても似ている、といえます。このシリーズは、既に11冊が出ていて、来月の『月夜のサラサーテ』が12冊めになります。

ということで、これだけの数のブログ本を出版した人というのは、あまりいないのではないかな、と想像します。いかがでしょうか。もしかして、僕は、小説家ではなくブロガでしょうか。たとえば、『MORI LOG ACADEMY』を日々アップしていた頃が、ブロガとしてのピークだったかと思いますけれど、ブログだけで年間1000万円くらいは収入がありました（今はその3分の1くらい?）。つまり、ブログだけで充分に食べていける仕事だった、ということです。

ただし、ネットで閲覧されても一銭にもなりませんでした（宣伝を入れたことはありません）。ネットではすべて無料公開でした。つまり、印刷して書籍として発行したから、印税がいただけたわけです（現在は、電子書籍がありますが）。

小説作品を発表していたから、ブログ本が大勢の方に買ってもらえたのでしょうか？　でも、小説読者の大半は、作家の日記はおろか、エッセィだって読まない層だと聞きます。デビューした頃にさんざん言われたことは、「小説家のエッセィは売れません」という言葉でした。エッセィは、専門のエッセイストがいて、彼らがシェアを独占していたのでしょうか（想像しただけで、データはありません）。

自分を振り返ってみても、エッセィで読む人の中に、小説家は非常に少ない（100人に1人くらい）といえます。やはり、作品世界が好きだというのと、作家に興味があるというのは、方向性が異なるようにも感じます。

ただ、ネットが普及する時代（ここ20年くらい）は、ちょっと特殊な「作家と読者の距離感」を作ったのではないか、とも分析できます。小説家だけではなく、ミュージシャンや芸能人などにもいえるかもしれません。ネットで、より接近できるような幻想を、大勢に抱かせたのではないか

な、と。

かつては、一角（ひとかど）の人物が引退したあとに、回顧録を出したり、あるいは、他者が伝記として本にしたりしたものですが、今の人たちは、生きているうちからネットで書きまくっているわけですから、年寄りになっても回顧することなく、また誰かが伝記にまとめることも無用になっているのかな、と感じます。

良くいえば「リアルタイム」、悪くいえば「垂れ流し」ですか。

2018年11月10日土曜日

気位の高い消費者たち

『森遊びの日々』のゲラは、6分の5まで進みました。あと2日で終わります。「子供の科学」はポンチ絵にサインペンでペン入れをしました。これで、ほぼ初回分の作業はお終（しま）いです。あとは、その後の計画を立てて、前倒しで原稿を書いていくつもりです。なにか、簡単な工作の手引きが書けたら良いな、と思っていますが、これが一番（考えるのが）難しい。

朝の犬の散歩で高原を歩いて気持ちが良かったので、犬たちと一緒にドライブに出かけることになりました。スバル氏も一緒です。100kmくらい風景を眺（なが）めながら走って、スタバに寄ってカフェラテを飲みました。それで引き返してきただけ。峠の道はまだ全然（凍結などの心配はなく）大丈夫というか、秋の景色で黄色くて綺麗でした。

アメリカ人の母子（子供が30代くらい）から犬のことで話しかけられました。そのあと、別の老夫婦（アジア系）から話しかけられ、やはり犬の話でした。かつてシェルティを飼っていたというのです。こういったことは、シェルティを飼っている人は、だいたい経験するのではないでしょうか。まえにもその理由を書きましたね。ちょうど良い珍しさ加減の犬種だということです。

「触ることができますか？」という具合に話しかけてくるので、「こちらは

大丈夫だけれど、そちらの彼はちょっと人見知りします」というふうに答えます。甘えん坊の犬ほど、他所の人には触らせない傾向にあります。うちの犬は、人に嚙みついたりすることはありませんが、恐がって吠えることはあります。相手が子供だと駄目です。

　帰ってきてから、落葉を10袋くらい燃やしました。昨日、夜に雨が降りそうだったので、袋に落葉を集めて、トンネルの中や庇がある場所に避難させておきましたが、雨は降らなかった模様。落葉率は60%になり、焼却率は35%くらいでしょうか。庭園内は、日差しが入り、だいぶ暖かくなってきました。

　Wシリーズが完結したためか、皆さんが呟いているのが聞こえてきますが、読んでいない人は、「子供が産まれなくなった未来」という文字で理解したつもりになっているようです。これは『スカイ・クロラ』のときに、「歳を取らない子供たち」「ショーとしての戦争」の話だと理解されたのとよく似ています。このようにレッテルがあった方が話題性はありますが、話題になるだけで、読まれるわけではありません。「あ、知っているよ、子供が産まれない話だろ」と言えればそれで充分な人たちが大半だからです。つまり、「知っていさえすれば良い」という日本の空気です。ミステリィだったら、トリックを知れば、話を読む必要はない、というのと同じ。非難しているわけではありません。悪くないと思います。そうなんだな、というだけの話です。

　僕の人生の前半では、ものを売る側は、明らかに上から目線でした。売ってやる、という意識が確実にありました。買う側は、買わせていただきます、と頭を下げ、ありがとうございます、と礼を言うのが普通でした。つまり、自分では作れないもの、ほかにはないものが、商品としてあったわけで、そういうものを自信を持って作り出す側には「どうだ」という誇りがあり、買う方も、その自信をありがたく受け止めていたのです。

　客が文句を言うなんて、もってのほか、に近い感覚でした。ちょっとでも注文をつけると、「文句があるなら、金はいらんから、ほかへ行ってくれ」と叱られたものです。それくらい、自分の品に自負を持っていた

し、文句は言わせないほど自信がある作り手がいました。ものを製造する人たちは、この種のプライド（職人気質）を持っていて、なかには、「金のために作ったんじゃない」といった気位の高い職人もいたと思います。

　家を造ってくれる大工さん、職人さんには、お茶やお菓子を出して持て成すのが当たり前でした。国鉄の駅で切符を買うときでも、頭を下げて切符を売ってもらう、という感覚があったのです。役所はどこも横柄でしたし、医者、学校、塾、などは威張っていました。書店では、店主が客に「立ち読みするな」と怒鳴っていました。

　いつしか、時代が変わり、僕の人生の後半では、これが逆転しました。金を出す方が「お客様」になりました。ネット時代になって、この傾向はますます強くなっていると見受けられます。商品に悪い噂が立つと、たちまち売れなくなります。宣伝よりも口コミの方が重要になっている商売も少なくありません。しかし、それ以上に、どの商品も同じくらい良いものになった、という飽和感があるものと思います。同じレベルのものだから、どこでも買える、という感覚を持つわけです。

　TVなども、以前は視聴者を下に見ていましたが、今は完全に逆転しています。タレントやアイドルも、ファンに対して上から目線な発言は許されません。ロックスターなんか、客に怒鳴っていたものですが、今はどうしているのでしょうか？　最近のファンは、なんか気位が高いな、上から目線だな、と感じているスターはきっと多いことでしょう。

　昨日も書いた「プロとの距離感」も、関係しています。よく喩えられる表現で「雲の上の存在」というものがありました。スターは雲の上の存在だったのです。そんな神々しい存在が、今では大衆の中に降りてきて、みんなと同じようにツイッタをしていて、誰とでも口をきける人になったということです。天皇陛下だって、かつてよりは庶民的になっているので、自然な流れというものでしょうか。

　一言でいえば、「格差のない」社会になったということです。リアルではまだ格差があるのかもしれませんが、ネットでは、精神的な格差は既に消えつつあります。親にも先生にも、今の子供たちはため口です。人間は皆平等だと教えられているのです。

格差があると教えられた子供が、大人になって平等の社会になった場合（僕がそうですが）、解放感があり、自由を感じます。では、平等だと教えられた子供が、実は格差が残っている社会へ出たときには、どう感じるのでしょうか？

「格差」がしばしば話題に上るようですが、実感はあります？

２０１８年１１月１１日日曜日

マシン油とロケッティ

『森遊びの日々』のゲラは、ちょっと前倒しで読んでしまいました。お終いです。「子供の科学」のポンチ絵をスキャナで撮って、編集部へ送りました。ついでに文章や写真も送りました。ひとまず最初の回の仕事は終わり。連載なので、その後も続きますが、第20回までの内容リストは、編集部に送りました。ですから、1年と10カ月は続くというわけです（編集部に拒否されなければ）。

　清涼院氏のサイトで、先月末配信予定の新刊が数日遅れましたが、昨日無事に配信となりました。システム障害によるトラブルでした。まだ、原因はよくわかっていないそうですが、今は、Amazonでも配信されています。来年2月で『Down to Heaven』の英語版が完結となり、そのとき掲載されるメールインタビューの質問が、近々届く予定になっています。

　スバル氏から借りっ放しのスキャナを、1年振りくらいに動かそうとしたら、コンピュータとつながらないというトラブルが発生。15分ほど、あれこれチェックをしたところ、結局、スキャナのUSBコードが別のプラグに差し込まれていたことが判明しました。スキャナのむこう側（壁側）で、よく見えなかったのです。差し込めてしまうこと自体が問題です。この差し間違いは、スバル氏が新しいプリンタを買って、ケーブルがなかったときに一旦外して貸したあと、自分で違う穴に差し入れてしまったというわけでした。こんなミスが起こるとは想定していませんでした。

森家では、週末は大人しくしているのですが、平日になると出かけよう、という話になります。今日も朝から、スバル氏とドライブに。犬たちも一緒です。昨日とは、また別の方向へ走りました。東西南北どちらへも行きますが、どちらへ行っても、賑やかで低い場所になり、気温は上がります。でも、天気は必ずしも良くはなりません。低いところは雲が多いようです。霧も注意をして観察していると、低いところから上がってきます。今はあそこが霧だな、と眺めているとわかります。

　お昼頃には戻ってきました。落葉率は65%かな。70%といっても良いかもしれません。落葉掃除は、ちょっと手を抜いているので、まだ焼却率は30%です。落ちている葉の半分も燃やしていない、集めていない、という体たらくです。これから頑張りましょう。

　模型業界では、クリスマス商戦に突入していて、新製品が出てくるし、またサンタクロースが乗った機関車なども店頭に並んでいます。誰が喜ぶのかよくわかりません。昔は、この時期はもう寒くて畑仕事も終わるし、冬の備えをするだけで、比較的のんびりとしていたのでしょう。年が明けると、模型ショーなども目白押しとなります。

　油差し（注油器、あるいはoilcan）という道具をご存じでしょうか。僕が子供のときには、母のミシンの引出しの中にこれがありました。半球の容器（直径6〜7cm）から、先ほど細くなるパイプが伸びていて、この先からオイルが出ます。半球の底の部分を指で押すと、圧力がかかって、先からオイルが少しずつ出る仕組みでした。

　これと同じものが、イギリスにもありますが、ちょっと形が違っていて、如雨露のような形状で、指で押すボタンが付いています。ここを押して圧力をかけるようになっています。プラスティックが世に普及してからは、こんなメカニズムは不要になり、容器を指で簡単に押せるようになりました。

　この場合、オイルというのは、マシン油（あるいはミシン油。「ミシン」は、「マシン」が訛ったものです）で、比較的さらさらとした、透明な油です。潤滑油であり、機械の回転部の軸受などに差しました。

　子供の頃に、「工具」というものに目覚めたのは、この母のミシンの

引出しでした。ドライバやペンチが入っていました。ミシンのメンテナンスをするために必要な付属品だったのでしょう。僕は、小学校の1年生か2年生です。

たとえば、当時プラモデルで、ゼンマイのメカなどをボディに固定するときには、プラスチックの突起を、金具の穴に差し入れたのち、その突起を「熱したドライバで潰しなさい」と指定されていたのです。そこで、母に頼んでドライバを貸してもらい、コンロの火で先を熱くして、プラスチックを溶かして潰したことが何度もあります。

こういう工程が、小学生が作るプラモデルにあること自体、今では考えられないかもしれません。でも、ハンダづけを初めてしたのは4年生のときで、それはラジオを作るためでした。当時の小学生は、それくらいのことはしていたのです。

ロケッティというおもちゃも、子供向けに売られていました。これは、ロケット花火と同じ原理で、何度も飛ばせるエンジンです。固形燃料をアルミのケースに入れて、導火線に火をつけて燃焼させました。エンジンだけだと、家を飛び越えるほど遠くまで飛びました。子供向けの工作雑誌には、このエンジンを使ったジェット機などの記事が掲載されていたほどです。

鉄人28号のシャンプーがあって、中身を使い切った空のケースを、ロケッティで飛ばしたいと思い、ロケッティを持っていた仲間4人で集まり、エンジンを4つ取り付けて実験をしたことがありますが、全然飛びませんでした。ぴくりとも動かなかったのです。鉄人が重すぎたのですね。

それで、ミシンのマシン油を、燃料にできないだろうか、と考えて実験したことがありますが、火がつきませんでした。オイルだからといって燃えるわけではないのです。灯油でも、液体に直接火はつきません。危険な遊びですが、こうして科学について学んでいた時代でした。

 子供に危険なことを一切させないのが、安全教育でしょうか？

2018年11月12日月曜日

大事なことはしかたがない

　作家の仕事は、切迫したものはなくなり、今日はオフとしました。今月は、新シリーズの2作めを書き始められれば良い、くらいに考えています。まだタイトルを決めていないので、しばらくはスタートできません。

　12月刊予定『月夜のサラサーテ』のカバーのデザインが届きました。もちろん、鈴木成一氏のデザイン。OKを出しました。

　今日も午前中にクルマで出かけました。ちょっと個人的な用事です（だいたい、ほとんど個人的な用事で生活が成立していると思います）。

　朝方、雨が降りました。この時期には珍しいことです。落葉が一気に湿りましたけれど、たぶん半日で乾燥することでしょう。そういえば、べったりと湿った落葉が、かつて住んでいた場所では、アスファルトにひっついていました。そんな光景を思い出します。

　雨がどの程度降ったのか、という目安は、庭に出しっ放しの一輪車のパンに溜まった水でわかります。この地では、水溜りというものがない（できない）ので、雨が止んでしまうと、あっという間に雨の痕跡が消えてしまうのです。

　庭園鉄道では、線路が分岐するところ（ポイント、あるいはターンアウトといいます）が、稼働部に砂が入るため、雨のあとで掃除が必要となります。放っておくと、動きが渋くなるためです。これから冬になり、この部分が凍りついて動かなくなることもあります。このほか、水を含むような布みたいなものは、屋外に出たままだと凍って地面から取れなくなったりします。酷い場合は、春まで待つしかありません。

　落葉率は70%くらいになりました。空が広く見えます。夜は月も見えます。明るくなりました。そろそろ除雪機の点検をしなければ……、とだいぶまえから気にしていますね。そのまえに、クルマのタイヤを交換します。

　最近、オールシーズンのタイヤも出てきたみたいですが、雪道ではなんとかなっても、凍った路面では、まだ差が大きいように感じます。しばらくは（たぶん、僕が生きているうちは）、交換しないといけないのかな、と。

小学校の先生が、たとえば「さあ、皆さん、今からちょっと嫌な時間が始まります。でも、嫌だからって、逃げないで、我慢をして、先生の言うことを聞いて下さいね」と言えば、まあまあ子供は従うと思います。「先生もね、これが仕事だからやっているのです。先生もそれほど好きなわけではありません」くらい正直に言ってくれたら、子供は大人を信用するのではないでしょうか？　少なくとも頭の良い子は、こういうもの言いをする大人を信用するはずです。

　ところが、「さあ、楽しい算数の時間ですよ」とか、「先生は、みんなの顔を見るのが、毎日とても楽しみで、本当に幸せなんです」とか言っていると、だんだん「本当に？」と疑う子供が出てくるし、もし先生の言うとおり「楽しい」と感じなかった場合には、自分はどこかおかしいんじゃないか、自分は普通ではない、なにか病気なのではないか、と深刻に考える子供も出てくると思います。

　学校だけの話ではありません。あまり良い例ではないと思いますが、政治の世界も同じではないでしょうか。マスコミは、自分たちが大衆の味方だと言わんばかりの綺麗事を語ります。政治家も、立場上綺麗事しか言えません。でも、綺麗事ですべてが回るはずもなく、誰かが我慢をし、少しずつでも犠牲を出しつつ、大勢から金を集めて、まあまあの落としどころを見つけなければなりません。「みんなの不安をゼロにします」は綺麗事であり、「しかたないんです。少しは皆さんも我慢をしましょう」と言うのが本当のところなのに、何故(なぜ)か誰もそうは言いません。「今日は晴れて良かった。皆さんの心掛けが良かったのです」と言えば、「大雨で被災された人が悲しむ」とクレームがつきます。でも、何をどう言っても、何をどう行っても、必ず誰かは悲しみます。災害があったときに宴会をしていた、と非難する人もいますが、そういう些末(さまつ)で呑気(のんき)なクレームを言っている、まさにそのときに、世界のどこかで災害があり、戦争があり、病気でなくなる人がいるし、事故で大勢の命が奪われているのです。

　綺麗事ばかり言っていると、その建前がリアルだと勘違いしてしまう人も現れて、少しでも汚れたものを毛嫌いし、腹を立てるようになるみたい

です。もともと、どこもかしこも、まだまだ世界は汚れているのです。人の言葉尻を捉えて攻撃しても、世の中を綺麗にすることはできません。綺麗事でむしろ傷つく人も沢山いるのですから。

　では、どうすれば良いのか。簡単です。素直に発言すれば良い。気がつかないことを指摘されたら謝れば良い。少し嫌だけれど「しかたがないこと」を理解する。ほとんどの大事なことは、しかたがないのです。

「しかたがない」ことを「楽しもう」と無理に思わないで。

2018年11月13日火曜日
水野良太郎氏の思い出

　今日も作家の仕事はゼロ。どうも最近、「なし」のことを「ゼロ」と書いてしまう癖がつきました。かつては、「ゼロ」といえば、日本の戦闘機のことでしたが、だいぶ時代も変わったものです。

　朝の散歩では、森の中の道を歩くと、落葉がはらはらと散ってきて、帽子に当たります。それでも、今年は団栗が少ないので、かちんと当たるようなことはありません。針葉樹もオレンジ色か黄色になりました。針葉樹の葉が降り積もっているところは、オレンジ色の砂が堆積しているように見えます。常緑の針葉樹も半分くらいはあります。背の低い庭木に近いコニファか、あるいはモミのような感じの大木です。夏の間は、樹の上の方は見えませんでしたが、今は幹の先まで見えるようになりました。

　スバル氏と長女が出かけたので、犬たちと留守番です。こうなると、書斎の机の下とか椅子の側に犬が擦り寄ってきます。「頼りになるのは貴方だけです」みたいな顔で見上げるのです。

　明日は、天気が良ければ飛行場（ラジコン飛行機を飛ばす場所のこと）へ行きたいので、無線の整備、エンジンの確認、バッテリィの充電などをしました。

ラジコン飛行機で、ゼロ戦はみんなが作る人気機種でしたが、僕は一度も作ったことがありません。ただ、友人が作ったゼロ戦（翼長約2m）を飛ばしたことはあります。作った本人が、操縦に自信がない場合には、このように他者に送信機を預けて操作を頼みます。この場合、どんなトラブルがあっても、操縦者には礼を言うのがマナー。そのときは、なんとか飛びましたが、非常に不安定で、すぐに着陸させました。ラジコンとしては、戦闘機は一般に「飛ばしにくい」機体といえます。戦闘機は、そもそも不安定（機敏に動くように）にデザインされているからです。

　庭仕事は、落葉を熊手で掻き集めたくらい。燃やすのは風向きが不適切なので断念。夜に雨が降らないと良いな、と思いました。湿っても落葉は燃えますが、煙が出る（主として、目に見えるの意味）ため、なんとなく気になったりします。蒸気機関車のときは、煙は見えた方が嬉しいので、わざと煙が出る石炭を混ぜて燃やしたりします。

　模型店から、機関車が3台届きました。いずれもジャンク品です。今回は、ほとんどそのままでは走らない、本当のガラクタで、どのように活用するのかを考えないといけません。

　レゴをついに買ってしまいました。4万円ほどのセットです。ネットで選んで、一度手をつけてみようか、といったところ。たぶん、はまらないと思います。

　水野良太郎氏が亡くなられました。TVで共演したことが切っ掛けで、ごくささやかな交遊がありました。『悠悠おもちゃライフ』の解説も書いていただきましたし、「鉄道模型趣味」にジャイロモノレールの記事を書いたときにも褒めていただいたようで、編集後記にそれが記されていました。僕の庭園鉄道へお誘いしたときに、腰が悪いから無理だとおっしゃったのが、もう10年くらいまえでしょうか。5年ほどまえ、銀座の天賞堂でばったり会って、近くのカフェで1時間ほどお話をしたのが最後になりました。

　水野氏といえば、『頭の体操』（多湖輝著）のイラストを思い浮かべる方が多数でしょう。あのシリーズを、僕は小学生のときに読みました。ほとんどのクイズのパターンが、このシリーズに収録されていて、後続の同

種の本、あるいはTV番組などは、ただバリエーションを変えて繰り返しているだけ、と思います。

この『頭の体操』で僕が知ったことは、論理的な明快さで謎を解く行為の「恐ろしさ」でした。なんともいえず、その論理性が恐いのです。背筋がぞっとする戦慄を感じました。これは不思議なことです。お化けとか怪物が恐いのではなく、明晰な頭脳が導く論理が恐いのです。

水野氏のイラストは、とてもユーモア溢れる絵柄なのですが、見方によっては、その「ぞっとする」恐さがありました。水野氏は大変な紳士で、穏やかな方でしたが、きっと厳格で真面目な方だったのでしょう。そういった厳格さが、論理的な恐さにつながる要素だったかと想像します。これは、意図的に出せるものではありません。藤子不二雄のように、2人いれば出せるかもしれませんけれど。それくらい、絵というものは、描いた本人の人格を醸し出すものなのですね。僕のホビィルームには、水野氏が描かれたカラーの原画で、僕が庭園鉄道に乗っている絵がずっと飾られています。

留守番する日には、訪問者が多いものです。まず、宅配便。荷物が8つも届きました。玄関の中に入れて、お金を払ったりするので、その間、犬たちがじっとしているようにしなければなりません。トラックが敷地内に入っただけで、音を聞きつけて、犬たちは興奮して家の中を走り回っていますから、まず、それを止めて、お座りして待つように、と言いつけます。

用事が済んで、ドアが閉まった途端に、犬たちは「もう、解除だ」と動きだし、僕のところへ飛びついてきます。命令に従っていたので、おやつがもらえると判断しての行動です。しかたがないので、おやつをあげます。こういう結果になるので、宅配便が来るのが嬉しい、という連鎖が生まれます。

雨漏りした天井のクロスを来週張りにくる、と言いに業者が訪ねてきて、寸法を測っていきました。こちらは、ゲストハウスだったので、犬たちはその間は母屋で留守番でした。

模型界の重鎮が何人も他界されて、寂しく感じるこの頃です。

2018年11月14日水曜日
佐藤隆一氏の思い出

『森には森の風が吹く』の見本が10冊届きました。珍しく開封し、中をぱらぱらと見ました。コジマケン氏のイラストがあるし、懐かしい本のカバーも出てきます。内容も、懐かしいものばかり。特に、『スカイ・クロラ』が映画化されたときに書いた（書かされた）文章などが、「もう10年も経ったのだな」と感慨深い。普通の方の目に触れることのない、歯医者さんの雑誌、豪華本に挟まれた冊子、大学の機関誌などに寄稿した文章も収録されています。

一昨年に、講談社の編集者4人と食事をする機会があって、そのときに4つのお願いを、ちあきなおみみたいにしたうちの1つがこれでした。「ミステリィ工作室のシリーズをもう1冊出してほしい」という提案をしたのです。このほか、「のんた君ぬいぐるみをもう一度作ってほしい」もお願いの1つでした。あとの2つは忘れました（笑）。

というのは嘘で、1つは、ブログをまた公開することにしましょう、しかも講談社で、という提案でした。これは、「じぶん書店」と一緒になり、「店主の雑駁」として実現しました。残るあとの1つは、講談社新書で『ジャイロモノレール』を出したい、というものでしたが、これだけは、（その場にいた編集者が文芸の人ばかりだったためか）上手く話が運ばず、幻冬舎にお願いすることになりました。ブルーバックスで出せたら、相応しい内容だったかと（僕は）思いますが、このあたりは、各編集部にそれぞれ意向があり、それを尊重していますので、まったく不満はありません。結果的には、4つとも願いが早々に叶ったことを、大変嬉しく思っています。

願いというのは、具体的になった時点では、叶うしかないのです。つまり、願いは叶う以外の終わり方をしません。もしそうでないとしたら、抽

象的な願いの段階だからです。逆にいえば、願いが叶う段階になって、はじめて具体的な「予定」になるのかもしれません。

今日は、午前中はまず、ドラム缶7つを使って落葉焚きをしました。そのあと、スバル氏が用事があると言うので、運転手を務め、犬も一緒にドライブ。用事を済ませたあとマックに寄って、またもハンバーガを買いました。このまえ食べたバーガの名称もわかりました。めでたしめでたし。

レゴのセットは、まだ箱を開けていません。暇なときにやろうと思います。だいたい、ものを買うと僕はこうなのです。しばらく箱を開けないで、機が熟すのを待ちます。楽しみは取っておくタイプかも。機が熟したから買ったのではない、と自分に言い訳をしているのかもしれません。

4月に亡くなられた大阪の佐藤隆一氏の奥様から手紙が届き、新住所がわかりました。これで、『ジャイロモノレール』をお贈りすることができます。佐藤氏は、77歳だったこともわかりました。昨日書いた水野良太郎氏もそうですが、井上昭雄氏も和田耕作氏も、今年亡くなっていて、模型界には大打撃の一年となったわけですね。

佐藤氏のお宅へ伺ったときの話をしましょう。1度めは、中公の編集者N氏と一緒に電車で行きました。そのときは、佐藤氏のクルマに乗せてもらい、クラブの運転場や、有名な個人の庭園鉄道とか、遊園地の小さな鉄道などを見て回りました。これは、中公から出していた『ミニチュア庭園鉄道』のための取材旅行だったように記憶しています。

2度めは、クルマで行きました。僕とスバル氏と犬が1匹でした。スバル氏の実家へ行った帰り道に寄ったのです。佐藤氏の住居は1階が時計店と工作場でした。ここにコーギーが1匹いました。2階へ上がってくれ、と招かれ、応接室へ行きましたが、当然うちの犬は階段を上がってついてきます。ところが、佐藤氏のコーギー君は、2階へ上がることを禁じられていたようで上がってきませんでした。うちの犬は、ソファに座って、にこにこしていました（スバル氏談）。そこで、ビデオなどを見ながら歓談を1時間ほどしました。

時計店には、半分は佐藤氏が作られた機関車が展示されていました。時計を売る店というよりも、古い時計の修理をする仕事が多かった

ようです。博物館に飾られる展示品なども、よく修理をされていました。また、すぐ横のガレージには、BMWの珍しいバイクが置かれていて、古いものを自分でレストアされたと聞きました。水平対向エンジンで、同型のものは日本に2台しかないとのことでした。ときどき、それに乗ってツーリングに出かけられていたのです。

　佐藤氏がうちへいらっしゃったときには、コーギー君も一緒で、そのときは、うちの犬たちと一緒に、家の中まで上がっていました。「ここは上がっても良いんだぞ」と犬どうしで教え合ったのでしょうか。佐藤氏は、模型や時計などについて動画を幾つかYouTubeにアップされていました。ジャイロモノレールで検索すると見つかると思います。コーギー君が出てくる動画もあります。

　何度も、工作や機械のことで相談をしましたが、いつも非常に的確に応えられるのです。科学的な道理をしっかりと理解されていて、けして経験則ではありませんでした。印象的だったのは、銀ロウづけをするときの場所と換気扇の位置です。蚊取り線香を焚いて、煙の動きを観察し、どこで作業をするのが適切かを判断されたと説明されました。空気の流れを可視化して、換気の効率を実験で把握されていたのです。

　現在でも、佐藤氏のジャイロモノレールほど、精巧で上手く走るモデルは世界に例がないと思われます。

 佐藤氏製作の機関車1台とエンジン3機を僕は持っています。

2018年11月15日木曜日

レゴを組み始めました

　しばらく、作家の仕事をしていません。清涼院流水氏から、メールインタビューの質問が送られてきました。2月の英語版『Down to Heaven』に付録として、これが掲載されます。3回に分けて配信しているものをまとめたバージョンと、分冊になった最後の第3巻のいずれにも、インタビューが掲載されます。2月末配信の予定で、インタビューの

返答の〆切は1月ですが、たぶん今月中にも書けるでしょう。英語版なので、インタビューも英語なのですが、日本語訳も無料で配布するサービスがあります。

　昨夜、かなり沢山雨が降り、朝もまだ雨が残っていました。そのうち濃霧になり、晴れてきたのは正午頃でした。雨の日は、犬たちはTシャツを着て散歩に行きます。これは、脚が水を跳ね上げ、胸が汚れるのを防ぐ役目をします。どしゃぶりのときは行きませんが、小雨だったら出かけます。人間も傘をさしません（フードを被るか、帽子を被るくらい）。家に帰ってしばらく経てば服も犬も乾きます。傘をさす必要がある雨の場合、外に出ません。つまり、傘がいらない生活といえるかもしれません。

　ゲストハウスの渡り廊下は、雨漏りが止まったようなので、先日天井を大工さんが貼り直してくれました。今日は、内装屋さんが来て、クロスを張っていきました。水性ボンドを使って、1時間くらいの作業でした。その間、僕はオーディオルームの掃除をしていました。これで、雨漏りのトラブルはいちおう終わったことになります。また、どしゃぶりの雨が降ったら、どうなるのかわかりませんが、そういう雨は1年に1回くらいしかありません。

　この内装屋さんに、母屋の玄関の壁も見てもらうことにしました。天窓を開けたままにしていたときに雨が降って、壁に水がかかったため、染みになっていたのです。洗えば取れると言うので、やってもらうことにしました。この玄関は、天井が6m以上あるため、梯子がないと手が届きません。内装屋さんは、レーザで高さを測っていました。来週くらいの工事になりそうです。

　クルマのタイヤを交換してもらうのと、点検を行うのと、同時にしてもらうようクルマ屋さんにメールを書きました。来週、1日クルマを預ければできるとのことです。以前は、このクルマ屋まで僕が運転して持っていったのです。うちから距離は60kmくらいあります。今回は、点検などに時間がかかるので、トラックで来てもらい、クルマを運んでもらうことになりました。わりとその料金（3000円くらい）が安かったので、預ける日と取りにいく日に2回も出かけるよりも、時間の節約になります。それを庭仕事に当て

よう、という魂胆です。

　作家の仕事がないし、工作室の修理と庭園鉄道の工事はパーツ待ちだし、雨のため落葉掃除も待ち時間となったので、先日買ったレゴのセットを組み立てることにしました。昨日の夜に、2時間ほどやって、没頭しました。とにかく、説明書のとおりパーツを嵌め込むだけの作業です。最も時間がかかるのは、パーツを袋から見つけることです。見つかりさえすれば、嵌めるのは一瞬です。

　説明書の絵を見て、その色と形のパーツを捜します。ですから、パーツが多い最初ほど時間がかかります。説明書は、英語とドイツ語ですが、組立てに入ると文章はなく、すべて絵で説明されています。こういうのは、コンピュータグラフィックスがなかった時代は、大変だったでしょうね。人間が作図をしたら、絶対に間違いますから。

　その説明書が、600ページもあります。組立て工程は800以上あって、昨日と今日で、既に6時間ほど費やしていますが、まだ、全体の4分の1くらいの段階です。パーツ数は3000くらいあるそうです。完成するのに24時間くらいは必要な計算になり、小説の長編を1作書くよりも時間がかかるということです。

　何が面白いのか、という点が興味のあるところですが、ただただ言われるままに手を動かす、その単純さというか、「隷属感」でしょうね。まさに文字どおり「虜になっている」時間を楽しむということです。たまには良いのではないでしょうか。これをずっと一生続けたら、ちょっとどうなのかな、と思わないでもありません。でも、レゴが趣味の人たちは、もっと創造的なオリジナルへ向かうのだと想像します。

　今の段階で、組み立てに必要なパーツが1つ足りないことが判明しています。これは、すぐにメーカへメールを送りました。どれくらいで届くでしょうか。これだけコンピュータで管理されている時代であっても、やはりこのようなミスが発生するのだな、と感慨深く思いました。まだ全自動ではない部分があるのでしょう、きっと。

　今のところ、組立て説明図には間違いはありません。日本のメーカなどの模型を作ると、必ずどこかに間違いがあります（コンピュータ管理されて

いないからですが)。そういえば、タミヤでは、パーツが不足だったことはありませんね（そのかわり、箱や説明書の数字が間違っていて、メールで指摘したことがありましたっけ)。

夕方は、明るく晴れ渡り、犬と一緒に高原を散歩してきました。飛行機が飛ばせる良い日でしたが、残念ながら準備をしていません。工事に使うパーツが届いたので、明日は工事ができます。

 このとき作っていたレゴは、オレンジ色のポルシェでしたよ。

2018年11月16日金曜日
レゴは映像型に向いている

もう1週間ほど、作家の仕事をしていません。落葉掃除も、例年ほど気合いを入れていなくて、毎日犬と遊んだり、本を読んだりして、例年に比べて怠けています。一昨日からレゴを組んでいて、もう12時間ほどブロックをひたすら組み立てていますが、明日くらいには終わると思います。そのあとは、落葉掃除に精を出しましょう。

昨日、1点だけ足りないパーツがあると書きましたが、全然違う袋にそのパーツが入っていました。つまり、同じパーツが何個か入っていた袋の方ではなく、違う袋にその1つだけ入っていたのです（しかも、その違う袋の中に、さらに小さな袋が入っていて、その中にありました)。これは、おそらく製産の過程でミスが見つかったのか、仕様に変更が生じたため、このような付加的な修正を行ったのでしょう。

というわけで、レゴのメーカがコンピュータ管理されていないようなことを書きましたが、申し訳ありませんでした。完全にコンピュータ管理されている結果だと判断できます。今のところ、足りないパーツは1点もありません。軽はずみに書いてしまい反省しています。

そういうわけで、気を良くして、もう全体の8分の5くらいまで組み立てました。書斎の狭い机の上でやっているし、トレィなどにパーツを広げることもせず、透明の袋の外からパーツを見つけて、指で1つずつ取り出して

組んでいます。たぶん、レゴのマニアは、最初にパーツを色や形で分類するのではないでしょうか。そうすれば、見つけるのが早くなると想像します。そういった組立て方については説明書には書いてありません。

　各ステージで10くらいの袋からパーツを見つけるのですが、同じ袋には似たパーツが入っていません。そういう傾向があるので、もし捜しているパーツに似ているパーツがあったら、その袋ではなく別の袋を捜します。

　昨日は、1つパーツを組み忘れたことに気づき、そこから逆に30工程ほど分解していき、そのパーツを入れたあと、再度組み立てました。この作業を説明書を見ずに行うことができました。30工程くらいなら、どこをどの順で嵌め込んだかを覚えているものだな、と思いました。特に、僕の場合、思考も記憶も映像型なので、このような絵で説明された作業は向いているように感じます。向いているから、逆にレゴに楽しみが見出せない可能性もあります。

　正直に言うと、面白いかどうか、微妙です。没頭していて、お任せプランで連れていってもらった旅行のような気分です。物語を読む人というのは、このタイプなのかもしれません。安気は安気です。

　ただし、組み立てている部分が、どこの何になるのか、すぐにはわかりません。これが、さきざきどこにどうつながるのだろう、と想像すれば楽しいのかもしれませんが、それよりも、ただただ組んでしまいます。このあたりも、小説ファンの物語の楽しみ方に似ていると思います。最後には、きちんと解決し、伏線は回収されるのですから、安心してシーケンシャルに進めていくことができる体験なのです。組み立てる順番を考えなくても良い、という点が普段の工作では「ありえない」部分といえます。

　午前中は、大型エンジンブロアを1時間ほど背負って、落葉を寄せる作業を行いました。風向きが良いので燃やしても良かったのですが、日曜日だし、天気も良いので、森のどこかでバーベキューをしているかもしれず、お昼頃は我慢して、夕方に燃やすことにしました。夕方は寒くなるから、外で遊んでいる人はいないと思います。

　4時頃にはちょうど良い風になり、さくさくと大量の落葉を燃やすことが

できました。葉が濡れていましたが、煙もほとんど出ませんでした。現在、落葉の焼却率は40％くらいでしょうか。まだ半分以下ですが、大型エンジンブロアやドラム缶焼却炉の増設で、効率良く作業ができるようになり、それほど毎日やらなくても大丈夫かな、とのんびり構えています。11月中に落葉掃除が終われば（例年と比べても）最高です。かつては、3〜4カ月かけても終わらず、一部は春に持ち越していたのです。

　スペインの人から、ジャイロモノレールについて質問が来ました。別に珍しいことではなく、質問内容も初歩的ですぐに答えられたのですが、彼の英語がわかりにくく、特に英語とは思えない単語が幾つか出てくるので、コンピュータでスペイン語で翻訳させても、どうも違う。何語だろう、と首を捻りました。

　ジャイロモノレールは、清涼院氏が英語に訳した記事が、無料配信されているので、それを読んでもらえば、たいていのことはわかるはずなのですが、質問してくる人は、たいてい読んでいません。

　昨日書きましたけれど、クルマのタイヤ交換と点検で、出かけていかなくても良いことになりました。クルマを預けて帰ってくるときと、数日後クルマを取りにいくときは、クルマがないわけですから、タクシーでバス停か駅まで行き、途中で何度か乗り換えて到着して、あとはクルマ屋さんに送ってもらったり、電話をして迎えにきてもらったりするつもりだったので、2日間それにかかると想定していました。なにもしなくても良いことになり、レゴでもゆっくり組み立てようか、という気分になったわけですね。

　なんでもそうですが、時間の余裕というものが、なによりも一番ありがたいと思います。時間をいかにして捻出するか、ということに頭を使うこと。時間さえあれば、たいていの問題は解決するのです。

 どうしても時間で解決しないものは、お金で解決するのかな。

レゴは映像型に向いている

2018年11月17日土曜日
体重が変化する幸せ

　作家の仕事はゼロ。来年3月刊予定のPHPのエッセィの初校ゲラがまもなく届く、との連絡が編集部からありました。これは新書ではなく、単行本です。珍しいですね。僕自身、新書を依頼されたものと、しばらく勘違いしていました。

　レゴは、今日も熱心に組み立てました。お昼頃には完成しました。達成感があったかな、それほどでもなかったかな、という程度で、すぐに次のセットを買って、また組み立てたい、とは今のところ思っていません。もう少し歳を取って、躰が動かないとか、創作に意欲が湧かないとか、そんな状態になったらやっても良いかな、と考えました。指先を使うから、なにかリハビリをしている気分にもなりますが、健康的な作業だとは思いました。

　さて、落葉掃除に4時間ほど熱中しました。レゴよりは頭を使います。このまえエンジンブロアで落葉を寄せておいたので、それらをまず燃やしました。ドラム缶7基が現役ですが、4つと3つに分かれて置かれています。その付近に落葉を寄せているので、落葉の山から手箕で掬って燃やしました。

　以前に比べて、エンジンブロアが高性能になったこと、ドラム缶が増えたこと、この2点のおかげで効率がかなりアップしています。近い場所は、袋に入れずにブロアで寄せていけば、さらに効率が上がることもわかりました。進化する落葉掃除です。現在落葉率は85%で、焼却率は50%に達しました。このペースでいけば、11月中に終わることは楽勝で実現しそうです。

　樹の葉が少なくなったので、森はとても明るくなりました。日差しが地面に届き、10月よりも暖かく感じます。夜空も見えるようになり、月明かりが樹々のシルエットを鮮明に作ります。まだ、冬まで1カ月くらいは外で遊べる気候ですから、線路工事など、いろいろやりたいことを片づけましょう。

『森には森の風が吹く』に掲載されていますが、だいぶ昔に僕が作ったクイズです。「発」「空」「着」の3つの漢字の後ろに同じ漢字1つをつけて、熟語を作って下さい。

はい、簡単ですね。「想」が答です。ここまでは、だいたいの人が答えられると思います。こういうのは、大勢を通し、少数を落とすテストといえます。

では、同じ3つの漢字に、別の1字をつけて熟語にして下さい、「想」以外に、もう1字あるのです。こちらは、大勢を落とし、少数を通すテストになると思います（答と、この問題のメカニズムは同書をご覧下さい）。

冬は温かいコーヒーが美味しく感じる季節です（夏も美味しく感じますが）。どういうわけか、ゲストがケーキやお菓子を持って訪れる機会も多く、充実したスイーツ環境になりやすいため、ついつい甘いものを食べてしまいます。また、寒くなると運動する機会が少なくなりますから、相乗効果で太りやすいといえます。

何度か書いていますが、僕は夏と冬で5〜10kgも体重が違うのです。6月くらいが一番軽く、12月が一番重くなります（夏至と冬至ですね）。体重を毎日測っているので、その変化が良くわかります。

原因もわかっていて、ようは食べ過ぎるのです。暖かい部屋でついつい食べてしまう。そのうち、躰は重いし、お腹ももたれているので、ちょっと節制しよう、と食べるのを我慢すると、そのうち慣れてきて、食べないでも大丈夫なようになり、体重もぐんぐん減ります。軽くて楽だな、と思っていると夏になって、美味しいものをまた食べてしまう、というわけです。

大学生の頃から、このサイクルを繰り返していて、平均体重は、ほぼ同じです。今の方が、振幅が小さくなっているかもしれません。とことん痩せないし、とことん太らなくなりました。

一昨年に入院して、その後、2カ月に1度医者に会っているのですが、毎回診察時に体重計に乗ることになっていて、医者も体重の変化に気づき、「太らないようにして下さい」とこの時期に言われますが、「夏になると減りますから」と答えています。医者は、そういった変化がな

く一定値を保つのが健康的だ、と言いますが、さて、どうでしょうか。動物は、けっこう体重の変化が激しいのではないでしょうか。どちらが、自然でしょう？

　美味しいものを我慢せず食べる幸せがあり、太ったら少し我慢をして、今度は躰が軽くなる幸せを得られるわけで、変化があった方が、楽しいのではないかな、と思うのですが、いかがでしょう。

　たとえば、ボクサは体重を増やしたり減らしたりしますよね。どうせ試合をするのだから、ずっと痩せたままでいよう、というボクサはいないと思います。髪の毛だって、ずっと同じ長さに維持するのは面倒で、長くして、一気に切れば、散髪の回数が減らせるし、長いときと短いときの両方の良さを味わえます。

　そうそう、僕は爪の長さを執筆のタイミングでコントロールしています。新作を書くときは、爪を切ります。キーボードが打ちやすいからです。ブログを書くくらいでは、長くても気になりません。

体重と血圧は毎日測ります。あまり変化はしないのですが。

2018年11月18日日曜日

落葉掃除をして考えた

　清涼院氏のメールインタビューに1問だけ答えました。作家の仕事はこれだけ。質問は10以上あります。所要時間は3分程度。ほとんど「していない」と同じかも。

　朝から作業服を着て、庭に出ました。昨日のうちに落葉を入れておいた袋（1辺が約70cmの立方体）を焼却するために運び、中身を少しずつ移しつつ、ドラム缶3つを使って燃やしました。10袋を20分ほどで焼却し、続いて空になった袋をまた落葉の山まで運んで、すべて満杯に詰めました。午後から、これらをまた焼却します。

　ドラム缶で落葉を燃やすときには、安全メガネをかけることにしています。風が吹いたときに、灰が飛んで目に入ることがあるからです。この

メガネは、蒸気機関車を運転するときにもかけています。

「落葉掃除でダイエットしよう」と声をかけたら、何人かの人が集まってくれるのではないか、と想像します。スバル氏も手伝ってくれるかもしれません。そうですね、1週間ほどつき合ってくれたら、必ず5kgは減量できると思います（ただし、この間になにも食べなければ）。こういう冗談を書くと、必ずどなたかが本気にしてメールを書いてきますが、どうかお淑やかに。

土屋賢二先生の『そしてだれも信じなくなった』が届き、既に読み始めています。似たようなタイトルが、クリスティにも森博嗣にもありますが、「誰もいなくなった」といえる状態になるためには、それ以前に、少なくとも複数の人たちがいなければなりません。ですから、「かつては何人かがいた」という状態からの変化を示しています。最初から、1人しかいないとか、1人もいない状態だったとすると、「誰もいなくなった」にはならないということ。

ところが、「誰もいなかった」という言葉だと違います。これは、変化を示しているのではなく、状態を示しています。つい先日、「どこにもない」というのは、単に「ない」と同じ意味だということを書きましたが、「誰もいなかった」は、「人間はいなかった」という意味で、「いなかった」でも同じ意味です。動物は、「誰か」ではないと（普通は）解釈されます。

何を書いているのかというと、タイトル冒頭の「そして」の効果についてです。「そして」も、「なった」と同様に、つながりを意識させ、変化や時間の流れを仄めかす表現です。「誰もいなくなった」で意味としては充分ですが、「そして」があることで、なにかの切っ掛けがあって人が消えたことを示唆します。また、「そして誰もいなかった」とすると、誰もいない状況のほかにも、なんらかの状況がまえにあって、それと併せて気づいたことを示唆します。

言葉というのは、非常に短くても、このような思考や行動の「流れ」を感じさせることができるのですね。土屋先生の本のタイトルから、そんなことを考えました。念のために書いておきますが、「では、以前は誰かは信じていたのか。いったい誰が？」と思ったわけではありません。

午後に、除雪機2台のエンジンをかけて整備をしました。ブルドーザ型の方は、エンジンの回転が高いまま低速にならず、ギアを入れた途端に走り出してしまいます。アイドリングの調整をした方が良く、キャブレタを分解することになりそう。大きい方は、まったく快調で、明日雪が降り積もってもOK的な状態でした。

　午後も、落葉掃除をしました。まだまだ落葉が降ってきますが、もう全然少量です。風向きも風力も絶好で、たちまち落葉が燃えました。灰は、肥料にしたり、線路工事のときに土に混ぜて使います。つまり、庭園内の葉が燃えて、すべて土に還るということ。落葉を掃除せず、そのまま堆積させ腐葉土にすると（5年以上かかるそうですが）、地面に苔が生えません。腐るのも燃えるのも主として酸化なので、灰を撒くことで、同じ結果になると勝手に考えています。燃えるときに二酸化炭素が出ますが、これは葉や樹が腐るときに出る二酸化炭素と量はほぼ同じはずです。途中に虫が育つから、その虫が出す二酸化炭素も入れて、同じだろうと想像します。

　地面に二酸化炭素を固着させる方法もあるそうです。いってみれば、石炭などがそうなのでしょうか。その石炭を燃やすと、また二酸化炭素が大量に出ますから、石炭をそのまま使わずにおけば、固着させるのと同じことかもしれませんね。

　人間が生きていて、動力が必要で、電気も必要で、とにかくどんどんものを燃やすから、二酸化炭素が増えているわけです。このために温暖化して、台風は来るわ、大雨は降るわ、洪水になるわ、土砂崩れが起こるわ、と酷いことになっているし、農業も漁業もだんだん北へ移動しないと、同じ場所では同じものが得られなくなっているわけですね。

　では、どうすれば良いかというと、僕は「人間の数を減らすこと」だと何度か書いているのですが、人口が減ると、経済が立ち行かなくなり、国力が衰えて、安全保障にも支障を来すようになることでしょう。地方ではインフラが維持できなくなり、高齢者の生活をどう支えていくのかも問題になります。

　しかし、対策を立ててももう遅いのです。現在の出生数は、かつて

の半分くらいになっているのですから、何もしないでも、あと80年もすれば人口は半分になります。高齢者が多く、若者が少ないというアンバランスは、過渡期の状況であり、80年後には解消されます（出生数が一定ならば）。当然ながら、国力は半分になるはずです。ちょっとまえの日本に戻るということです。同じように、世界の人口も減ってくれたら、なにも問題はないのですが……。

そんなことを考えて落葉掃除をしていたわけではありません。土屋先生の本に、「万物は劣化する。原子は劣化しないのに」といった内容のことが書かれていました。そうなのです、原子も素粒子も、錆びたり、腐ったりしないのです。錆びる、腐るというのは、化学反応であって、その素となる原子の組合わせや配置が変わっているだけなのです。

これと同じように、国力が衰えるといっても、国民一人一人が病気になったり、不幸になるわけではありません。ただ、全体としての組合わせに変化があるだけなのです。

 人口も年齢分布も、ほぼ予想したとおりに推移するはずです。

2018年11月19日月曜日
驚異の戸車（とぐるま）ストック

昨夜はずっと雨で、今朝も霧雨（きりさめ）が残っていました。でも、9時頃から晴れ渡り、強い日差しが届くようになりました。雨が降るような予報はまったくなかったのですが、予報と全然違う天候は、この地では日常です。

ブルドーザ型除雪機のエンジンを修理。思ったとおり、キャブレタのスロットルが固着していました。CRCを吹いて、動かしているうちに軽くなり、アイドリングが下がるようになりました。この修理をしていたら、燃料屋さんのタンク車がやってきて、据付けのタンクに灯油を入れていってくれました。その作業をする人も顔見知りなので、僕がエンジンをぶんぶん回して調整しているのを見て、にっこりと微笑（ほほえ）んでいました。

電気で動く機械は、遠くへ引っ越したときにボルトや周波数が合わな

くなって、改造するか、諦めるかしないといけませんが、エンジンで動く機械は、ガソリンさえ入れれば、たいてい世界のどこでも動きます。オクタン価が国によって違うので、多少の影響はありますが、回らないことはありません。エンジンオイルなどもどこでも共通です。

ただ、エンジン自体の修理はだいぶ難しくなります。シリンダを外すような分解になると、滅多にはできませんし、パーツの取寄せにも時間がかかります。これが、スチームエンジンなら、自分でパーツが作れるから簡単です。燃料もなんでも使えます。結局、ローテクになるほどアバウトで、融通が利くということ。ハイテクになるほど、素人は手が出せず、ちょっとした環境の差で、使えなくなったりしますね。

「ロバスト性」というのは、これとは少し違いますが、「最適化」の次に来る性能として、30年くらいまえから注目されるようになりました。ある意味で、ローテクのアバウトな部分が、見かけ上は似ている方向性といえます。

ゲストハウスのオーディオルームへ行き、アンプを30分ほどいじりました。急にある部分が気になって、確かめたくなっただけです。説明が面倒なので書きませんが、テスタなどで測定し、いちおう解決しました。ゲストハウスは、現在水抜き状態です。室内の水道管の凍結も心配なので、タイマでオイルヒータをつけることにします。12月にゲストがいらっしゃる予定で、そのときは、灯油のファンヒータと薪ストーブの出番です。

庭園内では最近、リスをよく見かけます。どうしてかというと、見通しが良くなり、明るくなったため、動いていると目につきやすくなったからです。樹の実が昨年の4分の1も落ちていないので、少し心配です。午前中は落葉が湿っていたので掃除を諦め、庭園鉄道で遊んでいました。線路が見えないほど落葉が降り積もっていますが、脱線もなく走ることができました。

来年の11月刊予定の新書について、編集者が質問や疑問などを送ってくれました。新書を書くときには、どんなことをみんなは知りたいのだろう、どんな疑問を普通は持っているのだろう、ということを聞くことにしています。編集者が、自分の周囲でみんなに質問したりしてくれま

す。以前は、身近に学生が大勢いましたから、こういった調査は簡単だったのですが、今は誰にも会わない環境なので、こうなっているというわけです。

　中央公論新社から『イデアの影』の見本ができたので発送した、との連絡がありました。単行本は斬新(ざんしん)なデザインでしたが、可能な限りこれに近いカバーが、鈴木成一氏によって再現されています。

　清涼院氏のメールインタビューに3問ほど答えました。作家の仕事は、今日はこれくらいです。来年3月刊の初校ゲラの到着を待っているところです。

　昨日の夜、クルマが戻ってきました。到着したときには、辺りは真っ暗でした。トラックに載せられてきたのですが、全自動で降ろすことができるようになっていて、やってきたのは知合いのドライバ1人だけです。見違えるほどぴかぴかになっていました。犬を乗せるから、毛だらけだったのですが、綺麗に掃除されていました。購入して2年経ちましたが、どこも不具合はなく、トラブルもありません。大変バランスの良いクルマで、乗り心地も良く、とても気に入っています。まだしばらく乗ることになるでしょう（ぶつけて廃車にならないかぎり）。

　雨のあとに一気に乾燥したためか、落葉が降り注ぎ、落葉率は90％になりました。今日は燃やしていませんので、焼却率は変わらず50％。つまり、40％の落葉が庭園内の地面を覆っている状態です。これを書いているのは、11/14ですから、まだ半月以上あるので、11月中に落葉掃除を終える目標は、なんとかクリアしたいと思います。ただ、途中で4日ほど旅行に出かける予定がありますし、また万が一ずっと雨続きだったら、掃除も焼却もできませんので、確実なことはいえません。

「子供の科学」の記事を書くため、戸車を使った簡単な車両を作ってみようと思いました。「戸車」ってご存じでしょうか。英語だとdoor rollerです。でも、日本みたいに引戸は滅多にありません。むしろ、引出しに使うローラの方が多いはず。特に、日本の戸車は、滑車のように車輪に溝があって、レールを跨(また)ぐようになっています。これは、日本以外ではほとんどありません。というわけで、戸車がなかなか手に入らない

かも、と心配しましたけれど、工作室を探したら、12個ほどストックがあることがわかりました。なんでも溜め込む人なのです。きっと将来使うことがあるだろう、と予想して買っておいたものでした。

 ジャイロモノレールの車輪に利用できるので買ったものです。

2018年11月20日火曜日
かちかち山は悲劇だった

　この頃は、朝はもちろん氷点下です。まだ、雪は降っていません。霜が降りるだけです。太陽が昇れば、日差しが暖かく、気温も上昇します。でも、10℃になるようなことはなくなりました。東京のニュースで、気温が7℃とありました。最高気温だとしたら、けっこう寒いかなと思ったら、最低気温です。それなのに、みんなダウンを着ているのですね。いえ、悪いわけではありませんし、揶揄しているつもりもありません。感覚というのは、相対的なものです。

　落葉を燃やす作業を午前中も午後もしました。落葉の焼却率は55%となりました。ブロアも1時間ほどかけたので、ガソリンを1リットル以上使いました。体力も使ったはずです。

　庭園鉄道も久し振りに運行し、メインラインを2周ほどして、高い空や澄んだ空気を満喫しました。線路に異状はありませんが、路盤の傾きで気になるところは何箇所かあります。春の工事で直すことになるでしょう。今は、信号機の新しいセンサの試験を行っています。どれくらいのスピードまで感知できるかを確かめました。

　タイヤは冬用に履き替えましたし、除雪機の整備も完璧なので、もう冬の備えは万全です。靴につけるスパイクも確かめました。既に、1カ月ほどまえから、床暖房は24時間つけっ放しです（温度は自動調整）。屋内は常時20℃くらいで一定になっています。床暖房は、エアコンのように、暖かい空気でぼうっとなることがありません。低いところほど暖かいからです。本当に自然な感じがします。これまでに体験したことがない

快適さかな、と思います。

　でも、停電になると止まってしまいます。ボイラの自動制御が電気だからです（マニュアルで動かせたら良いのですが）。こうなると、頼りになるのは薪ストーブで、まず屋外の薪置き場まで薪を取りにいき、ストーブのある部屋に集まります。半日くらいすると、家全体が暖まるので、ストーブの近くにずっといる必要はありませんが、その頃には停電も解消しているはずです。冬はよく停電になるのです（一冬に1、2回程度）。原因は、樹木が凍結、雪、風などで倒れて、電線を切るからです。すぐに行ける場所であれば、数時間で復旧するのですが、ときには、難攻不落（やや不適切な表現）な場所もあって、近所の人の話では、2日間停電したこともあるとか。

　停電したら、本を読むしかありません。明かりは電池や発電機があれば、なんとかなります。お湯を沸かすのは、薪ストーブがあればできます。2日くらいは、文化的に生きていられるはずです。

　作家の仕事は、清涼院氏のインタビューに答えるものだけ。いちおう最後まで書きました。もちろん推敲するので、すぐに送るわけではありません。のちほど見直したいと思います。それ以外はなにもしていません。20分くらいでしょうか、正味。「子供の科学」の記事を考えてはいます。

　急に「かちかち山」を思い出しました。これは、子供のときに読んだ（読まされた）昔話です。この手の話をどういうわけか、絵本とか、幼稚園の紙芝居で繰り返し見せられたものです。

　かちかち山は、タヌキが背負っている薪に、ウサギが火をつけるのですが、このときに火打石を使うから、かちかちと音がするのです。タヌキが何の音だろう、と不思議に思ったのですが、ウサギが、ここはかちかち山だから、と言って誤魔化します（ここが凄い発想です）。そんな話でした。

　そもそも、このタヌキは酷く悪い奴で、悪さをして捕まって縛られていたのですが、「もう悪いことはしません」とお婆さんに懇願し、縄を解いてもらい、その途端にお婆さんを惨殺してしまうのです。一方、この悪事を知ったウサギは、タヌキの薪に火をつけ火傷をさせ、そこに薬と偽っ

かちかち山は悲劇だった

て唐辛子を塗り、最後は泥の船にタヌキを乗せて、溺死させます。タヌキは、助けてくれ、もう悪いことはしません、と叫ぶのですが、ウサギは聞き入れずに、放置するのです。これで「めでたし、めでたし」となります。たぶん、今はストーリィが変更になっていて、お婆さんも死なないし、当然タヌキも最後は改心して、みんなで仲良く平和に暮らすことになっているかと思います。

　かつては、子供にこういう教訓めいた物語を読み聞かせて、「人を信用するものではない」「悪い奴は謝っても許してはいけない」というようなことを教えていたのでしょうね。世知辛い世の中だったのです。今考えれば恐ろしいことですが、そもそも「復讐」をテーマにした物語は、必ず復讐が成し遂げられます。復讐自体が、かつては「善行」だったのです。ですから、悪人を許してしまうような結末では、大衆は納得しなかったのです。

　最近はどうかというと、ハリウッド映画などでは、悪人が悔い改めるというのは、大人向けの作品では少ないと思いますけれど、少なくとも正義のヒーロは、悪人にトドメを刺さなくなりましたね。拳銃を使わず、殴り倒しておいて、勝利を印象づけるだけで、悪人は最後は偶然（機関車にぶつかるとか、溶鉱炉に落ちるとか）によって死ぬことになっています。ヒーロの手を汚すことなく、天罰が下る、といった感じです。

「法」というものがなかったり、悪人が強力すぎて法の支配が不充分な場合、個人的な「仇討ち」というものが、正義にならざるをえない。そうしないと、秩序が保てなかったのでしょう。たとえ法があって、裁きがあっても、公平な判断や平等な権利というものは、長く実現しなかったのです。今の仕組みも完璧だとはいえませんが、それでも、昔よりはましになっているだろう、とは思います。

 エンタテインメントの半分は「復讐」がテーマのような気が。

2018年11月21日水曜日

タヌキに関する考察

　相変わらず、落葉掃除に熱中しています。今日は珍しく、スバル氏も手伝ってくれました。なにか、後ろめたいことがあったのか、それとも厄落としでもしているのかもしれません（意味なし）。風が良く、今日も沢山焼却できました。ただ、燃やす場所からだんだん遠いところまで落葉を取りにいかないといけない状況になってきて、運ぶのが大変です。

　ゲラが来ないので、昨夜からもう1つのレゴのセットを組み始めました。実は、2つ買ってあったのです。こちらは、パーツ数は1000個くらいのもので、オーソドックスなレゴのブロック（日本で一般に「ブロック」と呼ばれる直方体に丸い突起がある形状のこと）が多いようです。たぶん、今日中に組み上がることでしょう。あれこれ斜に構えたことを書いておきながら、実は好きなんじゃないのか、と思われた方も多いかと想像します。そう思っていただいても、僕はまったく気になりませんが、自分としては正直に（真正面から）斜に構えて書いているつもりです。

　講談社から、12月刊予定の『月夜のサラサーテ』のオンデマンド見本が届きました。内容もカバーも本物と同じように試し刷りで作った1冊です。講談社文庫では、このようなチェックをする習慣です（森博嗣だけだと思いますが）。栞のインクの色を選んでくれ、とゲラも来ました。明日チェックしましょう（今日はレゴだから）。

　午後は、家族みんなでショッピングセンタへ出かけましたが、かなり寒かっただけでした。温かいカフェオレを飲んだだけ。スバル氏がパンを沢山買って「夕食はパンだ」とおっしゃっていました。

　昨日、かちかち山のことを書きましたが、日本では、タヌキはだいたい悪い役になるようです。気の良いタヌキはあまり出てこなくて、だいたい人を騙す悪戯者が多いみたいです。タヌキは西洋にはいませんので、英語で説明ができない動物です（英語の単語がない?）。絵を描いても、「日本にこれがいるの?」と笑われます。レッサーパンダか、アライグマなら通じます。ですから、ディズニーのアニメにもタヌキは出てこなくて、ア

ライグマが出てきますね。顔は似たようなものだと思いますが。

　日本のアニメにはタヌキが出てきます（たぶん）。そういった作品が海外へ渡ったとき、アジアの人はタヌキだとわかりますが、アメリカやヨーロッパの人たちは、アライグマとして見るのでしょうか。日本人としては、キツネとタヌキは似たものどうしで、どちらも化ける能力を持っていますが、そういった感覚は世界共通ではない、ということ。

　タヌキがいないと、「タヌキ寝入り」とか「タヌキ親父（おやじ）」とかもないし、「タヌキうどん」も意味がわからないわけですね（「キツネうどん」だって同じくらいわかりませんが）。どうして、「キツネ寝入り」とか「キツネ親父」がないのでしょうか。

　「お天気雨」のことを「キツネの嫁入り」といいます。若い人は知らない言葉かもしれません。森博嗣の造語として、「お天気雪」のことを「北キツネの嫁入り」と書いています。天気だけではなく、遠くの山に怪しい光が見えると、「キツネの嫁入りだ」と昔は言ったらしいのですが、今だったら、山道にも電信柱や常夜灯があるので、あまり珍しくもありません。

　この場合、何故「嫁入り」なのでしょう。「結婚」といわないのは、嫁がキツネだと限定したいのかもしれません。では、婿（むこ）は何なのでしょうか？　普通はキツネどうしで結婚をしますが、もしかして、キツネが若い女性に化けて嫁入りをするシチュエーションを想定しているのでしょうか。そういう昔話があったように思います。

　日本の道路標識には、「タヌキの飛び出し注意」がありますね。タヌキが飛び出してくるから注意をしなさい、という非常に無理っぽい指示です（どう対処したものか難しい）。しかし、あれのキツネのバージョンはあるのでしょうか？　（僕は見たことがありませんが、キタキツネのいる北海道ではあるそうです）たぶん、タヌキの方が轢（ひ）かれやすいというか、事故が多いのでしょう。あるいは、道路を横切る場所がだいたい特定されているから、標識を立てることになったのか、と想像します。

　「タヌキ寝入り」というのは、「寝た振り」のことです（「ネタ振り」ではありません）が、タヌキは、寝た振りをするのでしょうか？　それは、どうして

「死んだ振り」ではない、と判断したのでしょう？　そのあたりが、不可解なところです。タヌキとしては、死んだ振りをしているはずです。寝てピンチをやり過ごそうなんて、ちょっと考えにくいですよね。起こされてお終いです。

「タヌキ親父」というのは、よく父が使っていました。「あいつは、タヌキ親父だから」と言って揶揄する言葉ですが、どうも悪い意味ばかりではなく、「抜け目がない」「とぼけているが賢い」といったイメージがあったように思います。商売上手な人は、だいたいタヌキ親父です。ただし、ある程度老年でないと使用不可で、経験によって培われた狡猾さ、みたいなものを言い表している言葉のようです。

「タヌキ顔」と「キツネ顔」は「ソース」と「醬油」ですか？

2018年11月22日木曜日
一つ覚えは何故馬鹿なのか？

　土曜日ですが、内装屋さんが来て、玄関ホールの壁と天井の清掃をしてくれました。染抜きと、汚れているところの再塗装です。職人さんが2人来て、1人は顔見知りの塗装屋さんでした。つまり、同じ業種のようです。会社が同じで、担当する作業が違う、という感じ。詳しい話は聞いていません。染抜きは、そういう専用の塗料があるそうです。塗装されていない板材に水などが染みて跡がついたときに、それを除去するのです。仕組みが今ひとつ理解できませんけれど、表面付近だけの処理のようです。

　昨日のレゴですが、夕食後1時間ほどして完成して、書斎の机の上にのせておきましたが、本が重なっている上に置いたため、僅かに傾斜していたらしく、机から落ちてしまいました。理由は、レゴで作ったものにタイヤがあって、転がることが可能だからです。それで、ゴミ箱の中に落下して、パーツが散乱し、一部はゴミ箱の底まで調べて回収しなければなりませんでした。このとき、「あらら」くらい言ったらしく、スバル氏

が駆けつけてきて、「どうしたの?」と尋ねました。

　パーツをすべて組み直したのですが、1つだけ余ってしまい、5分ほど考えたところ、内部に嵌るパーツだと判明。また分解して、組み直しました。でも、こういった組み直しがすぐできてしまうし、結果として元どおりになる。つまり「壊れない」という性能を持っている点は、評価に値します。自分で作った模型だったら、木っ端微塵になっていた可能性もあります。

　今朝も冷え込みましたが、すぐに暖かくなりました。小春日和といっても良いくらいですが、春はこんなに暖かくないような気もします（とはいえ、最高気温は東京の最低気温くらいかと）。風向きも良く、落葉を沢山燃やしました。落葉の焼却率は60%に達しました。もう終わりが見えてきた感じです。

『月夜のサラサーテ』のオンデマンド見本の確認をしました。再校ゲラの指摘箇所を照合し、そのほか奥付やカバーなどを確かめました。問題ないので、編集者にメールを書きました。この本は、あとは電子版の確認のみとなりました。今年最後の発行物ですね。

　工作室では、古い機関車の修理を数日しています。だいたい終わりそうなので、次は、大きい機関車の分解をまたしようと考えています。まえよりもガレージが寒くなっているので、電気ストーブくらい出さないといけないかもしれません。ガレージは、地下室にあるボイラの影響か、それほど冷えることがありません。たとえば、水が凍るような気温にはなりません。沢山の蒸気機関車に水が入ったままですが、不具合は一度も起こりません。

　誰でも、毎日の習慣にしていることがあるはずです。たとえば、僕は、朝起きてすぐにお湯を沸かして、紅茶を淹れます。これにミルクを入れて、ミルクティーを飲むことにしています。あとは、犬のためにドッグフードをブレンドして皿に入れ、これにお湯をかけて、少しの間（30分くらい）ふやかしておきます。犬は、それをじっと見ていて、「ふやかすだけですよね」と我慢しています。それが終わって、書斎へ入ると、もう犬はどこかへ行ってしまいます（たぶん、スバル氏の部屋）。

人間にも犬にも、このように決まった毎日の行動があります。そうしなければならないわけでもないのですが、何故か変えることができません。また、決まった方法をいつも採用する傾向もあります。この場合「一つ覚え」などと呼ばれるもので、以前にたまたま上手くいったとか、誰かから教えてもらったとかで、以後その方法に拘ります。違う方法を試してみることもありません。

　滅多にないことですが、他者がなにか作業をする場面に立ち会うことがあります。一緒に作業をするとか、たまたま同じ場所で目撃するような機会です。そういったとき、「え、そうやってするの?」と驚くことがあります。自分とは違う方法でその人はやっている、と気づくわけです。こうして、初めて自分の方法と比較することになり、どちらが良いのか、と考える人もいますが、たいていは、頑なに自分の方法に拘ることが多いかと思います。慣れている方法がベターだ、という考えが根強いのです。「一つ覚え」は、「馬鹿」を冠するほど、シンプルです。普通は、方法は必ず複数あって、その中から選択するものです。「二つ覚え」以上になれば、条件に応じた最適な方法が選べるので、「馬鹿」とはいわれません。その一方で、得意な技を持つべきだという主張もあって、十八番などと呼ばれます。そのパターンになれば成功が約束されている、というような意味ですけれど、「一つ覚え」との差異は僕にはよくわかりません。

　自分に対して、ときどき「いつも同じことをしているな」と思うことは大切でしょう。そのつど、同じことをしている理由を、自分に対して釈明するべきです。理由がなくなっていたら、それに拘る意味がなくなるからです。つまり、「馬鹿」がつくのは、この「無自覚」にあるといえます。

 常々、最も重要なことは「**自覚**」である、というのが、これ。

2018年11月23日金曜日

どちらの派もいらっしゃいます

　11月になってから、ほとんど作家の仕事をしていませんね。これはけっこうなことだと思います。特に、この頃は落葉掃除に明け暮れているし、ときどきレゴを作ったし、それ以外に、ラジコン飛行機も飛ばしたし、もちろん庭園鉄道はほぼ毎日走らせているのです（それから、ここに書いていないもっと楽しいこともしています）。

　どこかへ（おおむね評判を人から聞いて）出かけていって、その場所で写真を撮って証拠写真よろしくネットでアップしている人が多いみたいですが、そういうのを見ると、どれだけ日常がつまらないかをアピールしているように見えてしまいませんか？　特別なものに注目してほしい、という願望を持つのは、普通の日々に注目されたくないからでしょう。一方で、毎日落葉掃除をしているのは、絵にならないし、文章にすれば相変わらずの変化のない毎日なのですが、どうしてそんな「特別ではない」行為が長く続けられるのか、と考えると、そこに本当の楽しさがある、との理解に行き着くはずです。これよりも楽しいことがないから、出かけたくないし、スポーツも見ないし、映画も漫画もアニメも見ないし、ライブも展覧会にも行かないし、大勢がいる場所に出ていっておしゃべりもしないのです。

　今日も天候に恵まれ、沢山の落葉を燃やしました。合間に鉄道を走らせて遊びましたし、久し振りにトラック（人が1人だけ乗れる1メートルくらいのサイズの模型）をガレージから出して、庭を走らせました。落葉の袋が運べたら良いのですが、それを荷台に載せると僕が乗れなくなって、つまり運転ができません。それに、袋を持って歩いた方がずっと作業は速いのです。

　庭で落葉掃除をしていたら、近所の人が犬と一緒に遊びにきました。また、もう1組別の家の人たちがやはり犬を連れてきました。うちの犬たちと一緒になって庭園内を走り回っていました（人間以外は）。ドッグランになったようです。

ところが、そのあと家の中に戻ってから宅配便が来たときに、犬たちはスバル氏に「待て」と指示されたにもかかわらず、玄関のドアが開いたときに、宅配便のお姉さんのところへ行ってしまいました（撫でてもらいましたが）。そのため僕が叱ったら、耳を下げ、2匹ともクロゼットの中に隠れてしまいました。犬は叱られたときに本当にしおらしい態度を取りますね。それが可愛いのですが、その場では怒った振りをします。人間がクロゼットの中に隠れたりしたら、余計に叱られると思いますが。

　10分後くらいにリビングへ行くと、犬たちは擦り寄ってきておすわりをして甘えてきます。ご機嫌を取ろうとしているのです。そこで頭を撫でてやると、「もう大丈夫だ！」という解放感の溜息を漏らし、すべてがキャンセルされるようです。

　読者からのメールなどで、新刊の『人間のように泣いたのか？』について、「そろそろWシリーズも終わりそうな雰囲気ですね」と書いている方が多数いらっしゃいます。当然、僕のHPを見るようなこともなく、ブログも読まれていないわけです。そちらの方が圧倒的多数で、どちらかを読んでいる人の20倍以上いるのです。

　でも、オビに「Wシリーズ完結」と書いてあるだろう、と思われるかもしれませんが、電子書籍にはオビがありません。つまり、電子書籍で読まれている方たちなのです（ネットで呟く読者では割合が多いかも）。

　以前に、カバーの折返しに作品のリストがあったけれど、電子書籍にはカバーがないからわからない、という問題を改善するために、作品リストを巻末に載せるようにしました。こうすれば、電子書籍にも情報が掲載されるからです。でも、その情報というのは、その本が出た時点での情報であって、最新のものではありません。電子書籍だったら、このような部分は更新されるのが自然ですが、今はそうはなっていません。まだ出版社が電子書籍に本腰を入れていない証拠でもあります。

　編集者も、オビで読者に情報を伝える、という感覚を無意識に持っていることでしょう。もうそれでは伝わらない、ということに注意が必要です。そもそも、オビは重版になったあとには付けないことが多く、本が新刊であるときの特別な装飾でしかありません。

このまえ、『集中力はいらない』を糸井重里氏が取り上げてくれたことで、編集部は新しいオビを作って、新たに展開しようとしたようです。でも、これも電子書籍には無関係の宣伝であって、新書では電子書籍で読む人の割合が多いことからすると、限られた対象に向けた宣伝でしかないようにも見えてしまいます。

　話題は変わりますが、このブログを読んでいる方は2種類に分かれるようで、日々の生活に関心がある派と、エッセィ的な読み物に興味がある派です。本文が前半と後半で内容的にきっちり分かれていたら、自分が読みたい方だけ読めて便利だ、とお考えの方もいることでしょう。具体派と抽象派かな（生活が具体で、エッセィが抽象？　ちょっと違う気もします）。「森博嗣は真賀田四季だけ書いていれば良い」という方もいますし、「真賀田四季が出てくるものは読みたくない」という方もいるのです。クリームシリーズなどでも同様で、家族のこと犬のことが面白い、という方たちと、そういう話はどうでも良いから飛ばして読む、という方たちがいるのです。小説派とエッセィ派に近い方向性かもしれません。どちらつかずで、どちらのニーズにもそこそこ応えていくのが、当方の進むべき道でしょうか（もちろん、どちらも読むというファンもいらっしゃるので、いずれもやめるわけにいきません）。

　落葉焼却率は65%になりました。もうあと3分の1だということです。落葉がなくなったら、なんかシリーズが終わるみたいで、寂しいな……、とは思いません。

 自分が普通だ、主流派だ、と思いたがるのが、主流派ですね。

2018年11月24日土曜日

わくわくできた時代

　11月の後半ですね（これを書いているのは11/19です）。そろそろ新作（来年10月刊予定）のタイトルを決めないといけません。たまにこの課題を思い出して生活しています。

今はとにかく落葉掃除が毎日の一大関心事なので、朝起きたら、風を見て、天気を見て、作業の手順を考えます。今日は、昨日のうちに集めておいた落葉の袋を10個運んで、まず焼却しました。その後、ブロアをかけました。1時間ほどかけたところで、ワンちゃんシャンプーをするために、バスルームへ向かい、少し温かいシャワーをかけつつ、洗ってやりました。僕1人で1匹を洗います。お腹の毛が汚れていたので、丹念に洗いました。バスタオルで拭いたあと、また庭に出て、ブロアの続き。

　落葉率は既にほぼ100%となり、樹の枝に残っている葉はほとんどありません。焼却率は今日のうちに70%に至る予定です。あと30%の落葉が、地面に残っている状態。しかし、そのほとんどは、庭園の周辺部で、鉄道にはほとんど関係がないし、べつに掃除をしなくても良さそうな気もしています（例年そう書きながら、面白いからやっていますけれど）。

　午後は、そこそこ乾いた犬を散歩に連れていきました。ちょっと雲が出ていましたが、それほど寒くはありません（気温は6℃くらいで、ほぼ無風）。麓の羊牧場まで行きました。羊たちは、いつもどおりのところにいます。羊というのは、たいてい地面の草を食べているか、ゆっくりとみんなで歩いているか、小屋の中にいるか、のいずれかです。僕たちが柵の近くへ行っても、反応はありません。ちらりとこちらを見るだけ。犬ともお互いにさほど関心を示しません（シープドッグなのに）。「めえ」と鳴くのは、朝か夕方で、遠くまで聞こえてきますが、それは餌をもらうときなのか、どういう意味で鳴いているのか知りません。

　毎日30分くらい、世界のネットオークションを見て回っています。回るコースは決まっていて、ルーチンワークになっています。良さそうな品は、ウォッチリストに入れておきます。「即決」であっても、その場ですぐに入札するようなことはありません。ウォッチリストに入れておいて、数日すると「いらないな」と削除します。誰かに買われてしまったら、「ま、いいか」となります。

　入札するときは、落札できそうな高い値を入れますが、それでも買えない場合があって、「世の中には金持ちがいるものだ」と笑って諦めま

す。どうしても欲しかったら、とんでもない値段を入れておけば良いだけのことですが、どうしても欲しいということはありません。誰でもそうでしょう？　どうしても欲しい、と口では言いますが、では1億円出しても買う？ときけば、首をふるはずです。「どうしても」というのは、その程度の強調文に過ぎないのです。

　日本のオークションでは、もう買うものがなくなった、という話を書いたと思います。今もそうです。ときどき眺めることはありますが、買いたいものを見つけられません。買っても良いな、と思えるものは、既に自分が持っていて、スペアとして2個めがあっても良いかな、という場合くらいです。

　少し以前に比べると、同じものでも値段は下がっているようです。デフレだからなのか、それとも買いたいものは、買いたい人に行き届いてしまった「飽和状態」なのでしょうか。特に、ビンテージやプレミアのグッズは、安くなっています。以前が高すぎたというだけのことですが。

　最初は、「おお、懐かしい」「子供のときに、これが欲しかった」と喜んで高い買いものをしてしまうのですが、そのうちに、いくらでも同じものが出回っていて、いつでも買えることがわかってしまうと、そんなに珍しいものでもないか、という理解が世間に浸透します。物はあるが、買う人の数が足りないのです。人口減少が影響しているのか、それとも、皆さん「物持ち」が良くなったのか、父母や祖父母の持ち物も沢山揃っているから、誰もがけっこうな数を持っている時代なので、売りたい人が多いわりに、買いたい人はさほどいない、という状況なのです。

　オークションだけでなく、経済がデフレになっているのも、このためです。戦争で日本がリセットしたあとは、みんなが「なんでも良いから買いたい」時代で、必然的に成長期となりました。工業製品がつぎつぎ投入され、大量生産され、性能は上がるし、デザインも良くなるし、どんどん購買意欲が高まりました。これがインフレ。ものは、どんどん値上がりします。余計に、早く買おうとする。買うために行列ができる、という時代でした。

　欲しいものが沢山あって、いつかあれを買いたい、こんな生活がし

たい、とみんなが夢見ていました。わくわくした時代だったかもしれませんが、夢が叶ったかどうかは別問題です。わくわくしたのは、ある意味で欲求不満だったから。今は、わくわくしないほど、平均的に満たされているように観察できます。わくわくする余地がないのです。

　アメリカかイギリスかドイツのネットオークションで、今も買いものをしています。1ヵ月に1点くらいは落札しているでしょうか。僕にとっては珍しいもの、つまり余地がある環境だからです。友人のイギリス人やドイツ人は、日本のオークションの品が欲しいといいます。代わりに落札してあげたこともあります（1年に1回あるかないか）。

　ということは、満たされて飽和した社会であっても、自分が少し移動して、違うところへ出ていけば、わくわくできるということかもしれません。

 どこへでも行ける、どこに住んでも良い、それが自由では？

２０１８年１１月２５日日曜日

何故森博嗣は鍋奉行(なべ)なのか

　今朝は寒かったようです。氷点下5℃くらい。でも、犬の散歩に普通に出かけました。まだ、手袋をするほどではありません。マフラもしていないし、靴は普通のスニーカです。ダウンジャケットも着ていません（スバル氏は着ていました）。

　9時くらいには、気温がプラスになりました。作業着を着て、落葉掃除を始めます。胸のポケットの片方には、ハンディ・ガスバーナ（落葉を燃やすときの着火に使用）。もう片方には、安全メガネ（なんとかルーペみたいですが、プラスティック製の安物）。10袋くらい燃やしたところで、躰が暖まってきます。

　エンジンブロアにガソリンを入れて、1時間ほど吹飛ばし作業をしました。今朝は特に、ゲストハウス近辺で、落葉を谷へ落としました。燃やすよりも簡単です。谷の底に落葉が溜まりますが、いずれは土に還ることでしょう。その後、また落葉焚き。11時頃に休憩してコーヒーを飲みま

した。

　そのあと、ガレージで機関車の整備。これとは別の機関車を出して、庭園内を1周してきました。日が暖かく、寒さは感じません。風があったら寒いだろうな、と思います。

　昨日、『そしてだれも信じなくなった』を読み終えたので、土屋賢二先生にメールを書いたところ、すぐにリプラィがありました。お元気そうです。筆力も相変わらずで、本当に比類のない才能だと感じます。誰も真似（まね）ができません。

　中央公論新社から、『イデアの影』の見本が届きました。契約書も同封されていたのですが、これは間違いだったようで、のちほど正しいものが届くとか。これで、今年はあと来月の『月夜のサラサーテ』の1冊となりました。

　11月は、落葉掃除に明け暮れ、肉体疲労で作家の仕事などできないだろう、と考えていましたが、レゴに30時間くらい取られました。このほか、ラジコン飛行機を1回飛ばしましたし、機関車のジャンクも良いものが買えました。なかなか良い月だったのではないかな、とあと10日も残していますが、思います。毎日の屋外作業で日焼けしたかもしれません。労働も運動だと思えば、健康的で良いと感じます。

　明後日から、珍しく5日ほど旅行に出かけますが、このブログは普通に続くと思います。どこにいても、書くことは変わらないはず。特に目新しいことはありません。この5日分を、あらかじめ書いておいても良いな、と迷いました。過去にも、さきを見越してブログを書いておくことが何度かありました。その日に何があるかと想像して書くわけです。アップするときに、実際と違っている部分を直しますが、ほぼそのままという場合がほとんどでした。

　以前にも書いたことがありますけれど、「何故○○は××なのか？」というタイトルの本や記事が多く、その90％以上は、「○○が××であったら良いな」という願望か宣伝のようです。本当に「○○が××である」かどうかは、内容を読んでも判別できません。わからない原因は、ひとえに「理由」が論理的に書かれていないからです。

たとえば、「何故Aはこれほど人気を集めているのか？」という記事には、「Aが大人気だ」と書かれているだけで、何故なのかは理由が明らかにされていません。書いているつもりかもしれませんが、説得力がなく、その理由で人気があるようには考えられないのです（宣伝文句というのは、たいていそうですが）。

　僕の見立てでは、60%は「○○は××ではない」のが実際のところだと思われます。願望と書いたのは、そういう意味です。つまり、「何故」という以前に、そもそも正しくない命題だということ。

　土屋先生の本に『なぜ人間は八本足か？』という副題のものがあります。考えるべき問題が間違っている例です。これは、哲学入門の本で、意味深いタイトルです。現在世間に蔓延っている「何故○○は××なのか？」に出会ったら、まず「○○は××ではないのだな」と受け取るのが正しい可能性が高いと思います。

　でも多くの人は、このように疑問形で出題されると、その問題は正しいと受け止めてしまう習性を持っています。大学入試の問題にミスがあったら、ニュースになって謝罪をしなければならない世の中ですから、「問題は正しい」とみんなが思い込んでいるわけです。でも、問題にミスが（ほぼ）ないのは、それこそ入試問題くらいであって、社会に存在する問題と呼べるものの99%は、問題が成立するかどうか、問題が正しいかどうかが、実は大問題なのです。それが「普通の問題」というものだ、と認識する必要があると思われます。

　会うなり、「あれ、どうしてタヌキ親父の真似しているの？」「してないよ」というようなツッコミだったら、ユーモアになりますけれど。

問われると答を考えてしまう習性が、義務教育で養われます。

2018年11月26日月曜日

最初の発想がすべてである

　毎日同じですが、今日も朝から落葉掃除。まず、昨日のうちに詰めて

おいた落葉の袋をせっせと運び、焼却炉で燃やしました。空になった袋をまた元の場所へ運び、落葉を詰めます。この繰返し。今日中に、焼却率は80％に達する見込みです。落葉はもう増えないはずですが、風が吹くと他所の土地から飛んできますから、多少は増えるかもしれません。庭園内の地面はほぼ緑の苔が見えています。もっとも、朝は霜が降りるので、緑はだんだんくすんできた感じがします。そろそろ雪が降る季節です（ただし、当地では雪は珍しい）。

　来年3月刊予定の本の初校ゲラが届きました。これからこれを見ていくことになりますが、明日からちょっと小旅行に出かけるため、その間はできません。それでも、今月中には見られると思います。中央公論新社から、契約書の正しいバージョンが届きました。11月になって、ようやく作家の仕事ができます。まだ作家だったのですね。

　旅行にゲラを持っていくようなことはしません。乗り物で移動している最中などは、半分は風景や本（主に雑誌）や映画（ほぼ洋画）を見てインプットし、残りの半分はひたすら考えます。たとえば、今は新作のタイトルを考えていますし、その展開やシーンなども連想します。そういった創造的な思考に時間を使います。ゲラを見たり、文章を執筆する作業というのは、僕にとっては単純労働に近いものなので、どうも出先で行うようなイメージではありません。

　たとえば、自動車の組立て作業をしている工員さんは、旅行のときや病院の待ち時間に、ちょっと作業をするわけにいきませんね。それと同じです。

　落葉掃除は単純作業ですが、うちの庭以外の場所ではできません。落葉が庭にあるからです。同じように、僕の工作は僕の工作室でしかできませんし、ゲラ校正は書斎でしかできません。すべてのアイテムがそこに揃っているからです。

　一方で、創造的な思考というのは、頭があればどこでもできるわけですから、移動中でも、待ち時間でも、たちまち切り換えて時間を有効に使うことができます。

　また、普段と違うものを見ている時間というのは、（大きな差はありませんけ

れど）ふとした発想が拾える条件でもあります。風景を眺めていたり、大勢の他人を見ていると、いろいろ思いつきます。これも貴重なものです。できるだけ、それらを拾えるように感覚を澄ましていると良いと思います。

　思考も大事ですが、思考結果が大事なわけではありません。思考結果というのは、単なる計算結果にすぎません。思考の過程で、なんらかの発想が生まれることが大事です。思考以外の過程でも、思いつきは生まれますが、思考過程で生まれる発想は、思考している対象に関連したアイデアである場合が多く、すぐに使い道があります。

　風景を眺めていたりして生まれる発想は、思いついたときには、使い道がわかりません。でも、長年の経験というか感覚というか、なんとなく使えそうだ、という価値が直感できるようになります。これがとても大事なことで、今では、「思いつきがすべてだ」と思えるほど高い価値を持っていると認識しています。考える行為よりも、考えるテーマを思いつく行為の方が価値があるのです。

　たとえば、文章を書くという作業において、何を書くかを思いつくことがすべてであって、思いついたあと文章化することは、時間はかかるかもしれませんが、大したものではない。誰にだってできること、歩くのと同じくらい単純なことです。これがまだわかっていない初心者の人は、歩く方法、歩く姿、歩く速度などを気にしていますが、どんなふうであれ、歩けば前に進みます。どんな歩き方だってありなのです。でも、最初に歩き出す一歩は、目指す方向がなくてはいけないし、さあ歩こうという意志が必要です。これがないと、夢遊病みたいな徘徊になります。歩いているうちに思いつくよ、というほど簡単ではありません。

　問題は、誰かの文章を読んで思いついたとか、誰かの話を聞いて思いついたなど、既往のものに関連した発想では価値が10分の1程度だということ。多くは、発想ではなく反応にすぎないからです。問われたから答える、というのではなく、自ら問わなくてはいけません。なにもないところ、ゼロから生まれるものを拾わないと新しい価値が生まれにくい。

　なにかをインプットしたときの反応を、自分のアウトプットだと勘違いし

たままだと、オリジナルを出す方法がわからなくなります。考えようとした途端に学びたくなる、調べたくなる、というように、ついインプットを求めてしまうようになることが多い。わからないことがあった場合に、まず考える。自分の解釈、自分の評価、自分の連想をまず求めること。それをせずに、まず学ぼう、尋ねよう、調べよう、検索しようとなることで、オリジナルを出力する能力を失っていくことになります。

 現代社会では、オリジナリティに絶対的な価値がありますね。

2018年11月27日火曜日

フライトの楽しみは？

朝早くから出かけました。出かけるときに一番考えるのは、何を着ていこうか、ということです。もちろん、ファッションの問題ではありません。どれくらいの寒さ対策をしていくか（涼しい格好か暖かい格好か）という判断です。目的地の天候くらいは調べますし、もちろん気温もだいたいわかっているので、とんでもないことにはなりません。ただ、目的地に到着するまでの経路の情報は詳細にわからないのです。

乗り物の中はたいてい暖かすぎるほど暖房が効いています。特に、日本の電車はめちゃくちゃ暖かい。もしかして、モータを冷却するために室内で熱交換しているのか、と疑いたくなるくらいです。飛行機は、だいたい適温か、少し涼しすぎるくらいです。自分のクルマで出かけるときは、自分の自由になるので問題はありませんが、他者と一緒にいなければいけない空間というのは、僕の場合はかなり特別なのです。

一方で、たとえば駅のプラットホームとかバス停とかは、一般に寒いですね。だいたい旅行に出かけるときに、一番寒いのは自宅の近くのバス停だったりします（30年くらいまえから一貫してそうでしたから、住む土地の問題ではありません）。最初のそこさえ凌げば、あとはだいたい暖かいので、ぎりぎり我慢ができる格好で出かけるのですが、最初が寒い寒い。帰ってきたときも、ここが一番寒いわけですが、帰りはたいてい夜なので、早朝

ほど冷えることはありませんし、迎えにきてもらうとか、タクシーに乗るなと、待ち時間が帰りの方が短いので、大きな問題になりません。

　僕は、荷物をなるべく少なくすることを心掛けていて、これはワンゲル部だったからかもしれません。体力がないので、人よりも軽い荷物で臨まないといけない、といつも考えていました。山へ行く場合は持っていくしかありませんが、街へ行くなら、現地で買えるものは持っていかない。途中でも荷物を増やさない、つまりお土産などは買わない、ということを徹底しています。どこへ行くのにも、お金かカード、パスポートだけあれば、なんとかなります。かつては、地図とか本とか、あるいは辞書とかが必需品だったわけですが、今はスマホがあればすべて解決します。海外旅行の場合、大きなスーツケースを持っていく人がほとんどですが、何がそんなに必要なのか、いつも不思議に感じます。毎日違う服装でいたいのでしょうか？

　飛行機に乗るときは、必ず窓際の席を選ぶことにしています（可能な場合はですが）。窓から何を見るのかというと、主翼です。主翼には、エルロン、フラップ、スラットなどの舵があって、これが飛行中に動くので面白い。エルロンは非常に重要な舵で、飛行機を左右に傾ける役目です。フラップとスラットは舵というよりは、補助翼です。離陸や着陸のときに迫り出してきます。尾翼は、普通は見えません。垂直尾翼にはラダー、水平尾翼にはエレベータという舵があります。これが見られたら面白いと思いますが、映像で見せてくれないでしょうか。

　いつだったか、機体の下部をモニタに映してくれたときがあって、離陸して脚を引き込んだり、着陸まえに脚を出したりする場面が見られました。あれは、滑走路にタイヤが着いたり、離れたりするシーンを見せていたのかもしれません。前から後方へ胴体に沿ったアングルでした。そうではなく、主翼の端にカメラを横向きに付けてほしいものです。

　飛行機のタイヤは、空回りするようになっていて、着陸で接地した瞬間、それまで止まっていたものが、もの凄い回転数で回るわけですが、このときスリップしてゴムが相当減るのではないかと思います。接地するまえに、モータで回しておけば、タイヤが長持ちするのではないでしょうか。

接地してタイヤが回転したら、すぐにブレーキがかかります。旅客機などでは、アンチロックブレーキのはずで、タイヤが止まってスリップするようなことはありません。アンチロックブレーキは、もともとは鉄道に導入された技術ですが。

　機内食というものが、長いフライトだと出ますが、調理してから時間が経っているからか、今一つの味であることがほとんどで、完食したことがありません。初めてファーストクラスに乗ったときには、機内食がちゃんとしたお皿で並び、金属のナイフとフォークで食べました。でも、味は同じでした。一流のシェフが同乗しているわけではなさそうでした。べつに、期待しているわけでもなく、それよりもマクドナルドのハンバーガを出してくれたら嬉しい、と僕は思います。ケンタのチキンでも良いでしょう。その場合は、「バーガ、オア、チキン?」ときくのかな。

 飛行機で、食事よりも大事なのは安眠できることでしょうか。

2018年11月28日水曜日
関西弁の雑駁な印象

　僕は、これまでに時差ぼけという状態になったことがありません。夜更しをしたら、翌日少し眠いかな、という感じがしますけれど、特に支障はありません。というよりも、普段からそんなに健康ではないし、元気いっぱいでも気分爽快でもないので、眠いかな、怠いかな、疲れが溜まっているのかな、というのが平常です。今は、連日の落葉掃除でずっと躰中が痛い状態だし、そうでなくても、しばらく椅子に座っていると、すぐには歩けないくらい足が固まってしまいます。でも、動いているうちにそういった痛さ、不自由さは忘れてしまいます。

　子供のときには、ほんのときどき元気な日があって、その状態にまたなれるように、早く寝たり、休んだりしましたが、期待どおりにはいきませんでした。むしろ、どこかが不調である日がほとんど。特に、お腹が痛いとか、頭が痛いとか、目が痛いとかは頻繁。次点は、喉が痛いくらいで

しょうか。口内炎なんか常に1つはありました。そんなふうですから、その不健康が普通だと思うようになったのです。

　一度そう思うと、ずっと普通のままだし、少々疲れていても、どうってことはない、と思えるようになりました。さらに、子供の頃は怪我（けが）が多かったのですが、大人になってさすがにこれは修正をしました。あと、頭痛と目が痛いのは、大学勤務を辞めたあとは、あっさり解消されました。気づかないうちにストレスがあったのかもしれません。肩凝（かたこ）りも、今はほとんどありません。同じ原因だったものと思います。

　お腹の調子が悪いのは、3食をみんなと同じように食べていたからで、自分が食べたい量だけ、好きなときに食べることで治りました。このあたりは、むしろ自然に還った感じがしています。子供の頃、若い頃からの人生で、今が一番健康だと自分では思っています。それほど特に悪いところがありません。仕事がある、ノルマがある、他者と歩調を合わせなければならない、などの条件が、躰の不具合を際立たせるということです。自分の予定で、自分のやり方で、1人だけで毎日の行動が自由になるなら、多少の不具合は許容できるし、またそうしていると、不具合だと感じなくなってくる、ということのようです。

　さて、今日は身近で関西弁を沢山聞く日になりました。わりと大勢の人が歩いていて、話している声が聞こえてくるのですが、多くはイントネーションが関西弁なのです。かつて（数十年まえ）に比べると、おそらく大阪でも関西弁は少なくなっているのかもしれませんが、でも、日本中の方言の中でもメジャ中のメジャであることは確かなのではないか、と思います。

　家族の中にも関西弁の人がいるので、僕はわりと慣れ親しんでいる方です。イントネーションは、名古屋にも独特のものがあって、たとえば標準語の台詞を読むだけで、関西出身か名古屋出身かわかります。アクセントの位置が違います。特に、子供が話す言葉に顕著です。

　関西の人の言葉で面白いのは、（まえにも書いたことがありますが）表現がオーバなこと。本人はオーバだと自覚していないのが、ますます面白いところです。たとえば、大阪では「転ぶ」ことを「ひっくり返る」と言いま

す。「自転車に乗ったおばちゃんがひっくり返っとったで」などと聞くと、どんなアクロバットを披露したのか、と思いますよね。それから、人が歩く場合でも、「ばあっと行きよった」とか「ぴゅーっと帰ってった」と擬態語が無意識に使われます。「この道をばあっと行ったらな、交差点にぶち当たるさかい、そこでひゅっと右へ入るん」というように指示をされるのですが、「ひゅっと右に入る」とは、いかなる行為を示しているのか不明です。それから、はたして交差点にはぶち当たることができるのでしょうか。交差点の電信柱にぶつかれという意味でしょうか。

　例を挙げるとキリがありませんが、えっと、「壊す」ことを「潰す」と言いますね。「こいつな、ドア潰しよったで」と言われても、どんな状態にすればドアが潰れるのか、想像ができません。ドアを折り畳むのかな。自転車も潰すし、靴も潰します。ぐしゃぐしゃになっているわけではありません。

　一番顕著なのは、「ちょっと道開けたってくれ」と言うとき、その道を通るのが、言った本人だということです。普通は「開けたって」といえば、誰か別の人（たとえば、老人がいるとか、子供がいるとか）を想像すると思います。「開けてあげて」という意味ですが、これを自分自身に対して使うのが面白いところです。これは、相手の身になった表現でもあり、なかなか奥深いものが感じられます。「許して下さい」というのを「許してあげて下さい」と言っているような感じで、気持ちまでも要求しているようにも取れます。

 関西弁でも、大阪と京都と神戸と奈良では全然違いますから。

２０１８年１１月２９日木曜日

東京の相変わらずの印象

　久し振りに東京に来ました。相変わらず、鉄道関係の工事が多いみたいですね。駅はどこもホームが狭くて、特に地下鉄は老朽化しています。今から新しくしても、これから東京の人口は減少するから、どうなる

のかな、と将来が心配になります。

　建築関係でいえば、マンションなどが一番割が良いというか、最初に売ってしまったら、すぐに元が取れるから……。ビルを持ち続ける方がリスクが高い時代に、これからなっていくと思います。それでも、鉄道や道路などのインフラに比べれば、建築はいくらでも潰しが効きます。潰すの文字どおり、壊すことも簡単。壊せば、そこには新たな更地が出現します。それに比べて、道路や鉄道、橋やトンネルは、そうはいきません。分割して売るわけにいかないし、かといって使うなら維持に多額の費用が必要です。

　駅の中や駅前を歩くことが多いわけですけれど、人が多いし、みんな急いでいます。大阪に比べると、大きな荷物を持っている人がやや少ないかな。やはり、東京はビジネスの街なのか、休日だというのにスーツにネクタイの人が多い。もちろん、観光客や子供も多いし、外国人らしき人も多いみたいです。マフラをしている人、マスクをしている人も多い。イヤフォンをしている人も多いし、もちろん沢山の人がスマホを片手に持ったままです。田舎（いなか）では、スマホを見たところで、案内が出るわけでもないのですが、都会はやはり、スマホと一体化しているシステムだということがわかります。

　東京へ出たときには、たいてい天賞堂へ寄ることにしていますが、今日は行きませんでした。天賞堂には、もう欲しいものがありません。行っても、買うのはアメリカの鉄道雑誌か、あるいはハンダごての先（交換部品）でした。今は、それらは足りているので、行く意味がなくなりました。

　秋葉原へも行く習慣があったのですが、今や世界のどこにいても電子パーツはすぐに手に入るし、ネジなどの細かいパーツもネットで細かく指定をして買うことができます。秋葉原へ足を運ぶ必要も、ほぼなくなりました。かつては、ジャンク品を見て回る楽しみもあったのですが、こちらも、すっかりネットにお株を奪われた感じです。アンプを作っていた頃は、真空管の出物を求めていましたが、これもネットでそういったマニアックなものまで確実に入手できるようになりました。本当に便利になりました。つまり、かつては日本で一番便利な街だった東京も、今では普

通の街になってしまったということです。もしかして、ネットの普及で相対的に一番価値が下がった街なのではないでしょうか。

　以前は、東京へ来たら出版社の人と会うようにしていました。普段メールでやり取りをするばかりなので、たまには顔を見て世間話でもした方が、仕事がやりやすくなるのかな、という気がしたのです。でも、結局それは間違いでした。10年くらいそういった努力をしましたが、まず人間関係を築いたところで、それが出版のビジネスにつながらないこと。たとえば、面白い企画が出てきたり、契約的に有利になるようなこともありません。

　また、担当者に会っても、その担当者は数年で交替になります。そもそも、頻繁に交替するから会わないといけない、という堂々巡りになります。こちらとしては、担当が交替したときに、引継ぎさえきちんとしてもらえれば、それで充分なのですが、一般的に引継ぎはほぼ行われないのが慣例のようで、そのたびに作家は自分の条件を伝えないといけなくなります。これらは、会った会わないには無関係です。

　そういうわけで、この10年ほどは、ほぼ会わないようになりました。普段はメールのみ。ですから現在は、本が出ても担当編集者の顔を見たことがない、という状況が続いています。これで充分だと感じています。余計なことに時間を使う必要はないし、出版社も余計な接待費を支出しなくて良いので、いわゆるWin-Winだと思われます。

　今回、こちらへ来たのは税務関連の打合わせのためです。実際に会って、印鑑を捺さないといけない事案がありました。それは1時間ほどで済んだので、とんぼ返りしても良かったのですが、いろいろお世話になっている方々とお会いする席を用意してもらった関係で、そこへ出向き、3時間ほどおしゃべりをしてきました。何をしたかといえば、ケーキやお菓子を食べたというだけですが。

　夜は、親戚の別荘へ向かい、そこで宿泊。日本はまだ紅葉の季節でした。そうそう、LEDのイルミネーションも方々で見ました。エネルギィが有り余っているようです。こういうコメントをすると、「LEDはとっても省エネなんです」と反論される方がいますが、その分大量に集めれば全

然省エネではありません。

　沢山プリウスを見ました。どうしてあんなに沢山走っているのでしょう。ハイブリッドとか電気自動車が省エネだと思っている人が、やはり多いのでしょうね。基本的に重いクルマになります。それから、バッテリィを製産するためにエネルギィが沢山必要です。しかも、のちのちのリサイクルが難しい（課題が多く残っています）。そういった実情が充分に理解されていないように感じますが、いかがでしょうか？

　森林を切り倒して太陽光発電をするのも同じ。環境に良いと本気で考えているのでしょうか？　そんなことを感じましたが、声を大にして言いたい、というほどのことでは全然ありません。

『太陽光発電という幻想』という新書がありませんでしたか？

2018年11月30日金曜日

宝くじや競馬の宣伝が必要か？

　久し振りに電車に乗ったので、吊り広告や看板を沢山見たわけですが、宝くじや競馬のCMが目につきました。どちらも、ほぼ国営といって良い事業であり、ギャンブルの好きな人のために存在します。不法な賭けごとに走らないようにする「ガス抜き」的な効果が認められることが存在理由でしょうか。そう考えると、何故広く一般に向けて宣伝をしなければならないのかが、僕には理解できません。国民にギャンブルを推奨していることになりませんか？　宣伝に何億円もかかっていると思いますけれど、その分を当選の賞金に回したら期待値が上がって、宝くじや競馬を楽しんでいる人にとっては嬉しい結果になるはずです。そうではなく、今それらをやっていない人たちを誘い込もうとするのは、国としてどうなのでしょうか？　僕には正しい方向とは思えません。

　こういったときに、収益の一部が地方公共団体や慈善事業に回っているのだ、と言い訳をする方がいますが、それはその言い訳のために作られた仕組みにすぎません。金の使い道は、どの金がどこへ行くと決

まっているわけではなく、全体としての収支があるというだけですから、単に使い道の議論になるだけだし、まったく別問題といえます。

ギャンブルが好きな人たちから、沢山税金を取るということなら、「少し割り増しで支払うけれど賞金が当たるかもしれない宝くじ所得税」みたいなものを新設すれば良いのではないでしょうか？

宝くじも競馬も、ピーク時に比べて売上げが激減しています。社会が平均的に豊かになってきたし、義務教育の数学で確率を習っている時代ですから、当然だとは思います。それをまた、かつての状態へ戻そうとするのは、既得権益に浸っている団体があるためで、そこが莫大な宣伝費を使って「企業努力」しているのでしょう。宣伝をすることで、潤っている企業も当然あるわけです。でも、全体としては「企業」ではないはずなのです。

以前に僕は、年賀状の宣伝をすることも不思議に感じていました。今は民営化されているから、郵便局は企業努力をしているのかもしれませんが、そうなるまえから宣伝がありました。どうして宣伝をするのか意味がわかりません。年賀状を出したい人が出せば良いだけで、期限などの告知は必要でしょうけれど、ギャラの高いスターを使って派手なコマーシャルを作って、拡大する必要のある事業ではない、と考えられました（かつては、ですよ）。

それから、保険の宣伝もちょっとずれています。保険というのは、不幸な事態に遭遇した人を、みんなで助けようという仕組みですから、大多数の人たちは損をします。一部の人の不幸を助けるために、みんなで金を出し合いましょう、という善意で加入するものです。それなのに、まるでみんなが将来得をするようなイメージを抱かせる宣伝をしています。自分が不幸になったときにいくらもらえるかよりも、自分以外の誰かが不幸になったときに損をする金額が大事だと思います。そちらの方が圧倒的に確率が高いわけですから。

これは宝くじでも同じで、当たったらいくら、という話ばかり宣伝していますが、宝くじを買っている人たちが、10年でどれくらい損をするのかを平均的な数字に示してほしい、と思います。その損を集めて、大部分

は団体の収益になり、施設や設備が整い、人件費にもなり、地方税にもなって、残りが当選賞金になって還元されると思いますが、そこを数字で示して宣伝しないのは、どうしてでしょうか？

　というようなことを、乗り物のシートに座って、つらつらと考えましたが、考えたのは10秒くらいでしょうか。その10秒の思考が、文章にするとけっこうな文字数になるということです。

　その次に考えたのは、「賭ける」からの連想で、「掃除機をかける」というけれど、どうして「かける」なのかな、という問題でした。「かける」というのは、幅広い意味の動詞で、英語の「take」みたいなものですね。たぶん、「雑巾をかける」だから、掃除機も「かける」ものになったのでしょう。でも、庭仕事となるとブロアの「エンジンをかける」し、しかも「ブロアをかける」ともいいます。「かける」の大盤振る舞いです。このほかにも、「欠ける」「賭ける」「架ける」「駆ける」などいくらでも漢字があって、ひらがなだけではほとんどわからない言葉といえます。

　そのうえ、「書ける」のように、活用で同じ発音になるものがあります。「時間をかける」など、漢字を使わないことが多いものもあります。「命を懸ける」と同じ字かもしれません。

　工作でいうと、「ヤスリをかける」といいます。サンドペーパだったら「ペーパをかける」といいます。これなんか、「ぞうきんがけ」に近い感じです。同様に、「消しゴムをかける」があります。「掃除機をかける」は、掃除機のスイッチを入れることではなく、床を擦るように移動させ、埃などを取ることです。でも、「洗濯機をかける」は、たぶん洗濯機のスイッチを入れることでしょう。

　ご飯に味噌汁を「かける」し、どうやら上から重力に従って降らせる行為が「かける」のようですが、「電話をかける」なんかは、上からとは思えません。

「かく」も沢山の動詞があります。「書く」が一番メジャですが、「汗をかく」「恥をかく」などがあって、「かける」に似た幅の広さを感じさせます。「もつ」もそうですね。こういうことを考えだすとキリがありません。

これは考えない方が良いのかな、と思うこともしばしばです。

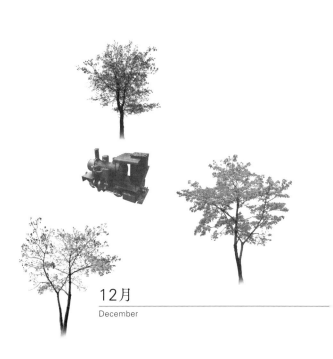

12月

December

2018年12月1日土曜日
一年の計が元旦では遅い

　一昨日は、久し振りに沢山の人たちとおしゃべりをしました。大学にいたときの講義とかゼミみたいな感じでした。お寿司や天むすをいただきました。葡萄のケーキもいただきました。葡萄のケーキは珍しいですよね。

　そのあと乗った電車で、隣に座ったビジネスマン風の若者が、まずビールを飲むまえに、スマホでそのビールを撮影し、おつまみのチーズとスルメも、構図をあれこれ試しつつ撮影しました。そのあと、スマホを1分ほど操作したのち、これらを飲んで食べてしまうと、車内販売でワインを購入し、またそのワインの写真を撮りました。そして、またスマホを操作。どうやらネットにアップしているようです。自分が飲み食いしているものを逐一レポートしている様子です。忙しいことですね。いったい何に支配されているのでしょうか。

　さて、しばらく時空をワープしましたが、途中の売店でフランスの模型雑誌「VOIE LIBRE」を購入（日本では売っているのを見かけたことはありません）。これは、ナロー（軽便鉄道）の専門誌です。日本には、ナロー専門の雑誌はありません（ナローファンが多く、製品も多いのにもかかわらず）。イギリスにもアメリカにもフランスにもナロー専門誌があります（ドイツは知りませんが、たぶんあるはず）。この雑誌名は、英語にすると「Free way」の意味ですね。最初にフランスへ行ったときに書店で買って以来、見かけたら買うようにしていて、たぶん20冊くらいは持っているはず。英語で書かれているところもありますが、大部分はフランス語なので読めませんから、ほとんど写真しか見ていません。それでも充分に面白い。未知の文化があります。

　フランスの鉄道車両は独特の丸みがあって、格好が良いのです。ただ、性能はさほど重視していないかも。ドイツやイギリスがデザイン重視なのに対して、アート重視な印象を受けます。ルノーは、運転したことがないから、なんともいえませんけれど……。

それで、ようやく帰宅しました。犬たちが大喜びしました。可愛いですね。留守中に、模型店から模型が4つも届いていました。うち3つは、中古品の機関車。1つは新製品です。それらを確かめただけで、まだ梱包を開けていません。明日から、また落葉掃除に復帰します。雪が降ることもなく、ずっと好天だったそうです。

　来年3月刊予定のエッセィの初校ゲラを読み始めました。今日を含めて3日で読めると思います。いつもよりも、ワープロの変換ミスが多かったように思います。きっと、Macの辞書が悪いのです。ずっと使っているわりに、全然オプティマイズしないようです。どういうわけか、こういったことが気になりません。作家の仕事に関しては、ルーズなようです。

　講談社文庫の『封印再度』が重版になると連絡がありました。第45刷になります。古い本が重版になるのは、やはり新しい本をつぎつぎ出しているからでしょうか。新刊が出なくなったら、昔の本も売れなくなって、書店から消えていくのでしょうね。たとえば、僕が若い頃には沢山並んでいた海外ミステリィが、今はほとんど絶版になっているように思います。日本の作家がそれだけ台頭してきた、と見るべきなのかもしれませんけれど。

　もう12月ですね（これを書いているのは11/26ですが）。特に、僕の場合はこれといって忙しくなるわけでもありません。年賀状は出さないし、お歳暮も出さないし、年末年始の挨拶回りもしないし、紅白歌合戦も楽しみにしていませんし。犬たちも、たぶん平常心だと思います。

　子供の頃には、正月がとても楽しみでした。もちろん、お年玉がもらえるからです。ここでもらえる額が、1年の予算になるわけで、まさに「一年の計は元旦にあり」のような状況ですが、意味が違いますね。この諺（？）は、1年の計画を元旦にきちんと立てなさい、という意味ですが、元旦に予定を立てるようでは、ちょっと遅くないですか？

　ものごとには手順というものがあって、計画を立てたら、それに応じて準備をしておく必要があります。ですから、来年の計を元旦に立てて、今年はその準備をした方がよろしいのではないかと。

　そうそう、12月には誕生日が（1日だけですけれど）あるので、子供のとき

は両親になにか買ってもらうことができました。自分では買えないようなものでも、理由がしっかりと説明できれば買ってもらえたのです。両親はそういう「理屈屋」でした。ですから、おもちゃや漫画は駄目で、なにか自身の役に立つもの、将来に向かって発展的な展望が抱けるものが、認められるのです。多くの場合、工具であるとか、無線機などが多かったと思います。今でも覚えているのは、テスタ（1万円くらいしました）ですね。アンテナを買ってもらったこともあります。高さ15mのタワーの頂上に設置するアンテナ（長さ約6m）で、そのタワーの方が（工事代で）高いのですが、父は建築業だったので、大工さんにお願いをしました。無線の免許を取得したことを認められて、買ってもらえたのです。指向性のあるアンテナなので、人力ですが、方向を変えることもできました。免許がなければ、送信ができません（受信はできる）。そして、免許がなければ、親に申請もできなかったと思います。

　勉強を始めたいから買ってくれ、では通りません。なんらかの結果を出して初めて、申請が認められる。これは、研究でも同じで、これから研究するときが一番資金が欲しいのですが、その段階では文科省は研究補助を認めてくれません。ある程度業績を挙げて、初めて有望だと認識されるのです。たいていの場合、その段階では、企業なども寄付や共同研究をしてくれるので、研究費にはさほど困りません。ある程度の成果を示さないと両親は息子に買い与えない、という官僚のようなシステムでした。

このようなシステムの傾向さえ把握できれば対処は簡単です。

2018年12月2日日曜日

専門家は昔話しかしない

　落葉掃除に復帰し、朝からドラム缶7基で落葉や枯枝を燃やしました。大きな枝（長さ3mくらい）も10本ほど溜まっていたので、電動ノコで短くして燃やしました（薪ストーブの燃料としても使えますが、それだともっと短くしないと

いけません)。落葉を集めにいく場所は、既に庭園の周辺部になっていて、焼却炉から遠い（50m〜100m）ので、落葉の詰まった袋を両手に持って歩くと、途中で息が切れます。ですから、まず途中まで運び、そこまで10袋全部が移動したら、また次の場所へ2つずつ5回運ぶ、という方式で移動させます。

そのあと、母屋の屋根に上がって、小型エンジンブロア（といっても1.2mくらいの長さで4kgほどあります）で、サンルームのガラス天井や、天窓や煙突の周辺に溜まっていた落葉を吹き飛ばしました。これが芝生の上に大量に落ちるので、下でまた掃除をしました。

落葉焼却率は85％に達しました。これを書いているのは11/27で、月末まであと3日あります。3日とも晴れていれば、11月中に作業が終了する可能性があります。ただ、明日あたりは雪になるのではないか、との予報です。今雪が降っても、根雪にはなりませんので、12月のどこかで掃除ができるとは思います。

犬の1匹が長女によってシャンプーされたので、デッキでブラッシングしたあと、みんなでランチを食べに出かけました。クルマで30分ほどの街で店を探しました。1時を回っていたので、どの店も駐車場が空いています。結局、イタリアンにしました（犬も入れるお店です）。初めての店でしたが、まあまあでした。食べたのはスパゲッティ。

PHPのエッセィ本の初校ゲラは、3分の2まで読みました。明日終わります。講談社文庫の編集部からは、来年5月刊予定の『χの悲劇』文庫版の初校ゲラを発送した、との連絡がありました。解説者をこれから決めるところのようです。

来年発行の本でまだ執筆していないものは、小説があと1作、エッセィ本は書下ろしが4冊あります。小説は今年中に仕上げ、年が明けてから、エッセィを3作立て続けに書いて、残り1作は夏になってからでしょうか。来年の秋には、また再来年発行の小説を書かないといけません。毎年同じようなルーティンです。

「○○問題はどのように解決すれば良いのか」といったタイトルの記事を読んでみても、答はそこに書かれていないことが何度もありました。最

近は、それが普通なのでしょうか。そこへいくと、森博嗣は『夢の叶え方を知っていますか?』と問いかけているだけで、「どうやって夢を叶えれば良いのか」とはしていません。「知っていますか?」「いえ、知りません。教えて下さい」「実は僕もよくわからないのです」という問答になっているかもしれません。

　では、そういった記事や本には何が書いてあるのか、というと……、過去の経緯が述べられているだけなのです。だいたい、専門家というのは、過去の経緯を知っている人たちのことで、なにか問題が表面化し、大衆の関心を集めたときにTVなどに登場しますが、どうすれば良いのか、いかに解決するのか、を述べることはまずありません。せいぜい、早急に解決してほしいですね、と言うだけ。あるいは、これこれ、ここをよく検討してもらいたい、というだけです。専門家というのは、これまでの歴史を語るだけで、現在の問題の解決方法を提案したり、どうなるのかを具体的に予測することはしないのです。

　政府や企業に対して提案できる立場の専門家は、公開の場には出てきません。それに、既にアドバイスをしているはずです。それでも問題は解決しない、そういう難しい局面だったりします。また、どのように展開するのかを予測して、もし当たらなかったら困るので、大勢の前で「きっと、こうなります」とは断言しません。あらゆる可能性を挙げることができても、どれかに絞るようなことはしたくないわけです。

　問題が大きいほど、これが顕著です。たとえば、国どうしの争いや、日本の将来を決めるような政策について、いろいろ解説なり本なりが世に出ているわけですが、これからどうなっていくのかは、まったく語られません。予測さえされていません。半世紀くらい昔に遡って、これまでに何があったか、似たケースではどうだったのか、そのときと今は状況がどう違うのか、などが説明されているだけです。

　よく「歴史に学べ」といいますが、経緯を知っていたり、昔の出来事を知っていれば、たしかに専門家になれるし、問題について説明する能力があると見なされると思いますが、でも、その問題をどう解決するか、については、どうやら「専門外」だということのようです。少なくと

も、マスコミに登場して、大衆に向けて語る「専門家」にとっては、確実にそうです。みんなが一番聞きたいと思っている「答」の専門家ではない、というわけです。

 そもそもTVなどには、第一線の研究者はまず出演しません。

２０１８年１２月３日月曜日
未来のクルマのイメージ

　早朝からはりきって作業服に着替え、落葉掃除を始めました。まず、ドラム缶3つで、落葉を8袋焼却。空になった袋を運んで、敷地の端、道路際で落葉を詰めていたら、トラックが2台近づいてきました。道路をトラックが走ることが珍しいので眺めていたら、森林管理組合の人たちで、道路の落葉掃除をすると言います。ちょうど、近くにうちの犬たちがいたので、撫でてもらいました。シェトランドだ、と話していたので、犬のことにも詳しそう。

　僕が使っている大型エンジンブロアと同等の機材を3人が担いで、道路際約300mの落葉を吹き飛ばし、道路の端に集めました。そこは駐車スペースになっている場所ですが、のちほど収集車が来て搬出してくれるそうです。1時間くらい作業をして、別のところへ行ってしまいました。もしかして、僕が道路に出て掃除をしていたので、やってくれたのかもしれません。とても助かりました。自分でやったら、3日はかかる仕事が一気に片づきました。

　落葉焼却率は90％となり、もう今やめても良い、という状況にはなっています。あとは、綺麗にしようという方向性が残っているだけで、実質的には問題がないレベルです。

　気分良く、そのあとも落葉を燃やしてから、ゲストハウスへ。凍結や雨漏りのチェックです。まったく異状ありませんでした。その後、スバル氏が来たので交替。彼女は掃除をすると言っていました。近々、ゲストがいらっしゃる予定があるからです。

庭園鉄道は、久し振りの機関車を出して走らせました。最初1周めは、線路上に異物があるので、多少ごつごつしますが、2周めからは滑らかに走るようになります。作業をしたあとなので、躰も暖まっていて、寒くはありませんでした。犬が乗せてほしがりましたが、犬が乗る車両はガレージの中で、出すのが面倒だったので、今日はおあずけとなりました。

　予報で雪になるとのことでしたが、降りませんでした。そういえば、東京は暖かかったですね。そのわりに、皆さん厚着でしたが、僕も家を出るときのために厚着だったので、目立たなくて良かったと思いました。

　スバル氏が庭園内で拾った枝などを使ってリースを作ったので、それを飾るために玄関前のデッキの柱に釘を打ちました。そういえば、今年の春は別のリースに鳥が巣を作って卵を産み、雛が孵りましたね、そちらのリースもまだそのまま飾られています。このほか、ゲストハウスはもちろん、庭園内にあるキッズハウスにもリースが飾られています。サンルームにも飾ってあったから、幾つも作ったようです。

　夕方の犬の散歩のとき、近所の知合いの家にリースを持っていきました。そこの家は、人間の赤ちゃんが生まれたばかりです。犬も2匹いて、ときどき散歩の途中で会うのですが、奥様のお腹が大きいことには気づきませんでした。

　PHPの3月刊予定のエッセィ本の初校ゲラを読み終わりました。余裕の進行です。講談社タイガの新しいシリーズの第2作を書き始めるため、引用する本を取り寄せています。明日くらいに届きそうなので、もう執筆できると思います。タイトルは、まだ決めていませんが、だいぶ絞られてきました。明日決定します。

　それを12月中に執筆できれば、今年の仕事はだいたい終わりかな、と思います。もちろん、ゲラはつぎつぎと届くことと思います（毎月発行なので当然です）。

　今乗っているクルマが気に入っている、と書きましたが、それでもいずれは買い替えないといけなくなることと思います。スバル氏は、次は電気自動車にすると話していますが、僕は、まだエンジンかな、とぼんやり想像。

クルマは今後どうなっていくのでしょうか。自動運転になるとしたら、そもそも自分のクルマである必要がなくなります。自分のクルマを買うのは、自分が運転したいからです。自動だったら、共有のクルマで充分でしょう。電話で呼んで、それに乗れば良い。タクシーよりは安く利用できるようになるはずです。こういったものが普及するには、まだ10年以上かかりそうだから、僕の人生にはさほど関係しないかもしれません。

電気自動車というのは、技術的にはシンプルで、主としてバッテリィの開発とソフトの構築くらいだから、基本的に今のクルマよりも安く製品が作れるはずです。今でも半分はバッテリィの値段ですから、バッテリィがコストダウンすれば安くなります。共有であるなら、個性を出す必要もなく、デザインもシンプルになって、ますます安くなることでしょう。

もちろん、格好の良いクルマに乗りたい人は、高いクルマを買えば良いので、そういったニーズの製品も（かなり高い値段で）出続けるとは思います。でも、エンジンが生き残るかどうかは微妙。たぶん、都市部では走れなくなるのではないでしょうか。郊外専門のクルマになりそう。

クルマが電気自動車へシフトしていくと、いよいよ機械系の技術屋さんが少数になることでしょう。鉄道もそろそろ成熟してきたし、飛行機もそれほど大幅な技術革新はありそうにない。残っているのはロボットくらいですが、こちらも、メカニカルな部分ではさほど発展の余地がなく、主としてソフトの開発になります。

ただ、今のモータによる駆動に代わるバイオ系のアクチュエータが登場すると、また1ステップ上がって、バイオメカニカルな技術が台頭することになります。若い頃には、もっと早くそうなると想像していました。クルマは、馬のように走るものになるのではないか、とかね。これも、僕が生きているうちには見られないと思います。

いずれにしても、今の日本は自動車産業にかなりの割合で支えられていて、これが電気自動車になったときに、関連産業の多くが立ち行かなくなりそうな気がします。既に手を打っているのなら別ですが、いかがでしょう。最近、そういった方面から遠ざかっているので、全然実情がわかりません。

エンジンのクルマを自分で運転できて、楽しい人生でしたね。

2018年12月4日火曜日
人間社会のシステム

　昨日、劇的に落葉掃除が進展したので、今朝は集めてあった落葉を燃やしただけ。夜の間に少し雪がちらついたみたいですが、朝から日差しが強く、あっという間に乾燥したいつもの晴天になりました。

　ガレージでは、大きい機関車の修理を行っていて、赤外線の電気ストーブの前で作業をしています。とても静かで、一人だけで黙々とボルトを緩めたり締めたり、手順を考えながら進めています。普通の模型だったら、横向きにしたり、ひっくり返したりすることができますが、この大きさになると、重くて（強度的に）横にすることもできません。横倒しにしたら、オイルが漏れたりします。ですから、その姿勢のまま整備をします。必要であれば、高く持ち上げておき、下から覗いたり、工具を差し入れたりします。

　お昼頃に、エンジンブロアをかけました。ガソリンを満タンにすると、2時間くらい作業ができますが、普通はガス欠になるまえに作業を終えます。今日は、やめようかな、と思ったところでちょうどガス欠となりました。2時間もやっていたんだ、とびっくりしました。庭園内はだいぶ綺麗になりました。苔は黄緑色です。もう落葉は降ってきません。落葉の焼却率は95％に達しました。明日で、終了宣言となるかもしれません。

　庭園鉄道も運行。今日は、ガソリンエンジンで走る機関車を出動させました。この機関車が引いている貨車は、少し大きめの無蓋車で、運転士（僕です）のほかに犬を1匹乗せることができます（人間ももう1人乗せられますが、滅多にそういう機会はありません）。昨日乗りたがっていたので、今日は乗せてやりました。

　新作用のフォルダを作りました。引用する本も届いたので、今夜にも引用箇所を決めようと思います。明日書き始めたら、ぎりぎり11月に執筆

開始になります。予定としては12月中旬に脱稿し、下旬に手直しかな、と考えています。合間にゲラ校正の作業が入るとは思います。

　講談社文庫『χの悲劇』のゲラが届きました。また、編集部からはカバーに使う写真の候補がpdfで送られてきました。Gシリーズの文庫版のカバーの不思議な模様は、すべて植物などの写真です。CGではありません。

　社会主義と民主主義で、どちらが経済的発展を実現できるか、という問題は、既に実験結果が出ているものと考えていましたが、社会主義の国も、自由経済を取り入れて修正をしているので、少しわからなくなってきました。

　民主主義は、情報社会となり隠し事ができなくなったし、また大衆受けする政策を優先しなければ政治家は選挙で勝てなくなりました。国家としての長期戦略よりも、目先の利益を望む国民がほとんどなので、政治は軟弱になり、国家として破綻(はたん)する方向へ進みかねません。一方、社会主義では、国家としての戦略が優先できますから、この点ではむしろ有利となりました。

　また、コンピュータの発展によって、資本家と労働者の関係にも変化が生じています。以前は、一部の資本家が、大勢の労働者に仕事をさせて利益を上げるというシステムが一般的で、生産性と賃金を両者の関係から決め、それが国家の経済をほぼ支配する構図となっていたのですが、大勢の労働者というものが不要になりつつあります。

　全員が働く社会というものが、既に破綻しつつあって、人件費を削減するため、無人で製産するシステムを構築する方向へシフトしているわけですから、その生産による利益は、大勢に行き渡りません。これは、国を通して国民へ還元する以外にない。こうしたところから、ベーシックインカムが話題になるわけで、社会主義的な考え方に近いものです。

　どうなるのかわかりませんが、人間というのは、働かなくても良くなったら、最初は喜んでのんびりできたとしても、そのうちにもっと良い暮しがしたい、経済的な格差があるのはけしからん、と不満を抱くようになること

でしょう。結局、社会主義が上手く機能しなかった歴史を繰り返すことになりそうな気がします。

　大昔の社会は、今よりも圧倒的な格差がありました。そもそも人権というものさえなかったのです。今では、いちおうは全員が権利を持つに至り、経済格差も過去のどの時代よりも少なくなりました。それでも、世界のどの国を見ても、格差がない社会は存在しません。社会主義の国の方が、むしろ貧困層が多く、顕著な格差社会になっている、という事実もあります。

　人間が頑張るモチベーションは格差が作る、と言っている人も多くて、個人的にはその理屈がよくわからないのですが、たしかにそのように観察されるのかな、とも思います。僕は、他人よりも良い暮しがしたいと思ったことはなく、そもそも他人の暮しに関心がありません。

　自分がどう考えるかではなく、どう考える人が多いのか、という視点が、僕には欠けているので、一般的なことは書きにくいのです。ただ、メカニズム的なものがだいたいわかっているのなら、どうして改善できないのだろう、と不思議に思うことはしばしばあります。

生き物は基本的に近視眼です。それを修正するのが理性です。

２０１８年１２月５日水曜日
人間に優しくない

　朝は氷点下6℃でした。犬が暗いうちに起こしたので、夜明けまえの霜で真っ白な庭園を眺めることができました。こういうとき、普通だったら「幻想的」と表現するのですが、僕のイメージする幻想は、こんなふうではありません。

　そのあと霧が出て（暖かくなる前兆です）、しばらくしたら日が射してぐんぐん暖かくなりました。燃やすべき落葉もなく、なにをしたら良いのか途方にくれています（幻想的なジョーク）。

　工作室でエンジンを分解し、ピストンのシーリングと動きの兼ね合い

を確かめました。自分が思っていたよりも、少し固めでちょうど良いのかもしれない、と思い直して、一度仮組みしてみます。エンジンは2気筒なのですが、整備をして圧縮などを確かめるときは1気筒ずつ行います。でも、実際には2気筒なので、どちらかで漏れたら、もう片方も力がでなくなるのです。2気筒あるから、より力強くなる、というわけにはいきません。

　これは人間関係でも同じで、1人のときはそれぞれ力を発揮する人材なのに、チームを組ませて2人になると、2倍の働きどころか1人のときよりも力が出ない、なんてことがあります。噛み合わない場合には、弱い部分から圧力が漏れて、共倒れになるというメカニズムです。

　こういったことは、ガソリンやディーゼルエンジンなどの内燃機関では起こりませんが、蒸気エンジンは、ボイラが共通であることから、起こりうるのです。日本の蒸気機関車では3気筒が最高ですが、イギリスには4気筒の蒸気機関車がありました。蒸気機関車が時速200kmで突っ走っていたのです。イギリスとドイツが鎬を削った時代です。

　ダウンを着て、鉄道で庭園をぐるりと1周してきました。冬の景色になりました。遠くまで見渡せます。今は小さい野鳥が沢山いて、あちらこちらで動き回っています。爬虫類や昆虫はこの気温では動けません。動いているのは、鳥かリスです。

　落葉掃除が終わったので、しばらく庭園鉄道関係の工事をするつもりです。まずは、信号機のセンサの実験と仮設置を進めます。また、線路を跨ぐ小径を新しく作るため、土を運ぶことになりそうです。

　さらに寒くなったら、外には出なくなります。工作室でいろいろ作りたいものが順番を待っているので、そちらへ勢力はシフト。ときどき、短時間だけ外に出て、試運転をする程度になることでしょう。

　新作は、引用箇所を決めて、目次を書きました（登場人物表はまだですが）。落葉掃除が終わったことですし、今日から執筆開始となります。『森遊びの日々』でカバーなどの方針で打合わせ少々。再校ゲラは12月中旬に届くとのこと。『χの悲劇』文庫版の解説者が決まったと連絡がありました。糸井重里氏の『みっつめのボールのようなことば。』の見

本ができたそうで、編集の方から連絡がありました。まもなくこちらに届きそうです。

　Yahoo!のオークションを久し振りに見ました。これも、落葉掃除が終わったための余裕といえます。ちょっと興味があるな、というものはウォッチリストに入れておいて、あとで考えることになりますが、ときどき、この登録をしようとすると、「登録しますか?」ときき返してくるときがあって、「登録」というボタンをもう一度押すと、「既に登録されています」というページになります。以前に登録したことを忘れていたわけですね。

　べつにどうってことはありません。でも、コンピュータ相手でときどきこういった目に遭うのです。相手がコンピュータだから見過ごしがちですが、相手が人間だったらおかしな具合になります。たとえば、店員に向かって、「これを欲しい」と指を差します。店員は、「お客さま、これをお買いになるのですか?」と確認をします。そう言っただろう、と多少むっとするかもしれませんが、間違いがあってはいけないので、ファイナルアンサをきくのかな、と思います。そこで、「はい、買います」と頷くと、店員は「お客さま、この商品は在庫がありません」と頭を下げるわけです。

　わかりますね、このちょっとしたズレ。つまり、在庫がないのなら、「買うのか?」と確認するな、ということ。買うかどうかを確認をするまえに、在庫がないことを言うのが礼儀ではないか、と客は思うはずです。

　コンピュータが処理をする場合でも、「登録しますか?」ときいておいて、「既に登録されています」はないだろう、と感じるのが人間だと思います。既に登録済みであるなら、「登録しますか?」という確認は不要（あるいは無駄）なのです。

　プログラムを組んだことがある人ならば、ユーザから確認を得たあと、データにアクセスして、登録処理を行うのだな、と理解するでしょう。そのルーチンで初めて、登録済みであることがわかるのだから、こういった対応になるのです。プロセスを知っていれば、道理が理解できると思います。本人の意思が確認されなければ、データへアクセスしない、という安全設計なのです。でも、これは人間に優しくはありませんね。

ちなみに、「人間に優しい」という言葉は30年くらいまえに急に流行りだしました。機械やコンピュータに対する評価ですが、人間以外に何に対して優しいのだ、という疑問は持ちました。おそらくそれ以前は、機械に対して人間が優しかったのでしょう。

 いうまでもなく、機械はすべて人間に優しく作られています。

2018年12月6日木曜日

ものを作る2つのプロセス

　今朝も寒かったのですが、日が射して気温が上がりました（といっても最高で5℃くらい）。風が強くて、樹が揺れていました。高いところで吹いているので、地上ではさほど感じません。でも、他所の土地から落葉が吹き込んでくるので、せっかく綺麗になった庭園内に落葉がちらほら。

　9時くらいにゲストハウスへ行き、ファンヒータをONにして、10時頃にまた行って、掃除をしてきました。けっこう大掃除ですが、僕が担当しているのは非常に局所的な部分なので、見た目にはそれほど変化がありません。トイレとか、排水とか、手洗いなどです。また、オーディオルームの掃除もしました。ついでにアンプに火を入れて（真空管なので、こう表現します）、音楽を流しました。掃除も捗ります。

　工作室では、大きい機関車のエンジンが組み上がり、エアテストもOKだったので、またフレームに戻す工程になります。この作業はガレージなので、ストーブが必要。組み上がるのは夜か明日になると思います。お風呂に入るまえに毎日やっているのですが、手が真っ黒になります。お風呂から出たあとはやりません。

　新作の執筆ですが、登場人物表を書きました。最初の1000文字を明日書く予定。いつも最初はこのようにゆっくりです。

「子供の科学」での連載が来年4月号から開始するために、先日初回の原稿を送りました。編集部から、それをレイアウトしたデザイン案がpdfで届きました。最初の見開きは3パターン。カラーです。そのほかの

ページは2パターンのデザインでした。どれも綺麗にまとまっていて、見ているだけで楽しくなります。タイトルをどうするのか、という案も来ました。でしゃばらず、お任せにしようと考えています。連載2回め分を、そろそろ書かないといけませんね。

この「子供の科学」の連載は、しばらくの間、僕が一番力を入れる仕事になると思います。ただ、入れすぎると空回りするので、そのあたりの力の抜き方が大事だとも思っています。そういうことを、教師を20年以上、作家を20年以上それぞれやってきて学びました。「教えたい」とか「伝えたい」などと思い上がらないこと。言いたいこと、書きたいことを全部出さず、1割くらいにしておくこと、などです。

筒井康隆氏の新刊『不良老人の文学論』が届きました。以前『実験的経験』文庫版の解説を書いていただいたのですが、その文章が掲載されているためです。感謝。

どういうわけか、この時期、ファンの方からお菓子などのプレゼントが(講談社経由で)届きます。コーヒーを淹れたときに少しずついただいています。感謝。お菓子以外にも、小物がいろいろ届きますが、最近多いのはなんといってもミニオンズです。もうミニオンズの顔も見たくない状態です(誇張)。

ものを作るときには、2つのアプローチがあります。1つは、ある完成形をイメージし、そこへ向けて必要なものを探し、準備し、それらを組み上げていく、という方法。もう1つは、手許にあるもの、興味のある材料を利用したい、発展させたい、と考えて、それが活かせるシーンを求めて展開する方法です。

小説でいえば、一番書きたいシーンとか、トリックとか、世界などのイメージがさきにあって、それに必要なキャラや設定を作っていくのが前者。使いたいキャラがまずあって、活かしたい設定がさきにあって、それらを発展させ、イメージを広げつつ作っていくのが後者です。

模型であれば、特定のプロトタイプがあって、それを作りたい、何を使って作ろうか、と考えるのが前者で、手許にある材料やガラクタなどを眺めて、これらを活かして作っていくのが後者です。

僕の場合、模型については、いつもは後者ですが、ときどき、あるシーンを思い浮かべて、そこへ向かって材料を集めることもあります。たとえば、今、鉄道の貨車が横倒しになって、中の砂利をシュートへ落とし、下で待っていたダンプカーに砂利が載せられるシーンが作りたいな、と考えて、どんな大きさでこれを実現するか、ダンプはどうするのか、などと考えています。

　小説では、だいたいの場合、シーンが先行します。さきに書きたいシーンがある。そこへ向かって、キャラを用意し、設定を考えることが多いと思いますが、シリーズものになると、途中から逆になります。既にキャラが存在し、大部分が知られているので、それを活かすものを考えるわけです。

　工芸家などは、さきに作る技術があって、その修業を重ねたうえで、最初は食器だけだったものが、芸術作品へと発展していくことが多いと思います。つまり、さきに材料や手法があって、のちに作るものを求めるわけです。芸術家でも、だいたいこのタイプでしょう。

　エンタテインメントになると、さきに作るべき完成品がイメージされ、それを組み立てるパーツを集める作業が増えてくるようです。映画などは、このタイプかもしれません。ただ、使いたい役者がいて、そこから企画が始まる場合があります。

　どちらが良い悪いという話ではありません。ときどき、自分がやっていることを分析する、ということが大事で、ときには、違うアプローチをしてみても面白いのではないでしょうか。

いつもと違うアプローチは、新鮮で面白いけれど疲れますよね。

2018年12月7日金曜日
哀愁のキャタピラ

　朝は寒いのですが、晴天続きなので、つい外に出て犬たちと遊んでしまいます。今はフリスビィがブームです。ガレージで組み立てている機

関車は、昨夜にエアテストを終え、現在はボイラの配管をしているところ。午前中に1回、銀ロウづけをしました。ガスバーナや硫酸などを使う作業です。

　新作は、1000文字を書きました。上々の滑り出しです。『χの悲劇』の初校ゲラが届いているし、まもなく『森遊びの日々』の再校ゲラが届きます。『月夜のサラサーテ』の電子版見本もiPadで近々届く予定。11月はほとんど作家の仕事をしませんでしたから、今月はちょっと頑張りましょうか（といっても、1日1時間以内で）。

　スバル氏が洋服を買いにいくと言ったので、「庭で作業をしたり、犬の散歩のときに着るダウンが欲しい」と要望を伝えたところ、出かけるまえに僕のクロゼットへ行き、「これも、これも」と8着くらいダウンを出してくれました。「全部君のだからね」とおっしゃいます。僕は、そのうち7つはスバル氏のものだと思っていて着なかったのです。実情を再確認し、「もう買ってこなくて良いから」と頷きました。

　スバル氏が出かけたので書斎に戻り、コーヒーを飲みながら、いただきもののお菓子を食べながら、読書。今は、キャタピラの本を読んでいます。キャタピラの機構や歴史が書かれている本で、アメリカのものです。「キャタピラ」というのは登録商標なので、一般的には「クローラ」といいます。最近、日本でも「クローラ」の方がメジャになってきたのかも。「キャタピラ」は、「芋虫」の意味です。日本語では、「無限軌道」といいますが、実際にこの言葉を耳にしたことは一度もありません。「軌道」とは、鉄道の線路などのことですから、キャタピラは、沢山の車輪の外周に柔軟に曲がる線路が巻き付いている状態だということです。鉄道と違うのは、ラックで噛み合って、車輪とレール（キャタピラ）がスリップしない点です。

　雪道をタイヤで走ることは、物理的に無理があります。その理由は、円形のタイヤが地面に接しているのが、ほんの一部だけだから。接地面積が少ないのは、走行抵抗が少なくなる点では良いことなのですが、スリップしやすい状況です。そこで、円形のタイヤを正三角形にすれば、地面に1辺が接してスリップしなくなりますが、このままでは、回転

ができません（できますが、ごつごつとして酷い乗り心地になることでしょう）。そこで、三角形の周囲にキャタピラを巻き付け、そのキャタピラだけを回せば、接地面を大きくしたまま走行できるというわけです。

このようなキャタピラ型のタイヤを履いている車両を、ときどき近所で見かけます。多くはトラクタで、不整地や畑を走るための仕様で、夏でもこのままです。冬は、そのトラクタにブレードをつけて、除雪をしているようです。

ところで、僕が子供の頃、おもちゃの戦車やブルドーザのキャタピラは、ほぼ例外なくゴムでできていました。このゴムがすぐに劣化して切れてしまうのが悩みの種だったのです。今も、小型の除雪機や耕運機で、ゴム製のキャタピラがありますが、さすがに実物はそう簡単には切れません（内部に繊維が入っているため）。

今は、タミヤの戦車などは、プラスティックのパーツをつなぎ合わせてキャタピラを完成させます。金属製のキャタピラも、オプションで発売されています。実物の戦車のキャタピラは、もちろん鉄製です。ゴムでは、攻撃されたら切れてしまいますし、修理が大変です。金属のキャタピラは、チェーンのようになっていて、壊れたら、そのパーツだけ取り替えて現場で直すことができます。ちなみに、市街地の道路を走るときは、道路が傷まないように、ゴムが貼られたキャタピラを装着するようです。

以前は、庭で自分が乗って走るキャタピラの乗り物が欲しいと考えていました。小さいトラクタか、あるいは戦車の3分の1スケールくらいの模型です。でも、今の庭は苔が地面を覆っているので、キャタピラの車両が走ったりしたら、たちまち苔を剝がしてしまいます。ですから、その夢はあっけなく諦めました。苔の方が大事です。

2台の除雪車が、ゴム製のキャタピラを装備しています。除雪車が出動するときには、雪が積もっているわけで、苔の上を走行しても、たぶん5cm以上の厚さの雪が間に入るため大丈夫なのです。この2台の除雪車は、40万円くらいと20万円くらいのもので、いずれも小型です。自分の土地の除雪をすることを想定したサイズ。これが運ばれてきたときは、トラックに載せられ、降ろすときはスロープを自走して下りてきました。

これらは、キャタピラが左右で同じ回転をします。方向を変える機能はありません。進路を変えたい場合は、後方で操作している人が、力任せで左右に向きを変えるだけです。キャタピラは前進か後進しかしません。つまり、人が乗り込んでしまったら、思ったところへは行けないわけです。

　進路が自由になるためには、左右のキャタピラの回転速度に差が出るような操作が必要です。これができる乗り物は、ユンボクラスにならないとないのかも。ユンボが欲しいところですが、自分でメンテナンスができないから、今は我慢をしています。もし、あったとしても大して利用目的はありません。もう鉄道の大工事は今後はないと思いますし。

『博士、質問があります!』にもキャタピラで書きましたね。

2018年12月8日土曜日

腹で息ができるのか？

「子供の科学」の第2回の連載の記事を書きました。記事の執筆は比較的簡単ですが、説明のイラストを描かないといけません（僕が描くのはポンチ絵で、これを元にイラストレータが正式なものを描いて下さることになっています）。文章も、普段のエッセィや小説に比べたら簡単とはいえません。文字数が少ないし、細かいこと、詳しいことを書けないし、取捨選択が難しい。慣れるまで、しばらく苦労することになりそうです。

　何故、鉄道の線路は、溝ではないのか（プラレールのように線路が溝で、そこに車輪が嵌り込んで走るようにしなかった理由は何か?）。車輪には、フランジという出っ張りがあり、左右の車輪のそれぞれ内側にあります。これのおかげで脱線しないわけですが、では、何故フランジを内側にしたのか（外側でも良いのではないか）。などの基本的なことを書こうかな、と思いましたが、書くとそれだけで文章が大量に必要になってしまいます。

　また、「転がり抵抗」についても書こうかな、と考えましたけれど、これも理屈を書いたら難しくなってしまいますね（どうしても、モーメントの話にな

る)。よく、怪力男が旅客機を1人で引っ張るというパフォーマンスがありますが、転がり抵抗（車輪などがあるものを引っ張るのに必要な力の重量との比）は、1000分の1以下ですから、100tの飛行機も、100kgの力で引けます。

　ちなみに、綱引きという競技が、運動会やお祭りなどで行われていますが、あれは一見「力比べ」に見えるのですが、実際にはほとんど「体重比べ」になります。トータルの体重が重い方が勝ちます（ですから、試合のときはポケットに沢山重いものを入れて臨みましょう）。地面や靴などの摩擦は、ほぼ重さに比例して生じます。いくら力が強くても、軽ければ自分が滑って動いてしまうだけです。

　大学では、力学も教えていたので、講義でときどきこんな話をしました。力学は、普段の生活に活かせる話題があるのですが、そのわりに基本的なことを義務教育では教えていません。たとえば、2人で1つの煎餅を摑み、煎餅を割って、割れた位置で煎餅を分ける、という場合に、どのような力の入れ方をすれば得か、という話をしたことがあります。

　朝から、エンジンブロアを2時間ほどかけました。1週間まえくらいにかけたのですが、それ以降、風が吹いたりして、他所の土地から落葉が飛んできたのです。掃除をしたあとはとても綺麗になって気持ちが良いものです。曇っていたので、さほど寒くはありませんでした。

　ガレージの機関車も組み上がり、時間のあるときにまた試運転をするつもりです。いろいろやりたいことが溜まっていて、順番待ちの状態。

　作家の仕事は、執筆を2000文字。トータルで3000文字になりました。もう全体が見えてきました。

　このまえ、ネットで「腹で息をする」という言葉を見かけました。たまに耳にしますね。でも、どういう意味か、深く考えずに使っている人が多いのではないでしょうか。これは、たぶん「腹式呼吸」から来ている表現だと思います。でも、呼吸をするのは胸にある肺のはずで、腹の胃で息を吸ったり吐いたりするのではありません。多くの人が、この言葉から、胃で息をするのだ、と勘違いしていそうです。

「腹の中では、どう思っているやら」という言葉もあります。まるで「腹」で考えることができるような表現です。昔の人は、頭で考えているとは、考えつかなかったのでしょう。同じようなもので、「腹を見せ合う」なんてのもあります。言葉のままの事象ではないので注意しましょう。「腹の探り合い」も同じく。

そもそも、「頭を使え」と指摘されても、ヘディングをするとか、頭突きをするとかではありません。それでは、頭の外側を使っているだけです。「頭に来た」というのも、慣用句ですが、何が頭に来るのでしょうか。感情も怒りも、もともと頭から発生するものですから、頭に来るわけにはいきません。困った事態のことを「頭の痛い問題だ」などといいますが、頭痛は、困ったときに起こる症状ではありませんね。

「頭を下げる」は、人間の場合は、腰を曲げて上体を前傾させることです。前を向いたまま、膝を曲げても頭は下がりますが、それでは「頭を下げた」ことにはならないのです。「腰が低い」というのも、身長が低いとか、足が短いことではありません。

「足を使って稼いだ」と聞くと、人一倍足が器用なのかと思いがちですが、ただ「歩いて」という意味です。「手」はいろいろ使えるのに、「足」は「足を出す」とか「足に余る」などあまり使えない感じがします。

スバル氏が、指が出ている手袋を使っていて、僕にもすすめるのです。力のいる仕事をするのに便利で、しかも細かい作業ができるとのこと。指が出ていても「手袋」なんだな、と僕は思いました。まだ買っていません。「手の平袋」と呼べば良いのかもしれませんが、裏側の手の甲は袋に入らないのか、と難癖をつけられそうです。「腹巻き」だって、背中も一緒に巻いているじゃないか、と言い返せるとは思いますが……。

「頭に来た」と「腹が立つ」が同じ意なのも、げせません。

2018年12月9日日曜日

スーパマンと人間チームの綱引き

　ここ数日エンジンの分解整備をしていた機関車が組み上がったので、今日はこれに火を入れてやりたいな、と考えていました。朝は、はりきってエンジンブロアを2時間ほどかけました。庭園内はずいぶん綺麗になりました。11時頃に終わったので、それから機関車を出して、石炭を入れてスチームアップ。気温は低いのですが、風がないので寒さはあまり感じません。機関車は触れないほど熱くなるので、冬の遊びとしては適しています。

　圧力が上がったところで、ゆっくりとスタートさせました。走りは以前より良くなりました。やはり、思ったとおり。あちらこちらを直して、だんだん状態が良くなってきた感じです。あちらこちらのパフォーマンスがばらばらなわけですが、そのうち最低のもので全体のレベルが決まります。平均したレベルになるわけではありません。それが、機械の一般的な特性です。人間のチームだったら助け合うことがあって、誰かの欠点をカバーしたりしますけれど、機械は無情です。

　ですから、その一番悪い部分を直してレベルアップさせると、全体として少しパフォーマンスが向上します。でも、劇的には改善されません。別の箇所のレベルが足を引っ張るからです。次はそこが最低箇所になる、というわけ。こうして、つぎつぎに一番悪いところを見つけて直していくと、だんだん全体の性能が上がってきます。悪い箇所が1つだけだったら、そこを直すと劇的にレベルが上がるのですが、そういった嬉しい現象は滅多に起こりません（コンピュータのプログラムならありますが）。やはり、確率的にそれぞれがばらついているわけです。一番悪いところがどこか特定できないうちは、直しても目に見える効果は観察されません。でも、そのときに既に潜在的に良くはなっているのです。

『月夜のサラサーテ』電子版の見本がiPadに入って届き、これを確認しました。これが今年最後の本になります。クリームシリーズももう7作めになるのですね。よくもこんなに書くな、とときどき思います。今日は、新作

は3000文字しか書けませんでした(30分しか仕事をしていない)。楽しいことをし過ぎましたね。トータルで6000文字になりました。完成度は5%です。

昨日の鉄道の話で、やはり答を書いておく方が良いかもしれません。知りたい人は自分なりに考えたり、ネットで検索したりするのでしょうけれど、そもそも大半の人は問題を把握できないと思われます。答を書いておくと、「ああ、そういう問題だったの」とやっと気づけるかも。

まず線路が溝でない理由は、異物が溝に落ち込むリスクを避けるためです。石などが嵌り込むとやっかいです。また、溝が深いと車輪と溝の壁で摩擦が大きくなります。フランジが車輪の内側にあるのは、脱線を防ぐためです。カーブなどで遠心力を受けた場合、車両がカーブの外側へ寄りますが、内側にフランジがあると、カーブの外側の車輪のフランジがレールに乗り上げ、結果として車両をカーブの内側に傾けることで、遠心力の反対方向へ戻す効果が期待できます。カーブでない場合でも、脱線しようとした方向と逆へ、車両を導きます。外側にフランジがあると、逆に脱線しやすくなるのです。

綱引きの話も、少し補足しておきましょう。たとえば、スーパマン1人と人間100人が綱引きをしたとします。この場合、もちろんスーパマンが勝たないとお話になりませんが、それが実現するためには、スーパマンの体重が人間100人分よりも重い(つまり10トンくらいある)ことなのか、と疑われます。そうでないと、いくら力が強くても、地面の摩擦で滑ってしまうからです。

ただ、スーパマンは(不思議な力で)空を飛べるので、地面に立ったまま下方向へ加速することも可能なはずです。こうすることで、地面に踏ん張って摩擦を上げることができます。ただし、この方法だと、スーパマンの足は運動場の土にずぶずぶと沈み込んでしまうでしょう(人間と同じ足の大きさで10トンですからね)。そうではなく、綱を引く方向へ飛ぶ力を発揮すれば、地面の摩擦など使わず、後方へ綱を引けるはずです。

ところで、どのようにしてスーパマンは飛ぶのか、という道理が説明されていません。通常は、ものが加速するためには、逆方向へなんらかの質量を放出しなければなりません。ジェットエンジンもロケットエンジンも

後方へ噴射しています。スーパマンは、見た感じ、何も放出していません。もし、ジェットエンジンのようなメカニズムなら、綱引きのときに、相手チームの100人が猛烈な空気圧に晒されることでしょう。とても綱引きができるコンディションではありません。

　先日ちょっと書いたイオンクラフト（UFOが飛ぶ原理かもしれない代物）も空気の流れを作っているので、結果として同じです。地球から離れると、宇宙空間には空気はありませんから、ジェットエンジンもイオンクラフトも推進できません。ロケットは宇宙でも機能しますが、これは燃焼したガスを放出するからで、もともと自分が持っていた燃料を燃やしています。ですから加速するほど自分は軽くなります。スーパマンも、なにか放出しないと飛べないはずで、飛ぶと体重が減ることはまちがいないと思います。いくら不思議な力でも、物理法則に反することはできません。

　踏切で電車に轢かれそうな人を助けるため、スーパマンがもの凄い速度で飛んできて、間一髪でその人を抱きかかえ飛び去ったりしますが、電車より速いわけですから、スーパマンにぶつかって人間はひとたまりもない結果となります。抱きかかえたあとの加速も、人間は耐えられないはずです。カルタ取りで豆腐を取り合う様子を想像してみて下さい。スーパマンがいくら凄くても、人体が柔すぎるのです。これを書くのは3回めですね。力学の講義で毎年話していたネタです。

　スーパマンは人間がつけた呼称なのに、胸の「S」は偶然か？

２０１８年１２月１０日月曜日

あられ、ひょう、みぞれ

　落葉掃除も終わり、庭園鉄道の小工事も一段落し、機関車の試運転も済んだし、作家の仕事以外はちょっと一息、暇な状態になってきました。というわけで、のんびりとしています。こういうときは、ついコーヒーを飲み過ぎ、チョコレートを食べ過ぎる嫌いもあり、本当に躰を休めているのか、と疑いたくもなります。どうなのでしょう、のんびりだらだらしてい

るときは、機械が使われずオイルなどが固着し、錆が広がるような状態で、放っておいたらそのまま動かなくなりそうな気もします。機械は、毎日ほどほどに動かしている方が調子が維持できるものです。

　躰はのんびりしていても、頭が動いている、という反論もあろうかと思います。この場合、頭がどのように動いているかによりますね。たとえば、TVをぼうっと見ているとか、ミステリィをただ読んでいるとか、その程度なら、あまり動いていないかもしれません。寝ているのとさほどかわりがないかも。でも、沢山寝ることは一般に健康に良いと認識されていることでしょう。どうしてそういった認識になるのか、と問えば、生物としての不思議な成立ちに帰着しそうな気がします。

　スバル氏が出かけていったので、犬たちと留守番をしていました。うちの犬たちは、犬だけで留守番をしたことがありません。犬だけを残して出かけることは、森家ではありえないのです。犬をどこかに預けたこともありません。ということは、誰か人間が1人は残っていなければならないわけです。家族揃って出かける場合は、必ず犬も一緒です。これは、人間の幼児を考えていただければ、ご理解いただけるところでしょう。といって、ほかの家の犬のことに注文をつけるつもりはさらさらありません。それぞれの家で、それぞれのポリシィがあることです。

　宅配便が来る予定なので、犬たちと外に出て、庭園内を散策する場合も、母屋から離れることができませんでした。犬は、もっと遠くへ行こうと誘いますが、またあとでね、と言い聞かせました。

　スバル氏もようやくクルマのタイヤを交換することになったようです。明日工場へ持っていく、と話しています。長女が一緒に行くようなので、明日もまた犬と留守番になりそうです。

　新作は4000文字を書いて、トータルで1万文字になりました。のんびりと書いています。教育利用の支払い明細が届きました。今年も沢山試験などで使われたようです。

　自然の中で生活をしていると、天気の影響が都会よりは大きいことを実感します。明日の天気を知らなければ、今日の行動が決まらない場合が多いのです。そこで、天気予報が頼りとなります。天気予報は、

ほぼネットでしか見ていません。まえにも書きましたが、TVなどの天気予報は、予報の範囲が広すぎるから、見る時間が惜しく感じます。だいたいの人がそうだと思いますが、他所の土地の天気が知りたいわけではありません。

　日本の天気予報では、「晴れときどき曇り」と「晴れ一時曇り」などの表現があって、どちらが「曇り」が多いのかが気になります。「ときどき」とは、その時間内のところどころで数回なのかな、「一時」は、その時間のどこかで1回だけなのかな、と受け取られやすいと思いますが、そうではなく、「ときどき」は半分ほどの時間が曇る、「一時」は4分の1ほど曇る、という意味だそうです。時間のトータルの割合だということ。

　僕が不思議に思うのは、「晴れ一時雨」があるのに、「雨一時晴れ」を聞かないなあ、という点です。4分の3が雨だったら、そうなりそうな気がします。「雨ところにより晴れ」もあまり聞きません。あくまでも、「晴れところにより雨」なのでは？　僕の認識不足でしょうか？

　そうそう、パーセンテージが示されていて、同じ雨の予報でも、50％のときもあれば、90％のときもあります。雨が50％だったら、それは「曇りときどき雨」ではないのか、と思いますが、そうでもないみたいで、必ずしも僕の解釈が正しいともいえません。なかなか奥深い世界だと感じます。

　ちなみに、英語では、「occasional」がよく出てきます。「occasional rain」などが、「ときどき雨」に当たります。「一時」だったら、雨の「chance」がある、といいます。日本人は、チャンスは良いことにしか使わないみたいですけれど、そうではありません。理系が使う「可能性がある」は、この「chanceがある」の意味です。

　たぶん、天気の予報で一番難しいのは、「雨」か「雪」かではないかと思います。その判断には、気温の垂直方向の分布が把握されている必要があって、精度の高いシミュレーションをするには、観測データが足りないのではないか、と想像します。実際、同じ雲でも、ほんの少しの差で雨になったり雪になったりします。

日本語だと、あられ、ひょう、みぞれ、などが雪と雨とは別にあります。英語で、みぞれは「sleet」ですが、あられ、ひょう、は何というのか知らなかったので調べてみたら、「hailstone」だそうです。聞いたことがありません。ひょうは、あられの大きいやつですが、たしか気象庁の定義では5mmが両者の境だったと思います。これは、コンクリートの砂利（粗骨材）と砂（細骨材）の境が5mmなのと同じですね。粒の大きさで名称が異なるのです。岩と石も大きさの違いだと思いますけれど、明確にサイズは定義されていないのでは？

 もちろん、こうした数値の規定以前から言葉はありましたが。

2018年12月11日火曜日

探しものは何ですか？

　今朝も寒かったのですが、7時過ぎには犬の散歩に出かけました。雪が降ろうが道路が凍結していようが、毎日早朝に犬の散歩があります（夕方にもあります）。暖かい格好をして臨みますが、寒さよりも滑って転ぶことの方が恐いのです。今はまだ雪や氷がないから、どうってことはありません。冬も本番となれば、何日間くらい道が凍っているか、が一番の関心事となります。短ければ3週間、長ければ2カ月間くらいでしょうか。

　いよいよ工作のシーズンとなってきたので、工作室でスペースをあけて、プロジェクトを進める準備をしています。やはり、なによりも大事なのは広い場所です。創作的な行為のためには、自由に使える快適なスペースの確保が第一だと思います。広いだけでは駄目で、過ごしやすい環境であることが大事。この場所に対する執着は、僕の特性かもしれません。小説を書くまえに椅子を調達したように。引越を何度も繰り返してきたのも、より良い環境を求めてのことです。

　環境には前向きですが、精神的なコンディションには後ろ向きかもしれません。大雑把に書くと、自分がやりたいと思っていることにはブレーキをかけ、あまり気が進まないことに対しては後押しする、というような操

作がある程度必要であると認識しています。これが自己コントロールの基本だと考えているからです。それをしないと、あまりにいいかげんな生き方になってしまいます。毎日コンスタントに進めること。やりたいとか、やりたくないとか、そんな感情に支配されにくい環境を築くことが大事でしょう。

　何度も書いていますが、やりたいという気持ちを頼りにした前進ほど、脆いものはありません。多くの方が、これで沢山の挫折を経験されているはずです。「やる気」といった言葉が出てくるのも、結局はこれが原因でしょう。「やる気を出そう」といった間違ったモチベーションに頼ることが、そもそも問題だと思います。むしろ、やる気にはブレーキをかけるくらいの制御が必要です。好きなことほど自重しないと、嫌いなことはなにもできなくなります。

　さて、新作は今日は5000文字を書いて、トータル1万5000文字になり、完成度は13％となりました。ぼちぼちですね。抑えている感じではなく、書きたくないのを騙し騙し書かせている感じ。

　毎年この時期になると、鉄道の除雪車を自作したいと考えます。既に、市販の除雪機を改造した除雪車両が何台か在籍しているのですが、そうではなく、完全に自作の除雪車です。ブレードも回転翼も自作してみたいのですが、今から作っても雪には間に合わないから、と冬が過ぎてしまい、暖かくなると忘れてしまう、という繰返しです。

　先日、洗濯機が変な音を立てていました。今までに聞いたことのない音だな、もう古いからそろそろ寿命かな、などと考えていました。さすがにスバル氏も気づいたらしく、「変だ」とおっしゃっていました。その後、僕は手出しをしなかったのですが、スバル氏は珍しく探求されたようで、「これが原因だった」と言いにきました。

　洗濯機の中で、L型の金具が引っかかっていたのです。それは径2mmほどの真鍮棒で、長さ10cmくらいのものを中央で直角に曲げてありました。しかも、片側の端はネジが切ってあり、そこに小さなナットが嵌っていたのです。明らかになにかの工作物の一部です。

　どうやら、僕が着ていた服のポケットにそれが入っていたらしく、洗濯

機の中で引っかかり、異音を発していたということです。

スバル氏の問題は、これで解決を見ましたが、僕の問題は、ここからがスタートです。その部品は何か、ということが思い出せません。どこかでそれを拾った記憶はありました。庭園内のどこかです。室内だったらポケットには入れません。外で見つけて、これは大事なものだろう、と思ったので、ポケットに入れて、そのまま忘れてしまったのです。おそらく1カ月以内のことです。なにかの作業中で忙しく、すぐに処理ができなかったのです。

その真鍮L型棒には、端の方に黒い塗装の跡もありました。洗濯機で塗装が剥がれたのか、もともとそうだったのかはわかりませんが、黒いのは機関車かなにかに多い色です。いったいどこのパーツだろう。直径やネジなどから、インチ規格ではなく、ミリ規格の工作物だと判明。古い機関車ではなく、自分で作ったものの一部である可能性が大です。最近外で走らせたものは、100台くらいありますが、それのどれかでしょうか。

見たことのあるパーツであるのは確か。でも、どこで見たのかは思い出せません。そんなに大事なものではないことは確か。だから印象が薄いのです。ここ3日ほど、ずっとそれを考えているのですが……。

 このL型棒については、現在も使用目的が判明していません。

2018年12月12日水曜日

酔っ払いが排除される未来

朝起きて、犬を外に出したあと、ご飯をやって、ミルクティを作ってから、書斎へ行き、メールを読んだら、沢山の方から祝福のメッセージが届いていました。今日は誕生日でしたか、と認識しました。べつに特別でもありませんけれど、わざわざメールを下さった方には感謝いたします（リプラィの代わりにここでまとめて）。

プレゼントも幾つか届いていて、これからも届くかもしれません。自分

でも、年末になると予算の残りを鑑みて、たいていなにか買うことにしています。今年は、おもちゃを5つくらい買いました。高いものではありません。どれが誕生日プレゼントで、どれが平常の買いものか、区別は定かではありません。

　午前中、2時間ほどブロアをかけました。落葉掃除と、線路に落ちた異物を取り除くため。この異物とは、枯枝か石ですが、空気で吹き飛ばすのが最も簡単なのです。ですから、ブロアを先頭車両に取り付けておいて、前方へ風を送りながら走らせれば具合良く異物が除去できると思います。実際、そういった車両を作ったこともあります。でも、ブロアをかけながら庭園を歩き、そのついでに線路もクリアにする方が、作業として一石二鳥で楽かな、と思います。

　お昼頃には、風も収まったので、ドローンを飛ばしました。樹の葉が繁っているうちは、上空を飛ばすと見えなくなりますが、今は空が広く見えて、操縦ができます。また、上から地上を撮影するのにも向いているわけです。敷地内の観測に利用しています。

　新作の執筆は、5000文字だけ進み、トータルで2万文字になりました。完成度は17%です。大規模なシステム障害みたいなストーリィなのですが、奇しくも昨日はソフトバンクの通信障害が話題になっていました。利用者の中には、その時間にとても大事な連絡をしなければならなかった人も大勢いると思います。こういったリスクをいつも覚悟しておかないといけません。損害を補償してはくれませんから（そういう契約のはず）。スマホで買いものをするようになったら、もっと大混乱になりそうです。というか、将来はエマージェンシィに備えて、スマホの中に別の通信手段を用いるサブセットを装備するようになるのでは。

　ニュースを見ていて、「どうしてこんな馬鹿なことをしたんだろう？」と首を傾げるようなトラブルの多くは、酒に酔っている人の愚行が原因です。こういったときに、「二度とこのようなことがないように」と謝罪し、反省したところを周囲に見せることになりますが、どういうわけか、「二度と酒は飲みません」と宣言する人はいません。「なんだ、結局その程度の反省なんだな」と思わずにいられません。心の底から反省しているの

なら、以後酒を断ったら良いのに、と思いませんか？

　断酒宣言ができないのは、「自分が悪いのではない、酔っていたせいだ。酔えば誰だって失敗することはあるはずだ」と考えているからです。「たまたま自分は不運だった」という気持ちで頭を下げているだけなのです。そういう人がいくら素面(しらふ)で反省しても、酔えばまた同じことをするでしょう。何故なら、それがその人の「本性」だからです。

　本性を現さないように、理性でカバーするのが人間です。それが社会のルールでもあるわけです。ですから、理性を失うリスクのある酒を断つことで、反省している本気度を示してもらいたいと考えますが、いかがでしょうか？

　このまえ読んだ記事では、酒に起因した損失を日本全体で見積もると、1年間で3兆円にもなる、とありました。計算の根拠など、詳しいことはわかりませんし、立場によっていろいろ意見があろうかと思いますが、現に酒で失敗する人は大勢いるし、本人だけでなく周囲にも多大な迷惑が及び、犯罪にもなります。人が吸う煙草(たばこ)に嫌悪感を抱いて、バッシングする風潮がありますが、酒の被害の方がはるかに大きいことは、誰も否定できないでしょう。

　だからといって、酒を禁止しろ、といいたいのではありません。煙草も酒も自由だと僕は思います。でも、自己責任で嗜(たしな)むということ。自動車を運転すれば、人を殺す危険があるように、酒を飲むことも、非常に大きなリスクを伴う行為だということです。

　クルマの運転は、酒を飲んだらできません。周囲もさせません。運転をしたら、無関係な人が害を被(こうむ)る危険があります。以前は家の中で飲んでいれば、家の中の家族が被害を受けるだけでしたが、今はネットがあるから、外界ともつながっているので、飲めば当然、周囲の関係者に広く害が及ぶことになります。酔っていたらクルマやスマホが動かないようにしてはいかがでしょうか？

　未成年者は、飲酒を禁じられています。成人にはそれが許されている。その差はどこにあるのか、という点をもう一度考えるべきでしょう。今後、ますます飲酒に対する規制は厳しくなっていくと思います（だいぶまえか

ら、書いていることですが)。

「酔っ払い」が、外を歩ける社会は、もう長くないことでしょう。喫煙と同じように、いずれは規制される方向だと思います。自分の部屋で、静かに楽しむ「趣味」になっていくのかな……。世界的に見て、明らかにその方向へ進んでいる、という観察事項であり、個人的な希望・願望ではありません。

　酒について書くと、(隠れた) 反発の声が聞こえてきます。

２０１８年１２月１３日木曜日
ゲストハウスでパーティ

　昨夜は僕の誕生日だったためか、スバル氏が作った夕飯はひつまぶしでした。ウナギなんか、どこで買ってきたのか知りません（それ以前に、ウナギだったかどうか確証はありません）が、通販でしょうか。もちろん、きいておりません。美味しかったので、なんの問題もなし。

　今朝は、辺りは真っ白で、ついに雪かなと思ったのですが、霜が降りただけでした。日が昇って暖かくなり、10時頃には気温がプラスになりました。ゲストが4人いらっしゃる予定なので、ゲストハウスのファンヒータをつけにいき、一度帰ってきて母屋で温もってから再びゲストハウスへ行き、薪ストーブを着火してきました。

　庭園鉄道も乗れるように準備をしました。ゲストは4人ですが、いつも運転される常連さんなので、列車を2台出しておきました。いちおう、最初に1周して線路に異状がないことだけを確かめておきました。犬がすぐ横を歩いてついてきましたが、乗れる貨車ではなかったので、諦めて戻っていきました。

　講談社から『月夜のサラサーテ』の見本がもう届きました。発売されるのは、12/14頃ではないかと聞きました（担当編集者であっても、新刊がいつ書店に並ぶのかは精確にはわかりません）。これで、なんとか無事に2018年の仕事は終えられたことになります（執筆も仕事ですが、そちらは年末年始も休

みなし)。

　ネットオークションに、クレジットカードで登録していて、購入した場合には、そこから引き落とされるようにしています。今年になってから、何度か決済ができないことがあり、クレジット会社からメールが来て、そこへ電話をし、確かに本人が買おうとしたものだ、と言わなければなりませんでした。カード会社では、コンピュータが自動的に「怪しい引き落としだ」と判断してしまうようです。電話をかけると、1カ月くらいは大丈夫だそうです。その後はまた警戒モードになって、同じようにエラーとなります。これでは、「クレジット」といえないのではないか、と感じますが、いかがでしょう。

　それくらい、カード会社としては偽装決済による損失が出ていて、やむをえない対処なのでしょう。電話で話を聞いたところでは、あらかじめ、「今からこの店で使いますよ」と知らせれば確実にカードが機能するそうです。それだったら、現金を支払った方が確実なのではないか、と思いますが。

　これから、支払いはすべて電子化されてくるわけで、本人かどうかを判断するため、いろいろな工夫がされることと思いますが、そのつど、悪用する方もそれに対処してくるから、決定打となるような方法は登場しないというのが、道理かもしれません。

　ネットオークションの場合、入札する時点で、カード会社へ確認が行くわけです。入札された金額が実際に使われるかどうかは無関係です。だいたいの場合、入札金額は高めに入れることになりますから、あっという間にカードの使用限度額を超えてしまうでしょう。まえにも書きましたが、使用限度額は約2カ月間での累計になります（1カ月ではありませんので、ご注意を）。

　ですから、僕の場合、オークションのためにカードを2枚使っていて、ときどき切り換えるようにしています。1枚の限度額は日本円で150万円ですが、これも精確にこの額だというわけではないみたいです。たとえば、ETCなどは無関係に使えますね。

　それから、ネットオークションの代行をするようなシステムもあって、手

数料がかなりかかりますが、トラブルがあった場合の負担をしてくれます。お金を払ったけれど品物が届かないときは、全額が戻ります。その場合、カードへ入金があるわけで、明細にはマイナスの数字が記されます。海外のネットではトラブルの確率が高いので、そういった代行システムを利用した方が良い場合もあると思います。

　さて、午後はゲストが庭園鉄道を楽しまれました。幸い日差しが暖かく、比較的風もなかったので、程好いコンディションでした。でも、30分以上は外にいられないとは思いました。

　室内（ゲストハウス内）で、ケーキをいただきました。ゲストが買ってきてくれたケーキです。そのお返しに、最近作ったレゴの作品を見てもらいました（誇張）。

　ゲストハウスも、今年はこれで閉鎖となり、水道は水抜きしました。ときどき行くことはあるかと思いますが、ゲストが利用する予定は4月までありません。いよいよ冬籠もりのシーズンとなるわけです。

 4月までないのは、宿泊されるゲストでした。補足します。

２０１８年１２月１４日金曜日

舞台裏は見せない方が良い

　昨日書き忘れましたが、新作は5000文字を書きました。今日も7000文字を書いて、トータルで3万2000文字になり、完成度は27％になりました。あと、1週間くらいで書き上がるかもしれません。もう、ほとんど迷ったり、考えたりする要素がないからです。

　今朝は冷え込みました。でも、犬に起こされて夜明けまえに庭に出してやらなければなりませんでした。僕も一緒に出るわけで、もちろん着込んで臨みます。このまえ、医者に「朝早く犬と一緒に外に出るが、血圧とか躰に悪いですか？」ときいたら、「べつに、そんなに問題はありません」とのことでした。諸説あるとは思います。

　午前中に、スバル氏と一緒にゲストハウスへ行き、しばらく使わない

ので、冬仕舞いをしてきました。第一は水道です。それでも、昨日薪ストーブを焚いたので、家の中に入ったら暖かく感じました。余熱というのでしょうか。

しかし、母屋に比べると断熱は劣ります。床暖房がないことも致命的。オーディオルームには、蓄熱槽が地下に設置されているようですが、ほとんど役に立ちません。ひと頃、蓄熱槽って流行りましたね。10〜20年くらいまえに、日本のTVを見ていて、リフォームするときにこれを盛んに取り入れる傾向があるな、と感じました。30年くらいまえには、学会でその手の発表が沢山ありました。でも、はっきりいって、効果は微々たるもので、暖房や冷房の燃費を少し軽減する程度です。それだけで独立して機能するほどの能力はありません。

冷暖房について少し書くと、エアコンや床暖房というのは、基本的に設備屋さんが儲かります。そういう機器を導入し、その後もメンテナンスで料金も取れます。また、電気会社や燃料メーカも当然儲かります。建築屋は儲かりません。それに比べて、蓄熱槽などの設備は、土木工事を伴うので、建築屋が最初に集金できます。ユーザには、ランニングコストが安いと宣伝するでしょう。ランニングコストは、建築屋の儲けにはならないから、高くても儲からないわけです。そういった理由で、蓄熱槽が当時盛んに推奨され、沢山の家で工事が行われた、と僕は認識しています（統計データがあるわけではありませんので、単なる近辺の観察事項）。

風が収まったお昼頃に、ドローンを飛ばしました。たまにやると面白い、という代物です。操縦が簡単すぎるのが玉に瑕ですが。それだったら、ロータが1つの普通の格好のヘリコプタを飛ばせば良いだけです。飛ばすのが難しかった時代に、もの凄く長時間練習をして、やっと浮かせられるようになっただけで、どれだけ嬉しかったことか。人間の楽しみというのは、そういうものなのです。コンピュータ制御になったら、それは誰か他人が代わって飛ばしてくれるのを見ているだけで、そんなことに自分のお金と時間を使うの?という話になります。

芸能ニュースなんて、ほとんど見ないのですが、そろそろまた『MORI Magazine 3』の執筆も近づいてきているので、ちらりと眺めたら、「また

酔っ払って暴言か」となりました。飲酒の話は、書いたばかりです。

　以前に一度書いたことですが、今回も誰も指摘していないようなので書いておきます。お笑い芸人が、真剣に取り組んでいる舞台裏を見せるのは、明らかに逆効果。そんな真面目な素顔なんて、一般のファンは見たくないと思います。かなり個人的なファンになって初めて、実像に興味を持つのです。とんでもない天然キャラとか、ボケたキャラとか、辛辣キャラとか、そのキャラを、もっと大事にした方がよろしいでしょう。舞台裏は、そのキャラを殺します。

　これは、スポーツ界にもいえます。怪我をしても無理に出場したとか、そういった物語なんか欲しくないのが、一般の観客です。それよりも、ただ切れ味のある躍動、妙技、神業、勝利が見たいのです。神は、神のままの方が良い、と僕は思います。実は、裏で血の滲むような努力をしていた、なんて知りたくないのです。神のスケールが小さくなるだけだからです。

　そういった舞台裏を見せることは、一時的な人気にはなります。その個人の人気には、ある程度の効果があると思います。でも、業界全体としての雰囲気が崩れて、結局そのジャンルにとってマイナスに働くことでしょう。そう感じています。ブームになったから、そういった登竜門的なものが作られて、新人がそこへ集中することになりますが、ブームを牽引することはできず、むしろ逆効果となっているのです。もっと茫洋としたまま、雲の上の人の方が面白いし、格好良いし、みんなが憧れることでしょう。

　たとえば、漫画家や作家は、最近ブログを書いて、素の部分を公開することで人気を博すことがあると思いますが、これは、さきに人気があったから効果が出ます。でも、素人のときからそれをすると、むしろ当たらない結果を招くと思います。覆面だから「凄い」と感じさせるものがある、ということ。参考にして下さい。

　今後のことを少し書いておきましょう。12月は、今執筆中の小説だけで手一杯かも。ゲラは1つか2つは見られると思います。年末には、来年の予定をHPに（いつものように）掲載しますが、来年出る小説は2作だ

けなので、最近書いたのと今書いている2作で来年分はすべてです。エッセィは、沢山出ます。これは僕の意向ではなく、出版界からのプレッシャだと思って下さい(小説も当然プッシュされていますけれど)。新書も出るし、単行本のエッセィも出ます。これらの一部を来春に執筆していくことになります。年始から毎月1作ずつ執筆したいと考えています。

たぶん、2019年に出る本は、文庫化も含めると13作になると思います。今年よりは2作減です。もっと減らしたかったのですが、いろいろありまして、精一杯努力をした結果です。再来年は、もう少し減らせるかと思います(誰も期待していないかもしれませんが、僕は大いに期待しています)。

本ブログ「店主の雑駁」も来年は続けるつもりです。もうあと1年間だ、と思ってもらっても良いと思います。本として5作になるので、シリーズとしてもキリがよろしいかと。

 2020年までの方がキリが良いかも、とあまり思わない人です。

2018年12月15日土曜日

デフレの原因はネット

朝は氷点下7℃でした。曇っていたので、午前中は気温が上がらず、今日は一日中マイナスのままかな、と思っていましたが、お昼過ぎに雲が晴れて、日差しが届き、気温が上昇しました。

暖かい書斎にいたら、庭で犬にフリスビィを投げているスバル氏が見えました。寒いから、家の中にいた方が良い、と言いにいくと、犬がやってほしいと言う、とのこと。そんなことを犬が言うとは思えませんが、しかたがないので、クルマで出かけることにしました。犬たちは、クルマに乗ることが大好きなのです。フリスビィを諦めさせるには、それしかありません。

一番近いショッピングモールまでドライブして、そこの駐車場にクルマを駐め、僕が犬の散歩をしている間に、スバル氏が買いものをしてきました。そして、すぐに戻ってきました。トータルで1時間半くらい。帰宅して

も、まだ午前中でした。

　最近買った、パワーショベルのラジコンで少し遊びました。屋外で土を掘らせてみました。砂場くらいが適しているのですが、当地の土はほとんど砂のようなのです。もう少ししたら、地面が凍るので無理になると思います。キャタピラで移動もできますし、ブームやアームやショベルがすべて操作できます。パワーショベルと書いたのは、一般の方にわかりやすくするためで、正しくはバックホーです。何が違うかというと、ショベルが前を向いているか後ろを向いているか。

　ほかにも、キャタピラの除雪車のラジコンも買いました。こちらはまだ室内でしか遊んでいません。犬たちが恐れて逃げていくので、もうできなくなりました。雪が降ったら、屋外で走らせようと思います。ブルドーザのようなブレードが付いていて、その上げ下げもコントロールできます。実際に除雪ができるわけではありません。

　新作は、1万3000字ほど書いて、トータルで4万5000文字になりました。完成度は38％になりました。ちょっと時間を延長して筆が進みました。物語も後半になると、執筆速度が上がる傾向にあります。仕事を早く終わらせたい、という精神的ストレスが原因だと思います。

　スバル氏が、LEDのランプを買ったのですが、どうも不良品らしくまともに点灯しません。キャンプで使う古風なタイプのオイルランプに似せて作られていて、金属とガラスで外観はよくできています。なかなか本格的なのに、値段は1000円もしなかったそうです。「安いから、不良はしかたがない」と彼女は言っていたので、「分解しても良い？」ときいて、預かることになりました。今夜分解してみます。

　さきほど書いたパワーショベルも、15チャンネルのラジコンですが、値段は6000円でした。ショベルは金属製です。ただし、「15チャンネル」はちょっと誇大広告で、そもそもプロポ（操作スティックに比例してサーボが動くラジコン）でもなく、1つのモータを前進、後進と切り換えることを2チャンネルと数えているのです。普通のプロポだったら、1チャンネルで、逆転もスピードコントロールも自在になります。しかし、それにしても安いことは確か。

最近では、オーディオアンプが、2000円とか、真空管アンプも3000円くらいでネットで買えるようです。おそらく相当良い音がするのでしょう。日本で売ったら、10倍にできると思います。否、ものによっては30倍くらいかな。真空管単体でも3000円では買えません（ステレオだから2本必要ですし）。

　そもそもどうしてこんなに安いのか。実は、それ以前から、日本のメーカはこういう安いパーツなり製品なりを中国などから仕入れ、それを10〜30倍にして売っていただけなのです。パッケージだけ日本で作って、それらしく高級品を装っていたのです。

　だんだん、そういったものが売れなくなってきた。経済が飽和状態になりつつあります。でも、中国などでは、まだそれを作り続けているし、むしろ品物はさらに洗練されてきました。独自にパッケージを作る力もつけています。また、ネットの普及で、宣伝費が不要になりました。営業部がなくても、商売ができるようにもなりました。そういった品々が、ネット通販で先進国へ再上陸しているわけです。現在のデフレの主原因は、ネットの普及なのです。

　何度も、「とにかく安い」という話をここでも書いているわけですが、実は今までが「高すぎた」だけの話です（一種のバブルでした）。高すぎても、情報不足だったから、知らずに買わされていたということです。

　運送料もどんどん安くなっていて、世界中どこから取り寄せても、それほど運賃を取られませんから、ますますボーダレスになっていく方向です。

　つい先週も、アメリカのオークションで50万円ほどの機関車を落札してしまいました。それは新品だと100万円はするものです。でも、生産しているのは中国で、そのうち中国製として30万円くらいで売り出されるかもしれません（もちろん、著作権があるから、同型では売れませんが）。そして、原価はたぶん15万円以下なのです。

この20年ほどの物流の発展は凄い。速くて安くなりましたね。

2018年12月16日日曜日

雪景色の楽しみ方

　今朝も氷点下7℃。しかも、午前中曇っていたため気温が上がらず、正午になってもプラスになりませんでした。でも、雪はまだ降っていません。犬の散歩も平常どおり。庭園鉄道はお休みしました。風がないので、乗れないことはなかったかと思います。

　スバル氏の不良ランプを分解したところ、思ったとおり、照度調節のボリューム（可変抵抗器）の不良でした。このパーツを取り寄せて直すほどのこともないので、スイッチ部だけを利用し、ON/OFFだけを行うようにしました。ハンダづけし直しただけでお終い。ONにしたら常に最高照度で光るようになりました。これで、庭を歩くときの懐中電灯代わりにはなります。スバル氏は、「分解する」と聞いて諦めていたようですが、喜んでくれました。最近、勝率が上がっているのです。

　新作は、1万5000文字を書いて、トータル6万文字となり、完成度は50%となりました。以後毎日10%で進捗すれば、5日後に終わります。これを書いているのは12/11ですので、12/16に完成ですね。11月のだらだらを取り戻したといえるかと。そのあとは、『χの悲劇』文庫版の初校か、『森遊びの日々』の再校ゲラを見ましょう。どちらかといえば、後者の方が発行が近いので優先です。新作の手直しはそのあと、年末にかけて行う予定。講談社は28日までだそうなので、それまでに間に合うかどうかは微妙ですが、関係なく進めたいと思います。

「子供の科学」の編集部から、イラストレータの候補で連絡があり、承諾しました。これから、イラストを描いてもらうことになるようです。このブログで、連載を始めると書いたのが、10/17でしたが、2カ月経ってようやく情報が広まってきたことが観測されます。現在のネットは、ほとんど個人の口コミで伝播するため、このように時間がかかります。パソコンではなくスマホでネットをしている人が増えたため、世間は以前よりも狭く、ローカルになっている、ということです。ネットで宣伝したい人は、半年くらいまえに告知しないと効果がありません。

糸井氏の本も届きました。「子供の科学」も今月号がまもなく届くでしょう。寒いシーズンは、暖かい部屋で、温かい飲みものを飲みつつ、読書をするのがよろしいかと。

　2時頃に犬の散歩に出かけた頃には、気温が0.5℃でぎりぎりプラスになりました。手袋をしないでもいられる気温で、風さえなければ暖かい部類です。これまで、引越をするごとに寒い場所へ移りましたが、気温よりは、晴れていることが大事で、なるべく悪天候にならない土地が良いと思います。

　名古屋がとても暑い土地でしたから、それを思い出すと天国です。最近、「暑い」というのはどういう感覚だったか、思い出せないくらいになりました。クーラはありませんし、クルマでもそのスイッチを入れたことがありません。庭で力仕事をしていて汗をかくことはありますが、作業をやめれば涼しくなります。真夏でも、汗で躰が冷えないように注意をした方が良いくらいです。本当に気持ちが良い空気だ、と今でもときどき感動します。

　寒い季節は、暖かい家の中で活動すれば良いだけです。ですから、そういう活動対象を持っている人でないと成り立ちません。出かけるときはクルマですが、クルマはシートにヒータがついていて、スイッチを入れれば5秒で暖かくなります。エンジンが暖まるのを待つ必要がありません。

　書斎も床暖房をONにすることにしました。床暖房の調節器で7段階ある1にしてあります。0もあるので、下から2つめです。これ以上にしたことはありません。寝室も同じく1です。スバル氏は2にしているそうです。書斎の室温は、ほぼ19℃くらいです。リビングなどはもっと暖かくしています。床暖房は、サーモスタットで自動制御のようですが、暖かくなったり寒くなったりしません。ほぼ一定で変化しません。

　雪が降るとしたら、1月中旬くらいから。2月が一番寒くなります。ずっと雪景色のままですが、積雪は多くても15cmくらい。降るのは一冬で1日か2日のことです。ほかは、だいたい晴天。その少ない雪が、3月下旬まで残ります。

雪が降った日に、線路だけは除雪をしておきます。そうすれば、いつでも鉄道は運行できます。着込んで臨めば、1周（約15分）はなんとかできるでしょう。枯枝などが線路上に落ちていて脱線すると厄介です。寒いところで復旧作業をしなければなりません。ですから前をよく見て、ゆっくりと回ってきます。

　鉄道に乗って庭園内を回ると、雪に足跡を付けないので、滑らかな白い地面がそのままで、とても綺麗です。リスかキツネの足跡が残っています。

　ウッドデッキからドローンを飛ばせば、建物などで死角になる場所を、上から眺めることもできます。サンルームからコントロールすれば、暖かいまま雪の庭園をフライトできます。実は、鉄道にもカメラを搭載した車両があって、それもラジコンで操縦します。カメラも向きを自在に変えられるので、庭園内のパトロールが室内にいながらできるのです。犬の背中にカメラを付けようと思ったことがありますが、犬が思ったほど遠くへ行ってくれないので、役に立ちませんでした。今年は、雪上車の模型を買ったので、新たなアングルから雪景色が見られるかもしれません。

　雪景色が綺麗なのは、なんといっても夜です。特に月明かりの銀世界。写真には撮れません。人間の目で楽しむしかありません。

　写真を撮らず、自分の目で美しさを感じる方がよろしいかと。

2018年12月17日月曜日

どこの家にも沢山あったもの

　昨夜は雪が降りました。朝は真っ白でしたが、その後晴れてきて、お昼頃には消えていました。良い湿り気になったことでしょう。夜が晴れていなかったおかげで、気温が下がらず、かえって暖かい日になりました。

　新作は、1万2000文字を書いて、トータルで7万2000文字、完成度は60％となりました。100％では終わらないかもしれませんが、あと4日か5

日で終わります。

「子供の科学」の連載第2回の文章を推敲して、ほぼフィックス。写真と図面をこれから用意します。編集部には、少し遅れます、と伝えてあります。初回のレイアウトやイラスト、写真のキャプションなどがまだこれからです。

吉本ばなな氏から、鮭フレークの缶詰が届き、それをランチでいただきました。美味しかった、というか懐かしかったというか。缶詰があるのですね、という驚きも。同じく歯磨き粉も届いていて、この2つが誕生日プレゼントだそうです。なんの関連性もない不思議な取り合わせでしたが、感謝。

ほかの方々からも、ビスケット、チョコレート、フィギュアなど沢山届きました。また、出版社からのお歳暮でしょうか、食品が多かったと思いますが、いただいています。こちらは、もうやめていただいてけっこうですので、これを読まれたら、どうかリストから外しておいて下さい。大きなカレンダを送ってくる出版社もありますが、焚付けに使うくらいしか利用しておりません。やめていただいてけっこうです。どうかよろしくお願いします。

焚付けといえば、昔は新聞紙だったのです。また、荷物を送るときの緩衝材にも、丸めた新聞紙を多用しました。八百屋さんも魚屋さんも、商品を新聞紙で包んでくれました。これは世界的に同じ傾向でした。ところが、最近ではほとんど見なくなりました。それだけ新聞紙というものが出回らなくなっているのでしょう。僕は、工作で塗装をするときのマスキングに使っていたのですが、最近は梱包材の無地の紙を使っています。日本は、新聞紙がまだそこそこ流通している方かもしれません。

電子書籍は、最近あまり話題に上がらなくなりましたが、僕の観測ではどんどんまだ伸びています。印刷書籍の部数が伸びない分、電子書籍が売れているのは確実。今後は「重版」というものも珍しくなり、言葉が通じなくなることでしょう。電子書籍には重版はありません。

これからは、子供用の絵本も電子書籍になると思います。百科事典もそうだし、地図や図鑑も、もちろんです。子供が成長し、学校へ行くようになったら、図書館にある紙を束ねて作られた書籍にびっくりする、

という時代になります。なにしろ、教科書も参考書も電子化されていることでしょうから。

　IT関係で大きく変化したのは写真かな、と思います。写真は、かつては紙にプリントするものでしたし、それを「写真」と呼びました。デジタルのままのものは写真ではなく、単なる「画像データ」だったのです。プリントしなければ、人には見せられない。手渡すこともできない。そう考えられていましたが、今は、いつでも見せられるし、手渡すこともできる電子写真になったわけです。プリンタは不要になり、アルバムもいらなくなりました。それ以前に、フィルムが不要になりました。

　フィルムのケースは、一時は大量に社会に出回っていました。どこの家にも多数ありました。工作に使ったり、ビスなどの小物を入れるケースとしても活用されていました。

　ちょうど、500円玉が入る大きさだったので、僕はフィルムケースで500円玉貯金をして、数年で40万円ほど溜めて、これで機関車を買いました。それが今の庭園鉄道を始める切っ掛けとなりました（作家になるまえのことです）。今も、ガレージの中にその最初の機関車が飾ってあります。フィルムケースにちょうど20枚入ったので、1ケースで1万円だったのです。40万円というと、けっこうな重量でした。

　もう少しまえには、ピース缶というものがありました。これは、ピースという銘柄の煙草です。缶入りで、50本入っていたと思います。父がこれを吸っていたので、家に沢山これの空き缶があり、工作によく使いました。蓋の部分は車輪になり、あとは金鋏で切って、工作の材料となりました。

　マッチ箱も同じ大きさのものが大量に、どこの家にもありました。小さいものを入れておいたり、工作に使ったりしました。沢山のマッチ棒を使って、お城とか機関車とかを作る人もいましたが、あれは、使ったあとのマッチ棒を溜めておいたのだと思います。

　そうしてみると、最近はそういう「同じものが沢山残る」という廃棄物があまりないように思います。あっても、利用されていません。子供たちも、空き箱で工作をしていませんし、そういうものを溜めておく大人も少な

くなったのではないでしょうか。必要になれば、新品で買ってしまう時代なのでしょうか。

昔は、とにかくなんでもリサイクルしていたように感じます。捨てるまえに、なにかに使いました。「リサイクル」という言葉さえなかったくらい、それが当たり前でした。今は、捨てないといけないものを作りすぎているのです。

僕の母がものを捨てない達人でした。小説に書きましたね。

2018年12月18日火曜日
秘密、不思議、謎の正体

朝から晴れて、気温は低いのですが、風がなかったので、すぐ近くの草原でグライダを飛ばしました。フライトは1回だけ。グライダといっても、ハンドランチではなく、プロペラとモータが付いていて、自力で上空まで上がります。老人に優しい設計です。上がったあとは滑空して、グライドを楽しむわけです。モータが止まると、静かになり、主翼が風を切る音だけになります。これがなかなか気持ちが良い。こうしてみると、鷹や鷲がグライドしているときに、音が聞こえないのは、飛行機の固定翼よりも優れた特性があるためでしょうか。翼形の影響なのか、それとも微妙な翼断面のコントロールのためでしょうか。

鷹が急降下するところを見たことがありますか？ 弾丸のような形で落ちていくのですが、その速いこと。地上10メートルほどで翼を広げて、急ブレーキをかけ、大きな脚から獲物にぶつかっていきます。このとき、そこで円弧を描くような軌跡になって、落ちてきたスピードを殺さず、獲物を掴んだあとの前進力に使うことが多いと思います。相手が小さいか大きいかで、最後のカーブの曲率を決めているようでもあります。瞬時の判断をするのですね。素晴らしいとしかいいようがありません。

犬が庭園を駆け抜ける様子を見ていても、あの速度で、障害物を避けているのが凄い。鳥は林の中を飛びますが、枝を避けているわけで

す。鳥がぶつかるのは人間が作ったガラスくらいです。もの凄く目が良いし、動体視力も優れているのでしょうし、もちろん、それに反応して翼の捻り具合で方向制御しているわけです。現在のラジコンのドローンは、プロペラの推力とトルクの調節だけで制御をしているため、空気抵抗を利用した舵よりも鈍い動きしかできません。昆虫くらいの大きさになれば、同等の運動性になれるでしょう。逆に、昆虫が鳥くらい大きかったら、鳥ほどの敏捷さは発揮できないということです。構造上の問題で、それぞれがあの大きさなのです。

　10時からワンちゃんシャンプーでした。僕が1人で1匹を洗います。浴室も床暖房が効いているので、まったく寒くはありません。犬用ですから、お湯といってもぬるま湯。洗ったあと、バスタオルを大量に使って拭いてやりますが、2時間もすれば外に出られるくらい乾きます。完全に乾くのは半日後くらい。

　新作の執筆は、1万2000文字を書いて、トータルで8万4000文字、完成度は70％となりました。予定どおりです。

　幻冬舎の担当編集者から連絡があり、1月の新書のタイトルは『悲観する力』になりそうです。発行は、1月末頃の予定。念校がまもなく届くそうです。この確認は1日でできるはず。
『人間はいろいろな問題についてどう考えていけば良いのか』の韓国版が完成し、11月に既に韓国で発行されたそうで、見本がまもなく届くとのこと。

　幻冬舎コミックスから、漫画『赤目姫の潮解』の契約書の雛形がpdfで送られてきました。いつ発行した本でしたっけ。既に、印税なども振り込まれているはずです。これから正式の書類が来て、正式な契約となります。いかに形式的か、ということですね。

「秘密」とか「不思議」という言葉で誘うタイトルが、世の中には大変多いことにお気づきでしょうか。「鳥の秘密」とか「飛行機の不思議」みたいな本がきっとあることでしょう。この場合、鳥がなにかを隠しているわけではないし、飛行機の技術についても、科学的に解明されているから「技術」となっているわけで、不思議でもなんでもありませ

ん。ただ、それらを読む人たちの多くが「無知」だから、秘密に見えるし、不思議に感じるというだけの話です。同様のものに、「謎」があります。

ミステリィでも、謎が提示されますが、これは作者が作り、読者に示すものです。通常の事件の場合は、謎は観察者が作るもので、犯人が提示したわけではありません。観察者には、未知のものがあり、情報が欠けているために、謎になる、というだけです。ここでも、観察者（警察など）は、最初は「無知」なのです。

「無知」というと、なんとなく蔑んだ表現のように聞こえるかもしれません。多くの方が、「知らない」という状況を恥ずかしく思うように社会的な圧力がかかっているからです。でも、知らないことの方が多数であり、個人が知っていることなんて、全体のほんの僅かな一部でしかありません。地球上の砂の僅か一粒知っている程度なのです。

人は、知らないから、不思議に惹かれ、秘密を探るのです。謎があるから、なんとか解明したい、と思うのです。ただ知りたい、というのではなく、自分が理解できる理屈を構築したい、とも考えるはずです。

未知を既知にする行為は、通常はなんらかの利を伴います。謎を解明することで仮説が証明され、今後の予測が可能になる場合もあります。このようにして、人類は今の科学技術を得たわけです。

ただ、知っても謎が完全には解けないものも数多くあります。それは、さらなる謎が生まれるからです。物理学の進歩などはまさに、この様相を呈していて、知るほど謎が深まるばかりです。一般の方よりも、物理学者の方が、多くの謎や不思議を抱えているし、その意味では、はるかに「無知」なのです。したがって、「無知」は、恥ずかしいものではないし、蔑むものでもありません。むしろその逆かもしれないのです。多くの方は、自分が無知だということに無知なのです（当然ながら、これも悪い意味ではありません）。

 無知を知ることが「知」で、醜さを知ることが「美」です。

2018年12月19日水曜日

もっと無駄なことをしよう

　朝は、見事な霜が降りていて、地面は真っ白。苔も芝もフリーズしていましたが、すぐに日が射して、暖かくなりました。まだ僅かに緑があります。一日中マイナスの日というのは、今までありませんが、週末は寒くなるという予報が出ています。こういうのはレイドウィークエンドというのでしょうか。

　犬の散歩も、スニーカで行ける間は、「ありがたいことだ」という感謝の気持ちでいっぱいです。スパイクの靴を履くのは、やはり1月以降でしょうか。氷点下10℃くらいまでは、どうってことなくて、それ以下になると、顔とか手とか、皮膚が露出していると痛くなって、10分くらいしかいられなくなります。この10分で、機関車を走らせたりします。

　ガスを燃やして走る小さな機関車は、ガスタンクが冷えると火力が落ちます。そこで、水槽にガスタンクを入れ、水に浸けておく構造になっています。水は簡単には0℃以下にならないからです。ときどき、家庭でプロパンのボンベを使っている家を見かけますが、あれは低温でもちゃんとガスが出るのですね（圧力が下がるだけ？）。

　スバル氏と長女が、長時間のショッピングに出かけたので、僕は犬たちと留守番でした。途中で散歩にも連れていきました。昨日シャンプーした子は、毛が抜けるのでブラッシングもしました。ぬいぐるみが作れるほどの量の毛が抜けます。

　来月1月刊予定の幻冬舎新書『悲観する力』の念校が届きました。通しては読みません。修正箇所の確認をして、指摘箇所についての回答をメールで送るだけで、明日1日で終わる作業。それをすると、明日は新作の執筆ができないかも。

　その新作の方は、今日は1万4000文字書いて、トータルで9万8000文字になりました。完成度は82%です。これを書いている今日は12/14ですので、12/17には完成することでしょう。そのあと、ゲラを処理するので、新作の手直し作業は1週間ほどあとになります（月末には終わります

が、出版社がお休みだから、発送は新年に)。

『月夜のサラサーテ』を購入した方からメールが届き始めました。Amazonを見たら、講談社文庫でKindle版の方が1位でした（印刷書籍版は6位)。印刷書籍には栞が入っていますよ。ご確認を。本書の内容に関連した動画を、そのうち（欠伸軽便の動画サイトで）アップしましょう。何のことか、わかりますね。

まだ今年が半月残っているわけですが、今から購入したものは来年の支払いになるから、もう来年の予算でものを買っている状況になります。模型店などにちょっといろいろ発注してしまい、軽く100万円くらい使いました。でも、この業界は、いつ入荷するかわかりません。5年後かもしれません。そのときの為替レートなんか予測不可能ですから、まったく影響を受けずに購入を決断できるのです。予算も、今年の分は使い切ったから、来年以降にする、という程度の意味です。

それにしても、役に立たないものに大金を注ぎ込んできました。でも、そこから得られたものはとても多いのです（儲かるような話はありませんけれど)。子供の頃は、少しのものから多くを学び、多く楽しむことができましたが、歳を取ると、多くのものから少しだけしか学べませんし楽しめません。それだけ効率が悪くなります。燃費が悪いのですから、お金がかかるのはしかたがない、といえます。

本を読む人は、割合でいうと非常に少数ですが、その中では若い人が多いそうです。10代はわりと本を読む時期です。それが、大学生になり社会人になると、だんだん読めなくなり、読まなくなります。老人になって、また少し増えるかもしれませんが、小さい文字が読めなくなっていたりして、増加は僅かでしょう。

本は文庫なら1000円もしません。この金額は、食べることに使えば10分間で消えます。出かけたり、服を買ったり、入場料などを払ったりするには、足りない金額です。10代の頃は、そういった自由がまだないため、本を読むことにお金が使えたのです。大人になって自由を手に入れると、お金もある程度自由になり、もう少し高い買いものに目を奪われます。

ただ、学びと楽しみの効率はどんどん落ちていきます。同時に、学べないし楽しめない頭になっています。新しいものを取り入れられないのです。自分はこうだ、自分の好みはこれだ、あれは自分に合わない、向かない、というシールドを形成して、外部からの入力をどんどん跳ね返すようにもなります。気をつけていないと、全反射みたいな人になっていたりします。自分では、もう完成した、ときっと無意識に思っているのでしょう。

こうして、大人は自分の立場を明確にして、その後はその立場で生きていく。その立場に縋って惰性で生きていくのです。もうほかの立場に興味はなく、あくまでも自分の立場を守ろうとする。立場から遠いものは「無駄なもの」になります。こういう方の口癖は、「もっと若い頃に出会いたかった」です。

それは、子供から大人になるときに手に入れた自由を、自分から放棄している姿として観察されます。来年も、相変わらず無駄なことを沢山したいですね。

無駄なことをしないと自分自身が無駄になるかもしれません。

2018年12月20日木曜日

個人データの漏洩の恐さ

今朝は、氷点下8℃でした。冬も本番になりつつあります。地面には霜が降り、樹の枝にも氷がつきます。空気中の水分が凍るためです。少し離れたところの森を眺めると、白く見えます。自分の庭の樹を見上げても、白くは見えません。この氷は、日が射すと細かい塵のようにぱらぱらと落ちてきます。それは、10時頃ですね。

犬の散歩に出かけると、近所の森の道で、微かに焦げるような臭いがします。どこかの家が薪を焚いているのです。風向きでそれが流れてくるのでしょう。森家は、薪ストーブはまだ使っていません（床暖房の燃料は灯油）。ゲストハウスでゲストをお招きするときだけ、薪ストーブを焚きま

す。半日だと、一輪車で運べるくらいの薪の量です。

　幻冬舎新書『悲観する力』の念校ゲラを、再校ゲラとつき合わせてチェックしました。新たに校閲が指摘してきた部分にも答えました。けっこう丁寧に見てくれたようで、多数の鉛筆が入っていました。再校のときに、この校閲者だったら良かったのに、とは思いますが。

　新作は、1万2000文字を書いて、トータル11万文字、完成度92％となりました。あと1日です。しかし、「子供の科学」のポンチ絵を描かないといけませんので、完成は明後日になるかも。

　この次の執筆は、また新書で、初めての出版社です。1月になってから書きますが、頭は既にそちらへ切り替わっていて、あれこれと思案している最中です。特に、朝、目が覚めて、布団から出ようかなというときに、こういった懸案事項を考えるみたいです（他人事のように）。

『月夜のサラサーテ』の感想メールが届いています。感謝。今日、Amazonを見たら、Kindle版が講談社文庫の2位で、印刷書籍は10位でした。ちょっと驚いたのは、『ノルウェイの森』のKindle版が出ていたことです（これが3位でした）。

　マイナンバーの個人情報が漏洩したニュースが出ていました。結局、公共機関は、こういったデータを扱う基本的な能力が不足しているため、民間に委託することになり、民間はまた下請けに出すから、どこかで漏れてしまう可能性は大きくなります。

　まえにも書きましたが、いろいろ情報を提出し、せっかくマイナンバーというカードを作ったのに、いざそれを使うときに、個人を確認するために免許証や保険証やパスポートのコピィが必要だ、と要求されるのって、おかしいと思いませんか？

　しかも、取引のある会社からではなく、たいてい委託業者から要求されるのです。どんどん個人情報を晒す範囲を広める結果になります。これでは、いったい何のためのマイナンバーなのか、と疑問になります。個人名も記入せず、ナンバーだけ書けば良い、というのが、あるべき姿だったはずです。

　個人データは、目的以外では使わない、と謳われていますが、目的

以外でデータが漏れたときには、個人に100万円支払います、という契約をしたら良いと思います。住所が漏れたら、引越をしたいと思う方もいるでしょうから、家や土地を売って建て替える、マンションを売って新しいところへ移る費用もすべて保証されるべきです。それが個人情報の値段です。その契約ができないのなら、個人情報を扱う姿勢を疑った方が賢明です。また、そういったリスクを補塡(はてん)する保険が登場しないのは、どうしてなのでしょうか？　漏れる確率が高すぎる、と保険会社が考えているのでしょうね。

　日本には、戸籍というシステムがありますが、これも完全に分散型のデータでした。地方の役所が、管轄地域のデータを持っているだけで、その上の組織にデータが集められるわけではありません。結婚したり、転居すると、申請に従って、その個人が移った、と連絡をするだけで、データは移されません。したがって、ある個人の戸籍の履歴を調べるためには、その人が住んだことのある地域の役所を隈(くま)なく回らなくてはいけませんでした。そのデータの集約がデジタルで実現できない状況で、マイナンバーを始めたわけです。窓口は、相変わらず地方の役所ですから、データは多層になり、以前よりも危険度が増している状況を作っただけです。

　人が亡くなると、遺族が死亡届を出して、役所が戸籍に記すわけですが、それがどこかへ連絡されるわけではありません。そんなオンラインではないのです。

　人が死んだら、その人の銀行預金が引き出せなくなる、という話をよく聞きますが、銀行は個人が死んだことなんか知りようがありません。生命保険会社も知りませんし、知ろうともしませんから、保険料が自動的に支払われることもありません。遺族が請求しないかぎり、そのまま。税務署も知りません。すべて、個人が申請して、初めてデータが書き換えられるというシステムで、関連した機関が、相互にデータをやり取りし、書き換えられるようにはなっていません。

　最近だと、ブログとかSNSとかに個人のページが沢山ありますが、既に亡くなっている人のページもそのままで、ネット上では、死んだことはわ

かりません。遺族がネットにアクセスしようにも、パスワードがわからないし、そういうことをしない遺族だったら、気がつきもしないことでしょう。

これまでは、データが漏れても、大量のデータを活かせず、大した被害にはならなかった時代でした。これからは、AIが処理をしますから、データ漏洩が本当に恐い時代になります。今まで被害がなくても、これまでに漏れたデータが、今後悪用されます。危険は、まさにこれからといえます。

 個人情報を集める組織が、個人情報の価値を知らないのです。

2018年12月21日金曜日

「もんどりうつ」とは？

朝から晴れ上がっていましたが、放射冷却で気温は氷点下11℃でした。でも、雪はないので、朝の散歩は楽です。風もなく、寒くありませんでした。スバル氏が庭で団栗を集めたので、それを燃やしました。水分はすべて凍っているので、水気はありません。1週間ほどまえの粉雪がところどころに残っています。3mmほどの細かい白い玉も、地面に散らばっています。いつか降った「あられ」です。

犬たちは、少し相手になってやると、喜んで興奮し、庭園内を疾走します。危ないので、適当なところで止めないといけません。家の中に戻ると、大人しくどこかで寝ています。暖かい部屋でコーヒーを飲み、ビスケットを食べたり、雑誌を読んだりしますが、それに厭きると工作室へ移動し、やりかけの作業を少し進めます。ヤスリをかけたり、接着剤を練ってパーツを固定したり、ハンダづけか銀ロウづけをしたり、あるいは、スプレィで塗装をします。少し進めると、しばらくそのままにしておいた方が良いものが多いのです。塗装なとは、その典型。次の工程に移るまえに考えないといけないことも沢山あるため、ちょうど良いといえます。

その点、小説の執筆は、そういった待ち時間がありません。どんどんいくらでも書ける。放っておくと、躰のどこかが痛くなります。僕の場合、

たいてい右の肩が凝ります。何をしたらいけないか、どんな失敗があるのか、と心配しなくても良い点が、小説という自由な創作の一番の特徴。なんでもありですし、自分から発するものがすべてで、失敗がない。万が一整合性に問題が生じたら、簡単に直せます。そういった修正のときの時間的ロスも僅かで、なにも恐れることなく進められます。

　新作は、1万6000文字を書いて、トータルで12万6000文字になり、完成度105％で書き上がりました。12/16で終了するのは、予定どおり。書き始めたのは、実質12/4くらいからでしたので、執筆期間は13日間でした。明日はすぐさま、『森遊びの日々』の再校ゲラの確認作業にシフトします。

　「子供の科学」の連載2回めのイラストを下描きしました。ポンチ絵なので、軽くサインペンでペン入れしてから、スキャナで撮って、編集部へ送ります。この仕事も明日か明後日で終了。

　そのあとは、『χの悲劇』文庫版の初校ゲラになります。これは通して読むので（1回しか読みませんが）4日はかかると思います。それでも、まだ今月は1週間以上残っているので、新作の手直しを行うには充分です。

　「もんどりうつ」という言葉をご存じでしょうか。たとえば、正義の味方に斬られた悪者たちが、オーバにひっくり返って倒れたりするときに、「もんどりうって倒れた」と言ったりします。大阪弁のようにオーバな表現に見えますが、単に倒れるだけのときには使えません。ですから「ひっくり返る」の本来の意味で、軀が裏返しになるほど回転するとか、頭から地面に落ちるほどの倒れ方を示します。そういう倒れ方というのは、床運動の体操選手でもまずしないと思いますから、滅多に見られない光景です。でも、剣劇の舞台などでは、たしかに斬られ役が、前転したりしますね。あれが「もんどり」を打った状態です。

　漢字では、「翻筋斗」と書くみたいです。ワープロがちゃんと変換しました。「翻る」の文字がありますから、なんとなく想像がつくと思います。そもそも、倒れるときだけでなく、宙返りをしたり、バク転をしたりすることも、「もんどりをうつ」を使えます。標準語ですから、心置きなく使って下さい。僕は、小説で一度も使ったことがないように思いますが、この言

葉は知っていました。

　辞書によると、「とんぼ返りをする」と説明されていますが、これを「日帰り」のことだと勘違いして使わないように。「仕事を終え、もんどりうって新幹線に乗った」は誤用です。「とんぼ返り」も、もともとは宙返りの意味でしたが、現代ではほとんどその意味では使われていません。トンボが飛ぶところをじっと観察したことがありますが、トンボ返りをするシーンは見られませんでした。

　飛行機の「宙返り」は、「ループ」と呼ばれていますが、上昇を続け、高い位置で背面飛行になり、そのまま下へ降りて、垂直方向にぐるりと円を描く曲技飛行のことです。エレベータという舵を引くだけなので、曲技の中でも最も簡単ですが、実際には、重力がある条件で軌跡を綺麗な円にするために、エンジンコントロールや、エレベータの緩急の調整が必要です。

　これとは反対に、エレベータを前に倒し、下方へ向かっていく宙返りもあります。この場合は高い位置からのスタートになり、「逆宙返り」と呼ばれます。最下部で背面になり、そこから、背面のまま上昇します。

　宙返りができる飛行機でも、逆宙返りはなかなかできるものではありません。これは主翼などの翼型が、正立で揚力を得るデザインになっているためです。逆宙返りの場合、背面飛行で上昇しなければならない後半が、パワーが必要だし、飛行機の構造にも過酷です。

　ラジコン飛行機はまだ、これらが簡単ですが、実機はパイロットに負担がかかります。宙返りは下方へGがかかり、逆宙返りは上方へGがかかります。人間は下方へは9Gくらいまで耐えられますが、上方は2Gでも失神してしまうといわれていますから、逆宙返りは危険な演技だといえます。実機でしないのはこのため。

　このような飛行機の宙返りは、とんぼ返りとか、もんどりとかとは、だいぶ違います。その場でくるりと回転していないからです。飛行機も、もんどりうつことは可能で、前転やバク転と呼ばれる、失速系の演技があります。これができるのは、強力なレシプロエンジンを搭載した小型軽量の曲技機だけです。通常の戦闘機では無理です。

戦闘機は高速性能が、曲技機は低速性能が求められるのです。

２０１８年１２月２２日土曜日
恥ずかしい写真撮影

　朝から晴れ上がっていて、寒さも吹き飛ぶ素晴らしい風景でした。犬たちを散歩に連れていき、帰ってきてからご飯をやりました。近所の犬も散歩でやってくるので、お互いが会うのを楽しみにしている様子が窺えます。

　イギリスの模型店から、古いゼンマイの機関車が2両届きました。100年ほどまえの製品ですが、今も動きます。ところどころ塗装に傷みがある程度。それから、ドイツの店で買ったスターリングエンジン機関車も届きました。これも中古品ですが、今も新品が売られているものです（高いから中古にしました）。ドイツ人は、スターリングエンジンがけっこう好きなのかもしれません。それから、フランスから模型雑誌が3冊届きました。午前中は、これらをペラペラと捲って眺めつつコーヒーを飲んでいました。

　ドイツ語は、大学で習いましたが、すっかり忘れてしまいました。でも、模型雑誌を読んでいるので、「蒸気」や「ゼンマイ」や「ゲージ」など、この分野の主立ったドイツ語を自然に覚えてしまいました。フランス語も、まったく学習したことはありませんが、単語を幾つか覚えました。好きなことは、頭に入るものです。
　『森遊びの日々』の再校ゲラの確認を始めました。通しては読みません。前回の修正箇所を確認し、新たな指摘に答えるだけです。
　ＮＨＫ出版新書『読書の価値』の韓国版のオファが来ました。条件は以前書いたとおりですが、それは先方に伝わっているとのことなので、承諾しました。
　「子供の科学」連載2回めのポンチ絵をペン入れしました。写真も何枚か撮りました。明日にもメールで送れると思います。
　幻冬舎新書『悲観する力』のオビや概要などの文章案が届いたの

で確認。この本の作業もそろそろ終了です。

そういえば、『月夜のサラサーテ』に「爆発」について書きましたが、ときどき日本でも爆発騒ぎがあってニュースになります。その多くは、「爆発」ではなく「爆発的な引火」だと思います。爆発の場合には、炎が上がらないし、火事にはなりません。映画やドラマの似非爆発を見せられているので、間違ったイメージを持ってしまうのです。

アニメでロボットが飛ぶ場面では、後ろから炎が出ていますから、ロケットエンジンです。ジェットエンジンは、炎が出ません（アフタバーナといって燃料を燃やす補助推力の使用時にのみ炎が出ます）。模型を使った特撮で、ジェット機が炎を出していて、しかも炎が上に曲がっていたりするのは、微笑ましいと思います。花火が、ロケットエンジンに近いものといえます。花火は酸素を必要としないので、水中でも燃えます（ただし、ライタは水中で使えないので着火できません。花火の火薬の部分が燃え始めたあと、水の中に入れて確かめてみて下さい）。

午後から、家族みんなで出かけました。ショッピングモールにクリスマスツリーがあるというので、見てきました。長女は、ツリーの前で犬の写真を撮りたかったのです。この種の写真は、もの凄く難しいですよね。犬は低いし、ツリーは高いし、周辺に人が沢山いるし、なかなかタイミングが合いません。そういうことを事前に考えて、僕は絶対に撮ろうなどとは考えません。なにについても無理なことはしない、というのが基本的な方針です。

しかし行ってみたら、ツリーの周囲には誰もいませんでした。そこで、スバル氏と長女は犬たちに（バッグに入れて持ってきた）赤い手編みのセータを着せ、ツリーの前に並ばせて写真を撮りました。恥ずかしいことです。それを見て、幾らか人が集まってきて、犬と一緒に写真を撮らせてくれ、と頼まれてしまいました。帰路は、カフェラテを飲みながらドライブしてきました。

帰宅してから、庭園鉄道を運行。寒さにもだいぶ躰が慣れてきました。新しく線路を敷く場所に、実際に線路を置いてみて、簡単に測量をしました。レーザのレベルを使う作業ですが、久し振りです。今年の

春以来でしょうか。一方、信号機のセンサについては、ちょっと作業が停滞しています。土が凍ってしまうので、春になってからになるかもしれません。

　今年入手して、まだ一度も走らせていない機関車が20台くらいあります。これからのシーズン、それらを順次走らせるつもりです。冬は、小さい機関車のシーズンなのです。これまで、たびたび動画を撮影してきましたが、最近は、撮影に厭きてきたというか、もうそろそろ良いかな、という気持ちが強くなってきました。珍しいものだから、という意味で撮っていたのですが、珍しくなくなってきた、ということ。

　これまで撮影した動画が蓄積してきたので、これでほぼ充分ではないか、という気持ちです。何度も同じことは繰り返せないのは、自分の楽しみでは湧かない感情ですが、他者に対して行うものでは大いに感じます。どうしてそう思うのでしょう？　大学では毎年同じ内容を講義で教えたのですが、非常にマンネリで、モチベーションといったものがほとんど湧きませんでした。受け手が入れ替わっていることに関係なく、やりたくなくなってしまうのです。不思議です。

　一方で、自分だけの楽しみだと、厭きません。何故厭きないのかもわかりません。そもそも、純粋に面白いものは、なにかしら新しいものが毎回発見できる、ということはあります。だからこそ、自分だけの楽しみになっているわけですが。

　よく厭（あ）きもせず、長く続けられるものだ、と感心しますよね。

２０１８年１２月２３日日曜日
目と目蓋（まぶた）と眉（まゆ）の話

　今朝も真っ白でしたが、日が昇って、プラスの温度になりました。犬たちが異様に元気です。やはり、寒い方が嬉しいのでしょうか。寒いところの犬種ではありますが。

　庭園鉄道は、午前中から運行。メインラインを1周だけしたあと、

ジェットエンジン機関車のメンテナンスをしました。気温は0℃でしたが、このような低温でもジェットエンジンが点火するかどうかを確かめてみました。結果は一発始動でした。点火はコンピュータ制御で、完全なオートマティックです。出始めた頃のジェットエンジンは、ブタンガスのバーナやコンプレッサからの圧縮空気が始動に必要でした。今は、燃料を温めるヒータも、燃料ポンプも、ファンを回すモータも組み込まれて、これらが各種センサで感知した条件に合わせて作動します。また、エンジンを停止したあとの冷却も完全自動で、エンジンの温度が100℃以下になるまでファンを回します（運転時は700℃くらいになります）。このエンジンのアイドリング回転数は5万rpmくらいで、フルパワーで15万rpm程度です。静止推力は、約10kgfあります。機関車のパワーとしては大きすぎるくらいで、強力なブレーキを装備しています。

　今年は樹の実がとても少ないので、リスが困っているのではないか、と心配です。庭園内に何匹いるのか知りませんが、同時に見たことがあるのは2匹まで。でも、たぶん数匹はいると思います。犬がリスを見つけたことは一度もなく、人間ほど高い位置から見ていないし、視力も悪いようです。鳥はよく追いかけていますが。

　NHK出版新書『読書の価値』で、韓国版のオファがあったと昨日書きましたが、続けて台湾版のオファがありました。進めていただくように返事をしました。

　講談社文庫『冷たい密室と博士たち』が重版になると連絡がありました。第51刷になります。感謝。

「子供の科学」の連載第2回の文章、イラスト用ポンチ絵、写真などを編集部へ発送しました。だんだん慣れてきて、ルーチンになれば、それほど負担にならず続けられることと思います。

『森遊びの日々』の再校ゲラの確認が終わりました。次は『χの悲劇』の初校ゲラにするか、それとも小説の新作の手直しをするか、迷っていますが、明日からの仕事なので、明日の気分で決めましょう。今のところ、この2つの仕事が大晦日に終わって、元旦からは、新書の執筆を始めるつもりです。

年末年始に休まず仕事をするようになって、もう40年近くになりますが、なんか得をした気分になるのです。人が遊んでいるときに自分だけ前進するのが、ズルをしているようで、ほんの少し後ろめたいかも。人が仕事をしているときに、自分だけ遊ぶ場合は、損をしたとは感じませんし、得をしているとも感じません。都合の良い感覚ですね。

　ミニオンズの中に目が1つの子がいますが、あの子は怒ったときとか、悲しいときに目がどうなるのでしょうか？　2つ目がある場合は、内から外へ（つまり目尻が）上がっていれば怒った目になり、逆だったら悲しい目になりますが、1つだと困りますよね。そうでもないかな。目尻が上がったり下がったりするのは、口の周りの筋肉に引っ張られているわけだから、目が1つの場合には、怒ったらV形になって、悲しいときはへ形になる、ということかもしれません。

　漫画のキャラクタの目というのは、目蓋があると、眠そうな（ガチャピンみたいな）顔になります。この目蓋の傾きで表情を描き分けるのが一般的ですが、本来は目蓋ではなく目の傾きか、あるいは眉毛の傾きだったはずなのです。かつては、目蓋が少し下がれば、丸い目の上が月が欠けるように平らになったりしたわけですが、それが、オバケのQ太郎くらいからでしょうか。目の白い丸はそのまま、目蓋が線で描かれるようになりました。

　ミニオンズは、オバケのQ太郎に、かなり似ていますが、目の玉が寄っていません。また、目の中に目蓋の線があると、その線より上は白ではなく黄色に塗られていて、やはり目蓋らしいのです。オバケのQ太郎は、躰が白いから、目の白と同じになってしまい、絵としてわかりにくくなっていると思います。このほか、ミニオンズの目は円ですが、Q太郎の目は、縦長の楕円です。

　縦に長い目というのは、漫画には少なくありません。あれはもともと、目ではなく、瞳を描いたのだと思います。鉄腕アトムの目も縦長です。かろうじて白目がある程度。鉄腕アトムには眉毛がありますが、Q太郎にはありません。

　着せ替え人形のブライスが、眉毛がありません。眉毛がないのは、

赤ちゃんっぽい顔だからです。カスタムしたブライスで、たまに眉を描いたものを見かけますが、かえって違和感があります。動物にも眉はありませんが、シェルティには、目の上に色が違う毛があって、麻呂眉みたいに見えます。人間の大人の場合、眉がないと恐い顔に見えることがありますが、あれはどうしてなのでしょうか？

 ぬいぐるみや人形の目の多くは漫画的な形になっていますね。

2018年12月24日月曜日

ぼんやりと計算したら

『χの悲劇』のゲラをさきに見ることにしました。編集者からは、1/28頃までに、と言われているので、1カ月以上余裕がありますが、もう3週間近くまえに届いていたので、さきに処理することにしました。今日は、20％まで読みました。講談社の文三編集部からは『森遊びの日々』のカバー案が届き、OKを出しました。これは2月刊予定です。このほか、契約書が届いたので、捺印しました。

新潮社からは、『人間はいろいろな問題についてどう考えていけば良いのか』韓国版の見本が7冊も届きました。写真を撮るために開封しましたが、中を開けても読めません。カバーは韓国らしいポップなデザインです。

スバル氏がヘアサロンへ出かけていったので、犬たちと留守番。ホームセンタへ行きたかったのですが、宅配便が来る予定なので我慢しました。

工作室では、ドイツ製のスターリングエンジン機関車の修理。ベアリングが外れているのと、初心者が組み立てたらしく、各部に遊びがなく、動きが渋かったのですが、少し緩めてから騙し騙し締め直し、軽く回るように調整しました。これは、小さなアルコールランプが熱源で、工作室では勢い良く回ったのですが、屋外は風があり（風速5mくらい）、ランプの火が揺れてしまって充分にシリンダが熱せられず、ときどき止

まってしまいました。風除けを付ければ、上手く走ると思います。

　ふと思い出しましたが、こういう会話がよくありました。

　学生「少しだけわからないところがあるんですが、教えてもらえませんか」

　先生「わからないところが少しだけなの？　大部分はわかっているわけだ。全然問題ないよ」

　学生「違います。わからない箇所が比較的少で、その範囲については壊滅的にわかりません」

　先生「比較的少しというのは、全体の何パーセントくらい？」

　学生「半分くらいです」

　先生「じゃあ、何と比較しているわけ？　わかっている部分とわからない部分と同じ量では？」

　学生「全体ではないという意味です。全体よりは少しでしょう？」

　先生「だとすると、日本人の中で少しの人が男で、少しの人が女なんだね」

　学生「そうです。そう思っていただいてけっこうです」

　先生「壊滅的にわからないというのは、どういう意味？　そこがわからないせいで、全体が壊滅したの？」

　学生「はい。そう思っていただいてけっこうです」

　よくぼんやりと計算をすることがあります。たとえば、トイレットペーパを一生の間にどれくらいの長さ使うだろうか、みたいな計算です。ものの大きさや量というのは、計算をしないとイメージができません。

　これまでに森博嗣が出した本は、約1600万部ですが、1冊の厚さを1cmとすると、16万mですから、160kmになります。大したことありませんが、富士山の40倍以上の高さに積み上がるわけです。トイレットペーパは、1日3m使っても、一生が3万日だと、9万mで、90km程度ですから、その2倍くらいになります。本は積むから厚さで計算し、トイレットペーパは長さで計算しているところが、やや依怙贔屓かも（誰も怒らないでしょうけれど）。

　茶碗にご飯が何粒入っているか、という計算がしたい場合、2つのア

プローチがあります。1つは、重さで測る手です。1粒では測りにくいから20粒くらいで重さを測定し、1膳のご飯の重量を割るわけですね。でも、これは実験的なアプローチです。

　ベッドで寝ているときに、ふと気になって、考えたくなったら、すべて頭の中で処理しなければなりません。そんなときは、2つめのアプローチ。頭の中で、ご飯粒を10個並べてみます。長い方で直列にすれば5cmくらいになりますか。短い方で詰めて並べたら2cmくらいかな。すると、ぎっしりと詰めれば、2cm×5cmの面積に100個。ということは5cm×5cmなら250個。これを重ねて、5cm×5cm×5cmの立方体なら6000個くらいになりますね。ぎゅうっと詰めたらそれくらいということだから、お茶碗に入っているのは、これよりは少なめで、数千個でしょうか。というように考えていくことができます。これが正しいかどうかが問題ではなく、その場で自分が納得できる把握のしかたをすることが、思考の目的です。

　足し算や掛け算は、まだ日常的ですが、累乗になると、文系の方には直感できないことが多いようです。たとえば、2倍を10回繰り返すと、だいたい1000倍になります。その倍の20回繰り返すと、100万倍になりますね。この逆で、半分にする行為を10回繰り返すと、1000分の1になるわけです。ということは、1kmの長さの紐を、中央で折って半分にして、また中央で折って半分にして、というのを10回繰り返すと1mの長さの束になりますし、あと10回やれば、1mmになるわけです（そんなに小さく折れませんが）。

　確率が半分、いわゆる五分五分のギャンブルで、10回続けて勝つ人は、おおむね1000人に1人だということです。50％の確率なんて、ギャンブルでは極めて珍しい高い値です（ルーレットの赤と黒くらい?）が、それでも連続で勝ったら奇跡といえます。そう考えると、同じことを何度もして、しかもずっと続いている仕事（たとえば、森博嗣のブログなど）って不思議だと思います。

 ブログが3年間続けられるのは1000人の森博嗣の1人ですか。

2018年12月25日火曜日
僕の仄かな希望について

『χの悲劇』の初校ゲラを60%まで読みました。明日には終わりますので、その後は、新作の手直しをします。また、3月刊のエッセィ本の再校ゲラがまもなく届く、とPHPから連絡がありました。〆切は1/15なので、年が明けてから見ましょう。書下ろしの場合は、再校でも通読することにしています。さらに、講談社からは、6月刊の新シリーズ第1作の初校ゲラを発送する、との連絡が。こちらは、〆切は2月末とのこと。

年末は、HPの近況報告のページを更新することになっています。近況報告なのに、1年に1度なのです。これは、秘書氏にチェックをしてもらうので、そろそろ作っておかないといけません。明日か明後日にやりましょう。それから、清涼院氏からのインタビューにも答えないと（だいたい書きましたが、推敲がまだ）。

夜のうちに雪が降ったみたいで、今朝は一面真っ白。積雪は2cmくらいでしょうか。ただし、これくらいでは「積雪」とはいいません（他所から飛んできた雪と見なされます）。スニーカではなく、少しごつい（足が深く入り、靴底の凸凹が深い）靴を履いて、犬の散歩に出かけました。道路は、ところどころ凍結していましたが、それほど危険は感じませんでした。この程度では、スパイクの靴は必要ありません。冬がこのレベルで終わってくれると、愛すべき季節になるのですが。

工作室では、古い機関車の修理（部品作り）をし、ガレージでは大きい機関車の整備（給油や充電など）をしました。それから、飛行機のエンジンを調整しました。水平対向4気筒のもので、キャブの設定を変えたので、始動して確かめました。これは屋外でしかできませんが、こういうときは、主翼を付けず、胴体だけを持ち出して行います。4サイクルの多気筒エンジンは音が素晴らしいのです。

小さい機関車を走らせているうちに、日射で温まったのか、大きい機関車の線路も雪から出てきました。それで、お昼頃には、庭園内をぐるりと巡ることができました。地面は乾燥していたので、水気は嬉しいとこ

ろです。

　小説の感想で、「キャラクタが好きになれず、読み続けられない」というものを、たまに見かけます。キャラクタを好きにならないと読めないということです。もしかして、好きになるために読んでいるのかもしれません。同じく、「共感できず、もう読みたくない」というものもあります。こちらは、小説とエッセィ、いずれもあるようです。たぶん共感するために本を読んでいるのでしょう。それが悪いというわけではありません。
「殺人事件が起こるから」あるいは「人が死ぬから」、ミステリィを敬遠している人も最近増えています。僕自身、殺人事件を積極的に読みたいとは思わないし、またニュースなどでも殺人事件に興味を持つようなことはありません。まして、自分で事件の謎を解いてやろうなどと考えたことは一度もありません。それでも、そういう物語は書けるし、そういう物語を読むことくらいはできます。

　エッセィなどで、作者の考え方は自分とは正反対だな、と思いながら読むことは非常に多いといえます。むしろ、そういう「違う思考」に触れるほど、自分というものがわかってきます。共感を得てもしかたない、とさえ思っています。共感とは、他者が自分と同じであることの価値を感じる行為だと思いますが、僕にはそれが価値だとは思えないからです。

　大雑把な言い方だと、共感というのは無料で得られるものが多いみたいです。ネットで賛同者を捜すのが簡単です。一方、自分とは違う意見は、金を出してでも得る価値がある。僕はそう感じているので、本や雑誌を買って読んでいます。

　先日も、僕が書いたエッセィで、少々右寄りとも取れる一文があって、編集者から「これは誤解する人がいるかも」と指摘を受けました。たしかにそうかもしれないな、と思いました。僕は最近、左寄りのマスコミや政党などに注文をつけることが多いのです。たとえば、政府の「違法な兇行」などと言っているものがあって、「違法ならばできないはずだけど」と理屈を言いたくなります。

　僕は、もともと左寄りの人間なので、バランスを取るため右寄りを理解しようとする傾向があります。たとえば、「改憲の議論くらいは、した方

が良い」などと書くのがそう。

　これらは、左寄りの政治家やマスコミが、道理をきちんと示さず、汚い言葉だけで罵ったり、なんでもかんでも反対したりするだけで、腑甲斐ないからです。もっとしっかりしてほしい、という気持ちで書いているのです。

　原則として、僕は、自分の意見に共感してほしくて文章を書くようなことがありません。自分のことをわかってもらいたい、と思っていないので、その動機がありません。

　人が指摘していない部分を見つけて書く。みんなが見逃している部分を書く。それが、仕事としての価値を生むのです。僕が「したいこと」だと誤解されて損をすることになっても、仕事だから書きます。それだけの話です。

　だから、ツイッタなどはしない。原稿料がもらえない条件で書くような自由発言をしたくないからです。「主張したい」と思って書いたことは、ほとんどありません（「一度もありません」と書こうとしましたが、ときどき自己規制が緩むこともあるかもしれないので、「ほとんど」としました）。

　賛同を求めているのではなく、反対も賛成も当然ある、人はいろいろなのだ、と気づいて、自分の考えを持ってほしい、というくらいが仄かな希望です。

　敵か味方かを見極めたいだけの人が、とにかく多数なのです。

２０１８年１２月２６日水曜日

傷がついても性能は落ちない

　朝から霧が立ち込め、白い森（12/20参照）が見えるようになったのは、10時頃でした。霧が出るのは気温が高くなる日ですが、霧が出ている間は気温が上がりません。つまり、暖かくなろうとしているのを抑制している感じです。

　ゲストハウスへ行き、様子を見てきました。朝方に2時間ほどオイル

ヒータが自動的に稼動するようにセットしています。これは水道管の凍結防止。水抜きしているので、水道管には既に水が来ませんが、室内の管に水が残っているため、しばらくこうすることにしているのです。

建築屋の社長が久し振りに訪ねてきました。屋根の工事をしてもらったのですが、その後、大雨が降っていないので、まだなんとも言えません。でも、少なくとも雨漏りはしていません、というような話をしました。

11時半頃には、気温がプラスになり、明るくなりました。風もなかったので、外で犬たちを走らせ、遊んでやりました。また、庭園鉄道も運行。野鳥がとても多く、ちょっと見上げるだけで、小さい鳥が100羽くらいいるのが見えます。葉が落ちたので、見通しが良いためです。地面には、リスが走っています。団栗を探しているのでしょう。

正午すぎには、さらに気温が上昇したので、犬が乗れる貨車を出し、連結して、犬たちを乗せて庭園内をぐるりと走ってきました。こういうことは滅多にありません。高い場所にある橋を渡るときには、僕が犬と同じ車両に乗り、抱えながら運転しました。恐くなって飛び降りたら困るからです。樹の上からは、細かい氷がぱらぱらと降っていました。この氷が、遠くから見ると白い森に見える素です。

『χの悲劇』の初校ゲラを最後まで読みました。まったくといって良いほど修正していません。表記を少し直した程度。これで、ゲラが片づきましたので、明日から新作の手直し作業をします。

出版社からは、電子書籍の売上げリストが届いていて、まだまだ増加をしていることがわかりました。今や大変重要な収入となっています。予備校から入試用の問題集が届いていました。著作が利用されているから、ときどき届きます。森博嗣のようなわかりにくい文章が国語の教材になるのか、と訝しんでおります。

飛行機も飛ばしました。近所の草原です。あまりに無風で、日差しで地面が暖められ、上昇気流が出そうだったので、2時頃から準備をして、大きな飛行機を持って歩いていきました（家から500mほど）。翼の長さは2m近くあります。モータを30秒ほど電池で回して一気に上昇します。そうですね、50m〜100mくらい上がります。そこでモータを止め、プロペ

ラを折り畳み、滑空するわけですが、降りてくるのに10分以上かかります。

運が良いときは、ずっと降りてこないこともありますが、冬はさすがに地面がそこまで暖まらない（上昇気流が起こりにくい）ようです。最後は、近くの草原へ胴体着陸させます。専用の滑走路ではないので、石に当たったりして、機体に小さな傷がつくことがありますが、そういうのを気にしていたら飛ばせません。

機関車も飛行機も、そして実物の乗り物も、傷があっても、汚れていても、性能が低下するものはありません。汚くても、傷だらけでも普通に機能します。ただ、見た目が少し悪くなるだけです。見た目とは、対人の外観です。人間でも同じで、掠り傷が多くても、ほとんど劣化しません。生物は、小さな傷をすぐ治してしまいますし、ちょっとした躰の汚れも、そのうち落ちてしまいます。

精神的な傷が気になる人もいますが、多くの人が、多かれ少なかれ、その種の傷を負っているものです。周りにいる人たちが元気そうだから、自分だけが傷を負っているのだ、と思いがちですが、傷があっても、人間はそれなりに生きられるものです。まずは傷を癒そうと拘りすぎると、かえって傷の痛みが蘇って、治りが遅くなることもありそうです。気にせず、触らずにいる方が、知らないうちに治っている、という結果になりやすいように見受けられます。

何が言いたいのかというと、いつものように、言いたいわけではありませんが……、傷を気にする人は、気にしすぎるあまり、傷の治りを遅くしているかもしれない、という可能性を指摘しているだけです。

「傷つきやすい」という言葉があります。どういうものが傷つきやすいかというと、ある程度固いもの、そして、ぴかぴかに光っているものです。軟らかいものは、傷がつきにくく、艶がないものや凸凹のものは、傷が目立ちません。傷というのは、つくかどうかと、目立つかどうか、の2要素があるということ。自分から、「私は傷つきやすい」と言う人もいますが、固くてぴかぴかだ、と言っているのと同じかもしれません。

新しいものほど、傷がつくと目立ちますし、精神的ダメージも大きいは

ず。でも、性能が悪くなるわけではない。そのまま使っていれば、知らず知らず、傷はどんどん増えます。傷の数だけ役に立った、と思える日がきっと来ることでしょう。

 最初に小さな傷がついたら、かえってリラックスできるはず。

2018年12月27日木曜日

樹を切り倒す話

　朝から晴天。気温は低め。犬が6時に起こしたので、まだ暗い庭園に出て、しばらく一緒に歩いてやりました。日が昇ってからは暖かくなりました。

　今日も、グライダを飛ばしにいこうと思っていましたが、工作室でエンジンをいじっているうちに、こちらをすぐに回してみたくなり、木製の台を急ごしらえして、そこにエンジンを固定し、プロペラをつけて始動してみました。一般に、プロペラがないと、回転が上がりすぎて、エンジンを壊してしまうことがあります。適度な負荷が必要なのです。それに、プロペラがあった方が、空冷されるし、手で回したときの「がつん」と来る手応(ごた)えもわかります。プロペラを手で叩(はた)いて始動ができるのは、慣れてきた調子の良いエンジンで、最初はスタータ（セルモータ）で回転させて始動した方が安全かもしれません（特に初心者は）。

　ラジコン飛行機で使うエンジンは、グローエンジンといって、アルコール系の燃料を使います。別名「焼(や)き玉(だま)エンジン」ともいいます。エンジンをかけるときだけ、プラグに電圧をかけて点火させますが、回転を始めたあとは、電池を外します。あとは、燃料が圧縮される熱で自然に点火するのです。ただ、低回転がどうしても不安定になり、アイドリングは2000rpmくらいが限度。

　最近は、ガソリンエンジンが小型になってきました。僕も幾つか試しています。これらは、プラグの点火をタイミングを計って強制的に行います。このため、1000rpmくらいまで回転が落とせるので、エンジンが吹

き上がる（回転を上げる）ときに、なかなか渋い音を楽しむことができます。やはり、4サイクルエンジンの音が親しみが湧きますね。

　ところで、エンジンの回転を上げるときには、クルマならアクセルを踏みますね。これは、スロットルとも言われている部分ですが、どのようにしてエンジンの回転を上げたり下げたりするのか、一般の方は知らないと思います。モータなら電圧を変えて、回転を調整します。それと同じように、エンジンは燃料の量を調節するのだろう、つまり燃料タンクからエンジンへ送られる燃料を、蛇口のように絞ったり開けたりするのだろう、と想像しているかもしれません。

　実はそうではありません。スロットルというのは、エンジンが空気を吸い込むキャブレタにありますが、その空気の入口を開けるか絞るかで、エンジンの回転が決まります。つまり、アクセルは空気量なのです。もちろん、空気を沢山取り込むと、その勢いで燃料も沢山吸い込みます。

　蒸気エンジンは、ボイラからエンジンへ送られる蒸気量で、回転を調節しています。蒸気エンジンは、この蒸気量をゼロにして、エンジンを止めることができ、そこから再スタートもできます。この点では、モータと同じです。一方、普通のエンジン（内燃機関）は、止めてしまうと、別の動力で回してやらないかぎり始動しません。だから、クルマが停まっているときも、エンジンを回しっ放しだったのです（近頃のクルマの多くは、自動的にエンジンを止め、自動的に再始動するようになりました）。

　清涼院氏から受けているメールインタビューの回答の推敲をしました。まだ送っていません。もう一度見直したら、脱稿とします。HPで毎年大晦日恒例の「近況報告」の下書きをしました。見直してから、秘書氏に送る予定です。新作の手直しは明日からになります。1週間くらいで終えられる作業だと考えています。

　近所で、大木が伐採されるところを見ることができました。といっても、樹の直径は1mくらいで、うちの庭にある樹でも、それくらいのものは何本もあります（一番太いのは2mくらい）。チェーンソーで切込みを入れ、そちら側へブルドーザでワイヤを使って引き、反対側を少しずつチェーンソーで切っていきます。倒れるときは、近くからみんなが逃げます。なか

なか迫力がありました。

　数十年まえに、林業の現場見学にいったことがあり、そのときは、直径3mくらいの樹を切り倒しました。樹齢は100年くらいだと思います。僕たちが見学にくるのにタイミングを合わせ、それまでに切込みなどを入れておいてもらったのです。前日からの作業だったかと思います。最後は、楔(くさび)を幾つか叩き入れ、さらに小さなジャッキを挟んで、油圧で倒しました。職人さんの話では、大きい樹ほど倒れるのに時間がかかるから、むしろ安全で、恐いのは小さくて短い樹だそうです。それから、切られる樹が、ほかの樹に当たって、その枝が飛んできたりするのが恐いとか。

　チェーンソーは、恐い道具なので、僕は使っていません（まえに書きましたね）。普通のノコギリで、庭の蔦(つた)を切る作業をしたことがあって、直径20cmくらいでしたが、切れる瞬間は迫力がありました。

　まえの家で、枯れた大木を切ってもらったときは、上部をクレーンで吊(つ)って、職人さんが中央くらいの高さまで上って、そこで切りました。倒すスペースがない場合は、このようにして、短くしていくようです。

　チェーンソーがなかった時代には、手で引くノコギリで樹を切っていたのです。直径が数メートルある樹を、そういった方法で伐採していたのですから、想像を絶します。たぶん、何日もかかってやっていたのでしょう。

　もっと凄いのは、そうやって倒した樹を運ぶ工程です。切り倒すだけでは使えません。適当な長さにしたり、ロープで引いたり、傾斜地を転がしたり、滑らせたりして運びました。滑車がいつ頃から使われていたか知りませんが、それがないとできないこともあるはずです。

　僕の庭園鉄道にも、運材車という森林鉄道の貨車があるので、以前に直径30cm、長さ1mくらいの丸太を、薪にしないでくれとお願いして、そのままもらってきたことがあります。積み荷にしようと思ったからです。ところが、これがもの凄く重くて、1人では持ち上がらないのです。木材は、乾燥すると軽くなりますが、生木のときは重いものなのです。

> 大工は、自分のノコギリで生きた樹を切ることはありません。

2018年12月28日金曜日

政治的発言のマナー

　長女が東京へ一旦帰ったので、彼女担当の犬が僕に甘えて離れません。動物というのは現金なものです。今朝は、霧が立ち籠め、比較的暖かい朝でした。スバル氏と犬の散歩で近所をぐるりと巡ってきましたが、誰にも会いません。静まり返っています。

　ドイツ人が遊びに来て、彼が持っているエンジンを見せてくれました。重さが20kgもある代物で、彼の住まいは800mほどの距離なのですが、珍しくクルマでやってきました（歩いて持ち運べませんから）。ヒット・アンド・ミス・エンジンと呼ばれているもので、簡単にいうと古い発動機です。何が特徴かというと、回転が上がらないように、一定以上速く回ると、爆発しないような機構になっているのです。ですから、エンジンというよりは、回転制御装置の名前だといえます。回転が一定以上落ちたら、また爆発します。ですから、普通のエンジンのように連続音がしません。ときどきパンと鳴って煙を吐き、しばらくひゅるひゅると静かに回り、またパンと鳴ります。爆発したりしなかったりするから、hit and miss（この慣用句は、「運任せ」みたいな意味）なのです。

　実際に、回してもらいましたが、非常に楽しく、僕も1台欲しくなりました。でも今は骨董品的な価値が出て、何十万円もするので、なかなか手が出ません。実用価値はありませんしね。回っているフライホイールを手で押さえて負荷をかけると、エンジンは回転を維持しようと、爆発回数を増やし、音が連続的になります。必要なときだけ燃料を使うあたりが、燃費が良い、といわれる所以です。

　新作の手直しを始めました。読みながら文章を直しますが、最近はほとんど間違いを正すくらいで、文章自体を修正したり、加筆したりすることが比較的少なくなりました。手直しせず、最初の原稿のまま編集者

へ送ってしまっても、間違いは校閲が指摘してくれるわけですから、同じかもしれません。手直し作業をしないと、執筆時間は事実上半減するので、倍の量が書けるかもしれませんね（書きませんけれど）。

　最初の執筆と手直し作業にかかる時間は、この頃では3：2くらいになっています（以前は1：1でした）。これは、読むスピードが増したためだと思います。一方、疲れるといえば、後者の方が疲れます。やはり、読むことで目が痛くなります。その代わり、指があまり動かないから、肩は凝りません。

　3月刊の再校ゲラが、PHPから届きました。1月中旬〆切とのことなので、今の手直し作業が終り次第、これを読もうと思います。書下ろしなので再校でも通読しますが、3日間程度で終わることでしょう。そうなると、3日か4日くらいから、新作の執筆ができます。次は9月刊の新書ですね。続けて2月は、11月刊の新書を執筆します。3月には、7月刊の『MORI Magazine 3』を書く予定です。

　これまで、ファン倶楽部会員から質問を受け付け、本でこれを取り上げましたが、今回は、一般の方からも募集したいと考えています。近づいたら告知しますが、メールのみの募集で、受付期間は1日だけです。その日にメールを出して下さい。早すぎるものや遅すぎるものは、自動的に不採用となりますので、質問したい人はここを見逃さないようにして下さい。1日だけにする理由は単純で、沢山来ると処理が大変だからです。

　アメリカの選挙のときに、スターがちょっとした発言をして、選挙に影響が出たと報じられました。欧米では、政治的な立場を明確に示すスターが珍しくありません。でも、日本ではそういった姿勢は稀といえます。これは、スターでなくても同じでしょう。一般の人でも、周囲の人たちに自分の政治的立場を明確にする発言をあまりしないし、また政治的宣伝と思われる発言も控えるのが上品だ、という感覚を多くの人が持っていると見受けられます。

　影響力のある人が、子供や若者たちにイデオロギィ的な主張を発信することは、客観的に見て、個人の自由な思考や思想の形成を阻害す

るのではないか、という懸念がその理由でしょう。でも、最近では、「有名人だって自由な主張をしても良いはず」との意見も聞かれます。もちろん、してはいけない、と批判はできません。あくまでも自由だからです。

ただし、たとえば小学校の先生がそれをしたら、たぶん大多数は反対するはずです。有名人は良くて、先生は駄目なのは、何故か。また、同様に、親が自分の子供にイデオロギィ的な教育をするのは、いかがでしょう。デモに子供たちを連れていく行為は、よく見かける光景です。親の自由でしょうか？　それとも子供のうちから、そういった色に染めることはいけない、と考えるのか。この境界はどこにあるのか、という点は非常に難しく、僕もはっきりとは示せません。

僕が思うのは、誰だろうと、いつも自身と対立する立場のことを考慮し、ただ否定するのではなく、理解しようとするべきだ、ということ。自分はこうだ、と発言するのも自由ですが、自分の反対の意見を全否定しない、非難しない。誰もが、自分で考えるべきだし、考える自由を持っている、という点を忘れないことです。そうでないと、知らず知らずのうちに自分が支配的立場にいて、多くの人たちの自由を奪う行為をしているのと同じ結果になります。

影響力がある人ほど、「そんなつもりはない」では済まされない。本人の意志ではなく、結果に対しての責任がある、ということだと僕は理解しています。

つまり、できるだけイデオロギィを明確にした発言を控える、というのが「マナー」だと考えています。やはり、それが「上品」というものだとも今は感じます。

　意見や立場を質問された場合は素直に答えればよろしいかと。

2018年12月29日土曜日
わかり合える人たちほどわかり合えない

夜のうちにまた雪が舞ったようで、朝は地面が真っ白でした。でも、

天気は良く、雲がない爽やかな青空。夜は雲があった方が冷えないから、一番暖かくなるパターンです。お昼頃には4℃くらいまで上昇しました。

しかし、スバル氏が出かけていったので、犬たちの面倒を見なければならず、思い切って遊べませんでした。外で鉄道の準備をすると、犬が乗せてくれと寄ってきますし、1人で乗って走ると宅配便が来るかもしれません。工作室でなにか音を立てると、すぐ近くの通路で犬がドアをがりがりとやって呼びます。そのたびに話を聞いてやることになります。

昨日見せてもらったヒット・アンド・ミス・エンジンを調べてみましたが、実物はどれも100kgくらいあって、ジャンクなら数万円と安いのですが、買っても運搬が大変です（1人ではクルマに載せられません）。ドイツ人が持っていたのは1/2スケールの模型です。模型は、鋳物キットなら10万円以下で販売されていますが、旋盤工作が必要だし、そのためにタップやリーマなどの工具を買い足さないと作れません。スチームエンジンやスターリングエンジンのように安価な製品はなさそうです。でも、もうすぐ発売になる、という情報は得られました。しばらく待つことにしましょう。やることはいっぱいあるのですから。

出版社からメールが来ないな、と思っていたら、天皇誕生日だったのですね。今日は、作家の仕事は、新作の手直しだけ。昨日と今日で20％ほどまで進みました。このペースならば、大晦日に終わると思います。1日くらい早くなるかもしれませんが。

ツイッタで、読書好きの方たちが、自分が好きな小説を5つとか挙げて発信しているのを頻繁に見かけます。これは、たとえば、鉄道好きが、「僕の人生を作ったのはD51とC62とC59と9800とB20です。是非皆さんも実物に接して下さい」と呟くのと同じですね。鉄道好きは、読書好きよりも圧倒的に多数ですし、本の数よりは機関車や列車の種類の方が少ないでしょうから、他者の興味とヒットする確率は高いはず。ちなみに、僕は蒸気機関車ならなんとか区別がつきますが、電機やディーゼルになると、型番を聞いても、さっぱりわかりません。電車になると、1つも名前が言えません。実物の鉄道にはほぼ興味がない、といって良いか

と。

　ツイッタのワードで毎朝上位に挙がってくるのは、○○線という鉄道路線の名称です。これはそこで人身事故があって遅れていて、みんながぼやいている呟きなのです。本当に、皆さん鉄道が生活の一部なのですね。

　話は関連するかもしれませんが、若い人ほど、自分と同じ興味対象を持っている人を捜しています。やはり、語り合いたいという欲求があるからでしょう。ネットというものが普及して20年くらいですが、この欲求が集まって、共感の雪だるまが大きく出来上がっているように感じられます。

　少なくとも、「話が通じる」ということは、まあまあ嬉しいものです。いちいち説明しなくて良いし、話を聞いてくれる、というだけで心も落ち着くでしょう。マイナなものに興味を持っている人は、「何の話してるの？」と眉を顰（ひそ）められるのが日常ですから、たとえ話が通じない他分野の人であっても、他者がオタクだというだけで、疎外感がない環境になり、居心地が良いと感じことができるかもしれません（たとえば、コミケとか、ワンフェスとかのように）。

　このように、しばらくオタクを経験すると、「他者にはわかってもらえないことがある」という学習をします。それだけでも非常に大事なことを身に着けた、と思って良いと思います（皮肉ではありません）。

　そういう人たちどうしは、「わかり合えない」「人はそれぞれ違っている」という基本から発した価値観を形成しているので、他者に対して過度な期待をせず、むしろ他者を常に尊重し、親しくなっても礼儀を忘れず親切に振る舞う傾向があります。

　一方、そうではなく、周囲の共感を得た環境で長く育った人たちは、「わかり合えるはず」「人は皆同じなんだ」という価値観を持っていますから、「友情」や「家族」という言葉だけでも心が熱くなれるし、上手くすれば他者に奉仕したり、団結を呼びかけるリーダになれたりするかもしれません。

　おそらく、社会にはどちらのタイプも必要でしょう。片方だけだと上手くいきそうにありません。随所で両者がそれぞれに活躍するのを見ることが

できます。ただ、もちろん上手くいかない場面も多々見てきました。

　一つの傾向として、「わかり合える」と信じている人どうしは、早くグループ（orカップル）を形成し、早くグループが決裂します。期待するから仲間になり、期待しすぎるから決裂するのです（しかも、別の人とグループになれる自信も持っています）。こういう人たちは、グループに対して、親しみを持ち、馴れ馴れしくなります。仲間とは、そういうものだ、とも信じています。

　一方、「わかり合えない」と思っている人どうしは、滅多にグループになりませんが、もしなった場合は、これが長く続きます。長続きするのは、馴れ馴れしくならないからです。最初のときのイメージのままだ、ということ。

　では、両者のタイプがグループになった場合はどうでしょうか？　僕が知っている範囲では、けっこう上手くいくようです。片方がどちらかに合わせるし、また片方が片方を立てるからでしょう、たぶん。それ以前に、難しいハードルを最初に乗り越えた理由が存在するから、ともいえます。

　そうしてみると、メジャなタイプどうしのケースだけが、上手くいかない確率が高い、ということになります。さて、お心当たりは？

 社交的な人ほど別れやすいという傾向は、顕著だと思います。

２０１８年１２月３０日日曜日

「合わない」と「向かない」

　だいたい同じような日が続いています（地球的にいえると思いますが）。今朝は氷点下10℃でしたが、それほど寒くも感じず、躰が慣れてきたのかな、と思います。もちろん、ちょっと外に出るのにも、ダウンのコートを着込みます。出ても、5分くらいは全然大丈夫。寒くなってくるのは、そのあとです。ですから、短い時間で作業を切り上げ、ときどき暖かいところに戻ると良いのです。

枯枝を拾って、ドラム缶で燃やしました。今朝は、書斎の窓から狐が近くを通るのを見ることができました。写真を撮りたかったのですが、間に合いませんでした。うちの犬たちよりも躰が小さく、尻尾は大きいように思います。子供の狐かもしれません。これまでにも、遠くを走っていくのを何度か見かけていますが、すぐ近く（窓から10mくらい）をゆっくり歩いているのを見たのは初めてです。狐は、死んだ鳥などを探しているのかもしれません。野鳥が沢山いるので、中には死ぬものもいるでしょう。

　庭園鉄道も走らせました。先日、犬を乗せて走っている動画をアップしたところ、世界中から反響がありました。「どうして犬が飛び降りないのか？」という疑問も寄せられました。どうしてなのかわかりませんが、降りません。恐いから降りないのかもしれません。僕が1人で乗っていると寄ってきて、乗せてほしがります。一度乗せると、自分からは降りません。ずっと乗っています。抱っこして降ろしてやらないかぎり居座ります。そもそも、最初に乗った犬がいて、それを見て、代々次の犬も乗るようになりました。つまり、手本があるということが条件のようです。無理に乗せようとしたことはありません。

　ゲストがいるときに乗せると、嫌がって降りてしまうことが何度かありましたから、人に見られるのは嫌なのか、それともゲストがいるときは、ゲストの方に興味があるからなのか、理由はわかりません。水で犬はしゃぎするのも、ゲストがいるとしないことが多いのです。

　クルマに乗るのも、異常なくらい好きです。ドアを開けただけで飛び乗ります。クルマのエンジンがかかると、興奮して鼻をぴいぴい鳴らし、喉でぐうぐう唸ります。走っている間も楽しそうで、カーブなどの遠心力にも備えて踏ん張ります。シートベルトの代わりに、犬用の安全ベルトがあります。それを装着しています。クルマからは、人間が降りたら自分から降ります。

　新作の手直しは35％まで進みました。順調です。これ以外に作家の仕事はしていません。

　このブログで、講談社文芸第三編集部のことを、略して「文3」と書くことがあります。実際、そう呼んでいますが、「文三」と漢数字が正し

いのか、算用数字が正しいのか、それとも縦書きか横書きかで自由なのかを、秘書氏が指摘をしてきたので、編集者Ｍ氏に調べてもらうことになりました。

　昨日の話題に近いかもしれません。「合わない」「向かない」という表現がありますが、あれは具体的にどういう意味なのでしょうか？

　深く考えず使っていることが多いように見受けられます。多くの場合、単に「好きではない」という意味のようです。おそらく、なにか「タイプ」のようなものがあると想定し、ソケットの型式のように、適合か不適合か、と言い換えているみたいです。

　良い例とはいえませんが、小説を取り上げましょう。ある作品を読んで、「合わない」と感じることがあるかもしれません。あるいは、自分には「向かない」と思うこともあるかもしれません。「合わない」はたぶん「好み」に合わないという意味でしょう。また「向かない」は、自分が不得意か、興味がない分野である、という意味合いが含まれているようです。

　ところで、靴を買う場合には、自分に「合う」ものを買った方が良いし、どういう目的の靴かで「向く」ものを選ぶべきだとは思います。その意味で、本も、好みのものが読みたい、目的に合致したものを探したい、という場合には、ほぼ同様の選択なり評価なりが成り立つとは思います。

　でも、僕の場合、本を読むのは、おおかた自分に合わないもの、自分に向かないものに接する貴重な機会だと考えています。合わないものを理解し、向かないものを知ることで、自分という人間への理解も深まりますし、社会に対する見方も広がってきます。「見識」という言葉がありますが、これを育てることが読書の意義かな、とも想像しています。

　ただ、そうではない読書もあります。エンタテインメントがそうかもしれませんし、僕がよく読むような専門書、専門雑誌なども、そういえるかもしれません。でも、そのエンタテインメントやスペシャルフィールドの中であっても、やはりそこでのローカルな「見識」があって、いろいろなタイプに接することが、見る目を育て、結果として自分にとって面白いものを探し

当てる能力となるから、得をするのは自分だといえましょう。けっして、他者のために見識を育（はぐく）むわけではありません。

そういった立場からいうと、「合わない」「向かない」と拒絶することは、見識を狭める行為であって、結果として楽しみを小さくしているのかな、と危惧（きぐ）するところです。でも、だからといって、「見識を広めろ」なんて言いたくはありません。僕の得になるわけでもありませんから。

「合わない」「向かない」と遮断（しゃだん）するのが一番もったいない。

―――――――――――――――――――――――――――

２０１８年１２月３１日 月曜日

もっとマイナ路線を目指さないと

12月は、穏（おだ）やかな天候に恵まれました。まだ冬の厳しさを体験していません。除雪機も出動していないし、スパイクのシューズも履いていません。これを書いているのは、12/26ですが、大晦日の朝にアップになります。大晦日は、HPで「近況報告」も更新されます。ブログで断片的に書いてきているので、今さらの内容かもしれませんが、来年1年間の出版予定が知りたい人はご覧下さい。

先日も、編集者が「ネットでは周知に時間がかかるようになったので、2カ月まえには書影を公開する方針になった」と話していました。発行日などは、何カ月もまえから発表していないと、広く認知されないのです。どうしてそうなってしまったのか、というと、多くの人が、自分のローカルなネットに支配され、知合いからのメッセージやツイッタをチェックするだけで時間が取られるようになり、結果として広く情報を求めなくなったためです。つまり、周囲から流れてくる噂（うわさ）だけのネットワークになった、ということ。1箇所から放射状に広がる情報の伝播は、もう昔のことになってしまいました。広告業の方は、困っていることでしょう。何故なら「広告」という行為が既に機能しなくなっている状況だからです。

日本が連休明けになったためか、大量に郵便物が届きました。編集部からは、支払い明細の束（ほとんど電子書籍関連）、著作の教育利用の

報告、贈呈本各種(羽海野さんからは『3月のライオン』のエコバッグ付きが届きました。感謝)、ファンからのチョコとかビスケットとかあられとか、などです。

電子書籍は非常によく売れていて、特にシリーズの合本の売上げが好調です。先日、ネットニュースで書籍の売上げが90年代のピーク時に比べて半減したと報じられていましたが、その記事には電子書籍のことはまったく触れられていませんでした。本離れが加速している、書店が潰れていく、という観測しかしていないのです。もっとも、この種の集計をしているのは、印刷書籍の業界なので、電子書籍はまったく世界が違うとの認識なのでしょう。図書館、印刷・製本業、取次、書店は困るかもしれませんが、出版社や作家は、電子書籍で仕事ができるはずですし、読者にしてみれば、なにも変化がないということになります。株価が上がっても下がっても、景気の変化が一般大衆には感じられない現象に似ているかも。

新作の手直しは、50％まで進みました。順調です。

昨日の午後は、日差しが強く、気温が上がりました。スバル氏と近くの山道を散策してきました。もちろん犬も一緒です。クルマが通れない道を歩くと、ときどき家が建っています。立派な家もあります。人が住んでいるのかどうかはわかりません。見た感じでは、留守のようですから、別荘なのかも。

昨日のうちに地面の雪は消えてしまいました。解けたといっても、水気はまったくなく、落葉はからからに乾燥しています。今日の午前中は、数日かかって修理をしてきた小さい機関車を走らせて遊びました。快調とはいえませんが、古いものなので、走るだけでも嬉しくなります。

それから、先日メンテナンスをしたジェットエンジン機関車で、少々手直しする部分が見つかったので、そこを直しました。ガレージ内は狭いので、外に出して、ボディを外して行いました。

ジェットエンジンといえば、ひと頃、沢山の工作マニアが挑戦し、ブログや動画をアップしていました。高精度な工作が要求され、チャレンジし甲斐のあるテーマだったのです。ただ、自律して継続回転するものは作れても、なかなか実用になるパワーが出ませんでした。これは、主に

材料の問題、金属の処理の問題があったためで、個人の環境では実現できない壁があったのです。

　ジェットエンジンは、日本のメーカはみんな諦めてしまい、台湾のメーカが世界市場を席巻しました。僕が持っているのも台湾製です。軽くて、安くて、始動も自動だし、耐久性もあり、非常に使いやすくなってしまったため、もうチャレンジする人もいなくなったように観測されます。日本では、ジェットエンジンのラジコン飛行機を飛ばせるような環境は、ほとんどないといっても良いと思います。そんなに広い場所が残っていません。実機の飛行場を貸し切るくらいしか、楽しめないジャンルだと思います。

　機関車でも同じで、日本にある公共のレイアウト（線路が敷かれている場所）は、どこも狭くて、アメリカのように1周するのに2時間もかかる、というような場所はありません。こういうものに、私財を注ぎ込む人もいないし、興味を持つ企業もないようです。

　観光業で田舎を盛り上げようと、ありきたりの名物を作り、どこにでもありそうな小綺麗な施設を作り、お祭りとか、レジャとか、あまりにも平凡なものしか発想しません。鉄道模型や飛行機模型なんて、マイナでマニアックすぎて集客が望めない、と思い込んでいるのでしょう。お祭りもスキーもキャンプも、ほぼ同じくらいマイナなのですけれどね。どうして、今はなきメジャを相手にしようとするのかな、と思うこと頻りです。

 メジャとマイナの感覚は、個人的な更新が難しいのでしょうか。

＊森博嗣ブログ「店主の雑駁」2018年7月1日〜12月31日を収録

森博嗣著作リスト

(2019年8月現在、講談社刊)

◎S&Mシリーズ

すべてがFになる／冷たい密室と博士たち／笑わない数学者／詩的私的ジャック／封印再度／幻惑の死と使途／夏のレプリカ／今はもうない／数奇にして模型／有限と微小のパン

◎Vシリーズ

黒猫の三角／人形式モナリザ／月は幽咽のデバイス／夢・出逢い・魔性／魔剣天翔／恋恋蓮歩の演習／六人の超音波科学者／捩れ屋敷の利鈍／朽ちる散る落ちる／赤緑黒白

◎四季シリーズ

四季　春／四季　夏／四季　秋／四季　冬

◎Gシリーズ

ϕは壊れたね／θは遊んでくれたよ／τになるまで待って／εに誓って／λに歯がない／ηなのに夢のよう／目薬αで殺菌します／ジグβは神ですか／キウイγは時計仕掛け／χの悲劇／ψの悲劇

◎Xシリーズ

イナイ×イナイ／キラレ×キラレ／タカイ×タカイ／ムカシ×ムカシ／サイタ×サイタ／ダマシ×ダマシ

◎百年シリーズ

女王の百年密室／迷宮百年の睡魔／赤目姫の潮解

◎Wシリーズ

彼女は一人で歩くのか？／魔法の色を知っているか？／風は青海を渡るのか？／デボラ、眠っているのか？／私たちは生きているのか？／青白く輝く月を見たか？／ペガサスの解は虚栄か？／血か、死か、無か？／天空の矢はどこへ？／人間のように泣いたのか？

◎WWシリーズ

それでもデミアンは一人なのか？／神はいつ問われるのか？（2019年10月刊行予定）

◎短編集

まどろみ消去／地球儀のスライス／今夜はパラシュート博物館へ／虚空の逆マトリクス／レタス・フライ／僕は秋子に借りがある　森博嗣自選短編集／どちらかが魔女　森博嗣シリーズ短編集

◎シリーズ外の小説

そして二人だけになった／探偵伯爵と僕／奥様はネットワーカ／カクレカラクリ／ゾラ・一撃・さようなら／銀河不動産の超越／喜嶋先生の静かな世界／トーマの心臓／実験的経験

◎クリームシリーズ（エッセィ）

つぶやきのクリーム／つぼやきのテリーヌ／つぼねのカトリーヌ／ツンドラモンスーン／つぼみ茸ムース／つぶさにミルフィーユ／月夜のサラサーテ

◎その他

森博嗣のミステリィ工作室／100人の森博嗣／アイソパラメトリック／悪戯王子と猫の物語（ささきすばる氏との共著）／悠

悠おもちゃライフ／人間は考えるFになる（土屋賢二氏との共著）／君の夢　僕の思考／議論の余地しかない／的を射る言葉／森博嗣の半熟セミナ　博士、質問があります！／庭園鉄道趣味　鉄道に乗れる庭／庭煙鉄道趣味　庭蒸気が走る毎日／DOG & DOLL／TRUCK & TROLL／森籠もりの日々／森には森の風が吹く／森遊びの日々／森語りの日々（本書）

☆詳しくは、ホームページ「森博嗣の浮遊工作室」
（http://www001.upp.so-net.ne.jp/mori/）を参照

森 博嗣
（もり・ひろし）

1957年愛知県生まれ。工学博士。
1996年、『すべてがFになる』（講談社文庫）で
第1回メフィスト賞を受賞しデビュー。怜悧で知的な作風で人気を博する。
「S&Mシリーズ」「Vシリーズ」（主に講談社文庫）などのミステリィのほか、
『スカイ・クロラ』（中公文庫）ほかのSF作品、
エッセイ、新書も多数刊行。

森語(もりかた)りの日々(ひび)

2019年8月6日 第1刷発行

［著者］森 博嗣(もり ひろし)
［発行者］渡瀬昌彦
［発行所］株式会社 講談社
〒112-8001
東京都文京区音羽2-12-21
電話
［出版］03-5395-3506
［販売］03-5395-5817
［業務］03-5395-3615

［本文データ制作］講談社デジタル製作
［印刷所］共同印刷株式会社
［製本所］大口製本印刷株式会社

定価はカバーに表示してあります。
落丁本・乱丁本は購入書店名を明記のうえ、小社業務宛にお送りください。
送料小社負担にてお取り替えいたします。
なお、この本についてのお問い合わせは、文芸第三出版部あてにお願いいたします。
本書のコピー、スキャン、デジタル化等の無断複製は著作権法上での例外を除き禁じられています。
本書を代行業者等の第三者に依頼してスキャンやデジタル化することは、
たとえ個人や家庭内の利用でも著作権法違反です。

©MORI Hiroshi 2019, Printed in Japan
N.D.C.914 492p 20cm
ISBN978-4-06-516824-0

『森籠もりの日々』

Thinking everyday in the forest

森博嗣の日常 箴言 予言

日々思うこと、
考えていること。178日分。

定価：本体 1600 円（税別）
ISBN978-4-06-512125-2

『森遊びの日々』

Thinking everyday in the forest 2

森博嗣の
創作
工作
思索

日々思うこと、
考えていること。181日分。

定価：本体1800円（税別）
ISBN978-4-06-514438-1